BASTEI
LÜBBE

Jean-Christophe
Grangé

Der Flug der Störche

Thriller

Ins Deutsche übertragen
von Barbara Schaden

BASTEI
LÜBBE

BASTEI-LÜBBE-TASCHENBUCH
Band 25 349

Originaltitel: Le vol des cicognes
Deutsche Erstausgabe: Ehrenwirth Verlag, 1995

Deutsche Taschenbuchausgabe 1997 by
Bastei-Verlag Gustav H. Lübbe GmbH & Co.,
Bergisch Gladbach
Einbandgestaltung: CCG/Köln
Titelbild: Premium
Satz: hanseatenSatz-bremen, Bremen
Druck und Bindung: AIT – Trondheim
Printed in Norway, Oktober 1999
ISBN 3-404-25349-3

Für Virginie Luc

1. TEIL
Süßes Europa

1

Ich hatte Max Böhm versprochen, ihm vor dem großen Aufbruch noch einen letzten Besuch abzustatten. An dem Tag braute sich über der französischen Schweiz ein Unwetter zusammen. Am Himmel ballten sich bläulichschwarze Wolkenmassen, zwischen denen glashelle Abgründe klafften, und ein heißer Wind wehte aus allen Richtungen. Ich fuhr in einem gemieteten Kabrio am Ufer des Genfer Sees entlang. In einer Kurve tauchte Montreux auf, wie ein Schemen in der elektrisch geladenen Luft. Der See schlug unruhige Wellen, und die Hotels schienen, trotz der Touristensaison, zu düsterem Schweigen verurteilt. Kurz vor dem Zentrum verringerte ich das Tempo und bog in die engen Gassen ein, die zur Oberstadt hinaufführen.

Als ich vor Max Böhms Chalet eintraf, herrschte beinahe Finsternis: Es war fünf Uhr nachmittags. Ich läutete, keine Antwort. Ich läutete abermals und lauschte. Drinnen rührte sich nichts. Ich drehte eine Runde ums Haus: kein Licht, kein offenes Fenster. Sonderbar. Bei meinem ersten Besuch hatte ich Böhm als einen eher pünktlichen Menschen kennengelernt. Ich kehrte zu meinem Wagen zurück und wartete. In der Ferne wälzte sich ein dumpfes Grollen über den Himmel, und ich schloß das Verdeck des Wagens. Um siebzehn Uhr dreißig war Böhm noch immer nicht erschienen. Ich beschloß, zum Freigelände zu fahren: Vielleicht war der Ornithologe unterwegs und beobachtete seine Schützlinge.

Über Bulle im Kanton Fribourg gelangte ich in die deutsche Schweiz. Es regnete noch immer nicht, aber der Wind hatte seine Stärke verdoppelt und wirbelte Staubwolken unter meinen Reifen auf. Eine Stunde später war ich in der Umgebung von Wessembach und fuhr die Felder entlang bis zum Gelände. Ich schaltete den Motor aus und ging zu Fuß durch die Äcker zu den Käfigen.

Hinter dem Gitterzaun entdeckte ich die Störche. Orangefarbene Schnäbel, schwarzweiße Gefieder, lebhafte Augen. Sie schienen unruhig, schlugen wild mit den Flügeln und klapperten mit den Schnäbeln – sicher wegen des aufziehenden Gewittersturms, aber wohl auch aus ihrem Wandertrieb heraus. Böhms Worte kamen mir in den Sinn: ›Die Störche gehören zu den instinktiven Zugvögeln. Der Zeitpunkt des Abflugs hängt nicht von klimatischen oder ernährungsbedingten Umständen ab, sondern wird durch eine innere Uhr bestimmt. Eines Tages ist es ganz einfach Zeit zum Aufbruch.‹ Wir hatten Ende August, und anscheinend spürten die Störche das geheimnisvolle Signal. Auf den Weiden nicht weit von hier flatterten weitere Störche auf und nieder, gebeutelt vom Wind. Auch sie drängte es zum Aufbruch, aber Böhm hatte ihnen an einem Flügel die Schwungfedern gestutzt, um sie am Abflug zu hindern. Dieser ›Freund der Natur‹, als der er sich bezeichnete, hatte eine recht merkwürdige Auffassung von der Ordnung der Welt.

Auf einmal tauchte aus den benachbarten Feldern ein Mann auf, der nur aus Haut und Knochen bestand; er ging gebeugt und stemmte sich gegen den Wind. Der Geruch von frischgeschnittenem Gras brach mit Macht über mich herein, und ich spürte, wie unter meiner Schädeldecke ein Schmerz emporkroch. Aus der Ferne schrie mir das Gerippe auf deutsch etwas zu. Ich brüllte ein paar französische Sätze zurück, woraufhin er mir sofort in derselben Sprache antwortete: »Böhm ist heute nicht gekommen. Gestern auch nicht.« Der Mann war weitgehend kahl; nur über seiner Stirn tanzten ein paar faserige Strähnen, die er unermüdlich auf dem Schädel glattstrich. Er fügte hinzu: »Normalerweise kommt er jeden Tag und füttert seine Viecher.«

Ich stieg wieder ins Auto und fuhr eilig zum ›Écomusée‹, einem Freilichtmuseum nicht weit von Montreux, wo man traditionelle Schweizer Sennhäuser bis ins kleinste Detail nachgebaut hatte. Unter Max Böhms Oberaufsicht war auf jedem Kamin ein Storchenpaar angesiedelt worden. Ich hatte das künstliche Dorf bald erreicht. Zu Fuß machte ich mich auf den Weg durch verlassene Gassen und irrte lange Zeit in dem Labyrinth braunweißer Häuser umher, in denen das Nichts zu hausen schien. Endlich entdeckte ich den Wachtturm, ein düsteres, quadratisches Bauwerk, mehr als zwanzig Meter hoch. Auf der Spitze thronte ein Storchennest von riesigem Ausmaß, nur die äußeren Umrisse waren davon zu sehen. »Das größte Nest Europas«, hatte Max Böhm gesagt. Dort oben auf ihrem Kranz aus Zweigen und Erde hockten die Störche, und das Klappern ihrer Schnäbel hallte durch die leeren Gassen wie das Getöse aufeinanderprallender Baggerschaufeln. Von Böhm keine Spur.

Ich kehrte um und suchte das Haus des Wächters. Ich fand den Nachtwächter vor seinem Fernseher sitzen. Er aß ein Sandwich, während sein Hund Fleischklöße aus dem Napf in sich hineinschlang. »Böhm?« fragte er mit vollem Mund. »Vorgestern ist er gekommen und zum Wachtturm gegangen. Wir haben die Leiter rausgeholt.« Ich erinnerte mich an das Höllengerät, das der Ornithologe benutzte, um zum Nest hinaufzusteigen: eine uralte, halb vermoderte Feuerwehrleiter. »Aber ich hab' ihn seitdem nicht mehr gesehen. Er hat nicht mal sein Zeug aufgeräumt.« Der Mann zuckte die Achseln und fügte hinzu: »Böhm ist hier zu Hause. Er kommt und geht, wie es ihm paßt.«

Zum Zeichen, daß die Unterredung für ihn beendet sei, biß er von seinem Sandwich ab. Eine dumpfe Ahnung überkam mich.

»Würden Sie sie noch mal rausholen?«

»Wen?«

»Die Leiter.«

Wir gingen hinaus in den Sturm, und der Hund drängte

sich zwischen unsere Beine. Der Wächter stapfte schweigend neben mir her, sichtlich verstimmt über mein nächtliches Unterfangen. Am Fuß des Wachtturms schloß er die Tür zu der daneben liegenden Scheune auf. Wir zogen die Leiter heraus, die auf einen zweirädrigen Karren montiert war. Das Gerät schien mir gefährlicher denn je, doch mit Hilfe des Wächters löste ich die Ketten, die Rollen, die Kabel, und die Leiter fuhr langsam ihre Sprossen aus; die Spitze schwankte im Wind.

Ich schluckte und machte mich vorsichtig an den Aufstieg. Je höher ich stieg, desto weniger vermochte ich zu sehen – Sturm und Höhe nahmen mir die Sicht. Mit den Händen klammerte ich mich an die Sprossen, in meinem Magen taten sich Abgründe auf. Zehn Meter. Ich konzentrierte mich auf die Mauer und stieg weiter. Fünfzehn Meter. Die Holzstangen waren feucht, meine Sohlen glitten darauf aus. Die Leiter schwankte in ihrer gesamten Länge und schlug mir gegen die Knie, die Stoßwellen liefen durch meine Beine. Ich wagte einen Blick nach oben und sah, daß das Nest nur noch eine Armlänge entfernt war. Ich hielt den Atem an und erklomm die letzten Sprossen, indem ich mich an den Zweigen des Nests festhielt. Die Störche flogen auf. Einen Moment lang sah ich nichts als ein Gewölk durcheinanderwirbelnder Federn; und als es vorbei war, packte mich das Grauen.

Vor mir lag Böhm ausgestreckt auf dem Rücken, mit offenem Mund. In dem riesigen Nest fand er leicht Platz. Sein offenes Hemd gab den Bauch frei, weiß, obszön, erdverschmiert. Seine Augen waren nur noch zwei leere, blutige Höhlen. Ich weiß nicht, ob diese Störche je kleine Kinder brachten – auf Tote jedenfalls verstanden sie sich.

2

Aseptisches Weiß, Klirren von Metall, schattenhafte Gestalten. Um drei Uhr morgens saß ich in dem kleinen Krankenhaus von Montreux und wartete. Die Türen der Notaufnahme öffneten und schlossen sich, Krankenschwestern eilten vorbei, Gesichter hinter Masken tauchten auf, gleichgültig gegenüber meiner Anwesenheit.

Der Wächter war in seinem künstlichen Dorf geblieben, er stand unter Schock. Ich war selbst nicht in Bestform; ich zitterte vor Kälte und war unfähig, klare Gedanken zu fassen. Zu dem Zeitpunkt hatte ich noch nie eine Leiche gesehen, und für das erste Mal war Böhm wahrlich kein erhebender Anblick. Die Störche hatten damit begonnen, seine Zunge und andere, tiefer liegende Teile des Schlundes zu verschlingen. Auf dem Unterleib und an den Seiten hatte man zahlreiche Wunden entdeckt: Risse, Schnitte, Hiebe. Mit der Zeit hätten die Vögel ihn vollständig aufgefressen. »Sie wissen, daß Störche sich auch von Aas ernähren, nicht wahr?« hatte mir Max Böhm bei unserer ersten Begegnung gesagt. Ich hatte es nicht gewußt; vergessen werde ich es ganz sicher nie mehr.

Unter den langsam und argwöhnisch kreisenden Vögeln hatte die Feuerwehr die Leiche aus dem Nest geborgen. Zum letzten Mal hatte ich Böhms blut- und erdverkrusteten Körper auf dem Boden liegen sehen, bevor man ihn in einen knisternden Sack steckte. Ich hatte das gespenstische Schauspiel beim zuckenden Blaulicht der Polizeifahrzeuge beobachtet, ohne ein Wort zu sagen und ohne, wie ich gestehen muß, das

Geringste dabei zu verspüren. Ich empfand lediglich eine Art Abwesenheit, eine sprach- und fassungslose Distanz.

Jetzt wartete ich. Ich dachte zurück an die letzten zwei Monate – eine erfüllte Zeit in meinem Leben, voller eifriger Vorbereitungen und Vögel – die jetzt mit einer Grabrede zu Ende gingen.

Ich war damals ein in jeder Beziehung korrekter junger Mann. Mit Zweiunddreißig hatte ich meinen Doktor in Geschichte gemacht: das Ergebnis einer achtjährigen, mühseligen Arbeit über den ›Kulturbegriff bei Oswald Spengler‹. Nach der Fertigstellung dieses schweren, tausendseitigen Schinkens, der in praktischer Hinsicht absolut überflüssig und in moralischer Hinsicht eher unersprießlich war, hatte ich nur noch eins im Sinn: sämtliche Studien zu vergessen. Ich hatte genug von Büchern, Museen, experimentellen und Kunstfilmen, genug von diesem Dasein aus zweiter Hand, den Schimären der Kunst, den heiligen Kühen der Geisteswissenschaft. Ich wollte zur Tat schreiten, mit beiden Händen ins Leben greifen.

Ich kannte junge Ärzte, die sich für humanitäre Hilfe einsetzten, weil sie, wie sie es formulierten, ›ein Jahr zu verlieren‹ hatten. Angehende Anwälte, die Indien durchquerten und sich eine Kostprobe von der Mystik gönnten, bevor sie sich ihrer Karriere zuwandten. Ich hatte keinerlei Aussicht auf einen Beruf und nicht die geringste Neigung zur Exotik oder zum Elend anderer. Also waren meine Adoptiveltern mir ein weiteres Mal zu Hilfe gekommen. ›Ein weiteres Mal‹ deshalb, weil das alte Diplomatenehepaar seit dem Unfall vor fünfundzwanzig Jahren, der meinen Bruder und meine Eltern das Leben gekostet hatte, mir immer alles geboten hatte, was ich brauchte: in den allerersten Jahren die Versorgung durch eine Kinderfrau, dann eine ansehnliche Pension, die mir erlaubte, eine wirkliche Gleichgültigkeit gegenüber den Wechselfällen des Geldes zu entwickeln.

Georges und Nelly Braesler hatten mir also vorgeschlagen, mich mit Max Böhm in Verbindung zu setzen, einem ihrer

Schweizer Freunde, der angeblich jemanden wie mich suchte. »Jemanden wie mich?« hatte ich gefragt, während ich mir Böhms Adresse notierte. Man hatte mir geantwortet, es gehe vorerst um einen wahrscheinlich mehrmonatigen Auftrag. Später werde man sich dann darum kümmern, eine ordentliche Stelle für mich zu finden.

Die Ereignisse hatten daraufhin einen unerwarteten Verlauf genommen. Und meine erste Begegnung mit Max Böhm, die zwiespältig und voller Rätsel war, ist mir in allen Einzelheiten im Gedächtnis geblieben.

An diesem Tag, dem 17. Mai 1991, traf ich gegen vier Uhr nachmittags in der Rue du Lac Nummer 3 ein, nachdem ich lange Zeit in den engen Gassen der Oberstadt von Montreux umhergeirrt war. Am Ende eines von mittelalterlichen Laternen gesäumten Platzes entdeckte ich schließlich das Chalet; auf der massiven Holztür stand der Name ›Max Böhm‹. Ich läutete. Gut eine Minute verging, bis mir ein etwa sechzigjähriger, stämmiger Mann mit breitem Grinsen öffnete. »Sie sind Louis Antioche?« fragte er. Ich nickte und betrat das Haus von Herrn Böhm.

Innen sah das Chalet dem Stadtviertel ähnlich: enge, überladene Räume, dazwischen Nischen und Winkel, Regale, Vorhänge, hinter denen sich sichtlich kein Fenster verbarg, und der Fußboden war nicht eben, sondern unterteilt durch zahlreiche Stufen und Podeste. Böhm schob einen Vorhang beiseite und forderte mich auf, ihm zu folgen, tief hinab in den Keller. Wir betraten einen Raum mit weißgestrichenen Wänden, in dem lediglich ein Eichenholzschreibtisch stand; darauf thronte eine Schreibmaschine, umgeben von zahlreichen Dokumenten. Über dem Tisch hingen eine Landkarte von Europa und von Afrika und etliche kolorierte Stiche von Vögeln. Ich setzte mich. Böhm bot mir Tee an, den ich gern annahm (ich trinke ausschließlich Tee). Mit wenigen raschen Gesten beförderte Böhm eine Thermosflasche, Tassen, Zukker und mehrere Zitronen zutage. Während er beschäftigt war, betrachtete ich ihn genauer.

Er war klein, untersetzt, und seine bürstenförmig geschnittenen Haare waren vollkommen weiß. In seinem runden Gesicht sträubte sich ein gestutzter Schnurrbart, auch er völlig weiß. Seine Beleibtheit ließ ihn grimmig und schwerfällig wirken, und doch ging eine erstaunliche Jovialität von ihm aus: vor allem seine Augen, die tausend Fältchen umrahmten, schienen ständig zu lächeln.

Böhm servierte behutsam den Tee, mit dicken Händen und plumpen Fingern. Ein Mann aus den Wäldern, dachte ich. Außerdem hatte er etwas unbestimmt Militärisches an sich – was vielleicht auf eine kriegerische Vergangenheit oder anders geartete brutale Aktivitäten schließen ließ. Schließlich setzte er sich, faltete die Hände und begann in sanftem Ton: »Sie sind also aus der Familie meiner alten Freunde, der Braeslers.«

Ich räusperte mich. »Ich bin ihr Adoptivsohn«, sagte ich.

»Ich war immer der Meinung, sie hätten keine Kinder.«

»Sie haben ja auch keine. Ich meine: keine eigenen.« Als Böhm nichts darauf erwiderte, setzte ich hinzu: »Meine wirklichen Eltern waren enge Freunde der Braeslers. Als ich sieben war, kamen meine Mutter, mein Vater und mein Bruder bei einem Brand ums Leben. Sonst habe ich keine Verwandten. Georges und Nelly haben mich adoptiert.«

»Nelly hat mir von Ihren intellektuellen Fähigkeiten berichtet.«

»Ich fürchte, da hat sie ein wenig übertrieben.« Ich öffnete meine Aktentasche. »Ich habe Ihnen meinen Lebenslauf mitgebracht.«

Ich legte das Blatt auf den Tisch, aber Böhm schob es mit der flachen Hand beiseite. Einer massiven, starken Hand. Einer Hand, die ein Gelenk zu brechen vermag, einfach so, mit zwei Fingern.

»Ich setze vollkommenes Vertrauen in Nellys Urteil«, erwiderte er. »Hat sie Ihnen angedeutet, worin Ihre ›Mission‹ besteht? Hat sie Ihnen gesagt, daß es bei der Sache um etwas recht Spezielles geht?«

»Nein, nichts dergleichen.«

Böhm musterte mich stumm. Er schien auf die geringste meiner Reaktionen zu lauern.

»In meinem Alter«, sagte er endlich, »führt Untätigkeit zu gewissen Schrulligkeiten. Bei mir ist es so, daß ich eine Schwäche für bestimmte Wesen hege, seit Jahrzehnten schon, und diese Schwäche hat sich zu einer regelrechten Marotte ausgewachsen.«

»Was für Wesen?« fragte ich.

»Es sind keine Menschen.«

Böhm verstummte wieder, offensichtlich liebte er es, die Sache spannend zu machen. Nach seiner dramatischen Pause murmelte er: »Es handelt sich um Störche.«

»Um Störche!«

»Sehen Sie, ich bin ein Freund der Natur. Seit vierzig Jahren interessiere ich mich für Vögel. Als ich jung war, habe ich sämtliche Bücher über Ornithologie verschlungen und Stunden im Wald und auf den Feldern verbracht, das Fernglas in der Hand, um alle Arten von Vögeln zu beobachten. Einen besonderen Platz in meinem Herzen nimmt der Weißstorch ein. Ich liebe ihn vor allem deshalb, weil er ein phantastischer Zugvogel ist, ganz unglaublich – er schafft es, jährlich mehr als zwanzigtausend Kilometer zurückzulegen. Jedes Jahr gegen Ende des Sommers, wenn die Störche nach Afrika aufbrachen, war ich im Geist bei ihnen. Übrigens habe ich mir später einen Beruf ausgesucht, bei dem ich viel auf Reisen war und den Störchen folgen konnte. Ich bin Bauingenieur, Monsieur Antioche, mittlerweile pensioniert. Mein ganzes Leben lang habe ich mich bemüht, auf den großen Baustellen im Mittleren Osten, in Afrika, immer entlang der Wanderroute der Vögel, Beschäftigung zu finden. Heute rühre ich mich nicht mehr von der Stelle, aber ich studiere immer noch den Vogelzug. Ich habe mehrere Bücher zu dem Thema veröffentlicht.«

»Ich weiß nichts über Störche. Was erwarten Sie denn von mir?«

»Dazu komme ich gleich.« Böhm nahm einen großen Schluck Tee. »Seitdem ich pensioniert bin und hier in Montreux lebe, geht es den Störchen immer prächtig. Jedes Frühjahr kommen meine Paare zurück und suchen immer wieder ihre alten Nester auf. Das ist ein unveränderliches Gesetz. Aber dieses Jahr sind die Störche aus dem Osten nicht zurückgekehrt.«

»Was meinen Sie damit?«

»Von den siebenhundert wandernden Paaren, die in Deutschland und Polen gezählt wurden, sind im März und im April nicht einmal fünfzig am Himmel aufgetaucht. Ich habe mehrere Wochen gewartet. Ich bin sogar selbst hingefahren. Aber es war zwecklos. Die Vögel kamen nicht wieder.«

Der Ornithologe erschien mir auf einmal älter und sehr einsam. »Haben Sie eine Erklärung dafür?« fragte ich.

»Vielleicht steckt eine Umweltkatastrophe dahinter. Oder die Auswirkungen eines neuen Insektenvertilgungsmittels. Aber das sind alles nur Vermutungen. Und ich will Gewißheiten.«

»Wie sollte ich Ihnen dabei helfen?«

»Im August werden sich wie jedes Jahr Dutzende von Jungstörchen auf die Wanderung machen. Ich will, daß Sie ihnen folgen. Tag für Tag. Ich will, daß Sie ihrer Flugroute exakt nachreisen. Ich will, daß Sie alle Schwierigkeiten beobachten, auf die sie unterwegs stoßen. Daß Sie mit den Leuten sprechen – mit der Polizei, mit ortsansässigen Vogelkundlern. Ich will, daß Sie herausfinden, weshalb meine Störche verschwunden sind.«

Seine Absichten verblüfften mich.

»Sind Sie selbst denn nicht tausendmal besser qualifiziert als ich, um ...«

»Ich habe mir geschworen«, unterbrach mich Böhm, »keinen Fuß mehr nach Afrika zu setzen. Außerdem bin ich jetzt siebenundfünfzig Jahre alt und habe ein sehr schwaches Herz. Zur Feldforschung tauge ich nicht mehr.«

»Haben Sie nicht einen Assistenten, einen jungen Ornithologen, den Sie mit den Nachforschungen beauftragen könnten?«

»Ich halte nichts von Spezialisten. Ich will einen unparteiischen Mann, der keine Vorkenntnisse und damit auch keine Vorurteile hat, der offen ist und dem Rätsel auf die Spur kommt. Sind Sie einverstanden oder nicht?

»Ich bin einverstanden«, antwortete ich, ohne zu zögern. »Wann soll ich aufbrechen?«

»Zusammen mit den Störchen, Ende August. Die Reise dauert ungefähr zwei Monate. Im Oktober sind die Störche im Sudan. Sollte tatsächlich auf ihrer Route irgend etwas vorfallen, so wird das, denke ich, vor diesem Zeitpunkt der Fall sein. Ansonsten kommen Sie zurück, und das Rätsel bleibt ungelöst. Ihr Gehalt beträgt fünfzehntausend Francs im Monat zuzüglich Spesen. Dieses Honorar zahlt Ihnen die APCE, unser Verband zum Schutz der europäischen Störche. Wir sind nicht gerade mit Reichtum gesegnet, aber ich habe dafür gesorgt, daß Sie unter den bestmöglichen Bedingungen reisen: Erster-Klasse-Flüge, Mietwagen, komfortable Hotels. Mitte August erhalten Sie eine erste Vorauszahlung, zusammen mit Ihren Flugtickets und den Hotelreservierungen. Erscheint Ihnen mein Vorschlag vernünftig?«

»Ich bin Ihr Mann. Aber sagen Sie mir zunächst eins: Woher kennen Sie die Braeslers?«

»Ich habe sie 1987 bei einem Ornithologenkongreß in Metz kennengelernt. Die Festrede hatte ›Die Gefährdung der Störche in Osteuropa‹ zum Thema. Georges hielt ebenfalls einen hochinteressanten Vortrag über Graukraniche.«

Später fuhr Max Böhm mit mir quer durch die Schweiz und zeigte mir einige der Freigelände, auf denen er heimische Störche aufzog, deren Junge ich auf ihrer Wanderschaft begleiten sollte. Unterwegs erklärte mir der Ornithologe die wichtigsten Prinzipien, die ich für meine Rundreise brauchte. Erstens: Man kennt die Flugroute der Störche halbwegs genau. Zweitens: Die Störche legen nur etwa hundert Kilometer am Tag zurück. Und drittens wandte Böhm ein zuverlässiges Mittel an, um die europäischen Störche aufzuspüren: die Beringung. Jedes Frühjahr befestigte er am Bein jedes Storchs einen Ring mit dem Geburtsdatum und einer speziellen Identifikationsnummer. Mit Hilfe eines Fernglases konnte man also jeden Abend ›seine‹ Vögel ausmachen. Zu allen diesen Argumenten kam der Vorteil, daß Böhm in jedem Land mit Ornithologen in Verbindung stand, die mir helfen und meine Fragen beantworten würden. Unter diesen Umständen, sagte Böhm, zweifle er nicht, daß ich herausfinden würde, was sich im letzten Frühjahr auf der Vogelroute ereignet hatte.

Exakt drei Monate später, am 17. August 1991, rief Max Böhm mich an, außer sich vor Aufregung: Er komme soeben aus Deutschland zurück, wo er festgestellt habe, daß der Abflug der Störche unmittelbar bevorstehe. Er habe mir eine Anzahlung in Höhe von fünfzigtausend Francs auf mein Bankkonto überwiesen – zwei Monatsgehälter sowie eine Summe zur Deckung der ersten Spesen – und werde mir per Eilkurierdienst die Flugtickets, Vouchers für Leihwagen sowie eine Liste der Hotels zuschicken, in denen ein Zimmer für mich reserviert sei, außerdem ein Flugticket Paris–Lausanne, denn er wünsche mich noch einmal zu sehen, damit wir sämtliche Daten des Projekts gemeinsam durchgehen könnten.

So machte ich mich am 19. August um sieben Uhr morgens auf den Weg, ausgestattet mit Reiseführern, Visa und Medikamenten. Mein Gepäck beschränkte ich auf das Allernötigste: Meine Sachen, Computer eingeschlossen, paßten in eine Reisetasche mittlerer Größe, zu der noch ein kleiner Rucksack kam. Nach außen hin war alles geregelt. In meinem Inneren hingegen herrschte ein unsägliches Chaos: Hoffnung, Aufregung und verworrene Ängste vermischten sich zu einem quälenden Aufruhr der Gefühle.

3

Jetzt aber war bereits alles zu Ende, bevor es überhaupt begonnen hatte. Max Böhm würde nie erfahren, weshalb seine Störche verschwunden waren. Ich übrigens auch nicht. Denn mit seinem Tod hatten sich meine Nachforschungen erübrigt, ich würde dem Verband das Geld zurückzahlen und zu meinen Büchern zurückkehren. Meine Karriere als Reisender war in der Tat überwältigend gewesen! Dieser vorzeitige Abbruch wunderte mich allerdings kaum. Schließlich war ich nie etwas anderes gewesen als ein müßiger Student – aus welchem Grund hätte ich mich über Nacht in einen verwegenen Abenteurer verwandeln sollen?

Trotzdem wartete ich noch. Hier im Krankenhaus von Montreux. Auf die Ankunft des Inspektors von der Bundespolizei und auf das Ergebnis der Autopsie. Denn eine Autopsie fand statt. Der diensthabende Arzt hatte sich sofort an die Arbeit gemacht, nachdem die Leiche von der Polizei freigegeben worden war – Max Böhm besaß anscheinend keine Familienangehörigen mehr. Was war dem alten Max zugestoßen? Ein Herzinfarkt? Hatten die Störche ihn angegriffen? Die Frage verdiente durchaus eine Antwort, und das war wohl auch der Grund, weshalb man die Leiche des Ornithologen jetzt auseinandernahm.

»Sind Sie Louis Antioche?«

Ich war derart in Gedanken versunken, daß ich den Mann nicht bemerkt hatte, der auf einmal neben mir saß. Die Stimme war so sanft wie seine Physiognomie. Ein langes Gesicht mit höflicher Miene unter einem zerzausten Haarschopf. Der

Mann sah mich mit abwesenden, schlaftrüben Augen an. Er war unrasiert, und man merkte ihm an, daß dies gegen seine Gewohnheit war. Er trug eine Hose aus leichtem Stoff, gut geschnitten, und ein lavendelblaues Lacoste-Hemd. Wir waren praktisch identisch gekleidet, mit der einzigen Ausnahme, daß mein Hemd schwarz war und anstelle des Krokodils einen Totenkopf hatte. Ich antwortete: »Ja. Sind Sie von der Polizei?«

Er nickte und faltete seine Hände wie zum Gebet: »Inspektor Dumaz. Habe heute nacht Bereitschaftsdienst. Scheußliche Sache. Sind Sie das, der ihn gefunden hat?«

»Ja.«

»Wie war er?«

»Tot.«

Dumaz zuckte die Achseln und holte sein Notizbuch hervor.

»Also«, sagte er geduldig. »Unter welchen Umständen haben Sie ihn entdeckt?«

Ich berichtete ihm von meiner Suche am Vortag. Dumaz machte sich bedächtig Notizen. Dann fragte er: »Sind Sie Franzose?«

»Ja. Ich wohne in Paris.«

Der Inspektor notierte sich sorgfältig meine Adresse.

»Kennen Sie Max Böhm schon lange?«

»Nein.«

»In welcher Beziehung standen Sie zu ihm?«

Ich hielt es für angebracht zu lügen: »Ich bin Vogelbeobachter, Hobbyornithologe. Wir hatten die Absicht, gemeinsam ein Lehrseminar über verschiedene Vogelarten zu veranstalten.«

»Was für welche?«

»Vor allem Weißstörche.«

»Was tun Sie beruflich?«

»Nichts. Ich bin vor kurzem mit dem Studium fertig geworden.«

»Was haben Sie studiert? Ornithologie?«

»Nein. Geschichte und Philosophie.«

»Und wie alt sind Sie?«

»Zweiunddreißig.«

Der Inspektor stieß einen leisen Pfiff aus: »Da haben Sie aber Glück gehabt, daß Sie so lang Ihrer Leidenschaft frönen konnten. Ich bin genauso alt wie Sie und seit dreizehn Jahren bei der Polizei.«

»Geschichte ist nicht meine Leidenschaft«, antwortete ich abweisend.

Dumaz fixierte die Wand gegenüber. Dasselbe abwesende Lächeln wie zuvor glitt über seine Lippen. »Meine Arbeit ist auch nicht gerade meine Leidenschaft, das kann ich Ihnen versichern«, sagte er. Dann sah er mich wieder an: »Seit wann, glauben Sie, ist Max Böhm bereits tot?«

»Seit vorgestern abend. Am Abend des Siebzehnten hat der Wächter ihn zum Storchennest hinaufsteigen sehen, aber er sah ihn nicht wieder herunterkommen.«

»Woran ist er Ihrer Meinung nach gestorben?«

»Was weiß ich? Vielleicht an einem Herzinfarkt. Jedenfalls hatten die Störche schon angefangen, ihn ... aufzufressen.«

»Ja, ich weiß, ich habe die Leiche vor der Autopsie gesehen. Haben Sie noch etwas zu sagen?«

»Nein.«

»Dann kommen Sie bitte ins Kommissariat in der Innenstadt, um Ihre Aussage zu unterzeichnen. Am späten Vormittag sind wir soweit. Das ist die Adresse.« Dumaz seufzte. »Dieser Tod wird ziemliches Aufsehen erregen. Böhm war einigermaßen berühmt. Sie wissen ja sicher, daß er es war, der in der Schweiz die Störche wieder angesiedelt hat. Auf derlei legen wir hierzulande viel Wert.«

Er verstummte, dann fuhr er mit einem kleinen Lachen fort: »Ein komisches Hemd haben Sie da an ... Durchaus den Umständen angemessen, finden Sie nicht?«

Auf diese Bemerkung hatte ich von Anfang an gewartet. Aber in dem Moment kam eine kleine, kräftige, dunkelhaarige Frau auf uns zu und enthob mich einer Antwort. Ihr weißer Kittel war blutverschmiert, ihr Gesicht verwüstet von Falten und geplatzten Äderchen. Eine Frau, die einiges erlebt hat und sich nichts vormachen läßt. Sie trug hohe Absätze, die bei jedem Schritt klapperten – sehr ungewöhnlich in dieser Welt aus Watte. Als sie vor uns stand, roch ich ihren intensiven Tabakatem.

»Sind Sie wegen Böhm hier?« fragte sie mit rauher Stimme.

Wir standen auf. Dumaz stellte uns vor.

»Das ist Louis Antioche, Student, Freund von Max Böhm ...«, sagte er, und ich spürte einen Hauch von Ironie in seinem Ton. »Er hat die Leiche heute nacht gefunden. Ich bin Inspektor Dumaz von der Bundespolizei.«

»Catherine Warel, Herzchirurgin. Die Autopsie hat ziemlich lang gedauert«, erwiderte sie und wischte sich über die schweißfeuchte Stirn. »Der Fall war komplizierter, als wir zuerst dachten. Einmal wegen der Wunden. Schnabelhiebe, mitten ins Fleisch. Man hat mir gesagt, er wurde in einem Storchennest gefunden – was, um Gottes willen, hat er denn dort oben getrieben?«

»Max Böhm war Ornithologe«, antwortete Dumaz, ein wenig von oben herab. »Es verblüfft mich, daß Sie ihn nicht kennen. Er war sehr berühmt. Er hat sich für den Schutz der Störche in der Schweiz eingesetzt.«

»Ach so?« sagte die Frau ohne Überzeugung.

Sie zog ein Päckchen filterloser schwarzer Zigaretten hervor und zündete sich eine an. Nachdem das Rauchverbotsschild an der Wand unübersehbar war, schloß ich daraus, daß die Frau keine Schweizerin sein konnte. Nach einem langen, gierigen Zug fuhr sie fort: »Zurück zur Autopsie. Trotz der vielen Wunden – Sie bekommen noch heute vormittag einen schriftlichen Bericht – ist der Mann eindeutig einem Herzanfall erlegen, und zwar am Abend des siebzehnten August, gegen acht Uhr.« Sie wandte sich an mich: »Wären Sie nicht gewesen, hätte über kurz oder lang der Gestank die Museumsbesucher alarmiert. Aber eines ist dennoch überraschend. Wußten Sie, daß man Böhm ein fremdes Herz eingepflanzt hat?«

Dumaz warf mir einen fragenden Blick zu, während die Ärztin fortfuhr: »Als das Team auf die lange Narbe über dem Brustbein stieß, hat man mich zur Autopsie hinzugezogen. Es steht außer Frage, daß eine Transplantation stattgefunden hat: einmal wegen der Narbe, die charakteristisch ist für eine Sternotomie, das heißt eine Durchtrennung des Brustbeins, außerdem wegen außergewöhnlicher Verwachsungen im Spaltraum des Herzbeutels, was ein Hinweis auf einen früheren Eingriff ist. Ich habe außerdem die Nahtstellen am Transplantat festgestellt, die auf der Höhe der Aorta, der Lungenarterie sowie des rechten und des linken Vorhofs mit nicht resorbierbarem Faden durchgeführt worden sind.«

Frau Dr. Warel zog wieder an der Zigarette und schwieg eine Weile.

»Die Operation liegt eindeutig mehrere Jahre zurück«, fuhr sie fort, »aber das Fremdorgan wurde bemerkenswert gut toleriert – normalerweise finden wir an einem transplantierten Herzen zahlreiche weißliche Narben – Nekrosen, mit anderen Worten, abgestorbene Muskelzellen an den Stellen, wo das fremde Gewebe abgestoßen wurde. Die Transplantation, die man an Böhm vorgenommen hat, ist also hoch interessant. Und soweit ich sehen konnte, wurde der Eingriff von jemandem durchgeführt, der sein Handwerk hervorragend versteht. Ich habe mich allerdings bereits erkundigt: Max Böhm war wegen der postoperativen Überwachung nicht bei einem unserer Ärzte in Behandlung. Und das, meine Herren, ist ein kleines Rätsel, das ich gern lösen würde. Ich werde mich selbst darum kümmern und Erkundigungen einholen. Was die eigentliche Todesursache betrifft: nichts Originelles. Ein banaler Myokardinfarkt, eingetreten vor etwa fünfzig Stunden. Wahrscheinlich infolge der Anstrengung beim Aufstieg. Wenn es Ihnen ein Trost ist: Böhm hat nicht gelitten.«

»Was meinen Sie damit?« fragte ich.

Warel entließ einen Schwall Nikotin in die aseptische Atmosphäre.

»Ein transplantiertes Herz ist vom Nervensystem des Empfängers unabhängig. Ein Herzanfall löst daher keinen besonderen Schmerz aus – das heißt, Max Böhm hat nicht gespürt, daß er stirbt. Das ist alles, meine Herren.« Sie wandte sich wieder an mich: »Werden Sie sich um die Bestattung kümmern?«

Ich zögerte einen Moment. »Ich muß leider verreisen ...«, begann ich.

»Auch gut«, unterbrach sie mich knapp. »Wir werden ja sehen. Jedenfalls ist der Totenschein im Lauf des Vormittags fertig.« Wieder an Dumaz gewandt, fragte sie: »Kann ich Sie noch einen Augenblick sprechen?«

Der Inspektor und die Ärztin verabschiedeten sich von mir, und Dumaz fügte noch hinzu: »Denken Sie bitte daran, daß Sie am späten Vormittag Ihre Aussage unterschreiben müssen.«

Dann ließen sie mich im Krankenhausflur stehen und gingen davon, er mit seiner sanften Miene und sie mit ihren klappernden Absätzen – die freilich nicht laut genug klapperten, um den leise gesprochenen Satz der Ärztin zu übertönen: »Wir haben da ein Problem ...«

4

Draußen warf der beginnende Morgen metallische Schatten und tauchte die schlafenden Straßen in ein graues Licht. Ich durchquerte Montreux, ohne mich um Ampeln zu kümmern, und fuhr geradewegs zu Böhms Haus. Ich weiß nicht, warum, aber die angekündigten ›Erkundigungen‹ über den Ornithologen hatten mir einen Schrecken eingejagt, und ich hatte das dringende Bedürfnis, sämtliche Dokumente, in denen mein Name erwähnt war, zu vernichten und der APCE meinen Vorschuß anonym zurückzuzahlen, ohne die Polizei in die Sache hineinzuziehen. Wer keine Spuren hinterläßt, erregt auch kein Aufsehen.

Ich parkte meinen Wagen unauffällig, hundert Meter vom Chalet entfernt. Zunächst vergewisserte ich mich, daß die Haustür nicht abgesperrt war, dann kehrte ich zum Auto zurück und holte aus meinem Rucksack einen Werbekalender in Form einer weichen Plastikscheibe, die ich zwischen Tür und Rahmen steckte und unter den Schnapper des Schlosses zu schieben versuchte, was mir nach wiederholten Anläufen schließlich gelang: Unter dem Druck meiner Schulter öffnete sich die Tür ohne einen Laut, und ich betrat das Haus des verstorbenen Max Böhm. Im Zwielicht des frühen Morgens wirkte das Chalet noch beengter, noch beklemmender als zuvor: Es war bereits das Haus eines Toten.

Ich ging hinunter in den Keller zum Büro. Die Akte ›Louis Antioche‹ an mich zu bringen, fiel mir nicht schwer: Böhm hatte sich nicht die Mühe gemacht, sie beiseite zu räumen. Darin fand ich die Quittung der Banküberweisung, die Rechnungen der Flugtickets, die Verträge mit den Leihwagenfirmen. Außerdem fand ich die Notizen, die Böhm sich anhand der Auskünfte von Nelly Braesler über mich gemacht hatte:

Louis Antioche. Zweiunddreißig. Mit zehn Jahren von den Braeslers adoptiert. Intelligent, geistreich, sensibel. Aber ein frustrierter Müßiggänger. Mit Vorsicht zu behandeln. Hat von dem Unfall Traumata zurückbehalten. Erinnerungslücken.

Anscheinend war ich für die Braeslers auch nach so vielen Jahren immer noch ein kritischer Fall und leicht gestört. Ich drehte das Blatt um, aber mehr stand nicht darauf. Das Drama meiner Kindheit hatte Nelly offenbar für sich behalten. Um so besser. Ich nahm die Akte an mich und setzte meine Suche fort. In einer Schreibtischlade stieß ich auf die Akte ›Störche‹, die, ähnlich wie die Unterlagen, die Max mir am ersten Tag ausgehändigt hatte, die Namen von Kontaktpersonen und eine Fülle von Informationen enthielt. Auch diese Akte nahm ich an mich.

Ich hätte verschwinden sollen, doch eine unbestimmte Neugier trieb mich dazu, weiterzusuchen, mehr oder weniger aufs Geratewohl. In einem heruntergekommenen mannshohen Aktenschrank aus Eisen entdeckte ich Tausende von Karteikarten mit Daten über Vögel, eng zusammengeschoben, verschiedenfarbig und je nach Farbe in Päckchen geordnet. Diesen Farbcode hatte Böhm mir erklärt: Jede Farbe stand für einen bestimmten Vorfall oder eine bestimmte Information – rot bedeutete: Weibchen, blau: Männchen, grün: Zugvogel, rosa hieß: Unfall mit Hochspannungsleitung, gelb: Krankheit, schwarz: Tod, und so weiter. So genügte ihm ein Blick auf die Farben, um die entsprechenden Karten zu dem Thema, mit dem er sich jeweils befaßte, leicht aufzufinden.

Mir kam eine Idee: Ich sah mir die Liste der verschwundenen Störche an und zog ein paar der dazugehörigen Karteikarten aus der Lade. Aber Böhm benutzte eine unverständliche Kürzelsprache, und so vermochte ich lediglich festzustellen, daß die verschwundenen Vögel allesamt erwachsene Tiere waren, älter als sieben Jahre. Ich steckte sämtliche Karteikarten ein – was ich da tat, war bereits Diebstahl. Aber immer noch trieb mich ein unbezwingbarer Impuls, und ich durchsuchte systematisch den gesamten Schreibtisch. ›Böhm ist ein Schulfall‹, hatte Dr. Warel gesagt. Wo hatte die Operation stattgefunden? Und wer hatte sie durchgeführt? Ich fand keinerlei Hinweis.

Aus reiner Verzweiflung nahm ich mir den kleinen Verschlag direkt neben dem Arbeitszimmer vor, in dem Max Böhm seine Ringe lötete und seine Ornithologenausrüstung verwahrte. Auf einem Regal über der Arbeitsplatte stapelten sich Ferngläser, fotografische Filter und eine gewaltige Menge von Ringen aller Art aus verschiedenen Materialien. Außerdem entdeckte ich chirurgische Instrumente, Injektionsspritzen, Bandagen, Schienen, steriles Verbandszeug. Offenbar hatte Max Böhm sich zuzeiten auch als Hobbyveterinär betätigt. Diese Welt, die der Alte sich geschaffen hatte, in der sich alles um unverständliche Leidenschaften, ja Besessenheiten drehte, erschien mir immer einsamer, immer isolierter, je mehr ich davon zu sehen bekam. Schließlich verstaute ich alles wieder an seinem Platz und kehrte ins Erdgeschoß zurück.

Das große Wohnzimmer, das Eßzimmer und die Küche streifte ich nur flüchtig; es gab hier nichts von Bedeutung – schweizerische Nippsachen, irgendwelche Papiere, alte Zeitungen. Ich stieg zu den Schlafzimmern hinauf, von denen es drei gab. Das Zimmer, in dem ich beim ersten Mal geschlafen hatte, war so nichtssagend wie damals: ein schmales Bett, plumpe, schäbige Möbelstücke. Böhms Schlafzimmer roch nach Moder und Trostlosigkeit, die Farben waren verblichen, die Möbel ohne ersichtlichen Grund eng zusammengerückt. Ich durchsuchte alles: Schrank, Sekretär, Kommoden. Jedes Möbelstück war so gut wie leer. Ich schaute unters Bett, unter die Teppiche, unter lose Tapetenstücke in den Ecken. Ohne Ergebnis. Nur in einem Schrank fand ich einen Schuhkarton voller alter Fotos von einer Frau. Ich sah mir ein paar Bilder an: eine farblose Frau mit unbestimmten Gesichtszügen und kränklicher Gestalt vor tropischen Landschaften. Wahrscheinlich Frau Böhm. Auf den jüngeren Fotos – die in Farbe waren und den für die siebziger Jahre typischen Stich hatten – schien sie um die Vierzig. Ich betrat das letzte Zimmer und fand dort dieselbe altmodische Atmosphäre vor, aber sonst nichts. Schließlich stieg ich die enge Treppe wieder hinunter, während ich mir den Staub abklopfte, der an meinen Kleidern haftete.

Durch die Fenster fiel das erste Sonnenlicht herein. Ein goldener Strahl strich über die Möbelflächen und die Kanten der zahlreichen Podeste, die – weshalb nur? – in allen Ecken des Wohnzimmers aufragten. Auf einer dieser Stufen ließ ich mich nieder. Es fehlte einiges in diesem Haus, dachte ich: Max Böhms medizinisches Dossier – ein Transplantationspatient mußte doch sicherlich Medikamente einnehmen und also Rezepte besitzen, außerdem Szintigramme, Röntgenaufnahmen, Elektrokardiogramme und ähnliches; ferner vermißte ich die üblichen Andenken eines Menschen, der lange Zeit im Ausland gelebt hat: afrikanisches Kunstgewerbe, orientalische Teppiche, Jagdtrophäen ..., genauso wie die Spuren einer beruflichen Vergangenheit – ich hatte nicht einmal Pensionsunterlagen gefunden, auch keine Bankauszüge oder Steuerbescheide. Hätte Böhm einen radikalen Schlußstrich unter seine Vergangenheit ziehen wollen, er hätte es nicht anders angefangen. Aber es mußte hier irgendwo ein Versteck geben.

Ich sah auf die Uhr: Viertel nach sieben. Falls eine gerichtliche Untersuchung stattfinden sollte, würde die Polizei sicher bald auftauchen, und sei es nur, um das Haus zu versiegeln. Widerwillig stand ich auf und ging zur Tür. Ich öffnete sie – und im selben Augenblick fielen mir die Stufen ein: waren die Podeste im Wohnzimmer nicht ideale Verstecke?

Ich machte kehrt und klopfte die Seiten ab. Die Stufen waren hohl. Ich rannte hinunter in den Kellerverschlag, griff mir ein paar Werkzeuge und lief wieder hinauf. Innerhalb von zwanzig Minuten hatte ich alle sieben Podeste in Böhms Wohnzimmer geöffnet, ohne allzu große Schäden anzurichten. Vor mir lagen drei große Versandumschläge, versiegelt, staubig, ohne Beschriftung.

Ich kehrte zu meinem Wagen zurück und fuhr zu den Hügeln oberhalb von Montreux auf der Suche nach einem Ort, an dem ich ungestört war. Zehn Kilometer weiter parkte ich in einer einsamen Straßenbiegung in einem Wäldchen, das noch feucht vom Morgentau war. Meine Hände zitterten vor Anspannung, als ich den ersten Umschlag öffnete.

Er enthielt die medizinische Akte von Irene Böhm, geborene Fogel in Genf 1942. Verstorben im August 1977 im Krankenhaus Bellevue in Lausanne an den Folgen eines metastasierten Tumors. Die Akte enthielt lediglich ein paar Röntgenaufnahmen, Diagramme, amtliche Verschreibungen und zum Schluß den Totenschein, dem ein an Max Böhm adressiertes Telegramm und ein Beileidsschreiben von Dr. Lierbaum, dem behandelnden Arzt seiner Frau, beilagen. Ich sah mir den Briefumschlag an, auf dem Max Böhms Anschrift im Jahr 1977 stand: Avenue Bokassa 66, Bangui, Zentralafrikanische Republik. Mein Herz begann zu rasen. Zentralafrika war also Böhms letzte afrikanische Adresse gewesen. Das Land, das durch den Wahnsinn seines kurzlebigen Tyrannen, des Kaisers Bokassa, traurige Berühmtheit erlangt hatte. Dieser wüste Dschungel, glühendheiß und feucht, mitten im Herzen Afrikas – der auch in den Trümmern meiner eigenen Vergangenheit verschüttet war.

Ich kurbelte die Scheibe herunter und ließ die frische Luft herein, dann nahm ich mir den Umschlag wieder vor. Ich fand weitere Fotos der zerbrechlichen Gattin, aber auch noch andere Abzüge: sie zeigten Max Böhm und einen etwa dreizehnjährigen Jungen, der dem Vogelkundler verblüffend ähnlich sah. Dieselbe stämmige Gestalt, die blonden Haare zu einer Bürste geschnitten, mit braunen Augen und muskulösem Hals wie ein Tier. Doch in seinen Augen lagen eine Verträumtheit, eine Sorglosigkeit, die zu Böhms Steifheit und Härte nicht paßten. Die Fotos stammten offensichtlich aus derselben Epoche, den siebziger Jahren. Damals war die Familie vollzählig: Vater, Mutter und Sohn. Aber wieso versteckte Böhm diese banalen Bilder eigens in einem hohlen Podest? Und wo war dieser Sohn heute?

Der zweite Umschlag enthielt lediglich eine Thorax-Röntgenaufnahme, undatiert, ohne Namen und ohne Kommentar. Die einzige Gewißheit: Auf dem opaken Bild war ein Herz zu sehen. Und in der Mitte des Herzens ein winziger heller Fleck, scharf konturiert, von dem ich nicht hätte sagen können, ob es sich um einen Fehler in der Aufnahme oder um ein Blutklümpchen handelte. Ich dachte an Max Böhms Transplantat. Dieses Bild stammte sicherlich von einem seiner beiden Herzen. Dem ersten oder dem zweiten? Ich verwahrte das Dokument sorgfältig.

Schließlich öffnete ich den letzten Umschlag – und erstarrte. Vor mir hatte ich den gräßlichsten Anblick, den man sich vorstellen kann. Es waren Schwarzweißfotografien – Bilder von einer Art menschlichem Schlachthaus. Kinderleichen hingen an Metzgerhaken, Marionetten aus Fleisch, mit blutigen Löchern anstelle der Arme oder des Geschlechts; Gesichter mit aufgerissenen Lippen und leeren Augenhöhlen; Arme, Beine, einzelne Gliedmaßen, gestapelt auf einer Fleischbank; blutverkrustete Köpfe, aufgereiht auf langen Tischen, starrten aus toten Augen. Und alle Leichen waren ausnahmslos Schwarze.

Dieser unsägliche Ort war nicht einfach ein Totenhaus. Die Wände waren weiß gekachelt wie in einer Klinik oder einer Leichenhalle, und es lagen funkelnde chirurgische Instrumente herum: Das war ein makabres Labor, eine abscheuliche Folterkammer mit wissenschaftlicher Verbrämung. Die Höhle eines Monsters, das sich im verborgenen grauenhaften Praktiken hingab. Ich stieg aus dem Wagen, die Kehle war mir zugeschnürt vor Abscheu und Ekel. So vergingen viele Minuten, während ich in der frischen Morgenluft stand. Von Zeit zu Zeit warf ich noch einmal einen Blick auf die Bilder und versuchte mir klarzumachen, daß sie wirklich waren, mich an den Anblick zu gewöhnen, um sie besser fassen zu können. Es war unmöglich. Die brutale Schärfe der Abzüge, die Bildkörnung verliehen dieser Armee von Leichen eine schwindelerregende Realität. Wer konnte derartige Entsetzlichkeiten begangen haben – und warum?

Ich stieg wieder in den Wagen, verschloß die drei Umschläge und schwor mir, sie nicht so bald wieder zu öffnen. Ich ließ den Motor an und fuhr hinunter nach Montreux, mit Tränen in den Augen.

5

Ich fuhr in Richtung Innenstadt und bog dann in die Avenue ab, die am See entlangführt. In der Tiefgarage des hellen, feudalen Hôtel de la Terrasse stellte ich den Wagen ab. Die Sonne goß bereits eine Flut von Licht über das träge Wasser des Genfer Sees, und die Landschaft ringsum flammte in goldenem Glanz auf. Ich setzte mich in den Hotelgarten gegenüber dem See und den dunstverhangenen Bergen, die den Ausblick einrahmten.

Nach einigen Minuten erschien der Kellner, und ich bestellte chinesischen Tee, gut gekühlt. Ich versuchte nachzudenken. Böhms Tod. Das Rätsel um sein Herz. Die morgendliche Durchsuchung seines Hauses und die grauenerregenden Entdeckungen, die ich dabei gemacht hatte. Das war ziemlich viel für einen simplen Studenten auf der Suche nach Störchen.

»Na – letzter Spaziergang vor der Abreise?«

Ich drehte mich um. Hinter mir stand Inspektor Dumaz, frisch rasiert, in einem leichten Jackett aus braunem Stoff und einer hellen Leinenhose.

»Wie haben Sie mich gefunden?«

»Das war nicht schwer. Ihr kommt alle hierher. Man könnte meinen, daß alle Straßen von Montreux zum See führen.«

»Was soll das heißen: ›Ihr‹?«

»Besucher. Touristen.« Mit dem Kinn wies er auf die ersten morgendlichen Spaziergänger auf der Uferpromenade. »Das ist eine hochromantische Ecke, wissen Sie. Ein Hauch von Ewigkeit weht hier, wie man zu sagen pflegt. Man fühlt sich in Jean-Jacques Rousseaus ›Nouvelle Héloïse‹ versetzt. Aber ich werd' Ihnen was gestehen: Diese ganzen Klischees kotzen mich an. Und ich glaube, die meisten Schweizer denken ganz genauso.«

Ich deutete ein Lächeln an. »Sie sind ja auf einmal recht zynisch. Trinken Sie etwas?«

»Einen Kaffee. Stark.«

Ich rief den Kellner herbei und bestellte einen Espresso. Dumaz hatte neben mir Platz genommen. Er setzte seine Sonnenbrille auf und wartete schweigend. Mit tiefernstem Interesse studierte er die Landschaft. Als der Kaffee gebracht wurde, leerte er ihn in einem Zug, dann seufzte er tief.

»Ich hatte keine Minute Ruhe, seit wir uns verabschiedet haben«, begann er. »Zuerst die Unterredung mit Dr. Warel, Sie wissen schon, dieser kleinen verrauchten Person mit ihrem blutigen Kittel. Sie ist neu hier. Ich glaub' nicht, daß sie mit so was gerechnet hat.« Dumaz stieß ein verhaltenes Lachen aus. »Erst zwei Wochen in Montreux, und schon bringt man ihr einen toten Ornithologen, gefunden in einem Storchennest, halb aufgefressen von seinen eigenen Vögeln! Na gut. Nach dem Spital bin ich nach Hause gefahren, um mich umzuziehen, und gleich danach ins Kommissariat, um Ihren Bericht niederzuschreiben.« Er klopfte sich auf die Jackentasche. »Ich habe Ihre Aussage dabei, Sie können sie gleich unterschreiben und müssen nicht erst aufs Kommissariat. Danach war ich auf einen Sprung bei Max Böhm. Was ich dort gefunden habe, veranlaßte mich, ein paar Telefonate zu führen. Binnen einer halben Stunde hatte ich sämtliche Antworten auf meine Fragen. Und da bin ich!«

»Und was ist Ihre Schlußfolgerung?«

»Nichts. Es gibt keine Schlußfolgerung.«

»Das verstehe ich nicht.«

Dumaz faltete wieder seine Hände und stützte die Ellenbogen auf den Tisch, dann wandte er sich mir zu: »Ich sagte es Ihnen bereits: Max Böhm war eine Berühmtheit. Wir brauchen also einen sauberen, normalen Tod. Irgend etwas Klares und Eindeutiges.«

»Ist das nicht der Fall?«

»Ja und nein. Mit dem Tod an sich ist alles in Ordnung – abgesehen natürlich von dem ungewöhnlichen Ort. Ein Herzinfarkt. Unbestreitbar. Aber alles andere rundherum stimmt ganz und gar nicht. Ich möchte ungern das Andenken eines großen Mannes in den Schmutz ziehen, verstehen Sie?«

»Wären Sie geneigt, mir zu verraten, was nicht stimmt?«

Dumaz fixierte mich hinter seinen getönten Gläsern. »Es wäre viel eher an Ihnen, mich aufzuklären«, antwortete er.

»Was wollen Sie damit sagen?«

»Was ist der wahre Grund Ihres Besuchs bei Max Böhm?«

»Ich habe Ihnen heute nacht alles gesagt.«

»Sie haben gelogen. Ich habe ein paar Details nachgeprüft und kann Ihnen beweisen, daß Sie nicht die Wahrheit gesagt haben.«

Ich gab keine Antwort. Dumaz fuhr fort: »Als ich in Böhms Chalet herumgeschnüffelt habe, fiel mir auf, daß vor mir schon jemand da war. Über den Daumen gepeilt, würde ich sogar sagen: ein paar Minuten vor mir. Ich habe sofort im Freilichtmuseum angerufen, wo Böhm ein zweites Büro hat. Ich dachte mir, ein Mann wie er macht sich von bestimmten Unterlagen höchstwahrscheinlich Kopien. Seine Sekretärin, offenbar eine begeisterte Frühaufsteherin, hat sich bereit erklärt, sich umzuschauen, und fand schließlich in einer seiner Schubladen ein ganz unglaubliches Dossier über verschwundene Störche. Die wichtigsten Unterlagen hat sie mir gleich gefaxt. Soll ich weitererzählen?«

Diesmal war ich es, der stumm auf den See hinausstarrte. Vor dem glühenden Horizont zeichneten sich winzige Segelboote ab.

»Außerdem die Bank. Ich habe mit Böhms Zweigstelle telefoniert: Er hat vor kurzem eine beträchtliche Summe überwiesen. Ich weiß den Namen, die Adresse und die Kontonummer des Empfängers.«

Das Schweigen zwischen uns verhärtete sich. Ein kristallines Schweigen, klar wie die Morgenluft, das an diesem Punkt in viele verschiedene Richtungen aufbrechen konnte. Ich ergriff die Initiative: »Diesmal gibt es eine Schlußfolgerung.«

Dumaz lächelte, dann nahm er die Brille ab.

»Ich kann's mir schon denken. Wahrscheinlich sind Sie in Panik geraten. Böhms Tod ist nicht so einfach, wie man auf den ersten Blick annimmt. Es wird eine Untersuchung geben, denken Sie sich. Zufällig haben Sie aber ziemlich viel Geld von ihm erhalten, für einen Spezialauftrag, und aus irgendeinem unerklärlichen Grund haben Sie Angst bekommen. Sie sind bei ihm zu Hause eingebrochen, um Ihre Akte mitgehen zu lassen und alle Spuren Ihrer Beziehung zu ihm zu verwischen. Ich habe Sie nicht im Verdacht, daß Sie das Geld behalten wollten. Sicher werden Sie es zurückzahlen. Aber dieser Einbruch ist schwerwiegend ...«

Ich dachte an die drei Umschläge und antwortete hastig: »Herr Inspektor, die Arbeit, mit der Max Böhm mich beauftragt hat, betrifft einzig und allein die Störche. Darin sehe ich nichts Verdächtiges. Ich werde das Geld selbstverständlich dem Verband zurückzahlen, der ...«

»Es gibt keinen Verband.«

»Wie bitte?«

»Es gibt keinen Verband, wie Sie ihn sich vorstellen. Böhm hat allein gearbeitet, und er war das einzige Mitglied der APCE. Er bezahlte ein paar Angestellte, beschaffte das Material, mietete seine Geschäftsräume. Böhm brauchte kein Geld von anderen. Er war immens reich.«

Vor Verblüffung brachte ich keinen Ton heraus. Dumaz fuhr fort: »Auf seinem Privatkonto liegen über hunderttausend Schweizer Franken. Und außerdem muß Böhm irgendwo in einem unserer Geldschränke auch ein Nummernkonto besitzen. Zu einem bestimmten Zeitpunkt seines Lebens hat dieser Vogelkundler eine höchst lukrative Tätigkeit ausgeübt.«

»Was werden Sie unternehmen?«

»Im Augenblick nichts. Der Mann ist tot. Wie es aussieht, hat er keinerlei Familienangehörige. Ich bin sicher, daß er sein Vermögen einem internationalen Naturschutzverein wie WWF oder Greenpeace vermacht hat. Der Fall wäre damit abgeschlossen. Trotzdem würde ich die Sache gern weiterverfolgen. Und dazu brauche ich Ihre Hilfe.«

»Meine Hilfe?«

»Haben Sie heute morgen irgend etwas bei Böhm gefunden?«

Wieder schossen mir die drei Umschläge durch den Kopf wie feurige Meteoren.

»Nein, nichts, abgesehen von meiner Akte.«

Dumaz lächelte ungläubig. Dann stand er auf. »Wollen wir ein Stück gehen?« fragte er.

Ich folgte ihm das Seeufer entlang.

»Nehmen wir an, daß Sie nichts gefunden haben«, begann er von neuem. »Schließlich war der Mann auf der Hut. Ich habe mich heute morgen selber erkundigt, aber nichts Großartiges herausgefunden. Weder über seine Vergangenheit noch über seine geheimnisvolle Operation. Sie erinnern sich ja – diese Herztransplantation. Das ist ein weiteres Rätsel. Wissen Sie, was Dr. Warel mir gesagt hat? Böhms implantiertes Herz enthielt einen merkwürdigen Bestandteil, der dort überhaupt nichts zu suchen hat. Eine winzige Kapsel aus Titan, dem Metall, aus dem man bestimmte Prothesen herstellt, und sie war an der Spitze des Herzens festgenäht. Normalerweise wird an einem transplantierten Herzen ein Klipp befestigt, damit man leichter eine Biopsie durchführen kann. Aber das ist es nicht. Frau Warel meint, das Teil hat keine spezielle Funktion.«

Ich schwieg. Ich dachte an den hellen Fleck auf dem Röntgenbild. Mein Abzug stammte also vom zweiten Herzen. Schließlich fragte ich: »Wie kann ich Ihnen denn helfen?«

»Böhm hat Sie bezahlt, damit Sie dem Zug der Störche folgen. Haben Sie das vor?«

»Nein. Ich werde das Geld zurückzahlen. Wenn die Störche

beschlossen haben, aus der Schweiz oder aus Deutschland abzuhauen, wenn sie von einem Riesentaifun verschlungen werden, kann ich nichts dafür, und es ist mir auch herzlich gleichgültig.«

»Schade. Die Reise hätte sehr nützlich sein können. Ich habe angefangen, der Karriere des Bauingenieurs Max Böhm nachzuspüren – freilich erst sehr rudimentär. Durch Ihre Reise hätten wir versuchen können, seine Vergangenheit quer durch Afrika oder den Nahen Osten zu rekonstruieren.«

»Wie stellen Sie sich das vor?«

»Ich denke es mir als zweigleisige Ermittlung. Ich hier und Sie dort unten. Ich forsche seinem Vermögen nach, seiner Tätigkeit. Ich finde die Orte und Daten seiner verschiedenen Aufträge heraus. Sie verfolgen seine Spuren vor Ort – entlang der Flugroute der Störche. Wir stehen in regelmäßigem Kontakt. In ein paar Wochen haben wir Max Böhms gesamtes Leben aufgerollt. Seine Geheimnisse, seine Leistungen, seine Geschäfte.«

»Geschäfte?«

»Ich weiß nicht – ich hab' das Wort aufs Geratewohl verwendet.«

»Und was habe ich davon?«

»Eine schöne Reise. Und die sprichwörtliche Ruhe der Schweiz.« Dumaz klopfte sich abermals auf die Jackettasche. »Wir werden gemeinsam Ihre Aussage unterschreiben. Und sie vergessen.«

»Und Sie, was haben Sie davon?«

»Sehr viel. Auf jeden Fall mehr als gestohlene Reiseschecks oder entlaufene Pudel. Der Alltag im August in Montreux ist nicht gerade erhebend, Monsieur Antioche, glauben Sie mir. Was Sie mir heute nacht von Ihrem Studium erzählt haben, fand ich nicht sehr glaubwürdig. Man verbringt nicht zehn Jahre seines Lebens mit einem Fach, das einem keinen Spaß macht. Ich habe Sie freilich auch angelogen: an sich begeistert meine Arbeit mich sehr. Aber meine Erwartungen erfüllen sich nicht. Es vergeht ein Tag nach dem anderen, und die Langeweile erstickt mich. Ich will an einem handfesten Fall arbeiten. Böhms Schicksal liefert uns einen hervorragenden Anlaß zur Ermittlung, bei der wir im Team besser vorankommen. Kann ein Rätsel wie dieses Ihr Intellektuellenhirn nicht reizen? Denken Sie darüber nach.«

»Ich fliege nach Frankreich zurück und rufe Sie morgen an. Meine Aussage kann ruhig einen oder zwei Tage warten, nicht wahr?«

Der Inspektor nickte lächelnd. Er begleitete mich zu meinem Wagen und streckte mir die Hand zum Abschied hin. Ich übersah seine Geste und stieg ins Kabrio. Dumaz lächelte wieder, dann hielt er die halboffene Tür fest. Nach kurzem Schweigen fragte er: »Darf ich Ihnen eine indiskrete Frage stellen?«

Ich nickte knapp.

»Was ist mit Ihren Händen passiert?«

Die Frage entwaffnete mich. Ich betrachtete meine Finger, mißgestaltet seit so vielen Jahren, auf denen die Haut sich zu unzähligen Wülsten und Narben verzweigt hat, dann zuckte ich die Achseln.

»Ein Unfall in meiner Kindheit. Ich lebte bei einer Kinderfrau, die Färberin war. Ein Bottich voller Säure ist umgekippt und mir über die Hände geflossen. Mehr weiß ich nicht darüber. Der Schock und der Schmerz haben jede Erinnerung ausgelöscht.«

Dumaz betrachtete meine Hände. Mein Gebrechen war ihm sicherlich schon in der Nacht aufgefallen, und seine Neugier über diese uralten Brandwunden war jetzt hoffentlich befriedigt. Mit einer schroffen Geste schlug ich die Wagentür zu. Dumaz sah mich an, dann fragte er in sanftem Ton: »Diese Narben haben nichts mit dem Unfall Ihrer Eltern zu tun?«

»Woher wissen Sie, daß meine Eltern einen Unfall hatten?«

»Böhms Unterlagen sind äußerst umfassend.«

Ich startete und fuhr die Uferstraße entlang in Richtung Lausanne, ohne noch einen Blick in den Rückspiegel zu werfen. Ein paar Kilometer weiter hatte ich die Aufdringlichkeit des Inspektors bereits vergessen.

Kurz darauf, während ich an einem sonnenbeschienenen Feld entlangfuhr, sah ich aus dem Augenwinkel eine Gruppe schwarzweiß gefleckter Gestalten. Ich stellte den Wagen ab und ging vorsichtig auf sie zu. Ich spähte durchs Fernglas. Die Störche waren da. Gelassen, den Schnabel im Boden, suchten sie sich ihr Frühstück. In der goldleuchtenden Helligkeit schimmerte ihr weiches Gefieder wie Samt, glänzend, dicht und seidig. Ich habe für Tiere ansonsten nicht viel übrig, aber dieser Vogel, der wie eine indignierte Herzogin dreinblicken kann, ist wirklich etwas Besonderes.

Ich sah Böhm vor mir, in den Feldern von Weissembach. Er schien glücklich, mir seine kleine Welt vorzuführen. Stumm pirschte sich seine breite Gestalt durch die Äcker bis zu den Gehegen voran, und er bewegte sich geschmeidig und leicht trotz seiner Korpulenz. Mit seinem kurzärmeligen Hemd, seiner Leinenhose und dem Fernglas um den Hals ähnelte er einem pensionierten Oberst, der ein imaginäres Manöver durchführte. Während er das Gehege betrat, sprach Böhm mit einer sanften Stimme voller Zärtlichkeit auf die Störche ein. Die Vögel waren zuerst mit flüchtigen, argwöhnischen Blicken zurückgewichen.

Böhm ging weiter bis zum Nest, das sich etwa einen Meter über der Erde befand und aus einem Kranz aus Zweigen und Erde bestand, mit einem Durchmesser von mehr als einem Meter und flacher, sauberer und ordentlicher Oberfläche. Die Störchin hatte ihren Platz widerwillig verlassen, und er zeigte mir die Jungen, die in der Mitte lagen. »Sechs Junge, stellen Sie sich das vor!« Die winzigen Vogelkinder hatten ein gräuliches Gefieder mit leichtem Grünstich. Sie rissen die Augen auf und drängten sich aneinander, und ich fühlte mich wie ein Eindringling, der den Frieden eines trauten Heims stört. Das klare Abendlicht verlieh dem Anblick eine merkwürdig unwirkliche Dimension.

Nach einer Weile hatte Böhm unvermittelt gemurmelt:

»Sie haben Sie erobert, nicht wahr?« Und ich hatte seinen Blick erwidert und stumm genickt.

Am nächsten Morgen, nachdem Böhm mir eine umfangreiche Akte mit Kontaktadressen, Landkarten und Fotografien ausgehändigt hatte und wir die Treppe von seinem Büro hinaufstiegen, hatte der Schweizer mich jäh am Arm gepackt und in gehetztem Ton gesagt: »Ich hoffe, Sie haben mich richtig verstanden, Louis. Diese Sache ist außerordentlich wichtig für mich. Ich muß unbedingt meine Störche wiederfinden und erfahren, warum sie fortbleiben. Es geht um Leben und Tod!« Im Zwielicht der Kellertreppe hatte ich seine Miene gesehen und war selber erschrocken. Eine weiße Maske war sein Gesicht, so starr, als könnte es jeden Augenblick zerspringen. Böhm war anscheinend halb tot vor Angst.

In der Ferne erhoben die Vögel sich langsam und majestätisch in die Luft. Ich sah ihren gemessenen Bewegungen durch das Morgenlicht nach. Mit einem Lächeln wünschte ich ihnen gute Reise und setzte meinen Weg fort.

Um halb eins war ich am Bahnhof von Lausanne. Zwanzig Minuten später ging ein Hochgeschwindigkeitszug nach Paris. Ich fand eine freie Telefonzelle in der Halle und rief aus einem Reflex heraus bei mir zu Hause an, um den Anrufbeantworter abzuhören. Ulrich Wagner hatte angerufen, ein deutscher Biologe, den ich einen Monat zuvor im Zuge meiner vogelkundlichen Vorbereitungen kennengelernt hatte. Ulrich und sein Team schickten sich an, die Wanderung der Störche über Satellit zu verfolgen. Sie hatten etwa zwanzig Individuen mit japanischen Minisendern ausgerüstet, mit deren Hilfe sie die Vögel dank den Argos-Koordinaten täglich exakt lokalisieren konnten. Sie hatten mir angeboten, ihre über Satellit gewonnenen Daten zu verwenden – was mir eine enorme Hilfe gewesen wäre; es ersparte mir, winzigen Ringen nachzulaufen, die schwer auszumachen waren. Wagners Nachricht auf Band lautete: »Wir sind soweit, Louis! Sie fliegen ab! Das System funktioniert großartig. Rufen Sie mich an, dann gebe ich ihnen die Nummern der Störche und ihre genaue Position durch. Alles Gute!«

So hatten die Vögel mich schon wieder eingeholt. Ich verließ die Telefonzelle. Der Bahnhof war voller Familien mit rotbackigen Kindern und gewaltigen Reisetaschen, die ihnen in die Kniekehlen schlugen. Touristen mit neugieriger und gelassener Miene strömten auf mich zu. Ich sah auf die Uhr und machte kehrt, zurück zum Taxistand. Ich ließ mich zum Flughafen fahren.

2. TEIL

Sofia in Zeiten des Krieges

6

[illegible] letzter Minute [illegible]. Ich [illegible] Frau [illegible] Wien. [illegible] hat [illegible] einen [illegible] und war [illegible] Abend [illegible] Bratislava. Graf Max Böhm [illegible] die Stadt [illegible] Hotel [illegible] zweimal im Jahr [illegible] und [illegible] durch diese [illegible] nach [illegible] [illegible] mich [illegible] statt [illegible] Böhm [illegible] [illegible]

[illegible] Notizen [illegible] Bahnhof von Bratislava. Den Bahnhof fand ich ohne Mühe, und die Škoda- und [illegible]-Fahrer, die dort auf Kundschaft warteten, [illegible] Kräften [illegible] seiner Arbeit [illegible] Uhr [illegible] dem Bahnhof [illegible]. Ich [illegible] [illegible]

6

In letzter Minute erreichte ich noch den Flug Lausanne–Wien. In Schwechat nahm ich mir einen Leihwagen und war gegen Abend in Bratislava. Laut Max Böhm sollte die Stadt mein erstes Reiseziel sein, zweimal im Jahr kamen die Störche aus Deutschland und Polen durch diese Gegend. Von hier aus konnte ich nach Belieben umherstreifen und, je nach Wagners Informationen, die Vögel aufspüren und beobachten. Zusätzlich hatte ich den Namen und die Adresse eines slowakischen Ornithologen, Joro Grybinski, der Französisch sprach: ich bewegte mich also auf bekanntem Gelände. Bratislava war eine graue und nichtssagende Großstadt mit quaderförmigen Wohnblocks, durchzogen von langen, breiten Straßen, auf denen kleine rote oder himmelblaue Autos fuhren und die Stadt in dicke schwärzliche Rauchwolken hüllten. Zudem herrschte eine erdrückende Hitze, und so war die Luft regelrecht atemberaubend. Trotzdem freute mich jeder Anblick, jedes Detail dieser neuen Umgebung – Böhms Tod, die Ängste des heutigen Morgens schienen mir bereits Lichtjahre entfernt.

In Böhms Notizen hieß es, Joro Grybinski sei Taxifahrer am Hauptbahnhof von Bratislava. Den Bahnhof fand ich ohne Mühe, und die Škoda- und Trabant-Fahrer, die dort auf Kundschaft warteten, machten mir mit vereinten Kräften begreiflich, daß Joro seinen Arbeitstag gegen neunzehn Uhr beende. Sie rieten mir, in dem kleinen Café gegenüber dem Bahnhof auf ihn zu warten. Ich setzte mich also auf die Terrasse, wo ich im Gewimmel deutscher Touristen und hübscher Sekretärinnen noch einen Platz fand, bestellte einen Tee und bat den Kellner, mir Bescheid zu sagen, falls Joro auftauchen sollte. Ansonsten vertrieb ich mir die Zeit, indem ich alles genau beobachtete, was in mein Blickfeld geriet. Ich genoß den Abstand, der mich unversehens von meinem früheren Leben trennte. In Paris lebte ich in einem weiträumigen Appartement im vierten Stock eines bürgerlichen Wohnhauses am Boulevard Raspail. Von den sechs Zimmern, die mir zur Verfügung standen, benutzte ich zwar nur drei – Salon, Schlafzimmer und Büro –, aber ich liebte es, mich in den weitläufigen Fluchten zu bewegen, in denen Leere und Schweigen herrschten. Diese Wohnung war ein Geschenk meiner Adoptiveltern – eine ihrer vielen Großzügigkeiten, die mir das Dasein erleichterten, ohne in mir die leiseste Dankbarkeit zu erwecken. Die beiden Alten waren mir zutiefst zuwider. Für mich waren sie bloß zwei namenlose Spießbürger, die zwar über mich gewacht hatten, doch immer nur aus der Ferne. In fünfundzwanzig Jahren hatten sie mir lediglich ein paar Briefe geschrieben und mich nicht öfter als insgesamt vier- oder fünfmal besucht. Es war, als hätten sie meinen Eltern vor deren Tod irgendein obskures Versprechen gegeben, das sie mit Überwindung und nur unter äußerster persönlicher Zurückhaltung einlösten – mit Hilfe von Geschenken und Schecks. Schon längst hatte ich aufgehört, irgendeine Geste der Zuneigung oder Freundlichkeit von ihnen zu erwarten. Ich hatte mit ihnen abgeschlossen, profitierte jedoch nach wie vor von ihrem Geld – mit heimlicher Bitterkeit.

Zum letzten Mal hatte ich die Braeslers im Jahr 1982 gesehen, als sie mir die Schlüssel zu meiner Wohnung übergaben. Das ältliche Paar bot einen wenig erfreulichen Anblick. Nelly war um die Sechzig, klein und vertrocknet und ätzend wie ein Mund voller Salz. Sie trug bläuliche Perücken und stieß immerfort kleine Schreie aus, die jedoch ein Gelächter waren, nicht unähnlich dem Piepsen eines Sperlings im Käfig. Von früh bis spät war sie betrunken. Georges war kaum anregender. Obwohl er einst französischer Botschafter und mit André Gide und Valéry Larbaud befreundet gewesen war, zog er der Gesellschaft seiner Mitmenschen mittlerweile die Graureiher vor. Im übrigen gab er kaum etwas anderes von sich als einsilbige Worte und Kopfschütteln.

Ich selbst führte ein vollkommen einsames Dasein. Keine Frau, wenig Freunde, keinerlei Unternehmungen. Das alles hatte ich schon mit Zwanzig genossen – zur Genüge, wie ich fand. In einem Alter, das für andere die besten Jahre sind, um sich in Feste und Exzesse zu stürzen, war ich in Einsamkeit und Askese abgetaucht und hatte studiert. Fast ein Jahrzehnt lang war ich durch die Bibliotheken gestreift, hatte exzerpiert und geschrieben und auf über tausend Seiten Gedanken festgehalten. Ich war in der Größe der Geisteswelt aufgegangen, die völlig abstrakt war, und der durchaus konkreten Einsamkeit meines Alltags vor dem flimmernden Bildschirm des Computers.

Meine Geckenhaftigkeit war der einzige Luxus, den ich mir leistete, ich liebte die teure Eleganz. Dabei fällt es mir trotz meiner Neigung zu Äußerlichkeiten nicht leicht, mich zu beschreiben: Mein Gesicht ist eine Mischung. Einerseits sehe ich durchaus eine gewisse Feinheit – eine hohe Stirn, hervortretende Wangenknochen, durch vorzeitige Falten geschärfte Züge; auf der anderen Seite aber hängende Lider, ein plumpes Kinn, eine barocke Nase. Dieselbe Ambivalenz stelle ich an meinem Körper fest, der, obwohl hochgewachsen und einigermaßen elegant, stämmig und muskulös ist. Deshalb legte ich diesen besonderen Wert auf meine Kleidung. Ich trug stets Jacketts von ausgesuchtem Schnitt und Hosen mit tadellosen Falten, in den Farben, Mustern und in den Details hingegen war ich kühner. Ich gehörte zu jenen, die überzeugt sind, daß ein rotes Hemd oder ein Jakkett mit fünf Knöpfen einen geradezu existentiellen Akt darstellt.

Wie fern war das alles, als über Bratislava die Sonne unterging und ich jede Minute des Wartens genoß, während mir Fetzen einer unbekannten Sprache ans Ohr drangen und in die Lunge die Abgase der kränkelnden Autos. Um halb acht trat ein kleiner Mann vor mich hin. »Louis Antioche?« fragte er.

Ich stand auf, um ihn zu begrüßen, wobei ich sofort die Hände in die Taschen steckte. Joro traf ebenfalls keine Anstalten, mich mit Handschlag zu begrüßen.

»Sie sind Joro Grybinski, nehme ich an?«

Er nickte mißmutig. Er wirkte auf mich wie ein Sturm: Graue Locken peitschten seine Stirn, die Augen funkelten tief in den Höhlen, der Mund war verbittert und stolz. Joro schien um die Fünfzig. Er war in armselige Lumpen gekleidet, aber die Würde seiner Miene, seiner Gesten blieb davon unangetastet.

Ich setzte ihm den Grund meiner Reise nach Bratislava auseinander und sagte, ich sei hier, um die wandernden Störche aufzuspüren. Daraufhin erhellten sich seine Züge, und er erklärte mir eifrig, er beobachte die Weißstörche seit über zwanzig Jahren und kenne jeden einzelnen ihrer Rastplätze in der Umgebung. Er sprach ein korrektes, aber abgehacktes Französisch, seine Sätze prasselten auf mich nieder wie Sentenzen. Daraufhin erklärte ich ihm meinerseits das Prinzip des Satellitenexperiments und sprach von den exakten Ortsangaben, die ich damit erhalten würde. Nachdem er mir eine Weile aufmerksam zugehört hatte, fing er an zu grinsen. »Man braucht keinen Satelliten, um die Störche zu finden. Kommen Sie mit«, sagte er.

Wir nahmen seinen Wagen – einen auf Hochglanz polierten Škoda. Am Stadtrand von Bratislava durchquerten wir zunächst das Industriegebiet mit hohen Ziegelschornsteinen von der Art, wie sie die sozialistische Kunst bevölkern. In der Hitze verfolgten uns gewaltige Gerüche, beißend, übelkeiterregend und beunruhigend. Dann kamen wir an riesigen Steinbrüchen vorbei, in denen metallene Ungeheuer hausten. Endlich waren wir auf dem Land, das sich menschenleer und kahl vor uns erstreckte, und an die Stelle des Industriegestanks traten die landwirtschaftlichen Ausdünstungen. Anscheinend hatte man die Gegend zu einer maßlosen Produktivität auserkoren – genug, um die Erde selbst auszubluten.

Wir fuhren durch Weizen-, Raps- und Maisfelder. In der Ferne verbreiteten schwere Traktoren Rauch- und Staubwolken, aber die Sonne schien sanfter, und die Luft war milder und frischer. Vom Steuer aus suchte Joro den Horizont ab und sah, was ich nicht sah, blieb immer wieder an Stellen stehen, an denen ich nichts Auffälliges zu erkennen vermochte. Schließlich bog er in einen steinigen Feldweg ein; ringsum herrschten Ruhe und Stille. Wir fuhren einen Teich entlang, der grün und reglos war. Zahlreiche Vögel versammelten sich hier, Reiher, Kraniche, Milane, Stelzvögel, die im Schwarm vorbeischossen. Aber keine schwarzweißen Storchengefieder. Joro schnitt eine Grimasse. Das Ausbleiben der Störche war offensichtlich ein außergewöhnliches Ereignis. Wir warteten, Joro starr wie eine Statue, das Fernglas vor den Augen. Ich saß neben ihm auf der verbrannten Erde und nutzte die Gelegenheit, um ihn auszufragen.

»Beringen Sie die Störche?« begann ich.

Joro ließ das Fernglas sinken und sah mich an. »Nein, wozu denn?« fragte er. »Sie kommen und gehen. Wozu sie numerieren? Ich weiß, wo sie nisten, das genügt. Jeder Storch kehrt jedes Jahr zu seinem eigenen Nest zurück. Darauf ist Verlaß.«

»Aber sehen Sie während der Wanderschaft auch beringte Störche?«

»Selbstverständlich. Ich führe sogar Buch darüber.«

»Was heißt das?«

»Ich schreibe alle Nummern auf, die ich sehe. Mit Ort, Datum und Tageszeit. Ich werde dafür bezahlt. Von einem Schweizer.«

»Max Böhm etwa?«

»Genau.«

Böhm hatte nicht erwähnt, daß Joro einer seiner ›Wachposten‹ war.

»Wie lang arbeiten Sie denn schon für ihn?«

»Fast zehn Jahre.«

»Und warum, glauben Sie, will er das?«

»Weil er spinnt.«

Joro wiederholte: »Er spinnt«, und klopfte sich mit dem Zeigefinger an die Schläfe. »Im Frühjahr, wenn die Störche zurückkommen, ruft Böhm mich jeden Tag an und fragt, ob ich diese und jene Nummer gesehen hätte. In solchen Momenten ist er nicht ganz bei Trost. Im Mai, wenn alle Vögel weitergezogen sind, atmet er auf und telefoniert nicht mehr. Dieses Jahr war es ganz schrecklich. Fast kein einziger Storch ist zurückgekehrt. Ich dachte, er bricht zusammen. Aber gut, was soll man machen. Er zahlt, und ich tu' die Arbeit.«

Joro flößte mir Vertrauen ein, deshalb sagte ich ihm – ohne ihm zu verraten, daß der Schweizer tot war –, ich stünde ebenfalls in Böhms Diensten, und dieser Umstand stärkte unser Einverständnis. In Joros Augen war ich als Franzose zunächst nur ein ›Westler‹, reich und verachtenswert; aber die Erkenntnis, daß wir beide für denselben Mann arbeiteten, befreite ihn von seinen Komplexen; fortan duzte er mich.

Nach einer Weile holte ich die Fotografien von den Störchen hervor und kehrte zu meinem Thema zurück: »Wie erklärst du dir das Verschwinden der Störche?«

»Es ist ja nur ein bestimmter Typ von Störchen verschwunden.«

»Was soll das heißen?«

»Verschwunden sind nur die beringten Störche. Vor allem die mit zwei Ringen.«

Diese Information war wesentlich. Joro griff nach den Fotografien.

»Schau«, sagte er, während er mir ein paar Abzüge hinhielt. »Die meisten Störche tragen zwei Ringe. Zwei Ringe«, wiederholte er eindringlich. »Und beide am rechten Bein, oberhalb des Gelenks. Das bedeutet, daß sie einmal am Boden gefangen wurden.«

»Was ist das für ein System?«

»In Europa befestigt man den ersten Ring am Storchjungen, das noch nicht flügge ist. Den zweiten Ring kann man nur dann anbringen, wenn man den Vogel irgendwann später auf die eine oder andere Weise in die Hände bekommt – wenn er krank ist oder verwundet. Zu dem Zeitpunkt legt man ihm den zweiten Ring an. Mit dem exakten Datum der Versorgung. Siehst du, hier erkennt man das sehr gut.«

Joro reichte mir das Bild. Tatsächlich waren auf beiden Ringen die Daten zu lesen: April 1984 und Juli 1987. Also war dieser Storch drei Jahre nach seiner Geburt von Böhm versorgt worden.

»Ich hab' mir Notizen gemacht«, fügte Joro hinzu. »Siebzig Prozent der verschwundenen Störche sind solche mit zwei Ringen. Flügellahme, die irgendwann mal flugunfähig waren.«

»Was hältst du davon?« fragte ich.

Joro zuckte die Achseln. »Vielleicht ist irgendwo eine Seuche ausgebrochen, in Afrika oder Israel oder in der Türkei. Vielleicht waren diese Störche weniger widerstandsfähig als die anderen. Vielleicht hindern die Ringe sie daran, im Busch so frei zu jagen, wie sie's brauchen. Was weiß ich.«

»Hast du mit Böhm darüber gesprochen?«

Aber Joro hörte nicht mehr zu. Er hielt sich wieder das Fernglas vor die Augen und murmelte halblaut vor sich hin: »Da sind sie, da, dort hinten ...«

Wenige Sekunden später sah ich am Himmel, der noch hell war, eine Gruppe von Vögeln auftauchen, weich und geschmeidig flogen sie auf uns zu. Aber im selben Moment stieß Joro einen slowakischen Fluch aus: Er hatte sich geirrt; es waren keine Störche, sondern nur Milane, die hoch über unseren Köpfen vorbeisausten. Dennoch sah Joro ihnen nach, aus reiner Freude, und auch ich beobachtete die Raubvögel in der befremdlichen Stille des Sommerabends. Zum erstenmal fiel mir ihre außergewöhnliche Leichtigkeit auf, ein Talent, das dem Menschen gänzlich fehlt. Beim Anblick dieser Vögel wurde mir mit einemmal bewußt, daß es nichts

Zauberhafteres gibt als die Welt der Vögel, diese natürliche Eleganz, die pfeilschnell vorüberfliegt.

Schließlich setzte Joro sich zu mir auf den Boden, legte das Fernglas beiseite und begann sich eine Zigarette zu drehen. Ich sah ihm zu und begriff endlich, weshalb er mir zur Begrüßung nicht die Hand gereicht hatte. Seine Hände waren arthritisch verkrümmt, die Finger im rechten Winkel steif abgewinkelt, gleich nach dem ersten Gelenk. Wie bei Jules Berry, der in den Vorkriegsfilmen sein Gebrechen meisterhaft eingesetzt hat. Wie bei John Carradine, Horrorfilmdarsteller, der diese versteinerten Kastagnetten nicht einmal mehr bewegen konnte. Joro indes brauchte für seine Zigarette nur ein paar Sekunden. Bevor er sie anzündete, fragte er: »Wie alt bist du?«

»Zweiunddreißig.«

»Und von wo aus Frankreich bist du?«

»Paris.«

»Ah, Paris, Paris ...«

Ein banaler Ausruf, der im Mund des alternden Mannes jedoch einen sehnsüchtigen, merkwürdig inbrünstigen Klang hatte. Er zündete seine Zigarette an, während er mit zusammengekniffenen Augen den Horizont absuchte.

»Bezahlt dich Böhm dafür, daß du seinen Störchen nachfährst?«

»So ist es.«

»Kein schlechter Job. Was meinst du – wirst du herausfinden, was mit ihnen passiert ist?«

»Das hoffe ich.«

»Ich hoffe es auch. Wegen Böhm. Dem zerreißt es sonst das Herz.«

Ich zögerte eine Weile, dann sagte ich: »Das ist schon geschehen. Max Böhm ist tot, Joro.«

»Tot? Na, das wundert mich nicht.«

Ich schilderte ihm die Umstände von Böhms Tod. Joro schien nicht weiter erschüttert – um sein Gehalt freilich tat es ihm leid. Ich spürte, daß er den Schweizer nicht mochte und Ornithologen im allgemeinen verachtete, die Störche als ihr Eigentum ansahen, als Haustiere fast: Mit den Vögeln, die in völliger Freiheit tausendfältig über den Himmel von Osteuropa zögen, sagte er, hätten sie nichts mehr gemein.

Als Nachruf auf Max Böhm erzählte mir Joro, wie der Schweizer 1982 nach Bratislava gekommen war, um ihm diese Aufgabe, eine Vertrauenssache, anzutragen. Etliche tausend tschechische Kronen hatte er ihm dafür geboten, daß er nichts anderes tat, als jedes Jahr den Zug der Störche zu beobachten. Joro hatte ihn für einen Verrückten gehalten, aber den Job bereitwillig angenommen.

»Komisch«, sagte er nach einem Zug von der Zigarette, »daß du mich über die Störche ausfragst.«

»Warum?«

»Weil du nicht der erste bist. Im April sind zwei Männer hier aufgekreuzt und haben mir dieselben Fragen gestellt.«

»Wer waren sie?«

»Keine Ahnung. Sie waren jedenfalls ganz anders als du. Ich hielt sie für Bulgaren. Zwei üble Burschen, ein Großer und ein kleiner Dicker, denen ich nicht mal mein Hemd anvertraut hätte. Die Bulgaren sind sowieso Schurken, das weiß jeder.«

»Wieso haben sie sich für die Störche interessiert? Waren sie Ornithologen?«

»Angeblich waren sie im Auftrag einer internationalen Organisation unterwegs, die einen französischen Namen hatte: *Monde Unique*. Angeblich wegen einer ökologischen Untersuchung. Ich hab' ihnen kein Wort geglaubt. Das waren zwei Schlägertypen, die mir eher wie Spione aussahen.«

Monde Unique. Einzige Welt. Der Name weckte eine Erinnerung in mir. Eine internationale Vereinigung, die sich humanitären Aufgaben in allen Ländern der Welt widmet, insbesondere in Kriegsgebieten.

»Was hast du ihnen gesagt?«

»Nichts«, lächelte Joro. »Sie sind wieder abgezogen. Das ist alles.«

»Haben Sie von Max Böhm gesprochen?«

»Nein. Mit der Ornithologie hatten die nichts am Hut. Das waren Spitzel, sag' ich dir.«

Um halb zehn wurde es dunkel. Wir hatten nicht einen einzigen Storch gesehen, aber ich hatte eine Menge erfahren. In Sarovar, Joros Heimatdorf, ging der Abend mit tschechischem Budweiser und polternden slowakischen Wirtshausgeschichten zu Ende. Die Männer trugen Filzmützen, die Frauen waren in wadenlange Schürzen gewickelt, und jeder schrie aus vollem Hals, allen voran Joro, der sein übliches Phlegma vollkommen abgelegt hatte. Die Nacht war mild, und trotz der übermächtigen Gerüche von ranzigem Bratfett genoß ich diese Stunden in der Gesellschaft fröhlicher Leute, die mich so unkompliziert wie herzlich bei sich aufnahmen. Später brachte Joro mich ins Hilton von Bratislava, wo Böhm mir ein Zimmer reserviert hatte. Ich wollte Joro für die nächsten Tage engagieren, um gemeinsam mit ihm auf die Suche nach den Störchen zu gehen, und bot ihm ein Honorar dafür an. Der Slowake akzeptierte mit einem kleinen Lächeln. Blieb nur noch zu hoffen, daß auch die Vögel zum Stelldichein erschienen.

7

Jeden Morgen um fünf Uhr holte Joro mich ab. Im phosphoreszierenden Blau der Nacht tranken wir auf dem kleinen Platz von Sarovar Tee und machten uns gleich danach auf den Weg. Zuerst zu den Hügeln über Bratislava mit seinen beißenden Rauchschwaden, dann durch Sturmwolken aus Staub und Dünger entlang den Feldern und Wiesen. Störche sahen wir selten. Manchmal, gegen elf Uhr vormittags, tauchte ein Heer über uns auf, so hoch am Himmel, daß es kaum zu sehen war. Fünfhundert schwarzweiße Vögel, die am blauen Firmament ihre Kreise zogen, geleitet von ihrem unfehlbaren Instinkt. Verblüffend war die spiralförmige Bewegung – ich hätte einen geradlinigen Flug erwartet, mit ausgebreiteten Flügeln und gerecktem Schnabel. Aber dann erinnerte ich mich an Böhms Worte: »Während der Wanderung fliegt der Weißstorch nicht aktiv, sondern gleitet im Segelflug, unter Ausnutzung der Thermik, die ihn trägt. Thermik, wissen Sie, das sind Aufwinde, hervorgerufen von der Einstrahlung der Sonne und der Erwärmung des Erdbodens, die wie unsichtbare Kanäle verlaufen ...« So bewegten die Vögel sich auf den warmen Luftströmen vorwärts in Richtung Süden.

Abends zog ich die Satelliteninformationen zu Rate und erhielt die Position jedes einzelnen Storchs in Längen- und Breitengraden, exakt bis zu den Minuten. Mit Hilfe einer Straßenkarte ließ sich die Flugroute der Vögel leicht nachvollziehen: die jeweiligen Standorte trug ich auf meinem Laptop in eine digitalisierte Landkarte von Europa und Afrika ein und hatte auf diese Weise das Vergnügen, die Wanderung der Störche auf dem Bildschirm zu verfolgen.

Man teilt die Störche in zwei Kategorien ein. Die westeuropäischen Störche fliegen über Spanien und die Straße von Gibraltar nach Nordafrika; bis der Schwarm Mali, Senegal, Zentralafrika und den Kongo erreicht, sind unterwegs Tausende von Individuen hinzugestoßen. Die osteuropäischen Störche, zehnmal so zahlreich, brechen von Polen, Rußland und Deutschland aus auf, überqueren den Bosporus, den Vorderen Orient, gelangen über den Suezkanal nach Ägypten und schließlich in den Sudan, nach Kenia und, noch tiefer, nach Südafrika. Bis zu zwanzigtausend Kilometer umfaßt die Reise.

Von den zwanzig Störchen, die mit Sendern ausgerüstet waren, hatten zwölf sich für die Ostroute entschieden: Von Berlin aus durchquerten sie Ostdeutschland, flogen über Dresden durch Polen in die Tschechoslowakei und kamen schließlich nach Bratislava, wo ich auf sie wartete. Die Satellitenüberwachung funktionierte großartig, Ulrich Wagner war begeistert. »Es ist phantastisch«, schwärmte er am Telefon, als ich ihn am dritten Abend anrief. »Jahrzehnte haben wir gebraucht, um anhand der Beringung wenigstens eine annähernde Route bestimmen zu können. Dank diesen Sendern kennen wir jetzt innerhalb eines Monats die exakte Flugstrecke der Störche!«

Während dieser Tage kam es mir vor, als hätten der Schweizer und seine Geheimnisse niemals existiert. Doch am Abend des 23. August erhielt ich im Hotel ein Fax von Hervé Dumaz – ich hatte ihm meine Abreise mitgeteilt, ihn jedoch darauf hingewiesen, daß ich, im Moment jedenfalls, die Absicht hatte, mich lediglich um die Störche, nicht um Max Böhms Vergangenheit zu kümmern. Der Inspektor von der Bundespolizei hingegen hatte für den alten Schweizer Feuer gefangen. Sein erstes Fax war geradezu ein Roman, lang und ausführlich und verfaßt in einem nervösen, knappen Stil, der in scharfem Gegensatz zu seiner sonstigen verträumten

Sanftheit stand. Außerdem schrieb er in einem freundschaftlichen Ton, der von der Stimmung während unserer letzten Begegnung merkwürdig abwich:

Von: Hervé Dumaz
An: Louis Antioche, Hilton Hotel,
Bratislava
Montreux, 23. August 1991, 20.00 Uhr

Lieber Louis,
wie verläuft Ihre Reise? Ich komme recht gut voran. Nach viertägiger Ermittlung habe ich folgendes herausgefunden:

Max Böhm wird 1934 in Montreux geboren. Seine Eltern sind Antiquitätenhändler, er ist das einzige Kind. Er studiert in Lausanne und macht mit 26 sein Ingenieursdiplom. Drei Jahre später, 1963, reist er im Auftrag des Ingenieursunternehmens SOGEP nach Mali. Er beteiligt sich an der Studie für einen geplanten Dammbau im Nigerdelta. Die politischen Unruhen zwingen ihn 1964 zur Rückkehr in die Schweiz. Danach geht Böhm nach Ägypten, wieder im Auftrag von SOGEP, und arbeitet am Assuan-Staudamm mit. 1967 kehrt er aufgrund des Sechstagekriegs nach Hause zurück. Nach einem Jahr in der Schweiz bricht Böhm 1969 nach Südafrika auf, wo er zwei Jahre bleibt. Diesmal arbeitet er für De Beers Ltd., den weltweit größten Diamantenproduzenten. Er leitet den Bau von Infrastrukturen für die Minen. Im August 1972 läßt er sich in der Zentralafrikanischen Republik nieder. Zu dem Zeitpunkt befindet sich das Land in der Hand von Jean-Bedel Bokassa.

Böhm wird technischer Berater des Präsidenten. Seine Aktivitäten finden an mehreren Fronten gleichzeitig statt: Bauwesen, Kaffeeplantagen, Diamantenminen. 1977 klafft eine Lücke von etwa einem Jahr. Erst 1979 findet sich seine Spur wieder, diesmal in der Schweiz, Montreux. Er scheint verbraucht zu sein, die Jahre in Afrika haben ihn ausgelaugt. Mit 45 kümmert sich Böhm nur noch um seine Störche. Alle

Leute, die ich kontaktiert habe, ehemalige Kollegen, mit denen er im Ausland zusammengearbeitet hat, zeichnen dasselbe Bild von ihm: Böhm war ein brutaler, unnachgiebiger, gefühlloser Mensch. Für die Störche hingegen empfand er eine Leidenschaft, die an Besessenheit grenzte.

Bezüglich seines Privatlebens habe ich einige interessante Entdeckungen gemacht. 1962, mit 28 Jahren, lernt Böhm seine Frau Irene kennen und heiratet sie gleich darauf. Ein paar Monate später kommt ein Sohn auf die Welt, Philipp. Anscheinend hängt Böhm sehr an seiner Familie, sie begleitet ihn überallhin und paßt sich an die sehr unterschiedlichen klimatischen und kulturellen Bedingungen an. Anfang der siebziger Jahre jedoch verliert Irene die Lust. Sie kehrt häufig in die Schweiz zurück und dehnt die Zeit zwischen ihren Besuchen in Afrika immer mehr aus, allerdings schreibt sie Mann und Sohn regelmäßig. 1976 siedelt sie sich endgültig in Montreux an. Im Jahr darauf stirbt sie an Krebs – ungefähr um diese Zeit verschwindet Max Böhm. Von dem Zeitpunkt an verliert sich auch jede Spur des Sohnes, der mittlerweile 15 ist. Man hört nie wieder was von ihm. Auch beim Tod seines Vater tritt Philipp Böhm nicht in Erscheinung. Ist er ebenfalls tot? Lebt er im Ausland? Das sind Fragen ohne Antwort.

Nichts Neues weiß ich über Max Böhms Vermögen. Laut Analyse seiner Privatkonten und der Konten seines Verbandes besaß der Ingenieur an die achthunderttausend Schweizer Franken. Ein Nummernkonto ließ sich nicht ausfindig machen (ich bin aber überzeugt, daß es existiert!). Wann und wie hat Böhm derart viel Geld gescheffelt? Sicherlich hat er während seiner Auslandsaufenthalte das eine oder andere Geschäft gemacht. An Gelegenheiten wird es ihm nicht gefehlt haben. Ich bin geneigt, irgendwelche Mauscheleien mit Bokassa zu vermuten – Handel mit Gold, Diamanten, Elfenbein ... Ich warte noch auf die Zusammenfassung der beiden Prozesse, die man dem Diktator gemacht hat. Vielleicht taucht irgendwo der Name Max Böhm auf.

Das größte Rätsel ist derzeit die Herztransplantation. Frau

Dr. Catherine Warel hatte mir versprochen, in allen Kliniken und Krankenhäusern in der Schweiz nachzuforschen. Sie hat nichts gefunden. Ebensowenig wie in Frankreich oder irgendwo sonst in Europa. Also wo und wann hat diese Operation stattgefunden? Vielleicht in Afrika – das ist weniger abwegig, als es aussieht: 1967 hat Christiaan Barnard in Kapstadt, Südafrika, die erste Herztransplantation vorgenommen, bereits einen Monat später die zweite. Aber Böhm wurde nicht von Barnard operiert, das habe ich nachgeprüft: Im Archiv des Grote-Schuur-Krankenhauses findet sich kein Max Böhm.

Merkwürdig ist außerdem, daß Max Böhm anscheinend blendend in Form war. Ich habe noch einmal sein Chalet auf den Kopf gestellt und nach irgendwelchen Hinweisen gesucht – medizinischen Unterlagen, Rezepten, Medikamenten, Laborberichten. Nichts. Ich habe seine Bankkonten und Telefonrechnungen überprüft: nicht ein Scheck, nicht ein Anruf, der sich irgendwie mit einem Kardiologen oder einer Klinik in Verbindung bringen läßt. Dabei ist ein Mensch mit einem fremden Herzen kein gewöhnlicher Patient. Er muß ärztlich überwacht werden – sich regelmäßig untersuchen und Biopsien, EKG, Blutanalysen usw. durchführen lassen. Vielleicht ist er dazu ins Ausland gefahren? Böhm ist in Europa viel herumgereist – aber natürlich lieferten ihm die Störche einen ausgezeichneten Grund, um nach Belgien, Frankreich, Deutschland etc. zu fahren. Aber auch das führt uns nirgendwohin.

Soweit bin ich jetzt. Sie sehen, Max Böhm ist eine höchst rätselhafte Gestalt. Glauben Sie mir, Louis: Es gibt einen Fall Böhm. Hier im Kommissariat von Montreux hat man ihn zu den Akten gelegt. Die Presse trauert und hält Lobreden über den ›Storchenmann‹. Was für eine Ironie! Die Beerdigung fand auf dem Friedhof von Montreux statt, die gesamte Prominenz der Stadt war anwesend und überbot sich gegenseitig in hohlen Worten.

Die letzte Neuigkeit: Böhm hat sein gesamtes Vermögen testamentarisch einer in der Schweiz sehr bekannten humani-

tären Organisation vermacht: Monde Unique. Das könnte eine neue Fährte sein. Ich setze die Ermittlungen fort.

Lassen Sie von sich hören!

Hervé Dumaz

Der Inspektor verblüffte mich immer wieder. Innerhalb weniger Tage hatte er handfeste Informationen zusammengetragen. Ich faxte ihm sofort eine Antwort. Die Unterlagen, die ich bei Böhm gefunden hatte, verschwieg ich ihm nach wie vor – mit schlechtem Gewissen zwar, aber ich empfand eine merkwürdige Scham, die mich daran hinderte. Eine undeutliche Ahnung warnte mich davor, dem Augenschein zu trauen, diesen Unterlagen, deren Brutalität allzu offensichtlich war.

Es war zwei Uhr morgens. Ich löschte das Licht, sah im Halbdunkel den Schatten zu und dachte über Max Böhms geheime Wahrheiten nach. Was hatte er wirklich getrieben? Und welche Rolle spielten dabei die Störche, für die sich anscheinend sehr viele Leute interessierten? Bargen sie vielleicht Geheimnisse, deren Brisanz mich überforderte? Mehr denn je war ich entschlossen, der Sache nachzugehen. Bis auf den Grund.

8

Am nächsten Morgen verschlief ich und erwachte mit starkem Kopfweh. Joro wartete schon in der Halle auf mich, und wir brachen sofort auf. Am späten Nachmittag fragte Joro mich aus über mein Leben in Paris, meine Geschichte, mein Studium. Ringsum knisterte die Erde vor Hitze, und an den ausgedörrten Sträuchern weideten ein paar Schafe.

»Und die Frauen, Louis? Hast du eine Frau ein Paris?«

»Ich hatte eine. Mehrere sogar. Aber ich bin eher ein Einzelgänger. Und die Mädchen machen nicht den Eindruck, als täte es ihnen leid.«

»Nein? Ich hätte gedacht, ein so fescher Mensch wie du gefällt den Pariserinnen.«

»Tja, alles eine Frage des Kontakts«, antwortete ich leichthin und zeigte ihm meine Hände – diese monströsen Hände mit den verhornten Nägeln, ein Überrest aus dem schwarzen Loch meiner Vergangenheit.

Joro beugte sich zu mir herüber und musterte aufmerksam die Narben. Er stieß einen kleinen Pfiff aus, halb bewundernd, halb mitleidig.

»Meine Güte, was ist dir denn da passiert?« fragte er leise.

»Das war auf dem Land, als ich noch ganz klein war«, log ich. »Eine Petroleumlampe ist mir zwischen den Händen explodiert.«

Joro richtete sich wieder auf. »Meine Güte«, wiederholte er. Ich hatte mir angewöhnt, verschiedene Lügen über den Unfall zu erzählen, und diese Gewohnheit war mir fast zur Manie geworden – meine Methode, auf die Neugier der anderen zu reagieren und meine eigene Verlegenheit zu kaschieren. Aber Joro setzte dumpf hinzu: »Ich hab' auch meine Narben.«

Er drehte seine halb gelähmten Hände um: Über die Handflächen zogen sich scheußliche Wülste. Mit Mühe öffnete er die oberen Hemdknöpfe und zeigte mir seinen Oberkörper, der von denselben Verletzungen gezeichnet war – ein Netz aus Leiden, in regelmäßigen Abständen unterbrochen durch größere, hellrote Punkte. Ich warf ihm einen fragenden Blick zu und begriff, daß er gewillt war, seine Geschichte preiszugeben – das Geheimnis, dessen Spuren er am Körper trug. In düsterem Ton hielt er einen Vortrag in perfektem Französisch, und mir kam vor, als hätte er die Sprache eigens gelernt, um von seinem Schicksal berichten zu können.

»Als die Truppen des Warschauer Pakts 1968 in die Tschechoslowakei einmarschierten, war ich zweiunddreißig. So alt wie du. Die Invasion war für mich das Ende einer Hoffnung – das Ende des Sozialismus mit menschlichen Zügen. Damals lebte ich mit meiner Familie in Prag. Ich erinnere mich noch, wie die Erde bebte, als die Panzer durch die Stadt rollten. Ein furchtbares Dröhnen war das, ein dumpfes Donnergrollen, wie von unterirdischen Eisenmassen, die sich heranwälzten. Ich erinnere mich an die ersten Schüsse, an die Schläge mit Gewehrkolben, die Verhaftungen. Ich glaubte es nicht. Unsere Stadt, unser Leben, das alles hatte auf einmal keinen Sinn mehr. Die Menschen verkrochen sich in ihren Häusern. Der Tod, die Angst beherrschten unsere Straßen und unsere Köpfe. Zuerst leisteten wir Widerstand – vor allem die jungen Leute. Aber die Panzer zermalmten uns zu Brei, unsere Körper und unseren Aufstand. Deshalb beschlossen meine Familie und ich, eines Nachts über Bratislava in den Westen zu fliehen. Es schien uns machbar. Verstehst du – so nah an Österreich!

Meine beiden Schwestern wurden erschossen, nachdem sie den Stacheldraht an der Grenze bereits überwunden hatten. Meinen Vater traf eine Maschinengewehrsalve in den Kopf, das halbe Gesicht war weg, zusammen mit seiner Mütze. Und meine Mutter ist im Stacheldraht hängengeblieben. Ich versuchte sie zu befreien, aber es war unmöglich. Sie brüllte und wand sich wie verrückt, und je mehr sie sich bewegte, desto tiefer drangen die Stacheln durch ihren Mantel ins Fleisch – und die Kugeln pfiffen über unsere Köpfe hinweg. Ich zog mit beiden Händen an diesem Scheißdraht, blutig von oben bis unten. Ihr Schreien werde ich meiner Lebtage nicht vergessen.«

Joro zündete sich umständlich eine Zigarette an. Er hatte gewiß schon seit Jahren nicht mehr über diese grauenhaften Ereignisse gesprochen. »Die Russen nahmen uns fest. Meine Mutter habe ich nie wiedergesehen. Ich selber verbrachte vier Jahre in einem Arbeitslager. Vier Jahre Qual in Kälte und Dreck, die Hacke in der Hand. Ich dachte ständig an meine Mutter, an den Stacheldraht, ich war wie verrückt. Ich lief den Stacheldrahtzaun im Lager entlang, faßte mit beiden Händen das Eisen an, das meine Mutter zerfleischt hatte. Meine Schuld, dachte ich. Alles meine Schuld. Und ich preßte die Faust um die Stacheln, bis mir das Blut zwischen den Fingern herausrann. Eines Tages habe ich ein Stück Stacheldraht gestohlen und mir eine Armbinde daraus gemacht, die ich unter der Jacke trug. Bei jeder Bewegung, jedem Hieb mit der Hacke bohrten sich mir die Stacheln ins Fleisch. Das war meine Buße. Nach ein paar Monaten habe ich mir den ganzen Körper damit eingewickelt. Ich konnte bald nicht mehr arbeiten und mich nicht mehr rühren, die Risse entzündeten sich. Schließlich fiel ich um. Ich war von Kopf bis Fuß eine einzige Wunde, eine Schwäre voller Blut und Eiter.

Erst nach Tagen wachte ich im Krankenbau wieder auf. Am ganzen Körper lag das Fleisch bloß und schmerzte höllisch. Damals sah ich zum erstenmal die Vögel, weiße Vögel durch die schmutzigen Fensterscheiben. Ich war nur halb bei Bewußtsein und hielt sie für Engel. Ich dachte, jetzt bin ich im Paradies, und die Engel nehmen mich in Empfang. Aber ich spürte meinen Körper nach wie vor, und ich war nach wie vor in derselben Hölle. Es war einfach bloß Frühling geworden, und die Störche waren zurückgekehrt. Während der ganzen Zeit, in der Krankenstation und danach, beobachtete ich sie. Es waren mehrere Paare, und sie nisteten ausgerechnet auf den Wachtürmen. Wie soll ich's dir erklären? Sie waren so wunderschön, diese Vögel, eine strahlende Pracht über soviel Elend, soviel Grausamkeit. Ihr Anblick hat mir Mut gemacht. Mit der Zeit kam ich ihnen auf die Schliche – ich sah, wie die Eltern abwechselnd brüteten, ich sah die kleinen schwarzen Schnäbel der Jungen, ihre ersten Flugversuche, und im August den großen Aufbruch ... Vier Jahre lang gaben mir die Störche jedes Frühjahr von neuem die Kraft zu leben. Meine Alpträume waren immer noch da, sie steckten mir tief unter der Haut, aber die weißen Vögel vor dem blauen Himmel waren das Seil, an das ich mich klammerte. Ein armseliges Seil, das kannst du mir glauben. Aber ich hab' meine Strafe abgesessen. Hab' geschuftet wie ein Hund, unter den Stiefeln der Russen und den Schreien der Jungs, die gefoltert wurden, hab' Dreck gefressen mit den anderen und bin im Eis fast erfroren. Aber ich hab' dort auch Französisch gelernt, von einem Mitgefangenen, einem kommunistischen Aktivisten, von dem keiner wußte, wie er hierhergekommen war. Nach meiner Entlassung trat ich in die Partei ein und kaufte mir ein Fernglas.« Unterdessen war die Nacht hereingebrochen. Die Störche waren nicht aufgetaucht – nur in Joros Erinnerung. Wortlos gingen wir zum Wagen zurück. Entlang den Feldern zitterten die Stacheln an den gewundenen Drahtzäunen und bildeten phantastische Muster.

Am 25. August trafen die ersten markierten Störche in Bratislava ein. Ich hatte am späten Nachmittag die Argos-Daten abgefragt und festgestellt, daß zwei Vögel fünfzehn Kilometer westlich von Sarovar gelandet waren.

Joro war skeptisch, aber immerhin bereit, auf der Karte nachzusehen. Er kannte den Ort: ein Tal, wo sich, wie er sagte, noch nie zuvor ein Storch niedergelassen hatte. Gegen neunzehn Uhr waren wir beim Teich angelangt und fuhren weiter, während wir aufmerksam den Himmel und die Umgebung absuchten. Keine Spur von einem Vogel. Joro grinste vor sich hin. In den fünf Tagen, die wir nach den Vögeln Ausschau hielten, hatten wir lediglich ein paar kleine Schwärme gesichtet, aber so weit entfernt und so undeutlich, daß es genausogut Milane oder andere Raubvögel hätten sein können. An diesem Abend mit Hilfe des Satelliten und meines Computers tatsächlich Störche zu entdecken, hätte Joro Grybinski regelrecht gekränkt.

Und doch murmelte er auf einmal: »Da sind sie.« Ich hob den Blick und sah einen gewaltigen Schwarm von Störchen, der vor dem dunkelroten Himmel kreiste. Nach und nach ließen sich etwa hundert Vögel auf den verstreuten Tümpeln im Sumpf nieder. Joro lieh mir sein Fernglas, und ich beobachtete die Vögel, die sich mit gerecktem Schnabel und wachsamem Blick im Gleitflug absinken ließen. Es war großartig. Endlich wurde mir klar, welche ungeheure Leistung ihre geflügelte Reise darstellte, die sie bis nach Afrika führen würde. In dieser schwerelosen und wilden Vogelhorde befanden sich also auch zwei markierte Störche. Eine unbändige Freude stieg in mir auf. Das Sendesystem funktionierte! Federgenau, sozusagen.

Am 27. August erhielt ich abermals ein Fax von Dumaz. Er trete auf der Stelle, schrieb er. Mittlerweile habe er wieder seinen regulären Dienst antreten müssen, aber er führe nach wie vor häufige Telefonate mit Frankreich auf der Suche nach Afrikaveteranen, die Max Böhm möglicherweise gekannt hätten. Dumaz hatte sich in diese Fährte verbissen, überzeugt, daß Böhm dort unten in Afrika obskure Geschäfte betrieben hatte. Zum Abschluß nannte er den Namen eines Diplomlandwirts aus Poitiers, der zwischen 1973 und 1977 in Zentralafrika tätig gewesen sei. Dumaz schrieb, er habe die Absicht, nach Frankreich zu fahren und den Mann bei dessen Rückkehr aus dem Urlaub aufzusuchen.

Am 28. August war es für mich Zeit zum Aufbruch. Zehn Störche hatten Bratislava hinter sich gelassen, und die schnellsten von ihnen – die einen Schnitt von hundertfünfzig Kilometern am Tag schafften – würden schon bald in Bulgarien sein. Mein Problem bestand jetzt darin, über Land exakt ihrer Route zu folgen: Sie überquerten das ehemalige Jugoslawien, wo die ersten Unruhen ausgebrochen waren. Ich studierte die Karte und beschloß, das Pulverfaß zu meiden und statt dessen durch Rumänien entlang der serbischen Grenze zu fahren – schließlich besaß ich ein rumänisches Visum. Bei einer Kleinstadt namens Calafat wollte ich die Grenze nach Bulgarien überqueren und von hier aus direkt Sofia ansteuern. Ich hatte eine Strecke von etwa tausend Kilometern vor mir, die ich – unter Berücksichtigung von Wartezeiten an den Grenzen und dem Zustand der Straßen – in eineinhalb Tagen zu bewältigen hoffte.

Also reservierte ich am Morgen dieses Tages im Sheraton von Sofia ein Zimmer für den folgenden Abend und rief danach einen gewissen Marcel Minaus an, einen in Bulgarien ansässigen Franzosen, der ebenfalls auf Böhms Liste stand. Minaus war kein Ornithologe, sondern Sprachwissenschaftler, und sollte mir helfen, mit dem bulgarischen Storchexperten Kontakt aufzunehmen: Rajko Nikolitsch. Nach mehreren fruchtlosen Versuchen kam die Verbindung zustande; ich sprach mit Minaus, der sehr entgegenkommend war. Ich verabredete mich mit ihm für den nächsten Abend um zweiundzwanzig Uhr in der Hotelhalle. Dann legte ich auf, schickte Dumaz per Fax meine neue Adresse und packte meine Sachen. Nachdem ich auch noch die Hotelrechnung bezahlt hatte, machte ich mich auf den Weg nach Sarovar, um mich von Joro Grybinski zu verabschieden. Wir machten nicht viele Worte, sondern tauschten lediglich unsere Adressen aus, und ich versprach, ihm eine Einladung zu schicken, ohne die er in Frankreich nicht einreisen durfte.

Ein paar Stunden später war ich in Ungarn. Zu Mittag, kurz vor Budapest, hielt ich an einer Autobahnraststätte und aß einen abscheulichen Salat im Schatten der Zapfsäule. Ein paar Mädchen, blond und leicht wie reife Weizenkörner, musterten mich mit entrüstetem Stolz. Dunkle, dichte Augenbrauen, breite Kiefer, helles Haar: Diese jungen Mädchen stimmten so sehr mit der Klischeevorstellung überein, die ich mir von den osteuropäischen Schönheiten zurechtgelegt hatte, daß ich aus der Fassung geriet. Ich war immer ein überzeugter Feind von vorgefaßten Meinungen und Gemeinplätzen gewesen. Ich wußte nicht, daß die Welt oft leichter zu durchschauen ist, als man denkt, und ihre Wahrheiten, so banal sie auch sein mögen, dennoch einleuchtend und lebendig sind. Merkwürdigerweise empfand ich darüber eine plötzliche Aufregung, einen freudigen Schauder. Um ein Uhr mittags machte ich mich wieder auf den Weg.

9

Am Abend des nächsten Tages traf ich bei strömendem Regen in Sofia ein. Schmutzige und baufällige Ziegelgebäude säumten die Straßen, die voller Schlaglöcher waren. Auf nassem Kopfsteinpflaster holperten die Ladas, gerieten ins Schleudern und hüpften mitunter wie altmodisches Spielzeug; oft schafften sie es nur mit Mühe, den Straßenbahnen auszuweichen, die allgegenwärtig waren und die eigentlichen Helden der Straße: Mit ohrenbetäubendem Getöse tauchten sie aus dem Nichts auf und schickten blaue Blitze in den Gewitterhimmel. Durch die Fenster sah ich, wie die trübe gelbe Beleuchtung auf den verschlossenen Gesichtern der Passagiere flackerte und schließlich erlosch, und diese sonderbaren Wagen erschienen mir fast wie der Schauplatz eines makabren Experiments – eines kollektiven Elektroschocks, bleich und unheimlich, vorgenommen an blutleeren Versuchspersonen.

Ich fuhr aufs Geratewohl durch die Stadt, ohne zu wissen, wohin. Sämtliche Hinweisschilder waren ausschließlich in kyrillischer Schrift. Mit der rechten Hand wühlte ich in meiner Tasche, bis ich den Reiseführer fand, den ich in Paris erstanden hatte, aber während ich noch blätterte, stellte ich fest, daß ich unversehens auf dem Leninplatz gelandet war. Ich sah mich um. Die Architektur wirkte auf mich wie eine im Sturm errichtete Hymne. Auf allen Seiten erhoben sich strenge, mächtige Gebäude mit winzigen Fenstern. Dazwischen ragten schlanke Türme mit quadratischer Grundfläche auf, die oben spitz zuliefen und von vielen Schießscharten durchbrochen waren. Ihre unnatürlichen Farben leuchteten trüb in die hereinbrechende Nacht. Rechter Hand duckte sich eine schwärzliche Kirche, und links von mir prangte das Sheraton Sofia Hotel Balkan in all seiner Breite wie ein Vorposten des heranmarschierenden Kapitalismus. Alle amerikanischen, europäischen und japanischen Geschäftsleute stiegen dort ab, schutzsuchend vor der sozialistischen Trostlosigkeit, als wären sie auf der Flucht vor der Lepra.

Unter grandiosen Kronleuchtern mitten in der Halle erwartete mich Marcel Minaus. Unverkennbar. »Ich bin bärtig und habe einen spitzen Kopf«, hatte er mir gesagt. Aber er übertraf sämtliche Erwartungen: Marcel war eine wandelnde Ikone. Sehr groß und massig, kam er auf mich zu wie ein Bär, vornübergebeugt, die Füße einwärts gedreht, mit hängenden Armen. Ein wahres Gebirge, auf dem der Kopf eines orthodoxen Patriarchen thronte, mit ellenlangem Bart und königlicher Nase. Die Augen allein waren ein Gedicht: eine grüne, leichte Helligkeit zwischen tiefen Schattenrändern, und glühend, wie erfüllt vom alten Glauben der Balkanvölker. Und dann der Schädel, einer Mitra gleich: völlig kahl und himmelwärts gerichtet wie zum Gebet.

»Gute Reise gehabt?«

»Mehr oder weniger«, sagte ich und vermied es, ihm die Hand zu reichen. »Seit der Grenze regnet es. Ich hab' mich bemüht, meine Geschwindigkeit halbwegs beizubehalten, aber wegen der vielen Pässe und der aufgerissenen Straßen ...«

»Wissen Sie, wenn ich verreise, dann ausschließlich mit dem Bus.«

Ich gab mein Gepäck an der Rezeption ab und betrat mit meinem Begleiter das Hauptrestaurant des Hotels. Marcel hatte schon gegessen, war aber mit Freuden bereit, mir noch einmal Gesellschaft zu leisten. Marcel Minaus, seinem Paß nach Franzose, vierzig Jahre alt, war eine Art intellektueller Nomade, ein hochtalentierter Linguist, der eine Unmenge von Sprachen fließend beherrschte: Polnisch, Bulgarisch,

Ungarisch, Tschechisch, Serbisch, Kroatisch, Makedonisch, Albanisch, Griechisch ... und natürlich Romani, die Sprache der Zigeuner. Romani war überhaupt sein Spezialgebiet. Er hatte mehrere Bücher darüber geschrieben und ein Lehrbuch für Kinder verfaßt, auf das er sehr stolz war. Als herausragendes Mitglied zahlreicher Vereine von Finnland bis zur Türkei reiste er von einer Konferenz zur nächsten und hielt sich als Gast wissenschaftlicher Institutionen in Städten wie Warschau oder Bukarest auf.

Kurz vor Mitternacht hatten wir unser Mahl beendet. Von den Störchen war praktisch nicht die Rede gewesen, Minaus hatte lediglich Näheres über das Satellitenexperiment wissen wollen. Er verstehe nichts von Störchen, sagte er, versprach mir aber, mich am nächsten Tag mit Rajko Nikolitsch bekannt zu machen – »dem besten Ornithologen auf dem Balkan«, behauptete er.

Es schlug Mitternacht. Ich verabredete mich mit Marcel für den nächsten Morgen um sieben Uhr in der Hotelhalle: ich wolle einen Wagen mieten, sagte ich, und mit ihm nach Sliven fahren, wo Rajko Nikolitsch wohnte. Minaus war entzückt und freute sich auf den Ausflug. Dann ging ich hinauf in mein Zimmer, wo mich eine Nachricht erwartete; man hatte sie unter der Tür durchgeschoben. Es war ein Fax von Dumaz.

Von: Hervé Dumaz
An: Louis Antioche
Sheraton Sofia Hotel Balkan

Montreux, 29. August 1991, 22.00 Uhr

Lieber Louis,

habe heute einen anstrengenden Tag in Frankreich verbracht, aber die Reise hat sich gelohnt. Ich habe endlich den Mann getroffen, den ich suchte. Michel Guillard, Diplomlandwirt, 56. Vier Jahre Farm in Zentralafrika. Vier Jahre Regen-

wald, Kaffeeplantagen und – Max Böhm! Ich habe Guillard bei sich zu Hause in Poitiers überrascht, frisch aus dem Urlaub zurückgekehrt. Mit seiner Hilfe konnte ich Böhms Afrikaaufenthalte ziemlich detailliert rekonstruieren. Hier die Fakten:

August 1972. Max Böhm trifft mit Frau und Sohn in Bangui ein, der Hauptstadt von Zentralafrika. Die politische Situation des Landes, die Diktatur eines Bokassa, der sich zum ›Präsidenten auf Lebenszeit‹ proklamiert hat, kümmert ihn offenbar nicht. Böhm hat ganz anderes erlebt, er kommt aus den afrikanischen Diamantenminen, wo die Männer nackt arbeiten und sich nach jedem Arbeitstag röntgen lassen müssen, um zu beweisen, daß sie keine Diamanten verschluckt haben. Max Böhm bezieht ein herrschaftliches Haus und macht sich an die Arbeit: zuerst als Bauleiter bei der Errichtung eines großen Wohnhauses, eines Bokassa-Projekts namens ›Pacifique 2‹. Bokassa ist beeindruckt und bietet ihm weitere Jobs an. Böhm akzeptiert.

1973: Ein paar Monate lang bildet er eine Sicherheitstruppe aus, deren Zweck die Überwachung der Kaffeeplantagen in Lohaye ist, der südlichsten Provinz, mitten im Regenwald, denn angeblich ist der Diebstahl von Kaffeebohnen durch die Dorfbewohner kurz vor der Ernte die Geißel des Kaffeeanbaus. Guillard, der an einem landwirtschaftlichen Entwicklungsprogramm in der Region arbeitet, lernt Max Böhm zu dieser Zeit kennen. Er hat ihn als brutalen Kerl mit militärischem Auftreten in Erinnerung, aber anständig und ehrlich. Später agiert Böhm als Fürsprecher der Zentralafrikanischen Republik und erwirkt bei der südafrikanischen Regierung (die er gut kennt), ein Darlehen für den Bau von zweihundert Villen. Bokassa bietet Böhm schließlich einen Posten in den Diamantenminen an. Diamanten sind die große Leidenschaft des Diktators, eine wahre Besessenheit. Sein Vermögen hat er zum größten Teil durch Diamanten gescheffelt (Sie kennen wahrscheinlich die Anekdoten, die man sich erzählt, z. B. von dem berühmten ›Marmeladentopf‹, in dem

Bokassa die Juwelen verwahrte, die er seinen Gästen vorzuführen pflegte, oder von dem phantastischen Diamanten namens ›Catherine Bokassa‹, mangoförmig, den er in die Kaiserkrone einsetzen ließ, und sicher erinnern Sie sich an den Skandal um die ›Geschenke‹ an den französischen Präsidenten Valéry Giscard d'Estaing ...). Kurz, Bokassa bietet Böhm eine Stelle als Aufseher in den Minen an: In der Trockensavanne im Norden des Landes und im Süden, mitten im Regenwald, soll er die Diamantenförderung überwachen. Er erwartet von Böhm, daß er die Schürfung rationalisiert und den heimlichen Abbau unterbindet.

Böhm bereist also sämtliche Minen, vom staubigen Norden bis zum Urwald im Süden. Er terrorisiert die Minenarbeiter mit seiner Grausamkeit und ist berüchtigt für eine Bestrafung, die er erfunden hat. In Südafrika bricht man Dieben zur Strafe die Knöchel und zwingt sie gleichzeitig zum Weiterarbeiten. Böhm denkt sich eine andere Methode aus: Mit einer Drahtzange durchtrennt er jedem Dieb die Achillessehnen – eine rasche, effiziente Methode; im Urwald allerdings infizieren sich die Wunden. Guillard hat mehrere Männer auf diese Weise sterben sehen.

Zu der Zeit beaufsichtigt er die Aktivitäten verschiedener Unternehmen, darunter Centramines, SCAD, Diadème und Sicamine – lauter staatliche Betriebe, die als Deckung für Bokassas nicht minder staatsoffizielle Machenschaften dienen. Max Böhm, der Gesandte des Diktators, hält sich aus den Betrügereien heraus. Guillard sagt, der Ingenieur habe sich von den Gaunern und Speichelleckern im Gefolge des Tyrannen auffallend abgehoben. Er sei nie Teilhaber in einer von Bokassas Privatfirmen gewesen. Deshalb taucht auch sein Name in den Prozeßakten nicht auf, wie ich mittlerweile weiß.

1974: Böhm lehnt sich gegen Bokassa auf, der seine illegalen Geschäfte immer skrupelloser betreibt: Erpressung und unverhohlener Diebstahl aus der Staatskasse. Eine dieser Betrügereien betrifft Max Böhm direkt. Nachdem Bokassa das südafrikanische Darlehen erhalten hat, läßt er nicht ein-

mal die Hälfte der geplanten Villen bauen, sondern erteilt zuerst sich selbst den Auftrag zur gesamten Inneneinrichtung und verlangt anschließend, für alle zweihundert Villen bezahlt zu werden. Böhm, der an der Anleihe beteiligt ist, bekundet laut und deutlich sein Mißfallen. Er wird auf der Stelle verhaftet und eingesperrt, kurz darauf aber wieder freigelassen. Denn Bokassa braucht ihn: Seitdem Böhm die Diamantenförderung beaufsichtigt, sind die Erträge deutlich gestiegen.

Später lehnt Böhm sich noch einmal gegen Bokassa auf, und zwar im Zusammenhang mit dem gewaltigen Elfenbeinhandel, den der Tyrann aufzieht, und der damit verbundenen Massenschlächterei an Elefanten. Wider Erwarten erhält er Recht. Der Diktator gibt das Elfenbeingeschäft zwar nicht auf, doch er läßt einen Naturschutzpark in Bayanga in der Nähe von Nola, im äußersten Südwesten des Landes, errichten. Den Park gibt es noch. Dort leben die letzten Waldelefanten von Zentralafrika.

Guillard zufolge ist Böhm eine widersprüchliche Persönlichkeit: einerseits von extremer Grausamkeit gegenüber den Afrikanern (er bringt eigenhändig mehrere illegale Schürfer um), andererseits aber lebt er ausschließlich unter Schwarzen. Er verabscheut die europäische Gemeinde von Bangui, Diplomatenempfänge, Clubabende. Er ist ein brutaler Menschenfeind, der nur im Kontakt mit dem Urwald, den Tieren und natürlich den Störchen halbwegs zur Ruhe kommt.

Im Oktober 1974 trifft Guillard Max Böhm überraschend irgendwo in der Savanne im Osten, wo er in Begleitung eines Führers biwakiert. Böhm wartet mit griffbereitem Fernglas auf die Störche. Er erzählt dem Landwirt, wie er die Störche in der Schweiz gerettet hat und daß er jedes Frühjahr nach Hause fährt, um ihre alljährliche Rückkehr von der Wanderschaft zu beobachten. Was er an den Störchen finde, fragt Guillard. Böhm antwortet einfach: »Sie besänftigen mich.«

Über Böhms Familie weiß Guillard nicht allzuviel. 1974 lebt Irene Böhm bereits nicht mehr in Afrika. Guillard erin-

nerte sich an eine kleine, unauffällige Frau mit gelber Gesichtsfarbe, die allein in ihrem Herrenhaus vor sich hin lebt. Philipp, den Sohn, hat er hingegen besser kennengelernt, denn der war bei manchen Expeditionen seines Vaters dabei. Die Ähnlichkeit zwischen Vater und Sohn ist anscheinend verblüffend: dieselbe Korpulenz, dasselbe runde Gesicht, derselbe Bürstenhaarschnitt. Aber Philipp hat den Charakter seiner Mutter geerbt: schüchtern, teilnahmslos, verträumt, ordnet er sich der Autorität des Vaters unter und erträgt schweigend die unbarmherzige Erziehung. Böhm will einen ›Mann‹ aus ihm machen. Er nimmt ihn in feindliche Regionen mit, bringt ihm den Umgang mit Waffen bei, überträgt ihm spezielle Aufgaben, um ihn abzuhärten.

1977: Im August bricht Böhm zu einer Schürfmine auf, mitten im Urwald jenseits von M'Baiki, in der Nähe des großen Sägewerks der SCAD. Dort beginnt das Territorium der Pygmäen. Böhm schlägt im Wald sein Lager auf. Er wird von einem belgischen Geologen namens Niels van Dötten, zwei Führern (einem ›großen Schwarzen‹ und einem Pygmäen) und einigen Trägern begleitet. Eines Morgens erhält Böhm durch einen Boten ein Telegramm mit der Nachricht vom Tod seiner Frau. Böhm wußte zwar, daß seine Frau an Krebs erkrankt war, dennoch bricht er zusammen.

Max Böhm hat einen Herzanfall. Van Dötten versucht, ihn mit den verfügbaren Mitteln wiederzubeleben – Herzmassage, Mund-zu-Mund-Beatmung, Erste-Hilfe-Medikamente usw. Er befiehlt den Männern, den Kranken sofort zum Spital von M'Baiki zu bringen – das ist ein Marsch von mehreren Tagen. Aber Böhm kommt wieder zu Bewußtsein. Er stammelt irgendwas von einer Mission, die näher sei, im Süden, jenseits der Grenze zum Kongo (in der Gegend sind Territorialgrenzen nur unsichtbare Linien im Wald). Dorthin will er bis zur weiteren Versorgung gebracht werden. Van Dötten zögert, aber Böhm setzt sich durch und zwingt van Dötten, nach Bangui zurückzukehren, um Hilfe zu holen – es werde schon alles gutgehen, versichert er. Völlig verwirrt macht sich van Dötten auf den Weg und erreicht sechs Tage später die Hauptstadt. Er chartert einen Helikopter von der französischen Armee und fliegt postwendend zurück in den Urwald. Als sie dort ankommen, finden sie keine Spur, weder von einer Mission noch von Böhm. Alles ist verschwunden. Oder hat nie existiert. Böhm wird als vermißt gemeldet, van Dötten verläßt Bangui kurz darauf und kommt nie mehr zurück.

Die Ereignisse im Urwald, im August 77, hat Guillard von dem Belgier erfahren, den Rest hat er selbst miterlebt. Ein Jahr vergeht, dann taucht Max Böhm in leibhaftiger Gestalt in Bangui wieder auf. Er sagt, der Helikopter eines kongolesischen Forstbetriebs habe ihn nach Brazzaville gebracht, danach sei er per Flugzeug in die Schweiz zurückgekehrt und habe durch ein Wunder überlebt, die hervorragende Versorgung in einer Genfer Klinik habe ihn wiederhergestellt. Er ist nur noch ein Schatten seiner selbst und spricht oft von seiner Frau. Mittlerweile ist es Oktober 1978. Max Böhm reist kurz danach wieder ab. Er kehrt nie wieder nach Zentralafrika zurück. Seine Stelle als Minenaufseher übernimmt ein Tscheche, ein ehemaliger Söldner namens Otto Kiefer.

Das ist die ganze Geschichte. Das Gespräch mit Guillard klärt uns zwar über einige Punkte auf, verstärkt aber andererseits die Schattenregionen. So verliert sich nach dem Tod von Irene Böhm jede Spur des Sohnes. Das Rätsel um die Herztransplantation liegt nach wie vor völlig im dunkeln, mit Ausnahme allenfalls des Zeitpunkts: Die Operation wurde höchstwahrscheinlich im Herbst 1977 durchgeführt. Aber Böhms angebliche Rekonvaleszenz in Genf ist eine Lüge: In keinem Klinikregister der letzten zwanzig Jahre taucht der Name Max Böhm auf.

Bleibt noch die Spur der Diamanten. Ich bin sicher, daß Böhm sich sein Vermögen mit Edelsteinen geschaffen hat. Und ich bedaure sehr, daß Ihre Reise Sie nicht nach Zentralafrika führt, wo vielleicht alle diese Rätsel aufgeklärt werden könnten. Vielleicht finden Sie etwas in Ägypten oder im Sudan? Ich hingegen werde mir ab dem 7. September eine Woche

Urlaub nehmen. Ich will nach Antwerpen und mir die Diamantenbörse ansehen. Ich bin fest überzeugt, daß ich dort auf Max Böhms Spuren stoßen werde. Sämtliche Informationen lasse ich Ihnen auf der Stelle zukommen. Wir sollten darüber nachdenken und sobald wie möglich Kontakt aufnehmen.

Bis demnächst,

Hervé.

Je mehr ich las, desto wirrer wurden meine Gedanken. Ich versuchte, meine eigenen Teile in das Puzzle einzufügen: die Bilder von Irene und Philipp Böhm, die Röntgenaufnahme von Böhms Herzen und vor allem die unsäglichen Fotografien der verstümmelten Leichen von Schwarzen. Es gab noch etwas, das Dumaz nicht wußte: Die Geschichte von Zentralafrika kannte ich bestens – ich hatte persönliche Gründe, sie zu kennen. So war mir der Name des Leutnants von Bokassa, Otto Kiefer, nicht unbekannt. Ein tschechischer Flüchtling, grausam und erbarmungslos, gefürchtet wegen seiner Einschüchterungsmethoden: Er pflegte Gefangenen eine Handgranate in den Mund zu stopfen, und wenn sie sich weigerten zu reden, ließ er sie explodieren. Diese Technik hatte ihm den grotesken Beinamen Granatenotto eingetragen. Böhm und Kiefer: zwei Gesichter ein und derselben Grausamkeit, Drahtzange und Handgranate.

Ich löschte das Licht. Trotz meiner Müdigkeit konnte ich nicht einschlafen. Schließlich rief ich, ohne Licht zu machen, das Argos-Zentrum an. Zu dieser späten Stunde war das Telefonnetz von Sofia weniger überlastet als sonst, und ich bekam eine perfekte Verbindung. Auf meinem Bildschirm, der digitalisierten Landkarte von Osteuropa, zeichnete sich im bläulichen Zwielicht meines Hotelzimmers wieder einmal die Flugroute der Störche ab, schwarz auf weiß. Es gab nur eine interessante Neuigkeit: Ein Storch war in Bulgarien eingetroffen. Er war auf der Tiefebene unweit von Sliven gelandet, der Stadt, in der Rajko Nikolitsch lebte.

10

»In Sofia ist alles im Umbruch. Zur Zeit hängt man dem ›großen amerikanischen Traum‹ nach. In Ermangelung einer europäischen Zukunft in greifbarer Nähe wenden die Bulgaren sich den Vereinigten Staaten zu. Wenn Sie heute in Sofia englisch sprechen, öffnen sich Ihnen alle Türen. Angeblich müssen Amerikaner für ihre Visa nichts mehr zahlen, und das ist wirklich der Gipfel! Noch vor zwei Jahren hieß Bulgarien ›die sechzehnte Sowjetrepublik‹!«

Marcel Minaus sprach laut und leidenschaftlich, hin und her gerissen zwischen Entrüstung und Hohn. Es war zehn Uhr vormittags. Bei strahlendem Sonnenschein fuhren wir den Hohen Balkan entlang. Die Felder ringsum leuchteten in unerwarteten Farben, krachendem Gelb, sanftem Blau, Blaßgrün, bebend unter der Liebkosung des Lichts. Dörfer tauchten auf, kreidig und leicht mit ihren Hauswänden unter grobem Verputz. Ich hielt mich an Marcels Anweisungen. Er hatte Yeta mitgenommen, seine ›Braut‹, wie er sagte, eine merkwürdige Zigeunerin, die ein imitiertes Chanel-Kostüm aus kariertem Baumwollstoff trug. Klein und rundlich war sie, nicht mehr ganz taufrisch, auf ihrem Kopf türmte sich eine gewaltige graue Mähne, unter der ein spitzes Gesichtchen mit schwarzen Mausaugen hervorspähte. Ihre Ähnlichkeit mit einem Igel war verblüffend. Sie sprach ausschließlich Romani und hielt sich im Hintergrund wie ein artiges Mädchen.

Marcel war inzwischen zu Rajko Nikolitsch übergegangen, dessen Meriten er lautstark rühmte. Beiläufig begann er mich zu duzen.

»Du kannst es überhaupt nicht besser treffen«, sagte er immer wieder. »Rajko ist noch sehr jung, aber er ist ein außergewöhnlicher Mensch mit außergewöhnlichen Fähigkeiten. Übrigens nimmt er inzwischen an internationalen Symposien teil. Die Bulgaren sind stinkwütend auf ihn, weil Rajko sich weigert, in der Delegation seines Landes aufzutreten.«

»Ist er denn kein Bulgare?« fragte ich erstaunt.

Marcel lächelte unbestimmt. »Nein, Louis«, sagte er. »Er ist ein Roma, ein Zigeuner. Und keiner von den bequemsten. Er stammt aus einer Pflückerfamilie. Zu Beginn des Frühlings verlassen die Roma das Ghetto von Sliven und ziehen in die Wälder rings um die Ebene. Sie sammeln Lindenblüten, Kamille, Kornelkirschen, Kirschenstiele ...« Marcel wunderte sich, als ich große Augen machte, und rief: »Wie, das weißt du nicht? Kirschenstiele sind ein sehr bekanntes Diuretikum! Nur die Roma – der ›Stamm‹, wie sie sich selber nennen – wissen, wo alle diese Wildpflanzen wachsen. Sie beliefern die bulgarische Pharmaindustrie, die größte von ganz Osteuropa. Du wirst schon sehen: Sie sind unglaublich. Sie ernähren sich von Igeln, Fischottern, Fröschen, Brennesseln, wildem Sauerampfer ... von allem, was die Natur ihnen in unmittelbarer Reichweite bietet.« Marcel geriet ins Schwärmen: »Meine Güte, mindestens ein halbes Jahr ist es her, seit ich Rajko zum letzten Mal gesehen habe!«

Anschließend unterhielt mich mein Begleiter eine Viertelstunde lang mit Albanerwitzen: Auf dem Balkan sind die Albaner die Ostfriesen, Belgier oder Österreicher Westeuropas. Minaus war davon hingerissen. »Und den, kennst du den? Eines Morgens erscheint in der Prawda eine Sondermeldung: ›Bei einem Manöver auf See vernichtete ein schweres Unglück die Hälfte der albanischen Flotte. Das linke Ruder ist zerstört.‹«

Marcel lachte in seinen Bart hinein. »Noch einen. Die Albaner starten ein Raumfahrtprogramm in Zusammenarbeit mit den Russen. Man plant eine Weltraummission mit einem Tier an Bord. Sie schicken den Sowjets ein Telegramm: ›Haben Hund. Schickt Rakete.‹« Ich brach in Gelächter aus. Marcel setzte hinzu: »Natürlich ist das heutzutage alles nicht mehr so lustig. Trotzdem sind mir die Albanerwitze nach wie vor die liebsten.«

Als nächstes verbreitete sich Marcel in einer langen Lobeshymne auf die Küche der Zigeuner und bemerkte nebenbei, er trage sich mit dem Gedanken, in Paris ein Spezialitätenrestaurant zu eröffnen. Der ›Renner‹ in der Gastronomie der Roma sei der Igel. Er werde abends gejagt, und zwar mit einem Stock, und aufgeblasen, damit die Stacheln sich leichter entfernen ließen. Zubereitet mit *zumi*, einem besonderen Mehl, und dann in sechs gleich große Stücke zerteilt, sei das Tier eine wahre Köstlichkeit.

»Das heißt, wir sollten unterwegs die Augen offenhalten.«

»Vergiß es«, gab Marcel in schulmeisterlichem Ton zurück. »Niemals geht ein Igel tagsüber spazieren!«

Aber justament erschien in diesem Augenblick ein Igel am Straßenrand und strafte ihn Lügen. Marcel war sprachlos.

»Sicher ein krankes Tier«, sagte er nach einer kurzen Pause. »Oder ein schwangeres Weibchen.«

Wieder fing ich an zu lachen. Wo waren die kalten Länder des Ostblocks geblieben, die tyrannischen Diktaturen, die graue Trostlosigkeit? Marcel schien eine magische Fähigkeit zu besitzen, den Balkan in ein ideales Reiseland zu verwandeln, einen Ort der Phantasie und der Lust, voller Humor und menschlicher Wärme.

Aber dann kamen wir in die Gegend von Sliven. Die Straßen wurden enger und kurvenreicher, düstere Wälder rückten näher. Wir begegneten jetzt etlichen ›Zigeunerwagen‹, wackligen Karren, auf denen Familien kauerten und uns aus schwarzen Augen musterten. Dunkle Gesichter, zerzauste Haare, in Lumpen gekleidete Gestalten. Mit einer Yeta hatten diese Zigeuner nichts gemein. Die Zeit der Roma war gekommen. Der echten – die als Nomaden leben und einen bestehlen, geschickt und wie nebenbei, mit Verachtung und Herablassung.

Bald darauf hieß Marcel mich rechts in einen Weg einbiegen, einen schmalen Lehmpfad, der von der Landstraße abwärts und mitten durchs Dickicht einen Bachlauf entlangführte. Bald sahen wir vor uns eine Lichtung und erkannten durch die Bäume ein Lager: vier Zelte in grellen Farben, ein paar Pferde, Frauen, die im Gras saßen und Kränze aus weißen Blüten flochten.

Marcel stieg aus dem Wagen und rief ihnen von weitem in singendem Tonfall etwas zu. Die Frauen bedachten ihn mit einem eisigen Blick.

Daraufhin drehte Marcel sich zu uns um und sagte: »Da gibt's wohl ein Problem. Wartet hier auf mich.« Ich sah seinen blanken Schädel zwischen dem Laub verschwinden, bis seine breite Gestalt am Rand der Lichtung wieder auftauchte. Eine der Frauen war aufgestanden und sprach lebhaft auf ihn ein. Sie trug einen sonnenblumengelben Pullover, der sich eng an ihre schlaffen Brüste schmiegte. Ihr Gesicht war bräunlich und grobschlächtig, wie aus Rinde geschnitzt. Unter ihrem buntgemusterten Tuch schien sie alterslos: Mir fiel nur ein Zug besonderer Härte auf, eine Wildheit, die ihr deutlich spürbar im Gesicht stand. Die zweite Romni war aufgestanden, kleiner als sie, und zu ihr getreten; sie nickte zustimmend. Sie hatte eine schiefe Hökkernase, als hätte ihr jemand mit einem Fausthieb das Nasenbein gebrochen, und in den Ohren trug sie schwere Silberringe. Ihr türkisfarbener Pullover war an den Ellenbogen durchlöchert. Die dritte Frau blieb sitzen; sie hielt ein Kleinkind im Arm. Sie war höchstens fünfzehn oder sechzehn Jahre alt und sah in meine Richtung, mit glühenden Augen unter einer schweren, schwarzglänzenden Haarmähne.

Ich ging auf sie zu. Die sonnenblumengelbe Frau schrie jetzt, während sie nacheinander in die Tiefe des Waldes und auf die junge Mutter im Gras deutete. Ich war nur noch wenige Schritte von der Gruppe entfernt. Die Romni brach mitten im Satz ab und starrte mich an. Marcel war bleich geworden. »Ich versteh' das nicht, Louis ... ich versteh' das nicht. Rajko ist tot. Seit diesem Frühjahr. Er ... er ist ermordet worden. Wir müssen Marin aufsuchen, den Chef, im Wald.«

Ich nickte und spürte, wie mir das Herz bis zum Hals schlug. Die Frauen gingen uns voraus, wir folgten ihnen durch die Bäume.

Im Wald war es kühler, die Luft frischer. Die Wipfel der Fichten schwankten leicht im Wind, Zweige knackten, im Unterholz raschelte es. Durch kleine Lichtungen fielen sanfte Sonnenstrahlen schräg durch die Bäume und Büsche, Millionen von Stäubchen tanzten darin und ließen das Licht samtig wie Pfirsichhaut aussehen. Wir folgten einer Art Pfad, der vor kurzem ins Dickicht geschlagen worden war. Die Romni schritten mit unbeirrbarer Sicherheit aus. Auf einmal ertönten Stimmen, hallend in dem hohen smaragdgrünen Gewölbe. Männerstimmen, die einander wie aus großer Entfernung zuriefen. Die Sonnenblumenfrau drehte sich um und sagte etwas zu Marcel, der stumm nickte, während er weiterging. Der erste, dem wir begegneten, war ein junger Roma in einem Gewand aus blauem Stoff – eigentlich Fetzen von Stoff, mit grobem Zwirn aneinandergeheftet. Der Mann lag im Kampf mit einem dichten Dornengestrüpp, um darin einen winzigen Zweig mit einer beinahe farblosen Blüte zu pflücken. Er sprach mit Marcel, dann sah er mich an. »Kosta«, sagte er. Sein dunkelhäutiges Gesicht war jung und wohlgeformt, aber schon beim geringsten Lächeln bekam sein Ausdruck die zweideutige Schönheit eines Messers. Kosta folgte uns. Bald darauf kamen wir zu einer Lichtung, und hier fanden wir die Männer. Manche hatten sich den Hut übers Gesicht gestülpt und schliefen oder taten zumindest so, andere spielten Karten; einer hockte reglos auf einem Baumstamm. Lederne Gesichter, silbernes Aufblitzen an Gürteln oder Hüten, verhaltene Kraft, die bereit ist, beim geringsten Anlaß hervorzubrechen. An den Bäumen lehnten Säcke voll frisch gepflückter Blätter und Blüten.

Marcel wandte sich an den Mann auf dem Baumstamm; die beiden schienen alte Bekannte zu sein. Nach langen einleitenden Worten stellte Minaus mich vor und sagte dann auf französisch: »Das ist Marin, der Vater von Mariana, der Frau mit dem Baby. Sie war Rajkos Frau.« Das junge Mädchen, von dem die Rede war, hielt sich im Hintergrund zwischen Gesträuch. Marin richtete den Blick auf mich. Seine Haut sah aus wie von Nadeln durchlöchert – als hätte man ihm eine nagelgespickte Maske aufgesetzt. Seine Augen waren schmale Schlitze, seine Haare weich und gewellt. Ein dünner Schnurrbart hing ihm über die Mundwinkel. Er trug eine zerrissene Jacke, unter der ein schmutziges T-Shirt zu erkennen war.

Ich begrüßte ihn, dann verbeugte ich mich vor den anderen Männern. Manche warfen mir einen desinteressierten Blick zu. Marin sprach mich an, Marcel übersetzte: »Er will wissen, was du willst.«

»Erklär ihm, daß ich nach den Störchen forsche. Daß ich versuche herauszufinden, wieso sie im letzten lahr ausgeblieben sind. Sag ihm, daß ich mit Rajkos Hilfe gerechnet hätte. Die Umstände seines Todes gehen mich nichts an. Aber das Verschwinden der Vögel wirft weitere Fragen auf. Vielleicht hat Rajko Leute aus dem Westen gekannt, die mit den Störchen zu tun hatten. Ich glaube, daß er mit einem gewissen Max Böhm in Verbindung stand.«

Je länger ich sprach, desto ungläubiger wurde Marcels Miene. Er starrte mich an, als wäre ich nicht ganz bei Trost. Dennoch übersetzte er, und Marin senkte leicht den Kopf, ohne mich aus den Augen zu lassen. Dann trat Stille ein. Marin musterte mich eine weitere Minute lang stumm. Dann sprach er. Lang. Gesetzt. In dem charakteristischen Tonfall einer erschöpften Seele, aufgerieben von der Grausamkeit seiner Mitmenschen.

»Rajko war einer, der die Scheiße aufgerührt hat«, sagte

Marin. »Für mich war er wie ein Sohn. Er hat nicht gearbeitet, aber das war nicht schlimm. Er hat sich nicht um seine Familie gekümmert, und das war schon schlimmer. Aber ich war ihm deswegen nicht böse. Das war seine Art. Es hat ihm keine Ruhe gelassen.« Marin griff in einen der Säcke und zog eine Blüte hervor. »Sieh dir die Blume an. Für uns ist sie bloß ein Mittel, um ein paar Lev zu verdienen. Für ihn war sie eine Frage, ein Geheimnis. Also studierte er, las, beobachtete. Rajko war ein wirklicher Gelehrter. Er kannte die Namen und die Kräfte aller Pflanzen, aller Bäume. Mit den Vögeln war's dasselbe. Vor allem mit denen, die im Frühjahr und im Herbst auf Wanderschaft gehen. Er hat über sie Buch geführt. Er schrieb an verschiedene *gadsche* in Europa. Ich glaube wohl, daß der Name, den du genannt hast, auch darunter war.«

Rajko war also ebenfalls einer von Böhms Wachposten; auch von ihm hatte der Schweizer mir nichts erzählt. Ich tastete mich aufs Geratewohl vorwärts. Marin sprach weiter: »Deswegen erzähle ich dir die Geschichte. Du bist von derselben Art wie Rajko – der nachdenklichen Art.«

Ich spähte zwischen Zweigen hindurch und sah Mariana an. Sie hielt großen Abstand zu ihrem Vater.

»Aber Rajkos Tod hat mit deinen Vögeln nichts zu tun«, fuhr Marin fort. »Das war ein rassistisches Verbrechen, das zu einer anderen Welt gehört. Der Welt der Roma-Hasser.

Es war im Frühjahr, Ende April, als wir uns wieder auf den Weg machten. Rajko hatte seine eigenen Gewohnheiten. Bereits im März setzte er sich aufs Pferd und kam hierher an den Rand der Ebene, um auf die Störche zu warten. Zu der Zeit lebte er allein im Wald. Ernährte sich von Wurzeln, schlief im Freien. Und wartete, bis wir kamen. Aber dieses Jahr kam uns niemand entgegen, um uns zu begrüßen. Wir haben die ganze Ebene abgesucht und den Wald durchkämmt, und schließlich hat einer von uns Rajko tief im Dickicht gefunden. Seine Leiche war schon längst kalt. Die Tiere hatten bereits angefangen, ihn aufzufressen.

Noch nie hab' ich so etwas gesehen. Rajko war nackt. Seine Brust war aufgeschlitzt, der Körper überall von Wunden und Rissen übersät, ein Arm und das Geschlecht praktisch abgerissen.«

Mariana, kaum zu sehen im Schatten des Laubs, bekreuzigte sich.

»Um einen derartigen Frevel begreifen zu können, Mann, muß man weit ausholen. Ich könnte dir einige Geschichten erzählen. Es heißt, wir stammten aus Indien, seien Abkömmlinge einer Kaste von Tänzern oder sonst was. Das ist alles ein großer Blödsinn. Ich werde dir sagen, wo wir herkommen: von den Menschenjagden in Bayern, den Sklavenmärkten in Rumänien, den Konzentrationslagern in Polen, wo die Nazis uns abgeschlachtet haben wie Versuchskaninchen. Ich werd' dir was sagen, Mann. Ich kenne eine alte Romni, die viel gelitten hat im Krieg. Die Nazis haben sie sterilisiert, gefoltert. Die Frau hat überlebt. Vor ein paar Jahren hat sie erfahren, daß die deutsche Regierung den Opfern der Todeslager Geld zahlt. Um die Entschädigung zu bekommen, brauchte man sich bloß von einem Arzt untersuchen zu lassen – irgendwie beweisen, was einem angetan wurde. Die Frau geht also zur nächsten Poliklinik, um sich untersuchen zu lassen und die Bestätigung zu bekommen. Sie wartet eine Weile, dann geht die Tür auf, und wer kommt heraus? Der Arzt, der sie im Lager operiert hat. Die Geschichte ist wahr, Mann. Das war in Leipzig vor vier Jahren. Und die Frau war meine Mutter. Sie ist kurz danach gestorben, ohne einen Groschen gesehen zu haben.«

»Aber«, fragte ich bestürzt, »was hat das mit Rajkos Tod zu tun?«

Marcel übersetzte. Marin starrte mich aus seinen Augenritzen an und sagte: »Das fragst du? Verstehst du nicht, daß das Böse zurückgekehrt ist, Mann? Das Böse herrscht wieder auf dieser Erde.«

Dann wandte Marin sich direkt an Marcel und hieb sich auf die Brust, während er sprach. Marcel zögerte mit der

Übersetzung, er bat Marin zu wiederholen – was dieser tat, lauter und eindringlicher. Marcel schien seine Worte nicht zu verstehen. Endlich aber drehte er sich zu mir und flüsterte mit verschleierten Augen: »Die Mörder, Louis ... die Mörder haben Rajkos Herz gestohlen.«

11

Auf dem Weg nach Sliven sprach keiner von uns ein Wort. Marin hatte uns noch weitere Einzelheiten berichtet: Nach der Entdeckung der Leiche hatten die Roma Dr. Djuric benachrichtigt, einen Zigeunerarzt, der mit seiner ambulanten Praxis das Ghetto in der Vorstadt von Sliven betreute. Milan Djuric hatte das Krankenhaus gebeten, ihm einen Saal zur Verfügung zu stellen, damit er eine Autopsie durchführen könne. Seine Bitte war abgelehnt worden. Kein Platz für einen Zigeuoer. Auch nicht für einen toten. Also war der Wohnwagen zu einer Poliklinik auf dem Land weitergefahren. Auch hier wies man ihn ab. Schließlich begab sich der Konvoi zu einer alten, heruntergekommenen Turnhalle, die man den Roma abgetreten hatte. Dort, im säuerlichen Schweißgeruch unter Basketballkörben und Sprossenwänden, hatte Djuric die Autopsie vorgenommen. Dort hatte er entdeckt, daß das Herz fehlte. Er hatte einen ausführlichen Bericht geschrieben und der Polizei den Fall gemeldet, die ihn zu den Akten legte. Bei den Roma war niemand empört oder auch nur erstaunt über diese Gleichgültigkeit; die Zigeuner sind derlei gewöhnt. Nein, was den alten Roma in Wahrheit quälte, war etwas ganz anderes: Er wollte um jeden Preis herausfinden, wer seinen Schwiegersohn umgebracht hatte. An dem Tag, an dem er den Namen der Mörder erfuhr, würde die Sonne auf der Klinge seines Messers aufblitzen.

Vor unserem Aufbruch war noch etwas Merkwürdiges geschehen. Mariana war auf mich zugetreten und hatte mir wortlos und verstohlen ein abgegriffenes Heft in die Hand gedrückt. Ich brauchte freilich nur einen Blick darauf zu werfen, um zu erkennen, was das war: Rajkos persönliches Notizbuch, in dem er seine Beobachtungen und Theorien im Zusammenhang mit den Störchen festhielt. Ich ließ das wertvolle Dokument sofort im Handschuhfach verschwinden.

Zu Mittag waren wir in Sliven, einer Industriestadt, nichtssagend wie alle anderen. Durchschnittliche Größe, durchschnittliche Gebäude, durchschnittliche Trostlosigkeit. Diese Mittelmäßigkeit schien wie ein feiner Mineralstaub über den Straßen zu hängen und sich an die Fassaden, die Gesichter der Menschen zu heften. Marcel hatte eine Verabredung mit Markus Lasarewitsch getroffen, einer prominenten Persönlichkeit in der Welt der Zigeuner. Wir sollten mit ihm zu Mittag essen, obwohl uns nach den jüngsten Ereignissen nicht der Sinn danach stand, aber es war zu spät, um jetzt noch abzusagen.

Wir aßen ohne Appetit, und niemand hatte Lust, länger als nötig am Tisch zu verweilen. Markus Lasarewitsch war ein Schönling, einen Meter neunzig groß, sehr dunkelhäutig, mit goldenem Armband und Goldkette um den Hals. Das Musterbeispiel des erfolgreichen Roma, der Geschäfte macht und Millionenbeträge umsetzt. Ein Mensch, der schmeichlerisch und hinterhältig wirkte, wie gepolstert mit Samt und Tücke.

»Sehen Sie«, sagte er auf englisch, während er eine lange Zigarette mit Goldfilter rauchte, »ich war sehr betrübt über Rajkos Tod. Aber diese Dinge werden sich nie ändern. Immer dieselbe Gewalttätigkeit, immer dieselben undurchschaubaren Geschichten.«

»Sie meinen also«, fragte ich, »daß es sich hier um eine sippeninterne Abrechnung handelt?«

»Das habe ich nicht gesagt. Vielleicht war es ein Schlag, den die Bulgaren geführt haben. Tatsache ist aber, daß bei den Roma immer noch das Gesetz der Blutrache herrscht. Alte Konflikte sterben nie aus. Immer ist irgendein Haus anzuzünden, muß man irgendeinem schlechten Ruf gerecht werden. Ich sag' es Ihnen ganz offen – ich bin selber ein Roma.«

»Herrgott, wie kannst du so reden?« fuhr Marcel dazwischen. »Weißt du überhaupt, unter welchen Umständen Rajko gestorben ist?«

»Genau das ist es, Marcel«, antwortete Lasarewitsch gelassen und streifte ein wenig Asche von seiner Zigarette. »Ein bulgarischer Strolch wäre mit einem Messer im Bauch in irgendeiner Gasse aufgefunden worden. Punkt, Ende. Aber ein Roma – niemals. Der muß im tiefsten Wald entdeckt werden, mit herausgerissenem Herzen. Hierzulande sind Aberglauben und Hexerei immer noch so tief verwurzelt, daß dieser Tod die Phantasie auf äußerst gefährliche Weise beflügelt hat.«

»Rajko war kein Strolch«, gab Marcel zurück.

Der Salat wurde aufgetragen – eingelegtes Gemüse, bestreut mit geriebenem Käse. Keiner rührte ihn an. Wir saßen in einem weiten leeren Speisesaal mit braunem Teppichboden und zahlreichen Tischen mit weißen Tüchern, jedoch ohne Gedecke oder sonst irgendeine Dekoration. Von der Decke hingen geschmacklose Lüster aus Glas herab, in denen sich ein trüber Abglanz der Sonne vor den Fenstern spiegelte. Alles schien bereit für ein großes Festmahl, das freilich nie stattfinden würde.

Markus ergriff wieder das Wort: »Im Umkreis der Leiche hat man keine Spuren, keinerlei Hinweise gefunden. Mit Sicherheit weiß man nur eins: daß das Herz gestohlen wurde. Die Regionalzeitungen haben sich natürlich auf den Fall gestürzt und irgendwelche Märchen verbreitet. Geschichten über Hexerei, Schwarze Magie. Und Schlimmeres.« Markus legte eine vielsagende Pause ein, während er seine Zigarette ausdrückte. Er blickte Marcel scharf ins Auge. »Du weißt, wovon ich spreche.«

Ich begriff seine Anspielung natürlich nicht, und Marcel schob freundlicherweise einen Exkurs auf französisch ein, in dem er mir erklärte, die Roma stünden seit Jahrhunderten in dem Ruch des Kannibalismus.

»Die Vorstellung von den Zigeunern als Menschenfressern und Kindermördern ist ein abwegiges Hirngespinst«, sagte Marcel. »Aber die Tatsache, daß Rajkos Herz verschwunden ist, hat natürlich einen uralten Aberglauben wiederaufleben lassen.«

Ich warf Markus einen raschen Blick zu. Er zuckte nicht mit der Wimper. Statt dessen hatte er sich eine neue Zigarette angezündet und rauchte schweigend.

»Seit Jahren«, fuhr er nach einer Weile fort, »kämpfe ich darum, unser Image zu verbessern. Aber mit einem Schlag sind wir wieder mitten ins finsterste Mittelalter zurückgefallen! Daran sind übrigens alle schuld. Verstehen Sie mich nicht falsch, Herr Antioche. Das ist kein Zynismus. Ich denke einfach nur an die Zukunft«, sagte er theatralisch und setzte alle zehn Finger krakenartig auf das Tischtuch. »Ich kämpfe für die Verbesserung unserer Lebensbedingungen, für unser Recht auf Arbeit.«

In der Region um Sliven war Markus Lasarewitsch eine politische Figur, er war *der* Kandidat der Roma schlechthin – was ihm erhebliche Macht verlieh. Marcel hatte mir erzählt, wie Lasarewitsch mit wiegendem Gang durch die Ghettos von Sliven schritt, gefolgt von einer Horde dunkelhäutiger zerlumpter Gestalten, die sich voller Begeisterung an seinen feinen Anzugstoff klammerten. Ich stellte mir seine verkniffene Miene vor angesichts dieser potentiellen Wählerschaft voller Dreck und Gestank. Doch trotz seines unverhohlenen Abscheus mußte er den Roma schmeicheln: Das war der Preis seiner politischen Ambitionen – und Rajkos Tod war ein nicht zu übersehender Stein in seinem Garten.

Lasarewitsch stellte die Situation auf seine Weise dar: »Dieser Vorfall hat viele unserer Bemühungen zunichte gemacht, insbesondere auf sozialer Ebene. Zum Beispiel hatte ich mit Hilfe einer humanitären Organisation medizinische Zentren in den Ghettos eingerichtet.«

»Was für einer Organisation?« fragte ich nervös.

»Monde Unique.« Markus nannte sie bei ihrem französi-

schen Namen und wiederholte dann auf englisch: »One World.«

Monde Unique. Es war das dritte Mal innerhalb weniger Tage und im Abstand von vielen hundert Kilometern, daß ich diesen Namen hörte.

»Aber jetzt sind die jungen Ärzte wieder abgereist«, fuhr Markus fort. »Wegen einer dringenden Mission, sagten sie. Es würde mich allerdings nicht wundern, wenn sie einfach die Schnauze voll hätten von unseren ständigen Reibereien, unserer Weigerung, uns anzupassen, unserer Verachtung für die *gadsche.* Meiner Meinung nach hat Rajkos Tod ihnen endgültig die Lust verdorben.«

»Sind die Ärzte unmittelbar nach seinem Tod abgereist?«

»Nein, nicht direkt. Im Juli haben sie Bulgarien verlassen.«

»Und worin bestand ihre Tätigkeit?«

»Sie versorgten die Kranken, impften die Kinder, verteilten Medikamente. Sie hatten ein Analyselabor und waren ausgerüstet für kleinere chirurgische Eingriffe.« Mit der Miene dessen, der sich auskennt, rieb Markus Daumen und Zeigefinger aneinander: »Es steckt viel Geld hinter dieser Organisation. Sehr viel Geld.«

Markus bezahlte die Rechnung und brachte die Rede auf den fehlgeschlagenen Staatsstreich in Moskau, zehn Tage zuvor. In seiner Vorstellung war anscheinend alles Teil eines einzigen, umfassenden politischen Programms, in dem jeder Bestandteil eine spezifische Rolle spielte. Das Elend der Roma, der Mord an Rajko, der Niedergang des Sozialismus bildeten in seinen Augen eine logische Entwicklung, die – wie könnte es anders sein – in die Wahl von Markus Lasarewitsch münden mußte.

Als wir vor dem Restaurant standen, befühlte er das Revers meines Jacketts und erkundigte sich nach dem Preis des Volkswagens in Dollar. Ich nannte ihm eine astronomische Summe, einzig wegen des Vergnügens, sein Gesicht dabei zu beobachten: Es war das erste Mal, daß er die Miene verzog.

Ich stieg in den Wagen und schlug die Tür zu. Er beugte sich zu meinem Fenster herab und fragte: »Eins habe ich nicht ganz verstanden. Weshalb, sagten Sie, sind Sie nach Bulgarien gekommen?« Während ich den Motor anließ, erklärte ich ihm mit knappen Worten die Sache mit den Störchen. *»Oh, really?«* fragte er voller Verachtung mit demonstrativem amerikanischem Akzent. Ich gab Gas und fuhr davon.

12

Um sechs Uhr abends waren wir wieder in Sofia, und ich rief sofort bei Dr. Milan Djuric an. Seine Frau, die ein wenig Englisch sprach, sagte mir, er halte bis zum Nachmittag des nächsten Tages Sprechstunde in Podliw. Ich nannte ihr meinen Namen und bat sie, ihm auszurichten, daß ich ihn am nächsten Tag gegen Abend besuchen wolle. Es sei mir äußerst wichtig, mit Dr. Djuric zu sprechen, fügte ich hinzu. Nach einigem Zögern gab mir seine Frau die Adresse und beschrieb mir den Weg dorthin. Ich legte auf und befaßte mich mit meinem nächsten Reiseziel: Istanbul.

Max Böhms Umschlag enthielt eine Zugfahrkarte Sofia – Istanbul samt Fahrplan. Jeden Abend gegen elf fuhr ein Zug in die Türkei. Der Schweizer hatte wahrlich an alles gedacht.

Ich grübelte über sein Naturell nach, dann fiel mir ein, daß ich ja jemanden kannte, der mir über ihn Auskunft geben konnte: Nelly Braesler. Schließlich war sie es, die mich mit Böhm zusammengebracht hatte. Ich nahm den Telefonhörer ab und wählte die Nummer meiner Adoptivmutter in Frankreich.

Nach etwa zehn Versuchen klappte die Verbindung. In weiter Ferne hörte ich ein mehrmaliges Läuten, dann ertönte Nellys schrille Stimme, die noch um einiges ferner klang.

»Hallo?«

»Hier ist Louis«, sagte ich kalt.

»Louis? Mein kleiner Louis, wo sind Sie denn?«

Der honigsüße, katzenfreundliche Tonfall war mir sofort

wieder vertraut, und ich spürte, wie sich mir die Haare sträubten.

»In Bulgarien.«

»In Bulgarien! Und was machen Sie dort?«

»Ich arbeite für Max Böhm.«

»Ach, der arme Max! Ich habe es jetzt erst erfahren ... Ich hätte nicht gedacht, daß Sie trotzdem ...«

»Böhm hat mich für eine Arbeit bezahlt. Ich halte mich an meine Verpflichtungen. Auch posthum.«

»Sie hätten uns Bescheid sagen können.«

»Es wäre viel eher an dir gewesen, Nelly, mich aufzuklären.« Ich duzte Nelly, während es für sie Ehrensache war, mich zu siezen. »Wer war Max Böhm? Was hast du gewußt über die Arbeit, die er mir angeboten hat?«

»Mein kleiner Louis, Ihr Tonfall erschreckt mich. Max Böhm war einfach ein Ornithologe. Wir haben ihn bei einem Ornithologenkongreß kennengelernt. Sie wissen doch, daß Georges sich für solche Sachen interessiert. Max war uns sehr sympathisch. Außerdem ist er viel herumgekommen. Wie waren sogar in denselben Ländern und ...«

»Zum Beispiel in Zentralafrika?« unterbrach ich sie.

Nelly blieb eine Weile stumm, dann antwortete sie, leiser: »Ja. Zum Beispiel in Zentralafrika ...«

»Was wußtest du über den Auftrag, den er mir anvertrauen wollte?«

»Nichts. Jedenfalls so gut wie nichts. Letzten Mai schrieb uns Max, er sei auf der Suche nach einem Studenten für eine kurzfristige Arbeit im Ausland. Natürlich haben wir gleich an Sie gedacht.«

»Hast du gewußt, daß es dabei um Störche geht?«

»Ich glaube mich daran zu erinnern.«

»Hast du gewußt, daß diese Arbeit gefährlich ist?«

»Gefährlich? Mein Gott, nein ...«

Ich wechselte den Kurs: »Was weißt du über Max Böhm, über seine Familie, seine Vergangenheit?«

»Nichts. Max war ein recht einsamer Mann.«

»Hat er je von seiner Frau gesprochen?«

In der Leitung krachte es, und ich konnte Nellys Antwort kaum verstehen. »Kaum«, hörte ich dumpf.

»Und von seinem Sohn?«

»Seinem Sohn? Ich wußte überhaupt nicht, daß er einen Sohn hat! Ich verstehe ihre Fragen nicht, Louis ...«

Wieder krachte es, diesmal so laut wie Gewehrsalven. Ich brüllte: »Letzte Frage, Nelly: Hast du gewußt, daß Max ein transplantiertes Herz hatte?«

»Nein!« Ich hörte ein Beben in Nellys Stimme. »Ich wußte lediglich, daß sein Herz schwach war. Ist er nicht an einem Infarkt gestorben? Louis, Ihre Reise ist sinnlos geworden! Es ist doch alles vorbei ...«

»Im Gegenteil, Nelly, es fängt alles erst an. Ich melde mich später wieder.«

»Louis, mein kleiner Louis ... wann kommen Sie zurück?«

Wieder wurde die Leitung durch Störungen unterbrochen.

»Ich weiß nicht, Nelly. Grüße an Georges. Paß auf dich auf.«

Ich legte auf. Ich war verstört, wie jedesmal, wenn ich mit meiner Adoptivmutter sprach. Nelly wußte nichts. Die Braeslers waren schlicht zu reich, um unaufrichtig zu sein.

Es war acht Uhr abends. Ich verfaßte rasch ein Fax an Hervé Dumaz, in dem ich ihm die furchtbaren Entdeckungen des Tages mitteilte, und schloß mit dem Versprechen, fortan selbst Nachforschungen über Max Böhms Vergangenheit anzustellen.

An diesem Abend beschloß Marcel, Yeta und mich zum Essen auszuführen. Die Idee überraschte mich: Schließlich kannten wir uns kaum ein paar Stunden. Aber Minaus liebte Kontraste – und er behauptete, wir brauchten alle Entspannung.

Das Restaurant lag am Boulevard Ruski. Marcel spielte den Zeremonienmeister und fragte den Empfangschef – der in eine schmutzige weiße Smokingjacke eingeschnürt war –, ob die Terrasse geöffnet sei. Der Mann nickte und wies auf die Treppe: Die Terrasse befand sich im ersten Stock. Oben betraten wir einen langgestreckten Raum mit braunem Teppichboden, einer Wandtäfelung aus Holzimitat, kupfernen Deckenleuchten; die Fenster, die auf den breiten Boulevard hinausgingen, standen weit offen, dennoch war die Luft erfüllt von intensiven Gerüchen, die mich auf der Hut sein ließen: gegrilltes Fleisch, Bratwürste, Räucherspeck ...

Wir nahmen Platz. Ich sah mich um, an den Nebentischen saßen Familien, die sich in gedämpftem Ton unterhielten, nur aus einer düsteren Ecke drang Lärm – dort gab sich eine Runde bulgarischer Zecher dem Arkhi hin, dem örtlichen Schnaps. Ich griff nach der englischen Speisekarte, während Marcel in lehrerhaftem Ton das Menü für seine Braut zusammenstellte. Ich betrachtete die beiden aus dem Augenwinkel – ihn mit seinem langen Bart und spitzen Schädel, sie, kerzengerade und reglos, verschreckte Blicke um sich werfend. Argwöhnisch spähte ihr Igelgesichtchen unter der grauen Mähne hervor. Was diese zwei Käuze miteinander verband, konnte ich mir nicht erklären. Seit dem Vorabend hatte die Romni kein Wort mehr gesprochen.

Der Kellner erschien, und sogleich begann der Ärger. Den üblichen Salat aus Konservengemüse gab es nicht mehr. Es gab auch kein Auberginenpüree und keine *turkia*, die ein Gemüseeintopf gewesen wäre. Und Fisch gab es sowieso nicht. Entnervt fragte ich den Kellner, was die Küche dann zu bieten habe. »Ausschließlich Fleisch«, antwortete er mit einem unangenehmen Lächeln auf bulgarisch. Ich beschränkte mich also auf die Beilagen zum Steak, grüne Bohnen und Kartoffeln, und schärfte dem Kellner ein, daß ich auf keinen Fall Fleisch wolle. Marcel hielt mir einen Vortrag über meinen mangelnden Appetit und erging sich in weitschweifigen physiologischen Überlegungen.

Eine halbe Stunde später kam mein Essen. Neben dem Gemüse lag ein großes Stück Fleisch, das gerade nur angebraten war und von Blut troff. Bei dem Anblick würgte mich der Ekel. Ich packte den Kellner bei der Jacke und befahl ihm, den Teller auf der Stelle wieder mitzunehmen. Der Mann sträubte sich, Gläser fielen um und rollten zu Boden, wo sie klirrend zerbrachen. Der Kellner begann mich zu beschimpfen und wurde seinerseits handgreiflich, wir standen beide und waren im Begriff, uns zu prügeln, als Marcel dazwischentrat und uns trennte. Der Kellner nahm fluchend den Teller wieder mit, während die Zecher im Hintergrund mir mit erhobenem Glas zuprosteten. Ich war wie von Sinnen und zitterte am ganzen Körper. Ich strich mein Hemd glatt und trat auf den Balkon hinaus, um mich wieder zu beruhigen.

Über Sofia lag jetzt eine frische abendliche Kühle. Der Balkon ging auf den Narodno-Sabranie-Platz hinaus, auf dem das Parlamentsgebäude steht. Von hier aus konnte ich einen großen Teil der allmählich erleuchteten Stadt bewundern.

Sofia liegt in einer Talsohle. Wenn der Abend hereinbricht, färben die Berge ringsum sich in zartem Blau, die Stadt hingegen, rot und braun, scheint in sich selbst zu versinken. Emporgerichtet, gequält, launisch, mit ihren stierblutfarbenen Gebäuden und kreideweißen Gemäuern, erschien mir Sofia, die Stadt im Herzen des Balkans, der Inbegriff von Stolz. Ich war überrascht von der Lebendigkeit und Vielfalt dieser Stadt, die so wenig mit den Klischeevorstellungen vom elenden Stumpfsinn der Ostblockländer übereinstimmte. Natürlich hatte auch sie ihr Quantum an grauen Wohnblocks, Tankstellen mit endlosen Warteschlangen und leeren Geschäften, aber gleichzeitig war sie hell und luftig, voller Freundlichkeit und voller Verrücktheiten. Mit dem allgegenwärtigen Flair von Improvisation, den orangefarbenen Straßenbahnen, dem bunten Durcheinander der Läden hatte sie etwas von einem merkwürdigen und fremdartigen Volksfest, dessen Attraktionen zwischen Ausgelassenheit und Unheimlichkeit ständig wechselten.

Marcel trat zu mir heraus. »Geht's besser?« fragte er und klopfte mir auf die Schulter.

»Geht schon.«

Er lachte nervös auf. »Dich will ich jedenfalls nicht als Partner für mein Zigeunerrestaurant!«

»Tut mir leid, Marcel«, antwortete ich. »Ich hätte es dir sagen sollen. Schon der Anblick eines blutigen Steaks verursacht mir Brechreiz.«

»Vegetarier?«

»Am liebsten, ja.«

»Ist nicht weiter schlimm.« Er ließ seinen Blick über die dämmrige Stadt schweifen, dann wiederholte er, leiser: »Ist nicht weiter schlimm. Ich hatte auch keinen rechten Appetit. Dieses Restaurant war keine gute Idee.«

Er schwieg eine Weile, dann sagte er: »Rajko war ein Freund von mir, Louis. Ein guter, herzlicher, hochanständiger Freund, ein wunderbarer junger Mann, der den Wald besser als irgend jemand sonst kannte und für jede Pflanze die besten Stellen wußte. Er war das Hirn der Familie Nikolitsch und ist als Sammler unersetzlich für sie.«

»Wie kommt es, daß du so lang nichts von ihm gehört hast? Wieso hat dich niemand von seinem Tod benachrichtigt?«

»Im Frühjahr war ich in Albanien. Dort kündigt sich eine schreckliche Hungersnot an. Ich versuche, die französische Öffentlichkeit zu mobilisieren. Und was Marin und die anderen angeht – weshalb hätten sie mich benachrichtigen sollen? Sie waren starr vor Entsetzen. Und schließlich bin ich bloß ein *gadscho*.«

»Was denkst du über Rajkos Tod?«

Marcel zuckte die Schultern. Er schwieg eine Weile, als wollte er seine Gedanken ordnen.

»Ich hab' keine Erklärung. Die Roma leben in einer Welt der Gewalt. Schon innerhalb der Sippe herrscht Gewalttätigkeit. Das Messer sitzt locker bei ihnen, und noch lockerer sitzt die Faust. Eine Rabaukenmentalität. Aber viel schlimmer ist die Gewalt von außen, die Gewalt der *gadsche*, die nie aufhört. Und heimtückisch ist. Sie verfolgt die Zigeuner überall auf der Welt, und das seit Jahrhunderten. Ich habe so viele Elendsviertel am Rand der Großstädte in Bulgarien,

Jugoslawien, der Türkei kennengelernt. Aneinandergedrängte Baracken im Dreck, in denen Familien ohne Beruf und ohne Zukunft leben und gegen den Rassismus kämpfen, der ihnen keine Ruhe läßt. Manchmal sind es direkte, brutale Angriffe. Dann wieder ist das System raffinierter und funktioniert mittels Gesetzen und legalen Schikanemaßnahmen. Aber das Resultat ist immer dasselbe: Roma raus! Ich hab' so viele Vertreibungen miterlebt, mit Hilfe von Polizei, Bulldozern, Brandstiftung ... Ich habe Kinder dabei umkommen sehen, Louis, in den Trümmern der Baracken, in brennenden Wohnwagen. Die Roma, das ist die Pest, die Seuche, die ausgerottet werden muß. Also, was ist mit Rajko passiert? Offen gestanden, ich weiß es nicht. Vielleicht war es ein rassistisches Verbrechen. Oder eine Warnung, um die Roma aus der Gegend zu verjagen. Oder eine infame Strategie, um sie in Mißkredit zu bringen. Auf jeden Fall war Rajko das unschuldige Opfer einer scheußlichen Geschichte.«

Ich hörte aufmerksam zu und nahm die Informationen zur Kenntnis. Möglicherweise stand diese ›scheußliche Geschichte‹ in keinem Zusammenhang mit Max Böhm und seinen Geheimnissen. Ich wechselte das Thema:

»Was hältst du von *Monde Unique*?«

»Den Ghettoärzten? Sie sind großartig. Verständnisvoll und engagiert. Es ist das erste Mal, daß jemand den bulgarischen Roma wirklich zu Hilfe kommt.« Marcel drehte sich zu mir um. »Aber du, Louis, was hast du mit der Sache zu schaffen? Bist du wirklich Vogelkundler? Was ist das für eine merkwürdige Geschichte, die du Marin erzählt hast? Was haben die Störche damit zu tun?«

»Das weiß ich alles selber nicht. Ich hab' dir was verschwiegen, Marcel: Max Böhm hat mich beauftragt, den Störchen nachzureisen. Inzwischen ist der Mann gestorben, und seit seinem Tod häufen sich die Rätsel. Mehr kann ich dir nicht sagen, aber eins ist sicher: Dieser Ornithologe war nicht ganz koscher.«

»Und wieso hast du den Auftrag angenommen?«

»Weil ich zehn Jahre nur studiert habe, wie ein Verrückter, und diese zehn Jahre haben mir für den Rest meines Lebens die Lust an jeglicher intellektueller Beschäftigung verleidet. Zehn Jahre lang hab' ich nichts erlebt, nichts gesehen als Bücher. Ich wollte Schluß machen mit dieser geistigen Masturbation, die eine schreckliche Leere im Bauch hinterläßt, eine derartige Gier nach Leben, daß man mit dem Kopf gegen die Wand rennen möchte. Am Schluß war's schon eine Zwangsvorstellung für mich, Marcel – diese Einsamkeit zu durchbrechen, Unbekanntes kennenzulernen, um jeden Preis. Als der alte Max mir den Vorschlag gemacht hat, auf den Spuren der Störche quer durch Europa, Nahost und Afrika zu reisen, habe ich keine Sekunde gezögert.«

Nun kam auch Yeta auf den Balkon; sie wurde ungeduldig. Der Kellner weigerte sich, ihr das bestellte Gericht zu servieren. Nun hatten wir alle drei nichts gegessen. In der hereinbrechenden Dunkelheit wälzten sich schwarze Wolkenmassen wie dunkle Wolle über den abendlichen Himmel.

»Gehen wir wieder hinein«, sagte Marcel. »Es wird bald ein Gewitter geben.«

Ich bewohnte ein unpersönliches Hotelzimmer mit sparsamer Beleuchtung. Draußen tobten Blitz und Donner, aber der Regen ließ auf sich warten. Die Hitze war erdrückend, eine Klimaanlage gab es nicht. Die Temperaturen hierzulande überraschten mich – in meiner Vorstellung hatte ich die Länder des Balkans stets mit trostloser Kälte, nicht vorhandener Heizung und Tschapkas in Verbindung gebracht.

Um 22.30 Uhr fragte ich die Argos-Daten ab. Die ersten zwei Störche von Sliven waren bereits unterwegs zum Bosporus. Sie waren am selben Abend um 18.15 Uhr in Svilengrad nahe der türkischen Grenze lokalisiert worden. Ein weiterer Storch war ebenfalls an diesem Abend in Sliven eingetroffen, und die anderen folgten unbeirrbar. Ich beobachtete auch die westliche Route: die acht Störche, die den Weg über Spanien und Marokko genommen hatten ... Die meisten von ihnen hatten bereits die Straße von Gibraltar hinter sich gebracht und flogen jetzt auf die Sahara zu.

Draußen wütete noch immer das Gewitter. Ich legte mich aufs Bett, schaltete die Deckenbeleuchtung aus und die Nachttischlampe an und nahm mir zum erstenmal Rajkos Notizbuch vor. Es war eine einzige Hymne an die Störche. Rajko hatte wahrhaftig alles festgehalten: jeden vorbeiziehenden Vogel, die Anzahl der Nester und der Jungen, jeden Unfall ... Er rechnete Durchschnittszahlen aus und bemühte sich, Systeme aufzustellen. Sein Heft war voller Zahlenreihen und Arabesken, die Max Böhm sicher sehr gefallen hätten. Am Rand notierte er seine Kommentare in linkischem Englisch: ernste, liebevolle und auch humoristische Überlegungen. Den Paaren, die in Sliven brüteten, hatte er Namen gegeben, die er in einem eigenen Verzeichnis erläuterte. So erfuhr ich, daß das Paar ›Silberasche‹ sein Nest mit einem Teppich aus Moos auskleidete, das Männchen der Familie ›Zauberschnabel‹ einen asymmetrischen Schnabel hatte und das Paar ›Purpurfrühling‹ in einer roten Abenddämmerung sein Nest bezogen hatte.

Rajko hatte auch technische Schemata und anatomische Studien in seinen Beobachtungen festgehalten und Skizzen von verschiedenen Ringmodellen angefertigt, wie sie in Frankreich, Deutschland, Holland üblich waren, und natürlich auch von Max Böhms Ringen. Neben jeder Zeichnung standen das Datum und der Ort der Beobachtung. Ein Detail fiel mir auf: Die zweifach beringten Störche trugen zwei unterschiedliche Modelle. Der Ring mit dem Geburtsdatum war schmal und aus einem Stück, während der zweite Ring, den Böhm später angebracht hatte, stärker war und ein Scharnier zu haben schien: Er sah aus, als ließe er sich öffnen wie die zwei Backen einer Zange. Ich stand auf, um die Fotografien zu holen, und sah mir die Beine der Störche genauer an. Rajko hatte richtig gesehen: Auf den Fotos waren deutlich zwei verschiedene Ringe zu erkennen. Ich dachte darüber nach, was das wohl bedeuten mochte, konnte mir aber keinen Reim darauf machen. Die Art der Beschriftung hingegen war identisch: Tag und Ort der Beringung, nichts weiter.

Draußen fing es endlich an zu regnen. Ich riß die Fenster auf und ließ einen Schwall kühler, frischer Luft herein. In der Ferne breitete Sofia seine Lichter aus wie eine einsame Galaxie im schwarzen All. Ich kehrte zu meiner Lektüre zurück.

Die letzten Seiten waren den Störchen vom Jahr 1991 gewidmet, Rajkos letztem Frühling. Auch er hatte wie Joro in den Monaten Februar und März festgestellt, daß Böhms Störche nicht zurückkamen. Wie Joro hatte er vermutet, daß ihr Ausbleiben auf Krankheit oder Verwundung zurückzuführen sei. Mehr hatte Rajko mir nicht zu sagen. Anhand seines Notizbuchs folgte ich den letzten Tagen seines Lebens. Am 22. April blieb die Seite leer.

13

»Das jahrhundertealte Nomadentum der Zigeuner ist wahrscheinlich eher eine Reaktion auf die Verfolgungen, den unausrottbaren Rassismus der *gadsche*.«

Um sechs Uhr morgens hielt Marcel bereits Vorträge, während ich durch die langfingrige Morgenröte der bulgarischen Landschaft fuhr.

»Die nichtseßhaften Zigeuner sind die ärmsten und unglücklichsten. Jedes Frühjahr machen sie sich auf den Weg und träumen dabei von einem großen, geheizten Haus. Gleichzeitig aber, und das ist das Paradoxe, ist das Nomadentum in der Kultur der Zigeuner nach wie vor fest verwurzelt. Selbst die seßhaften Roma gehen immer wieder auf Reisen. Auf diese Weise lernen die Männer ihre künftigen Frauen kennen, schließen sich Familien zusammen. Diese Tradition ist viel mehr als ein bloßer Ortswechsel. Sie ist eine Geisteshaltung, eine Lebensform. Das Haus eines Roma ist immer wie ein Zelt gebaut: ein großes Zimmer, in dem sich das gesamte Gemeinschaftsleben abspielt und in dem alle Möbel, Gebrauchs- und Dekorationsgegenstände an die Ausstattung eines Wohnwagens erinnern.«

Auf dem Rücksitz schlief Yeta. Wir hatten den 31. August, und mir blieben nur noch sechzehn Stunden in Bulgarien. Mir war sehr daran gelegen, noch einmal nach Sliven zu fahren, um mit Marin zu sprechen und mir die Lokalzeitungen vom 23. und 24. April 1991 vorzunehmen. Zwar hatte die Polizei den Fall zu den Akten gelegt, aber vielleicht hatten zumindest die Journalisten unmittelbar nach der Entdeckung der Leiche das eine oder andere Detail herausgefunden. Es waren nichts als Versuchsballons, von deren Nützlichkeit ich nicht sehr überzeugt war, aber auf jeden Fall würden sie mir bis zu meinem Gespräch mit Dr. Djuric am späten Nachmittag die Zeit vertreiben. Außerdem wollte ich nicht den Augenblick verpassen, in dem in der weiten Ebene die Störche erwachten.

Unsere Besuche in den Zeitungsredaktionen waren ergebnislos, die Artikel über den Fall Rajko Nikolitsch waren nichts als ein Schwall rassistischer Reden. In einem hatte Markus Lasarewitsch recht: Rajkos Tod hatte die Phantasie beflügelt.

Der *Atkitno* vertrat die These einer internen Abrechnung: angeblich seien sich zwei Zigeunersippen wegen eines Sammelgebietes in die Haare geraten. Der Artikel schloß mit einer Brandrede gegen die Roma, wobei der Verfasser sich auf etliche Skandale berief, die während der vergangenen Monate Sliven erschüttert und bei denen die Zigeuner eine zentrale Rolle gespielt hätten. Das Verbrechen an Rajko sei also ein Höhepunkt der Feindseligkeiten. Aber man dürfe nicht zulassen, daß die Wälder Austragungsort von Zigeunerkriegen würden und eine Gefahr für die bulgarischen Bauern, vor allem für ihre Kinder, die in den Wäldern spazierengingen. Marcel sah rot, während er mir den Artikel übersetzte.

Der *Kutha* hingegen, das Sprachrohr der Oppositionspartei UDF, beutete den Aberglauben aus. Das Fehlen jeglicher Indizien veranlaßte den Verfasser des Artikels, ein Sammelsurium an Spekulationen auszubreiten, die allesamt auf Magie und Hexerei beruhten. Demnach hatte Rajko höchstwahrscheinlich einen ›Fehler‹ begangen, und zur Strafe war ihm das Herz herausgerissen und den Raubtieren zum Fraß vorgeworfen worden. Der Artikel schloß mit einer Warnung in apokalyptischen Tönen an die Einwohner von Sliven, sich vor den Zigeunern nur ja in acht zu nehmen, einem wahrhaft teuflischen Gewürm.

Der *Jägerverband* schließlich brachte nur einen kurzen

Bericht, im wesentlichen eine Aneinanderreihung sämtlicher Schändlichkeiten, die auf das Konto der Roma gingen: Angezündete Häuser, Gewaltverbrechen, Diebstahl und Straßenraub, Schlägereien und andere Untaten bis hin zum Vorwurf des Kannibalismus wurden in durchaus unbeteiligtem Ton aufgezählt. Zur Bekräftigung zitierte der Redakteur einen Fall aus der ungarischen Lokalchronik des neunzehnten Jahrhunderts, bei dem die Zigeuner der Menschenfresserei beschuldigt worden waren.

»Was sie natürlich verschweigen«, schrie Marcel, »ist, daß die Roma von der Anklage freigesprochen wurden! Übrigens zu spät, denn bis dahin waren bereits mehr als hundert Zigeuner in den Sümpfen gelyncht worden.«

Die Menschenfresserei brachte das Faß zum Überlaufen: Minaus geriet in einen heiligen Zorn und tobte furiengleich durch die alte Druckerei, brüllte nach dem Chefredakteur, warf mit Papierballen, goß Druckertinte auf den Boden, packte den alten Mann, der uns die Benutzung des Archivs erlaubt hatte, beim Kragen und beutelte ihn. Ich hatte Mühe, ihn wieder zur Vernunft zu bringen. Wir verließen die Örtlichkeit. Yeta kletterte hinter uns auf den Rücksitz und begriff nichts.

In der Nähe des Slivener Bahnhofs erspähte ich eine Schenke, errichtet aus Fertigbauteilen, und schlug vor, dort einen türkischen Kaffee zu trinken. Eine halbe Stunde lang schimpfte Marcel auf Romani, bis er sich endlich beruhigt hatte. Hinter uns saßen mandelessende Zigeuner in raubtierhaftem Schweigen. Minaus konnte nicht widerstehen und richtete in seinem besten Romani das Wort an sie. Die Roma lächelten, dann antworteten sie, und kurz darauf stimmte Marcel ein schallendes Gelächter an. Seine gute Laune brach wieder durch. Es war zehn Uhr vormittags, und ich schlug meinem Begleiter vor, die Route zu wechseln und quer über Land zu fahren: vielleicht entdeckten wir Störche. Marcel stimmte begeistert zu. Ich fing an, seinen Charakter ein wenig besser zu verstehen: Minaus war selbst ein Nomade, nicht nur im Raum, sondern auch in der Zeit. Er lebte ausschließlich in der Gegenwart. Von einem Augenblick zum anderen konnte seine Stimmung umschlagen und sich um hundertachtzig Grad drehen.

Wir fuhren zuerst durch Weinberge, in denen Heerscharen von Romni Trauben lasen, über die knorrigen Rebstöcke gebeugt. Der süße Duft der Trauben erfüllte die Luft und drang bis zu uns. Als wir vorbeifuhren, drehten die Frauen sich um und winkten. Immer dieselben Gesichter, stumpf und dunkel. Immer dieselben Kleider in lebhaften Farben; manche Frauen hatten sich die Nägel scharlachrot lackiert. Dann öffnete sich vor uns die endlose, menschenleere Ebene, in der ab und zu ein Baum aufragte. Aber meistens sahen wir nur den Sumpf, der sich in schwarzen und glänzenden Streifen durch Gräser und Gesträuch zog.

Auf einmal erkannte ich in der Ferne eine lange weiße Linie in der Landschaft. »Da sind sie«, murmelte ich. Marcel griff nach meinem Fernglas und richtete es auf die Gruppe. Gleich darauf befahl er mir: »Bieg hier ab«, und deutete auf einen schmalen Pfad am rechten Straßenrand. Durch tiefe Lehmfurchen hielt ich langsam auf die Störche zu. Es waren mehrere hundert: Stumm, reglos und aufrecht standen sie auf einem Bein. »Mach den Motor aus«, flüsterte Marcel. Wir stiegen aus und gingen näher. Ein paar Vögel erzitterten, schlugen mit den Flügeln und flogen auf. Wir blieben stehen. Dreißig Sekunden. Eine Minute. Nach und nach erwachten die Vögel zum Leben und begannen, elegant einherschreitend, mit den Schnäbeln in der Erde zu picken auf der Suche nach Nahrung. Vorsichtig machten wir noch ein paar Schritte; die Störche waren nur noch dreißig Meter von uns entfernt. Marcel flüsterte: »Bleiben wir stehen. Näher werden wir's nicht schaffen.« Ich griff zum Fernglas und beobachtete die Störche: Kein einziger war beringt.

Auf Marins Lichtung ging der Vormittag zu Ende. Diesmal empfingen die Roma uns herzlicher. Ich erfuhr die Namen der Frauen: Sultana, die Matrone im sonnenblumengelben

Pullover, war Marins Frau, Zainepo mit der gebrochenen Nase war mit Mermet verheiratet, und Katio, die Rothaarige, die im Stehen die Fäuste in die Hüften zu stemmen pflegte, mit Kosta. Mariana, Rajkos Witwe, wiegte Denke auf dem Schoß, ihren drei Monate alten Säugling. Die Sonne stand hoch am Himmel, und aus dem Waldboden stieg ein betörender Duft, begleitet vom Summen der Insekten.

»Ich würde gern mit demjenigen sprechen, der die Leiche gefunden hat«, sagte ich endlich.

Marcel verzog das Gesicht, übersetzte aber gleichwohl meine Bitte, woraufhin Marin mich mit Abscheu musterte und Mermet herbeirief, einen Koloß mit dunkler Haut und scharfen Gesichtszügen unter einer glänzenden schwarzen Haarmähne. Der Roma hatte nicht die geringste Lust zu reden. Er rupfte einen Grashalm aus und begann mit abwesender Miene darauf herumzukauen, während er ein paar Worte in sich hineinmurmelte.

»Es gibt nichts zu sagen«, übersetzte Marcel. »Mermet hat Rajko im Wald gefunden. Die ganze Familie hat auf der Suche nach ihm das Land durchkämmt, nur Mermet wagte sich in ein Gebiet vor, in das sonst nie einer geht, weil es dort angeblich Bären gibt. Und dort hat er die Leiche gefunden.«

»Wo genau? Im Unterholz? Auf einer Lichtung?«

Marcel übersetzte meine Frage, Mermet antwortete. Dann ergriff Minaus wieder das Wort: »Auf einer Lichtung. Das Gras wirkte wie plattgetreten.«

»Aber Spuren gab es nicht im Gras?«

»Keine einzige.«

»Und auch keine Hinweise in der näheren Umgebung? Fußabdrücke? Reifenspuren?«

»Nein. Die Lichtung liegt tief im Wald. Dorthin kommt kein Auto.«

»Und die Leiche?« fuhr ich fort. »Wie wirkte sie? Kann man annehmen, daß Rajko sich möglicherweise gewehrt hat?«

»Schwer zu sagen«, antwortete Marcel, nachdem er Mermet zugehört hatte. »Er lag ausgestreckt auf dem Rücken, die Arme am Körper. Seine Haut war überall aufgeschlitzt, und seine Eingeweide hingen durch einen bräunlichen Schlitz heraus, der etwa hier anfing –« Marcel zeigte auf sein Herz. »Merkwürdig war sein Gesicht. Wie zweigeteilt. Die Augen aufgerissen, ganz weiß. Voller Panik. Aber der Mund war geschlossen, ruhig, eigentlich friedlich.«

»Ist das alles? Sonst nichts Auffälliges?«

»Nein.«

Mermet schwieg ein paar Sekunden, während er weiter auf seinem Grashalm kaute, dann fügte er hinzu: »Am Tag vorher muß es ein fürchterliches Gewitter gegeben haben. Denn überall lagen abgerissene Zweige und Äste herum, junge Bäume waren umgestürzt.«

»Eine Frage noch: Hat Rajko nichts erwähnt, vielleicht eine Entdeckung, die er gemacht hat? Hatte er vielleicht vor irgendwas Angst?«

Durch Marcels Mund sprach Mermet das letzte Wort: »Es hatte ihn ja zwei Monate lang keiner mehr gesehen.«

Ich trug die Fakten in mein Notizbuch ein, dann dankte ich Mermet. Er schüttelte kaum merklich den Kopf, er wirkte wie ein Wolf, dem man eine Schüssel Milch hinstellt. Wir gingen zum Lager zurück. Die Kinder bestanden darauf, ein paar ihrer Kassetten im Auto abzuspielen, und so verwandelte sich der Volkswagen mit weit offenen Türen im Handumdrehen in eine Zigeunerkapelle, deren rasender Galopp aus Klarinette, Trommel und Akkordeon weithin durch den Wald schallte. Ich war eigentlich erstaunt: Wie jedermann hatte ich geglaubt, die Zigeunermusik bestünde vorwiegend aus schluchzenden Geigen und Pathos. Diese schrillen, aufgeregten Klänge hatten eher etwas von der quälenden Eindringlichkeit eines Derwischtanzes.

Sultana bot uns türkischen Kaffee an: eine bittersüße Flüssigkeit auf einer dicken Schicht Satz. Ich kostete vorsichtig. Marcel trank genüßlich in kleinen Schlucken, während er sich lebhaft mit der sonnenblumengelben Frau unterhielt; ich nahm an, daß die beiden über Kaffee sprachen, über Zubereitungsarten und Rezepte. Als er ausgetrunken hatte, stellte er die Tasse umgestülpt auf die Untertasse und ließ ein paar Minuten verstreichen. Endlich drehte er sie wieder um und studierte mit Kennerblick und mit Hilfe von Sultana den Verlauf der Bahnen und Pfade, in die der Kaffeesatz zerlaufen war, und ich fragte mich, was sie wohl darin lasen.

Währenddessen stand ich ein wenig verlegen herum, lächelte aufs Geratewohl in die Runde, innerlich aber war ich aufgeregt. Für Marin und die anderen gehörte Rajkos Tod bereits der Vergangenheit an (Marcel hatte mir erklärt, daß der Name eines Verstorbenen nach Jahresfrist freigegeben wird: Dann kann man ihn einem Neugeborenen geben, ein Festessen veranstalten und fortan in Frieden schlafen, denn nun spukt der Geist des Toten nicht mehr in den Träumen seiner Brüder). Für mich hingegen löste dieser Tod die Gegenwart vollkommen auf. Und mehr noch wahrscheinlich die Zukunft.

Um zwei Uhr mittags war der Himmel wieder bewölkt. Wir mußten uns auf den Weg machen, um Milan Djuric am Spätnachmittag in Sofia zu erreichen. Wir verabschiedeten uns von der *kumpania* unter Lächeln und Umarmungen und brachen auf.

Unterwegs kamen wir durch die Vorstadt von Sliven: staubige Elendsviertel mit ungeteerten Straßen, auf denen hier und dort ausgeschlachtete Karosserien lagen. Ich fuhr langsamer. »Ich habe viele Freunde hier«, sagte Marcel. »Aber das will ich dir lieber ersparen. Fahren wir weiter.« Vom Straßenrand aus winkten uns Kinder nach: *»Gadsche, gadsche, gadsche!«* Sie waren barfuß, die Gesichter dreckverschmiert und die Haare zottelig und stumpf vom Staub. Ich gab Gas. Nach einer Weile brach ich das Schweigen. »Marcel« fragte ich, »sag mir eins: Warum sind die Roma-Kinder derart dreckig?«

»Nicht wegen mangelnder Reinlichkeit oder Verwahrlosung. Das ist eine Tradition. Die Roma glauben, ein Kind ist so schön, daß es die Eifersucht der Erwachsenen und damit leicht den bösen Blick auf sich zieht. Deshalb wäscht man die Kinder nicht. Es ist eine Art Verkleidung. Um ihre Schönheit und Reinheit vor den Augen der anderen zu verbergen.«

14

Auf der Rückfahrt erzählte Marcel mir von Milan Djuric.

»Ein sonderbarer Kauz«, sagte er. »Ein Einzelgänger unter den Zigeunern. Keiner weiß, woher er eigentlich stammt. Er spricht perfekt Französisch. Es heißt, er hat sein Medizinstudium in Paris absolviert. In den sechziger Jahren ist er auf dem Balkan aufgetaucht. Seitdem zieht er durch Bulgarien, Jugoslawien, Rumänien, Albanien und hält kostenlose Sprechstunden ab. Mit den Mitteln, die ihm zur Verfügung stehen, versorgt er die Roma und verbindet die moderne Medizin mit den botanischen Kenntnissen der Zigeuner – auf diese Weise hat er mehreren Frauen, die in Ungarn oder der Tschechoslowakei sterilisiert worden waren und schwere Blutungen hatten, das Leben gerettet. Daraufhin hat man ihn beschuldigt, er führe heimlich Abtreibungen durch. Er ist sogar verurteilt worden, zweimal, glaube ich. Aufgrund von Falschaussagen. Kaum war er aus dem Gefängnis entlassen, hat er seine ambulante Praxis wieder aufgenommen. In der Welt der Roma ist Djuric eine Berühmtheit, fast ein Mythos. Man schreibt ihm magische Kräfte zu. Aber du solltest allein hingehen. Vielleicht ist er bereit, mit einem *gadscho* zu sprechen – zwei wären auf jeden Fall zuviel.«

Eine Stunde später, gegen sechs Uhr abends, erreichten wir den Stadtrand von Sofia. Wir fuhren zunächst durch heruntergekommene Viertel, gesäumt von tiefen Gräben, dann vorbei an einem freien Gelände, auf dem Zigeuner ihr Lager aufgeschlagen hatten und verbissen ums Überleben kämpften. Ihre triefendnassen Zelte schienen im aufgeweichten Schwemmland fast zu versinken. Ein lachhafter Anblick: In dieser Apokalypse aus Regen und Schlamm hängten Zigeunermädchen in weiten, orientalischen Pluderhosen Wäsche auf die Leine. Freimütige Blicke, hier und dort ein flüchtiges Lächeln. Wieder einmal trafen die Schönheit und der Stolz dieses Volkes mich mitten ins Herz.

Ich bog in den Lenin-Boulevard ein und setzte Marcel und Yeta am Naradno-Sabranie-Platz ab; die beiden besaßen dort in der Nähe eine Zweizimmerwohnung. Marcel bestand darauf, mir den Weg zu Milan Djuric zu erklären. Er zog ein abgegriffenes Notizbuch hervor und füllte eine ganze Seite mit Schemazeichnungen samt Hinweisen in kyrillischer Schrift. »Du kannst ihn unmöglich verfehlen«, behauptete er, während er mich mit Straßennamen, Abzweigungen, nutzlosen Einzelheiten überhäufte. Zuletzt schrieb er mir Djurics exakte Adresse in lateinischen Buchstaben auf. Beide waren nicht davon abzubringen, mich abends zum Bahnhof zu begleiten, und so verabredeten wir uns für acht Uhr an derselben Stelle.

Ich fuhr zurück zum Sheraton, packte meine Tasche und zahlte die Rechnung mit etlichen dicken Bündeln von Geldscheinen, und nachdem ich erfahren hatte, daß keine Nachrichten für mich eingetroffen waren, fuhr ich um halb sieben wieder durch die Straßen von Sofia der Sanften.

Noch einmal folgte ich dem Ruski-Boulevard, dann bog ich nach links ab in die Ulica General Wladimir Zaimow. In den Pfützen spiegelten sich die Neonlichter. Ich gelangte auf einen Hügel, hinter dem sich ein regelrechter Wald erstreckte. »Du mußt mitten durch den Park«, hatte Marcel gesagt, und so fuhr ich mehrere Kilometer weit durch dichten Wald. Später kam ich durch triste Siedlungen entlang einem schnurgeraden, breiten Boulevard, und endlich entdeckte ich die Straße, die ich suchte. Ich bog ab, zögerte, dann fuhr ich langsam weiter, die nichtssagenden Wohnblocks entlang, während der Boden des Wagens mehrmals auf der aufgerissenen Straße aufschlug, und hielt aufmerksam Ausschau. Laut Auskunft wohnte der Doktor im Gebäude 3C, aber die Nummer war nirgends zu sehen. Deshalb zeigte ich ein paar Roma-Kindern, die im Regen spielten, die Adresse auf Marcels Wegbeschreibung. Sie krümmten sich vor Lachen und zeigten auf das Haus direkt vor mir.

Im Hausflur war es unerträglich heiß und die Luft gesättigt von diffusen Gerüchen nach Bratenfett, Kohl und Müll. Am anderen Ende bearbeiteten zwei Männer die Tür des Aufzugs – zwei schweißüberströmte Kolosse, deren Muskeln im kalten Licht einer elektrischen Birne glänzten. Ich ging auf sie zu. »Dr. Djuric?« fragte ich. Einer der beiden hielt zwei Finger hoch, und ich stieg in den zweiten Stock hinauf. Hinter der Tür mit dem Namensschild des Arztes tobte ein höllischer Lärm. Ich läutete. Mehrmals. Schließlich wurde die Tür geöffnet, und der Krach sprang mich an wie eine wilde Katze. Vor mir stand eine Frau, türkisfarben gekleidet, sehr rund und sehr dunkel. Ich sagte ihr meinen Namen und fragte nach Djuric. Schließlich forderte sie mich auf, einzutreten, ließ mich dann aber in einem engen Flur mit intensivem Knoblauchdunst und einer Armee von Schuhen stehen. Also zog ich ebenfalls die Schuhe aus und wartete, während mir der Schweiß übers Gesicht rann.

Türen knallten, der Lärm wurde kurzfristig lauter, dann legte er sich ein wenig. Nach einigen Sekunden erkannte ich hinter dem Stimmengewirr dieselbe Musik, die Marin und seine Leute in meinem Wagen gehört hatten, dieselben rasenden Klänge, dieselben gewundenen Klarinetten- und Akkordeonläufe. Diesmal aber beteiligte sich auch eine Stimme am Kampf der Instrumente. Eine Frauenstimme, rauh und herzzerreißend.

»Hübsche Stimme, nicht wahr?«

Mit zusammengekniffenen Augen spähte ich in die Dunkelheit. Am Ende des Flurs stand ein Mann, reglos: Dr. Milan Djuric. Marcel, wie üblich in seinen Träumen versunken, hatte mir das hervorstechendste Merkmal verschwiegen: Milan Djuric war ein Zwerg. Kein wirklich winziger Zwerg – er maß wohl eineinhalb Meter –, aber er wies bestimmte charakteristische Züge der Zwergwüchsigkeit auf. Sein Kopf schien gewaltig, der Oberkörper mächtig und breit, die krummen, dürren Beine hingegen wirkten in der Dunkelheit wie Vogelklauen. Sein Gesicht konnte ich nicht sehen.

»Das ist Esma«, fing Djuric wieder an, mit tiefer Stimme, in tadellosem Französisch. »Unsere Diva. Die ersten Unruhen in Albanien haben mit ihren Konzerten begonnen. Wer sind Sie, mein Herr?«

»Ich heiße Louis Antioche«, antwortete ich. »Franzose. Ich komme auf Empfehlung von Marcel Minaus. Hätten Sie wohl ein paar Minuten Zeit für mich?«

»Kommen Sie mit.«

Der Doktor drehte sich auf dem Absatz um und entschwand nach rechts. Ich folgte ihm. Wir gingen durch ein Wohnzimmer, in dem der Fernsehapparat dröhnte. Auf dem Bildschirm eine üppige rothaarige Frau, verkleidet als Bäuerin, die sang und sich drehte wie ein rotweißer Kreisel, begleitet von einem alten Akkordeonisten in der Tracht eines russischen Bauern. Der Anblick war eher niederschmetternd, die Musik aber ging mir durch Mark und Bein. Der Raum war voller Roma, die noch lauter schrien als der Fernseher. Sie tranken und aßen und gestikulierten unter schallendem Gelächter. Die Frauen trugen schwere, matt funkelnde Ohrringe und lange, sehr schwarze Zöpfe, die Männer kleine Filzhüte.

Wir betraten Djurics Arbeitszimmer. Er schloß die Tür und ließ zusätzlich einen dicken Vorhang herab, der den Lärm von draußen dämpfte.

Ich sah mich um. Der Teppichboden war abgetreten, die Möbel wirkten wie aus Karton; in einer Ecke stand ein eisernes Bett mit Gurten, daneben ein Regal mit gläsernen Zwischenböden, auf denen verrostete chirurgische Instrumente aufgereiht waren. Einen kurzen Augenblick lang hatte ich das Gefühl, ich sei tatsächlich in eine illegale Abtreibungspraxis oder das Studio eines obskuren Operateurs vorgedrungen. Gleich darauf aber schämte ich mich dafür: Wegen dieser Sorte von Vorurteilen hatte Djuric mehrmals im Gefängnis gesessen. Milan Djuric war nichts anderes als ein Arzt aus dem Volk der Roma, der sich um andere Roma kümmerte.

»Setzen Sie sich«, sagte er.

Ich entschied mich für einen roten Polstersessel mit brüchigen Armlehnen. Djuric blieb noch einen Moment in voller Länge vor mir stehen, und ich hatte Gelegenheit, ihn ausgiebig zu betrachten. Sein Gesicht war faszinierend: geschmeidige und regelmäßige Züge, aber wie aus Borke geschnitzt, mit großen grünen, leicht hervortretenden Augen hinter einer dicken Hornbrille. Er mochte etwa vierzig sein, schien aber vorzeitig gealtert. Tiefe Furchen gruben sich in die dunkle Haut, und das dichte Haar war von metallischem Grau, doch verriet manches an ihm eine unerwartete Kraft und Dynamik, seine Arme zum Beispiel, die so muskulös waren, daß der Stoff des Hemds sich darüber spannte. Jetzt, bei Licht, schienen mir die Proportionen seines Oberkörpers durchaus normal. Milan Djuric drehte sich um und nahm hinter seinem Schreibtisch Platz. Der Regen trommelte ans Fenster, stärker als zuvor. Ich machte dem Arzt ein Kompliment für sein hervorragendes Französisch.

»Ich bin in Frankreich aufgewachsen. Und ich habe in Paris studiert, an der medizinischen Fakultät in der Rue des Saints-Pères.« Er brach ab, setzte aber sogleich hinzu: »Lassen wir die Höflichkeiten, Monsieur Antioche. Was wollen Sie?«

»Ich möchte mit Ihnen über Rajko Nikolitsch sprechen, den Zigeuner, der im April im Wald von Sliven ermordet wurde. Man hat mir gesagt, daß Sie die Autopsie vorgenommen haben, und deshalb würde ich Ihnen gern ein paar Fragen stellen.«

»Sind Sie von der französischen Polizei?«

»Nein. Aber dieser Mordfall steht möglicherweise in Zusammenhang mit einer Nachforschung, die ich derzeit anstelle. Natürlich zwingt Sie nichts, mir zu antworten. Aber lassen Sie mich Ihnen die Geschichte erzählen, und urteilen Sie selbst, ob mein Anliegen es wert ist, daß man sich damit befaßt.«

»Ich höre.«

Ich begann ihm also mein Abenteuer zu schildern: den Auftrag, den Max Böhm mir ursprünglich erteilt hatte, den Tod des Vogelkundlers, die Geheimnisse, die sich um seine Vergangenheit rankten, die befremdlichen Details, die mir unterwegs begegnet waren – die beiden Bulgaren, die sich ebenfalls für die Störche interessierten, die Organisation *Monde Unique*, von der immer wieder die Rede war ...

Die ganze Zeit über hörte der Doktor sich meinen Monolog an, ohne mit der Wimper zu zucken. Erst als ich geendet hatte, fragte er: »Und was hat das mit Rajkos Tod zu tun?«

»Rajko war Ornithologe. Er hat auf den Durchzug der Störche gewartet. Ich bin mittlerweile sicher, daß hinter diesen Vögeln irgendein Geheimnis steckt. Ein Geheimnis, dem Rajko dank seiner Beobachtungen möglicherweise auf der Spur war. Ein Geheimnis, das ihn möglicherweise das Leben gekostet hat. Ich kann mir vorstellen, Herr Doktor Djuric, daß meine Spekulationen Ihnen aus der Luft gegriffen scheinen. Aber Sie haben die Autopsie der Leiche durchgeführt. Sie könnten mir Näheres darüber sagen. Ich habe innerhalb von zehn Tagen dreitausend Kilometer zurückgelegt, und ungefähr zehntausend liegen noch vor mir. Heute abend um elf sitze ich im Zug nach Istanbul. In Sofia sind Sie der einzige, von dem ich noch etwas erfahren kann.«

Djuric fixierte mich eine Zeitlang stumm, dann zog er ein Päckchen Zigaretten hervor, bot mir eine an – die ich dankend ablehnte – und zündete sich daraufhin mit einem massiven verchromten Feuerzeug, das einen intensiven Benzingeruch verbreitete, selbst eine an. Einen Augenblick entzog ihn eine dichte blaue Rauchwolke meinem Blick. Dann fragte er in gleichmütigem Ton: »Ist das alles?«

Ich spürte einen Zorn in mir aufsteigen. »Nein! Es gibt in dieser Geschichte noch einen weiteren Zufall, der sich mit den Störchen schwerlich in Verbindung bringen läßt, aber nicht weniger beunruhigend ist: Max Böhm hat mit einem transplantierten Herzen gelebt, aber es gibt keinerlei medizinische Unterlagen über ihn, in keiner Klinik, bei keinem Arzt.«

»Aha, da haben wir's«, sagte Djuric und streifte seine Asche ab. »Man hat Ihnen wahrscheinlich berichtet, daß Rajkos Herz gestohlen wurde, und daraus haben Sie Rückschlüsse auf einen Organschmuggel gezogen, oder was weiß ich.«

»Na ja ...«

»Alles Quatsch. Hören Sie zu, Monsieur Antioche. Ich lege keinen Wert darauf, Ihnen zu helfen. Ich werde niemals einem *gadscho* helfen. Aber zur Erleichterung meines Gewissens kann ich Ihnen ein paar Erklärungen geben.« Djuric zog eine Schublade auf und nahm ein paar aneinandergeheftete Papiere heraus, die er vor sich auf den Schreibtisch legte. »Das ist der Autopsiebericht, in dem ich am 23. April 1991 nach vierstündiger Arbeit in der Turnhalle von Sliven meine Beobachtungen an der Leiche von Rajko Nikolitsch festgehalten habe. Erinnerungen wie diese zählen doppelt. Ich habe mich bemüht, den Bericht auf bulgarisch zu verfassen. Genausogut hätte ich ihn in Romani schreiben können. Oder in Esperanto. Es hat ihn ohnehin keiner gelesen. Bulgarisch verstehen Sie nicht, wie? Ich gebe Ihnen also eine Zusammenfassung.« Er griff nach den Blättern und nahm die Brille ab. »Zuerst die Umstände. Am 23. April morgens machte ich meine übliche Runde durch das Ghetto von Sliven. Kosta und Mermet Nikolitsch, zwei Pflücker, die ich gut kenne, suchten mich auf. Sie hatten soeben Rajkos Leiche entdeckt und waren überzeugt, ihr Vetter sei von einem Bären angegriffen worden. Als ich dann die Leiche auf der Lichtung sah, war mir klar, daß das nicht der Fall sein konnte. Die entsetzlichen Wunden, die Rajkos ganzen Körper bedeckten, waren offenkundig von zweierlei Herkunft. Einmal waren es tatsächlich Bisse von Tieren, die allerdings erst nach dem Tod erfolgt sind. Die anderen Wunden wurden durch chirurgische Instrumente verursacht. Außerdem waren in der Umgebung der Leiche kaum Blutspuren zu sehen – bei diesen Wunden hätte Rajko in einer Blutlache schwimmen müssen. Das war aber nicht der Fall. Außerdem war die Leiche nackt, und es ist höchst unwahrscheinlich, daß ein Raubtier sich die Mühe macht, sein Opfer auszuziehen. Ich bat also die Nikolitschs, die Leiche zur Autopsie nach Sliven zu bringen. Wir suchten zuerst ein Krankenhaus. Das war natürlich sinnlos. Schließlich sind wir in der Turnhalle gelandet, wo ich arbeiten und, zumindest in groben Zügen, Rajkos letzte Stunden nachvollziehen konnte. Hören Sie also zu:

Auszüge aus dem Autopsiebericht vom 23. 4. 1991.

Subjekt: Rajko Nikolitsch, männlich. Nackt. Geboren in Iskenderun, Türkei, etwa 1963. Wahrscheinlicher Zeitpunkt des Todes: 22. 4. 1991, eingetreten zwischen 20 Uhr und 24 Uhr infolge einer tiefen Wunde in der Herzgegend. Die Leiche wurde im sogenannten Klarwasserwald nahe Sliven, Bulgarien, gefunden.«

Djuric hob den Blick und bemerkte: »Die allgemeine Darstellung des Zustands übergehe ich. Hören Sie sich die Beschreibung der Wunden an: Oberer Teil des Körpers. Gesicht unversehrt bis auf Anzeichen einer Knebelung am Mund. Durchtrennte Zunge (das Opfer hat sich wahrscheinlich selbst die Zunge durchgebissen). Keine sichtbaren Anzeichen einer Quetschung im Nackenbereich. Die Untersuchung der Thoraxvorderseite ergibt eine längs verlaufende, geradlinige Wunde vom Schlüsselbein bis zum Nabel. Es handelt sich dabei um einen präzisen Schnitt, der vermutlich mit einem chirurgischen Instrument durchgeführt wurde, möglicherweise einem elektrischen Operationsmesser, denn an den Wundrändern ist fast keine Blutung aufgetreten. Außerdem stellen wir zahlreiche Schnittwunden am Hals, der Thoraxvorderseite sowie den Armen fest, die mit einem anderen

Schneidewerkzeug ausgeführt wurden. Nahezu vollständige Amputation des rechten Arms in Schulterhöhe. Zahlreiche Klauenspuren an den Rändern des Thoraxschnitts, vermutlich von einem Bären und/oder Luchs stammend. Zahlreiche Bißwunden: am Oberkörper, den Schultern, den Seiten und den Armen. Wir zählen etwa fünfundzwanzig ovale Wunden, die allesamt am Rand Zahnspuren aufweisen, jedoch ist das Fleisch zu sehr zerklüftet, um Abdrücke nehmen zu können. Rücken unversehrt. Fesselspuren an Schultern und Handgelenken.«

Djuric unterbrach sich, um seine Zigarette auszudrücken, dann fuhr er fort:

»Die Untersuchung der oberen Hälfte des Brustraums ergibt das Fehlen des Herzens. Die Herzarterien und -venen wurden sorgfältig abgetrennt, so weit wie möglich entfernt von dem entnommenen Organ, was die klassische Methode zur Vermeidung von Traumata am Herzen ist. Weitere Organe, Lunge, Leber, Magen, Gallenblase, sind stark beschädigt, zum Teil verstümmelt, vermutlich von wilden Tieren aufgefressen. An den getrockneten Fetzen von organischem Gewebe, die sowohl innerhalb wie auch außerhalb des Körpers gefunden wurden, lassen sich keine Abdrücke vornehmen. Kein Anzeichen einer Blutung im Brustraum.

Unterer Teil des Körpers. Tiefe Wunden in der rechten Leistenregion unter Bloßlegung der Oberschenkelarterie. Zahlreiche Verletzungen an den Geschlechtsorganen und den Oberschenkeln, entstanden offenbar durch wiederholte Hiebe mit einem Schneideinstrument. Der Penis hängt nur noch an wenigen Gewebesträngen. Zahlreiche Krallenspuren an den Schenkeln. Spuren von Tierbissen an beiden Beinen. Die Innenseite des rechten Schenkels weist tiefe Zahnabdrücke auf. Fesselspuren an Schenkeln, Knien und Knöcheln.«

Djuric sah auf und sagte: »Soviel zur postmortalen Untersuchung, Monsieur Antioche. Ich habe ferner einige toxikologische Analysen durchgeführt und dann die Leiche in gesäubertem Zustand der Familie übergeben, denn damit wußte ich genug über den Tod eines Roma, der auf keinen Fall eine polizeiliche Ermittlung nach sich ziehen würde.«

Ich fror am ganzen Körper, und das Atmen gelang mir nur mit Mühe. Djuric setzte die Brille wieder auf und zündete sich eine neue Zigarette an. Hinter dem Rauch verschwamm sein gefurchtes Gesicht.

»Meiner Ansicht nach hat sich folgendes zugetragen: Am Abend des 22. April wurde Rajko mitten im Wald überfallen. Man hat ihn gefesselt und geknebelt und danach den langen Einschnitt am Brustkorb vorgenommen. Das Herz wurde absolut sachgemäß herausgetrennt, fraglos von einem ausgebildeten Chirurgen. Ich würde dies als Phase eins des Mordes bezeichnen, die Rajkos Tod zur Folge hatte – daran besteht kein Zweifel. Bis zu diesem Stadium ist alles durchaus ruhig vonstatten gegangen. Professionell. Der Mörder hat das Organ mit Geduld und Sachverstand entfernt. Danach ist er offenbar in Raserei verfallen. Der Mörder – oder ein anderer, der mit einem chirurgischen Instrument bewaffnet war – hat sich über die Leiche hergemacht und sie von oben bis unten zerfetzt, insbesondere in der Schamgegend hat er mit der Klinge gewütet und sie benutzt wie eine Säge. Das war die zweite Phase des Gemetzels. Und schließlich kamen die Tiere des Waldes und vollendeten das Werk. Was das betrifft, ist die Leiche sogar in relativ gutem Zustand, wenn man bedenkt, daß sie die ganze Nacht dort gelegen hat. Diesen Umstand erkläre ich mir mit der aseptischen Tinktur, die der oder die Mörder vor der Operation auf den Brustkorb aufgetragen haben. Der Geruch hat die Tiere sicherlich mehrere Stunden lang ferngehalten.

Soweit die Zusammenfassung der Fakten, Monsieur Antioche. Was den Ort des Verbrechens anbelangt, würde ich sagen, daß sich alles an eben der Stelle abgespielt hat, an der die Leiche gefunden wurde, und zwar vermutlich auf einer Plane oder ähnlichem, denn auf der gesamten Lichtung gibt es keinerlei Spuren. Daß dies das abscheulichste Verbrechen ist, das ich je erlebt habe, brauche ich nicht eigens zu erwähnen. Ich habe den Nikolitschs die Wahrheit gesagt. Sie müssen Bescheid wissen. Die barbarische Tat hat sich anschließend wie eine Blutspur durch das ganze Land gezogen und den Unsinn hervorgebracht, den Sie wahrscheinlich in der Lokalpresse gelesen haben. Ich persönlich habe weiter keinen Kommentar dazu. Ich versuche lediglich, den Alptraum zu vergessen.«

Jemand öffnete die Tür, und die grölenden Stimmen der Zigeuner quollen ins Zimmer, der Lärm der Musik, der Knoblauchdunst. Die türkisfarbene Frau erschien, in der Hand trug sie ein Tablett mit einer Flasche Wodka, Gläsern und verschiedenen Sodaflaschen. Ihre Ohrgehänge schlugen mit dumpfem Klang aneinander, als sie das Tablett auf einem kleinen Tisch neben meinem Sessel abstellte. Den Wodka lehnte ich ab und ließ mir statt dessen eine durchsichtige Limonade in der Farbe von Urin einschenken. Djuric nahm sich ein kleines Glas Wodka. Meine Kehle war ausgedörrt und brannte wie Feuer, und ich kippte das Getränk in einem Zug. Ich wartete, bis die Frau die Tür hinter sich geschlossen hatte, dann fragte ich: »Würden Sie zustimmen, daß es sich trotz der Grausamkeit des Verbrechens um eine chirurgische Operation handelt, die den Zweck hatte, Rajkos Herz zu entnehmen?«

»Ja und nein. Ja, weil man sowohl die Technik der Chirurgie angewandt als auch für eine relative Keimfreiheit gesorgt hat. Nein, weil bestimmte Einzelheiten dem sehr widersprechen. Das Ganze hat mitten im Wald stattgefunden. Aber die Entfernung eines Organs setzt allerstrengste antiseptische Bedingungen voraus, die in der freien Natur unmöglich zu gewährleisten sind. Und vor allem muß der Patient unter Anästhesie stehen. Rajko war jedoch bei Bewußtsein.«

»Was meinen Sie damit?«

»Ich habe eine Blutprobe entnommen und keine Spur von einem Narkose-, zumindest einem Beruhigungsmittel festgestellt. Die Öffnung des Brustraums hat bei vollem Bewußtsein stattgefunden. Rajko ist am Leiden gestorben.«

Ich spürte, wie mir der kalte Schweiß über den Rücken lief. Djuric starrte mich hinter seinen Brillengläsern an, die Augen schienen ihm aus dem Kopf zu treten. Offensichtlich prüfte er die Wirkung seines letzten Satzes.

»Würden Sie mir das bitte näher erklären, Herr Doktor?«

»Abgesehen von fehlenden narkotisierenden Substanzen im Blut sind die Zeichen untrüglich. Ich sprach von den Spuren einer Fesselung an den Schultern, den Handgelenken, den Schenkeln, den Knöcheln. Dabei handelte es sich um Gurte oder Riemen aus Kautschuk, derart festgeschnürt, daß sie tief ins Fleisch schnitten – um so tiefer, je mehr der Körper sich vor Schmerzen wand. Auch der Knebel war etwas Besonderes, nämlich ein sehr starkes Heftpflaster. Als ich etwa achtzehn Stunden nach dem Tod die Autopsie vornahm, war der Bart bereits nachgewachsen – wie Sie vermutlich wissen, wachsen die Körperhaare eines Menschen noch bis zu drei Tage nach seinem Tod –, allerdings nicht rund um die Lippen, die völlig bartlos waren. Warum? Weil die Mörder bei der Entfernung des Pflasters an dieser Stelle die Barthaare mit ausgerissen haben. Der Körper war also ruhiggestellt und zu absolutem Stillschweigen verurteilt. Als hätten die Schlächter dieses Leiden mit bloßen Händen auskosten und nach Belieben im zuckenden Fleisch wühlen wollen. Und schließlich spricht auch der Befund des Mundes für meine Vermutung: Rajko hat sich vor Schmerzen die Zunge glatt durchgebissen und ist erstickt an Fleischfetzen und Blut, die ihm die Kehle verstopften. Das ist die Wahrheit, Monsieur Antioche. Diese Operation ist eine Ungeheuerlichkeit, eine barbarische Untat, wie sie nur einem kranken Gehirn entspringen kann, das dem Wahnsinn verfallen ist, möglicherweise auch einem Rassenwahn.«

»Macht die Tatsache, daß der Spender bei Bewußtsein war, das Herz nicht unbrauchbar?« beharrte ich. »Ich meine, zerstören die Krämpfe des Leidens nicht die Funktionsfähigkeit eines Organs?«

»Sie sind hartnäckig, wie? Nein, paradoxerweise nicht. Schmerz, selbst wenn er noch so extrem ist, beeinträchtigt nicht das Herz. In dem Fall schlägt es zwar schneller, gerät außer Kontrolle und stellt schließlich die Durchblutung des Körpers ein, aber für die Funktionstüchtigkeit des Organs an sich spielt das keine Rolle. Was mir unbegreiflich ist – abgesehen von dem Sadismus der Tat: Ein derartiges Vorgehen ist technisch absurd. Warum sollte man einen Körper operieren, der zuckt und bebt, während eine Anästhesie die Bewegungslosigkeit garantiert hätte, die für eine saubere Arbeit notwendig ist?«

Ich wechselte die Richtung. »Glauben Sie«, fragte ich, »daß ein Bulgare ein derartiges Verbrechen hätte begehen können?«

»Auf keinen Fall.«

»Und was ist mit der angeblichen Abrechnung zwischen verfeindeten Sippen, wie es in der Zeitung stand?«

Djuric zuckte die Achseln und stieß eine Rauchwolke aus.

»Lächerlich. Viel zu raffiniert für die Roma. In ganz Bulgarien bin ich ihr einziger Arzt. Außerdem fehlt das Motiv! Ich habe Rajko gekannt. Er lebte in völliger Reinheit.«

»Reinheit?«

»So sagen wir. Das bedeutet: nach Art der Roma. Er lebte genau so, wie ein Roma leben soll. In unserer Kultur wird der Alltag durch einen rigorosen Verhaltenskodex geregelt, ein System aus Regeln und Verboten, in dem die Reinheit ein zentraler Begriff ist. Rajko hat unsere Gesetze streng eingehalten.«

»Es gab also nicht den geringsten Grund, Rajko zu töten?«

»Nicht den geringsten.«

»Kann es nicht sein, daß er irgendeine gefährliche Entdeckung gemacht hat?«

»Was hätte er entdecken sollen? Rajko hat sich doch nur für Pflanzen und Vögel interessiert.«

»Eben.«

»Sie denken an Ihre Störche? Unsinn. In keinem Land der

Welt bringt man einen Menschen wegen ein paar Vögeln um. Und vor allem nicht auf diese Weise.«

Damit hatte Djuric natürlich recht. Dieser schreckliche Ausbruch von Gewalt paßte nicht zu den Störchen. Viel eher konnte man sich einen Zusammenhang mit den Fotografien von Max Böhm und dem Geheimnis um sein Herz vorstellen. Djuric fuhr sich mit der Hand durch seine silbern schimmernde Mähne, die wie die künstlichen Haare einer Puppe wirkte. Seine Schläfen waren feucht von Schweiß. Er leerte sein Glas und setzte es hart auf den Tisch: ein Zeichen, daß unsere Unterredung beendet war. Ich wagte dennoch eine letzte Frage:

»War das Team von *Monde Unique* im April in der Gegend?«

»Ich glaube ja.«

»Diese Leute verfügten durchaus über die nötige Ausrüstung.«

»Sie verfolgen eine falsche Fährte, Antioche. Die Leute von *Monde Unique* sind hoch anständig. Sie haben keine Ahnung von den Roma, aber sie sind sehr engagiert. Behalten Sie Ihre Verdächtigungen lieber für sich – das macht nur böses Blut.«

»Was ist Ihre persönliche Meinung?«

»Der Mord an Rajko ist ein absolutes Rätsel. Kein Zeuge, keine Spur, kein Motiv. Ganz zu schweigen von der technischen Perfektion. Nach der Autopsie habe ich das Schlimmste vermutet. Ich dachte an einen rassistischen Anschlag, der vor allem den Zigeunern galt. Ich dachte, die Zeiten der Nazis seien wieder ausgebrochen, und rechnete mit weiteren Verbrechen. Aber nein. Seit April ist nichts geschehen. Weder hier noch irgendwo sonst auf dem Balkan. Darüber bin ich natürlich erleichtert. Und habe beschlossen, diesen Mord auf unserem Gewinn- und Verlustkonto zu verbuchen.

Vielleicht halten Sie mich für zynisch. Aber Sie haben keine Ahnung vom Alltag der Roma. Unsere Vergangenheit, unsere Gegenwart, unsere Zukunft bestehen nur aus Verfolgungen, Feindseligkeiten, Übergriffen, Verleugnung. Ich bin viel herumgekommen, Antioche. Überall bin ich demselben Haß, derselben Furcht vor den Nomaden begegnet. Ich kämpfe dagegen an. Soweit ich kann, versuche ich die Leiden meines Volkes zu lindern. Paradoxerweise hat mir meine körperliche Schwäche eine enorme Kraft verliehen. In Ihrer Welt ist ein Zwerg bloß eine Art Monster, niedergedrückt von der Last seines Andersseins. Aber ich bin in erster Linie immer ein Roma gewesen. Meine Abstammung war eine Gnade für mich, eine zweite Chance, verstehen Sie? Zu dem Kampf, den ich wegen meines Andersseins führen muß, ist eine zweite Sache gekommen, die viel umfassender ist, viel erhabener. Die Sache meines Volkes. Also lassen Sie mich meinen Weg gehen. Wenn irgendwelche Sadisten beschlossen haben, ihren Opfern das Gedärm aus dem Leib zu reißen, sollen sie sich in Zukunft an den *gadsche* schadlos halten – mir ist das herzlich gleichgültig.«

Ich stand auf. Djuric rutschte auf seinem Stuhl nach vorn, um die Füße auf den Boden zu setzen. Auf seinen krummen Beinen ging er mir voraus. In der erdrückenden Hitze und dem Halbdunkel des Flurs, in dem immer noch die Musik dröhnte, zog ich wortlos meine Schuhe an, und als ich mich wieder aufrichtete, um mich zu verabschieden, sah ich, daß Djuric mich eindringlich musterte.

»Merkwürdig«, sagte er. »Mir kommt Ihr Gesicht bekannt vor. Kann es sein, daß ich jemanden aus Ihrer Familie kennengelernt habe, als ich in Frankreich war?«

»Das glaube ich nicht. Meine Familie hat nie in Frankreich gelebt. Außerdem sind meine Eltern gestorben, als ich sechs war. Von anderen Verwandten weiß ich nichts.«

Aber Djuric ging auf meine Antwort nicht ein. Seine kugeligen Augen waren nach wie vor auf mein Gesicht geheftet wie der Scheinwerfer eines Wachtturms. Schließlich senkte er den Kopf und sagte, während er sich den Nacken massierte: »Schon merkwürdig, dieser Eindruck.«

Ich öffnete die Tür, um ihm nicht die Hand schütteln zu

müssen, und Djuric sagte zum Abschluß: »Viel Glück, Antioche. Aber halten Sie sich an Ihre Störche. Die Menschen verdienen Ihre Aufmerksamkeit nicht, egal, ob sie Roma sind oder *gadsche*.«

15

Um 21 Uhr 30 betrat ich in Begleitung von Marcel und Yeta den Bahnhof von Sofia. Eine Art Nebel trieb in der Luft, goldschimmernd, schwebend, höchst wundersam. Hoch oben in der riesigen Halle hing eine metallene Uhr in Spiralform, deren Zeiger sich im Rhythmus der ein- und ausfahrenden Züge ruckweise fortbewegten. Unten am Boden herrschte ein dichtes Gewühl: Touristen, die sich mit schweren Koffern mühten und sich gruppenweise und ratlos vorwärts schoben, lehm- und ölverschmierte Arbeiter, mit leerem Blick vor sich hin starrend, Mütter mit bunten Kopftüchern, die eine Kinderschar in abgerissenen Shorts und Sandalen hinter sich her zerrten, Soldaten in Khakiuniform, stockbetrunken, schlingernd wie ein Schiff und grölend. Vorherrschend aber waren die Roma. Schlafend auf Bänken, zu Gruppen geballt auf den Bahnsteigen, sogar auf den Gleisen lagerten sie, tranken Wodka und aßen Würste. Überall wimmelte es von Frauen mit goldbestickten Tüchern, Männern mit Gesichtern wie aus Eichenrinde, halbnackten Kindern, gleichgültig gegen Fahrpläne, Züge und alle, die ihrem Reiseziel hinterherrannten, ihrem Traum oder ihrer Arbeit.

Weitere, weniger auffällige Details tauchten auf. Strahlende Farben, Filzmützen, schrille Musik, die aus Kofferradios plärrte; auf den Bahnsteigen wurden Erdnüsse verkauft. Auf dem Bahnhof von Sofia begann der Orient, das wuselnde Leben von Byzanz. Die Welt der Hamame, der goldenen Kuppeln, der blauen Fayencen und Arabesken, der Weihrauchschwaden und geschmeidigen Hüften der Tänzerinnen. Hier begannen der Islam, die aufragenden Minarette und klagenden Gebetsrufe der Muezzine. Aus Venedig und Belgrad führte der Weg in die Türkei über Sofia: Hier war der große Wendepunkt, die entscheidende Kehre des Orient-expreß.

»Antioche ... Antioche ... komischer Name für eine französische Familie. Antiochia hieß eine alte türkische Stadt«, rief Marcel, indes er mit flottem Schritt hinter mir hereilte.

Nur mit halbem Ohr bei der Sache, antwortete ich: »Wo wir herkommen, weiß kein Mensch ...«

»Antiochia ... Wenn du schon in der Türkei bist, dann fahr doch auf einen Sprung dort vorbei, die Stadt liegt an der syrischen Grenze und heißt heute Antakya. In der Antike war sie eine riesige Stadt, nach Rom und Alexandria die drittgrößte des Römischen Reichs! Ihr Glanz ist heute dahin, aber sie hat immer noch ein paar hochinteressante Sehenswürdigkeiten zu bieten ...«

Ich gab keine Antwort; Marcel fing an, mir auf die Nerven zu gehen. Ich hielt Ausschau nach Gleis 18, von dem der Zug nach Istanbul abfahren sollte, und fand es am Rand des Bahnhofs, schon außerhalb der Haupthalle.

»Ich muß dir noch die Schlüssel geben«, sagte ich zu Marcel. »Tu mir den Gefallen und bring den Wagen zurück.«

»Kein Problem. Auf die Weise kann ich Yeta *Sofia by night* zeigen!«

Der Bahnsteig am Gleis 18 war überraschenderweise nahezu menschenleer. Mein Zug war noch nicht da, aber wir hatten ja noch mehr als eine Stunde Zeit. Auf den Nebengleisen standen alte Züge und versperrten uns jegliche Aussicht. Doch rechts von uns bemerkte ich hinter den staubigen Waggons zwei Männer, sie gingen in dieselbe Richtung wie wir, hatten aber kein Gepäck dabei. Marcel sagte: »Wir werden uns sicher im Oktober in Paris treffen, wenn ich nach Frankreich komme.« Dann wandte er sich an eine Romni, die allein mit ihrem Kind dort wartete. Ich stellte meine Tasche ab. Djurics Worte gingen mir durch den Kopf, und ich wünschte mir nur eins – mich in den Zug zu setzen, allein zu sein, um über alles nachdenken zu können, was ich in Erfahrung gebracht hatte. Jenseits der verschlafenen Waggons fielen mir wieder die beiden Männer auf. Der größere trug einen dunkelblauen Trainingsanzug aus Acrylfaser, seine gesträubten, borstigen Haare wirkten wie Glasscherben. Der andere war ein Schrank von einem Kerl, gedrungen und stämmig, das Gesicht eine starre, aschfahle Maske mit einem drei Tage alten Bart. Zwei üble Burschen, wie sie sich in allen Bahnhöfen herumtreiben. Marcel sprach noch immer mit der Romni. Schließlich drehte er sich zu mir um und erklärte: »Sie würde gern mit dir im selben Abteil reisen, weil sie zum erstenmal mit dem Zug fährt. Nach Istanbul, zu ihrer Familie ...«

Ich musterte die beiden Männer, die kaum fünfzig Meter entfernt, uns genau gegenüber, zwischen zwei Waggons standen. Der Schrank hatte sich abgewandt, er schien etwas in der Innentasche seines Regenmantels zu suchen; auf seinem Rücken hatte sich ein langer dunkler Schweißfleck gebildet. Der Lange hingegen starrte uns aus fiebrigen Augen an. Marcel sagte noch in scherzhaftem Ton: »Aber paß ja auf – faß sie nicht an, bevor ihr in der Türkei seid! Du kennst die Roma!« In dem Moment drehte der Schrank sich langsam um. Ich sagte: »Gehen wir weg von hier«, und bückte mich nach meiner Tasche. Meine Hand umfaßte den Schulterriemen, als eine dumpfe Detonation erfolgte. Eine Sekunde später lag ich auf dem Boden und verrenkte mir den Hals, um Marcel zu warnen; ich brüllte, aber es war zu spät: Die Kugel hatte ihm den Schädel zertrümmert.

Im selben Moment hörte ich ein zweites ›Plopp‹ und sah eine Woge von Blut aufspritzen. Der schrille Schrei von Yeta gellte auf, gefolgt von einem, zwei, drei, vier weiteren gedämpften Schüssen. Ich sah, wie Yeta in die Luft geschleudert wurde und ein schmales, granatrotes Lichtbündel in alle Richtungen zuckte. Ich dachte: ›Laserzielgerät‹ und kroch bäuchlings durch die Blutlachen auf dem Asphalt. Ich warf einen Blick nach rechts und sah die Romni über ihrem Kind zusammengesunken, die Hände dunkel vom Blut. Links von mir, hinter dem Zug auf dem anderen Gleis, duckten sich die Killer, um mich zwischen den Stahlrädern des Waggons zu erspähen – der Mann mit dem Regenmantel hielt ein Sturmgewehr mit Schalldämpfer in der Hand. Ich ließ mich auf das Gleis auf der entgegengesetzten Seite hinabfallen und stolperte fast über Yetas Leiche – zwischen den Falten ihrer blutigen Jacke quoll rosafarben und dunkelrot das Gedärm hervor. Ich rannte los.

Ich lief gekrümmt, stieß mir die Knöchel an den Schwellen, aber ich erreichte das Ende des Bahnsteigs, immer noch im Schutz des Gleisgrabens. Ich sah mich in der Halle um: ringsum eine Masse gleichgültiger Menschen. Es war 21 Uhr 55. Nachdem ich den Umstehenden forschend ins Gesicht geblickt hatte, stand ich auf und drängte mich unter Zuhilfenahme der Ellenbogen durch die Menge, meine blutige Tasche an mich gepreßt. Endlich erreichte ich den Ausgang. Von den Killern keine Spur.

Ich rannte zum Parkplatz und ließ mich in den Wagen fallen – glücklicherweise hatte ich noch die Schlüssel. Ich brauste davon, schlingernd und rutschend auf dem nassen Asphalt; Wohin, wußte ich nicht, aber ich fuhr wie ein Verrückter mit durchgedrücktem Gaspedal. In meinem Hirn explodierten die Bilder von Marcels Gesicht, in blutige Fetzen zerborsten, Yetas Körper, der auf die Gleise hinabstürzte, die Romni, die ihr Kind zu schützen versuchte. Rot, überall nichts als Rot.

Knapp fünf Minuten war ich unterwegs, als ich spürte, wie sich mir im Nacken die Haare sträubten. Im Rückspiegel sah ich einen Wagen, der sich an meine Fersen geheftet hatte und sich nicht abhängen ließ, eine dunkle, viertürige Limousine. Ich beschleunigte, bog nach links ab, dann nach rechts. Die Limousine war immer noch hinter mir; ohne Licht folgte sie mir in atemberaubendem Tempo. Einmal, als ich zurückblickte, sah ich das Wageninnere flüchtig durch eine Laterne erhellt und erkannte die Killer. Der Lange saß am Steuer, neben ihm der Schrank, der sich nicht die Mühe machte, seine Waffe zu verbergen – ein großkalibriges Gewehr mit kurzem Lauf. Sie trugen Nachtsichtgeräte, festgeschraubt auf dem Schädel.

Ich bog nach links in eine lange, schnurgerade und kaum befahrene Durchgangsstraße ab und drückte aufs Gas. Die Limousine folgte mir. Ans Steuer geklammert, versuchte ich, meine Gedanken zu ordnen. Meinen geringen Vorsprung konnte ich bald nicht mehr halten. Außerdem nutzten die Killer die gerade Strecke aus, um mich seitlich in die Enge zu treiben, Kotflügel an Kotflügel. Die Karosserien stießen aneinander und gerieten ins Schleudern mit quietschenden Reifen. Ich schlug einen Haken nach rechts, so jäh, daß der Limousine nichts anderes übrigblieb, als geradeaus weiterzufahren. Ich trieb den Wagen zur Höchstgeschwindigkeit an. Die Natriumdampflampen am Straßenrand bebten im Sturm. Plötzlich geriet ich auf einen Bahnübergang, der Wagen machte einen Satz, und das Fahrgestell prallte mit einem metallischen Knall auf den Asphalt. Die zuvor zweispurige Straße hatte sich auf eine Fahrbahn verengt.

Im Licht der Scheinwerfer erkannte ich, daß sich vor mir die Straße erneut gabelte; ich entschied mich für die rechte Abzweigung, was ich sofort bedauerte: In der Ferne sah ich quer zur Straße die schwarze Masse der Limousine stehen, die mir den Weg versperrte, und gleich darauf hörte ich die ersten Kugeln über das Verdeck hinwegpfeifen. Bei der ersten Querstraße bog ich nach links ab und sah im letzten Moment, wie die Limousine sich wieder in Bewegung setzte; dann stürzte ich mich die abschüssige Straße vor mir hinab. Ich raste dahin, verlor aber an Geschwindigkeit, je tiefer ich in das Gewirr holpriger Straßen, schwarzer Gebäude und abgestellter Züge geriet. Diesmal war ich auf ein Lagergelände geraten, das stockfinster und menschenleer war. Ich schaltete die Scheinwerfer aus, bog von der Fahrbahn ab und fuhr über die Böschung quer durchs Terrain, schlüpfte zwischen zwei Waggons hindurch, rumpelnd und schlitternd, bis ich endlich an einem Bahngleis zum Stehen kam. Ich stieg aus. Der Regen hatte aufgehört. Etwa dreihundert Meter vor mir ragte eine verlassene Lagerhalle in die Dunkelheit. Mit leisen Schritten schlich ich auf das Gebäude zu.

Im Näherkommen sah ich leere Fensterhöhlen, klaffende Mauern, ausgerissene Kabelschlingen, überall Bauschutt – seit Jahren hatte dieser Ort keinen Menschen mehr gesehen. Ich betrat einen Zementboden, der von Federn und Kot übersät war, und ein vielstimmiges Gurren drang von allen Seiten auf mich ein: Tausende von Tauben hatten sich hier niedergelassen. Ich wagte mich ein paar Schritte vorwärts, und sogleich brach die Nacht über mich herein – eine Myriade von Leibern stob auf, flügelflatternd und mit ohrenbetäubendem Kreischen. Federn wirbelten durch die Luft, und zugleich breitete ein beißender Gestank sich aus. Ich schob mich seitwärts in einen Gang. In der feuchten Luft waberten Schwaden von Petroleum- und Schmierölgeruch. Allmählich gewöhnten sich meine Augen an die Finsternis. Rechter Hand blickte ich in eine Flucht von Büroräumen mit zerborstenen Fensterscheiben, die Fußböden voller Glasscherben. Ich ging den Gang entlang, wobei ich über zerbrochene Stühle, umgestürzte Schränke, zersplitterte Telefone stieg, bis ich zu einer Treppe kam.

Über weißlichen Vogelkot stieg ich die Stufen hinauf – es kam mir vor, als dränge ich in die Kloake einer monströsen Taube ein. Im ersten Stockwerk angelangt, stand ich in einer riesigen Halle: vierhundert Quadratmeter gähnende Leere, unterteilt durch eine Reihe rechtwinkliger Pfeiler in regelmäßigen Abständen. Auch hier lagen zahllose Glassplitter auf dem Boden und knirschten unter meinen Schritten. Ich lauschte. Kein Laut, kein Atmen. Langsam durchquerte ich die Halle, bis ich am anderen Ende auf eine Metalltür stieß, die mit schweren Ketten versiegelt war. Ich saß fest; allerdings dachte ich, daß mich hier wohl keiner suchen würde, und so beschloß ich, den Morgen abzuwarten. Hinter dem letzten Pfeiler fegte ich die Scherben beiseite und ließ mich nieder. Mein Körper fühlte sich völlig zerschlagen an, aber ich verspürte keine Angst mehr. So verharrte ich, an den Pfeiler gekauert, und war bald eingeschlafen.

Das Knirschen von Glas weckte mich. Ich schlug die Augen auf und sah auf die Uhr: drei Viertel drei. Die Schweine hatten mehr als vier Stunden gebraucht, um mich zu finden. Ich hörte hinter mir ihre Schritte, das Malmen von Glas unter den Sohlen. Wahrscheinlich hatten sie meinen Wagen entdeckt und jetzt meine Fährte aufgenommen – wie zwei lauernde Raubtiere. In der Ferne klangen ein paar Flügelschläge, und über mir, in großer Höhe, trommelte der Regen, der wieder eingesetzt hatte, auf das Dach. Ich spähte hinter meinem Pfeiler hervor, sah aber nichts. Die beiden Killer benutzten keine Taschenlampe oder sonst eine Lichtquelle – nur ihre Nachtsichtgeräte. Plötzlich überlief mich ein Schauer: Solche Apparate sind meist mit einem Thermodetektor ausgestattet, der die Infrarotausstrahlung jedes Gegenstands wahrnimmt. Wenn das der Fall war, würde ihnen die Wärme meines Körpers einen schönen roten Schatten hinter dem Pfeiler anzeigen. Die Tür vor mir war verriegelt, der zweite Ausgang durch die Killer blockiert.

In regelmäßigem Rhythmus kam das Knirschen näher. Zuerst ein paar Schritte, dann eine Pause von zehn bis fünfzehn Sekunden, dann wieder ein paar Schritte. Meine Verfolger rückten gemeinsam vor, Pfeiler um Pfeiler. Sie ahnten offensichtlich nichts von meiner Gegenwart, denn sie gingen zwar leise, aber ohne besondere Vorsicht. Hinter der letzten Säule würden sie mich unausweichlich finden. Wie viele Pfeiler lagen noch zwischen uns? Zehn? Zwölf? Die Killer kamen links von der Säulenreihe auf mich zu. Ich wischte mir den Schweiß ab, der mir in die Augen rann und mir die Sicht nahm. Langsam streifte ich die Schuhe ab und hängte sie mir an den Schnürsenkeln um den Hals. Noch langsamer zog ich mein Hemd aus, zerriß es mit den Zähnen, Zentimeter für Zentimeter, und umwickelte mir die Füße mit den Lappen. Die Schritte kamen näher.

Der Angstschweiß lief mir über den nackten Oberkörper. Gehetzt äugte ich hinter den Pfeiler, dann sprang ich mit einem Satz nach rechts hinter die nächste Säule. Ich hatte nur einmal den Fuß auf den Boden gesetzt und die Glasscherben mit meinen Baumwollsocken aufgefangen. Kein Laut, kein Atmen. Auf der anderen Seite der Säulenreihe hörte ich wieder das Knirschen von Glas unter Tritten. Sofort glitt ich weiter zum nächsten Pfeiler. Noch fünf oder sechs Pfeiler lagen zwischen uns. Wieder hörte ich sie gehen. Wieder stürzte ich einen Pfeiler vorwärts. Mein Plan war einfach. Wenige Sekunden später würden die Killer und ich rechts und links desselben Pfeilers stehen. Dann mußte ich nach rechts wechseln, während sie auf die linke Seite kamen. Es war ein verrücktes, geradezu kindisches Vorhaben. Aber es war meine letzte Chance. Vorsichtig bückte ich mich und hob mit zwei Fingern einen Klumpen Mörtel auf, in dem eine Glasscherbe steckte. Nacheinander brachte ich drei weitere Pfeiler hinter mich. Ein Atmen ließ mich zu Stein erstarren. Dort waren sie, auf der anderen Seite. Ich zählte bis zehn, und als das Knirschen wieder einsetzte, glitt ich hinüber nach rechts, eng an den Pfeiler gedrückt.

Vor Verblüffung blieb mir fast das Herz stehen. Direkt vor mir stand der Lange im Trainingsanzug, in seiner Hand eine metallisch funkelnde Waffe. Er brauchte eine Zehntelsekunde, um zu begreifen, was geschah. In der nächsten Zehntelsekunde hatte er die Glasscherbe in der Kehle. Ein Blutstrahl schoß hervor und spritzte über meine verkrampften Finger. Ich ließ den Mörtelklumpen los, breitete die Arme aus und fing den Körper auf, der schwer vornüber sackte. Ich ging in die Knie und hievte mir den Koloß auf die Schulter; das abscheuliche Manöver wurde mir erleichtert durch das Blut, das in Strömen floß wie ein Schmiermittel. Ich kniete nieder, beide Hände auf dem Boden. Meine verbrannten und empfindungslosen Handflächen stützten sich ohne den geringsten Schmerz auf die Glasscherben – es war das erste Mal, daß mein Gebrechen mir zugute kam, ja mir das Leben rettete. Aus dem schweren Körper auf meinem Rücken schoß noch immer heiß das Blut. Mit aufgerissenen Augen, einen Schrei des Entsetzens in der Kehle, wartete ich auf den zweiten Killer, der ahnungslos immer noch weiterging. Ohne einen Laut ließ ich die reglose Masse von der Schulter gleiten und machte mich aus dem Staub, leichtfüßig durch die Angst. Erst als ich die kotweißen Stufen hinabstieg, wurde mir klar, welche Waffe der Killer bei sich gehabt hatte: ein Hochfrequenz-Operationsmesser, angeschlossen an eine Batterie, die er am Gürtel trug.

Ich lief zum Wagen, startete und fuhr eine Weile kreuz und quer durch feuchtes Gebüsch, bis ich wieder auf der geteerten Straße war. Nach einer halben Stunde Irrfahrt durch Einbahnstraßen und dunkle Gassen gelangte ich unversehens zur Autobahn Richtung Istanbul. Lange Zeit raste ich mit Vollgas und aufgeblendeten Scheinwerfern in die Finsternis.

Kurz vor der Grenze hielt ich an, denn meine Finger waren klebrig vom Blut, auch mein Gesicht mußte blutverschmiert sein. Im Rückspiegel sah ich, daß meine Lider verkrustet, meine Haare verklebt waren – vom Blut des anderen. Meine Hände begannen zu zittern, und bald griff das Zittern stoßweise auf die Arme, den Unterkiefer über. Ich stieg aus dem Wagen. Es goß noch immer in Strömen. Ich zog mich vollständig aus und stand aufrecht und nackt im Wolkenbruch, spürte die Kühle des Schlamms an meinen Knöcheln und das Prasseln der Tropfen auf meinen Schultern. So stand ich fünf, zehn, zwanzig Minuten im Schauer, und der Regen wusch sämtliche Spuren meines Verbrechens ab. Schließlich kehrte ich in den Schutz des Wagens zurück, suchte frische Wäsche und zog mich wieder an. Die Schnittwunden waren nur oberflächlich. In meiner Reiseapotheke fand ich, was ich brauchte, um meine Handflächen zu desinfizieren und zu verbinden.

Ich passierte die Grenze ohne Schwierigkeiten, obwohl ich die Aufenthaltsfrist von achtundvierzig Stunden überschritten hatte. Dann fuhr ich weiter. Der Tag brach an, ein Straßenschild zeigte an: Istanbul achtzig Kilometer. Eine Dreiviertelstunde später hatte ich die Istanbuler Vororte erreicht und suchte im Fahren in meinen Unterlagen nach einem bestimmten Punkt, den ich in Paris mittels etlicher Telefonate und Nachfragen als den ›strategischen‹ Ort ausfindig gemacht hatte. Meine Karte war recht präzise, und nach nur wenigen Umwegen gelangte ich an mein Ziel, den Höhenrücken oberhalb des Bosporus auf der Seite von Üsküdar mit den beiden Hügeln Büyük und Küçük Çamlica.

Von der Höhe herab wirkte die Meerenge wie ein regloser, erstarrter Strom Asche. In der Ferne erhob sich Istanbul aus dem Dunst, pfeilschlanke Minarette und behäbig in sich ruhende Kuppeln. Ich hielt an. Es war halb sieben Uhr morgens, ringsum herrschte eine weite, klare Stille, angefüllt mit Lauten, die ich liebe: Vogelgezwitscher, ein Blöken hier und dort in der Ferne, das Rauschen des Winds im bewegten Laub. Die Sonne stieg höher und goß ihr gleißendes Licht über das Meer. Ich wartete, das Fernglas in der Hand, den Blick auf den Horizont geheftet. Nicht ein Vogel. Nicht ein Schatten. Eine Stunde verging. Doch dann erschien auf einmal hoch oben am Himmel eine Wolke, die wogte und wimmelte. Schwarz und weiß gefleckt. Das waren sie. Ein Heer von tausend und mehr Störchen schickte sich zur Überquerung des Bosporus an. Noch nie hatte ich ein derartiges Schauspiel erlebt. Ein prächtiges geflügeltes Ballett, weit ausgebreitete Schwingen und gereckte Schnäbel, getrieben von derselben Kraft, derselben Zähigkeit. Eine langgestreckte und leichte Woge, deren Gischt Federn waren und deren einzige Kraft nur der Wind ...

Vor meinen Augen stiegen die Störche noch höher in den wolkenlosen Himmel, bis sie winzig klein wurden; alle auf einmal überflogen sie dann die Meerenge. Ich dachte an die jungen Störche, die sich in Deutschland auf den Weg gemacht hatten, allein von ihrem Instinkt geleitet. Zum ersten Mal in ihrem Leben triumphierten sie über das Meer. Ich ließ das Fernglas sinken und starrte auf das Wasser des Bosporus.

Zum ersten Mal in meinem Leben hatte ich einen Menschen umgebracht.

3. TEIL

Der Storchenkibbuz

15

[illegible] mit dem Volkswagen die [illegible] nach Izmir an der türkischen Westküste, wo ich das Auto der örtlichen Filiale der Leihwagenfirma zurückgab. Die Angestellten waren erstaunt über den Zustand des Fahrzeugs [illegible]

[illegible]

ten [illegible] und [illegible] Fahrt über das Mittelmeer [illegible] etwa vierundzwanzig Stunden dauern. Während [illegible] Kreuzfahrt hielt ich [illegible] ausschließlich [illegible] Tee.

Mein Gesicht zeigte [illegible] den ersten Schlag Yotes durch [illegible] harter Körper [illegible]

[illegible]

16

Von Istanbul aus fuhr ich mit dem Volkswagen bis nach Izmir an der türkischen Westküste, wo ich das Auto der örtlichen Filiale der Leihwagenfirma zurückgab. Die Angestellten waren entsetzt über den Zustand des Fahrzeugs, doch getreu den Verheißungen der Werbebroschüren zeigten sie sich recht konziliant. Anschließend ließ ich mich von einem Taxi nach Kuşadası bringen, zur ›Vogelinsel‹, einer winzigen Hafenstadt, von der eine Fähre zur Insel Rhodos ging. Wir hatten den ersten September. Um halb acht Uhr abends ging ich an Bord, nachdem ich mich in einem Hotelzimmer geduscht und umgezogen hatte. Ich hielt es für günstig, fortan nur noch unauffällige Kleider zu tragen – T-Shirt, sandfarbene Leinenhosen nebst Weste – und weder den Goretex-Hut noch die Sonnenbrille je abzusetzen: zwei weitere Utensilien, die mir Anonymität gewährleisten sollten. Meine Tasche war unversehrt, ebenso mein Laptop, und die Schnitte an den Händen verheilten bereits. Exakt um 20.00 Uhr verließ ich die türkische Küste. Am nächsten Tag im Morgengrauen bestieg ich am Fuß der Festung von Rhodos ein weiteres Schiff, das nach Haifa, Israel, ging; die Fahrt über das Mittelmeer sollte etwa vierundzwanzig Stunden dauern. Während dieser erzwungenen Kreuzfahrt hielt ich mich ausschließlich an schwarzen Tee.

Marcels Gesicht, zerfetzt durch den ersten Schuß, Yetas durchlöcherter Körper, das kleine Zigeunerkind, getötet durch eine Kugel, die ohne Zweifel mir zugedacht war, – diese Bilder ließen mich nicht mehr los. Drei Unschuldige waren durch meine Schuld umgekommen, aber ich lebte immer noch. Eine Ungerechtigkeit, die mir nicht aus dem Sinn ging und mich mit Rachegedanken erfüllte. Dabei spielte die Tatsache, daß ich einen der Mörder bereits erledigt hatte, in dieser Logik merkwürdigerweise kaum eine Rolle. Ich war der Mann, den irgend jemand um jeden Preis beseitigen wollte, auf dem Weg ins Unbekannte, bereit zu töten oder getötet zu werden.

Ich war entschlossen, den Störchen bis an ihr Ziel zu folgen. Zwar wurde ihre Wanderschaft angesichts der jüngsten Ereignisse durchaus belanglos, aber schließlich waren es die Vögel, die mich auf die Spur der Gewalt gebracht hatten. Und ich war mehr denn je überzeugt, daß die Störche bei alldem eine Schlüsselrolle spielten. Waren die beiden Männer, die versucht hatten, mich umzubringen, nicht die zwei Bulgaren, von denen Joro gesprochen hatte? Und stellte die Waffe meines Opfers, ein Hochfrequenz-Operationsmesser, nicht eine direkte Verbindung zum Mord an Rajko her?

Bevor ich an Bord gegangen war, hatte ich vom Hotel aus das Argos-Zentrum angerufen und erfahren, daß die Störche auf ihrer Route gut vorankamen – eine erste Schar war bis nach Dörtyol im Golf von Iskenderun an der türkisch-syrischen Grenze vorgedrungen. Ihre Fluggeschwindigkeit übertraf alle bisherigen Schätzungen der Ornithologen: Diese Störche schafften mit Leichtigkeit zweihundert Kilometer am Tag.

Aber irgendwann würden sie erschöpft sein und, vermutlich in der Umgebung von Damaskus, eine Weile rasten müssen, bevor sie sich erneut auf ihren vorbestimmten Weg machten: Die Fischteiche von Bet She'an in Galiläa waren ihre nächste Etappe und damit auch mein nächstes Ziel.

Während der Überfahrt bedrängten mich weitere Fragen. Was hatte ich denn Spektakuläres entdeckt, um den Tod zu verdienen? Und wer hatte die Killer auf mich angesetzt? Milan Djuric? Markus Lasarewitsch? Die Zigeuner von Sliven?

Hatte man mich von Anfang an verfolgt? Und was hatte die Organisation *Monde Unique* mit alldem zu tun? Immer wenn die Spirale von Fragen mir eine Atempause gönnte, bemühte ich mich zu schlafen. Ich saß auf dem Deck, und das Rauschen der Wellen ließ mich kurz einnicken, gleich darauf aber wachte ich wieder auf, und von neuem bestürmten mich Fragen.

Am dritten September um neun Uhr morgens tauchte Haifa aus der staubigen Luft auf. Der Hafen lag auf halbem Weg zwischen dem Industriegebiet und der Wohngegend – über die Hänge des Berges Karmel breitete sich hell und heiter die Oberstadt. Im Glutofen des Kais, auf dem eine wogende Menschenmenge tobte, brüllte, drängte, spürte ich diese heiße, lebendige und würzige Erregtheit, die mir meine Vorstellungen von den orientalischen Handelsniederlassungen in den Abenteuerromanen meiner Kindheit zurückbrachte.

Die Wirklichkeit war freilich weniger romantisch. Israel lag im Kriegszustand. Hier wurde ein Nervenkrieg, ein Verschleißkrieg geführt, voller unterschwelliger Spannungen. Ein Krieg ohne Waffenruhe, geprägt durch jähe Zornesausbrüche und Gewaltakte. Kaum hatte ich einen Fuß an Land gesetzt, traf mich diese Gespanntheit mitten ins Gesicht. Zunächst wurde mein Gepäck gründlich durchsucht. Danach führte man mich in einen kleinen Raum hinter einem weißen Vorhang und unterzog mich einem strengen Verhör nach allen Regeln. Eine Frau in Uniform überhäufte mich mit englischen Fragen, immer denselben, einmal in einer Reihenfolge, dann in einer anderen. »Warum kommen Sie nach Israel?« – »Wen wollen Sie besuchen?« – »Was haben Sie hier vor?« – »Waren Sie schon einmal hier?« – »Was haben Sie mitgebracht?« – »Kennen Sie hier jemanden?« ... Mein Fall war problematisch. Die Frau glaubte mir meine Storchengeschichte nicht – sie wußte nicht, daß Israel auf der Wanderroute der Zugvögel lag. Außerdem besaß ich keine Rückfahrkarte. »Wieso sind Sie über die Türkei eingereist?« fragte sie, zunehmend nervös. »Auf welchem Weg wollen Sie wieder ausreisen?« hakte eine andere nach, die zur Verstärkung hinzugekommen war.

Nach drei Stunden emsiger Durchsuchung und unermüdlichen Fragens durfte ich den Zoll passieren und israelisches Staatsgebiet betreten. Ich wechselte fünfhundert Dollar in Schekel und mietete einen Wagen, ein kleines Rover-Modell; wieder einmal waren mir Böhms Vouchers sehr nützlich, und ich pries seine Voraussicht. Die Angestellte der Firma beschrieb mir genau die Strecke, der ich folgen mußte, um nach Bet She'an zu gelangen, und riet mir dringend von allen Abweichungen ab. »Wissen Sie«, sagte sie, »es ist gefährlich, mit israelischen Nummernschildern durch die besetzten Gebiete zu fahren. Die palästinensischen Kinder werfen sofort mit Steinen und greifen Sie an.« Ich dankte der Frau für ihre Fürsorglichkeit und versprach ihr, mich streng an die Route zu halten.

Fern vom kühlen Meereswind war die Hitze erdrückend. Der Parkplatz lag in grellem Licht, und in der morgendlichen Helligkeit schien alles ringsum zu Stein erstarrt. Bewaffnete Soldaten in Tarnanzügen, ausgerüstet mit schweren Helmen, Sprechfunkgeräten und Munition, patrouillierten auf den Bürgersteigen. Ich zeigte meinen Mietvertrag für einen Wagen vor, woraufhin ich den Fahrzeugpark betreten durfte und meinen Rover bald gefunden hatte. Das Steuer glühte, die Sitze nicht minder. Ich schloß die Fenster und setzte die Klimaanlage in Gang. In einem französischen Reiseführer sah ich mir meine Fahrtroute an. Haifa liegt im Westen, Bet She'an im Osten, ein wenig südlicher, nahe der jordanischen Grenze: Ich mußte also ganz Galiläa durchqueren, eine Strecke von etwa hundert Kilometern. Galiläa ... Unter anderen Umständen hätte der Name mich in lange Träumereien versinken lassen, hätte ich den Zauber dieser legendären Orte, dieser mythischen Erde, der Wiege der Bibel, ausgiebig genossen.

Ich fuhr los in Richtung Südosten.

Max Böhm hatte mir die Namen zweier Kontaktpersonen

genannt: Ido Gabbor, ein junger Ornithologe, der im Kibbuz von Newe-Eitan nahe Bet She'an verletzte Störche versorgte, und Josse Lenfeld, Direktor der Nature Protection Society, einer riesigen Laboranlage in der Nähe des Flughafens Ben-Gurion.

Die Landschaft ringsum wechselte zwischen der Dürre der Wüste und der künstlichen Gastlichkeit aus dem Boden gestampfter Städte. Von Zeit zu Zeit entdeckte ich einen Hirten mit seinen Kamelen, in der gleißenden Helligkeit verschmolz sein brauner Kaftan mit dem Fell der Tiere. Dann wieder kam ich an hellen, modernen Siedlungen vorbei, deren grelles Weiß in den Augen schmerzte. Einstweilen konnte ich der Landschaft noch keinen Reiz abgewinnen. Was mich viel mehr verblüffte, war das Licht: gleißend, rein und vibrierend, kam es mir vor wie ein gewaltiger Atem, der das ganze Land in Brand setzte und auf einem hohen Schmelzpunkt hielt, weißglühend und bebend.

Gegen Mittag hielt ich an einer Garküche. Ich setzte mich in den Schatten, trank Tee, aß kleine, sehr süße Pfannkuchen und versuchte mehrmals, Gabbor zu erreichen, aber ohne Erfolg. Um halb zwei beschloß ich, weiterzufahren und mein Glück vor Ort zu versuchen.

Eine Stunde später erreichte ich die Kibbuzim von Bet She'an. Drei Dörfer in makelloser Ordnung umringten weitläufige bebaute Felder. In meinem Führer war von den Kibbuzim ausführlich die Rede; sie wurden definiert als ›planmäßige, kollektive ländliche Siedlungen, begründet auf den gemeinschaftlichen Besitz der Produktionsmittel und die gemeinschaftliche Sicherstellung des Lebensunterhalts, wobei der Lohn in keiner direkten Verbindung zur geleisteten Arbeit steht‹, und das Kapitel schloß mit den Worten: ›Die landwirtschaftliche Technik des Kibbuz wird aufgrund ihrer Effizienz überall in der Welt gerühmt, bewundert und studiert.‹ Mehr oder weniger aufs Geratewohl fuhr ich die grünen Anbauflächen entlang.

Schließlich fand ich den Kibbuz Newe-Eitan. Ich erkannte

ihn an seinen *fishponds,* den Fischteichen, in deren brackiger Oberfläche hier und dort die Sonne aufblitzte. Es war drei Uhr nachmittags. Die Hitze war ungebrochen. Ich fuhr in ein Dorf, das aus weißen, exakt aneinandergereihten Häusern bestand, Blumenbeete schmückten die Straßen. Hinter den Hecken war ab und zu das künstliche Blau eines Schwimmbeckens zu sehen. Aber alles war menschenleer, ohne eine lebende Seele. Nicht einmal ein Hund überquerte die Gassen.

Ich beschloß, zu den Fischteichen zu fahren, und bog in einen Feldweg ein, der an einem engen Tal entlangführte. In der Tiefe schimmerte das dunkle Wasser, Männer und Frauen arbeiteten in der prallen Sonne. Zu Fuß ging ich den Abhang hinunter. Der bittere und sinnliche Geruch der Fische schlug mir entgegen, durchsetzt mit dem Aschedunst ausgedörrter Bäume. Ein ohrenbetäubender Motorenlärm erfüllte das Tal: ein Traktor; zwei Männer luden Kästen voller Fische auf den Anhänger.

»Schalom!« rief ich, freundlich lächelnd. Die Männer fixierten mich mit ihren hellen Augen und sagten kein Wort. Der eine trug am Gürtel ein Lederetui, aus dem der braune Kolben eines Revolvers ragte. Ich stellte mich auf englisch vor und fragte, ob ihnen Ido Gabbor bekannt sei. Daraufhin wurden ihre Mienen noch abweisender, und der Bewaffnete faßte mit der rechten Hand an den Gürtel. Kein Wort fiel. Brüllend, um den Lärm des Traktors zu übertönen, erklärte ich den Grund meines Besuchs.

Ich sei sehr an Störchen interessiert, ich hätte dreitausend Kilometer zurückgelegt, um sie hier zu beobachten, und wolle von Ido zu ihren Refugien geführt werden. Die Männer sahen einander an, immer noch stumm.

Endlich hob der Unbewaffnete die Hand und zeigte auf eine Frau, die zweihundert Meter weiter am Ufer eines Teichs arbeitete. Ich dankte ihnen und ging auf die Gestalt zu; im Rücken spürte ich den Blick der beiden, der mir folgte wie das Zielfernrohr eines Scharfschützengewehrs.

Ich trat näher und sagte wieder: »Schalom.« Die Frau richtete sich auf.

Sie war jung, um die Dreißig, und groß – über einen Meter fünfundsiebzig –, schmal und knochig, wie ein in der Sonne ausgedörrter Lederriemen. Ihre langen blonden Haare flatterten um ihr kantiges, mürrisches Gesicht, und sie sah mich voller Furcht und Verachtung an. Die Farbe ihrer Augen hätte ich nicht bestimmen können, aber der Schwung der Brauen verlieh ihnen einen flirrenden Glanz – es war das Glitzern der Sonne auf dem Rücken der Wellen, das helle Funkeln des Wassers aus den großen Steinkrügen, die an lauen Abenden die Erde tränken. Sie trug Gummistiefel und ein lehmverschmiertes T-Shirt.

»Was wollen Sie?« fragte sie auf englisch. Ich wiederholte meine Storchengeschichte und meinen Wunsch, Ido kennenzulernen. Jäh wandte sie sich ab und machte sich wieder an ihre Arbeit, wortlos tauchte sie ein schweres Netz in das dunkle Wasser. Ihre Bewegungen waren abgehackt, linkisch – ihre Gestalt ließ mich an das Knochengerüst eines Vogels denken und jagte mir einen Schauder über den ganzen Körper. Ich wartete ein paar Sekunden, dann fragte ich: »Was ist los?« Die Frau richtete sich wieder auf, dann sagte sie, diesmal auf französisch: »Ido ist tot.«

Die Route der Störche war eine einzige Blutspur. Mit zugeschnürter Kehle stotterte ich: »Tot? Seit wann?«

»Seit ungefähr vier Monaten. Als die Störche zurückgekehrt sind.«

»Wie ist das passiert?«

»Er ist umgebracht worden. Ich will nicht darüber reden.«

»Das tut mir sehr leid. Waren Sie seine Frau?«

»Seine Schwester.«

Die Frau bückte sich erneut und folgte den Fischen mit ihrem Netz. Ido Gabbor war also kurz nach Rajko ermordet worden. Noch eine Leiche. Noch ein Rätsel. Und die Gewißheit, daß der Zug der Störche eine Fahrt zur Hölle war. Ohne Rückkehr. Ich sah die Israelin an, die schweigend vor sich hin arbeitete, das Haar vom Wind zerzaust. Nach einer Weile aber hielt sie inne und fragte: »Sie wollen die Störche sehen?«

»Hm, also ...« Inmitten dieses Leichenfelds war mein Ansinnen lächerlich geworden. »Na ja, ich würde gern, ja ...«

»Ido hat sich um die Störche gekümmert.«

»Ich weiß, deshalb ...«

»Sie kommen abends. Dort drüben, auf der anderen Seite der Hügel.« Sie blickte zum Horizont, dann murmelte sie: »Warten Sie im Kibbuz auf mich, um sechs Uhr. Ich bring' Sie hin.«

»Ich kenne den Kibbuz nicht.«

»Auf dem kleinen Platz. Dort steht ein Brunnen. Die *bird-watchers* wohnen in dem Viertel.«

»Vielen Dank ...«

»Sarah.«

»Danke, Sarah. Ich heiße Louis. Louis Antioche.«

»Schalom, Louis.«

Unter den feindseligen Blicken der beiden Männer ging ich den Weg wieder zurück. Ich lief wie ein Schlafwandler, halb blind von der Sonne und betäubt durch die Nachricht von einem weiteren Mord. Und doch dachte ich in diesem Augenblick nur an eins: an Sarahs sonnenhelles Haar – ein Bild, das in mir brannte wie Feuer.

Das Klicken des Hahns einer Waffe riß mich aus dem Schlaf, ich war auf dem kleinen Platz des Kibbuz in meinem Wagen eingenickt. Als ich die Augen öffnete, sah ich mich umringt von einer Truppe von Zivilisten, die eine regelrechte Artillerie auf mich gerichtet hielten. Manche waren schwarzbärtige Hünen, andere blond mit rosigen Wangen, die meisten trugen eine Kippa. Sie äugten forschend ins Wageninnere. Untereinander verständigten sie sich auf hebräisch, einer Sprache, die in meinen Ohren sehr orientalisch klang, aber frei von gutturalen Lauten, mich brüllten sie auf englisch an: »Wer bist du? Was willst du hier?« Einer der Hünen schlug mit der Faust auf das Seitenfenster und schrie: »Mach das Fenster auf! Zeig deinen Paß!« Zur Bekräftigung seiner Worte lud er sein Gewehr und legte an. Langsam ließ ich die Scheibe herunter und reichte meinen Paß hinaus. Der Mann riß ihn mir aus der Hand und gab ihn einem seiner Gehilfen weiter, ohne mich aus dem Visier zu lassen. Mein Paß wurde von einer Hand zur nächsten gereicht. Auf einmal aber ertönte eine Stimme, eine Frauenstimme, laut und hart. Die Männer wichen zur Seite, und ich erblickte Sarah, die sich mit den Ellenbogen durch die Riesen drängte, sie schimpfend zurückstieß und mit beiden Händen auf die Gewehrläufe einhieb, wodurch sie Protestgeschrei, Fluchen und Murren auslöste. Sie griff nach meinem Paß und gab ihn mir sofort zurück, ohne währenddessen ihre Beschimpfungen einzustellen. Endlich machten die Männer kehrt und gingen widerwillig und schnaubend davon.

Sarah drehte sich um und sagte auf französisch: »Die Leute hier sind alle ein bißchen nervös. Vor einer Woche haben vier Araber drei von den Unsrigen in einem Militärlager ganz in der Nähe umgebracht. Im Schlaf mit der Mistgabel erstochen. Kann ich einsteigen?«

Wir fuhren etwa zehn Minuten. Unterwegs sah ich weitere Fischteiche mit schwärzlichem Wasser zwischen hohen Gräsern, grün wie ein Reisfeld. Auf einmal standen wir am Rand eines weiteren Tals, und ich rieb mir die Augen vor Verblüffung über das Schauspiel, das sich mir bot.

Ein Sumpf dehnte sich vor uns aus, so weit der Blick reichte, und war gänzlich in Beschlag genommen von den Störchen. Ein Meer weißer Gefieder und roter Schnäbel, das in ständiger Bewegung war, auf und nieder wogte, sich schüttelte, hier und dort aufflog, ineinanderströmte. Es waren Zehntausende. Die Bäume bogen sich unter ihrem Gewicht, und die Tümpel waren nichts als nasse Leiber, gebogene Hälse, wuselnde Aktivität – jeder Vogel stürzte sich voller Gier auf alle greifbare Nahrung. Mit halb ausgebreiteten Flügeln wateten die Störche durchs Wasser, rasch und präzise schossen die Köpfe abwärts und gleich wieder hoch, den erbeuteten Fisch im halboffenen Schnabel. Mit den wohlgenährten, prächtigen Vögeln aus dem Elsaß hatten sie nichts mehr gemein: Sie waren ausgemergelt, schmutzig und nicht im geringsten daran interessiert, ihr Gefieder zu glätten. Ihnen ging es nur noch um eins: zur rechten Zeit und Stunde Afrika zu erreichen. In wissenschaftlicher Hinsicht stand ich hier vor einem Phänomen, denn die europäischen Ornithologen hatten mir stets versichert, daß Störche nie fischten, sondern sich ausschließlich von Fleisch ernährten.

In den Fahrrinnen geriet der Wagen ins Rutschen, und wir stiegen aus.

»Der Storchenkibbuz«, sagte Sarah. »Jeden Tag kommen sie zu Tausenden hierher. Sie müssen Kräfte sammeln, bevor sie die Wüste Negev in Angriff nehmen.«

Lange beobachtete ich die Vögel durchs Fernglas. Es war unmöglich festzustellen, ob einer von ihnen beringt war. Über uns nahm ich einen Hauch wahr, wie ein Atmen, fein und hartnäckig zugleich. Ich hob die Augen. Mehrere Gruppen von Störchen flogen stetig in niedriger Höhe vorbei, jeder einzelne glitt, wie von einem bläulichen Schimmer umhüllt, auf seiner Bahn durch die glutheiße Luft. Wir waren mitten im Revier der Störche. Wir setzten uns in eine trockene Grasmulde, Sarah schlang die Arme um die angewinkelten Beine und legte das Kinn auf die Knie. Sie war weniger hübsch, als ich geglaubt hatte. Ihre Gesichtszüge waren hart und kantig und ausgedörrt von der Sonne, wie Steine sprangen die Wangenknochen hervor. Aber ihr Blick erinnerte mich an einen schönen Vogel mit gespreiztem Gefieder, der einem direkt ans Herz greift.

»Ido kam jeden Abend hierher«, fuhr Sarah fort. »Zu Fuß hat er die Sümpfe durchkämmt, die verletzten und erschöpften Störche aufgesammelt und an Ort und Stelle versorgt oder mit nach Hause genommen. Er hat sich einen eigenen Raum in der Garage dafür eingerichtet. Eine Art Vogelklinik.«

»Kommen alle Störche hier vorbei?«

»Ja, ohne Ausnahme. Sie haben wegen der Fischteiche eigens ihre Route verlegt.«

»Hat Ido mit Ihnen über das Ausbleiben der Störche im letzten Frühjahr gesprochen?«

Sarah begann mich auf einmal zu duzen: »Was meinst du damit?«

»Die Störche waren in diesem Jahr bei ihrer Rückkehr aus Afrika weniger zahlreich als sonst. Das ist Ido sicher aufgefallen.«

»Er hat mir nichts davon gesagt.«

Ich fragte mich, ob Ido wie Rajko ein Tagebuch geführt hatte. Und ob auch er für Max Böhm gearbeitet hatte.

»Du sprichst hervorragend Französisch.«

»Meine Großeltern sind in deinem Land geboren. Nach dem Krieg wollten sie nicht mehr nach Frankreich zurück. Sie waren die Begründer der Kibbuzim von Bet She'an.«

»Eine wunderschöne Gegend ist das hier.«

»Kommt drauf an. Ich hab' immer hier gelebt, außer während des Studiums in Tel Aviv. Ich spreche Hebräisch, Französisch und Englisch. 1987 habe ich mein Diplom in Physik gemacht. Und das alles, um in diese Scheiße zurückzukommen, um drei Uhr morgens aufzustehen und sechs Tage in der Woche in stinkendem Wasser zu waten.«

»Willst du fort?«

»Wie denn? Wir leben hier in einem Gemeinschaftssystem. Jeder verdient dasselbe. Mit anderen Worten: nichts.«

Sarah blickte hinauf zu den Vögeln, die über den rötlichen Himmel zogen, die Hand vor den Augen, um sie vor dem letzten Feuer der Sonne zu schützen, und sie blitzten wie die Lichtreflexe im Wasser des Brunnens.

»Bei uns gehört der Storch einer uralten Tradition an. Der Prophet Jeremias sagt in der Bibel, um das Volk Israel zum Aufbruch zu ermahnen:

Alle kehren zurück auf ihren Weg, wie ein Pferd, das in die Schlacht galoppiert.

Sogar der Storch am Himmel
kennt seine Jahreszeit,
die Turteltaube, die Schwalbe und der Reiher halten sich an die Zeit ihrer Wanderung.

»Was bedeutet das?«

Sarah zuckte die Achseln, ohne den Blick von den Vögeln zu wenden.

»Das bedeutet, daß ich auch warte, bis meine Zeit gekommen ist«, sagte sie.

17

Das Abendessen verlief in sehr sanfter Stimmung. Sarah hatte mich zu sich nach Hause eingeladen. Ich dachte an gar nichts mehr, sondern gab mich ganz der Süße dieses unerwarteten Augenblicks hin.

Wir aßen im Garten ihres Hauses, mit Blick auf die rosafarbenen und purpurroten Wolkenfetzen des Sonnenuntergangs. Sie wurde nicht müde, mir immer wieder neue Pitas anzubieten, diese kleinen runden, flachen Brote, gefüllt mit improvisierten Köstlichkeiten, und ich sagte jedesmal ja, mit vollem Mund. Ich aß wie ein Scheunendrescher – die israelische Küche war wie für mich geschaffen. Fleisch, sagte Sarah, sei sehr teuer, weshalb man sich vorzugsweise von Gemüse und Milchprodukten ernähre. Und vor allem hatte Sarah mir einen wunderbar aromatischen Tee gekocht, chinesisch, grün und unverfälscht.

Sarah war achtundzwanzig, hatte ungestüme Vorstellungen und zauberhafte Manieren. Sie erzählte mir von Israel, und ihr sanfter Tonfall stand in scharfem Gegensatz zu ihrem Abscheu. Mit dem großen Traum vom Gelobten Land konnte sie nichts anfangen, sie verurteilte die Exzesse des jüdischen Volkes, seine Gier nach Boden, die beharrlich als rechtmäßig verteidigt werde, aber so viele Ungerechtigkeiten nach sich ziehe, soviel Gewalt in einem zerrissenen Land. Sie beschrieb mir den Terror auf beiden Seiten: gebrochene Gliedmaßen der Araber, erdolchte Judenkinder, die Auswüchse der Intifada und die Reaktion der israelischen Soldaten. Sie zeichnete mir auch ein merkwürdiges Bild von Israel. Der jüdische Staat, sagte sie, sei ein regelrechtes Kriegslabor: immer um einen Schritt voraus, um eine neue Abhörmethode, eine technologische Waffe oder ein Mittel zur Unterdrückung.

Sie erzählte mir von ihrem Leben im Kibbuz, von der harten körperlichen Arbeit, den gemeinsamen Mahlzeiten, den Versammlungen am Samstagabend, um ›Entscheidungen zu treffen, die jeden angehen‹. Von diesem Kollektivdasein, in dem jeder Tag wie der vergangene und vor allem wie der kommende war, ohne Aussicht auf Veränderung. Sie sprach von der Eifersucht, der Langeweile, der dumpfen Scheinheiligkeit des Gemeinschaftslebens. Sarah war krank vor Einsamkeit.

Gleichzeitig aber rühmte sie die Effizienz der landwirtschaftlichen Methoden, sprach von ihren Großeltern, diesen Pionieren sephardischer Abstammung und Begründern der ersten Kibbuzim nach dem Krieg. Sie sprach vom Mut ihrer Eltern, die sich zu Tode gearbeitet hatten, von ihrer Inbrunst, ihrem eisernen Willen. In diesen Augenblicken kam sie mir vor, als kämpfte in ihr die Jüdin gegen die Frau – das Ideal gegen die Individualität. Und zur Unterstreichung aller dieser Gedanken, die in ihr gärten, fuhren ihre langen Hände mit abgehackten Gesten durch die milde Abendluft.

Später stellte sie mir Fragen über meine Beschäftigung, meine Vergangenheit, mein Pariser Leben. Ich erwähnte kurz meine langen Studienjahre und sagte, ich befaßte mich seither nur noch mit Ornithologie. Ich beschrieb ihr meine Reise und wiederholte meinen Wunsch, den Durchzug der Störche durch Israel zu beobachten. Diese fixe Idee rief bei ihr kein Erstaunen hervor: Die Kibbuzim von Bet She'an sind eine Anlaufstelle für zahlreiche *birdwatchers*, Vogelfreunde aus ganz Europa und Amerika, die sich während der Migrationszeiten hier niederlassen und, bewaffnet mit Fernrohr, Fernglas und Teleobjektiv, ihre Tage mit der Beobachtung unerreichbarer Flüge zubringen.

Es schlug elf. Endlich faßte ich Mut und brachte Idos Tod

zur Sprache. Sarah heftete einen eisigen Blick auf mich, dann sagte sie mit tonloser Stimme: »Ido wurde vor vier Monaten umgebracht. Ermordet, während er im Sumpf die Störche versorgte. Araber haben ihn überfallen. An einen Baum gefesselt und gefoltert. Sie schlugen ihn mit Steinen ins Gesicht und zermalmten ihm die Kiefer, seine Kehle war voller Knochen- und Zahnsplitter. Außerdem brachen sie ihm die Finger und die Knöchel. Sie zogen ihn aus und zerstückelten ihn mit einer Schafschermaschine. Als die Leiche gefunden wurde, war nur noch die Gesichtshaut übrig, und die sah aus wie eine falsch aufgesetzte Maske. Die Eingeweide hingen ihm bis auf die Füße. Die Vögel hatten schon angefangen, ihn aufzufressen.«

Ringsum lag Schweigen, die Nacht war ohne einen Laut.

»Araber, sagst du. Hat man die Mörder denn gefaßt?«

»Man glaubt, es waren die vier Araber, von denen ich dir erzählt habe. Die Mörder der Soldaten.«

»Sind sie verhaftet worden?«

»Sie sind tot. Auf unserem Land regeln wir unsere Angelegenheiten selbst.«

»Greifen die Araber öfter Zivilisten an?«

»Nicht in unserer Gegend. Oder wenn, dann nur aktive Kämpfer, wie die militanten Siedler heute nachmittag.«

»War Ido ein Militanter?«

»Überhaupt nicht. Obwohl er sich in der letzten Zeit verändert hatte. Er hatte sich Waffen besorgt, Sturmgewehre, Faustwaffen und merkwürdigerweise auch Schalldämpfer, und blieb ganze Tage mit seinem Arsenal verschwunden. Er ging nicht mehr zu den Teichen. Er war jähzornig geworden, schrecklich reizbar. Er konnte im Handumdrehen in Rage geraten oder stundenlang vor sich hin brüten.«

»Hat Ido gern im Kibbuz gelebt?«

Sarah stieß ein bitteres Lachen aus.

»Ido war nicht wie ich, Louis. Er hat die Fische und die Teiche geliebt, auch die Sümpfe, die Störche. Oft ist er spät nachts erst nach Hause gekommen, völlig verdreckt, und hat sich mit ein paar zerrupften Vögeln in seine Klinik zurückgezogen.« Wieder lachte sie kurz auf. »Aber mich hat er noch mehr geliebt. Und er suchte nach einer Möglichkeit, um uns beide aus dieser beschissenen Hölle rauszubringen.«

Sarah verharrte eine Weile stumm, dann zuckte sie die Schultern, stand auf und fing an, die Teller und Tassen zusammenzustellen.

»Eigentlich glaube ich«, begann sie noch einmal, »daß Ido nie weggegangen wäre. Er war hier vollkommen glücklich. Der Himmel, die Störche, außerdem ich. In seinen Augen war das die größte Stärke des Kibbuz: Er hatte mich in der Hand.«

»Was meinst du damit?«

»Das, was ich gesagt habe: Er hatte mich in der Hand.«

Mit beladenen Armen verschwand Sarah im Haus. Ich half ihr beim Abräumen. Während sie ihre Küche in Ordnung brachte, betrat ich den Wohnraum. Sarahs Haus war weiß und klein; soweit ich sehen konnte, gab es neben der Küche und diesem großen Raum noch zwei Schlafzimmer, zu denen man über einen Gang gelangte. Auf einem Möbelstück sah ich das Foto eines breitschultrigen jungen Mannes mit lebhaftem Ausdruck, sein sonnengebräuntes Gesicht verbreitete Gesundheit und Sanftmut. Ido sah seiner Schwester ähnlich: derselbe Schwung der Brauen, dieselben Wangenknochen, doch dort, wo bei Sarah nur Magerkeit und Anspannung waren, strahlte Ido vor Vitalität. Auf diesem Bild schien er mir um einige Jahre jünger als seine Schwester, vielleicht zweioder dreiundzwanzig.

Sarah kam aus der Küche zurück, und wir setzten uns wieder auf die Terrasse. Dort öffnete sie eine kleine Blechschachtel, die sie mitgebracht hatte.

»Rauchst du?«

»Was – Zigaretten?«

»Nein, Gras.«

»Überhaupt nicht.«

»Na, das wundert mich nicht. Du bist ein komischer Kauz, Louis.«

»Aber laß dich durch mich nicht abhalten, wenn du willst ...«

»Es taugt nur was, wenn man's gemeinsam tut«, sagte Sarah knapp und schloß ihre Schachtel wieder.

Sie schwieg, dann musterte sie mich kurz.

»Jetzt bist du an der Reihe, Louis«, sagte sie dann mit abgewandtem Gesicht, »und wirst mir erklären, was du wirklich hier tust. Du siehst mir nicht aus wie ein *birdwatcher*. Die kenn' ich doch. Die sind völlig abgefahren, reden von nichts anderem als ihren Vögeln und leben mit dem Kopf im Himmel. Du hingegen hast von Vögeln keine Ahnung, außer von Störchen. Und du kommst mir vor wie einer, der hinter jemandem her ist und gleichzeitig selber verfolgt wird. Wer bist du, Louis? Ein Bulle? Ein Journalist? Weißt du, den Gojim gegenüber sind wir hierzulande mißtrauisch.« Sarah senkte die Stimme. »Aber ich bin bereit, dir zu helfen«, fügte sie hinzu. »Erzähl mir, was du suchst.«

Ich zögerte kurz, doch nach einer Weile erzählte ich ihr alles und ohne zu stocken. Was hatte ich denn zu verlieren? Außerdem tat es mir gut, mit jemandem zu sprechen. Also berichtete ich von dem sonderbaren Auftrag, den Max Böhm mir kurz vor seinem Tod erteilt hatte. Ich erzählte ihr von den Störchen, dieser ursprünglich ganz harmlosen Nachforschung zwischen Himmel und Wind, die auf einmal zum Alptraum geworden war. Von meinen letzten achtundvierzig Stunden in Bulgarien. Ich sagte ihr, wie Rajko Nikolitsch zu Tode gekommen war. Wie Marcel, Yeta und wahrscheinlich ein Kind erschossen worden waren. Wie ich einem Fremden in einem verlassenen Lagerhaus mit einer Glasscherbe die Kehle aufgeschlitzt hatte. Ich sagte, ich sei fest entschlossen, das zweite Schwein und seine Auftraggeber aufzuspüren. Und schließlich erzählte ich von *Monde Unique*, von Dumaz, von Djuric und von Joro. In meinem Kopf vermischte sich alles miteinander, das Hochfrequenz-Operationsmesser, der Diebstahl von Rajkos Herz, Max Böhms geheimnisvolles Transplantat.

»Vielleicht kommt es dir komisch vor«, schloß ich, »aber ich bin überzeugt, daß der Schlüssel zu allen diesen Rätseln bei den Störchen liegt. Von Anfang an hatte ich den Verdacht, daß Böhm irgendein anderes Motiv dafür hatte, daß er seine Störche unbedingt wiederfinden wollte. Und die Morde markieren exakt die Route der Störche, Kilometer für Kilometer.«

»Du meinst, der Tod meines Bruders steht in irgendeinem Zusammenhang damit?«

»Vielleicht. Ich müßte ein bißchen mehr darüber wissen.«

»Die Akte hat der Schin Bet. Da kommst du nicht ran.«

»Und die Leute, die ihn gefunden haben?«

»Die werden dir nichts sagen.«

»Entschuldige, Sarah, aber hast du die Leiche gesehen?«

»Nein.«

»Weißt du ...«, ich zögerte einen Augenblick, »... ob bestimmte Organe gefehlt haben?«

»Was soll das heißen?«

»War das Innere des Brustkorbs intakt?«

Sarahs Miene verdüsterte sich.

»Die Vögel haben den größten Teil seiner Eingeweide aufgefressen. Das ist alles, was ich weiß. Seine Leiche wurde am frühen Morgen gefunden. Am 16. Mai, um genau zu sein.«

Ich stand auf und ging ein paar Schritte durch den Garten. Idos Tod war ohne Zweifel ein weiteres Glied in der Kette, eine weitere Stufe des Schreckens – aber mehr denn je tappte ich absolut im dunkeln.

»Was du da erzählst, Louis, ist mir völlig schleierhaft, aber ich muß dir was sagen.«

Ich setzte mich wieder zu ihr und holte mein kleines Notizbuch aus der Hosentasche.

»Erstens, Ido hat irgendwas entdeckt. Ich weiß nicht, was, aber er hat mir mehrmals versichert, daß wir reich werden und nach Europa gehen würden. Zuerst habe ich seine Hirngespinste nicht ernst genommen, ich dachte, Ido hätte das alles mir zuliebe erfunden.«

»Wann war das?«

»Anfang März, glaube ich. Eines Abends ist er nach Hause gekommen und war völlig außer sich. Er hat mich umarmt und gesagt, ich könnte gleich packen. Ich hätte ihm fast ins Gesicht gespuckt. Ich kann's nicht ausstehen, wenn man sich über mich lustig macht.«

»Wo kam er denn her?«

Sarah zuckte die Achseln. »Aus dem Sumpf, wie immer.«

»Hat Ido nicht irgendwelche Papiere hinterlassen, irgendwelche Notizen?«

»Es ist alles in seiner Vogelklinik, dort hinten im Garten ... Noch etwas: die Organisation *Monde Unique* ist hier sehr präsent. Die Leute arbeiten mit der UNO zusammen und betreuen die Palästinenserlager.«

»Was machen sie dort?«

»Sie kümmern sich um die arabischen Kinder, verteilen Lebensmittel, Medikamente. In Israel hört man sehr viel Gutes über sie. In der Hinsicht ist man sich hier ausnahmsweise mal einig.«

Ich notierte mir jedes Detail. Sarah sah mich erneut forschend an, dann senkte sie den Kopf.

»Louis, warum machst du das alles? Wieso wendest du dich nicht an die Polizei?«

»An welche Polizei? Von welchem Land? Und wegen welchem Verbrechen? Ich hab' nicht den geringsten Beweis. Außerdem gibt es schon einen Polizisten, der in der Sache ermittelt. Hervé Dumaz. Ein komischer Bulle, er forscht auf eigene Faust, und seine eigentlichen Beweggründe sind mir immer noch nicht ganz klar. Aber vor Ort bin ich allein. Allein und entschlossen.«

Auf einmal ergriff Sarah meine Hände, ehe ich Zeit hatte, sie daran zu hindern. Ich empfand nichts. Weder Abneigung noch Scheu. Genausowenig, wie ich ihre sanften Finger auf meinen toten Extremitäten spürte.

Sie wickelte die Verbände auf und fuhr mit den Fingern über die langen Narben. Ein merkwürdiges Lächeln lag in ihrem Gesicht, es hatte etwas auffällig Perverses an sich. Dann warf sie mir einen sehr langen, eindringlichen Blick zu, der sich in unsere Gedanken schlich; er hieß: genug der Worte.

18

Es war stockfinstere Nacht, aber auf einmal nahm alles eine sonnenhelle Wendung. Es war etwas Grobes, Brutales, Unnachgiebiges. Unsere Gesten waren wild und ruckartig, unsere Küsse wurden lang, leidenschaftlich, gierig. Sarahs Körper war wie der eines Jungen, schmalhüftig, flachbrüstig. Lange Muskeln, hart und angespannt wie Taue. Unsere Münder blieben stumm, allein auf das Atmen konzentriert. Ihre Haut ertastete ich mit der Zunge, nie mit den Händen, die mir mehr denn je nutzlos waren, tote Materie. Ich kroch, wand mich, bewegte mich in Spiralen vorwärts, bis ich ihren Mittelpunkt erreichte, glühendheiß wie ein Krater. In dem Augenblick richtete ich mich auf und drang in ihren Körper ein. Sarah zuckte wie eine Flamme. Sie stöhnte rauh auf und packte mich an den Schultern. Ich blieb in meiner Position, eisern, aufgerichtet. Sarah schlug mich auf die Brust, den Rücken und beschleunigte die Bewegungen unserer Hüften. Wir waren weit entfernt von aller Sanftheit oder Zuneigung – zwei Tiere, die einander fremd sind, aneinandergeschmiedet durch einen Todeskuß. Erschütterungen. Erschaudern. Ohnmachten. Felsen, an denen die Haut sich blutig reißt. Küsse, die sich gegenseitig ersticken. Als ich einmal die Augen aufschlug, sah ich ihre schweißnassen blonden Haare, ihre Hände in die Falten des Lakens gekrallt, die Windungen geschwollener Adern unter ihrer Haut. Auf einmal murmelte Sarah etwas auf hebräisch. Ein Röcheln drang aus ihrer Kehle, dann schoß ein eisiger Lavastrom aus meinem Bauch. Wir verharrten, wie wir waren, reglos. Wie geblendet von der Nacht, betäubt von der rohen Gewalt unseres Tuns. Ohne Lustgefühl, ohne Gemeinsamkeit. Das war lediglich die einsame, animalische, selbstsüchtige Erleichterung zweier Wesen im Kampf mit ihrem eigenen Fleisch. Ich verspürte keine Bitterkeit angesichts dieser Leere. Unser Krieg der Sinne würde sich irgendwann mäßigen, besänftigen, und schließlich würden wir eins werden. Aber das brauchte Geduld. Im Lauf dieser Nacht. Vielleicht in der nächsten. Dann würde aus dem Liebesakt Lust entstehen.

Eine Stunde verging, draußen graute das erste Tageslicht. Auf einmal erhob Sarah ihre Stimme: »Was ist mit deinen Händen, Louis? Erzähl's mir.«

Durfte ich Sarah belügen nach dem, was geschehen war? Es war noch zu dunkel, als daß wir einander hätten sehen können, und zum ersten Mal in meinem Leben konnte ich über die Tragödie meiner Kindheit sprechen, ohne Furcht und ohne Scham.

»Ich bin in Afrika geboren. Niger oder Mali, ich weiß nicht genau. Meine Eltern sind in den fünfziger Jahren in den schwarzen Kontinent gezogen. Mein Vater war Arzt, er kümmerte sich um die schwarze Bevölkerung. 1963 ließen sich Paul und Marthe Antioche in Zentralafrika nieder, einem der rückständigsten Länder Afrikas. Und dort führten sie unermüdlich ihre Arbeit fort. Mein älterer Bruder und ich wurden größer, wir verbrachten unsere Zeit zwischen klimatisierten Klassenzimmern und der feuchten Hitze im Busch.

Damals war der Präsident der Zentralafrikanischen Republik David Dacko, der unter den Jubelrufen des Volkes seine Macht direkt aus der Hand von André Malraux erhalten hatte. Die Situation war nicht umwerfend, aber auch nicht katastrophal. Auf keinen Fall wollte die zentralafrikanische Bevölkerung einen Regierungswechsel. Aber 1965 beschloß ein Mann, daß sich alles ändern müsse, und das war Oberst Jean-Bedel Bokassa.

Er war zu der Zeit bloß ein obskurer Armeeangehöriger,

aber der einzige in Zentralafrika, der einen Dienstgrad hatte, und außerdem gehörte er zur Familie des Präsidenten, dem Stamm der M'Baka. Deswegen erhält er ohne weiteres den Oberbefehl über die Armee, die aus einem kleinen Infanteriebataillon besteht. Als er erst einmal Chef des Generalstabs der zentralafrikanischen Armee ist, hört Bokassa nicht mehr auf, nach der Macht zu schnappen. Bei offiziellen Paraden drängt er sich vor, tritt dem Präsidenten auf die Fersen, überholt die Minister und brüstet sich in seiner medaillenübersäten Uniform. Überall posaunt er herum, daß die Macht von Rechts wegen ihm zusteht, denn er ist ja älter als der Präsident. Keiner wird mißtrauisch, denn man unterschätzt seine Intelligenz, man hält ihn lediglich für einen sturen und rachsüchtigen Säufer. Aber Ende 1965 beschließt Bokassa mit Unterstützung von Oberleutnant Banza – mit dem er zur Verstärkung der Bande zwischen ihnen Blutsbrüderschaft geschlossen hat –, zur Tat zu schreiten. An Silvester, um genau zu sein.

Am 31. Dezember also, um drei Uhr nachmittags, versammelt er sein Bataillon, ein paar hundert Mann, und erklärt ihnen, daß am selben Abend eine Kampfübung stattfinden soll. Die Soldaten wundern sich, ein derartiges Manöver am Silvesterabend ist eher ungewöhnlich. Bokassa duldet keine Widerrede. Um neunzehn Uhr versammeln sich die Truppen vom Heerlager Kassai. Ein paar Männer stellen fest, daß die Munitionskisten echte Kugeln enthalten, und verlangen Erklärungen. Banza richtet seine Pistole auf sie und befiehlt ihnen, das Maul zu halten. Jeder macht sich bereit. In Bangui beginnt das Fest.

Stell dir das Bild vor, Sarah. In dieser kleinen Stadt aus roter Erde, kaum beleuchtet, voller unfertiger Gebäude, fängt die Musik an zu dröhnen, und der Alkohol fließt in Strömen. In der Polizeikaserne sitzen die Verbündeten des Präsidenten und sind ahnungslos. Sie tanzen, trinken, amüsieren sich. Um halb neun locken Bokassa und Banza den Chef der Polizeitruppe, Henri Izamo, in eine Falle. Sie bestellen ihn zum Lager Roux, einem weiteren strategischen Punkt, und der Mann geht allein dorthin. Bokassa empfängt ihn überschwenglich und erklärt ihm, daß er einen Putsch plant. Izamo hört erst ratlos zu, dann fängt er an zu lachen. Auf der Stelle schlitzt ihm Banza mit dem Säbel den Nacken auf. Die beiden Verschwörer legen ihm Handschellen an und schleppen ihn in einen Keller. Das Fieber steigt. Jetzt gilt es, David Dacko zu finden.

Die Militärkolonne setzt sich in Bewegung, vierzig Fahrzeuge in Tarnfarben, randvoll mit verstörten Soldaten, die erst jetzt allmählich begreifen, was vor sich geht. An der Spitze dieses makabren Konvois fahren Bokassa und Banza in einem weißen Peugeot 404. An dem Abend regnet es auf die blutrote Erde. Nur leicht, wie's der Jahreszeit entspricht, dort nennt man es ›Mangoregen‹, weil er die Mangofrüchte wachsen läßt. Unterwegs begegnen sie dem Kommandeur Sana, einem weiteren Getreuen von Dacko, der seine Eltern nach Hause begleitet. Sana ist fassungslos, er versteht sofort, daß es diesmal zu einem Staatsstreich kommt. Im Präsidentenpalast angelangt, suchen die Soldaten den Staatschef vergeblich. Dacko ist unauffindbar. Bokassa wird allmählich nervös, er rennt herum, brüllt, befiehlt, nach möglichen Kellerräumen und Verstecken zu suchen. Erneut schwärmen die Truppen aus, und diesmal verteilen sie sich auf verschiedene strategische Punkte: die staatliche Rundfunkanstalt, das Gefängnis, die Wohnhäuser der Minister ...

In der Stadt herrscht das totale Chaos. Männer und Frauen in Feststimmung, mehr oder weniger angetrunken, hören die ersten Schüsse. Alles flüchtet. Die Hauptstraßen sind blockiert, die ersten Bewohner werden erschossen. Bokassa dreht durch, schlägt die Gefangenen, schnauzt seine Männer an – und verschanzt sich im Lager Roux, weil er halb tot ist vor Angst. Alles kann sich noch ändern. Er hat weder Dacko noch dessen gefährlichste Berater verhaftet.

Dabei hat der Präsident immer noch keine Ahnung. Auf dem Rückweg nach Bangui gegen ein Uhr morgens trifft er auf die ersten Flüchtlinge, von denen er die Nachricht vom Staatsstreich und seinem eigenen Tod erhält. Eine halbe Stunde später wird er verhaftet. Bei seinem Eintreffen fällt ihm Bokassa um den Hals, küßt ihn und sagt: ›Ich hab' dich gewarnt, das mußte ein Ende haben.‹

Die kleine Truppe bricht sofort auf zum Gefängnis von Ngaragba. Bokassa reißt den Direktor aus dem Schlaf. Der tritt ihm mit Handgranaten entgegen, weil er an einen Überfall durch Kongolesen glaubt. Bokassa befiehlt ihm, die Gefängnistore zu öffnen und alle Gefangenen freizulassen. Der Mann weigert sich. Banza zielt mit seiner Pistole auf ihn, und in dem Augenblick sieht der Gefängnisdirektor, daß Präsident Dacko im Wagen sitzt und irgendein Soldat ihm den Gewehrlauf in den Nacken hält. ›Das ist ein Staatsstreich‹, sagt Bokassa leise. ›Ich brauche diese Freilassung für meine Popularität, verstehst du?‹ Der Direktor gehorcht, woraufhin Diebe, Betrüger und Mörder in die Stadt strömen und brüllen: ›Es lebe Bokassa!‹ Unter ihnen ist eine Gruppe sehr gefährlicher Mörder, Männer vom Stamm der Kara, die ein paar Tage später hätten hingerichtet werden sollen. Blutrünstige Killer. Diese Leute kommen um zwei Uhr morgens zum Tor unseres Grundstücks in der Avenue de France.

Unser Verwalter, aus dem Schlaf gerissen, will aufmachen, er hat das Gewehr in der Hand, aber die Irren haben bereits die Tür eingetreten. Sie überwältigen Mohammed und nehmen ihm das Gewehr ab, dann ziehen sie ihn aus, halten ihn am Boden fest und brechen ihm mit Stock- und Kolbenhieben die Nase, den Kiefer, die Rippen. Seine Frau Azzora kommt hinzu und sieht, was vor sich geht, auch die Kinder tauchen auf, sie reißt sie zurück. Als Mohammed in einer Blutlache zusammenbricht, fallen sie über ihn her. Mit Axt und Kreuzhacke. Nicht ein einziges Mal hat Mohammed geschrien, nicht einmal um Gnade gebeten. Azzora nutzt die Raserei aus und flieht mit ihren Kindern. Sie verstecken sich in einem betonierten Kellerverschlag, der halb unter Wasser steht. Einer der Männer, der mit dem Gewehr, verfolgt sie bis hinunter. In dem Loch voller Wasser verursachen die Schüsse kaum Lärm. Als der Mörder wieder auftaucht, ist er blutüberströmt. Er hat vier Kinder und ihre schwangere Mutter erledigt.

Ich weiß nicht, wie lang mein Vater die Szene schon beobachtet hat. Jedenfalls lädt er seine Waffe, eine großkalibrige Mauser, bezieht hinter einem Fenster Stellung und wartet auf die Angreifer. Meine Mutter ist aufgewacht und will zu uns ins Zimmer, sie ist noch benommen vom Champagner, den sie auf der Feier getrunken hat. Aber das Haus brennt schon. Die Männer sind von hinten eingedrungen, verwüsten alle Zimmer, stürzen Möbel und Lampen um und lösen in ihrer Tobsucht ein Feuer aus.

Über das Massaker an meiner Familie gibt es keine offizielle Version. Man nimmt an, daß mein Vater mit seinem eigenen Gewehr aus unmittelbarer Nähe erschossen wurde. Meine Mutter wurde offenbar oben an der Treppe überfallen und wahrscheinlich mit Axthieben getötet, ein paar Schritte von unserem Zimmer entfernt. In der Asche hat man später ihre verstreuten und verbrannten Gliedmaßen gefunden. Mein Bruder, der zwei Jahre älter war als ich, ist in den Flammen umgekommen, gefangen im brennenden Moskitonetz. Die meisten Angreifer sind übrigens ebenfalls verbrannt, das selbstverursachte Feuer hat sie überrascht.

Ich weiß nicht, durch welches Wunder ich überlebt habe. Ich erinnere mich an nichts, man hat mir alles erzählt. Offenbar bin ich durch den Regen gelaufen, mit brennenden Händen, schreiend, bis ich vor der Tür der französischen Botschaft zusammengebrochen bin. Dort wohnten Freunde meiner Eltern, Nelly und Georges Braesler. Als sie mich fanden, als ihnen klar wurde, welche Greueltaten verübt worden waren, und daß jetzt der Oberst Bokassa die Macht ergriffen hatte, fuhren sie sofort zum Flugplatz von Bangui und stiegen in einen Doppeldecker der französischen Armee. Mitten im Sturm hoben wir ab. Zentralafrika war jetzt dem Wahnsinn eines einzigen Mannes überlassen.

Während der nächsten Tage war von diesem ›Fehlverhalten‹ kaum die Rede. Der französischen Regierung war bei der neuen Sachlage unbehaglich zumute, man war überrumpelt, und nach einiger Zeit erkannten die Franzosen den neuen Machthaber an. Man hat Untersuchungen angestellt, Augenzeugen befragt, über die Opfer des Staatsstreichs wurden Berichte erstellt. Der kleine Louis Antioche bekam eine ansehnliche Entschädigung. Die Braeslers ihrerseits haben Himmel und Erde in Bewegung gesetzt, um Gerechtigkeit zu erlangen. Aber was denn für eine Gerechtigkeit? Die Mörder waren tot, und der Hauptverantwortliche war mittlerweile Staatschef der Zentralafrikanischen Republik.«

In der Stille des frühen Morgens klangen meine Worte nach, und Sarah murmelte: »Das tut mir sehr leid.«

»Das braucht dir nicht leid zu tun, Sarah. Ich war damals erst sechs. Ich habe wirklich keine Erinnerung mehr daran. Das ist alles eine lange, leere Seite in meinem Leben. Ohnehin erinnert sich doch kaum jemand, was in den ersten fünf Jahren seines Lebens passiert ist. Alles, was ich weiß, habe ich von den Braeslers.«

Unsere Körper umschlangen sich ein zweites Mal. Rosa, rot und violett brach der Tag an und beschwichtigte unsere rasende Begierde. Aber die Lust kam auch diesmal nicht. Wir sprachen nicht. Worte helfen dem Körper nicht.

Später setzte Sarah sich mir gegenüber, in zauberhafter Nacktheit. Sie ergriff meine Hände und untersuchte sie sorgfältig, die Narben und Knoten, selbst die winzigsten Schnitte, und fuhr mit dem Finger die noch nicht ganz verheilten Wunden aus dem Lagerhaus nach.

»Tun sie dir weh?«

»Im Gegenteil. Sie sind völlig empfindungslos.«

Sie streichelte weiter meine Hände und sagte: »Du bist mein erster Goj, Louis.«

»Ich kann ja konvertieren.«

Sarah zuckte die Achseln, dann untersuchte sie meine Handflächen. »Nein, kannst du nicht«, sagte sie.

»Wieso, ein wohlgesetzter Schnitt mit dem Messer, und ...«

»Du kannst kein Bürger von Israel werden.«

»Warum nicht?«

Sarah ließ mit angewiderter Miene meine Hände los, dann sah sie zum Fenster hinaus.

»Du bist niemand, Louis. Du hast keine Fingerabdrücke.«

19

Am späten Vormittag wachte ich auf. Ich zwang mich, die Augen zu öffnen, und konzentrierte mich auf Sarahs Zimmer, die Wände aus Stein, grellweiß im Sonnenlicht, die kleine Holzkommode, das Bild von Einstein mit herausgestreckter Zunge und das von Hawking im Rollstuhl, mit Reißnägeln an die Wand geheftet. Stapel von Taschenbüchern auf dem Boden. Das Zimmer einer einsamen jungen Frau.

Ich sah auf die Uhr: zwanzig nach elf, vierter September. Sarah war zu den Fischteichen gegangen. Ich stand auf und stellte mich unter die Dusche. Im Spiegel über dem Waschbecken studierte ich lange mein Gesicht, das mir stärker gefurcht erschien. Die Stirn schimmerte matt und dunkel von der Sonne, meine Augen unter den trägen Lidern wirkten heller als sonst. Es war vielleicht nur ein Eindruck, aber mir kam es vor, als sei mein Gesicht gealtert und habe zugleich einen grausamen Ausdruck angenommen. In ein paar Minuten hatte ich mich rasiert und angezogen.

In der Küche unter der Teebüchse fand ich eine Nachricht von Sarah:

Louis,
die Fische warten nicht.
Gegen Abend bin ich wieder da.
Tee, Telefon, Waschmaschine: steht dir alles zur Verfügung.
Paß auf dich auf und warte auf mich.
Hab einen schönen Tag, kleiner Goj.
Sarah.

Ich kochte Tee und trank die erste Tasse am Fenster, während ich aufs Verheißene Land hinausblickte. Der Boden in dieser Gegend war eine sonderbare Mischung aus Dürre und Fruchtbarkeit, trockener Steppe und üppigen grünen Feldern. In dem intensiven Licht rissen die gleißenden Wasserflächen der Fischteiche leuchtende Löcher in die Erde.

Ich nahm die Teekanne mit und setzte mich ins Freie unter die Laube, dann zog ich das Telefon zu mir her und wählte meine Nummer in Paris, um den Anrufbeantworter abzuhören. Die Verbindung war schlecht, aber die Nachrichten waren immerhin zu verstehen. Dumaz fragte in ernstem Ton nach Neuigkeiten, Wagner forderte mich ungeduldig auf, ihn anzurufen. Der dritte Anruf war eine Überraschung: Es war Nelly Braesler. Sie machte sich offenbar Sorgen, was aus mir geworden sei: »Mein lieber Louis, hier ist Nelly. Ihr Anruf hat mich sehr beunruhigt. Was treiben Sie denn? Rufen Sie mich zurück.«

Ich wählte die Nummer von Hervé Dumaz im Kommissariat von Montreux. Nach etlichen Versuchen kam ich durch und wurde mit dem Inspektor verbunden.

»Dumaz? Hier ist Antioche.«

»Endlich. Wo sind Sie denn? In Istanbul?«

»Nein, dafür war keine Zeit. Ich bin in Israel. Kann ich mit Ihnen reden?«

»Sicher.«

»Ich meine: hört auch niemand zu?«

Dumaz stieß sein übliches leises Lachen aus: »Was ist denn los?«

»Man hat versucht, mich umzubringen.«

Ich spürte förmlich den Schock, den meine Worte ihm versetzten.

»Wie?« fragte er nach einer Pause.

»Zwei Männer im Bahnhof von Sofia. Vor vier Tagen. Sie waren mit Sturmgewehren und Infrarotbrillen bewaffnet.«

»Wie sind Sie ihnen entkommen?«

»Durch ein Wunder. Aber drei Unschuldige sind dabei umgekommen.«

Dumaz schwieg. Ich fügte hinzu: »Einen der Mörder habe ich umgebracht, Hervé. Ich bin mit dem Auto nach Izmir gefahren und dann mit der Fähre nach Israel.«

»Was haben Sie denn herausgefunden?«

»Keine Ahnung. Ich weiß nur eins: daß die Störche eine zentrale Rolle spielen. Zuerst Rajko Nikolitsch – der Vogelkundler, der grausam abgeschlachtet wurde. Dann versucht man mich abzuschaffen, obwohl ich nur hinter den Störchen her bin. Und jetzt ein drittes Opfer. Wie ich erfahren habe, wurde vor vier Monaten ein israelischer Ornithologe ermordet, und ich bin sicher, daß der Mord zur selben Serie gehört. Ido Gabbor hat irgend etwas herausgefunden, genau wie Rajko.«

»Wer waren die beiden Killer in Sofia?«

»Vielleicht die zwei Bulgaren, die im April Joro Grybinski ausgefragt haben.«

»Was haben Sie jetzt vor?«

»Weitermachen.«

»Weitermachen!« rief Dumaz bestürzt aus. »Aber Sie müssen die israelische Polizei verständigen, sich mit Interpol in Verbindung setzen!«

»Kommt nicht in Frage. Der Mord an Ido ist hier ein abgeschlossener Fall. Rajkos Tod hat man in Sofia nicht mal zur Kenntnis genommen. Der Mord an Marcel Minaus wird mehr Aufsehen erregen, weil er Franzose war. Aber das alles ist Teil des allgemeinen Chaos. Keinerlei Beweis und lauter unzusammenhängende Fakten – es ist zu früh, um die internationalen Behörden zu verständigen. Meine einzige Chance besteht darin, daß ich versuche, allein weiterzukommen.«

Der Inspektor seufzte. »Sind Sie bewaffnet?« fragte er.

»Nein. Aber hier in Israel ist es nicht schwer, sich entsprechend auszurüsten.«

Dumaz schwieg, aber ich hörte, daß sein Atem schneller ging.

»Und Sie, was wissen Sie Neues?«

»Nichts Handfestes. Ich grabe noch immer in Böhms Vergangenheit. Im Augenblick sehe ich nur eine Verbindung: die Diamantenminen. Zuerst in Südafrika, dann in der Zentralafrikanischen Republik. Ich bin auf der Suche. Mit Ergebnissen kann ich nicht aufwarten.«

»Was haben Sie über *Monde Unique* herausgefunden?«

»Nichts. Eine völlig unbescholtene Organisation. Ihre Verwaltung ist transparent, ihre Unternehmungen effizient und unumstritten.«

»Woher stammt sie eigentlich?«

»*Monde Unique* wurde Ende der siebziger Jahre gegründet, und zwar von einem in Kalkutta ansässigen französischen Arzt namens Pierre Doisneau. Er hat sich um die sozial Schwachen gekümmert, Kinder aus den Elendsvierteln, Leprakranke ... Doisneau hat eine Organisation aufgezogen. Er hat medizinische Versorgungsstationen eingerichtet – auf der Straße, auf den Bürgersteigen –, die zunehmend wichtig geworden sind. Doisneau wurde immer bekannter und sein Ruhm international. Ärzte aus dem Westen kamen ihm zu Hilfe, von überall erhielt er Spenden – Tausende von Menschen konnten auf diese Weise betreut werden.«

»Und dann?«

»Dann gründete Pierre Doisneau die Organisation *Monde Unique* und später den sogenannten Club der 1001, bestehend aus ungefähr tausend Mitgliedern – Firmen, Persönlichkeiten des öffentlichen Lebens und so weiter –, von denen jeder zehntausend Dollar eingezahlt hat. Die gesamte Summe, über zehn Millionen Dollar, wurde angelegt und wirft recht ansehnliche Zinsen ab.«

»Zu welchem Zweck?«

»Die Zinsen sind hoch genug, um die gesamte Verwaltung von *Monde Unique* zu finanzieren. Damit kann die Organisation ihren Sponsoren beweisen, daß ihr Geld direkt den Armen zugute kommt und nicht irgendeinem luxuriösen

Geschäftssitz. Unter anderem war diese Transparenz entscheidend für den Erfolg von *Monde Unique*. Heute gibt es Versorgungszentren auf der ganzen Welt – die Organisation beschäftigt eine regelrechte humanitäre Armee. Eine Autorität auf dem Gebiet.«

In der Leitung fing es an zu krachen. »Können Sie mir eine Liste sämtlicher Zentren weltweit zusammenstellen?« rief ich über das Rauschen hinweg.

»Sicher, aber ich verstehe nicht ...«

»Und eine Liste der Mitglieder des Clubs?«

»Sie verrennen sich, Louis. Pierre Doisneau ist eine Berühmtheit. Letztes Jahr ist er knapp am Nobelpreis vorbeigegangen und ...«

»Würden Sie das für mich tun?«

»Ich kann's versuchen.«

Erneut unterbrach uns eine Störung in der Leitung.

»Ich verlasse mich auf Sie, Hervé. Ich rufe Sie morgen oder übermorgen wieder an.«

»Wo kann ich Sie erreichen?«

»Ich melde mich bei Ihnen«, sagte ich und legte auf.

Dumaz war offenbar ratlos. Ich hob erneut den Hörer ab und rief Wagner an, der sehr erfreut war, etwas von mir zu hören.

»Wo sind Sie?« rief er.

»In Israel.«

»Sehr gut. Haben Sie die Störche gesehen?«

»Ich warte hier auf sie, in Bet She'an. Ihre Route führt hier vorbei.«

»An den *fishponds*?«

»Genau.«

»Haben Sie sie in der Türkei gesehen, am Bosporus?«

»Ich bin mir nicht sicher, ob sie's waren. Ich habe zwar Störche bei der Überquerung der Meerenge beobachtet, und es war ganz phantastisch. Aber ich kann jetzt nicht lang sprechen, Ulrich. Haben Sie neue Angaben?«

»Sie liegen direkt vor mir.«

»Na, dann los.«

»Die Gruppe an der Spitze hat gestern Damaskus passiert und ist auf dem Weg nach Bet She'an. Ich denke, Sie werden sie morgen sehen.«

Ulrich gab mir weitere Daten durch, die ich mir notierte.

»Und die aus dem Westen?«

»Einen Augenblick ... Die schnellsten überqueren zur Zeit die Sahara. Bald sind sie in Mali, im Nigerdelta.«

Ich notierte mir auch diese Information. »Sehr gut«, sagte ich abschließend. »Vielen Dank. Ich rufe Sie in zwei Tagen wieder an.«

»Wo sind Sie, Louis? Wir könnten Ihnen vielleicht ein Fax schicken – wir haben mit ein paar Statistiken angefangen, die ...«

»Tut mir leid, Ulrich. Hier gibt es kein Fax.«

»Sie klingen irgendwie komisch. Ist alles in Ordnung?«

»Alles bestens. Ich bin froh, daß ich mit Ihnen sprechen konnte.«

Schließlich rief ich noch Josse Lenfeld an, den Direktor der Nature Protection Society. Josse sprach Englisch mit kunstvollem Akzent und schrie so laut, daß der Apparat vibrierte. Mir schwante, daß auch dieser Ornithologe ein Unikum war. Wir verabredeten uns für den nächsten Morgen um halb neun am Flughafen Ben-Gurion.

Ich stand auf, aß in der Küche ein paar Pitas und nahm mir dann Idos Storchenklinik im Garten vor. Er hatte keinerlei Notizen, Statistiken oder Informationen hinterlassen – nur seine Instrumente und Verbandsmaterial von der Art, wie ich es schon bei Böhm gesehen hatte.

Statt dessen fand ich die Waschmaschine. Während sich die Trommel mit meinen gesamten Kleidern drehte, setzte ich in aller Ruhe meine kleine Durchsuchung fort, aber ich fand nichts weiter als einen Haufen alter, federnverklebter Verbände. Es war eindeutig kein fruchtbarer Tag. Aber im Moment hatte ich ohnehin nur einen Wunsch: Sarah wiederzusehen. Eine Stunde später, als ich meine gewaschenen

Kleider in die Sonne hängte, tauchte sie zwischen zwei Hemden auf.

»Fertig mit der Arbeit?« fragte ich.

Statt einer Antwort zwinkerte Sarah mir zu und nahm mich am Arm.

20

Durch das Fenster fiel das schwindende Licht des Tages herein. Mit schweißnassem Körper rückte Sarah von mir ab. Sie lag auf dem Rücken und starrte auf den Ventilator an der Zimmerdecke, der sich leise surrend drehte. Ihre Gliedmaßen waren lang und straff, die Haut dunkel, verbrannt und ausgedörrt von der Sonne. Bei jeder Bewegung sah man ihre Muskeln sich spannen – wie gehetzte Tiere, zum Angriff bereit.

»Möchtest du Tee?«

»Sehr gern«, antwortete ich.

Sarah stand auf und ging in die Küche. Ihre Beine waren ein wenig krumm, auswärts gewölbt, und der Anblick erregte mich von neuem. Mein Verlangen nach ihr war unersättlich. Zwei Stunden der Umarmungen hatten überhaupt nicht ausgereicht, um mich zu beschwichtigen. Dabei war es nicht Lust, die uns trieb, nicht einmal Behagen, sondern eine Alchimie der Körper, die sich anzogen und gegenseitig aufstachelten, dazu bestimmt, füreinander zu brennen. Für alle Ewigkeit.

Sarah kam mit einem schmalen Kupfertablett zurück, darauf eine Teekanne aus Metall, zwei kleine Tassen und trokkene Kekse.

Sie setzte sich auf den Bettrand und schenkte nach orientalischer Manier ein, die Kanne sehr hoch über der Tasse.

»Louis«, sagte sie, »ich habe nachgedacht. Ich glaube, du bist auf einer falschen Fährte.«

»Was meinst du?«

»Die Vögel, die Wanderroute, die Ornithologen. Es geht um Mord. Und niemand mordet wegen irgendwelcher Vögel.«

Das hatte mir schon ein anderer gesagt.

»In dieser Sache, Sarah«, gab ich zurück, »gibt es nur ein einziges Verbindungsglied, und das sind die Störche. Wo sie mich hinführen, weiß ich nicht. Ich weiß auch nicht, warum ihr Weg mit Leichen gepflastert ist. Aber es muß irgendeine Logik hinter dieser Gewalt ohne Grenzen geben.«

»Wahrscheinlich steckt Geld dahinter. Irgendein schmutziger Handel zwischen allen diesen Ländern.«

»Ganz sicher«, antwortete ich. »Max Böhm hat irgendwelche illegalen Geschäfte betrieben.«

»Womit?«

»Das weiß ich auch noch nicht. Diamanten, Elfenbein, Gold ... auf jeden Fall waren es Reichtümer aus Afrika. Dumaz, der Schweizer Inspektor, der sich mit dem Fall befaßt, ist überzeugt, daß es um Edelsteine geht, und ich denke, er hat recht. Elfenbein war es sicher nicht, denn in Zentralafrika hat Böhm seinerzeit heftig und mit Erfolg gegen die Massaker an Elefanten protestiert. Gold hingegen findet man kaum auf der Route der Störche. Bleiben also die Diamanten: in Zentralafrika, in Südafrika ... Max Böhm war schließlich jahrelang in den Minen beschäftigt. Trotzdem ist mir die Sache schleierhaft. 1977 hat Böhm seinen Beruf aufgegeben und nie wieder einen Fuß nach Afrika gesetzt und hat sich von da an nur noch um seine Störche gekümmert. Wirklich, Sarah, ich weiß es nicht.«

Sarah zündete sich eine Zigarette an und zuckte die Achseln. »Aber du hast sicher irgendeine Vorstellung«, sagte sie.

Ich lächelte. »Das stimmt. Ich glaube, daß der Handel weitergeht, und die Störche sind die Kuriere. Die Boten, wenn du so willst. Wie Brieftauben. Und ihre Botschaften transportieren sie mit Hilfe der Ringe.«

»Mit was für Ringen?«

»In Europa befestigen die Ornithologen Ringe an den Beinen der Vögel, auf denen ihr Geburtsdatum und ihre Herkunft, beziehungsweise, bei wilden Tieren, das Datum und der Ort der Beringung angegeben sind. Ich denke, daß die Ringe der Böhmschen Störche was ganz anderes erzählen ...«

»Was?«

»Irgend etwas, wofür es sich zu morden lohnt. Rajko hatte es herausgefunden. Dein Bruder wohl auch. Ido hat wahrscheinlich sogar die Bedeutung der Botschaften entschlüsselt. Daher seine Aufregung und seine Hoffnung auf Reichtum.«

Ich sah ein kurzes Aufblitzen in Sarahs Augen. Sie stieß eine Rauchwolke aus, sagte aber nichts. Einen kurzen Moment lang dachte ich, sie habe mich völlig vergessen. Dann stand sie auf.

»Louis, im Augenblick sind deine Probleme nicht am Himmel. Schau lieber auf die Erde. Wenn du weiter so vor dich hin träumst, wirst du dich abknallen lassen wie ein Schakal.«

Sie zog Jeans und ein T-Shirt an. »Komm mit mir«, forderte sie mich auf.

Draußen war die Sonne auf dem Rückzug, die Hitze ließ nach. In der milden Luft erzitterten die Hügel am Horizont. Sarah ging mir voraus durch den Garten, auf halbem Weg zwischen dem Haus und dem Verschlag blieb sie stehen. Sie entfernte die Olivenzweige, die dort auf der Erde lagen, und fegte den Sand beiseite. Darunter kam eine Plane zum Vorschein. Sarah ergriff sie und befahl: »Hilf mir!«

Gemeinsam zogen wir die Plane weg; darunter lag eine Falltür. Ich war während des Tages bestimmt zehnmal daran vorbeigegangen. Als Sarah die Klappe hob, blickte ich in ein regelrechtes Arsenal: Sturmgewehre, Faustwaffen, Munitionskisten. »Das Zeughaus der Familie Gabbor«, sagte Sarah spöttisch. »Wir hatten immer schon Waffen, aber Ido hat aufgerüstet und sich Sturmgewehre mit Schalldämpfer zugelegt.« Sie kniete nieder und zog einen verstaubten Golfsack hervor, klopfte den Staub ab und füllte ihn mit Waffen und Munition. »Gehen wir!« sagte sie.

Wir nahmen meinen Wagen und fuhren zwischen den Fischteichen hindurch, und nach etwa einer halben Stunde kamen wir zu einem wüsten Gelände, übersät von schwarzen Felsbrocken, zwischen denen sich dürres Gestrüpp befand. Abfälle aller Art streiften unsere Beine, und im Wind trieben ekelerregende Düfte. Wir waren auf der Müllhalde der Kibbuzim. Ich hörte ein metallisches Klirren hinter mir und drehte mich um. Sarah kniete auf dem Boden und prüfte die Waffen, die sie vor sich ausgebreitet hatte.

Sie lächelte und setzte zu einem Vortrag an:

»Die beiden Sturmgewehre sind israelische Waffen. Leichte Maschinengewehre, Uzi und Galil. Die Klassiker. Auf der ganzen Welt gibt es nichts Besseres. Sie schlagen sämtliche Kalaschnikows und M16 um Längen.« Sarah öffnete eine Munitionsschachtel und legte sich mehrere lange, spitz zulaufende Patronen auf die Handfläche. »Sie verschießen Kaliber 0.22 Long Rifle, wie die traditionellen Jagdgewehre, aber die Munition ist stahlummantelt und enthält mehr Pulver.« Sarah schob ein bananenförmiges Magazin in die Galil und zeigte mir die Seite der Waffe. »Hier hast du zwei verschiedene Positionen: normal und automatisch. Wenn du auf Automatik schaltest, kannst du innerhalb von Sekunden fünfzig Kugeln abfeuern.« Auf den Knien überzog Sarah die Umgebung mit einem imaginären Flächenfeuer, dann legte sie die Maschinenpistole beiseite. »Jetzt zu den Revolvern. Die beiden Monster, die du hier siehst, sind die größten Automatikkaliber, die es gibt: Sie verschießen Kaliber 0357 Magnum und 0.44 Magnum.« Sarah griff nach dem silberfarbenen Revolver mit Griffschalen aus Elfenbein und legte ein Magazin ein. Die Waffe war fast so lang wie ihr Unterarm. »Die 44er faßt sechzehn Schuß. Es ist die stärkste Faustwaffe der Welt. Mit ihr bringst du ein Auto mit hundert Stundenkilometern zum Stehen.« Sie streckte den Arm aus und zielte auf einen Punkt in der Ferne, offenbar ohne jede Mühe – ihre körperliche Kraft verblüffte mich. »Das Problem ist, daß sie ständig klemmt. Diese Pistolen hier sind sehr viel handlicher im Gebrauch. Mit der 9-Millimeter-Beretta schießen die meisten amerikanischen Bullen.« Sarah warf das Magazin einer schwarzen Pistole aus, einer perfekt geformten Waffe, die hervorragend in der Hand lag. »Eine italienische Pistole, sie hat die berühmte Smith and Wesson Model 38 fast völlig verdrängt. Sehr empfehlenswert. Präzise, leicht, schnell. Die 38er hat eine Kapazität von sechs Patronen, die Beretta hingegen faßt sechzehn Schuß. Ein echter Waffengefährte. Aber die allerbesten sind diese hier«, fuhr sie fort. »Österreichische Pistolen: die Glock 17 und die Glock 21. Die Waffen der Zukunft, die vielleicht sogar die Beretta übertrumpfen werden.« Sie nahm eine Pistole in die Hand, die der Beretta ähnlich sah, aber nachlässig gefertigt wirkte, als fehlte ihr der letzte Schliff. »Zu siebzig Prozent aus Kunststoff. Ein Wunder an Leichtigkeit.« Sie gab sie mir in die Hand, und tatsächlich wog die Waffe nicht schwerer als eine Handvoll Federn. »Ein Phosphoreszenzvisier, das auch bei Nacht absolute Zielgenauigkeit garantiert, und ein Magazin mit sechs Schuß. Ästheten lehnen sie ab, weil sie nicht sehr schön ist. Aber für mich gibt es nichts Besseres. Die Glock 17 schießt mit 9-Millimeter-Parabellum, die einundzwanzig mit 0.45 Zoll. Die Glock 21 ist weniger präzise, aber mit der Munition setzt du jeden Gegner außer Gefecht – egal, wo du ihn erwischst.«

Sarah reichte mir eine Handvoll Kugeln. Schwer, gedrungen, bedrohlich.

»Die beiden Glocks gehören mir«, sagte sie. »Die einundzwanzig schenke ich dir. Aber paß auf, der Abzug ist speziell auf meinen Zeigefinger eingestellt. Für dich wird er vielleicht zu locker sein.«

Ungläubig betrachtete ich die Waffe, dann sah ich sie an: »Woher weißt du das alles, Sarah?«

Sie lächelte wieder: »Wir sind im Krieg, Louis. Vergiß das nie. Im Alarmfall hat jeder von uns zwanzig Minuten, um sich an einer geheimen Sammelstelle einzufinden. Alle Arbeiter im Kibbuz sind potentielle Soldaten. Wir sind ausgebildet, gut trainiert, allzeit kampfbereit. Anfang des Jahres sind noch die Scud-Raketen über unsere Köpfe hinweggefegt.« Sie nahm die 9-Millimeter, legte die Waffe ans Ohr und schob eine Kugel in den Lauf. »Schau mich nicht so erschrokken an – im Augenblick bist du in größerer Gefahr als ganz Israel.«

Ich preßte die Zähne zusammen, nahm die Glock in die Hand, dann fragte ich: »Die bulgarischen Killer waren mit ziemlich raffinierten Waffen ausgerüstet. Sturmgewehr, Laserzielfernrohr, Nachtsichtgerät ... Was sagst du dazu?«

»Nichts. Besonders raffiniert ist das nicht. Alle Industriestaaten der Welt rüsten ihre Armeen mit solchem Material aus.«

»Du meinst, die beiden Killer könnten Soldaten in Zivil sein?«

»Soldaten. Oder Söldner.«

Sarah ging von mir fort, kreuz und quer durch den Staub, um behelfsmäßige Zielscheiben aufzustellen – Plastikfolien, über Büsche gehängt, verrostete Kanister auf Felsblöcken und ähnliches; dann kam sie zurück, gegen den Wind geduckt, und erklärte mir die Grundlagen des Schießens.

»Du stehst fest auf beiden Beinen«, begann sie. »Der Arm ist gestreckt, der Zeigefinger liegt seitlich am Lauf. Du schaust hier durch die Kimme, den Einschnitt im Visier; die Visierlinie ist die gerade Verbindung zwischen deinem Auge, Kimme, Korn und Ziel. Nach jedem abgefeuerten Schuß fängst du den Rückstoß mit dem Handgelenk auf, von vorn nach hinten. Auf keinen Fall von unten nach oben, wie es dir natürlich vorkäme. Sonst berührt das hintere Ende des Laufs dein Handgelenk. Und auf Dauer verursachst du eine Ladehemmung. Verstehst du, kleiner Goj?«

Ich nickte und stellte mich in Position, jede ihrer Gesten exakt nachahmend. »Okay, Sarah, ich bin soweit.« Sie streckte die Arme aus, umklammerte die Waffe mit beiden Händen, spannte den Hahn und wartete ein paar Sekunden, dann schrie sie: »Also los!«

Ein Höllenlärm brach aus. Sarah war eine unvergleichlich gute Schützin. Sogar ich traf meine Ziele. Dann kehrte Ruhe ein, Pulvergeruch hing in der Luft. Zweiunddreißig Schüsse hatten die abendliche Stille zerrissen. »Nachladen!« rief Sarah.

Synchron wurden die Magazine ausgeworfen, und wir fingen von vorn an. Wieder eine Salve. Wieder dröhnten die Blechkanister. »Nachladen!« wiederholte Sarah. Alles ging immer schneller: die eingeschobenen Magazine, das Klicken des gespannten Hahns, das Zielen. Zwei, drei, vier Magazine schossen wir auf diese Weise leer, die Patronenhülsen flogen uns um die Ohren. Ich war nahezu taub. Meine Glock rauchte, und mir wurde klar, daß sie glühend heiß war – aber mit meinen gefühllosen Händen konnte ich so lange schießen, wie ich wollte, ohne die Hitze fürchten zu müssen.

»Nachladen!« brüllte Sarah. Jede Empfindung wurde zu einem dumpfen, sinnlichen Genuß. Die Waffe, die explodiert, zuckt, in der Hand zurückschlägt. Der Detonationslärm, der losdonnert, kurz, rund und ohrenbetäubend zugleich. Das kompakte bläuliche Mündungsfeuer, begleitet von beißendem Geruch. Und die entsetzlichen, unwirklichen Verwüstungen, die unsere Waffen im Umkreis von zehn Metern anrichteten.

»Nachladen!« Sarah bebte am ganzen Körper. Die Patronen fielen ihr aus den Händen. Das Gelände vor ihr war ein einziges Schlachtfeld. Auf einmal empfand ich eine ungeheure Zärtlichkeit für die junge Frau. Ich ließ meine Pistole sinken und ging auf sie zu. Sie erschien mir einsamer denn je, gefangen in einem Rausch der Gewalt, rings um sie nur Rauch und leere Hülsen.

Inmitten der Zerstörung flogen drei Störche über uns hinweg. Ich sah sie, hell schimmernd und wunderschön im abendlichen Licht. Ich sah, wie Sarah herumfuhr mit blitzenden Augen und wirbelndem Haar. Und ich begriff. Mit rasender Eile legte sie ein neues Magazin ein, lud durch und richtete die Pistole zum Himmel. Drei Detonationen erklangen, gefolgt von absoluter Stille. Wie in Zeitlupe sah ich die Vögel tödlich getroffen abwärts trudeln und in der Ferne mit einem dumpfen, traurigen Laut auf der Erde aufprallen. Ich starrte Sarah an und brachte kein Wort heraus. Sie erwiderte trotzig meinen Blick, dann begann sie schallend zu lachen, den Kopf in den Nacken gelegt. Ein zu lautes, zu vielsagendes, zu erschreckendes Lachen.

»Die Ringe!« Ich rannte auf die toten Störche zu. Hundert Meter weiter fand ich die Körper, der Sand hatte ihr Blut bereits aufgesogen. Ich untersuchte ihre Beine; sie waren unberingt. Es waren schon wieder, immer noch, dieselben namenlosen Vögel. Als ich langsam zurückkehrte, war Sarah in sich zusammengesunken, sie weinte und wimmerte, ein Felsen der Trauer im Wüstensand.

In dieser Nacht liebten wir uns noch einmal. Unsere Hände rochen nach Pulver, und in uns war eine erbitterte, leidenschaftliche Wut, wir kämpften um die Erfüllung. Und dann, in der Tiefe der Nacht, erlebten wir die Lust. Sie hob uns hoch wie eine stumpfe Klinge in einer donnernden Woge, in der uns alle Sinne vergingen.

21

Um drei Uhr morgens standen wir auf. Wortlos tranken wir unseren Tee. Draußen waren schon die schweren Schritte der Kibbuzniks zu hören. Mein Angebot, sie zu den Fischteichen zu bringen, lehnte Sarah ab: Eine junge Jüdin darf sich nicht in so eindeutig kompromittierender Weise mit einem Goj sehen lassen. Also küßte ich sie zum Abschied und machte mich in entgegengesetzter Richtung auf den Weg zum Flughafen Ben-Gurion.

Eine Strecke von ungefähr dreihundert Kilometern lag vor mir. Als der Tag anbrach und das Licht zunahm, fuhr ich schneller. In der Nähe von Nablus lernte ich eine andere israelische Wirklichkeit kennen: Eine militärische Straßensperre hielt mich auf. Paßkontrolle. Verhör. Den Gewehrlauf vor Augen, erklärte ich ein weiteres Mal den Grund meiner Reise. »Störche? Was soll das heißen?« In einer schwach beleuchteten Hütte mußte ich weitere Fragen beantworten. Schlaftrunkene Soldaten mit Helm und kugelsicheren Westen warfen einander ungläubige Blicke zu, bis ich Böhms Fotos hervorholte und ihnen die schwarzweißen Vögel vor die Nase hielt. Sie brachen in schallendes Gelächter aus. Ich lachte ebenfalls. Daraufhin boten sie mir Tee an. Ich trank ihn rasch aus und machte mich gleich danach wieder auf den Weg, kalten Schweiß auf der Stirn.

Um acht Uhr morgens betrat ich das weitläufige Lagergelände des Flughafens, auf dem sich auch Josse Lenfelds Labor befand. Lenfeld wartete bereits auf mich, ungeduldig ging er vor dem Wellblechtor auf und ab. Der Direktor der Nature

Protection Society war ein Phänomen. Noch eines. Aber es nützte ihm nichts, daß er aus Leibeskräften schrie (zweifellos, um den Lärm der Flugzeuge zu übertönen, die über unsere Köpfe hinwegdonnerten), in atemberaubender Geschwindigkeit ein abgehacktes Englisch hervorsprudelte, die Kippa schief auf dem Kopf trug und im Gesicht die Sonnenbrille eines Ganoven – er beeindruckte mich nicht. Nichts konnte mich mehr beeindrucken. Von dem kleinen grauhaarigen Mann, der auf seine Gedanken konzentriert war wie ein Jongleur auf seine Kegel, erwartete ich in erster Linie, daß er meine Fragen beantwortete – ich hatte mich als freier Mitarbeiter einer Ornithologenzeitschrift ausgegeben; mehr wollte ich nicht.

Josse Lenfeld setzte mir zunächst das ›ornithologische Problem‹ Israels auseinander. Jedes Jahr, sagte er, überquerten fünfzehn Millionen Zugvögel das Land, zweihundertachtzig verschiedene Spezies, und verwandelten den Himmel in ein völlig überlastetes Verkehrsnetz. In den letzten Jahren hätten sich zahlreiche Kollisionen zwischen Vögeln und Zivil- oder Militärmaschinen ereignet, mehrere Piloten seien dabei ums Leben gekommen, die Flugzeuge hätten jedesmal einen Totalschaden erlitten, und die Kosten jedes Unfalls beliefen sich auf schätzungsweise fünfhunderttausend Dollar. 1986 habe sich die IAF, die Israel Air Force, zur Ergreifung von Gegenmaßnahmen entschlossen und ihn auf den Plan gerufen. Heute stünden ihm uneingeschränkte Mittel zur Verfügung, und er habe ein ›Hauptquartier zur Vogelabwehr‹ organisiert, damit der Luftverkehr gefahrlos seinen geregelten Gang wiederaufnehmen könne.

Die Besichtigung begann in einem Überwachungsraum im Kontrollturm des zivilen Flughafens. Neben den herkömmlichen Radarschirmen beobachteten zwei Soldatinnen ein weiteres Radargerät, das auf Zugvögel spezialisiert war. Auf dem Schirm tauchten regelmäßig Vogelschwärme in langgestreckten Wolken auf. »Hier wird das Schlimmste verhindert«, erklärte Josse. »Sollte ein Schwarm unvorhergesehen auftauchen, können wir damit die Katastrophe vermeiden. Wissen Sie, diese wandernden Vogelschwärme nehmen manchmal unvorstellbare Ausmaße an.« Lenfeld beugte sich über einen Computer und tippte ein paar Daten ein, woraufhin auf dem Bildschirm eine Landkarte von Israel erschien, auf der, deutlich erkennbar, große Gruppen von Vögeln über das gesamte israelische Staatsgebiet zogen.

»Was sind das für Vögel?« fragte ich.

»Störche«, antwortete Lenfeld. »Sie sind in der Lage, Israel in weniger als sechs Stunden zu überqueren, von Bet She'an bis zum Negev. Übrigens sind entlang den Start- und Landebahnen Geräte aufgestellt, die den Schrei bestimmter Raubvögel nachahmen; auf diese Weise lassen sich größere Gruppenzusammenschlüsse unmittelbar über dem Gelände verhindern. Zusätzlich verfügen wir über abgerichtete Raubvögel – das ist unsere ›Stoßtruppe‹, die wir im alleräußersten Notfall einsetzen.«

Im Sprechen war Lenfeld weitergegangen. Unter dem Dröhnen der Motoren führte er mich über die Landepisten und überschüttete mich mit gebrüllten Erklärungen, die wechselten zwischen Weltuntergangsstimmung und dem ausgeprägten Stolz, ›das zweitwichtigste Land nach Panama auf der Route der Zugvögel‹ zu sein.

Unterdessen waren wir im Forschungslabor angelangt. Mit Hilfe einer Magnetkarte öffnete Lenfeld die Metalltür. Wir betraten eine Art Glaskäfig mit elektronischem Bedienfeld über einer riesigen Flugzeughalle. »Hier stellen wir die genauen Umstände jeder Kollision nach«, erklärte Lenfeld. »Mit einer Geschwindigkeit von über tausend Stundenkilometern schleudern wir Vogelkörper gegen unsere Prototypen und analysieren anschließend die Aufprallstellen, die Widerstände, die verursachten Schäden.«

»Echte Vögel?!«

Lenfeld stimmte ein donnerndes Gelächter an. »Hühner, mein Bester. Tote Hühner aus dem Supermarkt!«

Der nächste Raum stand voller Computer, auf deren Bildschirmen Zahlenreihen, gerasterte Landkarten, Kurven und Graphiken zu sehen waren. »Das hier ist unsere Forschungsabteilung«, kommentierte Lenfeld. »Hier berechnen wir die Flugbahnen sämtlicher Zugvogelarten. Wir verarbeiten Tausende von Informationen und Beobachtungen, die uns die *birdwatchers* liefern. Als Gegenleistung bieten wir ihnen gewisse Vorteile: kostenlose Unterkunft während ihres Aufenthalts, Zutrittsgenehmigungen für bestimmte strategische Orte zur Beobachtung von Vögeln ... «

Diese Daten interessierten mich.

»Sie messen also ganz genau, wo die Störche auf ihrem Weg durch Israel vorbeikommen?«

Mit breitem Grinsen schritt Josse zu einem freien Computer. Wieder holte er die Karte von Israel auf den Bildschirm, und binnen Sekunden erschienen in gestrichelten Linien die Flugrouten. Relativ eng nebeneinander kreuzten sie sich alle in der Gegend von Bet She'an.

»Von jeder Spezies haben wir die exakten Routen sowie die Daten ihrer jährlichen Wanderschaft. Unsere Flugzeuge vermeiden diese Korridore so weit wie möglich. Hier, in Rot, sehen Sie die Hauptrouten der Störche. Wie Sie feststellen können, passieren sie alle ohne Ausnahme Bet She'an. Das sind ...«

»Ich kenne Bet She'an. Sind Sie sicher, daß diese Routen sich nie ändern?«

»Hundertprozentig«, antwortete Lenfeld, immer noch brüllend. »Was Sie hier sehen, ist die Synthese aus Hunderten von Beobachtungen in einem Zeitraum von fünf Jahren.«

»Haben Sie auch quantitative Angaben, Statistiken über die Zahl der Vögel?«

»Selbstverständlich. Vierhundertfünfzigtausend Störche passieren Israel zweimal im Jahr, im Frühjahr und im Herbst. Wir wissen, in welchem Rhythmus. Wir kennen ihre Gewohnheiten bis ins Detail, die exakten Daten, die Konzentrationsperiodik, die Mittelwerte – alles, was Sie wollen. Die Störche funktionieren so präzise wie Uhren.«

»Interessieren Sie sich auch für beringte Störche aus Europa?«

»Nicht besonders. Warum?«

»Anscheinend sind bestimmte registrierte Störche in diesem Frühjahr unterwegs verlorengegangen.«

Josse Lenfeld musterte mich durch seine dunkle Brille; sein skeptischer Blick entging mir nicht, trotz der getönten Gläser. Doch er antwortete lediglich: »Das wußte ich nicht, aber den Zahlen nach zu urteilen ... Sie sehen aus, als sei ihnen nicht gut, mein Freund. Kommen Sie, wir genehmigen uns eine Erfrischung.«

Ich folgte ihm durch ein Labyrinth von Gängen, die dank einer effizienten Klimaanlage eisgekühlt waren, zu einem Getränkeautomaten. Ich wählte ein kohlensäurehaltiges Mineralwasser und empfand die sprudelnde Frische als wohltuend. Dann ging die Besichtigung weiter.

Wir betraten ein biologisches Labor voller Strohmatten, Reagenzgläser und Mikroskope. Die hier beschäftigten Forscher trugen weiße Kittel und schienen sich mit bakteriologischer Kriegsführung zu beschäftigen.

»Wir befinden uns hier im Gehirn des Projekts«, erklärte Josse. »Wir untersuchen sämtliche Kollisionen mit Vögeln und ihre Auswirkungen auf unsere militärische Ausrüstung, bis ins letzte Detail. In diesem Raum werden die Trümmer unter dem Mikroskop geprüft, selbst der Überrest einer Feder und die geringste Blutspur, die Aufschluß geben über die Geschwindigkeit und die Wucht des Aufpralls. Hier werden die Gefahren eingeschätzt und die eigentlichen Sicherheitsvorkehrungen entworfen. Sie werden es nicht glauben, aber dieses Labor ist eine eigenständige Abteilung unserer Armee. Denn von einem gewissen Standpunkt aus sind die Zugvögel Feinde der israelischen Sache.«

»Nach dem Krieg der Sterne der Krieg der Vögel?« fragte ich und löste damit einen weiteren Heiterkeitsausbruch bei Josse Unfeld aus.

»Absolut! Ich kann Ihnen freilich nur einen kleinen Teil

unserer Forschungsarbeiten vorführen, der Rest ist ›militärische Verschlußsache‹. Aber ich habe da etwas, das Sie interessieren wird.«

Wir betraten einen kleinen Vorführraum voller Videogeräte mit hochauflösenden Monitoren. Lenfeld legte eine Kassette ein, und auf dem Bildschirm erschien ein Pilot der israelischen Armee mit Helm und heruntergeklapptem Visier; von seinem Gesicht sah man eigentlich nur den Mund. Auf englisch sagte er: »Ich hörte eine Explosion, dann spürte ich einen sehr heftigen Schlag an der Schulter. Ein paar Sekunden lang verlor ich die Besinnung. Als ich wieder zu Bewußtsein kam, konnte ich nichts sehen, denn mein Helm war voller Blut und Fleischfetzen ...«

Dazu kommentierte Lenfeld: »Das ist einer unserer Piloten. Er ist vor zwei Jahren mitten im Flug mit einem Storch kollidiert. Das war im März, als die Störche nach Europa zurückkehrten. Er hat unglaubliches Glück gehabt: Der Vogel hat ihn voll getroffen, und bei dem Zusammenstoß ist die Cockpitscheibe explodiert. Trotzdem konnte er noch landen. Es hat mehrere Stunden gedauert, bis man sein Gesicht von sämtlichen Glassplittern und Vogelfedern befreit hatte.«

»Warum hat er auch jetzt seinen Helm auf?«

»Weil die Identität der IAF-Piloten geheim bleiben muß.«

»Ich kann also nicht mit ihm sprechen?«

»Nein«, sagte Josse. »Aber ich hab' Ihnen was Besseres anzubieten.«

Draußen vor dem Vorführraum hob Lenfeld den Hörer eines Wandtelefons ab, wählte eine Nummer und sprach zwei Sätze auf hebräisch. Fast unmittelbar danach erschien ein kleiner Mensch mit dem Gesicht eines Frosches. Seine Lider waren schwer, aber sie klappten mit blitzartiger Geschwindigkeit über die großen, hervortretenden Augäpfel.

»Schalom Wilm«, sagte Josse, zu mir gewandt. »Verantwortlich für sämtliche Analysen, die in diesem Labor durchgeführt werden. Die Untersuchung des Unfalls, von dem eben die Rede war, hat er persönlich geleitet.«

Lenfeld erklärte Wilm auf englisch den Grund meines Besuchs. Der Mann lächelte und forderte mich auf, ihm in sein Büro zu folgen. Zu meiner Überraschung bat er Josse, uns allein zu lassen. Nun ging ich also mit Wilm durch weitere Gänge, weitere Türen. Schließlich betraten wir einen winzigen Verschlag, kaum größer als ein Safe, mit einer Tür aus Metall, die sich nur mit einem Nummerncode öffnen ließ.

»Das ist Ihr Büro?« fragte ich verblüfft.

»Nein, ich habe Josse angelogen. Ich wollte Ihnen etwas zeigen.«

Wilm schaltete das Licht ein und schloß die Tür. Eine volle Minute lang musterte er mich eindringlich.

»Ich hab' Sie mir anders vorgestellt«, sagte er schließlich.

»Wie bitte? Was soll das heißen?«

»Daß ich auf Sie gewartet habe, seit diesem Unfall im Jahr 89.«

»Auf *mich* haben Sie gewartet?«

»Auf Sie oder jemand anderen. Jedenfalls auf einen Besucher, der sich speziell für Störche auf dem Rückweg nach Europa interessiert.«

Schweigen. Ich spürte das Blut in meinen Schläfen pochen. Dann sagte ich dumpf. »Erklären Sie mir das bitte.«

Wilm fing an, sich durch den Verschlag zu wühlen, der eigentlich eine Abstellkammer war, räumte Probestücke aus Kunststoffasern und anderem Material beiseite und legte schließlich in Mannshöhe eine kleine Tür mit einem Zahlenschloß frei, in das er wiederum einen Code eingab.

»Bei der Analyse der verschiedenen Bestandteile des verunglückten Flugzeugs habe ich eine merkwürdige Entdeckung gemacht, und mir wurde klar, daß dieser Fund kein Zufall war, daß er vielmehr im Zusammenhang mit einer anderen Sache steht, einem großangelegten Unternehmen, in dem Sie zweifellos eines der Bindeglieder darstellen.«

Er öffnete die Tür und sprach weiter, während er den Kopf in den Wandtresor steckte, so daß seine Stimme dumpf klang wie aus der Tiefe einer Höhle heraus: »Meine Intuition sagt mir, daß ich Ihnen trauen kann.«

Dann schlängelte er sich wieder hervor. In einer Hand hielt er zwei kleine Tüten aus durchsichtiger Folie.

»Außerdem will ich diese Last lieber heute als morgen loswerden«, setzte er hinzu.

Allmählich verlor ich die Geduld: »Ich verstehe überhaupt nichts! Sagen Sie mir endlich, wovon Sie reden!«

Gelassen antwortete Wilm: »Als wir nach der Notlandung das Cockpit der Maschine durchsuchten, außerdem die Ausrüstung des Piloten und insbesondere seinen Helm, fanden wir unter den Bruchstücken verschiedene Partikel, aus denen wir die Splitter von der Windschutzscheibe des Cockpits aussortierten.«

Wilm legte das eine Tütchen mit einem Etikett in hebräischen Buchstaben auf den Tisch. Es enthielt winzige Teilchen von getöntem Glas.

»Außerdem sammelten wir auch die Splitter des Visiers am Helm.« Er legte die zweite Tüte, die hellere Glasstücke enthielt, neben die erste. »Der Pilot hatte unfaßbares Glück, daß er überlebt hat.«

Die ganze Zeit über hatte Wilm seine andere Hand zur Faust geballt.

»Aber als ich diese letzte Sorte von Bruchstücken unter dem Mikroskop untersuchte, entdeckte ich etwas anderes.« Immer noch hielt er die Hand geschlossen. »Etwas, dessen Vorhandensein an diesem Fundort absolut außergewöhnlich war.«

Mit einem jähen Adrenalinstoß begriff ich auf einmal, was Wilm mir da ankündigte. Trotzdem brüllte ich ihn an: *»Was denn, in Gottes Namen?!«*

Behutsam öffnete Wilm die Hand und flüsterte: »Einen Diamanten.«

22

Völlig erschöpft verließ ich Lenfelds Labor. Schalom Wilms Enthüllungen führten mich geradewegs zu einer Schlußfolgerung, die ich bis dahin selbst aus meiner Phantasie verdrängt hatte.

Max Böhm hatte also Diamanten geschmuggelt, und die Störche waren seine Kuriere.

Seine Methode war außergewöhnlich, verblüffend und nahezu unfehlbar. Ich wußte nun genug darüber, um mir vorstellen zu können, wie sie funktionierte. Dumaz' Informationen zufolge hatte der alte Max zweimal auf diesem Gebiet gearbeitet – in Südafrika von 1969 bis 1972 und in Zentralafrika von 1972 bis 1977. Gleichzeitig hatte er die Wanderung der Störche, die eine ideale Flugverbindung nach Europa darstellte, genau beobachtet und studiert. Wann war er auf die Idee verfallen, die Vögel als Transportmittel einzusetzen? Schwer zu sagen; jedenfalls hatte er sein Netz bereits organisiert, als er 1977 die Zentralafrikanische Republik verließ – zumindest die Westroute. Er brauchte nur ein paar Komplizen in Zentralafrika, die hinter dem Rücken der Minenleitung die schönsten Diamanten abzweigten und gegen Ende des Winters an den Beinen der beringten Störche befestigten. Dann ›verflüchtigten‹ sich die Edelsteine und passierten völlig ungehindert alle Grenzen.

Danach war es Böhm ein leichtes, die Diamanten einzusammeln. Er hatte die Nummern der Ringe und kannte das Nest jedes Storches in der Schweiz, in Belgien, den Niederlanden, Polen und Deutschland. Also ging er auf die Jagd, angeblich um die Jungstörche zu beringen, in Wahrheit aber betäubte er die erwachsenen Tiere und nahm die Diamanten an sich. Gewiß, das System hatte Schwachstellen – ein verunglückter Storch bedeutete einen Verlust. Aber angesichts der ungeheuren Anzahl von Kurieren – mehrere hundert Vögel in jedem Jahr – war der Gewinn immer noch erheblich und das Risiko, entdeckt zu werden, fast gleich Null. Die Ornithologie war eine perfekte Tarnung. Außerdem hatte Böhm im Lauf der Jahre wahrscheinlich seine ›Truppen‹ verbessert und vorzugsweise die kräftigsten und erfahrensten Vögel für die Aufgabe herangezogen. Als weitere Vorsichtsmaßnahme hatte er Wachposten entlang der Flugroute engagiert, die sich vergewisserten, daß die Wanderung wie geplant verlief. So war der Diamantenhandel im Osten wie im Westen mehr als zehn Jahre lang reibungslos vonstatten gegangen.

Jetzt wurde mir noch einiges andere klar. In Anbetracht der außerordentlichen Fracht – etliche Millionen Schweizer Franken mit jeder Wanderung – war es verständlich, daß Böhm die Nerven verloren hatte, als im Frühling dieses Jahres die Störche aus dem Osten nicht zurückgekehrt waren. Er hatte zunächst die beiden Bulgaren auf ihre Fährte gesetzt: Sie hatten Joro Grybinski ausgefragt und für harmlos befunden, dann Ido, der sehr viel verdächtiger war – und sie hatten ihn ermordet und in den Sümpfen liegenlassen.

Nach dem, was Sarah erzählt hatte, war es eindeutig, daß der junge Ornithologe dem Diamantenhandel auf die Spur gekommen war. Wahrscheinlich hatte er eines Abends einen von Böhms Störchen versorgt und aus purem Zufall entdeckt, was sich in seinem Ring befand: ein Diamant. Er hatte das System durchschaut und von Reichtümern geträumt; er hatte sich Gewehre zugelegt, allabendlich in den Sümpfen die beringten Störche erschossen und ihre Fracht an sich genommen; er hatte sie erschießen müssen, um höhere Gewalt vorzutäuschen, irgendeine Katastrophe, der die Störche zum Opfer gefallen seien – anderenfalls hätte er die Schmuggler allzu leicht auf seine Spur gebracht; aber es hatte ihm nichts genützt. Das war im Frühjahr 1991 gewesen. Danach konnte zweierlei geschehen sein: entweder hatte Ido unter der Folter geredet und den Bulgaren das Versteck der Diamanten verraten, oder er hatte geschwiegen, und der ›Schatz‹ lag noch irgendwo verborgen. Die zweite Version hielt ich für wahrscheinlicher – weshalb sonst hätte Max Böhm mich auf die Suche nach den Störchen geschickt?

Aber der Diamantenschmuggel an Storchenbeinen erklärte nicht alles. Seit wann ging das schon so? Wer waren Max Böhms Komplizen in Afrika? Welche Rolle spielte *Monde Unique* in dem Netz? Und vor allem: Was hatte die Diamantenaffäre mit dem abscheulichen Diebstahl von Rajkos Herz zu tun? Hatten die beiden Bulgaren auch Rajko getötet? War einer von ihnen der virtuose Chirurg, von dem Milan Djuric gesprochen hatte? Und hinter all diesen Fragen blieb ein Rätsel, das mich persönlich anging: Warum hatte Max Böhm ausgerechnet mich mit der Aufgabe betraut? Warum mich, der ich weder etwas über Störche wußte noch dem Schmugglerring angehörte, sondern vielmehr im schlimmsten Fall den Schmuggel aufdecken konnte?

Mit Höchstgeschwindigkeit fuhr ich zurück nach Bet She'an. Gegen sieben Uhr abends durchquerte ich die Wüste in den besetzten Gebieten und erkannte in der Ferne die Militärlager an den Blinklichtern auf den Hügeln. In der Umgebung von Nablus wurde ich abermals von einer Militärstreife aufgehalten. Der Diamant, den Wilm mir gegeben hatte, steckte, in ein Papier gefaltet, tief in meiner Hosentasche, die Glock 21 lag unter der Fußmatte. Ich gab wiederum meine Storchengeschichte zum besten, und schließlich ließ man mich passieren.

Gegen zehn Uhr tauchte endlich Bet She'an vor mir auf. Die Luft war erfüllt von den Gerüchen der Nacht – sie nährten diese merkwürdige Sehnsucht, die am Grund der Dämmerung herrscht, wenn das Licht des Tages erlischt. Ich stellte den Wagen ab und ging zu Sarahs Haus. Es brannte kein Licht. Als ich anklopfte, öffnete die Tür sich von selbst. Ich zog meine Pistole und lud durch – der Reflex des Schießens lernt sich schnell –, ich betrat das Wohnzimmer, aber dort war niemand, das ganze Haus war leer. Ich stürzte hinaus in den Garten und hob die Plane über dem Waffenversteck, dann die Falltür und sah, daß eine Galil und die Glock 17 fehlten. Sarah war fort. Verschwunden auf ihre Weise. Bewaffnet wie ein marschierender Soldat. Leise wie ein Vogel der Nacht.

23

Wie am Vortag wachte ich um drei Uhr morgens auf; ich war auf Sarahs Bett zusammengesunken und hatte in sämtlichen Kleidern geschlafen. Es war der 6. September, in den Kibbuz kam Leben. Ich stand auf und ging hinaus und mischte mich in der violetten Dunkelheit unter die Männer und Frauen auf dem Weg zu den Fischteichen, um sie über Sarahs Verbleib auszufragen, aber meine Fragen trugen mir nur feindselige Blicke und ausweichende Antworten ein.

Ich versuchte mein Glück bei den *birdwatchers*, die ebenfalls sehr früh aufstanden, um noch vor dem Morgengrauen das Erwachen der Vögel zu beobachten. Um vier Uhr morgens waren sie schon aufbruchbereit, prüften ihre Ausrüstung und beluden sich mit Filmen und Proviant für den Tag. An jeder Haustür, die offenstand, riskierte ich ein paar Fragen auf englisch. Nach mehreren vergeblichen Versuchen fand ich einen jungen Holländer, der Sarah anhand meiner Beschreibung erkannte. Er habe sie am Tag zuvor gegen acht Uhr morgens in Newe-Eitan gesehen, bestätigte er mir. Sie sei in den Bus 133 nach Westen, Netanya, gestiegen, und ihm sei aufgefallen, daß sie einen Golfsack bei sich gehabt habe.

Fünf Sekunden später war ich unterwegs und fuhr mit durchgedrücktem Gaspedal in Richtung Westen. Um fünf Uhr waren die Ebenen von Galiläa schon überflutet vom frühmorgendlichen Licht. Ich hielt an einer Raststätte in der Nähe von Cäsarea, um aufzutanken. Bei einer Tasse schwarzem Tee blätterte ich in meinem Reiseführer, um etwas über Netanya zu erfahren, Sarahs vermutliches Ziel, und beinahe ließ ich die heiße Tasse aus der Hand fallen, als ich las: ›Netanya. 107 200 Einwohner. Der Badeort, für seine schönen Sandstrände und seine ruhige Lage berühmt, ist auch ein bedeutendes Industriezentrum, spezialisiert auf Diamantschleiferei. Im Viertel um die Herzl-Straße kann man den Schleifern und Polierern bei der Arbeit zusehen ...‹

Ich sprang wieder in den Wagen und fuhr mit quietschenden Reifen davon. Sarah wußte also Bescheid. Zweifellos besaß sie sogar Diamanten. Um neun Uhr tauchte Netanya vor mir auf, eine große helle Stadt direkt am Meer. Ich fuhr die Küstenstraße entlang, eine Aneinanderreihung von Hotels und Kliniken, und begriff den wahren Charakter von Netanya. Hinter ihrer Fassade als Badeort war die Stadt eine Zuflucht für reiche Greise, die hier in der Sonne saßen und sich ausruhten. Schwankende Gestalten, ausgemergelte Gesichter, zitternde Hände. Woran dachten sie wohl, diese vielen alten Menschen? An ihre Jugend, die vielen Jom-Kippur-Feste, die Jahr um Jahr ihr Schicksal als Exilierte aufgeweicht hatten? An die immer wiederkehrenden Kriege, das Grauen der Konzentrationslager, diesen nie endenden Kampf um ein eigenes Land? In Israel war Netanya der letzte Aufschub der Lebenden – der Friedhof der Erinnerungen.

Die Straße mündete kurz darauf rechts in den Atzma'ut Square, von dem die Herzl-Straße abzweigt, die Hochburg der Diamantschleifer. Ich parkte den Wagen und ging zu Fuß weiter. Nach etwa hundert Metern gelangte ich in ein enges, gedrängtes Viertel mit der Atmosphäre eines arabischen Suks, voller Menschen und Lärm und intensiver Gerüche. In die schattigen Gäßchen fiel hier und dort ein Sonnenstrahl, der sich in die Auslagen der Geschäftsinhaber, durch die geschlossenen Fensterläden der Häuser zu stehlen versuchte. Der Duft von Früchten mischte sich mit Schweißgerüchen und dem Aroma von Gewürzen, und ein endloser, hastiger Menschenstrom, in dem die Kippas wie schwarze

Sonnen auftauchten und wieder verschwanden, schob sich drängelnd und stoßend durch die Straßen.

Ich war schweißüberströmt, aber meine Jacke konnte ich nicht ausziehen, denn sie verbarg die Glock 21, die ich in einem Holster mit Klettverschluß unter der Achsel trug. Ich dachte an Sarah, die nur wenige Stunden zuvor hier entlanggegangen war, die Tasche voller Diamanten und supermoderner Waffen. An der Ecke der Smilasky-Straße fand ich, was ich suchte: die Diamantenschleifereien.

Die Werkstätten hockten dicht aufeinander, überall roch es nach Staub, und die Schleifmaschinen verursachten einen endlosen schrillen, bohrenden Lärm. Hier hatte das Handwerk alle seine Rechte bewahrt. Vor jeder Tür saß ein Mann, geduldig und konzentriert. Schon im ersten Laden begann ich meine Fragen zu stellen: »Haben Sie eine große, blonde junge Frau gesehen? Die Ihnen Rohdiamanten von großem Wert angeboten hat? Die ihre Steine schätzen lassen oder verkaufen wollte?« Jedesmal dieselbe abschlägige Antwort, derselbe ungläubige Blick durch Bifokalgläser oder eine ins Auge geklemmte Lupe. Die Feindseligkeit des Viertels wurde spürbar. Diamantenschleifer lieben keine Fragen. Auch keine Geschichten. Ihre Rolle beginnt mit der Bearbeitung der Steine, deren Herkunft sie wenig interessiert. Kurz nach Mittag hatte ich fast das gesamte Viertel durchkämmt und nicht das geringste erfahren; nur noch ein paar Werkstätten blieben mir. Kurz vor eins stellte ich zum letztenmal meine Fragen einem alten Mann, der ein perfektes Französisch sprach. Er hielt seine Maschine an und fragte: »War sie mit einem Golfsack unterwegs, die junge Frau?«

Sarah war am Abend zuvor hiergewesen. Sie hatte einen Diamanten auf den Tisch gelegt und gefragt: »Wieviel?« Isaak Knicklevitz hatte den Stein betrachtet und seine Reflexe geprüft, erst bei Licht, dann mit dem Vergrößerungsglas. Er hatte ihn mit anderen Diamanten verglichen und war zu der Überzeugung gelangt, daß der Diamant im Hinblick auf Farblosigkeit und Reinheit ein Wunder sei. Er hatte ihr einen Preis geboten, den Sarah akzeptiert hatte, ohne zu feilschen. Isaak hatte seinen gesamten Tresor geleert und, wie er einräumte, ein exzellentes Geschäft abgeschlossen. Aber er machte sich nichts vor. Er wußte sehr wohl, daß dieses Treffen erst der Beginn des Abenteuers war. Er sagte, wenn ein Stein wie dieser ohne Zertifikat verkauft werde, könne er nur Ärger machen, und er habe schon damit gerechnet, daß früher oder später ein Mann wie ich – oder ein anderer, in offiziellem Auftrag unterwegs – vor seiner Tür stehen würde. Er wisse auch, setzte er hinzu, daß er den Stein vielleicht zurückgeben müsse – es sei denn, ihm bliebe die Zeit, ihn vorher zu schleifen.

Isaak war ein alter Mann mit Adlerprofil und Bürstenschnitt. Sein eckiger Schädel und die breiten Schultern ließen ihn aussehen wie ein Modell für ein kubistisches Bild. Schließlich stand er auf – halb gebückt, denn seine Werkstatt war so niedrig, daß ich selbst seit Beginn der Unterredung gekrümmt vor ihm stand – und schlug mir vor, mit ihm Mittag essen zu gehen. Ich war gern einverstanden – von Isaak konnte ich sicherlich eine Menge erfahren. Und Sarah war über alle Berge. Ich wischte mir den Schweiß aus dem Gesicht und folgte dem Diamantschleifer durch das Labyrinth der Gassen.

Nach einer Weile kamen wir zu einem kleinen Platz im Schutz einer dichten Laube. Unter diesem kühlen Dach standen die Tische eines Restaurants. Ringsum tobte das Bazarleben, die Verkäufer priesen laut ihre Waren an, eilige Passanten drängten sich durch die Menge. Entlang den blaßgrünen Hausmauern öffneten sich weitere Läden wie Schlünde im Schatten, auch sie voller Menschen, so daß der ohnehin lebhafte Mittelpunkt von einem noch bewegteren Kranz umgeben war. Isaak bahnte sich einen Weg durch die Leute und fand einen freien Tisch. Unmittelbar neben mir fiel mich ein ekelerregender Blutgeruch an, und ich sah, daß neben stinkenden Käfigen und einer Wolke aus Federn ein Mann systematisch Hunderten von Hühnern den Kopf abhackte. Das

Blut floß in Strömen. Neben dem Metzger stand ein hünenhafter, ganz in Schwarz gekleideter Rabbiner und betete halblaut unter fortwährenden Verbeugungen, die Tora in der Hand.

Isaak lächelte. »Sie scheinen mit der jüdischen Welt nicht sehr vertraut zu sein, junger Mann. Wissen Sie, was koscher bedeutet? Unsere gesamte Nahrung wird auf diese Weise gesegnet. Aber erzählen Sie mir lieber Ihre Geschichte.«

»Ich kann Ihnen nichts sagen«, antwortete ich. »Die Frau, die Sie gestern aufgesucht hat, ist in Gefahr. Ich bin selber in Gefahr. Die ganze Geschichte wird allen, die sich darin verwickeln lassen, äußerst gefährlich. Vertrauen Sie mir, bitte, beantworten Sie meine Fragen und halten Sie sich von allem anderen fern.«

»Lieben Sie diese junge Person?«

»Damit hätte ich nicht angefangen. Aber gut, ja, sagen wir, daß ich sie liebe. Wahnsinnig. Sagen wir, daß es um eine Liebesgeschichte geht, voller Chaos, Gefühl und Gewalt. Gefällt Ihnen das?«

Isaak lächelte wieder und bestellte für sich das Tagesgericht. Mir hingegen hatte das Hühnerblut den Appetit verschlagen, und ich begnügte mich mit Tee.

»Was kann ich für Sie tun?« fragte Isaak Knicklevitz.

»Erzählen Sie mir von dem Diamanten des Mädchens.«

»Ein wunderschöner Stein. Nicht sehr groß – bloß ein paar Karat –, aber von außergewöhnlicher Reinheit und Weiße. Wissen Sie, der Wert eines Diamanten wird immer nach vier Kriterien beurteilt, die unveränderlich sind: Gewicht, Reinheit, Farbe und Form. Der Diamant Ihrer Freundin ist vollkommen farblos und von makelloser Reinheit. Nicht einmal der winzigste Einschluß, gar nichts. Ein Wunder.«

»Wenn Sie aber glauben, daß er aus einer obskuren Quelle stammt, wieso haben Sie ihn dann gekauft?«

Isaaks Miene hellte sich auf »Weil das mein Beruf ist!« rief er. »Ich bin Diamantschleifer. Seit über vierzig Jahren schneide, spalte, poliere ich Edelsteine. Der Stein, von dem wir reden, ist eine echte Herausforderung für einen wie mich. Für die Schönheit eines Diamanten ist die Arbeit des Schleifers entscheidend. Ein falscher Schnitt, und alles ist verdorben, der Schatz nichts mehr wert. Im Gegensatz dazu kann ein gelungener Schliff den Wert eines Steins um ein Vielfaches erhöhen, ihn reicher und edler machen. Als ich diesen Diamanten gesehen habe, war mir sofort klar, daß der Himmel mir eine einmalige Gelegenheit gesandt hat, ein Meisterwerk zustande zu bringen.«

»Wieviel ist ein Stein dieser Qualität vor dem Schleifen wert?«

»Das ist keine Frage des Geldes«, antwortete Isaak pikiert.

»Antworten Sie mir bitte. Ich versteh' nichts von Diamanten und muß mir eine Vorstellung davon machen können.«

»Schwer zu sagen. Fünf- bis sechstausend amerikanische Dollar vielleicht.«

Ich dachte an Böhms Störche, die in Scharen über den Himmel zogen, beladen mit einer unendlich wertvollen Fracht. Jedes Jahr waren sie nach Europa zurückgekehrt und hatten ihre Nester auf Hausdächern in Deutschland, Belgien, der Schweiz bezogen. Millionen von Dollar in jedem Frühjahr.

»Haben Sie eine Vorstellung, woher ein Diamant wie dieser stammen könnte?«

»Das ganze Jahr über ziehen die schönsten Rohdiamanten, in kleine Papiere gefaltet, durch die Börsen. Keiner wüßte zu sagen, wo sie herkommen. Nicht einmal, ob sie aus der Erde oder aus dem Wasser stammen. Ein Diamant ist vollkommen anonym.«

»Ein Stein dieser Qualität ist aber selten. Kennt man die Minen, in denen Diamanten dieser Güte gefördert werden?«

»Ja, in der Tat. Aber es gibt viele Adern, und heutzutage wird überall abgebaut. Vorherrschend sind natürlich Südafrika und Zentralafrika. Aber auch Angola und Rußland sind derzeit recht ›fruchtbar‹.«

»Wo kann man solche Rohsteine denn verkaufen?«

»Nur an einem Ort der Welt: Antwerpen. Alles, was nicht über De Beers geht, das heißt zwanzig bis dreißig Prozent des Marktes, wird in den Diamantenbörsen von Antwerpen verkauft.«

»Haben Sie dem Mädchen dasselbe gesagt?«

»Selbstverständlich.«

Meine Alice war also unterwegs nach Antwerpen. Das Tagesgericht kam: Bohnenbratlinge mit Kichererbsenpüree und Olivenöl. Völlig gleichmütig nahm Isaak seine Pitas in Angriff.

Ich beobachtete ihn eine Weile. Er schien geneigt, mir sämtliche Erklärungen zu liefern, die ich wollte, ohne eine Gegenleistung zu verlangen. In seinem schrägen Blick las ich nichts anderes als Geduld und Wachsamkeit. Er war ein Mensch, der sich über nichts wunderte. Seine jahrzehntelange Erfahrung als Diamantschleifer war in der Tat ein Faß der Danaiden, wahrscheinlich hatte er es in seinem Leben immer wieder mit Draufgängern, Desperados und Verrückten von meiner Sorte zu tun gehabt.

»Wie spielt sich das denn ab in Antwerpen?« fragte ich.

»Na, das ist ziemlich beeindruckend. Die Diamantenbörsen sind so gut bewacht wie das Pentagon. Von allen Seiten fühlt man sich durch unsichtbare Kameras beaufsichtigt. Aber dort gibt es keinerlei politische Couleur oder Rivalitäten, die Qualität der Steine ist das einzige, was zählt.«

»Und was sind die Haupthindernisse für den Verkauf solcher Diamanten? Ist zum Beispiel auch ein illegaler Handel denkbar, eine Art Kettengeschäft mit vielen Zwischenhändlern?«

»Ein Kettengeschäft?« wiederholte Isaak mit spöttischem Lächeln. »Ja, sicher. Aber der Handel mit Rohdiamanten ist eine Welt für sich, Monsieur Antioche. Zweifellos die bestbewachte Festung auf der ganzen Welt. Angebot und Nachfrage sind strengstens reglementiert, nämlich durch De Beers. Für die meisten Diamanten der Welt sind die Voraussetzungen für Einkauf, Sortierung und Lagerung festgesetzt, genauso wie es nur ein einziges Verkaufssystem gibt. Die Aufgabe des Systems besteht darin, in regelmäßigen Abständen eine bestimmte Menge von Steinen in Umlauf zu bringen, den Diamantenhahn, wenn Sie so wollen, zu öffnen und wieder zu schließen, und zwar weltweit, um unkontrollierbare Schwankungen zu verhindern.«

»Wollen Sie damit sagen, daß ein – sagen wir: privater Handel mit Rohdiamanten unmöglich ist, daß De Beers den Umlauf sämtlicher Diamanten kontrolliert?«

»Nun, da sind immer noch die Steine, die in Antwerpen verkauft werden. Aber Ihre Idee eines Kettengeschäfts läßt mich schmunzeln. Sie denken an Hehlerei? Wissen Sie, wenn regelmäßig sehr schöne Stücke angeboten würden, wäre der Markt destabilisiert, und man würde die Quelle sofort aufspüren.«

Ich holte mein gefaltetes Papier aus der Tasche und ließ Wilms Diamanten in seine Hand gleiten.

»Stücke wie dieses zum Beispiel?«

Isaak wischte sich den Mund ab, setzte seine Brille auf und hielt sich den Stein vor sein Expertenauge. Rings um uns lärmte der Markt.

»Ja, zum Beispiel«, sagte Isaak und sah mich ungläubig an. »Eine bestimmte Menge davon könnte eine Erschütterung bewirken und die Preise ins Wanken bringen.« Wieder betrachtete er den Stein mit zweifelnder Miene. »Es ist unglaublich«, sagte er. »In meinem ganzen Leben habe ich keine fünf Steine von dieser Qualität gesehen. Und jetzt halte ich innerhalb von zwei Tagen gleich zwei davon in der Hand, als wären sie banale Glasmurmeln. Ist dieser Stein zu verkaufen?«

»Nein. Eine andere Frage: Wenn ich Sie richtig verstanden habe, dann muß ein Hehler vor allem De Beers fürchten?«

»Absolut. Aber Sie dürfen die Zollbehörden nicht unterschätzen, die über vorzügliche Spezialisten verfügen. Auf der ganzen Welt hat die Polizei ein wachsames Auge auf Diamanten, die ja sehr leicht zu verstecken sind.«

»Was ist der Vorteil bei einem Privatgeschäft mit Diamanten?«

»Derselbe wie bei jedem anderen Schmuggel: Umgehung der Steuern, der Gesetzgebung in den Förder- und den Abnehmerländern.«

Es gab also ein engmaschiges Netz aus Hindernissen, dem Max Böhm dank einem System, das niemand sich vorstellen konnte, geschickt aus dem Weg gegangen war. Ich brauchte noch zwei weitere Bestätigungen. Ich packte den Diamanten wieder ein und holte aus meiner Tasche Böhms Karteikarten – diese Karten voller merkwürdiger Zahlen, die mir immer ein Rätsel gewesen waren, deren Bedeutung ich aber jetzt allmählich zu ahnen begann.

»Könnten Sie einen Blick auf diese Zahlen werfen und mir sagen, ob sie einen Sinn für Sie haben?« fragte ich.

Wieder setzte Isaak die Brille auf und las schweigend.

»Das ist völlig klar«, sagte er schließlich. »Das sind Eigenschaften von Diamanten. Ich habe vorhin die vier Qualitätsmerkmale erwähnt: Gewicht, Farbe, Reinheit, Form. Im Englischen nennt man sie die vier C – *carat, colour, clarity, cut* ... Hier entspricht jede Zeile einem der Kriterien. Sehen Sie sich zum Beispiel diesen Absatz an. Unter dem Datum 13. 4. 87 steht VVSI, das bedeutet *very very small inclusions*. Ein außerordentlich reiner Stein also, dessen Einschlüsse nur bei zehnfacher Vergrößerung sichtbar sind. Darunter steht 10 C. Das ist das Gewicht, zehn Karat – ein Karat entspricht 0,20 Gramm. Dann der Buchstabe D, der bedeutet: ›vom ersten Wasser‹, also vollkommen wasserhell, von außergewöhnlicher Farblosigkeit. Wir haben hier die Beschreibung eines einzigartigen Steins. Und wenn ich mir die Angaben ansehe, dann kann ich Ihnen versichern, daß der Besitzer dieses Schatzes über ein unermeßliches Vermögen verfügt.«

Meine Kehle war ausgedörrt wie Wüstenerde. Dieses Vermögen, von dem Isaak sprach, war nur die ›Ausbeute‹ eines einzigen Storchs in mehrjähriger Migration. Mir wurde schwindlig, wenn ich an die anderen Karten dachte, die ich in meiner Tasche hatte. Nur ein paar von Böhms Lieferungen. Ein Storch nach dem anderen. Ein Jahr ums andere. Um der letzten Gewißheit willen stellte ich ihm noch eine Frage: »Und das, können Sie mir sagen, was das ist?« Ich reichte ihm eine Karte von Europa und Afrika, durch die sich gepunktete Pfeile zogen. Er beugte sich darüber und sagte nach ein paar Sekunden: »Das könnten die Wege der Diamanten sein, von ihrem Abbauort in Afrika zu den Hauptabnehmerländern in Europa, die sie kaufen oder schleifen. Was ist es denn?« setzte Knicklevitz in spöttischem Ton hinzu. »Die Kette Ihrer Zwischenhändler?«

»Ja, in gewisser Weise sind das meine Zwischenhändler«, antwortete ich.

Ich hatte ihm lediglich eine Karte mit der Wanderroute der Störche gezeigt – eine Fotokopie aus einem Kinderbuch, das Böhm mir geschenkt hatte. Ich stand auf. Der Geflügelhenker werkte noch immer in einem See von Blut.

Isaak erhob sich ebenfalls und kam noch einmal auf meinen Diamanten zu sprechen: »Was haben Sie denn mit Ihrem Stein vor?«

»Den kann ich Ihnen leider nicht verkaufen. Ich brauche ihn noch.«

»Schade. Aber die Steine sind ohnehin zu gefährlich.«

Ich zahlte die Rechnung und sagte: »Isaak, es gibt nur zwei Menschen, die wissen, daß der Diamant sich bei Ihnen befindet: ich und das Mädchen. Mit anderen Worten: Der Fall ist erledigt.«

»Das werden wir sehen. Auf jeden Fall verdanke ich diesen Steinen einen unverhofften jugendlichen Elan, einen kurzfristigen neuen Schwung auf meine alten Tage.«

Er winkte mir kurz mit der Hand. »Schalom, Louis«, sagte er und war bald verschwunden.

Ich stürzte mich in die Menge, irrte durch schmale Gassen entlang den Läden und Werkstätten und versuchte mich zu orientieren. Meine Gedanken rasten durcheinander, und es fiel mir schwer, mich zu konzentrieren. Außerdem beunruhigte mich jetzt ein anderes Gefühl, oder vielmehr ein Eindruck, der mich nicht losließ, seitdem ich mich in der Menschenmenge befand: das Gefühl, verfolgt zu werden.

24

Irgendwann gelangte ich wieder zur Herzl-Straße und stand bald darauf auf dem Atzma'ut Square. Bis zu meinem Wagen war es nicht mehr weit, aber ich hielt es für günstig, mich noch eine Weile unter Menschen aufzuhalten. Ich ging zum Strand hinunter und schmeckte den Wind, der in langen, salzigen Böen vom offenen Meer hereinwehte.

Ich drehte mich um und musterte die Passanten, starrte prüfend in die Gesichter, aber mir fiel nichts Verdächtiges auf. Ein paar Autos glitten durch das grelle Licht, die hohen Fassaden der Wohnhäuser blitzten hell wie Spiegel. Auf der anderen Straßenseite, direkt vor dem Meer, kauerten die Alten fröstelnd in ihren Liegestühlen. Ich starrte auf die lange Reihe gekrümmter, schwerfälliger Rücken und wunderte mich über die Absurdität ihrer Kleidung: Es herrschten gut fünfunddreißig Grad, aber sie trugen allesamt schwere, dicke Stoffe. Wollpullover, Mäntel, ein Regenmantel, Strickwesten. Ein Regenmantel! Die Gestalt, die an dem Geländer oberhalb des Strands entlangging, betrachtete ich genauer. Der Mann hatte den Kragen hochgeschlagen, und seinen Rücken zierte ein langer, dunkler Schweißfleck. Die Erkenntnis traf mich wie ein Schlag in den Magen: Ich hatte den zweiten Killer aus Sofia wiedergefunden.

Im Laufschritt überquerte ich die Straße.

Der Mann drehte sich um. Er öffnete den Mund, dann machte er auf der Stelle kehrt und flüchtete zwischen den sitzenden Greisen hindurch. Ich lief schneller, stieß in meinem Zickzackkurs mehrere Liegestühle um und hatte nach ein paar Sätzen den Mörder erreicht. Er hatte schon die Hand in der Manteltasche. Ich packte ihn am Kragen und versetzte ihm eine Gerade in den Magen. Sein Schrei blieb ihm in der Kehle stecken, und eine Uzi-Maschinenpistole fiel zu Boden. Mit dem Fuß stieß ich die Waffe weg, umklammerte seinen Hals mit beiden Händen und riß seinen Kopf nach unten. Mit voller Wucht rammte ich ihm das Knie ins Gesicht und hörte mit einem trockenen Laut das Nasenbein brechen. Hinter mir vernahm ich das Jammern und Stöhnen der aufgeschreckten Greise, die sich aus umgeworfenen Stühlen aufrappelten.

»Wer bist du?« schrie ich ihn auf englisch an und versetzte ihm mit dem Kopf einen Schlag zwischen die Augen. Der Mann fiel rücklings zu Boden, sein Schädel prallte auf den Asphalt, und aus der Nase quoll ihm das Blut. Ich packte ihn erneut. »Wer bist du, zum Teufel?« Ich war wie von Sinnen, ich hockte neben ihm und bearbeitete sein Gesicht mit den Fäusten; meine gefühllosen Finger zersplitterten ihm die Knochen und zermalmten seinen blutigen Mund. »Wer zahlt dich, Schwein?« schrie ich und hielt ihn mit der rechten Hand fest, während ich mit der Linken seine Taschen durchsuchte. Ich fand seine Brieftasche und zog zwischen anderen Papieren seinen Paß hervor: metallblau und schimmernd in der Sonne. Ich war sprachlos, als ich den eingravierten Schriftzug sah: *United Nations*. Der Mörder besaß einen Paß der Vereinten Nationen.

Es war nur eine Überraschungssekunde, aber die war zuviel.

Der Bulgare stieß mir das Knie zwischen die Beine, dann schnellte er hoch wie eine Feder, während ich mich in jähem, atemberaubendem Schmerz krümmte. Er warf mich von sich und trat mit seiner eisenbeschlagenen Stiefelspitze nach meinem Gesicht. Es gelang mir gerade noch, so weit auszuweichen, daß der Hieb nicht den Kiefer traf, aber ich spürte, wie meine Lippe aufriß und ein Blutstrahl hervorschoß. Mit der linken Hand versuchte ich, das klaffende Fleisch festzuhalten, während ich ungeschickt mit der Rechten nach meiner Pistole tastete. Aber der Killer machte sich bereits aus dem Staub.

In einer anderen Stadt hätte ich zur Flucht mehrere Minuten Zeit gehabt, in Israel blieben mir maximal ein paar Sekunden, bis die Polizei oder das Militär zur Stelle sein würden. Mit gezückter Waffe hielt ich mir die näher rückenden Alten vom Leib, dann rannte ich davon, so schnell ich konnte, schwankend und ächzend, zurück zu meinem Wagen auf dem Atzma'ut Square.

Meine Hand zitterte, als ich den Schlüssel ins Schloß steckte, und das Blut floß in Strömen. Ich hatte Tränen in den Augen, mein Schambein brannte wie Feuer. Endlich hatte ich die Tür offen und ließ mich auf den Sitz fallen. Eine Welle von Übelkeit überkam mich, und mein Kopf fühlte sich an, als sei er im Begriff, in zwei Teile zu brechen. Fahr los, dachte ich, fahr los, bevor du umkippst. Als ich den Motor anließ, ging mir Sarahs Gesicht durch den Sinn. Noch nie hatte ich so große Sehnsucht nach ihr gehabt, noch nie hatte ich mich derart allein gefühlt. Beim Anfahren rissen die Reifen Teile vom weichen Asphalt los.

Ich fuhr etwa dreißig Kilometer, blutend wie ein abgestochenes Schwein. Allmählich fing ich an, Sterne zu sehen, mein Kiefer dröhnte wie ein Amboß, und hinter den Schläfen spielten Zimbeln. Unterdessen wurden die Häuser am Straßenrand spärlicher, und die Landschaft hatte sich bald in eine Wüste verwandelt. Ich rechnete damit, jeden Moment von Polizisten oder Soldaten aufgehalten zu werden. Als ich einen hohen Felsblock erspähte, blieb ich in seinem Schatten stehen und betrachtete mein Gesicht im Rückspiegel. Die Hälfte davon war ein blutiger Brei, unter dem keine Konturen mehr zu erkennen waren, dafür hing mir ein längliches Stück Fleisch bis zum Kinn herab; das war meine Unterlippe. Ich unterdrückte einen neuerlichen Anfall von Übelkeit und kramte meine Reiseapotheke hervor, desinfizierte die Wunde, schluckte ein paar Schmerztabletten und befestigte die Lippe mit einem Heftpflaster. Dann setzte ich meine dunkle Brille auf und warf noch einmal einen Blick in den Rückspiegel: der Doppelgänger des Unsichtbaren Mannes.

Eine Zeitlang schloß ich die Augen und wartete, bis unter meiner Schädeldecke wieder Ruhe einkehrte. Also war man mir den ganzen Weg von Bulgarien her gefolgt, oder aber meine Reiseroute war so vorhersehbar, daß es ein leichtes war, mich hier in Israel aufzuspüren. Was mich freilich nicht wunderte: Schließlich brauchte man nur den Störchen zu folgen, um mich zu finden. Was mich hingegen mehr verblüffte, war der Paß der Vereinten Nationen. Ich zog ihn aus der Tasche und blätterte darin. Der Mann hieß Miklos Sikoff. Staatsangehörigkeit: bulgarisch. Alter: 38 Jahre. Beruf: Truppenbegleiter. Tatsächlich arbeitete der Killer für *Monde Unique* und überwachte Transporte zu humanitären Zwekken – Medikamente, Lebensmittel, Kleidung. Die Berufsbezeichnung hatte allerdings noch einen zweiten Sinn: Sikoff war zweifellos Böhms Mann, einer von denen, die entlang der Vogelfluglinie die Störche begleiteten, beobachteten und bewachten oder verhinderten, daß man Jagd auf sie machte, zum Beispiel in Afrika. Ich sah mir die Einreisestempel an: Bulgarien, Türkei, Israel, Ägypten, Mali, Zentralafrika, Südafrika – eine klare Bestätigung meiner Vermutung. Seit fünf Jahren folgte der UN-Agent der Flugroute der Störche, im Osten wie im Westen. Ich schob Sikoffs Paß unter den zerrissenen Einband meines Terminkalenders, dann ließ ich den Motor wieder an und fuhr los in Richtung Jerusalem.

Eine halbe Stunde durchquerte ich felsige Landschaften. Der Schmerz ließ nach, und die Kühle der Klimaanlage tat mir wohl. Ich hatte nur noch einen Wunsch: in ein Flugzeug zu steigen und so bald wie möglich diesen heißen Boden zu verlassen.

In meiner Panik hatte ich jedoch die kürzeste Strecke verpaßt und mußte jetzt einen langen Umweg durch die besetzten Gebiete fahren. So kam ich erst gegen sechzehn Uhr in die Gegend von Nablus. Die Aussicht, in meinem Zustand die

Militärsperren passieren zu müssen, war wenig verlockend. Bis Jerusalem waren es noch über hundert Kilometer. In dem Moment wurde mir bewußt, daß mir schon seit geraumer Weile ein schwarzer Wagen folgte. Ich beobachtete ihn im Rückspiegel – in der flimmernden Luft schien er zu schweben. Ich fuhr langsamer, und der Wagen kam näher. Es war ein Renault 25 mit israelischem Kennzeichen. Ich wurde noch langsamer, und ein Schock durchfuhr mich, als ich erkannte, wer am Steuer saß: Sikoff. Mit blutüberströmtem Gesicht, ein scharlachrotes Monster, das sich ans Steuer klammerte. Ich legte den dritten Gang ein und gab Gas, und binnen Sekunden war ich auf Höchstgeschwindigkeit. Der Wagen aber war mir immer noch auf den Fersen.

So fuhren wir zehn Minuten lang. Sikoff versuchte mich zu überholen, und ich rechnete jeden Moment mit einer Salve durch die Windschutzscheibe. Die Glock hatte ich auf den Beifahrersitz gelegt. Auf einmal sah ich fern am Horizont Nablus auftauchen, grau und verschwommen im harten Licht. Sehr viel näher aber befand sich ein Palästinenserlager – ein Straßenschild kündigte es an: Balatakamp. Ich dachte an meine israelischen Kennzeichen und bog von der Hauptstraße zu dem Lager ab. Unter den Reifen wirbelten Staubwolken auf, und ich beschleunigte noch mehr. Nur noch ein paar Meter bis zum Lager. Sikoff folgte mir unverdrossen. Auf einem Dach sah ich einen israelischen Wachtposten mit Fernglas. Auf anderen Terrassen gerieten arabische Frauen in Aufregung und zeigten mit dem Finger auf mich. Aus allen Richtungen rannten Horden von Kindern herbei und sammelten Steine auf. Alles verlief genau so, wie ich gehofft hatte.

Mit rasendem Tempo fuhr ich durch den Eingang zur Hölle.

Die ersten Steine trafen mich, als ich in die Hauptstraße einbog. Die Windschutzscheibe barst in tausend Splitter. Links von mir versuchte Sikoff noch immer, sich zwischen meinen Wagen und die Häuserfront zu drängen. Zum erstenmal stießen wir zusammen, und die Wagen prallten von den gegenüberliegenden Hausmauern ab. Direkt vor uns warfen die Kinder immer noch mit Steinen – ich hoffte, sie würden rechtzeitig aus dem Weg gehen, ehe einer von uns sie überfuhr. Der Renault schickte sich erneut zum Angriff, und ich sah den blutüberströmten Sikoff, der mir giftige Blicke zuwarf. Überall auf den Dächern rannten die Frauen schreiend zwischen aufgehängten Tüchern hin und her. Jetzt eilten auch die alarmierten israelischen Soldaten herbei, luden ihre Gewehre mit Tränengaspatronen und gingen am Rand der Terrassen schußbereit in Stellung.

Auf einmal öffnete sich ein kleiner Platz. Ich riß den Wagen herum, der sich um die eigene Achse drehte, die Bodenplatte schabte knirschend über die Erde, während ein Steinhagel auf die Karosserie niederprasselte und sämtliche Fensterscheiben zu Bruch gingen. Sikoff überholte mich und schnitt mir den Weg ab. Ich sah noch, wie er sein Maschinengewehr auf mich richtete, und warf mich auf den Beifahrersitz, dann hörte ich die dumpfen Einschläge der MG-Salve in der Wagentür, und im selben Moment ertönte das Pfeifen der Tränengasbomben. Ich sah auf und starrte in den Gewehrlauf des Bulgaren. Ich suchte nach der Glock, die bei dem Wendemanöver zu Boden gerutscht war – zu spät. Aber Sikoff blieb keine Zeit, um abzudrücken: Während er noch auf mich zielte, traf ihn ein Stein im Nacken. Er stieß einen Schrei aus, krümmte sich und verschwand. Unterdessen breiteten sich die Gaswolken aus, vernebelten jegliche Sicht und brannten wie Feuer in der Kehle. Ringsum tobte ein Höllenlärm.

Ich fand schließlich meine Pistole, ließ mich aus dem Wagen fallen und kroch durch den Staub. Das Gas zischte, Frauen schrien, Männer stürmten herbei. Von allen vier Ecken des Platzes warfen die Krieger der Intifada unaufhörlich mit Steinen, aber sie zielten nicht mehr auf unsere beiden Wagen, sondern nur noch auf die Soldaten, die in Massen herbeiströmten. Jeeps bremsten mit quietschenden Reifen, grüngekleidete Männer mit Gasmasken sprangen heraus. Manche Gewehre spieen das weißliche Reizgift aus, andere waren mit Kautschukprojektilen geladen, wieder andere schossen zielgenau – mit echten Kugeln auf echte Kinder. Der Platz ähnelte einem ausbrechenden Vulkan. Mir brannten die Augen und die Kehle, ich rang nach Luft, das Stampfen der Schritte und der Lärm der Geschütze ließen den Boden erbeben. Doch auf einmal stieg aus der Tiefe der Erde eine Welle empor wie ein Donnergrollen, gewaltig, schwer und großartig. Eine Flut aus menschlichen Stimmen, die aufbrandete und sich ausbreitete, und ich sah die Palästinenser aufrecht auf den Mauern stehen, Kinder und Jugendliche, und sie sangen die Hymne ihrer Revolte, die Finger gespreizt zum Siegeszeichen.

Und gleich darauf sah ich vor mir die eisenbeschlagenen Stiefel von Sikoff, der durch den dichten Rauch floh. Ich stand auf und rannte ihm nach, durch verwinkelte, enge Gassen, immer seiner Spur hinterher – das Schwein verlor Blut, das sofort im Sand versickerte. Nach ein paar Sekunden entdeckte ich ihn. Im Laufen lud ich meine Pistole durch. Wir rannten noch immer weißgekalkte Mauern entlang, beide nicht sehr schnell, denn wir hatten die Lungen voller Gas. Sikoffs Regenmantel war nur noch wenige Schritte von mir entfernt, und ich wollte ihn packen, als er sich, durch irgendeinen Reflex gewarnt, umdrehte und eine .44er Magnum auf mich richtete. Er drückte ab, das Mündungsfeuer nahm mir kurzfristig die Sicht, aber er hatte mich nicht getroffen. Ich trat mit dem Fuß in seine Richtung, Sikoff wich gegen eine Mauer zurück und zielte erneut. Ich hörte die Detonation. Dann schloß ich die Augen und feuerte alle sechzehn Kugeln des Magazins ab. Ein paar Sekunden der Ewigkeit, schwebend in der Luft. Als ich die Augen wieder öffnete, sah ich, daß Sikoffs Schädel nur noch ein klaffender Abgrund aus Blut und faseriger Masse war. Aus Fleischkratern mit geschwärzten Rändern schossen kleine scharlachrote Fontänen. In der Hausmauer, die von Gehirnspritzern und Knochensplittern übersät war, gähnte ein Loch von mindestens einem Meter Durchmesser. Mechanisch steckte ich die Waffe wieder ein. In der Ferne erklang noch immer der Gesang der palästinensischen Kinder, die den israelischen Gewehren trotzten.

25

Zwei israelische Soldaten fanden mich auf dem kleinen Platz. Aus meinem Gesicht troff das Blut, und ich war nicht mehr ganz bei Sinnen – ich hätte nicht zu sagen gewußt, wo ich mich eigentlich befand, noch was ich hier tat. Sofort nahmen mich die Sanitäter mit, während ich nur daran dachte, meine Waffe unter der Jacke fest an mich zu drükken. Ein paar Minuten später hing ich am Tropf und lag in einem überhitzten Zelt auf einem eisernen Bett.

Ärzte kamen und besahen sich mein Gesicht. Sie unterhielten sich auf französisch, was mich verblüffte, und sprachen von Klammern und Nähen und Anästhesie. Sie hielten mich offenbar für einen unbeteiligten Touristen, der einem Angriff der Intifada zum Opfer gefallen war. Allmählich begriff ich, daß ich mich in einer ambulanten Klinik von *Monde Unique* befand, fünfhundert Meter von Balatakamp entfernt. Hätten meine Lippen nicht in Fetzen gehangen, ich hätte gelächelt. Verstohlen schob ich meine Waffe unter die Matratze und schloß die Augen, und auf der Stelle umfing mich die Nacht.

Als ich wieder aufwachte, war ringsum alles still und dunkel, nicht einmal die Umrisse des Zelts vermochte ich zu erkennen. Ich war schweißüberströmt und zitterte vor Kälte; als ich die Augen wieder schloß, kehrten sofort die Alpträume zurück. Ich träumte von einem Mann mit langen, dürren Armen, der mit erbarmungsloser Kaltblütigkeit und konzentriertem Eifer einen Kinderkörper zerteilte. Von Zeit zu Zeit tauchte er seine schwarzen Lippen in die zuckenden

Eingeweide. Nie sah ich sein Gesicht, denn er stand halb verborgen zwischen einem Wald aus Gliedmaßen und Rümpfen, die an Metzgerhaken hingen und in derselben Ockerfarbe glänzten wie die lackierten Fleischstücke, die häufig in chinesischen Restaurants zu sehen sind.

Dann träumte ich von aufplatzendem Fleisch in einem Unterstand mit Wänden aus gebauschten Planen. Von Rajkos Gesicht im Todeskampf, seinem aufgeschlitzten Bauch, seinem bebenden Gedärm. Von dem zerstückelten Ido, seinen bloßgelegten Organen – ein grauenvoller Prometheus, bei lebendigem Leib von Störchen verschlungen.

Als der Tag anbrach, sah ich, daß in dem weiträumigen Zelt zahllose Betten standen, darin lagen verwundete Palästinenserkinder. Es roch nach Kampfer. In der Ferne hörte ich das Brummen der Stromgeneratoren. Während des Tages wurde mir dreimal der Verband abgenommen, und ich bekam eine Art Auberginenbrei zu essen, dazu einen Tee, der schwarz war wie Kaffee. Mein Mund fühlte sich an wie aus Beton, mein Körper war steif und zerschlagen. Ständig rechnete ich damit, daß Soldaten der UNO oder der israelischen Armee auftauchten, um mich aus meiner Dumpfheit zu reißen und zu verhaften. Aber niemand erschien, und obwohl ich die Ohren spitzte, hörte ich auch niemanden Sikoffs Tod erwähnen.

Sehr langsam kehrte ich in die Wirklichkeit meiner Umgebung zurück. Die Intifada war ein Krieg der Kinder und Jugendlichen, und ich lag in einer Kinderklinik. In den Nachbarbetten litten halbwüchsige Jungen in stolzem Schweigen, manche schwerstverwundet und dem Tod nahe. Röntgenbilder, die über ihren Betten hingen, zeigten die Katastrophen ihrer geschundenen Körper: gebrochene Gliedmaßen, durchlöchertes Fleisch, entzündete Lungen. Viele Kinder waren auch einfach nur krank – die mangelnde Hygiene in den Lagern fördert Infektionen aller Art.

Am Spätnachmittag erfolgte ein Angriff. In der Ferne war Geschützlärm zu hören, das Pfeifen der Tränengasbomben und die Schreie der Kinder, die entfesselt und rasend vor Wut durch die engen Gassen von Balatakamp rannten und Schutz suchten. Kurz darauf traf der Zug der Verwundeten ein. Verschleierte Mütter brachten unter hysterischem Wehklagen ihre Kinder, die bläulich angelaufen waren, husteten und würgten. Angeschossene Kinder in blutgetränkten Kleidern, die sich mit hohlem Blick auf den Tragbahren wanden. Schluchzende Väter, die ihre Söhne an der Hand hielten, auf ärztliche Behandlung warteten oder draußen im Staub nach Rache brüllten.

Am dritten Tag kam ein israelischer Sanitätswagen, um mich abzuholen. Man wolle mich bis zu meiner Rückführung nach Hause in einem komfortablen Zimmer in Jerusalem unterbringen, hieß es. Ich lehnte ab. Eine Stunde später erschien eine Delegation des Fremdenverkehrsamtes und bot mir bessere Kost, eine bequemere Matratze und alle Arten von Vorteilen an. Wieder lehnte ich ab. Nicht aus Solidarität mit den Arabern, sondern weil dieses Zelt meine einzig mögliche Zuflucht war – meine Glock lag, neu geladen, immer noch unter der Matratze versteckt. Daraufhin brachten mir die Israelis ein Formblatt zur Unterschrift, mit dem ich für alles, was mir im Westjordanland zugestoßen war oder vielleicht noch zustoßen würde, die Verantwortung selbst übernahm. Ich unterschrieb und bat sie, mir dafür einen neuen Leihwagen zu beschaffen.

Als sie wieder fort waren, wusch ich mich und betrachtete mein Gesicht in dem halbblinden Spiegel. Meine Haut war noch dunkler, ich selbst um einiges magerer geworden – über den Wangenknochen spannte sich die Haut wie ein Skalp.

Vorsichtig löste ich den Verband. Unmittelbar unter der Unterlippe verlief eine lange, fädengespickte Narbe, die aussah wie aus Stacheldraht und buchstäblich einen zweiten Mund bildete. Ich dachte über dieses neue Gesicht nach. Dann dachte ich, daß meine Persönlichkeit sich ständig veränderte, und empfand dabei einen obskuren, fiebrigen und selbstmörderischen Optimismus. Im nachhinein kam mir meine Abreise am 19. August wie eine innere Apokalypse vor. Binnen weniger Wochen war ich ein namenloser Reisender geworden, ohne jede Bindung, der sich schrecklichen Gefahren aussetzte, aber sicher war, durch die Wirklichkeit, die er jeden Tag entdeckte, dafür belohnt zu werden. Im übrigen hatte es Sarah ja durchaus treffend formuliert: Ich war ›niemand‹. Meine Hände ohne Fingerabdrücke waren zum Symbol dieser neuen Freiheit geworden.

An dem Abend dachte ich über *Monde Unique* nach. Meine Verdächtigungen hatten ihre Grundlage verloren. In den wenigen Tagen in ihrer Obhut war ich in der Lage gewesen, die Organisation einzuschätzen: Es gab keinerlei Spuren von Manipulationen, Zwangsoperationen oder Organhandel. Die Leute von *Monde Unique* waren aufopferungsvolle Ärzte, die ihrem Beruf mit Eifer und Engagement nachgingen. Obwohl die Organisation mir auf meinem Weg immer wieder begegnet war, obwohl Sikoff angeblich für sie gearbeitet hatte, obwohl Max Böhm ihr aus irgendeinem rätselhaften Grund sein Vermögen hinterlassen hatte, führte die Hypothese von einem Organschmuggel nirgendwohin. Trotzdem bestand eine Verbindung – dessen war ich mir ganz sicher.

26

Die Fäden zog mir am 10. September Christian Lodemberg, einer der Schweizer Ärzte von *Monde Unique,* den ich im Lager kennengelernt hatte. Sofort artikulierte ich ein paar Worte und war überrascht, als sie wider Erwarten klar und verständlich aus meinem teigigen Mund kamen. Ich hatte die Sprache wiedergefunden. Am selben Abend erklärte ich Christian, ich sei Ornithologe und auf der Suche nach Vögeln. Christian sah mich skeptisch an.

»Gibt es hier Störche?« fragte ich ihn.

»Störche?«

»Ja, die schwarzweißen Vögel mit den roten Schnäbeln und Beinen ...«

»Ach ...« Christian sah mich mit seinen hellen Augen an und suchte vermutlich einen zweiten Sinn hinter meinen Worten. »Nein, in Nablus gibt es keine Störche. Dazu mußt du nach Bet She'an im Jordantal.«

Ich erklärte ihm den offiziellen Grund meiner Reise und erzählte ihm von der Satellitenüberwachung der Störche in Europa und Afrika. »Kennst du zufällig einen Milos Sikoff?« fragte ich dann. »Das ist einer von der UNO.«

»Der Name sagt mir nichts.«

Ich reichte Christian den Paß des Killers.

»Doch, den kenn' ich«, sagte er, als er das Foto betrachtete. »Wie kommst du zu seinem Paß?«

»Was weißt du über ihn?«

»Nicht viel. Er hing manchmal eine Zeitlang hier herum. Ein zwielichtiger Typ.« Christian verstummte und sah mich an. »Er ist am selben Tag umgebracht worden, an dem du den Unfall hattest.«

Christian gab mir den metallisch schimmernden Paß zurück.

»Er hatte kein Gesicht mehr. Weggeschossen. Mit sechzehn Kugeln Kaliber fünfundvierzig, abgefeuert aus unmittelbarer Nähe. Ich hab' noch nie ein derartiges Gemetzel gesehen. Eine .45er ist hierzulande keine gebräuchliche Waffe. Tatsächlich ist die einzige .45er, die ich kenne, die Pistole, die du unter deiner Matratze versteckst.«

»Woher weißt du das?«

»Kleine private Durchsuchung.«

»Und Sikoff, wann habt ihr den gefunden?«

»Eigentlich gleichzeitig mit dir. Aber in dem Chaos hat euch keiner miteinander in Zusammenhang gebracht. Zuerst hat man an eine Abrechnung zwischen Palästinensern geglaubt. Aber dann erkannte jemand die Kleider, die Waffe, alles, und schließlich hat die Analyse der Fingerabdrücke – bei *Monde Unique* sind wir alle registriert – die Identität des Bulgaren bestätigt. Es gab eine Autopsie, und dabei wurden mehrere Projektile in der Schädeldecke gefunden. Ich habe den Bericht gelesen – ein vertrauliches Dokument ohne Namen und ohne Nummer. Mir war klar, daß da irgendwas faul war. Schon der Tod des Mannes war rätselhaft. Und dann war die Leiche dieses Bulgaren, von dem keiner genau wußte, was er eigentlich getrieben hat. Dem Schin Bet haben wir erklärt, es handle sich lediglich um einen Unfall, der Tote sei Mitarbeiter unserer Organisation gewesen und gehe die israelische Polizei nichts an. Wir stehen unter dem Schutz der Vereinten Nationen. Die Israelis halten das Maul. Keiner redet von Mord oder von einer .45er. Der Fall ist abgeschlossen.«

»Wer war dieser Sikoff?«

»Keine Ahnung. Eine Art Söldner, geschickt aus Genf mit der Aufgabe, für unseren Schutz gegen etwaige Plünderungen zu sorgen. Ein komischer Kauz war er. Letztes Jahr ist er nur ein paarmal aufgetaucht, zu bestimmten Zeiten im Jahr.«

»Wann?«

»Weiß ich nicht mehr. Im September, glaube ich, uod im Februar.«

Immer dann, wenn die Störche Israel überqueren. Eine weitere Bestätigung: Sikoff war also tatsächlich ein Wächter in Böhms Diensten gewesen.

»Was habt ihr mit der Leiche gemacht?«

Christian zuckte die Achseln. »Begraben, ganz einfach. Sikoff war nicht die Sorte Mann, auf den eine Familie Anspruch erhebt.«

»Habt ihr euch nicht gefragt, wer ihn umgelegt hat?«

»Wie gesagt, Sikoff war ein zwielichtiger Bursche. Keiner hat ihm nachgeweint. Warst du's, der ihn umgelegt hat?«

»Ja«, flüsterte ich. »Aber viel mehr kann ich dir nicht dazu sagen. Ich hab' dir von meiner Reise mit den Störchen erzählt. Ich bin überzeugt, daß Sikoff ihnen ebenfalls gefolgt ist. In Sofia haben er und ein anderer mich zu ermorden versucht und dabei mehrere Unschuldige niedergeschossen. Bei der Auseinandersetzung habe ich seinen Gehilfen umgebracht und bin geflohen. Aber Sikoff hat mich hier wieder aufgespürt. Tatsache ist, daß er mein nächstes Reiseziel kannte.«

»Woher denn?«

»Durch die Störche. Weißt du wirklich nicht, was dieser Sikoff im Lager getrieben hat?«

»Mit Medizin hatte er jedenfalls nichts zu tun. Diesmal ist er vor etwa zwei Wochen aufgetaucht und fast unmittelbar danach wieder verschwunden. Als man ihn das nächste Mal zu Gesicht bekam, war er tot.«

Sikoff hatte also in Israel auf die Störche gewartet, doch ›man‹ hatte ihn nach Bulgarien zurückbeordert – um mich umzubringen.

»Sikoff war ziemlich gut bewaffnet. Wie erklärst du dir das?«

»Die Antwort darauf hast du in der Hand.« (Ich hielt immer noch seinen Paß.) »Als Sicherheitsbeauftragter der Vereinten Nationen hatte Sikoff wahrscheinlich Zugang zu den Waffen der Blauhelme.«

»Aber warum hatte Sikoff einen Paß der UNO?«

»Na, der ist ja sehr bequem. Du brauchst praktisch keine Visa, um Grenzen zu passieren, du ersparst dir sämtliche Kontrollen. Den Agenten, die viel unterwegs sind, der Elite sozusagen, verschafft die UNO manchmal solche Erleichterungen.«

»Steht *Monde Unique* der UNO sehr nahe?«

»Ja, ziemlich. Aber wir sind trotzdem unabhängig.«

»Sagt dir der Name Max Böhm etwas?«

»Ist das ein Deutscher?«

»Ein Schweizer Ornithologe, in deiner Heimat sogar ein recht bekannter. Und der Name Ido Gabbor?«

»Nie gehört.«

Auch die Namen Milan Djuric oder Markus Lasarewitsch kannte er nicht.

Es gab noch eine Frage, die ich ihm stellen mußte: »Führen eure Teams auch größere chirurgische Eingriffe durch, zum Beispiel Organtransplantationen?«

Christian zuckte die Achseln. »Nein«, sagte er. »Die Ausrüstung, die dafür nötig wäre, haben wir nicht.«

»Nehmt ihr nicht einmal Gewebeanalysen vor, um eine eventuelle Verträglichkeit von Spenderorgan und Empfänger festzustellen?«

»Ein HLA-Gutachten, meinst du?« Ein Begriff, den ich mir notierte. »Nein, wohl nicht«, sagte Christian nach kurzem Nachdenken. »Das heißt, vielleicht. Ich weiß nicht. Sicher, wir führen ziemlich viele Analysen an unseren Patienten durch, aber wozu sollten wir Gewebeanalysen brauchen? Wir sind sowieso nicht in der Lage, Organe zu transplantieren.«

Ich stellte meine letzte Frage: »Sind dir hier, abgesehen von Sikoffs Tod, jemals irgendwelche außergewöhnlichen

Gewaltakte untergekommen, spezielle Grausamkeiten, die mit der Intifada nichts zu tun hatten?«

Christian schüttelte den Kopf »Spezialitäten dieser Sorte brauchen wir hier wahrhaftig nicht.«

Er starrte mich an, als sehe er mich zum erstenmal, und sagte mit einem nervösen Lachen: »Dein Blick kann einem richtig Angst einjagen. Offen gestanden, mir war's lieber, als du noch stumm warst!«

27

Zwei Tage später fuhr ich zurück nach Jerusalem und legte mir unterwegs einen neuen Plan zurecht. Ich war mehr denn je entschlossen, das Geheimnis der Störche zu lüften, aber ich hielt es für besser, die Richtung zu ändern: Sikoffs Anwesenheit in Israel zeigte deutlich, daß meine Feinde längst begriffen hatten, welcher Route ich folgte – der Fluglinie der Vögel. Ich beschloß also, diese simple Logik zu durchkreuzen und mich an die Störche aus dem Westen zu halten. Der Richtungswechsel brachte mir zweierlei Vorteile ein: Einerseits würde ich meine Angreifer wenigstens für eine gewisse Zeit abhängen; andererseits würden mich die Störche aus dem Westen, die inzwischen wohl schon bis Zentralafrika vorgedrungen waren, geradewegs zu den Diamantenhändlern führen.

Gegen sechzehn Uhr war ich am Flughafen Ben-Gurion, der nahezu menschenleer war. Am Abend ging eine Maschine nach Paris. Ich versorgte mich mit genügend Kleingeld und machte mich auf die Suche nach einer Telefonzelle.

Ich rief zuerst meinen Anrufbeantworter an. Dumaz hatte mehrmals telefoniert. Er war beunruhigt und sprach von seiner Absicht, eine internationale Suchmeldung aufzugeben. Er hatte freilich Grund zur Sorge: Eine Woche zuvor hatte ich ihm bereits versprochen, ihn gleich am nächsten Tag wieder anzurufen, aber mich nie mehr gemeldet. An seinen Nachrichten konnte ich den Fortgang seiner Ermittlungen ablesen: Er sprach von ›wesentlichen Entdeckungen‹, die er in Antwerpen gemacht habe. Wahrscheinlich war er in den Diamantenbörsen auf Max Böhms Fährte gestoßen.

Auch Wagner hatte mehrmals angerufen, leicht irritiert durch mein Schweigen. Er folge präzise der Route der Störche, sagte er, und habe mir per Fax eine Zusammenfassung nach Hause geschickt.

Und schließlich war noch Nelly Braeslers Stimme auf dem Band.

Ich rief Dumaz unter seiner persönlichen Durchwahl an. Nach achtmaligem Läuten meldete er sich und stieß einen Laut der Überraschung aus, als er meine Stimme vernahm.

»Louis! Wo sind Sie denn? Ich hielt Sie schon für tot.«

»Ich war auch knapp davor. Ich habe in einem Palästinenserlager Zuflucht gesucht.«

»In einem Palästinenserlager!«

»Das erzähle ich Ihnen alles später, in Paris. Ich komme heute abend nach Hause.«

»Stellen Sie die Ermittlungen ein?«

»Im Gegenteil, ich hab' vor, mich noch viel tiefer hineinzustürzen!«

»Was haben Sie herausgefunden?«

»Eine Menge.«

»Zum Beispiel?«

»Am Telefon kann ich Ihnen nichts sagen. Warten Sie meinen Anruf heute abend ab und schicken Sie mir dann gleich ein Fax. Geht das?«

»Ja, ich ...«

»Dann bis heute abend.«

Ich legte auf und rief Wagner an, der mir bestätigte, daß die Störche aus dem Osten unterwegs zum Sudan seien – die meisten hätten die Überquerung des Suezkanals schon hinter sich. Ich fragte ihn nach den Störchen aus dem Westen und behauptete, ich wolle nun auch deren Route beobachten, wobei ich irgendwelche Gründe erfand – vor allem hätte ich den Wunsch, sie in der afrikanischen Savanne zu erwischen, um dort ihr Verhalten und ihre Ernährung beobachten zu können. Ulrich rief seine Daten ab und gab mir die Informationen weiter. Die Vögel, erfuhr ich, durchquerten derzeit die Sahara. Manche seien bereits auf dem Weg nach Mali und zum Nigerdelta, andere nach Nigeria, Senegal und Zentralafrika. Ich bat Wagner, mir die Satellitenkarte und die Liste der exakten Standortbestimmungen per Fax zu schicken.

Dann war es Zeit, mein Gepäck aufzugeben – die Glock 21 hatte ich sorgfältig zerlegt und die beiden Metallteile, Lauf und Verschlußstück, in einer Art Miniatur-Werkzeugkiste verborgen, die Christian mir geschenkt hatte. Dafür hatte ich sämtliche Patronen zurücklassen müssen. Am Abfertigungsschalter erwartete mich ein Mann vom israelischen Fremdenverkehrsamt. Überaus zuvorkommend machte er mich darauf aufmerksam, daß er mir seit meinem Aufbruch aus Balatakamp gefolgt sei, und bat mich, ihn zu begleiten. Ich war höchst angenehm überrascht, als ich samt meinem Gepäck durch den Zoll und die Paßkontrolle geschleust wurde, ohne daß irgend jemand Anstalten traf, mich zu durchsuchen oder zu verhören. »Wir haben den Wunsch«, erklärte mein Begleiter, »Ihnen die üblichen Schikanen der israelischen Einwanderungsvorschriften zu ersparen.« Noch einmal versicherte er mir, wie sehr er den ›Unfall‹ in Balatakamp bedaure, und wünschte mir gute Reise. Als ich im Wartesaal saß, verwünschte ich mich innerlich, daß ich die Munition nicht mitgenommen hatte.

Um neunzehn Uhr dreißig hoben wir ab. Im Flugzeug schlug ich das Buch auf, das Christian mir mitgegeben hatte: *Wege der Hoffnung* hieß es; Pierre Doisneau erzählte darin seine Lebensgeschichte. Ein Sechshundert-Seiten-Schinken, den ich diagonal überflog. Das Buch triefte von erhabenen Gefühlen, und der Verfasser befleißigte sich ohne jeden Skrupel eines blütenreichen, poetischen Stils, der seinem Thema kaum angemessen war. So las ich Ergüsse wie diesen: ›… Bleich waren die Gesichter der Kranken, und ein sanftes, trauriges Leuchten ging von ihnen aus, ein Schimmer in der bitteren und melancholischen Farbe des Schwefels. An jenem

Morgen begriff ich, daß diese Kinder alle Blumen waren, kranke Blumen, die zu bewahren und dem Leben zurückzugeben mir oblag ...‹ Und weiter: ›Der Monsun nahte. Und mit ihm unweigerlich eine Legion giftiger Ausdünstungen und Krankheiten. Bald würde die Stadt sich mit Röte überziehen und in ihren Straßen der Tod umgehen. Dem Schnitter war es gleich, wo er zuschlug und wie. Und der Anblick menschlichen Leidens würde sich millionenfach über die aufgeweichten Bürgersteige hinziehen, bis an die fiebrigen Grenzen der Menschheit, dorthin, wo die Schwärze des Leibs einer blinden Nacht zurückgegeben wird ...‹ Und etwas später fand ich: ›... Khalils Gesicht war scharlachrot. Er hieb die Zähne in die Decke und preßte die Tränen zurück. Er weigerte sich, vor mir zu weinen. Mehr noch, vom Grund seines Stolzes herauf lächelte das Kind mich an. Aber mit einemmal begann der Junge Blut zu speien, und ich wußte, daß dies der Tau war, der mitunter der grenzenlosen Finsternis vorausgeht und den Eintritt des Menschen ins Jenseits begrüßt ...‹

Ein schrecklicher, zwiespältiger Stil. Obwohl mir diese Sprache, diese Ausdrucksweise tief zuwider waren, ging dennoch eine merkwürdige Faszination davon aus. Doisneau verwandelte das Elend von Kalkutta in Bilder von düsterer Schönheit – ein Vorgehen, das ich als unanständig empfand. Aber seinen Erfolg verdankte das Buch wohl eher dem außerordentlichen Schicksal des französischen Arztes, der – ungeachtet seines Stils – Großartiges geleistet hatte, um das endlose Unglück des indischen Volkes zu lindern. Doisneau ließ nichts aus: das Grauen der Slums, die Millionen Wesen, die wie Ratten in Schlamm und Krankheit lebten, die Entwürdigung derer, die ihr Blut oder ihre Augen verkaufen, um zu überleben ...

Wege der Hoffnung war ein manichäistisches Buch: auf der einen Seite das tägliche, unerträgliche Leiden einer riesigen Menschenmasse, auf der anderen Seite die Größe eines einzelnen Mannes, der aufsteht und ›Nein!‹ spricht und dem schmerzensreichen Volk wieder zu Stolz und Ehre verhilft.

Die Leser lieben diese Art von Geschichten über die ›Würde des Unglücks‹. Ich schlug das Buch zu. Neues hatte ich nicht daraus erfahren – nur daß *Monde Unique* und sein Begründer wahrlich ohne Fehl und Tadel waren.

Gegen Mitternacht landete die Maschine auf dem Flughafen Charles-de-Gaulle. Ich ging durch den Zoll hinaus in die helle Spätsommernacht und nahm mir ein Taxi. Ich war wieder zu Hause.

28

Es war fast ein Uhr morgens, als ich meine Wohnung betrat. Ich stolperte über einen Stapel Post hinter der Tür, hob ihn auf und sah mir jeden einzelnen Umschlag an, um sicherzugehen, daß während meiner Abwesenheit niemand hier eingedrungen war. Dann ging ich in mein Arbeitszimmer und rief Dumaz an, der mir unmittelbar darauf ein fast sechs Seiten langes Fax schickte.

Ich las es in einem Zug durch, ohne mich erst zu setzen. Zunächst schrieb Dumaz, er sei in Antwerpen auf Max Böhms Spur gestoßen. In sämtlichen Diamantenbörsen hatte er Böhms Bild hergezeigt; mehrere Personen erkannten ihn und erinnerten sich genau an seine regelmäßigen Besuche. Seit 1979 war der Schweizer Vogelkundler alljährlich immer zur selben Zeit aufgetaucht, um seine Diamanten zu verkaufen: pünktlich zwischen März und April. Manche Händler hatten schon Witze darüber gerissen und ihn gefragt, ob er womöglich einen Diamantenbaum besitze, der jedes Frühjahr Früchte trage.

Der zweite Abschnitt des Briefs war noch interessanter. Vor seiner Abreise hatte Dumaz bei der CSO, der in London ansässigen riesigen Einkaufszentrale für Rohdiamanten, die achtzig bis fünfundachtzig Prozent der weltweiten Bruttoproduktion an Diamanten kontrolliert, um ein vollständiges Verzeichnis der Geschäftsführer, Ingenieure und Geologen angesucht, die von 1969 bis heute in den afrikanischen Minen, im Osten wie im Westen, gearbeitet hatten. Bei seiner Rückkehr hatte er gründlich die lange Liste studiert und neben Max Böhm zwei weitere Namen entdeckt, die er bereits kannte.

Der erste war Otto Kiefer. Der CSO zufolge leitete ›Granatenotto‹ immer noch mehrere Diamantenminen in Zentralafrika, vor allem die Sicamine. Dumaz war sicher, daß der Tscheche eine Schlüsselrolle im Diamantenschmuggel spielte. Der zweite Name eröffnete unverhoffte neue Aussichten. Unter den im südlichen Afrika beschäftigten Personen hatte Dumaz einen Namen entdeckt, den er erst vor kurzem gehört hatte: Niels van Dötten, der von 1969 bis 1972 in Südafrika mit Max Böhm zusammengearbeitet hatte und mittlerweile in die Geschäftsleitung der Minen von Kimberley aufgestiegen war. Niels van Dötten war jener vermeintlich belgische Geologe, der im August 1977 Max Böhm bei der Exkursion in den Urwald begleitet hatte – wegen seines Namens und seines Akzents hatte Guillard, der von Dumaz befragte französische Ingenieur, van Dötten für einen Flamen gehalten, aber er irrte sich: van Dötten war weder Belgier noch Holländer, sondern weißer Südafrikaner.

Diese wichtige Entdeckung war ein Beweis dafür, daß Böhm seit den sechziger Jahren ununterbrochen mit einem Diamantenexperten in Südafrika in Verbindung gestanden hatte. Mehr noch: Aus irgendeinem mysteriösen Grund hatte van Dötten Böhm im August 1977 in der Zentralafrikanischen Republik besucht. Offensichtlich waren die beiden Männer nach Böhms ›Auferstehung‹ im Jahr 1978 wieder in Kontakt getreten. Van Dötten war derjenige, der Diamanten aus den Minen unter seiner Leitung abzweigte und damit die Störche für die Ostroute bestückte, während Kiefer für die Westroute zuständig war.

Vor dem Fax von Dumaz, schon am Nachmittag, war Wagners Sendung eingetroffen. Unter anderem schickte er eine Satellitenkarte von Europa, dem Nahen Osten und Afrika, auf der die bisher beobachtete Flugroute der Störche sowie die noch bevorstehenden Streckenabschnitte eingetragen waren. Auf dieser Karte schrieb ich über Europa, der Spitze des Netzwerks, ›Max Böhm‹, das Gehirn des Systems. Auf halbem Weg abwärts, im Herzen von Afrika, schrieb ich ›Otto Kiefer‹, und ganz unten im Südosten ›Niels van Dötten‹. Zwischen diesen Namen verliefen die Flugbahnen der Störche – gestrichelte Verbindungslinien zwischen den drei Punkten. Das System war perfekt. Unfehlbar. Ich rief Dumaz an.

»Und?« fragte er, als er meine Stimme hörte.

»Perfekt«, sagte ich. »Ihre Informationen bestätigen meine eigenen Ergebnisse.«

»Also raus damit. Was haben Sie gefunden?«

Ich faßte meine Entdeckungen zusammen: die Diamanten, der Kurierdienst in Gestalt von Störchen, Sikoff und sein Gehilfe, die geheimnisvolle Verwicklung von *Monde Unique*. Abschließend setzte ich Dumaz über meinen Entschluß in Kenntnis, nach Zentralafrika zu fliegen. Der Inspektor war sprachlos. Aber nach einer Weile fragte er: »Wo sind die Diamanten?«

»Welche?«

»Die aus dem Osten, die zusammen mit den Vögeln verschwunden sind.«

Seine Frage brachte mich in Verlegenheit – ich hatte weder Ido noch Sarah erwähnt. Natürlich interessierte sich Dumaz brennend für das verschollene Vermögen. Aber diesen Punkt wollte ich lieber für mich behalten.

»Das weiß ich nicht«, antwortete ich lakonisch.

»Der Fall nimmt eine Tragweite an, die zu groß für uns ist«, seufzte Dumaz.

»Wieso das?«

»Ich habe schon immer vermutet, daß Max Böhm afrikanische Waren geschmuggelt hat. Aber eher als Hobby, dachte ich. Ganz bestimmt nicht in dieser Größenordnung. Offen gestanden, das Ausmaß des Systems verschlägt mir den Atem.«

»Was meinen Sie damit?«

»Ich habe mit den Leuten von der CSO gesprochen. Sie

haben schon seit Jahren den Verdacht, daß da ein Diamantenschmuggel im Gang ist und Max Böhm eine zentrale Rolle dabei spielt. Es ist ihnen aber nie gelungen, ihn festzunageln und sein Netzwerk aufzudecken – den Storchenkurierdienst, wie Sie ihn nennen. Sie haben gute Arbeit geleistet, Louis. Aber wir schaffen das nicht mehr allein. Wir sollten uns mit der CSO in Verbindung setzen.«

»Ich mach' Ihnen einen Vorschlag«, sagte ich. »Geben Sie mir noch zehn Tage – bis ich wieder aus Zentralafrika zurück bin. Dann übergeben wir gemeinsam das Dossier der CSO und der Interpol. Bis dahin kein Wort.«

Dumaz zögerte, dann sagte er: »Also gut, zehn Tage. In Ordnung.«

»Hören Sie, Hervé«, fing ich noch einmal an. »Ich habe einen Auftrag für Sie. Im Zusammenhang mit dieser Angelegenheit ist eine Person verschwunden. Eine Frau. Sie heißt Sarah Gabbor. Sie ist gegen ihren Willen in die Sache hineingezogen worden und besitzt Diamanten, die sie zur Zeit in Antwerpen loszuschlagen versucht. Sie müßten sie eigentlich aufspüren können.«

»Ist das eine Komplizin von Böhm?«

»Nein. Sie versucht nur, Diamanten loszuwerden.«

»Viele?«

»Ein paar.«

Aus einem unbegründbaren Argwohn heraus hatte ich Dumaz abermals belogen.

»Wie sieht sie aus?« fragte er.

»Groß, schmal. Sie ist achtundzwanzig, sieht aber älter aus. Sie ist blond mit halblangen Haaren, braungebrannt und hat wunderschöne Augen. Ihr Gesicht ist recht kantig, ziemlich ungewöhnlich. Glauben Sie mir, Hervé: Wer sie gesehen hat, wird sich an sie erinnern.«

»Ich nehme an, es sind Rohdiamanten?«

»Ja. Sie stammen aus dem Böhmschen Netzwerk.«

»Aha«, sagte Dumaz in vielsagendem Ton. »Seit wann ist sie schon in Antwerpen?«

»Sicher schon vier oder fünf Tage. Sarah ist Israelin. Sie wird sich vorzugsweise an jüdische Händler wenden. Gehen Sie zu denen, die Sie kennengelernt haben.«

»Und wenn ich sie ausfindig mache?«

»Sprechen Sie sie ruhig an und sagen Sie ihr, daß Sie mit mir zusammenarbeiten. Erwähnen Sie nichts von den Diamanten. Machen Sie ihr nur klar, daß sie sich in Sicherheit bringen muß, bis ich wieder da bin. Okay?«

»Okay.« Dumaz schwieg ein paar Sekunden nachdenklich, dann sagte er: »Nehmen wir an, daß ich diese Sarah finde. Was könnte ich ihr sagen, um sie davon zu überzeugen, daß wir tatsächlich zusammenarbeiten?«

»Sagen Sie ihr, daß ich ihre Glock auf dem Herzen trage.«

»Ihre was?«

»Ihre Glock. G-L-O-C-K. Sie wird schon Bescheid wissen. Noch etwas«, setzte ich hinzu. »Verlassen Sie sich nicht auf ihr Aussehen. Sie ist schön und wirkt sanft, aber in Wahrheit ist sie eine gefährliche Frau. Sie ist Israelin, verstehen Sie? Eine ausgebildete Kämpferin und Expertin für Handfeuerwaffen. Also seien Sie auf der Hut.«

»Ich verstehe«, antwortete Dumaz in gleichmütigem Ton. »Ist das alles?«

»Ich hatte Sie um Informationen über *Monde Unique* gebeten, in Ihrem Fax steht aber nichts davon.«

»Weil ich auf erheblichen Widerstand gestoßen bin.«

»Das heißt?«

»*Monde Unique* hat mir zwar eine Karte zukommen lassen, in der alle Zentren auf der ganzen Welt eingetragen sind, weigert sich aber, mir die Mitglieder des Clubs der 1001 zu nennen.«

»Können Sie nicht als Polizist ...«

»Ich habe keinerlei offiziellen Auftrag. Außerdem ist *Monde Unique* in der Schweiz eine heilige Kuh. Es käme nicht sehr gut an, wenn ein kleiner Bulle anfängt herumzustänkern wegen einer Sache, die im Grunde auf gar nichts beruht. Offen gestanden, ich bin nicht wichtig genug.«

Dumaz ging mir auf die Nerven. Ich fand, er hatte seine gesamte Effizienz eingebüßt.

»Können Sie mir wenigstens diese Karte zuschicken?«

»Sicher, gleich nach unserem Gespräch.«

»Hervé, ich fliege so bald wie möglich nach Afrika, morgen oder übermorgen. Ich werde mich nicht bei Ihnen melden, das ist zu kompliziert. In etwa zehn Tagen bin ich wieder da und bringe hoffentlich die letzten Puzzlesteine mit, die uns noch fehlen.«

Ich verabschiedete mich und legte auf. Ein paar Sekunden später schaltete sich das Faxgerät ein und spuckte eine Weltkarte mit sämtlichen Monde-Unique-Zentren aus: Derzeit gab es ungefähr sechzig Lager weltweit, davon fast ein Drittel permanente Einrichtungen. Die übrigen waren ambulante Stützpunkte, die je nach Bedarf in Notstandsgebiete verlegt wurden. Feste Zentren befanden sich in Asien, Afrika, Südamerika und Osteuropa. Ambulante Kliniken waren gehäuft in Kriegsgebieten festzustellen, außerdem in Ländern, in denen Hunger und Elend herrschten; so zählte ich mehr als zwanzig Lager allein am Horn von Afrika und weitere zwanzig verteilt auf Bangladesh, Afghanistan, Brasilien und Peru. In dieser geographischen Verteilung erkannte ich zwei Linien, deren Verlauf mir eindeutig erschien: eine ›Ostroute‹ durch die Balkanländer, die Türkei, Israel und den Sudan nach Südafrika, und eine sehr viel kürzere ›Westroute‹, die im Süden von Marokko begann (mit der *Frente Polisario*) und sich dann zwischen Mali, Niger, Nigeria und Zentralafrika aufspaltete. Ich legte diese Karte neben die von Wagner und sah, daß die Lager der Route der Störche folgten. Sie konnten durchaus als Stützpunkte für Wachposten wie Miklos Sikoff dienen.

In dieser Nacht brachte ich kaum ein Auge zu. Ich erkundigte mich nach Flügen in Richtung Bangui und erfuhr, daß am folgenden Abend um 23 Uhr 30 eine Maschine der Air Afrique ging. Ich reservierte einen Flug erster Klasse – immer noch auf Kosten von Max Böhm.

Der Schraubstock meines Schicksals wurde abermals um eine Umdrehung enger. Wieder war ich allein. Unterwegs zum lodernden Kern des Geheimnisses – und der glühenden Asche meiner eigenen Vergangenheit.

4. TEIL

Urwald

29

Am Abend des 13. September, als sich im Flughafen Charles-de-Gaulle unter dem Schild *Air Afrique* die Glastüren öffneten, wurde mir klar, daß ich den schwarzen Kontinent bereits betreten hatte. Hochgewachsene Frauen schritten stolz in grellbunten Umhängen einher, tiefernste schwarze Herren in zu engen Diplomatenanzügen bewachten ihre Pappkoffer, turbanbekrönte Hünen im hellen Burnus, den Holzstab in der Hand, warteten geduldig unter den Abfluganzeigen. Viele Flüge nach Afrika gehen nachts – und an diesem Abend standen endlose Schlangen vor den Schaltern.

Ich gab mein Gepäck auf und fuhr mit der Rolltreppe hinauf in die Wartehalle. Während des Tages hatte ich meine Ausrüstung vervollständigt. Ich hatte mir einen kleinen wasserdichten Rucksack zugelegt, einen Umhang aus Wachstuch, denn in der Zentralafrikanischen Republik erwartete mich die Regenzeit, einen dünnen Baumwollschlafsack, Wanderschuhe aus einem synthetischen Material, das sehr rasch trocknete, sowie ein imposantes Sägemesser. Für den Fall eines unvorhergesehenen Feldlagers hatte ich mir ferner ein leichtes Zelt für ein bis zwei Personen beschafft und meine Reiseapotheke mit Insektenschutzmitteln und Medikamenten gegen Sumpffieber und Durchfall aufgefüllt ... Dann war mir eingefallen, daß ein Notproviant überlebenswichtig sein könnte, und hatte Mandelriegel, Getreideflocken und ein paar Dosen mit Fertiggerichten eingepackt, die mich vor Affenbraten oder Antilopen am Spieß bewahren sollten ... Und schließlich hatte ich ein Diktiergerät und etliche Kassetten mit je zwei Stunden Spieldauer mitgenommen, um die Ergebnisse eventueller Interviews festhalten zu können.

Gegen dreiundzwanzig Uhr gingen wir an Bord. Die Maschine war halb leer und die erste Klasse mit ausschließlich männlichen Passagieren besetzt. Ich stellte fest, daß ich der einzige Weiße war: Zentralafrika war offensichtlich kein Reiseland. Unter lebhaften Diskussionen in einer unbekannten Sprache voller gutturaler Silben und hoher Falsettlaute nahmen die Schwarzen ihre Plätze ein. Ich vermutete, daß sie sich auf Sango unterhielten, der Nationalsprache in Zentralafrika. Manchmal sprachen sie auch französisch, ein rauhes, unebenes Französisch mit hart und ausgiebig gerolltem r. Ich war sofort begeistert von dieser unerwarteten Artikulation: Zum erstenmal hörte ich eine Sprache, die durch Klänge und Klangfarben genausoviel ausdrückte wie durch die Bedeutung ihrer Wörter.

Um Mitternacht hob die DC 10 ab. Meine Sitznachbarn öffneten ihre Diplomatenkoffer und holten Gin- und Whiskyflaschen hervor. Sie boten mir ein Glas an, aber ich lehnte dankend ab. Die Nacht draußen verbreitete ein strahlendes Leuchten – wir waren wie von einem sonderbaren Lichtschimmer umgeben. Ich starrte aus dem Fenster und ließ mich durch die Reden der Umsitzenden sanft in den Schlaf wiegen.

Um zwei Uhr morgens landeten wir zu einem Zwischenhalt in N'Djamena im Tschad. Durch das Fenster konnte ich nur ein kaum beleuchtetes Gebäude unbestimmter Größe am Ende der Landebahn erkennen. Durch die offene Tür strömte die Hitze ins Flugzeug, scharf und gierig, wie ausgehungert. Draußen schwebten weißliche Gestalten durch die Dunkelheit, und mit einemmal war wieder alles finster. Wir hoben ab. N'Djamena war so flüchtig gewesen wie ein Traum.

Um fünf Uhr wachte ich jäh auf. Über den Wolken schien das Tageslicht, eine graue, flimmernde Helligkeit, mit einer metallischen Lasur überzogen, die glänzte wie Quecksilber.

In einem Winkel von achtzig Grad stürzte die Maschine sich mitten durch die Wolken, und wir durchquerten Schichten von Schwarz, Blau und Grau, die uns fast völlig in Finsternis tauchten.

Und auf einmal erschien Afrika.

Endlos erstreckte sich der Wald vor unseren Augen, ein smaragdgrüner Ozean, eine weite, wogende Fläche, einförmig zuerst, dann immer detaillierter, je näher wir kamen. Nach und nach tauchten helle Flecken und Schattierungen im dunklen Grün auf, ich erkannte stachlig gesträubte Mähnen, schäumende Kämme, brodelnde Kronen. Die Flüsse waren gelb, die Erde blutrot, und die Baumwipfel ragten zitternd wie Speerspitzen in die morgendliche Kühle. Alles war lebendig, leuchtend, scharf. Manchmal unterbrachen ruhigere, gelassenere Töne die jubelnde Fülle, Gestade der Erholung, die etwas von der Trägheit eines Seerosenteichs oder der Beschaulichkeit einer Weidefläche hatten. Dann erschienen Hütten, winzig klein, mitten im Dschungel. Ich stellte mir die Menschen vor, die dort unten lebten und in diese üppige Welt gehörten. Ich stellte mir das Leben in einer solchen Umgebung vor, die metallischen Morgen, wenn die Schreie und Pfiffe der Waldtiere in den Ohren klingen, die Erde unter den Füßen einsinkt und der Abdruck langsam wieder zerfällt. Während des ganzen Landemanövers verharrte ich starr vor Staunen.

Ich weiß nicht, wo genau der Wendekreis des Krebses verläuft, aber als ich ausstieg, wußte ich, daß ich ihn überschritten hatte und jetzt dem Äquator nahe war. Die Luft war ein Feuersturm und der Himmel von einer gleichförmigen, unendlich klaren Helligkeit, durch die Regengüsse am frühen Morgen reingewaschen für den Tag. Und eine Explosion betäubender Düfte brach über mich herein, manche träge und schwer, andere scharf und zäh – sie strömten von überallher und vereinigten sich zu einer seltsamen Mischung, einem Überschwang aus Leben und Tod, Blüte und Fäulnis.

Die Ankunftshalle war nichts als ein roher Betonblock

ohne jede Dekoration. Und in der Mitte standen zwei kleine hölzerne Tische, hinter denen bewaffnete Soldaten thronten und Pässe und Impfzeugnisse prüften. Danach kam der Zoll: ein langes Rollband, zur Zeit außer Betrieb, auf dem jeder seine Koffer öffnen mußte (meine Glock war noch immer, in Einzelteile zerlegt, auf meine beiden Taschen verteilt). Der Soldat zeichnete ein Kreuz mit feuchter Kreide auf mein Gepäck und ließ mich passieren. Dann stand ich draußen, inmitten einer Horde kreischender Familien, die ihre Geschwister oder Vettern empfingen. Die Feuchtigkeit nahm noch mehr zu, und ich hatte das Gefühl, in einen endlosen Schwamm einzudringen.

»Wohin willst du, Chef?«

Ein großer Schwarzer mit hartem Grinsen trat mir in den Weg. Er bot mir seine Dienste an. Ohne nachzudenken, vielleicht aus Provokation, sagte ich: »Sicamine. Bring mich zum selben Hotel wie immer.« Der Name der Mine – von mir nur ein Bluff – wirkte wie ein Sesam-öffne-dich. Der Mann pfiff auf zwei Fingern und rief eine Meute kleiner Jungen herbei, die sich um mein Gepäck rissen. Immerfort wiederholte er: »Sicamine, Sicamine«, um ihnen Beine zu machen. Eine Minute später saß ich in einem staubigen gelben Taxi, das über die Schlaglöcher holperte, und war unterwegs nach Bangui.

Bangui hatte nichts von einer Stadt. Es war ein langes Dorf, zusammengewürfelt aus allem möglichen Plunder. Die Häuser bestanden aus Stroh und Lehm mit Dächern aus Wellblech, die Straße aus gestampfter Erde; über diese scharlachfarbene Piste zog ein Strom von Menschen, und unter dem schmierigen Himmel fiel mir die Dualität der afrikanischen Farben auf. Schwarz und Rot. Fleisch und Erde. Der morgendliche Regen hatte den Boden getränkt, und die Fahrbahn war übersät von glitzernden Pfützen. Die Männer trugen Polohemden und Sandalen, durchaus elegant; mit ihrem lässigen Gang schritten sie tapfer der aufkommenden Hitze entgegen. Aber es waren vor allem Frauen unterwegs. Lange, emporgereckte Blumenstengel in stolzer Haltung, verehrungswürdig schön, trugen sie ihre Bündel auf dem Kopf wie Blüten ihre Blätter, den Hals in anmutigem Schwung geneigt. Ihre Gesichter strahlten Sanftheit und Entschlossenheit aus, und ihre langen, nackten Füße, oben dunkel, die Sohlen hell, waren von betörender Sinnlichkeit. Diese schmalen, feinen und ungezähmten Gestalten unter einem apokalyptischen Himmel waren der schönste Anblick, den ich je betrachtet hatte.

»Sicamine, da steckt viel Geld drin!« scherzte mein Führer, der vorn neben dem Fahrer saß, und rieb Daumen und Zeigefinger aneinander. Ich lächelte und nickte. Unterdessen waren wir vor einem Hotel der Novotel-Kette angelangt, einem grau verputzten Gebäude mit Holzbalkonen unter gewaltigen Bäumen. Ich gab dem jungen Schwarzen seinen Lohn in französischen Francs und betrat das Hotel, nahm mir ein Zimmer, das ich für eine Nacht im voraus bezahlte, und wechselte fünftausend französische Francs in CFA-Francs – genug, um meine Expedition in den Wald zu organisieren. Man führte mich zu meinem Zimmer. Es lag im Erdgeschoß und ging auf einen großen Innenhof hinaus, in dem zwischen exotischen Pflanzen ein Schwimmbecken lag. Ich zuckte die Achseln – in der Regenzeit war mir dieses viereckige türkisfarbene Becken nicht viel wert.

Mein Zimmer war angenehm: geräumig und hell. Die Ausstattung war nichts Besonderes, man hätte sie überall auf der Welt antreffen können, aber die Farben der Möbel und Dekorationen – braun, ocker, weiß – schienen mir aus irgendeinem Grund typisch für Afrika. Die Klimaanlage summte, ich nahm eine Dusche und zog mich um und war bereit, meine Nachforschungen in Angriff zu nehmen. In einer Lade des Schreibtischs fand ich ein Telefonbuch der Zentralafrikanischen Republik – ein Heft mit kaum mehr als dreißig Seiten. Ich rief im Verwaltungssitz der Sicamine an.

Ich sprach mit einem gewissen Jean-Claude Bonafé. Geschäftsführender Direktor. Ich erklärte ihm, ich sei Journalist und bereitete eine Reportage über die Pygmäen vor, und mir sei aufgefallen, daß manche der Minen sich auf dem Territorium der Aka-Pygmäen befänden. Ob er mir helfen könne, dorthin zu gelangen? In Afrika ist die Solidarität unter Weißen ein Wert, auf den man sich verlassen kann, und so bot Bonafé mir sofort an, mir einen Wagen zur Verfügung zu stellen, der mich bis zum Waldrand bringen werde, sowie einen ihm bekannten Führer. Aber er warnte mich auch: ich dürfe auf keinen Fall die Anlagen der Sicamine betreten. Der Generaldirektor Otto Kiefer habe sich vor Ort angesiedelt und sei ›ein unbequemer Mann‹ ... In vertraulichem Ton fügte er hinzu: »Übrigens, wenn Kiefer erfährt, daß ich Ihnen geholfen habe, kriege ich verdammt viel Ärger ...«

Bonafé forderte mich auf, im Lauf des Vormittags in seinem Büro vorbeizukommen, um alle Einzelheiten zu klären. Ich dankte ihm und legte auf. Dann führte ich weitere Telefongespräche innerhalb der französischen Gemeinde. Es war Samstag, aber offenbar arbeitete hier jedermann an diesem Tag. Ich sprach mit Minendirektoren, mit Sägewerksleitern, mit Leuten von der französischen Botschaft. Diese entwurzelten, zermürbten, von den Tropen ausgebrannten Franzosen schienen froh, mit mir zu sprechen, und gaben bereitwillig Auskunft. Durch zielgerichtete Fragen konnte ich mir eine präzise Vorstellung von der Situation und ein vollständiges Bild von Otto Kiefer machen.

Der Tscheche leitete vier Minen, verstreut im äußersten Süden von Zentralafrika, dort, wo der tropische Regenwald beginnt, der endlose äquatoriale Dschungel, der sich bis in den Kongo, nach Zaire und Gabun erstreckt. Kiefer arbeitete jetzt für den Staat. Wie mir alle versicherten, seien die Diamantenadern leider versiegt, und Zentralafrika fördere kaum noch Diamanten von großem Wert zutage, dennoch werde weiter geschürft – der Form halber. Ich persönlich hatte freilich eine andere Erklärung für das Ausbleiben wertvoller Steine.

Hinsichtlich der Grausamkeit und Gewalttätigkeit Kiefers waren sich alle meine Gesprächspartner ausnahmslos einig.

Er sei jetzt alt, um die Sechzig, aber gefährlicher denn je. Er habe sich mitten im Urwald niedergelassen, um seine Leute besser überwachen zu können – offensichtlich verdächtigte niemand Kiefer als Kopf eines großangelegten Diamantenschmuggels. In Wahrheit hielt er sich nur deshalb in der Finsternis des Dschungels auf, um bei seinen Machenschaften ungestört zu sein, die Rohdiamanten abzuzweigen und auf der Storchenroute seinem Kumpan Böhm zukommen zu lassen.

Ich beschloß, Kiefer im tiefsten Wald zu überraschen, ihn je nach den Umständen zu stellen oder zu verfolgen, bis er sich auf die Suche nach den Störchen machte. Zwar war Böhm tot, aber ich war sicher, daß der Tscheche das Kuriersystem nicht aufgeben würde. Die Störche waren noch nicht in Zentralafrika angelangt. Ich hatte also etwa acht Tage Zeit, um Kiefer in den Minen zu erwischen. Es war elf Uhr. Ich zog meine Weste an und machte mich auf den Weg zu Bonafé.

30

Der Verwaltungssitz der Sicamine befand sich im Süden der Stadt, und die Taxifahrt dorthin – über rötliche Straßen im Schatten riesenhafter Bäume – dauerte etwa fünfzehn Minuten. In Bangui konnte man mitten auf der Straße die Überreste eines echten Urwalds finden, durchzogen von breiten, blutroten Fahrrinnen, oder die Ruinen von Gebäuden, die von der Vegetation überwuchert und verschlungen wurden, wie von einer Herde Elefanten niedergetrampelt.

Die Büroräume waren in einer Art hölzerner Ranch untergebracht; davor parkten etliche Geländewagen, vollgespritzt mit Laterit, der afrikanischen Erde. Ich meldete mich im Empfangsbüro an. Eine dicke Frau entschloß sich, mich über einen offenen Gang aus unebenen, roh behauenen Bohlen zum Direktor zu begleiten. Hüftschwingend ging sie mir voraus.

Jean-Claude Bonafé war ein kleiner, feister Weißer gut über Fünfzig. Er trug ein himmelblaues Hemd und eine helle Leinenhose. Auf den ersten Blick unterschied ihn nichts von einem beliebigen französischen Unternehmenschef. Nichts – bis auf ein irrsinniges Funkeln in seinem Blick. Der Mann schien von innen heraus verwüstet, ausgezehrt von einem Sturm verrückter Gelächter und qualvoller Vorstellungen. Seine Augen glitzerten wie Glas, und seine Zähne, lang und abgeschrägt, ruhten in fortwährendem Grinsen auf der Unterlippe. Aber er gab sich nicht geschlagen, noch hatten die Tropen ihn nicht besiegt, und er kämpfte gegen die hier herrschende Regellosigkeit und Zersetzung mit Details an, mit kleinen kostbaren Noten der Zivilisation und mit Pariser Parfüm.

»Ich bin wirklich entzückt, Sie kennenzulernen«, bestürmte er mich. »Ich habe mich bereits eingehend mit Ihrem Projekt befaßt und einen vertrauenswürdigen Führer aufgetan, den Vetter eines meiner Angestellten, der aus Lobaye stammt.«

Er nahm hinter seinem Schreibtisch Platz, einem gewaltigen Block aus rohem Holz, auf dem vereinzelte afrikanische Statuen aufragten, und wies mit sorgfältig manikürter Hand auf eine Landkarte von Zentralafrika, die hinter ihm an der Wand hing.

»Tatsächlich«, begann er, »ist der Süden der bekannteste Teil der Zentralafrikanischen Republik. Weil hier die Hauptstadt liegt. Weil hier der tropische Regenwald beginnt, die Quelle sämtlicher Reichtümer. Und auch das Territorium der M'Baka, der wahren Herren von Zentralafrika – Bokassa gehörte zu diesem Stamm. Die Gegend, für die Sie sich interessieren, liegt noch tiefer, in der äußersten Südspitze jenseits von M'Baiki.« Bonafé zeigte auf eine riesige grüne Fläche ohne eine Spur von Straßen, Pisten oder Dörfern. Nichts, nur Grün. Wald ohne Ende.

»Hier«, fuhr er fort, »befindet sich unsere Mine. Genau oberhalb des Kongo. Im Territorium der Aka-Pygmäen. Die ›großen Schwarzen‹ gehen nie dorthin. Sie sterben vor Angst.«

Auf einmal sah ich ein klares Bild vor mir: Kiefer, der Herr der Finsternis, war dort unten besser geschützt als durch eine ganze Armee. Die Bäume, die Tiere, die Legenden waren seine Wächter. Ich zog meine Weste aus, denn in dem Raum herrschte eine brutale Hitze, die Klimaanlage funktionierte nicht. Ich sah, daß auch Bonafés Hemd dunkle Schweißflecken hatte.

»Ich hingegen bin ganz verrückt nach den Pygmäen«, fuhr er fort, zunehmend exaltiert. »Sie sind ein ganz außergewöhnliches Volk, voller Lebenslust und Geheimnissen. Aber der Wald ist noch außergewöhnlicher.«

In seinen Augen stand Entzücken, und vor Seligkeit öffneten sich seine flaschenscherbenähnlichen Zähne. »Wissen Sie denn, wie diese Welt funktioniert, Monsieur Antioche? Der Regenwald schöpft sein Leben aus dem Licht. Einem Licht, das äußerst spärlich durch das Blätterdach hereintropft.« Mit seinen Wurstfingern bildete Bonafé ein Dach, dann senkte er die Stimme, als vertraute er mir ein Geheimnis an: »Aber es braucht nur ein Baum umzustürzen, und zack! – fällt durch das Loch die Sonne herein. Die Pflanzen fangen die Strahlen auf und wachsen wie rasend, so daß sie die Lükke sofort wieder auffüllen! Es ist phantastisch! Und der umgestürzte Baum auf dem Boden düngt die Erde und bildet die Nahrung für eine neue Generation! Und immer so weiter! Der Regenwald ist phänomenal, Monsieur Antioche! Eine Welt, die vor Leben wimmelt und alles verschlingt! Ein Universum für sich, mit eigenen Rhythmen, eigenen Regeln und eigenen Bewohnern! Wissen Sie, daß dort Tausende von Spezies leben, Tausende verschiedener Arten von Pflanzen und Tieren, mit und ohne Wirbel?«

Ich sah ihn an, sein groteskes wächsernes, feucht schimmerndes Gesicht zwischen herabhängenden Schultern, seine Exaltiertheit, und dachte, daß er vergeblich kämpfte: Die Apathie der Tropen zwang ihn dennoch in die Knie und ließ ihn dahinschmelzen.

»Ist der Wald ... gefährlich?« fragte ich.

Bonafé stieß ein kurzes Lachen aus. »Du lieber Himmel ... ja«, antwortete er. »Es ist ziemlich gefährlich dort. Vor allem die Insekten. Die meisten sind mit Krankheitskeimen infiziert. Bestimmte Mücken übertragen Sumpffieberarten, die es nirgendwo sonst auf der Welt gibt und die gegen Chinin äußerst resistent sind, oder das Tropenfieber, das einem sämtliche Knochen aufweicht. Es gibt Sandmücken, deren Stiche riesige, juckende Geschwüre verursachen, die Ameisen, die alles vernichten, was auf ihrem Weg liegt, die Fadenwürmer, die einem ihre Larven in den Adern absetzen, bis sie völlig verstopft sind. Und tausend andere Scheußlichkeiten – zähe Viecher wie zum Beispiel die Sandflöhe, die einem die Zehennägel auffressen, oder die blutsaugenden Vampirfliegen. Oder diese sehr speziellen Würmer, die im menschlichen Fleisch wachsen. Ich hatte mehrere davon im Kopf. Ich hörte, wie sie unter meiner Kopfhaut gruben und schabten, wie sie sich vorwärts arbeiteten, mitten durch mein Hirn! Es ist auch nichts Außergewöhnliches, wenn Sie bei einem Menschen, mit dem Sie sich unterhalten, auf einmal mit bloßem Auge diese Würmer unter seinen Lidern entdecken.« Bonafé lachte. Er schien erstaunt aber seine eigenen Ausführungen. »Es stimmt schon, der Wald ist ziemlich gefährlich. Aber das sind alles nur Unfälle, Ausnahmen. Machen Sie sich keine Sorgen. Der Busch ist wunderbar, Monsieur Antioche. Wunderbar ...«

Bonafé hob den Telefonhörer ab und redete eine Weile auf Sango. Dann fragte er mich: »Wann wollen Sie aufbrechen?«

»Sobald wie möglich.«

»Haben Sie Ihre Genehmigung dabei?«

»Was für eine Genehmigung?«

Seine Augen wurden groß und rund. Dann brach er in neuerliches Gelächter aus und wiederholte hysterisch, in die Hände klatschend: »Welche Genehmigung?« Sein Gesicht glänzte vor Schweiß. Er zog ein seidenes Taschentuch hervor und lachte in kleinen Schluchzern vor sich hin. Dann erklärte er: »Ohne Genehmigung des Ministeriums werden Sie sich hier nicht von der Stelle rühren, das sage ich Ihnen. Das winzigste Dorf, der abgelegenste Urwaldpfad werden von Polizeiposten kontrolliert. Was wollen Sie! Wir sind in Afrika, und wir haben immer noch eine Militärregierung. Außerdem kam es vor kurzem zu Unruhen, zu Streiks. Sie müssen beim Ministerium für Information und Kommunikation eine Genehmigung einholen.«

»Wie lang wird das dauern?«

»Mindestens drei Tage, fürchte ich. Zumal Sie Ihren Antrag nicht vor Montag stellen können. Ich kann mich allerdings beim Minister für Sie verwenden. Er ist ein Mulatte, ein Freund.« Bonafé sagte dies, als stünden die beiden Begriffe in kausalem Zusammenhang. »Wir werden versuchen, die Prozedur zu beschleunigen. Aber ich brauche zwei Paßfotos von Ihnen sowie Ihren Paß.«

Widerwillig gab ich ihm, was er verlangte; glücklicherweise hatte ich zwei Fotos, ursprünglich vorgesehen für ein Visum für den Sudan, das ich jetzt nicht mehr brauchte.

»Sobald Sie das Papier haben ...«

Es klopfte an der Tür. Ein massiger Schwarzer trat ein, mit rundem Gesicht, platter Nase und hervortretenden Kugelaugen. Seine Haut wirkte wie Leder. Er war um die Dreißig und trug einen Burnus, in dem Blau vorherrschte.

»Gabriel«, sagte Bonafé, »das ist Louis Antioche, ein Journalist aus Frankreich. Er möchte in den Busch gehen, um eine Reportage über die Pygmäen zu machen. Ich denke, du kannst ihm dabei helfen.«

Gabriel sah mich starr an, während Bonafé sich wieder an mich wandte: »Gabriel stammt aus Lobaye. Seine ganze Familie lebt am Rand des Waldes.«

Der Neger musterte mich unentwegt aus seinen hervorquellenden Augen, ein leises Lächeln in den Mundwinkeln. Bonafé fuhr fort: »Gabriel wird Ihre Papiere zum Ministerium bringen; dort arbeitet einer seiner Vettern. Sobald Sie Ihre Genehmigung haben, stelle ich Ihnen einen Geländewagen zur Verfügung.«

»Das ist sehr freundlich, vielen Dank.«

»Danken Sie mir nicht. Der Wagen wird Ihnen nicht viel helfen. Dreißig Kilometer hinter M'Baiki fängt der Dschungel an. Da gibt es keine Piste mehr.«

»Und was ist dann?«

»Sie müssen zu Fuß weiter bis zu unserem Betrieb. Rechnen Sie mit etwa vier Tagen Marsch.«

»Sie haben keine Straßen angelegt?«

»Straßen!« lachte Bonafé glucksend und wiederholte, an

den Schwarzen gewandt: »Straßen, Gabriel! Mein Herr, Sie sind ein Komiker«, sagte er zu mir. »Sie haben keine Ahnung, worauf Sie sich einlassen. Die Vegetation im Regenwald braucht bloß ein paar Wochen, um selbst die breiteste Piste zu überwuchern. Wir haben's schon lang aufgegeben, in dieses Chaos aus Lianen Pfade schlagen zu wollen. Im übrigen sind Diamanten, falls Sie das nicht wissen sollten, eine ziemlich leichte Fracht. Man braucht weder Lastwagen noch sonst eine Spezialausrüstung. Wir besitzen zwar einen Helikopter, der regelmäßig zwischen Bangui und den Minen hin- und herpendelt. Aber den können wir natürlich nicht eigens für Sie bereitstellen.«

Ein schiefes Lächeln stahl sich auf seine Lippen wie ein Aal, der ins trübe Wasser gleitet.

»Außerdem brauchen Sie nicht mehr mit uns zu rechnen, wenn Sie erst einmal im Wald sind. In den Minen wird hart gearbeitet. Und Clément, der Werkmeister, ist leicht senil. Und was Kiefer angeht, so habe ich Sie gewarnt: Kommen Sie bloß nicht in seine Nähe. Also machen Sie einen Bogen um unseren Betrieb und gehen statt dessen zur Mission.«

»Zur Mission?«

»Ein Stück weiter im Wald hat eine elsässische Nonne eine Missionsstation eingerichtet, eine Klinik mit Schule. Sie behandelt kranke Pygmäen und unterrichtet die Kinder.«

»Lebt sie allein dort?«

»Ja. Einmal im Monat kommt sie nach Bangui, um die Verproviantierung zu überwachen – ihr erlauben wir, unseren Helikopter zu benutzen. Dann verschwindet sie wieder samt ihren Trägern für einen Monat. Wenn Sie Ruhe suchen, sind Sie dort bestens beraten. Einen abgeschiedeneren Ort gibt es nicht. Schwester Pascale wird ihnen die interessantesten Aka-Lager zeigen. Sagt Ihnen das zu?«

Undurchdringlicher Urwald, eine Nonne, die von den Pygmäen beschützt wird, und im Herzen der Finsternis Kiefer: Der Irrsinn Afrikas griff allmählich auch auf mich über.

»Ja, vielen Dank. Eine letzte Bitte hätte ich noch.«

»Ich höre.«

»Könnten Sie mir .45er Munition für eine Automatikpistole besorgen?«

Mein Gesprächspartner warf mir von unten einen schrägen Blick zu, wie um meine wahren Absichten zu ergründen. Dann sah er Gabriel an und sagte: »Überhaupt kein Problem.«

Mit beiden Handflächen schlug er auf den Tisch und wandte sich an den Schwarzen. »Gabriel«, sagte er, »hast du alles verstanden? Du wirst Herrn Antioche bis zum Waldrand bringen. Dann bittest du deinen Vetter, ihn bis zur Mission zu begleiten.«

Gabriel nickte; die ganze Zeit über hatte er mich nicht aus den Augen gelassen. Bonafé sprach mit ihm wie ein Lehrer zu seinem Schüler, aber Gabriel machte das nichts aus, er schien in der Lage zu sein, uns im Handumdrehen übers Ohr zu hauen. Ohne jede Mühe, mit einem geistigen Nasenstüber sozusagen: Während wir wie betäubt dasaßen, schwebte sein Verstand wie ein schlaues Insekt über der erdrückenden Hitze. Ich dankte Bonafé und brachte die Sprache noch einmal auf Kiefer: »Sagen Sie, ist das nicht eine merkwürdige Idee von Ihrem Direktor, sich mitten in diesem Pfuhl niederzulassen?«

Wieder grinste Bonafé. »Das kommt auf die Sichtweise an. Die Diamantenförderung setzt allerstrengste Überwachung voraus. Und Kiefer ist durchaus in der Lage, alles zu wissen und alles zu leiten.«

Ich wagte noch eine Frage: »Haben Sie Max Böhm gekannt?«

»Den Schweizer? Nein, nicht persönlich. Als ich 1980 herkam, war er schon fort. Er hat vor Kiefer die Sicamine geleitet. Ein Bekannter von Ihnen? Verzeihen Sie, aber nach allgemeinem Dafürhalten war Böhm noch schlimmer als Kiefer. Und das will was heißen.« Er zuckte die Achseln. »Was wollen Sie, mein Freund – Afrika macht den Menschen grausam.«

»Warum hat Max Böhm Afrika verlassen?«

»Davon weiß ich nichts. Ich glaube, er hatte gesundheitliche Probleme. Oder Probleme mit Bokassa. Oder beides. Wirklich, ich weiß es nicht.«

»Glauben Sie, daß Herr Kiefer mit Böhm in Kontakt geblieben ist?«

Diese letzte Frage war offenbar zuviel. Bonafé fixierte mich mit starren Pupillen, jedes Auge schien sich auf den Kern meiner Gedanken zu konzentrieren. Er antwortete nichts. Ich lächelte ihn widerstrebend an und stand auf. Bonafé begleitete mich zur Tür, und an der Schwelle klopfte er mir auf die Schulter. »Denken Sie dran, mein Freund, kein Wort zu Kiefer«, schärfte er mir noch einmal ein.

Ich versuchte, mich im Schatten der großen Bäume zu halten. Die Sonne stand hoch am Himmel, stellenweise war der Schlamm bereits getrocknet und schwirrte als Staub in der Luft wie rotes Farbpulver. Die schweren Baumwipfel wogten leise rauschend im Wind.

Auf einmal legte sich eine Hand auf meine Schulter, und ich drehte mich um. Gabriel stand vor mir und grinste über sein ganzes breites Gesicht. Mit seiner tiefen Stimme sagte er: »Chef, du interessierst dich für die Pygmäen wie ich mich für Kaktusse. Aber ich weiß einen, der dir was von Max Böhm und Otto Kiefer erzählen kann.«

Mir klopfte das Herz bis zum Hals. »Wer ist das?« fragte ich.

»Mein Vater.« Gabriel senkte die Stimme. »Mein Vater war Böhms Führer.«

»Wann kann ich ihn sehen?«

»Er kommt morgen früh nach Bangui.«

»Kann er gleich ins Novotel kommen? Ich warte auf ihn.«

31

Auf der schattigen Hotelterrasse, im Schutz tropischer Pflanzen, aß ich an einem der Tische rings um das Schwimmbecken zu Mittag; es gab eine Auswahl verschiedener Flußfische. Das Novotel war anscheinend kaum besetzt, die wenigen Gäste, die hier logierten, waren europäische Geschäftsleute, die im Eiltempo ihre Verträge aushandelten und nur eins im Sinn hatten: so schnell wie möglich wieder heimzufliegen. Ich hingegen genoß das Hotel. Diese breite Terrasse mit ihren hellen Steinfliesen voller Laub hatte die Melancholie verlassener Kolonialhäuser, in denen die üppige Vegetation Ströme aus Lianen, Seen aus Gestrüpp und Unkraut wuchern läßt.

Während ich meinen Fisch verzehrte, beobachtete ich den Hoteldirektor, der den Gärtner zusammenstauchte. Er war ein junger Franzose, grünlich im Gesicht und sichtlich am Rand des Nervenzusammenbruchs. Er versuchte einen Rosensetzling großzuziehen, und der einheimische Gärtner hatte ihn aus Versehen zertreten. Ohne die dazugehörigen Dialoge grenzte die Szene ans Parodistische. Der Grimm des Weißen, seine übertriebenen Gesten, dazu die zerknirschte Miene des Schwarzen, der mit abwesendem Ausdruck den Kopf schüttelte: Das alles erinnerte mich sehr an einen Auftritt zweier Stummfilmkomiker.

Unmittelbar danach trat der Direktor an meinen Tisch, um mich willkommen zu heißen und gleichzeitig den obskuren Grund zu erfahren, der mich nach Zentralafrika geführt hatte; mit auffälliger Neugier musterte er die frische Narbe in meinem Gesicht. Ich berichtete ihm von meiner geplanten Reportage, woraufhin er mir seine Geschichte erzählte. Er habe sich freiwillig als Leiter der Novotels von Bangui gemeldet – das sei ein wichtiger Schritt in seiner Karriere, sagte er und schien damit andeuten zu wollen, daß man sich vor gar nichts mehr fürchte, wenn man es geschafft habe, in diesem Land etwas zu leiten. Dann stimmte er ein langes Klagelied über die Unfähigkeit der Afrikaner an, ihre Sorglosigkeit und ihre unzähligen Fehler. »Ich muß alles absperren«, erklärte er und schüttelte den schweren Schlüsselbund an seinem Gürtel. »Trauen Sie nicht ihrem zivilisierten Aussehen – es ist die Frucht eines endlosen Kampfes!« (Der ›Kampf‹ des Geschäftsführers bestand darin, daß er seinen Untergebenen ein kurzärmeliges rosafarbenes Hemd nebst Fliege aufzwang, das sämtliche Kellner zur Schau trugen wie einen guten Witz.) »Nach Dienstschluß kehren sie barfuß in ihre Hütten zurück und schlafen auf der Erde!«

Der Geschäftsführer hatte dieselben verkrampften Gesichtszüge wie Bonafé: Es war der Ausdruck einer Abnutzung, eines merkwürdigen, ätzenden Verschleißes – als wäre im Inneren des Körpers eine Wurzel gewachsen, die sich von Menschenblut ernährte. »Übrigens«, schloß er seinen Vortrag, wobei er die Stimme vertraulich senkte, »haben Sie hoffentlich nicht zu viele Eidechsen in Ihrem Zimmer?« Ich verneinte und verfiel in Schweigen, woraufhin er sich empfahl.

Nach dem Essen beschloß ich, mir die Literatur über Diamanten und Herzchirurgie vorzunehmen, die ich mir in Paris zusammengesucht hatte. Die Ausführungen über die Steine – Extraktionsmethoden, Klassifikation, Qualitätsmerkmale und so weiter – überflog ich rasch; ich wußte inzwischen genug über Böhms Netzwerk und die wichtigsten Glieder der Kette und konnte aus den technischen Informationen und Expertenkommentaren nicht mehr viel Neues erfahren, was mir hilfreich gewesen wäre.

Deshalb ging ich zur Herzchirurgie über; meine Unterlagen bestanden aus Kopien von Artikeln verschiedener medizinischer Nachschlagewerke. Ich vertiefte mich in die Geschichte der Herzchirurgie, ein wahres Epos, geschrieben von kühnen Pionieren.

›Den eigentlichen Grundstein der Herzchirurgie legte Charles Bailey in Philadelphia, der Ende 1947 seine erste operative Korrektur einer Mitralinsuffizienz (eines Herzklappenfehlers) durchführte. Die Operation mißlang, der Patient starb an einer Hämorrhagie. Dennoch gewann Bailey die Gewißheit, daß er auf dem rechten Weg war. Seine Kollegen hingegen fielen über ihn her und beschimpften ihn als Verrückten und Schlächter. Bailey übte sich in Geduld und dachte nach. Im März 1948 nahm er im Wilmington Memorial Hospital eine Valvulotomie (Spaltung einer Herzklappe) vor, deren Verlauf zunächst befriedigend schien, aber am dritten Tag starb der Patient infolge eines Fehlers bei der Wiederbelebung nach der Narkose.
Um seine Pläne zu verwirklichen, ging Bailey auf Wanderschaft und operierte fortan in Krankenhäusern, die seine Methoden akzeptierten. Am 10. Juni 1948 hatte er am selben Tag zwei Mitralstenosen (Verengung der Herzklappenöffnung) zu operieren. Der erste Patient starb noch während des Eingriffs an plötzlichem Herzstillstand. Charles Bailey begab sich daraufhin eiligst in die andere Klinik, ehe der neuerliche Mißerfolg bekannt wurde, um nicht an der zweiten Operation gehindert zu werden. Und nun geschah das Wunder: Der zweite Eingriff gelang. Damit war endlich die Herzklappenchirurgie geboren ...‹

Die nächsten Etappen des medizinischen Fortschritts überflog ich und ging statt dessen gleich zu den ersten Herztransplantationen über: ›... Einer hartnäckigen Legende zum Trotz war der südafrikanische Chirurg Christiaan Barnard, der am 3. Dezember 1967 eine Herztransplantation bei einem Menschen versuchte, nicht der erste auf diesem Gebiet: Schon vor ihm, im Januar 1960, hatte der französische Chirurg Pierre Sénicier einem achtundsechzigjährigen Patienten im letzten Stadium einer irreversiblen Herzinsuffizienz ein Schimpansenherz eingepflanzt. Die Operation gelang, aber das implantierte Herz überlebte nur wenige Stunden ...‹

Ich blätterte weiter und las:

›... Einer der wichtigsten Meilensteine in der Herzchirugie ist nach wie vor die Transplantation, die Professor Christiaan Barnard 1967 in Kapstadt durchführte. Die dabei angewandte Technik, die bald darauf in den Vereinigten Staaten, in England und Frankreich aufgegriffen wurde, geht auf eine Erfindung des amerikanischen Professors Shumway zurück: die sogenannte Shumway-Methode ...
... Der Patient Louis Washkansky war fünfundfünfzig Jahre alt. Innerhalb von sieben Jahren hatte er drei Myokardinfarkte erlitten, von welchen der letzte zur endgültigen Herzinsuffizienz führte. Den ganzen November 1967 hindurch wurde ein Team aus dreißig Chirurgen, Anästhesisten, Internisten und Technikern im Groote-Schuur-Krankenhaus in Kapstadt in ständiger Bereitschaft gehalten, in Erwartung der Operation, deren Tag und Stunde Professor Christiaan Barnard festsetzen würde. Die Entscheidung fiel in der Nacht vom 2. auf den 3. Dezember: Eine fünfundzwanzigjährige Frau war bei einem Verkehrsunfall ums Leben gekommen. Ihr Herz sollte das unbrauchbare Herz von Louis Washkansky ersetzen. Dieser überlebte drei Wochen, erlag jedoch einer Lungenentzündung. Die große Menge immunsuppressiver Medikamente, die ihm verabreicht worden waren, um die Abstoßung des Transplantats zu verhindern, hatte sein Abwehrsystem derart geschwächt, daß es mit einer Infektion nicht mehr fertig wurde ...‹

Die Vorstellung von aufgeschnittenen Körpern, bloßgelegten und manipulierten Organen verursachte mir Übelkeit. Aber mir war klar, daß irgendwo in diesem historischen Abriß auch Max Böhm einen Platz einnahm. Von 1969 bis 1972 hatte der Schweizer in Südafrika gearbeitet – ich dachte mir bereits phantastische Erklärungen für seine Transplantation aus: Vielleicht hatte er in Kapstadt Christiaan Barnard oder einen seiner Mitarbeiter kennengelernt; vielleicht war er nach seinem Infarkt im Jahr 1977 dorthin zurückgekehrt, um sich ein spezielles Herz implantieren zu lassen; oder vielleicht wußte er – aus irgendeinem mir unbekannten Grund –, daß einer dieser Ärzte, die in der Lage waren, solche Operationen vorzunehmen, sich 1977 im Kongo aufhielt. Aber ich verwarf meine Modelle bald wieder, sie waren zu unglaubwürdig. Und sie erklärten nicht das ›Wunder‹ von Böhms außergewöhnlich guter Toleranz gegenüber dem Fremdorgan.

Ich fand einen Abschnitt, in dem von Abstoßungsreaktionen die Rede war:

›... Die operationstechnischen Probleme bei der Herzchirurgie sind gelöst; die noch bestehenden Schwierigkeiten sind immunologischer Natur. Tatsächlich wird, außer in dem höchst ungewöhnlichen Fall eineiiger Zwillinge, das Organ des Spenders, selbst wenn er ein Verwandter ist, vom Immunsystem des Empfängers stets als Fremdkörper, als ›Nichtselbst‹ erkannt und je nach dem Grad der Übereinstimmung, beziehungsweise Fremdheit des transplantierten Gewebes unterschiedlich stark abgestoßen. Es ist daher immer erforderlich, dem Empfänger immunsuppressive Medikamente zu verabreichen, um die Abstoßungsreaktion so weit wie möglich abzuschwächen. Die üblichen Immunsuppressiva (Kortikosteroide, Zytostatika und ähnliche) sind meist unspezifisch und daher durch zahlreiche Nebenwirkungen belastet, insbesondere das Risiko von Infektionen. In den achtziger Jahren kam ein neues Medi-

kament auf: Cyclosporin. Diese Substanz, gewonnen aus japanischen Pilzen, blockiert die Ausbreitung der antigenspezifischen T-Lymphozyten und vermag damit die Abstoßungsreaktion sehr weitgehend einzuschränken. Die Lebenserwartung der Patienten steigt damit um das Zehnfache, Transplantationen lassen sich daher leichter durchführen.
Eine zweite Methode, die Abstoßungsreaktion gering zu halten, besteht in der Gewebetypisierung im Hinblick auf die Auswahl möglichst günstiger Spender-Empfänger-Kombinationen. Die beste Lösung ist ein Spender unter den Geschwistern oder nächsten Verwandten, der zwar nicht genetisch identisch ist, aber mit dem Empfänger wenigstens vier Histokompatibilitätsantigene (auch Transplantationsantigene genannt) gemeinsam hat, so daß also nach dem HLA-System (dem bedeutsamsten Histokompatibilitätssystem neben den ABNull-Blutgruppen) eine Vereinbarkeit der Gewebe vorliegt. Dies gilt für nicht lebenswichtige Organe wie zum Beispiel die Nieren. Lebenswichtige Organe werden von Leichen gewonnen, wobei man versucht, mittels Organaustausch über weite Entfernungen hinweg die bestmögliche Kombination zu finden – wobei eine ungeheuer große Anzahl verschiedener HLA-Phänotypen existiert ...‹ Ich legte meine Lektüre beiseite. Es war sechs Uhr abends, draußen war es bereits Nacht. Ich stand auf und öffnete die Glastür meines Zimmers; unter dem hereindringenden Schwall feuchter Hitze rang ich nach Luft. Die Tropenhitze erlebte ich nicht zum ersten Mal. Dieses Klima ist keine Nebensächlichkeit, kein Begleitumstand unter vielen, sondern eine Gewalt, die einen fast erschlägt, ein Gewicht, das Körper und Seele in eine kaum zu beschreibende Tiefe hinabzieht – das ganze Wesen weicht auf, Muskeln und Organe scheinen dahinzuschmelzen und sich in ihrem eigenen Saft langsam aufzulösen.

Dennoch beschloß ich, mein klimatisiertes Zimmer zu verlassen und einen nächtlichen Spaziergang zu unternehmen.

Die langgezogenen Straßen von Bangui waren menschenleer, und die wenigen Wohnhäuser, schwerfällig und lehmverputzt, schienen noch nackter als bei Tageslicht. Ich ging zum Fluß hinunter, an dessen Ufer es dunkel und still war. Die Ministerien und Botschaften schliefen einen traumlosen Schlaf, davor standen barfüßige Soldaten Wache. In der Dunkelheit nahe am Wasser erkannte ich die zerzausten Wipfel der Bäume, die zu beiden Seiten des Flusses standen. Manchmal hörte ich unter mir ein Plätschern und stellte mir irgendein riesenhaftes Tier vor, eine Kreuzung aus Raubkatze und Fisch, die durch das feuchte Gras schlich, angelockt von den Gerüchen und Geräuschen der Stadt.

Ich ging weiter. Seit meiner Ankunft in Bangui ging mir ein Gedanke nicht aus dem Kopf. In den ersten Jahren meines Lebens war dieses wilde Land ›mein Land‹ gewesen. Eine Urwaldinsel, in der ich aufgewachsen war, gespielt, Lesen und Schreiben gelernt hatte. Warum hatten meine Eltern sich in der abgelegensten Gegend von ganz Afrika verkrochen? Warum hatten sie alles aufgegeben, Reichtum, Bequemlichkeit, Ausgewogenheit, um in diesem unwirtlichen Wald ihr Leben zu beenden?

Ich dachte nie an meine Vergangenheit, an meine toten Eltern und die blinden Flecken in meinem Dasein. Meine Familie interessierte mich nicht. Weder die Berufung meines Vaters noch die Hingabe meiner Mutter, die alles aufgegeben hatte, um ihrem Gatten zu folgen, nicht einmal dieser zwei Jahre ältere Bruder, der bei lebendigem Leib verbrannt war. Natürlich war diese Gleichgültigkeit eine Form der Verdrängung, und ich verglich sie oft mit der Empfindungslosigkeit meiner Hände: Über die ganze Länge der Arme hinweg reagierte meine Haut tadellos, jenseits des Handgelenks aber hatte ich keine präzisen Empfindungen mehr – als trennte eine unsichtbare Holzschranke meine Hände von jeglichem Gespür ab. Und mein Gedächtnis wies dasselbe Phänomen auf: Bis zu meinem siebten Lebensjahr konnte ich meine Erinnerungen ohne weiteres zurückverfolgen, aber davor war nur ein schwarzes Loch, Leere, Tod. Meine Hände waren verbrannt. Meine Seele ebenfalls. Und die Narben an Körper und Geist waren auf dieselbe Weise gewachsen – auf einem Grund aus Vergessen und Gefühllosigkeit.

Auf einmal blieb ich stehen. Ich war vom Flußufer abgekommen und eine lange, schlechtbeleuchtete Straße entlanggegangen. Ich hob den Blick und starrte auf ein Schild, das an einem Zaun hing und den Namen der Straße verkündete, und ich begann am ganzen Körper zu zittern, Avenue de France. Unbewußt, unaufhaltsam hatten meine Schritte mich zum Ort der Tragödie gelenkt – dorthin, wo meine Familie am Silvesterabend des Jahres 1965 von einer wahnsinnigen Mörderbande massakriert worden war.

32

Am nächsten Morgen, als ich unter einem Sonnenschirm beim Frühstück saß, sprach mich jemand an: »Monsieur Louis Antioche?«

Ich sah auf. Vor mir stand ein Mann um die Fünfzig, klein, untersetzt und ganz in Khaki gehüllt, und verströmte eine Aura von unbestreitbarer Autorität. Ich dachte an Max Böhm, seine Korpulenz, seine Art sich zu kleiden, und fand, daß die beiden Männer einander recht ähnlich waren. Mit dem einzigen Unterschied, daß mein Gesprächspartner so schwarz war wie ein englischer Regenschirm.

»Ja, das bin ich. Und Sie?«

»Joseph M'Konta. Der Vater von Gabriel, von der Sicamine.«

Sofort stand ich auf und bat ihn, Platz zu nehmen. »Ja, natürlich«, sagte ich. »Bitte setzen Sie sich.«

Joseph M'Konta ließ sich nieder und faltete die Hände über dem Bauch. Er sah sich neugierig um, den Kopf zwischen die Schultern gezogen. Sein Gesicht war breit und so flach wie die Nase, und seine Augen blickten feucht, wie von Zärtlichkeit verschleiert. Aber sein Mund war verzogen zu einer Grimasse des Abscheus.

»Möchten Sie etwas trinken? Kaffee? Tee?«

»Kaffee, danke.«

Auch Herr M'Konta hatte die Eigenheit, mich aus dem Augenwinkel zu mustern. Der Kaffee wurde serviert, und nach dem Austausch der üblichen Belanglosigkeiten über das Land, die Hitze und meine Reise kam Joseph in hastigem

Ton zur Sache: »Sie wollen also etwas über Max Böhm wissen?«

»So ist es.«

»Warum interessieren Sie sich für ihn?«

»Max war ein Freund von mir. Ich habe ihn kurz vor seinem Tod in der Schweiz kennengelernt.«

»Max Böhm ist tot?«

»Ja, vor einem Monat ist er an einem Herzinfarkt gestorben.«

Die Nachricht schien nicht zu verwundern. »Also ist das kleine Uhrwerk doch zu Bruch gegangen ...« Er dachte eine Weile nach, dann fragte er: »Was wollen Sie wissen?«

»Alles. Was er in Zentralafrika getrieben hat, wie er gelebt hat, warum er abgereist ist.«

»Ermitteln Sie in irgendeiner Sache?«

»Ja und nein. Ich möchte ihn eigentlich nur besser kennenlernen, posthum. Das ist alles.«

Mit argwöhnischer Miene fragte M'Konta: »Sind Sie Polizist?«

»Absolut nicht! Alles, was Sie mir sagen, bleibt unter uns. Darauf gebe ich Ihnen mein Wort.«

»Sind Sie bereit, sich erkenntlich zu zeigen?«

Ich warf ihm einen fragenden Blick zu, woraufhin M'Konta erklärte: »Mit ein paar Geldscheinen, versteht sich.«

»Das kommt darauf an, was Sie mir zu sagen haben«, gab ich zurück.

»Na, ich hab' den alten Max gut gekannt ...«

Nach etlichen Verhandlungen vereinbarten wir einen ›Freundschaftspreis‹, und von dem Moment an duzte mich der Mann. Er war äußerst redegewandt, die Worte sprudelten aus ihm hervor wie Luftblasen vom Grund eines Sees.

»Chef, dieser Max Böhm war ein komischer Kauz ... Übrigens hat ihn hier keiner Böhm genannt ... er hieß Ngakola ... Vater der Weißen Magie ...«

»Wie kam er zu dem Namen?«

»Böhm hatte Kräfte ... versteckt unter seinen Haaren ... Seine Haare waren ganz weiß ... und wuchsen senkrecht zum Himmel ... wie ein Wald von Kokospalmen, verstehst du? ... Daher hatte er seine Macht ... er hat Gedanken gelesen ... hat alle Diamantendiebe entdeckt ... immer ... ihm widerstand keiner ... keiner ... er war ein starker Mann ... sehr mächtig ... aber auf der Seite der Nacht.«

»Was heißt das?«

»Er hat in der Dunkelheit gelebt ... sein Geist ... sein Geist lebte in der Dunkelheit ...« Abwesend nippte M'Konta an seinem Kaffee.

»Wie hast du Max Böhm kennengelernt?« fragte ich.

»Das war 1973 ... vor der Trockenzeit ... Max Böhm kam in mein Dorf, nach Bagandou, das liegt direkt am Waldrand ... Bokassa hat ihn geschickt ... er kam als Aufseher über die Kaffeeplantagen ... Damals wurden die Plantagen von Dieben geplündert ... Böhm hat ihnen innerhalb von ein paar Wochen das Handwerk gelegt.«

»Wie hat er das gemacht?«

»Jeden Dieb, den er erwischte, schlug er zusammen und schleppte ihn auf den Dorfplatz ... und dort nahm er einen Stichel – so einen, wie man ihn verwendet, um die Kaffeesetzlinge zu pflanzen – und durchstach ihm beide Trommelfelle ...«

»Und dann?« stammelte ich fassungslos.

»Dann ... hat in Bagandou niemand mehr eine Kaffeebohne gestohlen.«

»War jemand bei ihm?«

»Nein ... er war allein ... Max Böhm hat sich vor keinem gefürchtet.«

Einen M'Baka mitten auf dem Dorfplatz zu foltern, und das ohne irgendeinen persönlichen Schutz. Böhm war in der Tat ein unverfrorener Bursche.

»Im nächsten Jahr ist er wiedergekommen«, fuhr Joseph fort. »Und diesmal, um die Diamantenminen zu beaufsichtigen ... immer noch im Auftrag von Bokassa ... Die Adern zogen sich bis jenseits der SCAD hin ... das ist ein großes Sägewerk am Rand des Dschungels ... Kennst du den Urwald, Chef? Nein? Glaub mir, der ist absolut undurchdringlich ...« Mit seinen breiten Händen formte Joseph das Blätterdach und rollte das r, daß es klang wie ein Kavallerieangriff. »Aber Böhm fürchtete sich nicht ... Böhm fürchtete sich nie ... Er wollte in den Süden hinunter ... und er suchte einen Führer ... ich kenne den Wald gut, auch die Pygmäen ... ich kann sogar die Aka-Sprache ... deswegen hat Böhm mich ausgewählt ...«

»Arbeiteten auch Weiße in den Minen?«

»Nur einer ... Clément ... Ein Irrer, der eine Aka geheiratet hat ... Er hatte überhaupt keine Autorität ... es war die totale Anarchie ...«

»Damals wurden also schöne Steine zu Tage gefördert?«

»Die schönsten Diamanten der Welt, Chef ... Man brauchte sich bloß im Sumpf danach zu bücken ... Deswegen hat Bokassa Böhm geschickt ...« Joseph lachte kurz und schrill auf. »Bokassa, weißt du, war vernarrt in Edelsteine!«

Wieder nahm er einen Schluck Kaffee und betrachtete versonnen meine Croissants. Ich hielt ihm den Teller hin. Er bediente sich und sprach mit vollem Mund weiter.

»In dem Jahr ist Böhm vier Monate geblieben ... am Anfang hat er den starken Mann markiert und Neger verdroschen ... Später organisierte er den Betrieb neu und führte neue Techniken ein ... Es lief wie geschmiert, das kannst du mir glauben ... Mit dem Beginn der Regenzeit ist er nach Bangui zurückgekehrt ... Und später kam er jedes Jahr zur selben Zeit wieder ... ›Überwachungsbesuch‹ hat er das genannt ...«

»Und damals hat er die Drahtzange benutzt?«

»Ah, du kennst die Geschichte, Chef ... Die Sache mit der Zange war allerdings wirklich übertrieben. Ich hab' nur einmal gesehen, wie er einem die Sehne durchgeschnitten hat, im Lager der Sicamine ... Und das war nicht, um einen Dieb zu bestrafen, sondern einen Vergewaltiger ... Ein Schwein, das ein kleines Mädchen mißbraucht und mitten im Dschungel für tot hat liegenlassen.«

»Was ist passiert?«

Der angewiderte Ausdruck in Josephs Gesicht wurde deutlicher. Er nahm sich noch ein Croissant.

»Es war schrecklich. Absolut schrecklich. Zwei Männer hielten den Mörder auf dem Bauch fest, die Beine in der Luft ... er sah uns an wie ein Tier in der Falle ... und lachte immer wieder auf, als könnte er es nicht glauben ... Dann kam Ngakola mit seiner großen Zange ... klappte sie auf und setzte sie über der Ferse des Vergewaltigers an und durchtrennte ihm mit einem einzigen Schnitt die Sehne ... zack! ... der Kerl hat gebrüllt ... dann ein zweiter Schnitt, und das war's ... die Sehnen waren ab ... ich hab' seine Füße gesehen, Chef ... und traute meinen Augen nicht ... sie hingen ihm über die Knöchel ... so ... und die Knochen schauten raus ... überall Blut ... ein Schwarm von Fliegen ... und das ganze Dorf hat geschwiegen ... Max Böhm stand auf dem Platz ... das Hemd voller Blut ... und sein Gesicht war weiß und naß vom Schweiß ... Wirklich, Chef, das vergesse ich nie ... Und dann, ohne ein Wort, hat er den Mann mit einem Fußtritt umgedreht und seine Zange geschwungen und dem Vergewaltiger den Schwanz abgeschnitten ...«

Grauen erfaßte mich. »Derart brutal war Böhm?!« stieß ich mit zugeschnürter Kehle hervor.

»Er war hart, ja ... Aber auf seine Weise gerecht ... Er hat nie aus Sadismus oder Rassismus gehandelt.«

»Max Böhm war kein Rassist? Er hat die Schwarzen nicht gehaßt?«

»Überhaupt nicht. Böhm war ein Scheißkerl, aber kein Rassist. Ngakola hat mit uns zusammengelebt und uns respektiert. Er sprach Sango und liebte den Urwald. Ganz zu schweigen vom *schagat.*«

»Von was?«

»Vom *schagat.* Dem Arsch. Böhm war total versessen auf schwarze Frauen.« Joseph schwenkte seine gespreizte rechte Hand auf und ab, als hätte er sich bei der bloßen Vorstellung verbrannt.

»Hat Böhm Diamanten gestohlen?« fragte ich.

»Gestohlen? Böhm? Nie im Leben ... Ich sag' dir doch: Der Mann war gerecht ...«

»Aber er hat Bokassas Machenschaften beaufsichtigt, nicht?«

»Das hat er anders gesehen ... Ihm ging es um Zucht und Ordnung, das war seine Leidenschaft ... ihm kam es drauf an, daß die Lager reibungslos funktionierten ... wer der Empfänger der Diamanten war, wer das Geld dafür kassiert hat, das war ihm schnurzegal ... Hat ihn nicht interessiert. Das war Negergeklüngel in seinen Augen ...«

Hatte Max Böhm sich derart gut verstellt? Hatte er seinen Handel erst später begonnen?

»Joseph«, sagte ich, »hast du gewußt, daß Max Böhm außerdem ein passionierter Vogelkundler war?«

»Storchenkundler, meinst du!« Joseph fing an zu lachen, und seine ebenmäßigen Zähne waren ein hell blitzender Säbel in seinem schwarzen Gesicht. »Selbstverständlich, Chef! Ich hab' ja mit ihm die Störche beobachtet!«

»Wo?«

»In Bayanga, westlich der Sicamine. Die Störche kommen zu Tausenden dorthin. Sie fressen Heuschrecken und Kleingetier.« Wieder lachte Joseph. »Aber die Bewohner von Bayanga wiederum fressen die Störche! Böhm hat das nicht ausgehalten. Er brachte Bokassa dazu, einen Nationalpark zu eröffnen. Mit einem Schlag wurden mehrere tausend Hektar Wald und Savanne für unberührbar erklärt. Ich persönlich hab' solche Sachen nie kapiert. Der Wald gehört doch jedem! Wie auch immer, in Bayanga wurden die Elefanten, Gorillas, Waldantilopen und Gazellen unter Schutz gestellt. Und die Störche dazu.«

Also war es dem Schweizer gelungen, seine Vögel zu schützen. Plante er bereits, sie für seine Geschäfte einzusetzen? Das Tauschgeschäft zumindest war klar: die Diamanten für Bokassa, die Vögel für Böhm.

»Kanntest du Max Böhms Familie?«

»Na ja, wie man's nimmt ... Seine Frau bekam man nie zu Gesicht ... immer krank ...« Joseph grinste übers ganze Gesicht. »Typisch weiße Frau! ... Der Böhm-Sohn war anders ... er kam manchmal mit uns ... sagte aber kein Wort ... er war ein Träumer ... schlenderte durch den Wald ... Ngakola gab sich alle Mühe, ihn zu erziehen ... ließ ihn einen Jeep fahren ... zwang ihn zu jagen, die Schürfer zu beaufsichtigen ... er wollte einen Mann aus ihm machen ... aber der weiße Junge hatte eine Heidenangst und blieb starr wie ein Stock ... eine ziemliche Flasche ... Außergewöhnlich war allerdings die Ähnlichkeit zwischen den beiden, Philipp Böhm und seinem Vater ... sie sahen völlig gleich aus, Chef, das kannst du mir glauben ... dieselbe breitschultrige Gestalt, derselbe Bürstenschnitt, dasselbe Melonengesicht ... Aber Böhm hat seinen Sohn gehaßt ...«

»Warum?«

»Weil der Junge ein Angsthase war. Und Böhm konnte Angsthasen nicht ausstehen.«

»Wie meinst du das?«

Joseph zögerte, dann beugte er sich zu mir und senkte die Stimme. »Sein Sohn war für ihn wie ein Spiegel, verstehst du?« murmelte er. »Er hat ihm seinen eigenen Schiß vorgeführt.«

»Vorhin hast du gesagt, Böhm hätte sich vor niemandem gefürchtet.«

»Vor niemandem, außer vor sich selber.«

Ich starrte in M'Kontas feuchte Augen.

»Sein Herz, Chef. Er hatte Angst, daß sein Herz ihn im Stich läßt«, sagte Joseph und legte die Hand auf die Brust. »Er hatte Angst, daß es dort drin nicht mehr funktioniert ... er fühlte ständig seinen Puls ... Und in Bangui verkroch er sich dauernd in der Klinik ...«

»Es gibt eine Klinik in Bangui?«

»Ein Krankenhaus ausschließlich für Weiße. Die Clinique de France.«

»Existiert sie noch?«

»Ja, aber heute ist sie eine Klinik für Schwarze, und die Ärzte, die dort praktizieren, sind ebenfalls schwarz.«

Ich stellte die entscheidende Frage: »Warst du bei Böhms letzter Expedition dabei?«

»Nein. Ich hatte mich gerade in Bagandou niedergelassen. Ich ging nicht mehr in den Wald.«

»Aber weißt du vielleicht was darüber?«

»Bloß das, was man so gehört hat. In M'Baiki ist diese Exkursion legendär geworden. Man weiß noch ihren Codenamen: PR 154 – nach der Bezeichnung der Parzelle, die sich die Schürfer vornehmen wollten.«

»Wo liegt die?«

»Sehr weit jenseits von Zoko ... Hinter der Grenze, schon im Kongo ...«

»Und dann?«

»Unterwegs hat Ngakola ein Telegramm bekommen, ein Pygmäe hat es gebracht ... Mit der Nachricht vom Tod seiner Frau ... Böhm hat es auf die Weise erfahren ... sein Herz hat nicht mehr mitgemacht ... er ist umgefallen ...«

»Sprich weiter ...«

Joseph schnitt jetzt eine so heftige Grimasse, daß er beinahe die Zähne fletschte. Ich wiederholte: »Sprich weiter, Joseph.«

Er zögerte eine Weile, dann seufzte er.

»Dank seiner geheimen Bündnisse mit dem Wald ist Ngakola wiederauferstanden ... dank der Magie, der Pantherin, die unsere Kinder entführt ...«

Ich erinnerte mich an das, was Guillard gegenüber Dumaz geäußert hatte.

M'Kontas Worte stimmten mit der Version des Ingenieurs überein. Die Sache war in der Tat unheimlich: eine Reise ins Herz der Finsternis, ein schreckliches Geheimnis unter sturzflutartigem Regen, und dieser teuflische Held, der weißhaarige Mann, der von den Toten auferstand.

»Ich will selber in den Wald gehen und nach Böhms Spuren suchen.«

»Das halte ich für eine schlechte Idee. Wir sind mitten in der Regenzeit. Die Diamantenminen werden heute von einem einzigen Mann geleitet, Otto Kiefer, und der ist ein Mörder. Du wirst tagelang marschieren und unnötige Risiken eingehen. Und das alles für nichts. Was willst du denn dort?«

»Ich will herausfinden, was im August 1977 wirklich geschehen ist. Wie Max Böhm diesen Herzinfarkt überlebt hat. Die Geister scheinen mir keine ausreichende Erklärung.«

»Ganz schlecht. Wie willst du's denn anstellen, wie willst du zurechtkommen?«

»Ich werde einen Bogen um die Minen machen und bei Schwester Pascale um Unterkunft bitten.«

»Schwester Pascale? Sie ist kaum liebenswürdiger als Kiefer.«

»Ich habe von einem Pygmäenlager namens Zoko gehört, wo ich mich hoffentlich niederlassen kann. Von dort aus werde ich die Runde durch die Minen machen und die Männer, die bereits 1977 im Sumpf gearbeitet haben, unauffällig ausfragen.«

Joseph schüttelte mehrmals unwillig den Kopf, dann schenkte er sich eine letzte Tasse Kaffee ein. Ich sah auf die Uhr: Es war nach elf. Es war Sonntag, und ich hatte für den Rest des Tages nicht das geringste vor.

»Joseph«, fragte ich, »kennst du jemanden in der französischen Klinik?«

»Ein Vetter von mir arbeitet dort.«

»Kann man jetzt hingehen?«

»Jetzt?« M'Konta schlürfte bedächtig seinen Kaffee. »Ich muß meine Familie bei Kilometer fünf besuchen und ...«

»Wieviel?«

»Am besten zehntausend.«

Ich fluchte lächelnd, dann steckte ich ihm das Geld in die Hemdtasche.

M'Konta zwinkerte mir zu, dann stellte er seine Tasse ab und sagte: »Wir sind schon unterwegs, Chef.«

33

Die ›Clinique de France‹ lag am Ufer des Flusses, der in der gleißenden Sonne träge dahinfloß. Zwischen struppigem Buschwerk schimmerten die Wassermassen hindurch, schwarz, schwer und reglos, wie zähflüssiger Sirup, der die Fischer in ihren Barken in die Tiefe zieht und verschlingt. Wir folgten der Böschung auf demselben Weg, den ich am Abend zuvor gegangen war, einer von pastellfarbenen Bäumen gesäumten Piste. Rechts ragten die großen Gebäude der Ministerien auf, ockerfarben, rosa und rot; links, gleich neben dem Fluß, kauerten hölzerne Baracken im Gebüsch, die Verkaufsstände für Obst, Maniok und Kurzwaren aller Art, die jetzt verlassen waren. Alles war ruhig, selbst der flimmernde Staub hatte sich gelegt. Es war Sonntag, und wie überall auf der Welt war auch in Bangui dieser Tag verflucht.

Endlich tauchte die Klinik auf, ein zweistöckiger, würfelförmiger Block in der Farbe des Verfalls, im Kolonialstil mit steinernen Balkonen und durchbrochenen Ornamenten aus weißlichem Gips geschmückt, aber zerfressen von Pflanzenwuchs und Laterit: Die Klauen des Waldes und die rötlichen Staubwolken bestürmten die Mauern, und der Stein schien aufgequollen, wie vollgesogen von Feuchtigkeit.

Wir betraten den Garten. An den Bäumen waren Chirurgenmäntel zum Trocknen aufgehängt; grelle scharlachrote Flecken zierten den Stoff. Joseph bemerkte meinen Gesichtsausdruck und kommentierte belustigt: »Das ist kein Blut, Chef, das ist Erde – Laterit. Sein Abdruck hält ewig.«

Er trat zur Seite und ließ mich vorausgehen. Die Halle, roher Zement über einem verwüsteten Linoleumboden, war völlig leer. Joseph schlug mit der flachen Hand auf die Empfangstheke. Mehrere Minuten vergingen. Endlich erschien ein großer Kerl in einem weißen Kittel mit roten Flecken und verbeugte sich, die Hände gefaltet. »Was kann ich für Sie tun?« fragte er in salbungsvollem Ton.

»Ist Alphonse M'Konta hier?« fragte Joseph.

»Sonntags ist niemand hier.«

»Und du, bist du niemand?«

»Ich bin Jesus Bomongo.« Der Mann verbeugte sich abermals und setzte hinzu, zuckersüß: »Zu Ihren Diensten.«

»Mein Freund würde gern einen Blick ins Archiv werfen, und zwar in die Unterlagen aus der Zeit, als es hier nur Weiße gab. Geht das?«

»Dazu bin ich nicht befugt ... Verstehen Sie, ich bin verantwortlich, und man wird mich haftbar machen ...«

Joseph machte mir ein unmißverständliches Zeichen. Ich feilschte der Form halber und wurde weitere zehntausend CFA-Francs los. Joseph ging seiner Wege, und ich folgte meinem neuen Führer über einen halbdunklen Betonflur in ein düsteres Treppenhaus.

»Sind Sie Arzt?« fragte ich.

»Nur Pfleger«, antwortete er. »Aber das ist hier ungefähr dasselbe.«

Nach drei Treppen öffnete sich ein weiterer Gang, durchflutet von Sonnenlicht, das durch die ornamentalen Öffnungen fiel. Es roch intensiv nach Äther. In den Räumen, an denen wir vorbeikamen, waren keine Patienten untergebracht, sie dienten vielmehr als Abstellkammern für Rollstühle, Krücken, Metallgestänge, rosarote Leintücher und rudimentäre Betten, die an den Wänden aufgereiht standen. Wir befanden uns im Dachgeschoß der Klinik. Jesus zog einen Schlüsselbund hervor und sperrte eine eiserne Tür auf, die sich mit kreischenden Angeln öffnete. Auf der Schwelle blieb er stehen.

»Die Akten sind ungeordnet«, erklärte er. »Nach dem Sturz von Bokassa sind die Eigentümer geflüchtet. Die Klinik war zwei Jahre geschlossen, dann wurde sie für die Bürger von Zentralafrika wieder geöffnet. Wir haben jetzt unsere eigenen Ärzte. Sie werden nicht viele Akten finden, in Bangui wurden kaum Weiße behandelt. Nur die Notfälle, die nicht transportfähig waren. Oder harmlose Erkrankungen.« Er zuckte mit den Achseln. »In Afrika steht es mit der Medizin nicht zum besten. Das weiß jeder. Raus kommt man hier nur im Sarg.«

Mit diesem lakonischen Kommentar machte er kehrt und entschwand; ich war allein.

Das Archiv enthielt ein paar Tische und vereinzelte Stühle. Lange schwärzliche, eingetrocknete Rinnsale verdunkelten die Wände. Durch die glühendheiße Luft drangen ferne Schreie. In einem eisernen Schrank entdeckte ich die Patientenunterlagen: Auf vier Regalen türmten sich vergilbte, feuchtigkeitszerfressene Aktenordner. Ich blätterte in einem Stapel und stellte fest, daß sie tatsächlich ohne jedes System übereinandergeschichtet waren. Also schob ich mehrere Tische zusammen, um eine größere Fläche zur Verfügung zu haben, und legte die Aktenbündel darauf, wischte mir den Schweiß vom Gesicht und begann mit der Entzifferung.

Im Stehen, gebückt, nahm ich mir das jeweils erste Blatt vor, auf dem die Patientendaten vermerkt und in der Regel noch lesbar waren: Name, Alter und Herkunftsland, gefolgt von der Erkrankung und den verordneten Medikamenten. Ein paar tausend Akten ging ich auf diese Weise durch und stieß auf französische, deutsche, spanische, tschechische, jugoslawische, russische, sogar chinesische Namen in Verbindung mit allen möglichen tropischen Krankheiten, unter denen die anfälligen Ausländer sich in elende Fieberbündel verwandelt hatten. Sumpffieber, Koliken, Allergien, Sonnenstiche, Geschlechtskrankheiten ... Jedesmal folgten die Namen der Medikamente, immer dieselben; in seltenen Fällen lag der an die jeweils zuständige Botschaft gestellte Antrag auf Rückführung in die Heimat bei. Stunden vergingen, die Stapel wurden kleiner. Um siebzehn Uhr hatte ich sämtliche Akten durchgesehen. Nicht ein einziges Mal waren die Namen Böhm oder Kiefer aufgetaucht. Selbst hier hatte der alte Max sämtliche Spuren vernichtet.

Hinter mir ertönten Schritte: Jesus hatte mich nicht vergessen.

»Na, wie steht's?« fragte er mit neugierig gerecktem Hals.

»Fehlschlag. Keine Spur von dem Mann, den ich suche. Dabei weiß ich, daß er regelmäßig hergekommen ist.«

»Wie heißt er?«

»Böhm. Max Böhm.«

»Nie gehört.«

»Er lebte in den siebziger Jahren in Bangui.«

»Böhm, ist das ein deutscher Name?«

»Schweizerisch.«

»Ein Schweizer? Der Mann, den du suchst, ist ein Schweizer?« Jesus brach in schrilles Gelächter aus und klatschte in die Hände. »Ein Schweizer! Das hättest du mir gleich sagen müssen! Sinnlos, hier zu suchen, Chef. Die Karteikarten der Schweizer werden woanders aufbewahrt.«

»Wo?« fragte ich ungeduldig.

Jesus setzte eine gekränkte Miene auf. Mehrere Sekunden schwieg er, dann hob er seinen langen, gestreckten Zeigefinger. »Die Schweizer sind seriöse Leute, Chef. Das darf man nicht vergessen. Als die Klinik geschlossen wurde, das war im Jahr 1979, waren sie die einzigen, die sich um die medizinischen Unterlagen ihrer Kranken kümmerten. Sie hatten vor allem Angst, daß einer ihrer Staatsangehörigen afrikanische Mikroben in ihr Land einschleppt.« Jesus verdrehte die Augen zum Himmel und wirkte pikiert. »Jedenfalls bestanden sie darauf, sämtliche Unterlagen mitzunehmen. Die Regierung war dagegen. Verstehst du, die Patienten waren zwar Schweizer, aber ihre Krankheiten waren afrikanisch. Kurz, es gab eine Menge Ärger ...«

»Und dann?« fiel ich ihm ins Wort, grimmig vor Ungeduld.

»Das, Chef, ist eine vertrauliche Angelegenheit. Die Verschwiegenheit des medizinischen Personals steht auf dem Spiel, und ...«

Ich drückte ihm einen weiteren Zehntausendfrancsschein in die Hand. Er bedachte mich mit einem breiten Grinsen und fuhr sogleich fort: »Die Unterlagen sind in der italienischen Botschaft untergebracht.« Ich hätte eins zu hundert gewettet, daß diese Auslagerung dem alten Max entgangen war. Jesus fuhr fort: »Der Wächter der Botschaft ist ein Freund von mir. Er heißt Hassan. Die italienische Botschaft liegt am anderen Ende der Stadt, und ...«

Ich durchquerte Bangui in einem schlingernden, dreckstarrenden Taxi. Zehn Minuten später stand ich vor der Freitreppe der italienischen Botschaft. Diesmal hielt ich mich nicht mit weitschweifigen Erklärungen auf. Kaum hatte ich Hassan gefunden – einen kleinen Mann mit violetten Schatten unter den Augen –, stopfte ich ihm einen Fünftausendfrancsschein in die Tasche und zerrte den Widerstrebenden in den Keller des Gebäudes. Kurz darauf saß ich in einem geräumigen Konferenzsaal, vor mir vier Metallschubladen mit den medizinischen Unterlagen der Schweizer Staatsbürger, die zwischen 1962 und 1979 nach Zentralafrika gekommen waren.

Sie waren tadellos in alphabetischer Reihenfolge geordnet. Unter dem Buchstaben B fand ich die Unterlagen der Familie Böhm. Die erste Akte gehörte Max: sehr umfangreich, enthielt sie eine Unmenge Rezepte, Analysen, Elektrokardiogramme. Schon am 16. September 1972, dem Jahr seiner Ankunft, hatte Böhm die französische Klinik aufgesucht, um sich vollständig untersuchen zu lassen. Der Chefarzt Yves Carl hatte ihm eine Behandlung mit Medikamenten verordnet, die direkt aus der Schweiz eingeführt wurden, und ihm Ruhe und Verzicht auf übermäßige Anstrengungen empfohlen. Für seine persönlichen Aufzeichnungen hatte der Arzt in schräger Füllfederschrift notiert: ›Myokardinsuffizienz. Muß beobachtet werden.‹ Die letzten Worte waren unterstrichen. So war der alte Max alle drei Monate wiedergekommen, um sich untersuchen zu lassen und seine Medikamente abzuholen. Im Lauf der Jahre wurden die Medikamente immer stärker, die Dosen immer höher; Max Böhm lebte auf Widerruf. Die Unterlagen endeten im Juli 1977 mit der Verschreibung einer neuen Arznei in massiver Dosierung. Als Böhm im Monat darauf sich in den Dschungel aufmachte, war sein Herz nur noch ein Schatten seiner selbst.

Die Unterlagen über Irene Böhm begannen im Mai 1973 mit Kopien der Untersuchungsergebnisse aus der Schweiz. Dr. Carl hatte sich damit begnügt, die Patientin zu beobachten, die an einer Eileiterentzündung litt. Die Behandlung dauerte acht Monate. Dann galt Frau Böhm als geheilt, aber in den Unterlagen hieß es: ›Sterilität‹. Irene Böhm war damals vierunddreißig. Zwei Jahre später stieß Dr. Carl auf eine neuerliche Erkrankung: Die Akte von Böhms Gattin enthielt die Durchschrift eines ausführlichen Briefes an den behandelnden Arzt in Lausanne, in dem von weiteren, dringend erforderlichen Untersuchungen die Rede war – es bestehe der Verdacht auf Gebärmutterkrebs, schrieb Dr. Carl. Es folgte eine heftige Klage über die Unzulänglichkeit der afrikanischen Kliniken und die lächerlichen Möglichkeiten, die ihm zur Verfügung stünden. Abschließend legte er seinem Kollegen nahe, er möge auf Irene Böhm einwirken und ihr von allzu häufigen Besuchen in Zentralafrika abraten. Damit schloß die Akte, im Jahr 1976, ohne weitere Unterlagen oder Notizen. Aber ich kannte ja die Fortsetzung. Die Untersuchungen und Laboranalysen in Lausanne hatten einen fortgeschrittenen, inoperablen Gebärmutterkrebs ergeben, und Frau Böhm hatte es vorgezogen, in der Schweiz zu bleiben, auf Heilung zu hoffen und ihren Zustand vor ihrem Mann und ihrem Sohn geheimzuhalten. Ein Jahr später war sie tot.

Greifbar wurde der Alptraum mit den Unterlagen über Philipp Böhm, den endlich wieder aufgetauchten Sohn des Vogelkundlers. Bereits in den ersten Monaten nach seiner Ankunft hatte das Kind mehrere heftige Fieberanfälle erlitten. Es war zehn Jahre alt. Im nächsten Jahr mußte es sich einer langen Behandlung gegen Koliken unterziehen. Es folgte eine Amöbeninfektion. Eine beginnende Bakterienruhr ließ sich noch abwenden, doch dann entwickelte sich ein Abszeß an der Leber. Ich sah mir die Verschreibungen an. Zwischen 1976 und 1977 besserte sich sein Zustand, seine Aufenthalte in der Klinik wurden seltener, die Ergebnisse der Laboruntersuchungen waren ermutigend. Der Junge war mittlerweile fünfzehn. Aber die Akte schloß mit einem Totenschein, datiert vom 28. August 1977, dem ein Autopsiebericht beilag. Ich nahm das zerknitterte, ordentlich und engbeschriebene Blatt heraus, das unterzeichnet war von ›Dr. Hippolyte M'Diaye, examiniert an der medizinischen Fakultät der Universität Paris‹. Und was ich nun las, machte mir klar, daß ich bisher erst ins Vorzimmer des Alptraums eingedrungen war.

Krankenhaus M'Baiki, Lobaye. Autopsiebericht.
28. August 1977.
Subjekt: Böhm, Philipp.
Geschlecht: männlich.
Rasse: Weiß, kaukasischer Typus.
Größe: 1,68 Meter; Gewicht: 78 Kilo.
Zustand: Nackt.
Geboren am 8. 9. 1962 in Montreux, Schweiz.
Gestorben wahrscheinlich am 24. 8. 1977 im Urwald, fünfzig Kilometer von M'Baiki in der Provinz Lobaye, Republik Zentralafrika.

Das Gesicht ist intakt bis auf Krallenspuren an den Wangen und Schläfen. Im Mund sind mehrere Zähne gebrochen, andere zerbröckelt, vermutlich aufgrund eines heftigen Kieferkrampfes (keinerlei Anzeichen äußerer Ekchymosen). Fraktur der Halswirbelsäule.

Die Vorderseite des Thorax weist eine tiefe Wunde auf, vom linken Schlüsselbein bis zum Nabel, exakt in der Mitte. Die Thoraxöffnung wurde durch einen vertikalen Brustbeinschnitt auf gesamter Länge vorgenommen. Auch der Oberkörper weist zahlreiche Krallenspuren auf, insbesondere rund um die Hauptwunde. Die beiden oberen Extremitäten wurden amputiert, die Finger der linken Hand sind gebrochen, der Zeige- und der Ringfinger der Rechten ausgerissen.

Die Untersuchung des Brustraumes ergibt das Fehlen des Herzens. Im Bauchraum sind mehrere Organe verschwunden beziehungsweise verstümmelt: Därme, Magen, Bauchspeicheldrüse. In der Umgebung der Leiche wurden Organteile mit den Spuren von Tierzähnen gefunden. Kein Anzeichen einer Blutung im Brustraum.

Sehr langer Einschnitt (sieben Zentimeter) unterhalb der rechten Leiste, der bis zum Oberschenkelhals reicht. Die Geschlechtsorgane (Penis und Hoden) sowie die Oberschenkelmuskeln wurden ausgerissen. Zahlreiche Krallenspuren auf den Schenkeln. Beide Schenkel sind außenseitig aufgerissen. Komplizierte Mehrfachbrüche beider Knöchel.

Schlußfolgerung: Der knapp fünfzehnjährige Philipp Böhm, Schweizer Staatsangehöriger, wurde während der Expedition PR 154, die er mit seinem Vater Max Böhm unternahm, nahe der Grenze zum Kongo von einem Gorilla angegriffen. Die Krallenspuren lassen daran keinen Zweifel, auch gewisse Verstümmelungen des Opfers sind typisch für den Gorilla: Er pflegt die Außenseite der Schenkel anzugreifen und seinem Opfer die Knöchel zu brechen, um jede Fluchtmöglichkeit auszuschließen. Anscheinend wurde der Verursacher des Gemetzels, ein altes Männchen, das sich seit einigen Wochen in der Gegend aufhielt, später von einer Familie von Aka-Pygmäen umgebracht.

Anmerkung: Die Leiche wird noch am selben Nachmittag nach Bangui in die Clinique de France gebracht. Eine Kopie des Autopsieberichts sowie des Totenscheins geht an Dr. Yves Carl. 28. August 1977. 10 Uhr 15.

Die Zeit blieb stehen in diesem Moment. Ich blickte auf und sah mich suchend in dem riesigen leeren Saal um. Mir war eiskalt, obwohl mir der Schweiß übers Gesicht rann. Die Übereinstimmungen in den Autopsieberichten über Philipp Böhm und Rajko Nikolitsch lagen auf der Hand. Zweimal war im Abstand von dreizehn Jahren ein Mensch ermordet worden, sein Herz entwendet und seine Leiche so hinterlassen, daß sie wie ein Opfer wilder Tiere aussah. Doch die schreckliche Entdeckung machte mir mit einem Schlag das Geheimnis von Max Böhm klar, und ich begriff, was geschehen war in der Finsternis des Dschungels, während der Expedition PR 154: Man hatte ihm das Herz seines eigenen Sohnes implantiert.

34

Nicht immer kommt guter Rat über Nacht. An diesem Montag, dem 16. September, stand ich auf wie in Trance. Mein Schlaf war ein einziger, grauenvoller Alptraum von den Qualen des jungen Philipp Böhm gewesen. Noch immer war ich starr vor Schrecken bei der Vorstellung von Max Böhm, der um seines eigenen Überlebens willen seinen Sohn ans Messer geliefert hatte. Mehr denn je war ich überzeugt, daß hinter dem Diamantengeschäft eine zweite Fährte verlief, daß ich einer Bande außergewöhnlicher Mörder auf der Spur war – mit denen der alte Max durch eine blutige Fessel verkettet war.

Auf dem Balkon vor meinem Zimmer trank ich meinen Tee. Um acht Uhr dreißig läutete das Telefon; es war Bonafé.

»Antioche? Sie können sich bei mir bedanken, mein Freund! Ich hab's geschafft, am Wochenende den Minister zu erreichen und eine Gestattungsbestätigung für Sie erwirkt! Sie erwartet Sie auf dem Schreibtisch des Generalsekretärs des Ministers, abholbereit! Am besten gehen Sie sofort hin. Ab heute nachmittag, vierzehn Uhr, können Sie dann einen unserer Wagen haben. Gabriel wird Sie fahren. Er sagt Ihnen auch, was Sie an Verpflegung, Geschenken, Ausrüstung und so weiter mitnehmen müssen. Noch eins: Er wird Ihnen auch einen Sack mit hundert Patronen geben, aber dabei bitte ich um Diskretion. Viel Glück!«

Er legte auf. Es war also Zeit für den Aufbruch: Der Urwald erwartete mich.

Ein paar Stunden später war ich unterwegs – nicht in dem

angekündigten Geländewagen, sondern einem Peugeot 404, an dessen Steuer Gabriel saß; er trug ein T-Shirt mit der Aufschrift: ›AIDS. Ich schütze mich. Ich benutze Kondome.‹ Auf dem Rücken war eine Landkarte von Zentralafrika zu sehen, die in einem Präservativ steckte.

Gleich nach der Stadtgrenze von Bangui war die Straße durch eine Militärstreife abgeriegelt. Unordentlich gekleidete Soldaten mit grimmigen Mienen und staubigen Maschinengewehren befahlen uns anzuhalten. Sie erklärten, sie müßten ›eine Überprüfung unserer Ausweise sowie eine vorschriftsmäßige Durchsuchung des Fahrzeugs vornehmen‹. Gabriel sprang sofort aus dem Wagen und begab sich mit den Pässen samt amtlicher Genehmigung in die Hütte. Zwei Minuten später war er wieder da, die Schranke hob sich, wir fuhren weiter. Die Wege der afrikanischen Administration sind unergründlich.

Von diesem Augenblick an breitete sich ein Fluoreszieren über die Landschaft. Zu beiden Seiten des Asphaltwegs ragten himmelhohe, lianenverwobene Bäume auf und umhüllten uns. »Das ist die einzige geteerte Straße von Zentralafrika«, erklärte Gabriel. »Sie führt nach Berengo, zum ehemaligen Kaiserpalast.« Die Sonne schien hier milder, und der Fahrtwind trug zarte und süße Düfte zu uns. Wir fuhren an stolzen Wesen vorbei, die mit der Eleganz und Anmut, wie sie nur den Schwarzen zu eigen ist, am Straßenrand einherschritten. Wieder nahm mir der Anblick der Frauen den Atem, sie erschienen mir wie lauter Blumen, prachtvolle Blüten auf langen geschmeidigen Stielen, die sich hier und dort zwischen hohen Gräsern wiegten.

Fünfzig Kilometer weiter erwartete uns die nächste Straßensperre. Wir kamen in die Provinz Lobaye. Wieder verhandelte Gabriel um die Weiterfahrt. Ich stieg aus. Der Himmel hatte sich verdüstert, gewaltige violette Wolken trieben darüber hin. Trauben kreischender Vögel hockten in den Bäumen und schienen sich vor dem dräuenden Gewitter zu fürchten. Ringsum herrschte eine wuselnde Aufregung. Lastwagen ballten sich, fast ineinander verkeilt, Männer tranken Seite an Seite an improvisierten Theken, Frauen verkauften direkt auf der Erde Waren aller Art.

Die meisten boten lebende Raupen an, haarig und bunt, die sich in großen Wannen wanden und ineinander verschlangen. Die Frauen hockten vor ihrer Ernte und lockten mit schrillen Schreien Käufer an: »Chef, es ist Raupenzeit, Zeit des Lebens, Zeit der Vitamine ...«

Der Gewittersturm kam jäh und brach mit Gewalt über uns herein. Gabriel schlug mir vor, bei seinen muslimischen Brüdern Tee zu trinken. Wir setzten uns auf eine behelfsmäßige Veranda, und ich trank meinen ersten echten Tee in Gesellschaft von Männern im weißen Burnus, auf dem Kopf die typische kleine Kappe. Minutenlang sah ich mich nur um, lauschte, bewunderte den Regen. Es war eine Begegnung voller Herzlichkeit, ein trautes Stelldichein, das im Herzen ein Gefühl von Freundschaft, Wonne und Wohlwollen hinterließ.

»Gabriel«, fragte ich nach einer Weile. »Kennst du einen gewissen Dr. M'Diaye in M'Baiki?«

»Natürlich, das ist der Bezirkspräsident«, antwortete Gabriel. »Wir müssen ihm einen Höflichkeitsbesuch abstatten. M'Diaye muß deine Genehmigung unterschreiben.«

Eine halbe Stunde später hatte der Regen aufgehört, und wir machten uns wieder auf den Weg. Es war vier Uhr nachmittags. Gabriel holte aus dem Handschuhfach einen Plastiksack voller schwärzlicher, gedrungen wirkender Patronen. Ich füllte sofort sechzehn Kugeln in das Magazin und schob es in den Lauf der Glock 21. Gabriel enthielt sich eines Kommentars, er beobachtete mich lediglich aus dem Augenwinkel. Eine Selbstladepistole in den Urwald mitzunehmen ist an sich nichts Erstaunliches; eine Waffe wie diese, fast ohne Gewicht, deren Mechanismen sich leise und leicht bewegten, hatte er freilich noch nie gesehen.

Dann tauchte M'Baiki vor uns auf: eine Ansammlung von Hütten aus Lehm und Blech, die sich in einzelnen Vierteln über den Abhang eines Hügels zogen. Auf der Spitze thronte eine große Villa, gestrichen in verwaschenen Blautönen. »Das Haus von Dr. M'Diaye«, murmelte Gabriel und steuerte den Wagen bis vor das Tor.

Wir betraten einen verwilderten Garten voller verschlungener Lianen und riesenblättriger Pflanzen. Sofort tauchte eine Schar Kinder auf, die hinter den Bäumen hervorlugten und uns belustigt musterten. Das Haus wirkte wie ein Überbleibsel aus Kolonialzeiten: sehr groß und unter ein langes Dach aus verrostetem Blech geduckt, hätte es prachtvoll sein können, aber unter den fortwährenden Regengüssen im Wechsel mit einer glutheißen Sonne welkte es langsam vor sich hin. In den Tür- und Fensteröffnungen hingen zerrissene Vorhänge.

M'Diaye wartete vor der Tür. Rotäugig blickte er uns entgegen.

Nach den üblichen Begrüßungsfloskeln setzte Gabriel zu einer langen Vorrede an, gespickt mit komplizierten Erklärungen über meine Expedition und mit Komplimenten an den ›Herrn Präsidenten‹. M'Diaye hörte mit unbewegter Miene zu. Er war ein kleiner Mann mit schlaff herabhängenden Schultern, auf dem Kopf einen tropfnassen Strohhut. Seine Gesichtszüge waren verschwommen, sein Blick noch mehr. Ich stand hier vor einem Exemplar des eingefleischten afrikanischen Säufers, der sich bereits im Zustand eines ansehnlichen Rausches befand. Endlich forderte er uns auf einzutreten.

Der große Saal lag im Halbdunkel. Entlang den Wänden verliefen Abzugsgräben, in denen es leise plätscherte. Mit äußerster Bedächtigkeit nahm M'Diaye einen Stift aus einer Schublade, um meine Genehmigung zu unterschreiben. Durch den Vorhang vor einer anderen Tür konnte ich einen Blick in den Hinterhof werfen: Dort saß eine dicke schwarze Frau mit länglichen Brüsten vor einem Bottich, in dem es von Raupen wimmelte. Sie spießte die Larven auf zugespitzte Zweige, die sie vorsichtig über ein glühendes Kohlebecken legte. Ihre Kinder tobten kreischend um sie herum.

M'Diaye unterschrieb jedoch nicht, sondern wandte sich an Gabriel: »In dieser Jahreszeit ist der Wald gefährlich.«

»Ja, Herr Präsident.«

»Es gibt wilde Tiere. Die Pisten sind schlecht.«

»Ja, Herr Präsident.«

»Ich weiß nicht, ob ich Ihnen gestatten kann, sich unter diesen Umständen auf den Weg zu machen ...«

»Ja, Herr Präsident.«

»Wie könnte ich Ihnen helfen, falls Sie einen Unfall haben?«

»Ich weiß nicht, Herr Präsident.«

Schweigen trat ein, Gabriel hatte die aufmerksame Miene eines guten Schülers aufgesetzt. Dann stellte M'Diaye die entscheidende Frage: »Sie müßten eine gewisse Summe hinterlegen. Eine Kaution sozusagen – damit ich Ihnen im Notfall helfen kann.«

Ich hatte genug von der Maskerade. »M'Diaye, ich muß mit Ihnen reden«, sagte ich. »Es ist wichtig.«

Der Präsident sah in meine Richtung und schien mich zum ersten Mal wahrzunehmen.

»Wichtig, sagen Sie?« Sein Blick schweifte durch den Raum. »Dann gehen wir trinken.«

»Wo?«

»Im Café. Gleich hinter dem Haus.«

Draußen hatte der Regen wieder eingesetzt, leicht und beiläufig.

M'Diaye führte uns in eine Garküche mit einem Fußboden aus gestampfter Erde und Tischen, die aus umgedrehten Bretterkisten bestanden. M'Diaye bestellte ein Bier, Gabriel und ich tranken Soda. Der Präsident heftete seinen matten Blick auf mich. »Ich höre«, sagte er.

Ich begann ohne Vorrede: »Erinnern Sie sich an Max Böhm?«

»Wen?«

»Er war ein Weißer, der vor fünfzehn Jahren die Diamantenminen beaufsichtigt hat.«

»Keine Ahnung.«

»Ein dicker Mann, der brutal und grausam war, die Arbeiter terrorisiert hat und mitten im Wald lebte.«

»Nein. Wirklich nicht.«

Ich hieb auf den Tisch, daß die Gläser hüpften. Gabriel sah mich verblüfft an.

»M'Diaye, Sie waren noch jung damals. Sie hatten kurz zuvor Ihren Doktor gemacht. Sie haben den Autopsiebericht von Philipp Böhm, Maxens Sohn, unterschrieben. Das können Sie nicht vergessen haben. Der Junge war völlig zerstückelt, sein Körper übersät von Wunden, und sein Herz war verschwunden. Alle diese Details habe ich aus Ihrem Bericht, M'Diaye. Ich habe ihn hier bei mir, von Ihnen selbst unterzeichnet.«

Der Doktor starrte mich stumm aus seinen roten Augen an. Dann tastete er nach seinem Glas, ohne den Blick von mir zu wenden, hob es an die Lippen und trank sein Bier in kleinen Schlucken. Ich schob meine Weste beiseite und ließ den Lauf der Glock sehen. Die anderen Gäste verließen das Lokal.

»Als Todesursache nannten Sie den Angriff durch einen Gorilla. Ich weiß, daß Sie gelogen haben. Sie haben, wahrscheinlich gegen eine Bestechungssumme, einen Mord vertuscht. Das war am 28. August 1977. Antworten Sie, Doktor, auf der Stelle!«

M'Diaye wandte den Kopf, musterte das Stück Himmel in der offenen Tür und trank erneut. Ich zog meine Pistole und schlug dem Säufer mit dem Kolben ins Gesicht. Er wankte und taumelte gegen die Blechwand, der Hut fiel ihm vom Kopf. In seiner Haut steckten Glasscherben, und aus der aufgerissenen Wange floß das Blut. Gabriel versuchte mich zurückzuhalten, aber ich stieß ihn fort. Ich packte M'Diaye am Kragen und rammte ihm den Lauf in ein Nasenloch.

»Saukerl«, brüllte ich. »Du hast einen Mord kaschiert mit deinen Lügen. Kindsmörder hast du gedeckt, du ...«

M'Diaye wedelte schlaff mit einem Arm. »Ich ... ich werde

reden.« Er sah Gabriel an, dann sagte er zögernd: »Laß uns allein ...«

Gabriel verschwand, M'Diaye lehnte sich gegen die Wellblechwand. Leise fragte ich: »Wer hat die Leiche gefunden?«

»Sie ... sie waren zu mehreren.«

»Wer?«

M'Diaye ließ sich Zeit mit der Antwort. Ich verstärkte meinen Griff um seinen Hals.

»Die Weißen ... Tage vorher ...«

Ich zog den Pistolenlauf aus seiner Nase, ohne die Waffe sinken zu lassen.

»Eine Expedition ... Sie waren auf der Suche nach neuen Diamantenminen im Wald.«

»Ich weiß. PR 154. Ich will Namen wissen.«

»Max Böhm. Sein Sohn Philipp Böhm. Und ein dritter Weißer, ein Südafrikaner. Ich weiß nicht, wie er hieß.«

»Das waren alle?«

»Nein. Otto Kiefer war auch dabei. Bokassas Mann.«

»Otto Kiefer war bei der Expedition dabei?«

»Ja ... Ja ...«

Ich sah auf einmal einen neuen Zusammenhang: Max Böhm und Otto Kiefer waren nicht nur durch den gemeinsamen Diamantenhandel aneinandergekettet, sondern auch durch diese grausame Nacht im Urwald. Der Präsident wischte sich über den Mund, Blut tropfte auf sein Hemd. Er fuhr fort: »Die Weißen sind hier in M'Baiki vorbeigekommen und weitergegangen bis zur SCAD.«

»Und dann?«

»Weiß ich nicht. Eine Woche später ist der große Weiße, der Südafrikaner, ganz allein zurückgekommen.«

»Hat er irgendwas erklärt?«

»Überhaupt nichts. Er ist nach Bangui zurückgefahren, und man hat ihn nie mehr wiedergesehen. Nie mehr.«

»Und die anderen?«

»Zwei Tage später ist Otto Kiefer aufgetaucht. Er kam zu mir ins Krankenhaus und sagte: ›Draußen, im Lieferwagen, hab' ich einen Kunden für dich.‹ Es war eine Leiche, lieber Gott, die Leiche eines Weißen mit offenem Brustkorb. Das Gedärm hing ihm überall raus. Nach einer Weile habe ich den Sohn von Max Böhm erkannt. Kiefer sagte: ›Ein Gorilla hat das angerichtet. Du mußt die Autopsie machen.‹ Ich fing an, am ganzen Körper zu zittern, und Kiefer brüllte mich an: ›Tu, was man dir sagt, und mach die Autopsie, in Gottes Namen! Und denk dran: Das ist das Werk eines Gorillas!‹ Ich hab' mich an die Arbeit gemacht, im Operationssaal.«

»Und dann?«

»Eine Stunde später war Kiefer wieder da. Ich war halb tot vor Angst. Er kam zu mir und fragte, ob ich fertig sei. Ich sagte, daß Philipp Böhm auf keinen Fall von einem Gorilla umgebracht worden sein konnte. Er sagte, ich solle das Maul halten, und holte ein Bündel französischer Geldscheine hervor – Fünfhundertfrancsscheine waren es, ganz neu und glatt. Dann fing er an, sie in den offenen Brustkorb der Leiche zu stopfen. Herr im Himmel, das werde ich nie vergessen, diese Geldscheine zwischen den Eingeweiden. Dann sagte Kiefer: ›Ich verlang' nicht von dir, irgendwelchen Blödsinn zu erzählen‹ – und währenddessen stopfte er weiter das Geld in die Leiche –, ›nur die Bestätigung, daß es sich um einen Angriff durch einen Gorilla handelt.‹ Ich wollte was sagen, aber er war gleich wieder verschwunden. Ich habe das Geld rausgeholt und saubergemacht. Dann habe ich den Bericht so verfaßt, wie man's von mir verlangt hatte.«

Mir kochte das Blut in den Adern. M'Diaye starrte mich immer noch aus trüben Augen an. Ich richtete wieder die Waffe auf sein Gesicht und zischte: »Erzähl mir von der Leiche!«

»Die Wunden ... Sie waren viel zu exakt. Das waren keine Krallenspuren, wie ich geschrieben habe. Das waren Schnitte mit dem Skalpell. Daran besteht kein Zweifel. Und vor allem fehlte das Herz. Als ich den Brustraum untersuchte, sah ich sofort, daß die Arterien und Venen sauber durchtrennt waren. Die Arbeit eines Profis. Mir war klar, daß jemand das Herz des weißen Jungen gestohlen hatte.«

»Sprich weiter«, sagte ich mit bebender Stimme.

»Ich habe die Leiche zugenäht und meinen Bericht fertiggestellt. Angriff durch einen Gorilla. Fall erledigt.«

»Wieso hast du nicht eine einfachere Todesursache erfunden? Einen Anfall von Sumpffieber zum Beispiel?«

»Unmöglich. Ich wußte, daß in Bangui Dr. Carl die Leiche sehen würde.«

»Wo ist dieser Dr. Carl?«

»Tot. An Typhus gestorben, vor zwei Jahren.«

»Wie ist die Geschichte mit Philippe Böhm ausgegangen?«

»Weiß ich nicht.«

»Wer hat deiner Ansicht nach diese mörderische Operation vorgenommen?«

»Keine Ahnung. Jedenfalls war es ein Chirurg.«

»Hast du Max Böhm wiedergesehen?«

»Nie mehr.«

»Hast du je von einer ambulanten Klinik gehört, die es mitten im Wald, jenseits der Grenze, geben soll?«

»Nein.« M'Diaye spuckte Blut, dann wischte er sich mit dem Ärmel die Lippen ab. »Unsereiner geht nie dorthin. Da gibt es Panther, Gorillas, Geister ... Es ist die Welt der Finsternis.«

Ich ließ ihn los, und M'Diaye fiel zu Boden. Unterdessen waren Männer und Frauen herbeigeströmt und ballten sich vor den Fenstern des Lokals, aber keiner wagte einzutreten. An der Tür stand Gabriel und flüsterte: »Man muß ihn in die Klinik bringen, Louis. Einen Arzt holen.«

M'Diaye stützte sich auf den Ellenbogen. »Was für einen Arzt denn?« fragte er grinsend. »Der Arzt bin ich!«

Ich sah ihn voller Verachtung an, während er einen großen roten Schwall erbrach. Ich wandte mich an die Schwarzen, die das makabre Schauspiel aufmerksam verfolgten, und schrie: »Kümmert euch doch um ihn, in Gottes Namen!«

Wieder antwortete M'Diaye. »Und der Diesel?« gurgelte er.

»Was für ein Diesel?«

»Man muß den Treibstoff bezahlen – für den Stromgenerator in der Klinik.«

Ich warf ein Bündel Geldscheine auf den Tisch, drehte mich um und ging.

35

Mehrere Stunden lang fuhren mir über eine holprige Schlammstraße. Der Tag neigte sich dem Ende zu, und ein merkwürdig trockener Regen, der mehr aus Staub denn aus Wasser bestand, legte sich wie ein Schleier über die Windschutzscheibe. Endlich fragte Gabriel: »Woher weißt du von dieser Sache mit dem Weißen?«

»Das ist eine alte Geschichte, Gabriel. Reden wir nicht mehr davon. Was immer du denkst, ich bin wegen einer Reportage über die Pygmäen hier. Das ist mein einziges Vorhaben.«

Ein breiter Weg öffnete sich vor uns, rechts und links standen Hütten; wir waren im Dorf der SCAD. Rechts in der Ferne lagen die Gebäude des Sägewerks. Gabriel bremste, und wir fuhren im Schrittempo durch einen Strom rotbestäubter Männer und Frauen, deren Leiber mit trockenem Rascheln die Karosserie des Wagens streiften. Die Grellheit der Farben, die Schärfe der Empfindungen strengten mich an.

Am anderen Ende des Dorfes ragten mehrere Gebäude aus Beton auf, und Gabriel erklärte: »Das ist die ehemalige Klinik von Schwester Pascale. Du kannst heute hier übernachten, bevor du morgen in den Wald gehst.«

In den kleinen Blockhäusern standen Feldbetten, die mit Plastikfolie abgedeckt und in hohe Moskitonetze gehüllt waren – mehr war nicht nötig für eine anständige Übernachtung. In der Ferne führte die rote Piste weiter, tief in den Wald hinein, der sich wie eine geschlossene Mauer erhob –

nur der Einschnitt der Straße war anfangs noch zu erkennen, ihr Verlauf aber verlor sich alsbald in dem grünen Schlund.

Gabriel und ein paar andere luden das Material aus, während ich die Umgebungskarte studierte, die Bonafé mir mitgegeben hatte. Vergeblich. In der Richtung, in die ich wollte, gab es keinerlei Pfad. Die SCAD war der letzte verzeichnete Posten kurz vor dem undurchdringlichen Dschungel, der sich mindestens fünfhundert Kilometer weit in den Süden erstreckte. Das Dorf rund um das Sägewerk schien auf dem Rand eines endlosen Abgrunds aus undurchdringlicher Vegetation zu balancieren.

Ich sah auf. Sonderbare Männer umringten uns auf einmal, keiner höher als einen Meter fünfzig. Sie waren in Lumpen gekleidet, schmutzige T-Shirts, zerrissene Hemden. Ihre Haut war hell, karamelfarben, und ihre Gesichter lächelten sanft. Gabriel bot ihnen sogleich Zigaretten an, woraufhin sie in schallendes Gelächter ausbrachen. Der große Schwarze erklärte: »Das sind Akas, Chef, Pygmäen. Sie leben hier in der Nähe, in Zoumia, einem Hüttendorf.«

Dann tauchten ein paar Frauen auf, mit nacktem Oberkörper und rundem Bauch, um die Taille einen Gürtel aus Laub oder Stoff. Ihre Kinder schleppten sie in Tragetüchern mit sich herum und lachten noch lauter als die Männer. Sie nahmen die angebotenen Zigaretten entgegen und rauchten mit Begeisterung. Alle Frauen hatten ihr Haar sehr kurz geschnitten, erst bei näherem Hinsehen offenbarten sich die Raffinessen. Eine Frau stellte auf dem Hinterkopf Sägezahnmuster zur Schau, eine andere trug zwei Furchen entlang den Schläfen, und ihre Augenbrauen waren zwei schön geschwungene, gepunktete Linien. Auf ihrer Haut erkannte ich Narbenwülste, die Kurven, Arabesken, phantastische Gestalten bildeten. Ein anderes Detail aber machte mich schaudern: Alle diese Pygmäen hatten spitz zugefeilte Zähne.

Gabriel stellte mir seinen Vetter vor, der mich bis nach Zoko begleiten würde: Beckes war ein hochgewachsener, schlaksiger Schwarzer in einem Trainingsanzug mit Adidas-

Abzeichen, der niemals seine Sonnenbrille abnahm. Er trug eine entwaffnende Ruhe zur Schau. Er grinste mich breit an und bestellte mich für den nächsten Morgen um sieben zur selben Stelle – ohne weiteren Kommentar.

Gabriel ging mit ihm. Er wollte *en famille* speisen, in der SCAD. Ich bat ihn, in spätestens acht Tagen wieder herzukommen. Er nickte, zwinkerte mir zu und wünschte mir viel Glück. Meine Kehle war zugeschnürt, als ich das Motorengeräusch des Peugeot sich entfernen hörte.

Bald war die Dunkelheit hereingebrochen. Eine Frau kochte ein Essen, von dem sie mir einen Napf voll reichte – ein Brei aus Maniok, eine Art grauweißer Leim, der nach Exkrementen roch und den ich mühsam hinunterwürgte. Ich beschloß, im Freien auf dem Dach zu schlafen, und kroch in meinen Baumwollschlafsack. Dann lag ich wach unter den Sternen, mit weit offenen Augen, und wartete auf den Schlaf. In wenigen Stunden würde ich den Urwald kennenlernen. Die grüne Hölle. Ich empfand eine unbestimmte Angst, hartnäckig wie das dumpfe Knurren unbekannter Tiere, die mich aus dem Dschungel heraus willkommen hießen.

36

Am nächsten Morgen um sieben Uhr erschien Bekkes. Wir tranken zusammen Tee. Er sprach ein sehr eingeschränktes Französisch, durchsetzt mit längeren Phasen des Schweigens und hier und dort einem nachdenklichen ›gut, gut‹. Aber im Dschungel des zentralafrikanischen Südens kannte er sich hervorragend aus. Die Piste vor uns, meinte er, freigelegt von den Bulldozern des Sägewerks, sei nicht länger als einen Kilometer. Danach müsse man auf schmalen Pfaden weitergehen. Auf solchen Wegen könnten wir Zoko nach einem dreitägigen Marsch erreichen. Ich nickte, freilich ohne die leiseste Vorstellung, was ein derartiger Marathon wirklich bedeutete.

Nach und nach trudelte die Mannschaft ein: Beckes hatte fünf Pygmäen angeheuert, die unser Gepäck tragen würden. Fünf kleine zerlumpte Männer, die rauchten und grinsten und bereit schienen, uns bis ans Ende der Finsternis zu folgen. Er hatte sogar eine Köchin engagiert; sie hieß Tina und war eine junge M'Baka von betörender Schönheit. Mit wiegenden Hüften schritt sie in ihrem fransenbehängten Umhang einher und trug auf dem Kopf einen riesigen Kessel, in dem sie ihre Küchenutensilien und ihre persönlichen Habseligkeiten beförderte. Sie lachte unablässig, die Expedition in den Urwald schien sie zu entzücken.

Ich verteilte Zigaretten und erklärte in groben Zügen den Verlauf unserer Wanderung; Beckes übersetzte in Sango. Ich sprach nur von der Expedition nach Zoko, meine weiteren Vorhaben erwähnte ich nicht. Vom Pygmäen-Dorf aus wollte ich mich im Alleingang zu den Minen von Otto Kiefer aufmachen, die nur ein paar Kilometer weiter im Südosten lagen. Noch einmal sagte ich, wir würden nicht länger als eine Woche unterwegs sein, dann studierte ich lang die rötliche Piste, die sich in einem monströsen Dickicht, einem hermetischen Geflecht aus Bäumen und Lianen verlor. Die Truppe setzte sich in Marsch.

Der Dschungel war ein Friedhof, eine Mischung aus verbissenem Daseinskampf und vollständiger Vernichtung. Überall lagen umgestürzte Bäume, vermoderndes Holz, Fäulnisdüfte stiegen auf, die mir wie die letzten Zuckungen eines Lebens in Maßlosigkeit vorkamen. Durch diesen Wald zu gehen hieß, sich dem ständigen Todeskampf auszusetzen, der Melancholie der Düfte, der Feindseligkeit der Moore und Sümpfe. Manchmal drang ein Sonnenstrahl durch das Laubdach und fiel auf die üppige Masse aus Blättern und Lianen, die unter der Berührung zu erwachen schienen, sich wanden und aufjauchzten und wie ausgedörrte Leiber sich mit dem unverhofften Licht vollsogen. Dann wurde der Wald ein wimmelnder Fischteich, ein so mächtiges, dringendes, überquellendes Wuchern, daß man es unter den Füßen wachsen zu hören glaubte. Trotzdem empfand ich kein Gefühl der Bedrängnis. Denn der Wald war auch ein unendlich hingebreitetes Meer. Zwischen den lianenumschlungenen hohen Stämmen, den herabhängenden Ästen, den Myriaden vielgestaltiger Blätter, diesem gigantischen Spitzengewebe, das unseren europäischen Wäldern ähnelte, herrschte eine unvorstellbare Freiheit. Trotz der Schreie, trotz des Baumdickichts wirkte der Wald wie ein großer luftiger Raum. Natürlich war diese Einsamkeit ein Trugbild: Kein Millimeter war hier unbewohnt, überall lebte es und drängte sich wimmelnd durcheinander.

Jedes Tier, sagte Beckes, besetze einen spezifischen Lebensraum. Die durch den Sturz eines Baumes entstandene Lichtung sei die Zuflucht des Stachelschweins, das undurchdringliche Unterholz, abgeschirmt durch Lianen, werde von

Antilopen bewohnt, und auf den offenen Lichtungen, sagte er, nisteten die Vögel und sängen den ganzen Tag, dem Regen zum Trotz.

Manchmal, wenn ein Knurren ertönte oder ein schriller Pfiff sich über die anderen Geräusche erhob, fragte ich Bekkes: »Was ist das für ein Schrei?«

Er dachte eine Weile nach, dann antwortete er: »Das ist die Ameise.«

»Die Ameise?!«

»Sie hat Flügel, einen Schnabel und geht auf dem Wasser.« Er zuckte die Achseln. »Die Ameise.«

Beckes hatte seine eigenen Vorstellungen vom tropischen Regenwald. Wie alle M'Baka war er überzeugt, der Dschungel werde von Geistern bewohnt, mächtigen unsichtbaren Kräften, die mit den wilden Tieren heimliche Bündnisse geschlossen hatten. Im übrigen spricht ein Zentralafrikaner ganz anders von den Tieren als ein Europäer. In seinen Augen sind Tiere dem Menschen zumindest ebenbürtige, oft auch überlegene Wesen, die respekteinflößend und furchterregend sind, geheime Gefühle hegen und verborgene Kräfte besitzen. So sprach Beckes von ›der‹ Gorilla nur mit gedämpfter Stimme, aus Furcht, ›sie‹ zu ärgern, und erzählte, wie die Pantherin des Abends das Glas der Lampe allein durch ihren Blick bersten lassen könne.

Mit dem ersten Tag setzten die Regengüsse ein. Es war ein unablässiger Wolkenbruch, der bald zu einem wesentlichen Bestandteil unserer Wanderung wurde, nicht minder bestimmend als die Bäume, die Vogelrufe und unsere eigene Aufregung. Diese Sturzbäche brachten keine Frische, sie erschwerten nur unsere Expedition, denn die Erde wurde zum Morast, in dem wir knöcheltief versanken. Aber alle marschierten unverdrossen voran, als könne der Zorn des Himmels uns nichts anhaben.

In dieser Sintflut begegneten wir mehreren Jägern vom Stamm der M'Baka. Auf dem Rücken trugen sie schmale Körbe, in die sie ihre Beute gestopft hatten: Gazellen mit ockerfarbenem Fell, Affen, zusammengekrümmt wie Säuglinge, silberfarbene Ameisenbären. Die großen Schwarzen tauschten Zigaretten und freundliche Worte mit uns, aber in ihren Mienen stand eine deutliche Unruhe. Sie wollten noch vor Einbruch der Nacht den nördlichen Rand des Waldes erreichen. Nur die Aka wagten es, der Dunkelheit zu trotzen und die Geister zum Narren zu halten. So marschierte unser Trupp in den Süden hinunter wie eine wandelnde Blasphemie.

Jeden Abend schlugen wir unsere Zelte auf, um uns vor dem Regen zu schützen. Um sechs Uhr brach mit einem Schlag die Nacht herein, die Glühwürmchen begannen zu leuchten und schwirrten unermüdlich durch die Bäume. Ein wenig später aßen wir, saßen auf der Erde, eng ums Feuer geschart, und stießen Laute wie ausgehungerte Tiere aus.

Ich sprach nicht, sondern dachte an das geheime Ziel meiner Wanderung. Dann kroch ich in mein Zelt, und im Schutz der Planen lauschte ich den Regentropfen, die auf das doppelte Zeltdach prasselten. In diesen Momenten ließ ich mich auf die Stille ein und dachte über den tragischen Verlauf meines Abenteuers nach. Ich dachte an die Störche, an die Länder, die ich durchquert hatte wie ein Meteor, und die Flut von Gewalt, die unter meinen Schritten aufbrandete, und hatte das Gefühl, als folgte ich einem Fluß aus Blut, dessen Quelle ich bald entdecken würde – dort, wo Max Böhm das Herz seines Sohnes gestohlen hatte, wo drei Männer, Böhm, Kiefer und van Dötten, einen teuflischen Pakt auf der Grundlage von Diamanten und Störchen geschlossen hatten. Ich dachte auch an Sarah. Ohne Reue oder Trauer. Unter anderen Umständen hätten wir vielleicht unser Leben gemeinsam aufgebaut.

Und ich gebe es zu, ich dachte auch an Tina, unsere Köchin. Wenn wir unterwegs waren, konnte ich nicht umhin, ihr verstohlene Blicke zuzuwerfen. Sie hatte das Profil einer Königin, einen schlanken Schwanenhals, der in ein kurzes Kinn mündete und dann in einen ausladenden Kiefer überging, überschüttet von breiten, sinnlichen, sanften Lippen. Unter der gewölbten Stirn funkelten ihre Augen, und von ihrem Schädel standen Zöpfe ab wie Antilopenhörner. Mehrmals hatte sie meine Blicke bemerkt und zu lachen begonnen, und ihr Mund war aufgeblüht wie eine kristallene Blume, und sie hatte gemurmelt: »Hab keine Angst, Louis.«

»Ich habe keine Angst!« hatte ich in festem Ton geantwortet und mich wieder auf die Hindernisse auf meinem Weg konzentriert.

Am dritten Tag war immer noch keine Spur eines Pygmäen-Lagers zu sehen. Der Himmel existierte nur noch in der Erinnerung, und vor Erschöpfung waren unsere Muskeln gespannt wie eiserne Stangen. Mehr denn je hatte ich das Gefühl, senkrecht in einen endlosen Schacht in der Erde hinabzusteigen, mitten ins Herz des pflanzlichen Lebens vorzudringen – ohne Hoffnung auf Rückkehr.

Und doch, am 18. September nachmittags begegneten wir einem brennenden Baum. Ein roter Glutherd in einem feuchtgrünen Meer. Es war seit unserem Aufbruch das erste Anzeichen menschlicher Gegenwart. Hier hatte man es offensichtlich vorgezogen, den riesigen Stamm zu verbrennen, ehe er unter dem Gewicht der Regenmassen zusammenbrach. Triefend vor Nässe drehte Beckes sich um und sagte lächelnd: »Wir sind bald da.«

37

Das Lager Zoko war auf einer großen, kreisrunden Lichtung errichtet. Laubhütten und Katen aus Laterit reihten sich rund um den Hauptplatz, der vollständig gesäubert und leer wie ein Stück Wüste war. Merkwürdigerweise hatten der Boden, die Wände und Laubkuppeln nicht mehr die Farben des Waldes, Grün und Rot, sondern waren von einem harten Ocker, als hätten die Menschen hier sich durch den Dschungel bis zur Erdkruste hinunter gegraben. Ins Dickicht der Pflanzenwelt hatten sie eine regelrechte Bresche gehauen.

Es herrschte ein reges Treiben. Mit ausladenden Tragekörben aus geflochtenen Zweigen, randvoll mit Früchten, Körnern und Wurzelknollen, kehrten die Frauen vom Sammeln zurück, über andere Pfade trafen die Männer ein und schleppten erlegte Affen und Gazellen oder lange Fangnetze auf dem Rücken. Ein schwerer bläulicher Rauch waberte um die Hütten, kräuselte sich zu Spiralen und stieg schließlich über der Mitte des Lagers auf. Der Regen hatte vor kurzem aufgehört, und nach einer Weile erkannte ich in dem aufgeregten Durcheinander, daß vor den Hütten Frauen saßen und die Glut schürten, die den beißenden Rauch verströmte. »Pygmäen-Technik«, sagte Beckes. »Um die Insekten zu vertreiben.« Ein Gesang erhob sich, ein langer, hoher Singsang, durchsetzt mit plötzlichen klangvollen Tonsprüngen; die Sänger spielten mit ihrer Stimme wie auf einer hochempfindlichen Saite. Wir hatten diesen Gesang schon gehört, als wir an dem brennenden Baum vorbeigekommen waren. Die Akas kommunizierten auf diese Weise über größere Entfernungen oder drückten ganz einfach ihre Lebensfreude aus.

Ein großer Schwarzer kam uns entgegen: Alphonse, der Lehrer, der ›Eigentümer‹ der Pygmäen von Zoko. Er bestand darauf, daß wir uns vor Einbruch der Nacht auf einer zweiten, kleineren Lichtung in der Nähe niederließen. Dort stand ein etwa zehn Meter langes Regendach, unter dem seine Familie lebte. Neben diesem Dach schlug ich mein Zelt auf, während meine Gefährten Matten aus Palmenblättern flochten. Zum erstenmal seit drei Tagen waren wir im Trockenen.

Alphonse redete wie ein Wasserfall, er erzählte von ›seinem‹ Dorf, wobei er auf jeden Bestandteil des Pygmäen-Lagers von weitem mit dem Finger deutete.

»Und Schwester Pascale?« fragte ich am Ende seines Vortrags.

Alphonse runzelte die Stirn. »Die Klinik, meinen Sie? Sie ist am anderen Ende des Lagers, hinter den Bäumen. Ich rate Ihnen aber nicht, heute abend hinzugehen. Die Schwester ist ärgerlich.«

»Ärgerlich?«

»Sehr ärgerlich«, wiederholte Alphonse nur, während er sich abwandte.

Die Träger bereiteten ein Lagerfeuer vor; ich trat zu ihnen und setzte mich auf einen winzigen Schemel. Bald knisterten die Flammen und verströmten einen intensiven Geruch von nassem Gras: nur sehr widerstrebend verbrannten die Pflanzen, die im Feuer gefangen waren. Jäh war die Nacht hereingebrochen, eine Nacht voller feuchter Schneisen, kühler Windzüge, gellender Vogelschreie. Tief in mir spürte ich etwas wie einen leisen Ruf, einen Hauch nur, leicht wie ein Aufatmen des Herzens; ich hob die Augen und begriff, was es mit diesem neuen Gefühl auf sich hatte: Über uns öffnete sich ein klarer, sternenübersäter Himmel. Vier Tage war es her, seit ich zuletzt das Firmament gesehen hatte.

In dem Augenblick setzten die Trommeln ein.

Ich konnte nicht anders, ich mußte lächeln. Es war so unwirklich – und zugleich so vorhersehbar. Im tiefsten Urwald hörten wir das Herz der Erde schlagen. Beckes stand auf und brummte: »Nebenan wird gefeiert, Louis. Da müssen wir hin.« Hinter ihm lachte Tina mit bebenden Schultern. Eine Minute später standen wir am Rand der großen Lichtung.

Im Halbdunkel erkannte man die Aka-Kinder, die kreuz und quer durcheinanderliefen. Vor den Lehmhütten wickelten kleine Mädchen sich in Baströcke. Ein paar Jungen hatten Speere ergriffen und deuteten Tanzschritte an, aber sie gaben ihre Anstrengungen gleich wieder auf und krümmten sich vor Lachen. Aus dem umliegenden Gehölz kamen die Frauen und trugen auf der Hüfte Bündel von Laub und Zweigen herbei, und die Männer sahen dem Treiben belustigt zu, während sie die von Beckes ausgegebenen Zigaretten rauchten. Und ständig dröhnte die Trommel und verhieß kommende Entzückungen.

Alphonse eilte herbei, eine Windlampe in der Hand. »Wollen Sie die Pygmäen tanzen sehen, Chef?« flüsterte er mir ins Ohr. »Dann folgen Sie mir.« Ich ging ihm nach. Er setzte sich auf eine kleine Bank nahe den Hütten und stellte die Lampe vor sich auf den Boden, so daß die kleinen Geistergestalten im Schein des Feuers deutlich zu sehen waren. Ihr festlicher Tanz zerriß die düstere Nacht.

Die Akas tanzten in zwei getrennten kreisförmigen Bögen. Auf der einen Seite die Männer, auf der anderen die Frauen. Ein dumpfer Singsang erhob sich: *»Aria mama, aria mama ...«* In das Gewebe rauher und tiefer Stimmen mischte sich manchmal ein spitzer Kinderton, hoch und schrill über dem allgemeinen Tumult. *»Aria mama, aria mama ...«* Im Licht der Lampe sah ich zuerst die Frauen vorbeikommen. Runde Bäuche, geschmeidige Beine, Büschel von Laub. Gleich danach erschienen die Männer. Im Petroleumlicht schimmerten die karamelfarbenen Körper erst rot, dann goldbraun, dann aschgrau. Die Baströcke vibrierten gegen den Takt und hüllten die Hüften ihrer Träger in einen bebenden Schleier. »*Aria mama, aria mama ...*«

Die hämmernden Trommelschläge wurden lauter. Mit gekrümmtem Rücken beugte der Trommler sich über sein Instrument, die Zigarette im Mund. Unter Einsatz aller Muskeln schlug er zu, und sein Hals war gereckt wie der eines Adlers. Ich erschauderte, als ich seine Augen sah: völlig weiß, leuchtend in der Dunkelheit. Alphonse bemerkte meinen Blick und begann zu lachen: »Ein Blinder. Nur ein Blinder. Und der beste aller Musiker.« Gleich darauf fielen die anderen Trommler ein. Der Rhythmus wurde schneller, füllte sich mit Echos und Synkopen und wuchs zu einem Lied der Erde an, das schwindelerregend und unwiderstehlich aufbrandete. Weitere Stimmen erhoben sich, vereinigten sich, umschlangen einander über dem Grundgesang ›*Aria mama, aria mama ...*‹. Die Magie schwebte als leuchtende Klangwolke unter dem sternenklaren Himmel.

Wieder kamen die Frauen an der Lampe vorbei. In einer Reihe, jede mit den Händen auf den Hüften ihrer Vorgängerin, bewegten sie sich vorwärts im Takt – es war, als streiften und streichelten sie den Rhythmus, ihre Körper gehörten den Schlägen der Trommeln, wie das Echo dem Schrei gehört, der es auslöst. Sie waren selbst reiner Klang geworden, Widerhall aus Fleisch und Blut. Die Männer kehrten zurück. Kauernd, beide Hände auf dem Boden, schwangen sie hin und her wie Pendel – mit einemmal Tiere geworden, Geister, Elfen ...

»Was feiern sie denn?« schrie ich Alphonse ins Ohr, um den Lärm der Trommeln zu übertönen.

Alphonse warf mir einen befremdeten Blick aus funkelnden Augen zu; der Rest seines Gesichts verschwand in der Dunkelheit. »Feiern?« fragte er. »Sie feiern nicht, sie trauern. Eine Familie aus dem Süden hat ihre kleine Tochter verloren. Deswegen tanzen sie heute mit ihren Verwandten aus Zoko. Das ist so üblich.«

»Woran ist sie gestorben?«

Alphonse schüttelte den Kopf und schrie in mein Ohr: »Es ist grauenhaft, Chef! Ganz grauenhaft! Gomun wurde von der Gorilla überfallen.«

Ein roter Schleier legte sich vor meine Augen.

»Was weiß man über den Unfall?« fragte ich mühsam.

»Nichts. Boma, der Lagerälteste, hat sie entdeckt. Gomun war an dem Abend nicht nach Hause gekommen. Die Leute haben Suchtrupps ausgeschickt. Sie fürchten die Rache des Waldes.«

»Rache?«

»Gomun hat nicht im Einklang mit der Tradition gelebt. Sie weigerte sich zu heiraten. Sie wollte bei Schwester Pascale weiterlernen. Aber die Geister lieben es nicht, wenn man sich über sie lustig macht. Deshalb hat die Gorilla sie überfallen. Das weiß jeder: der Wald hat sich gerächt.«

»Wie alt war Gomun?«

»Fünfzehn, glaube ich.«

»Wo genau hat sie gelebt?«

»In einem Lager im Südosten, nahe den Minen des weißen Mannes.«

Das Hämmern der Trommeln hielt meinen Geist gefangen. Der Blinde war gänzlich entfesselt und hieb mit hervorquellenden Augäpfeln auf sein Instrument ein.

»Ist das alles, was du mir sagen kannst? Sonst weißt du nichts?« rief ich.

Alphonse schnitt eine Grimasse, und seine weißen Zähne erschienen über einer rosafarbenen Zunge; mit einer wegwerfenden Geste erklärte er: »Laß gut sein, Chef. Die Geschichte ist häßlich. Sehr häßlich.«

Dann schickte er sich an, aufzustehen, aber ich hielt ihn am Arm fest. Der Schweiß rann mir über das Gesicht. »Denk gut nach, Alphonse«, sagte ich.

Der Schwarze geriet in Wut. »Was willst du eigentlich, Chef?« schrie er mich an. »Daß die Gorilla zurückkommt? Sie hat Gomun die Arme und Beine ausgerissen. Sie hat alles ringsum niedergetrampelt, die Bäume, die Lianen, den Boden. Willst du, daß sie dich hört? Daß sie kommt und uns genauso zermalmt?«

Der M'Baka sprang auf und packte mit zorniger Geste seine Lampe.

Die Pygmäen tanzten immer noch, und jetzt imitierten sie eine Riesenraupe. Die Trommel des Blinden schlug schneller, immer schneller, und mein Herz ebenso. Die Serie von Morden war mir in Form von Namen und Leidensdaten ins Gehirn gebrannt. August 1977: Philipp Böhm. April 1991: Rajko Nikolitsch. September 1991: Gomun. Ich war sicher, daß man dem jungen Mädchen das Herz gestohlen hatte. Ein Detail kam mir in den Sinn. Alphonse hatte gesagt: »Sie hat alles ringsum niedergetrampelt, die Bäume, die Lianen, die Erde.« Zwanzig Tage zuvor hatte der Zigeuner Mermet, der Rajkos Leiche gefunden hatte, im Wald von Sliven zu mir gesagt: »Am Tag vorher muß es ein fürchterliches Gewitter gegeben haben. Denn überall lagen abgerissene Zweige und Äste herum, junge Bäume waren umgestürzt.«

Wieso hatte ich nicht früher begriffen? Die Mörder pflegten im Helikopter zu reisen.

38

Um fünf Uhr brach der Tag an. Durch den Wald hallten die Schreie der Tiere, aber sie klangen wie durch Watte gedämpft. Ich hatte die ganze Nacht nicht geschlafen. Gegen zwei Uhr morgens hatten die Akas ihre Zeremonie beendet, ich war in der schwarzen Stille unter dem Dach der Palmenblätter sitzengeblieben und hatte in die letzte Glut gestarrt, die ihren mattroten Schimmer in die Dunkelheit warf. Ich empfand keinerlei Angst mehr, nur eine bleischwere Müdigkeit und ein sonderbares Gefühl der Ruhe, fast der Sicherheit. Als bewegte ich mich jetzt in unmittelbarer Nähe des Krakenkörpers – zu nah, als daß seine Fangarme mich noch hätten packen können.

Der erste Regen des Tages setzte ein, zuerst nur als ein leichtes Tröpfeln, aber bald schon in dichten, gleichmäßigen Schauern. Ich stand auf und ging zum Lager Zoko.

Vor den Hütten brannten bereits die Feuer, ein paar Frauen waren mit der Reparatur eines langen Netzes beschäftigt, sicher für die Jagd des Tages. Ich überquerte den Platz und entdeckte hinter den Hütten ein großes Betongebäude, über dem ein weißes Kreuz aufragte. Ringsum erstreckten sich Gärten mit Blumen- und Gemüsebeeten. Ich ging auf die offenstehende Tür zu; ein großer Schwarzer stellte sich mir mit feindseliger Miene in den Weg. »Ist Schwester Pascale schon auf?« fragte ich. Ehe der Mann antworten konnte, ertönte drinnen eine Stimme: »Nur herein, keine Angst.« Ein autoritärer Tonfall, der keinen Widerspruch duldete. Ich gehorchte.

Schwester Pascale trug keinen Schleier und keine Nonnentracht, sie war lediglich schwarz gekleidet, in Rock und Pullover. Ihre Haare waren kurz geschnitten, grau und widerborstig, und ihr Gesicht trotz zahlreicher Runzeln so zeitlos, wie Steine und Flüsse es sind; wie stählerne Klingen stachen ihre eisgrauen Augen aus dem Schlick der Jahre. Sie war breitschultrig und stämmig, mit Händen wie Schaufeln, und ich erkannte auf den ersten Blick, daß diese Frau durchaus gerüstet war, um mit den Gefahren des Dschungels, tödlichen Krankheiten und grausamen Jägern fertig zu werden.

»Was wollen Sie?« fragte sie, ohne mich eines Blickes zu würdigen.

Sie saß am Tisch bei einer Tasse Kaffee und bestrich Brotscheiben mit Butter.

Das Zimmer war weitgehend leer, abgesehen von ein paar Stühlen rund um den Tisch, einem Spülstein und einem Kühlschrank. An der Wand hing ein holzgeschnitzter Christus am Kreuz und bewachte den Raum mit seinem Märtyrerblick.

»Ich heiße Louis Antioche«, sagte ich. »Franzose. Ich bin Tausende von Kilometern bis hierher gekommen, um Antwort auf bestimmte Fragen zu finden, und ich denke, Sie können mir helfen.«

Schwester Pascale strich gelassen weiter ihre Brotscheiben. Es war ein weiches, feuchtes, mehr oder weniger gut erhaltenes Brot, dessen blendendes Weiß hier, mitten im Dschungel, wie ein unerwarteter Schatz wirkte. Die Schwester bemerkte meinen Blick.

»Oh, verzeihen Sie. Ich vernachlässige meine Pflicht. Nehmen Sie bitte Platz und frühstücken Sie mit mir.«

Ich holte mir einen Stuhl, während sie mir einen Blick zuwarf, der nichts als Gleichgültigkeit ausdrückte.

»Und was sind das für Fragen?«

»Zuerst möchte ich wissen, wie das Mädchen Gomun gestorben ist.«

Die Frage entlockte ihr keine Äußerung des Erstaunens.

Sie gab zunächst auch keine Antwort, sondern griff nach der heißen Kaffeekanne und fragte. »Trinken Sie Kaffee? Oder ziehen Sie Tee vor?«

»Tee ist mir lieber, danke.«

Sie winkte dem Boy, der sich im Hintergrund hielt, und rief ihm etwas auf Sango zu. Sekunden später stand eine dampfende Tasse vor mir, und ich roch den herben Duft irgendeiner Darjeeling-Sorte.

»Sie interessieren sich also für die Akas?« fragte Schwester Pascale.

»Nein«, sagte ich, während ich in meine Tasse blies. »Ich interessiere mich für gewaltsame Todesfälle.«

»Wie das?«

»Weil mehrere Menschen auf dieselbe Weise umgebracht worden sind, hier in diesem Wald und anderswo.«

»Stellen Sie Nachforschungen über wilde Tiere an?«

»Ja, gewissermaßen. So kann man das wohl sagen.«

Über unseren Köpfen trommelte der Regen aufs Dach, Schwester Pascale tunkte ihr Brot ein, das sich bei der Berührung mit der Flüssigkeit in Brei verwandelte, so daß sie mit einer raschen Bewegung des Unterkiefers nach dem äußersten Ende des Brotes schnappte, das abzufallen drohte. Mit keinem Zeichen gab sie zu erkennen, daß meine Reden sie irgendwie befremdeten, aber ich fand, daß hinter ihren Worten eine merkwürdige Ironie lauerte. Ich versuchte, ihre Doppelsinnigkeiten zu unterbinden.

»Schwester Pascale, lassen Sie uns ganz offen sein. Ich glaube kein Wort von dieser Gorillageschichte. Vom Dschungel habe ich keine Ahnung, aber zufällig weiß ich, daß Gorillas in dieser Gegend eher selten sind. Ich denke, Gomuns Tod gehört in dieselbe Reihe von Verbrechen, über die ich Nachforschungen anstelle.«

»Junger Mann, mir ist nicht klar, wovon Sie reden. Zuerst müßten Sie mir erklären, wer Sie sind und was Sie herführt. Wir sind mehr als fünfhundert Kilometer von Bangui entfernt. Sie mußten etwa vier Tage marschieren, um in dieses gottverlassene Urwaldnest zu kommen, und man braucht triftige Gründe, um derlei auf sich zu nehmen. Sie sind offensichtlich weder von der französischen Armee, noch sind Sie Völkerkundler oder Geologe oder haben sonst irgendwie mit Diamanten zu tun. Wenn Sie wollen, daß ich Ihnen helfe, rate ich ihnen, mich zunächst einmal aufzuklären.«

Mit so knappen Worten wie möglich faßte ich meine bisherigen Erlebnisse zusammen. Ich berichtete von den Störchen und den angeblichen Unfällen entlang der Vogelroute. Ich sprach von Rajkos Tod durch die Klauen eines Bären. Ich berichtete von dem tödlichen Angriff eines Gorillas auf Philipp Böhm und beschrieb die Umstände dieser Todesfälle – und die verblüffende Übereinstimmung mit den Todesumständen von Gomun. Die Entwendung der Herzen aber erwähnte ich vorerst nicht, ebensowenig wie den Diamantenschmuggel und die Methode der Beförderung. Ich wollte das Augenmerk der Schwester lediglich auf die merkwürdigen Ähnlichkeiten lenken.

Die Missionsschwester starrte mich aus ihren blaugrauen Augen ungläubig an. Auf das Dach hämmerte der Regen.

»Das klingt mir sehr an den Haaren herbeigezogen. Aber gut – was sind Ihre Fragen?«

»Was wissen Sie über die Umstände von Gomuns Tod? Haben Sie die Leiche gesehen?«

»Nein. Sie ist mehrere Kilometer von hier begraben. Gomun stammte aus einer Nomadenfamilie, die weiter im Süden umherzieht.«

»Haben Sie etwas über den Zustand der Leiche gehört?«

»Müssen wir wirklich darüber reden?«

»Ja, leider. Es ist sehr wichtig.«

»Ein Arm und ein Bein waren ausgerissen. Ihr Körper war übersät von Wunden und Rissen und hatte einen riesigen klaffenden Spalt längs durch den Brustkorb. Innen war alles zerfetzt, denn die Tiere des Dschungels hatten schon angefangen, ihre Organe aufzufressen.«

»Was für Tiere?«

»Wildschweine, Raubkatzen wahrscheinlich. Die Akas haben von Krallenhieben am Hals, auf den Brüsten und den Armen gesprochen. Woher soll man das wissen? Die Pygmäen haben das arme Mädchen in ihrem Lager begraben und den Ort danach für immer verlassen, wie die Tradition es vorschreibt.«

»Keine Spuren einer Verstümmelung?«

Schwester Pascale, die ihre Kaffeetasse mit beiden Händen festhielt, zögerte, dann schob sie die Tasse von sich, und ich bemerkte, daß ihre Hände leicht zitterten. Mit gedämpfter Stimme sagte sie: »Doch ...«, und setzte nach einer Weile hinzu: »Ihr Geschlecht war aufgerissen.«

»Meinen Sie, sie wurde vergewaltigt?«

»Nein. Ich spreche von einer Wunde. Ihre Vagina wurde auseinandergerissen, durch Klauen oder Krallen. Und die Schamlippen waren zum größten Teil abgetrennt.«

»War das Körperinnere intakt? Ich meine, waren noch alle Organe vorhanden?«

»Ich sagte Ihnen doch: manche waren halb aufgefressen. Das ist alles, was ich weiß. Die arme Kleine war noch nicht einmal fünfzehn. Gott sei ihrer Seele gnädig.«

Die Schwester verstummte, aber ich ließ nicht locker: »Was für eine Art Mädchen war Gomun?«

»Sehr eifrig, sehr lernbegeistert. Meinen Unterricht hat sie gern besucht und war immer sehr aufmerksam. Sie hat sich von der Aka-Tradition abgewandt. Sie wollte weiterstudieren, in die Stadt ziehen, unter den großen Schwarzen leben. Vor kurzem hat sie sich sogar geweigert, zu heiraten. Deshalb sind die Pygmäen fest überzeugt, die Waldgeister hätten sich an ihr gerächt. Und deshalb haben sie gestern so lang getanzt: Sie wollen sich mit dem Wald versöhnen. Ich kann jetzt selber nicht länger hierbleiben, ich muß zur SCAD zurück. Es heißt, Gomun sei meinetwegen gestorben.«

»Sie selbst scheinen aber nicht sehr verstört, Schwester.«

Sie schnaubte. »Sie kennen den Urwald nicht«, sagte sie.

»Wir leben hier ständig mit dem Tod zusammen. Er schlägt regelmäßig und blindlings zu. Vor fünf Jahren habe ich in Bagou unterrichtet, einem anderen Lager nicht weit von hier. Innerhalb von zwei Monaten waren von den hundert Einwohnern sechzig tot. Eine Tuberkuloseepidemie. Eingeschleppt von den großen Schwarzen. Früher lebten die Pygmäen in Sicherheit vor den Mikroben, sie waren geschützt durch den dichten Urwald, der sich wie eine Glasglocke über sie gestülpt hatte. Heute werden sie durch ›importierte‹ Krankheiten dezimiert. Sie brauchen Leute wie mich, ärztliche Versorgung, Medikamente. Ich tue meine Arbeit und denke nicht weiter darüber nach.«

»War Gomun häufig allein im Wald unterwegs? Hat sie sich vom Lager entfernt?«

»Ja, sie war eine Einzelgängerin. Sie ist gern die Pfade entlanggegangen und hat ihre Bücher mitgenommen. Gomun liebte den Wald, seine Gerüche, seine Geräusche, seine Tiere. In dieser Hinsicht war sie eine typische Aka.«

»Hat sie sich bei den Diamantenminen herumgetrieben?«

»Das weiß ich nicht. Was soll diese Frage? Sie bestehen auf Ihrer Mordhypothese, wie? Aber das ist lächerlich – wer sollte einer kleinen Aka etwas zuleide tun, die noch nie aus dem Dschungel herausgekommen ist?«

»Schwester Pascale, ich habe Ihnen nicht alles gesagt. Ich habe zwar Rajko Nikolitsch erwähnt, der dieses Frühjahr in Bulgarien ermordet wurde, und Philipp Böhm, der 1977 hier im Wald umgebracht wurde. Tatsächlich ist diesen Morden eines gemeinsam.«

»Und das wäre?«

»In beiden Fällen haben die Mörder das Herz des Opfers herausgetrennt, und zwar auf höchst professionelle Weise, nach einer Methode, wie sie für Transplantationen angewandt wird.«

»Aber das ist doch Unsinn. Mitten in der Wildnis ist eine solche Operation völlig undenkbar.«

Schwester Pascale ließ sich nicht aus der Ruhe bringen.

Ihre Augen funkelten kalt wie je, nur ihre Wimpern erbebten leicht.

»Es ist aber die Wahrheit. Ich habe den Arzt kennengelernt, der die Autopsie an dem Zigeuner in Bulgarien vorgenommen hat. Er hat nicht den geringsten Zweifel. Diese Mörder verfügen über kolossale Mittel und sind in der Lage, überall unter optimalen Bedingungen zu operieren.«

»Ist ihnen klar, was das heißt?«

»Ja. Ein Helikopter, Stromgeneratoren, ein Druckausgleichszelt, wahrscheinlich noch einiges andere ... jedenfalls keine unüberwindbaren Schwierigkeiten.«

»Na und«, fuhr die Missionsschwester mich an. »Glauben Sie etwa, daß die kleine Gomun ...«

»Ich bin mir so gut wie sicher.«

Die Schwester schüttelte den Kopf, entgegen dem Rhythmus der Regentropfen, die schwer auf dem Dach zerbarsten. Ich wandte den Blick ab und starrte durch die Türöffnung auf die Vegetation hinaus. Der Wald schien wie berauscht von der Nässe.

»Ich bin noch nicht fertig«, fing ich wieder an. »Ich habe Ihnen von dem ›Unfall‹ erzählt, der sich 1977 im zentralafrikanischen Urwald ereignet hat. Waren Sie damals schon hier?«

»Nein, ich war in Kamerun.«

»In diesem Jahr, im August, wurde Philipp Böhm tot im Wald gefunden, ein wenig südlich von hier im Kongo. Auf dieselbe brutale Weise ermordet und zerstückelt, und das Herz war auf technisch einwandfreie Weise entfernt worden.«

»Wer war das? Ein Franzose?«

»Er war der Sohn von Max Böhm, einem Schweizer, der nicht weit von hier in den Diamantenminen gearbeitet hat; Sie haben sicherlich von ihm gehört. Man hat sich die Mühe gemacht, die Leiche des Jungen nach M'Baiki zu bringen. In der dortigen Klinik wurde eine Autopsie durchgeführt, die zu dem Ergebnis kam: ›Angriff durch einen Gorilla.‹ Aber ich habe den Beweis, daß dieser Befund diktiert und der Totenschein manipuliert wurde. Mehrere Spuren, die eindeutig menschlicher Herkunft waren, wurden verschwiegen.«

»Wie können Sie da so sicher sein?«

»Ich habe den Autopsiearzt ausfindig gemacht. Einen Zentralafrikaner namens M'Diaye.«

Die Schwester begann zu lachen. »Aber M'Diaye ist ein landbekannter Säufer!« rief sie.

»Damals war er noch keiner.«

»Worauf wollen Sie hinaus? Was hat M'Diaye Ihnen über die angebliche Operation gesagt? Was für menschliche Spuren waren das?«

Ich beugte mich zu ihr und flüsterte: »Eine Sternotomie. Die Schnitte mit dem Skalpell gesetzt. Perfekte Durchtrennung der Arterien.«

Ich legte eine Pause ein, während der ich Schwester Pascale beobachtete. Ihre graue Gesichtshaut zuckte, und sie legte eine Hand an die Schläfe.

»Herr im Himmel ... warum verübt jemand solche Grausamkeiten?«

»Um einen anderen Menschen zu retten. Philipp Böhms Herz wurde seinem eigenen Vater implantiert. Max Böhm hatte ein paar Tage zuvor einen schweren Herzinfarkt erlitten.«

»Aber das ist doch nicht möglich ... das ist ungeheuerlich! ...«

»Glauben Sie mir. Vor vier Tagen habe ich M'Diayes Aussage gehört. Sie stimmt mit dem Bericht überein, den ich in Sofia über Rajko gehört habe. Alle Fakten deuten darauf hin, daß in beiden Fällen derselbe mörderische Wahnsinn, derselbe Sadismus am Werk war. Der übrigens ein sonderbarer Sadismus ist, denn offensichtlich dient er auch dazu, Menschenleben zu retten. Gomun ist diesen Mördern zum Opfer gefallen.« Schwester Pascale stützte die Stirn in die Hand und schüttelte den Kopf. »Sie sind verrückt, Sie sind verrückt ... Für Gomun haben Sie nicht den geringsten Beweis.«

»Das ist es eben. Dafür brauche ich Sie.«

Die Schwester fuhr auf und sah mich starr an. Ohne ihr Zeit für eine Antwort zu lassen, setzte ich hinzu: »Kennen Sie sich in Chirurgie aus?« Sie sah mich immer noch an, verständnislos. »Ich habe in Kriegslazaretten gearbeitet«, antwortete sie. »In Vietnam und Kambodscha. Worauf wollen Sie denn hinaus?«

»Ich möchte die Leiche exhumieren und Sie bitten, eine Autopsie durchzuführen.«

»Sie sind wohl nicht bei Trost.«

»Schwester Pascale, ich muß meine Vermutungen überprüfen. Sie allein können mir dabei helfen. Nur Sie können sagen, ob die Verstümmelungen an den Organen in Gomuns Körper durch ein Chirurgenmesser entstanden oder die Spuren eines Angriffs durch ein wildes Tier sind.«

Die Missionarsschwester ballte die Fäuste, und ihre Augen blitzten metallisch – Stahlkugeln unter Lidern aus Fleisch und Blut.

»Das Lager, in dem Gomun gelebt hat, ist zu weit und fast unzugänglich.«

»Wir lassen uns hinführen.«

»Dorthin begleitet uns keiner. Und niemand wird Ihnen erlauben, ein Grab zu schänden.«

»Wir tun es gemeinsam, es wird niemand anderes dabeisein. Nur Sie und ich.«

»Sinnlos. Bei diesem Klima, zumal im Urwald, geht der Zerfallsprozeß ungeheuer schnell vonstatten. Gomun wurde vor etwa zweiundsiebzig Stunden begraben. Ihr Körper wird inzwischen nur noch eine faulige Masse voller Würmer sein.«

»Präzise Schnitte mit einem chirurgischen Messer lassen sich selbst beim derzeitigen Zustand der Leiche noch erkennen. Wahrscheinlich wird Ihnen schon ein kurzer Blick genügen. Wir können den Wettlauf gewinnen, Sie und ich. Es geht um die Wahrheit, die grausame Wahrheit, gegenüber einem unsinnigen Aberglauben.«

»Mein Sohn, bedenken Sie bitte, mit wem Sie sprechen!«

»Das tue ich, Schwester Pascale. Die Abscheulichkeit eines faulenden Leibes ist nichts gegenüber der Größe der Wahrheit. Haben die Kinder Gottes sich nicht dem Licht verschrieben?«

»Ich verbitte mir diese gotteslästerlichen Reden!«

Schwester Pascale stand auf, ihr Stuhl scharrte quietschend über den Betonboden. Ihre Augen waren nur noch schmale Schlitze in der schiefergrauen Haut. Dann sagte sie, widerwillig: »Gehen wir. Jetzt gleich.«

Sie machte auf den Fersen kehrt und rief dem schwarzen Mann auf Sango etwas zu, der sofort erschien und geschäftig hin und her hastete. Die Missionsschwester zog ein silbernes Kruzifix an einer Metallkette aus ihrem schwarzen Pullover und küßte es, wobei sie ein paar Worte murmelte. Als sie den Christus wieder auf die Brust sinken ließ, bemerkte ich, daß der Querbalken des Kreuzes abwärts gebogen war, als hätte sich unter dem Gewicht des Leidens das Marterinstrument selbst gebeugt. Ich stand ebenfalls auf – schwankend, denn ich hatte seit dem Vortag nichts gegessen und nicht geschlafen. Auf dem Tisch stand unangetastet meine Teetasse. Ich leerte sie in einem Zug. Der Darjeeling war lauwarm und zähflüssig und schmeckte nach Blut.

39

Mehrere Stunden waren wir unterwegs. Victor, der schwarze Boy der Missionsschwester, ging voraus und hieb uns mit der Machete den Durchgang frei. Ihm folgte Schwester Pascale, sehr aufrecht in ihrem khakifarbenen Poncho. Ich bildete die Nachhut; finster entschlossen und konzentriert kämpfte ich mich voran. Wir hielten direkt nach Süden und gingen rasch und schweigend. Wir stapften, kletterten, rutschten, stiegen über halbvermoderte Baumstämme und gewundene Wurzeln, über zerfressene Felsen und glitschige Äste, wateten durch Wasserlöcher und schnitten uns an messerscharfen Blättern. Und der Regen hielt unvermindert an. Wir marschierten durch seine schimmernden Spieße wie Soldaten, die auf dem Weg zur Front Pfähle der Angst passieren. Die Sümpfe wurden immer zahlreicher, bis zum Bauch versanken wir im schwarzen Pfuhl und hatten das Gefühl, rettungslos hinabgezogen zu werden.

Kein Schrei, keine lebendige Gegenwart unterbrach diesen halbtägigen Fußmarsch. Die Tiere des Waldes hielten sich unter Blättern oder in Erdhöhlen versteckt und waren vollkommen unsichtbar. Lediglich drei Pygmäen begegneten uns; einer von ihnen trug ein ocker und schwarz gestreiftes Tarnhemd, das er wer weiß wo aufgetrieben hatte. Ein schmaler Streifen krauser Haare zog sich über seinen ansonsten kahlen Schädel: ein wahrer Hahnenkamm nach Art der Mohikaner. Der Mann an der Spitze des kleinen Zugs trug einen mit rauchender Glut gefüllten Behälter und einen zylinderförmigen geschlossenen Korb aus geflochtenen Blättern. Schwester Pascale sprach ihn an – es war das erste Mal, daß ich sie die Sprache der Aka sprechen hörte, und ihre tiefe Stimme erklang in den typischen ›Hmm-hmm‹-Lauten und langen schwebenden Vokalen. Der Aka öffnete seinen Korb und reichte ihn der Missionsschwester. Wieder sprachen sie miteinander, während wir starr und stumm im Regen standen, der erbarmungslos auf uns herabstürzte, als hätte er uns eigens zur Zielscheibe erkoren. Unter der Wucht der schweren Tropfen bogen sich die Blätter an den Bäumen, und an den Stämmen, die schwarz vor Nässe waren, rannen Sturzbäche herab.

Ohne mich anzusehen, murmelte die Missionsschwester: »Das ist wilder Honig.« Ich beugte mich über den Korb und erblickte glänzende Waben, Bienen krochen darauf herum. Ich warf dem Mann einen Blick zu. Er grinste mich mit seinen zugespitzten Zähnen breit an, und ich sah, daß seine Schultern von zahlreichen Stichen geschwollen waren. Ich stellte mir vor, wie der Mann einen bienenumschwärmten Stamm erklomm und unter das Laubdach kroch, um sich der Raserei des angegriffenen Volkes auszusetzen, wie er mit beiden Händen tief in den Rindenspalt tauchte und im Bienenstock herumtastete, um ein paar süße Waben hervorzuholen. Als hätte er mir meine Gedanken vom Gesicht abgelesen, nahm der Aka eine honigtriefende Wabe aus seinem Korb und hielt sie mir hin. Ich brach ein Stück davon ab und steckte es in den Mund, und sofort füllte sich mein ganzer Rachen mit einem einzigartigen, schweren und intensiven Duft. Der Druck meiner Zunge ließ einen außergewöhnlich aromatischen Nektar aus den papierdünnen Sechsecken fließen, so mild und so süß, daß ich tief im Bauch eine Art Rausch davon verspürte – als wären auf einmal meine Eingeweide betrunken.

Eine halbe Stunde später erreichten wir Gomuns verlassenes Lager. Die Vegetation hatte sich völlig verwandelt, es war nicht länger das undurchdringliche Dickicht, das uns die letzten Stunden umgeben hatte, im Gegenteil – der Wald war hier luftig und licht. So weit das Auge reichte, reihten sich schlanke schwarze Baumstämme in nahezu perfekter Symmetrie aneinander. Wir betraten das Geisterlager. Nur wenige Hütten waren hier errichtet, ohne ersichtliche Ordnung an den Fuß der Bäume geschmiegt, und es herrschte eine Einsamkeit, die körperlich spürbar war. Merkwürdigerweise erinnerte mich dieses vollkommen leere, vollkommen reglose Gelände an Böhms Haus, als ich es am Morgen vor meiner Abreise durchsucht hatte – auch dies ein Ort, in dem der Tod wohnte. Vor einer kleinen Hütte, einem Kuppeldach aus Blättern, blieb Schwester Pascale stehen. Sie sagte ein paar Worte zu Victor, der daraufhin zwei in Stoffetzen gehüllte Schaufeln aus seinem Sack zog. Die Missionsschwester zeigte auf einen frisch aufgeworfenen Erdhügel neben der Kuppel aus Laub. »Dort ist es«, sagte sie; im Prasseln des Regens war ihre Stimme kaum hörbar. Ich stellte meinen Rucksack ab und griff nach einer Schaufel. Victor starrte mich stumm und bebend an. Ich zuckte die Achseln und fuhr mit der Schaufel in die rote Erde und hatte dabei das Gefühl, als stieße ich eine Klinge ins lebendige Fleisch eines Menschen.

Ich schaufelte. Schwester Pascale sprach unterdessen auf Victor ein – offensichtlich hatte sie ihm den Zweck unserer Expedition nicht erklärt. Inzwischen hatte ich den Hügel abgetragen und arbeitete mich in die Tiefe vor: die äußerst weiche, krümelige Erde bot nicht den geringsten Widerstand. Binnen weniger Minuten war ich bereits auf einen halben Meter Tiefe vorgedrungen. Meine Füße versanken zwischen Insekten und Wurzeln im Humus. »Victor!« rief die Schwester. Ich blickte auf und sah den M'Baka, der wie vom Donner gerührt, mit hervorquellenden Augen vor uns stand. Sein Blick fuhr gehetzt von ihr zu mir und wieder zurück, dann drehte er sich um und ergriff in Panik die Flucht.

Schweigen legte sich um uns, ich grub weiter. Dann hörte ich, wie die zweite Schaufel aufgehoben wurde, und ich murmelte, ohne aufzusehen: »Lassen Sie doch. Bitte.« Ich stand mittlerweile bis zum Bauch in der Grube. Um mich herum wimmelte es von Würmern, Tausendfüßlern, Käfern und Spinnen; manche flohen vor der Wucht meiner Schaufelhiebe, andere klammerten sich am Stoff meiner Hose fest, als wollten sie mich hindern, dieses Erdbeben, das ich ihnen antat, noch länger fortzusetzen. Der Geruch der Erde betäubte mir die Sinne, rhythmisch fuhr die Schaufel in den nassen Grund, ich grub und grub und vergaß, was ich eigentlich suchte. Doch das plötzliche Zusammentreffen mit einer härteren Fläche brachte mich zur Realität zurück. Und ich hörte die tonlose Stimme meiner Gefährtin: »Das ist die Rinde. Sie sind durch, Louis.«

Ich zögerte den Bruchteil einer Sekunde, dann schabte ich mit dem Schaufelrand die Erde ab. Ein Stück Holz erschien. Seine Oberfläche war leicht gewölbt, rot und rissig. Ich warf die Schaufel beiseite und versuchte den Rindenpanzer mit bloßen Händen herauszuzerren. Beim ersten Mal glitt ich ab, rutschte aus und fiel in den Schlamm. Vom Rand des Grabes aus reichte Schwester Pascale mir die Hand, aber ich schrie sie an: »Lassen Sie mich in Ruhe!« Ich fing von neuem an zu ziehen. Diesmal bewegte sich die Rinde. Es goß immer noch in Strömen, und das offene Grab begann sich mit Wasser zu füllen. Auf einmal gab die Rindenplatte mit einem jähen Ruck nach, mit dem ich nicht gerechnet hatte, und durch den ungebremsten Schwung fiel ich abermals um, wobei mir der Sargdeckel auf den Schädel prallte. Ich spürte eine merkwürdige Weiche und wunderte mich eine Sekunde lang über diese unerwartete Empfindung, aber dann stieß ich einen markerschütternden Schrei aus: diese Weichheit war der Kontakt mit Gomuns Haut, mit ihrem Kinderkörper.

Ich riß mich zusammen und rappelte mich hoch. Zu meinen Füßen lag die Leiche des jungen Mädchens. Sie war in ein ärmliches, verwaschenes Kleid mit Blumenmuster und eine abgeschabte Jacke gekleidet, und beim Anblick dieser Schäbigkeit zog sich mir das Herz zusammen. Aber ich war überrascht über die Schönheit des Kindes, die makellos wirkte. Ihre Familie hatte sich die Mühe gemacht, vor der Bestattung sämtliche Wunden zu vertuschen – nur ein paar kaum sichtbare Narben zogen sich über ihre Hände und nackten Knöchel. Ihr Gesicht war unversehrt. Tiefe dunkle Ringe lagen um ihre geschlossenen Augen. Schlafes Bruder, dachte ich und war verblüfft über die Wahrheit dieser Binsenweisheit: Der Tod schien mir dem Schlaf so ähnlich wie ein Tropfen schwarzer Tinte dem anderen. Die Nässe an meinen Füßen aber brachte mir die Dringlichkeit der Situation zu Bewußtsein. Ich rief: »Jetzt sind Sie an der Reihe. Steigen Sie herunter. Die Grube steht bald unter Wasser!« Schwester Pascale, die ihren Poncho abgelegt hatte, stand aufrecht am Rand des Grabes, beide Hände nervös um das Kruzifix geklammert. Ihre metallgrauen Haare, ihr aschfarbenes Gesicht glänzten im Regen und ließen sie aussehen wie ein eisernes Standbild. Die Augen hielt sie starr auf die Leiche geheftet. Ich schrie erneut: »Schnell, bitte schnell! Wir haben nicht viel Zeit!«

Sie aber verharrte reglos. Ihr Körper erbebte unter einem krampfhaften Zittern, das stoßweise erfolgte, als stünde sie unter Strom.

»Schwester Pascale!«

Sie zeigte mit dem Finger auf das Grab, dann stammelte sie mit der Stimme eines Automaten: »Herr im Himmel, die Leiche ... die Leiche löst sich auf ...«

Ich sah hinab und prallte entsetzt zurück gegen die schlammige Wand. Wahre Sturzbäche von Regenwasser flossen in die Grube und unter das Kleid und blähten den Stoff, und jetzt trieb eines ihre Beine in der Lache, einen Meter vom Körper entfernt. Auch der rechte Arm begann sich von der Schulter zu lösen, im Halsausschnitt war weiß der hervorspringende Knochen zu sehen. »Um Gottes willen«, murmelte ich und kletterte, so rasch ich konnte, durch die rötliche Flut aus dem Grab. Oben legte ich mich sofort flach auf die Erde und langte mit beiden Händen hinab, um das Mädchen unter den Achseln zu fassen. Der rechte Arm schwamm davon und trieb plätschernd im Rindensarg, der glitschige

Stoff des Kleides entglitt meinen Händen, die Leiche sackte zurück, und ich brüllte vor Wut: »Schwester, helfen Sie mir! Lieber Gott, so helfen Sie mir doch!« Aber die Frau rührte sich nicht. Ich blickte zu ihr hinauf und sah, daß ihr Körper zuckte wie unter Elektroschocks und ihre Lippen bebten, dann hörte ich auf einmal ihre Stimme:

»... Herr Jesus Christus,
der du deinen Freund Lazarus im Grab beweintest,
trockne unsere Tränen.
Wir bitten dich, erhöre uns ...«

Wieder tauchte ich die Arme in den Schlamm und zerrte heftiger an der Kinderleiche. Der Kopf tauchte auf, aber unter dem Druck öffnete sich ihr Mund, und ein Schwall weißlicher Würmer quoll hervor. Das Aka-Mädchen war nur noch eine Hülle aus Haut, die Millionen von Aasfressern beherbergte. Ich wandte den Kopf ab und erbrach einen gelben Strahl Galle, ließ aber nicht locker.

»... der du die Toten zum Leben erwecktest,
schenke unserer Schwester das ewige Leben.
Wir bitten dich, erhöre uns ...«

Ich zog weiter und schaffte es schließlich, das kleine Mädchen aus der schlammigen Grube zu ziehen. Gomun hatte den rechten Arm und ein Bein verloren, und das schlammgetränkte Kleid hing schlaff über die verwaiste Hüfte. Ich sah mich nach der nächstgelegenen Hütte um, dann packte ich die Leiche und schleppte sie unter das trockene Blätterdach.

»... du heiligtest unsere Schwester im Wasser der Taufe.
Schenke ihr das Leben der Kinder Gottes im Überfluß.
Wir bitten dich, erhöre uns ...«

Ich legte den kleinen Körper im Dunkeln auf den trockenen

Boden. Das Dach war so niedrig, daß ich mich nur auf Knien fortbewegen konnte. Ich sprang hinaus ins Freie, wusch mir notdürftig die Hände in einer Regenlache, packte Schwester Pascales Sack und trug ihn in die Hütte. Dort wickelte ich ihr Material aus: chirurgische Instrumente in steriler Verpackung, Gummihandschuhe, mehrere Kittel, eine Sturmlampe und merkwürdigerweise auch ein Wagenheber. Außerdem fand ich Gesichtsmasken aus grünem Papier und mehrere Flaschen Wasser. Alles war intakt. Ich legte sämtliches Material auf eine Plastikplane, wobei ich leider nicht verhindern konnte, daß mein Blick auf Gomun fiel, aus deren Mund, Augen und Nase widerliches Gewürm sickerte. Auf der Höhe des Bauches bewegte sich ihr nasses Kleid: offensichtlich wimmelte es darunter von Millionen abscheulicher Maden. Der Gestank war unerträglich.

»... Du nährtest sie mit deinem Leib,
nimm sie auf in dein Reich.
Wir bitten dich, erhöre uns ...«

Ich kroch wieder aus der Hütte. Schwester Pascale stand immer noch aufrecht da und betete fanatisch. Ich packte sie an beiden Armen und schüttelte sie heftig, um sie aus ihrer mystischen Lähmung zu befreien.

»Schwester!« brüllte ich. »Herrgott im Himmel, wachen Sie auf!«

Sie zuckte so heftig zusammen, daß sie meinem Eisengriff entschlüpfte. Allmählich faßte sie sich wieder. Nach einer Minute nickte sie leicht mit dem Kopf, und ich stützte sie, bis wir vor der Hütte waren.

Dort zündete ich die Sturmlampe an und befestigte sie an dem Geflecht aus Zweigen. Ein milchiges Licht blendete uns. Ich legte der Schwester eine Gesichtsmaske um und zog ihr den Kittel an, dann die Handschuhe. Sie zitterte nicht mehr. Ihre farblosen Augen waren auf die Leiche geheftet, und ihr Atem blähte die papierne Membran der Maske. Mit knapper

Geste befahl sie mir, ihr die chirurgischen Instrumente zu bringen. Ich gehorchte. Ich hatte mir ebenfalls eine Gesichtsmaske angelegt und trug jetzt Handschuhe – nachdem ich die Leiche bereits mit bloßen Händen angefaßt hatte. Unterdessen schnitt Schwester Pascale mit der Schere das Kleid entzwei und entblößte den Rumpf.

Von neuem überkam mich ein Schwall von Übelkeit.

Der Oberkörper der kleinen Aka war eine einzige Wunde – eine Ansammlung vielfältiger, sorgfältig ausgeführter Schnitte, das Werk eines Wahnsinnigen. Eine ihrer kleinen Brüste war nahezu vollständig abgetrennt, und die gesamte rechte Seite war von der Achsel bis zur Leiste von tiefen Rissen übersät, deren Ränder schwarz und zerklüftet offenstanden wie abscheuliche Lippen. Darüber ragte der Knochen des Schultergelenks aus dem Fleisch. Und vor allem klaffte in der Mitte die lange, gerade, scharfkantige Wunde, die den Brustkorb in zwei Hälften teilte. Mit Entsetzen sah ich, wie zu beiden Seiten die Haut leise zuckte, als wäre die Brust zu einem neuen, wimmelnden, grauenhaften Leben erwacht.

Aber das alles war noch nichts im Vergleich zum Geschlecht des jungen Mädchens: Die Vagina war maßlos aufgerissen fast bis zum Nabel und entblößte in der Tiefe bräunliche Windungen voller Würmer und Insekten mit glänzendem Panzer. Mir wurde schwarz vor den Augen, aber trotz allen Grauens überkam mich eine jähe Erkenntnis: Ich hatte vor mir die exakte Nachbildung eines der Fotos, die ich bei Max Böhm gefunden hatte. Das Bindeglied. Das Bindeglied war immer da, eingebrannt in die Leiber der Toten und in die Finsternis. »Louis, was tun Sie denn? Geben Sie mir die Winde!« fuhr Schwester Pascale mich an; unter der Maske klang ihre Stimme dumpf. »Den Wagenheber?« stammelte ich blöde. Sie nickte. Ich gab ihr das Werkzeug, und sie legte es neben sich und befahl: »Helfen Sie mir.« Auf das Brustbein gestützt, packte sie mit beiden Händen den linken Rand des Thoraxschnitts. Mit bloßgelegten Nerven tat ich dasselbe auf der rechten Seite, und gemeinsam zogen wir, jeder nach seiner Seite. Als der Spalt weit offenstand, setzte die Schwester die Winde an und verspreizte die beiden Enden mit den Rippen. Gleich darauf begann sie die Kurbel zu drehen, und ich sah, wie der kleine Körper sich öffnete und sein Inneres freigab.

»Wasser!« schrie sie. Ich reichte ihr eine der Flaschen, und sie leerte einen Liter Wasser in den Körper. Eine Flut von kleinen Tieren wurde herausgeschwemmt. Ohne zu zögern, tauchte Schwester Pascale beide Hände in die Leiche und nahm die Überreste der Organe auseinander. Ich wandte den Blick ab. Aus dem Augenwinkel sah ich, wie sie noch mehr Wasser nachgoß, dann bat sie mich, die Lampe besser einzustellen. Tief fuhr sie mit der Hand in den Brustraum der Toten und beugte sich nieder, um besser zu sehen, bis ihr Gesicht fast die Leiche berührte. Ein paar Sekunden lang wühlte sie darin herum, dann richtete sie sich jäh auf und stieß mit dem Ellenbogen die Winde heraus. Sofort schlossen sich die beiden Teile des Brustkorbs wie die Flügel eines Skarabäus.

Von krampfartigen Zuckungen geschüttelt, wich die Schwester zurück. Sie riß sich die Handschuhe ab und die Maske vom Gesicht. Ihre Haut war trocken wie die einer Schlange. Sie starrte mich an mit ihren grauen Augen und murmelte: »Sie hatten recht, Louis. Das Mädchen ist operiert worden. Ihr Herz fehlt.«

40

Um fünf Uhr nachmittags waren wir wieder auf der Lichtung von Zoko. Der Tag ging zu Ende. Nachdem wir unsere Regenhäute und triefenden Schuhe abgelegt hatten, machte sich Schwester Pascale wortlos daran, Tee und Kaffee zu kochen. Auf meine Bitte hin erklärte sie sich bereit, einen Totenschein auszustellen, den ich sofort einsteckte und sicher verwahrte. Als Beweismaterial würde er nicht viel wert sein – Schwester Pascale war schließlich keine Ärztin. Aber er war immerhin eine Zeugenaussage, abgegeben nach bestem Wissen und Gewissen.

»Schwester Pascale«, fragte ich dann, »wären Sie bereit, mir noch ein paar Fragen zu beantworten?«

»Nämlich?«

Sie hatte ihre Ruhe wiedergefunden. Ich holte tief Atem und begann: »Wie viele Hubschrauber gibt es in Zentralafrika, die in der Lage sind, hier, mitten im Dschungel, zu landen?«

»Nur einen einzigen. Er gehört Otto Kiefer; das ist das Individuum, das die Sicamine leitet.«

»Halten Sie die Leute von dieser Mine für fähig, eine solche Tat zu begehen?«

»Nein. Gomun wurde von Profis operiert. Die Leute von der Sicamine sind grobe, barbarische Tölpel.«

»Glauben Sie aber, daß sie Beihilfe hätten leisten können, und zwar durch finanzielle Unterstützung?«

»Ja, vielleicht. Skrupel haben sie jedenfalls keine. Dieser Kiefer sollte längst im Gefängnis sitzen. Aber was hätte er für ein Motiv? Warum sollte irgend jemand mitten im Dschungel ein kleines Pygmäen-Mädchen überfallen? Und warum unter solchen Umständen? Warum hat man ihren Körper derart verstümmelt?«

»Das ist meine nächste Frage. Gibt es eine Möglichkeit, das HLA-System der Bewohner von Zoko herauszufinden?«

Schwester Pascale heftete ihre stahlgrauen Augen auf mich. »Die Gewebetypen, meinen Sie?«

»Genau.«

Die Missionsschwester zögerte, fuhr sich mit der Hand über die Stirn, dann murmelte sie: »O mein Gott ...«

»Antworten Sie bitte. Gibt es diese Möglichkeit?«

»Nun ja. Ja ...«

Sie stand auf. »Kommen Sie mit«, sagte sie.

Sie nahm eine elektrische Taschenlampe und ging zur Tür. Ich folgte ihr. Draußen war die Nacht hereingebrochen, aber der Regen wurde um keinen Deut schwächer. In der Ferne war das Surren eines Generators zu hören. Schwester Pascale holte einen Schlüsselbund hervor und schloß die Verbindungstür zur Klinik auf. Wir traten ein. In dem Raum, der nicht größer als vier mal sechs Meter war, herrschte ein intensiver Geruch nach Desinfektionsmitteln. An der linken Wand standen zwei Betten im Dunkeln.

In der Mitte waren verschiedene Untersuchungsgeräte aufgebaut, Mikroskope, ein Elektrokardiograph, eine Kabine mit einem Röntgenapparat. Rechts stand ein Computer auf einem Campingtisch zwischen einem Kabelgewirr und weiteren hellgrauen Elektronikkästen. Als der Lichtstrahl über den Informatikkomplex wanderte, traute ich meinen Augen nicht: Man war hier mit modernster Technik und einer kolossalen Speicherkapazität ausgestattet; so gab es mehrere CD-ROM-Laufwerke, einen Scanner, aber besonders erstaunlich an diesem Ort war das Funktelefon, das an den Computer angeschlossen war. Von ihrer Urwaldhütte aus konnte Schwester Pascale mit der ganzen Welt in Verbindung treten. Der Gegensatz zwischen diesem Raum aus Rohbeton mitten im Dschungel und den hochkomplexen Instrumenten hätte nicht krasser sein können. Offensichtlich sah man mir meine Verblüffung an, denn Schwester Pascale sagte: »Es gibt vieles, was Sie nicht wissen, Louis. Zum Beispiel sind wir hier keine vergessene afrikanische Missionsstation mit rudimentären Mitteln. Im Gegenteil. Die Klinik von Zoko ist ein Pilotprojekt, dessen Tauglichkeit wir derzeit prüfen und das nur möglich war dank der großzügigen Hilfe einer humanitären Organisation.«

»Was ist das für eine humanitäre Organisation?« stammelte ich.

»Monde Unique.«

Ich hatte damit gerechnet; dennoch stockte mir der Atem, und mein Herz begann wild zu schlagen.

»Vor drei Jahren«, erklärte Schwester Pascale, »hat unser Orden ein Abkommen mit *Monde Unique* geschlossen. Die Organisation wollte Stützpunkte in Afrika gründen und von unserer Erfahrung auf dem Kontinent profitieren. Man bot uns modernste Ausrüstung, technische Fortbildungskurse für unsere Schwestern und Medikamente je nach unserem Bedarf. Als Gegenleistung wurde nichts anderes verlangt, als daß wir mit der Genfer Zentrale in Verbindung blieben, die Ergebnisse unserer Untersuchungen mitteilten und manchmal ihre Ärzte bei uns aufnehmen. Unsere Mutter Oberin hat dieses einseitige Abkommen natürlich gern akzeptiert. Das war 1988. Von diesem Augenblick an ging alles sehr schnell. Ein Budget wurde uns zugeteilt, die Mission von Zoko eingerichtet. Leute von *Monde Unique* kamen und brachten mir den Umgang mit den Geräten bei.«

»Was für Leute?«

»Sie sind nicht religiös, aber sie glauben an die Menschheit und dienen ihr – nicht weniger als wir.«

»Woraus besteht Ihre Ausstattung?«

»Es sind vor allem Geräte für Untersuchungen – zum Beispiel haben wir einen Röntgenapparat – und für Laboranalysen aller Art.«

»Was für Laboranalysen?«

Schwester Pascale lächelte säuerlich, als hätte eine Nadelspitze das Metall ihres Gesichts geritzt. »Ich verstehe nicht sonderlich viel davon, Louis«, murmelte sie. »Ich bin keine Ärztin. Ich entnehme lediglich Blutproben und führe Biopsien durch.«

»Und wer nimmt dann die Analysen vor?«

Die Missionsschwester zögerte, dann flüsterte sie mit gesenkten Lidern:

»Er.« Und wies auf den Computer.

»Ich lege die Glasplatten mit den Proben auf den Scanner, der speziell programmiert ist. Er liest alle Daten ein, die er braucht, und der Computer führt dann die Untersuchungen durch und erstellt eine Datei für jedes Individuum, die ich auf Karteikarten ausdrucken lasse.«

»Wer wird denn hier auf diese Weise untersucht?«

»Eigentlich alle. Es ist zu ihrem Besten, verstehen Sie?«

Ich nickte müde, dann fragte ich: »Und wer außer Ihnen bekommt die Ergebnisse?«

»Die Genfer Zentrale. Regelmäßig, und zwar mit Hilfe eines Modems und dieses Funktelefons. Sie fragen die Daten ab und erstellen Statistiken über den Gesundheitszustand der Pygmäen von Zoko. Zur Früherkennung von Seuchengefahren, zur Überwachung von Parasitenbefall und so weiter. Es ist zuallererst eine Vorbeugungsmaßnahme. Im Notfall können sie uns sehr rasch Medikamente zukommen lassen.«

Die Heimtücke des Systems entsetzte mich. Schwester Pascale entnahm Blut- und Gewebeproben, in aller Unschuld und in bester Absicht. Dann führte der Computer die durch die Software vorgegebenen Analysen durch: Neben anderen Parametern ermittelte das Programm auch den HLA-Typ jedes einzelnen Pygmäen, und die Ergebnisse wurden anschließend von der Zentrale in Genf abgefragt. Die Bewohner von Zoko stellten ein ausgezeichnetes menschliches Vorratslager dar, dessen jeweilige Gewebeeigenschaften im Detail bekannt waren. Auf die gleiche Weise wurden vermutlich auch in Sliven und in Balatakamp die ›Subjekte‹ erfaßt und überwacht. Und genauso in jedem anderen von *Monde Unique* betriebenen Lager und Ambulatorium – die ach so humanitäre Organisation hielt sich ein lebendes Organlager.

»Stehen Sie in persönlichem Kontakt mit *Monde Unique*?«

»Nein. Meine Medikamentenbestellungen gebe ich über Computer durch. Genauso wie durchgeführte Impfungen und medizinische Versorgung. Aber von Zeit zu Zeit bin ich mit einem Techniker in Verbindung, der per Modem die Geräte wartet.«

»Sie sprechen also nie mit den Leitern von *Monde Unique*?«

»Nie.«

Schwester Pascale schwieg eine Weile nachdenklich, dann fragte sie: »Glauben Sie denn, daß zwischen diesen Gewebeanalysen und Gomuns Tod ein Zusammenhang besteht?«

»Ich habe nicht den geringsten sicheren Beweis«, sagte ich vorsichtig, denn es widerstrebte mir, meine Schlußfolgerungen vor ihr auszubreiten. »Das System, wie ich es mir vorstelle, ist dermaßen unglaublich und entsetzlich ... Haben Sie die Karteikarte von Gomun?«

Schwester Pascale kramte in einer eisernen Lade, die auf dem Tisch stand, und nach wenigen Sekunden reichte sie mir eine gefaltete Karte, die ich beim Licht der Taschenlampe las. Gomuns Name, ihr Alter, ihr Heimatdorf, ihre Größe und ihr Gewicht waren darauf verzeichnet. Es folgten etliche Zahlenreihen mit Kommentaren: die jeweiligen Zeitpunkte, zu denen eine bestimmte Maßnahme, eine medizinische Versorgung wie Impfung und ähnliches durchgeführt worden waren. Mein Herz krampfte sich zusammen beim Anblick dieser geringfügigen Ereignisse, die das durchaus gewöhnliche Schicksal eines kleinen Mädchens aus dem Dschungel kennzeichneten. Am Ende der Karte schließlich entdeckte ich, was ich suchte, einen Computerausdruck in winziger Schrift – Gomuns Gewebetypisierung: ›HLA-Typ: $Aw_{19,3}$ – $B_{37,5}$‹. Ein Schauder überlief mich. Ohne Zweifel hatten diese Chiffren die junge Aka das Leben gekostet.

»Louis, antworten Sie mir: Haben diese Analysen eine Rolle bei dem Mord an dem Mädchen gespielt?«

»Es ist noch zu früh, um das mit Bestimmtheit zu sagen. Zu früh ...«

Schwester Pascale fixierte mich mit ihren blitzenden Augen, scharf wie Stecknadelköpfe. An ihrem Gesichtsausdruck erkannte ich, daß sie endlich die Grausamkeit und Niedertracht des Systems begriffen hatte. Ihre Lippen zuckten nervös.

»Das ist unmöglich ... das kann nicht sein ...«

»Beruhigen Sie sich. Noch ist nichts sicher, und ich ...«

»Nein, seien Sie still. Das kann doch nicht sein ...«

Rückwärts tastete ich mich bis zur Tür und rannte dann durch den Regen davon, zurück zum Lager. Meine Gefährten saßen rund ums Feuer beim Abendessen, unter dem Laubdach schwebte der Geruch von Maniok. Sie luden mich ein, mich zu ihnen zu setzen, aber ich befahl den Aufbruch. Auf der Stelle. Dieser Befehl war eine Lästerung, ein grober und rücksichtsloser Verstoß gegen ihre Überzeugungen, das war mir klar. Die großen Schwarzen haben panische Angst vor der Dunkelheit. Aber mein Tonfall, mein Gesichtsausdruck duldeten keine Auflehnung, und so gehorchten Beckes und die anderen – freilich sehr widerwillig. Fassungslos fragte der Führer: »Wohin gehen wir denn, Chef?«

»Zu Kiefer. Zur Sicamine. Ich will diesen Tschechen noch vor dem Morgengrauen erwischen.«

41

Wir marschierten die ganze Nacht, und gegen vier Uhr morgens waren wir in der Nähe von Kiefers Diamantenminen. Ich beschloß, bis zum Tagesanbruch zu warten. Wir waren alle erschöpft und durchweicht bis auf die Knochen. Ohne uns erst die Mühe zu machen, einen Schutz vor dem Regen zu suchen, legten wir uns am Wegrand nieder und schliefen ein, zusammengekrümmt, den Kopf zwischen den Schultern. Ich spürte einen Schlaf auf mich herabfallen, wie ich ihn noch nie erlebt hatte – wie eine Keule, ein schwarzer Blitz, der mich niederstreckte und vernichtete und mich liegenließ wie in einem tiefen Bett aus Asche.

Aber schon eine Stunde später war ich wieder wach und stand auf, die anderen schliefen noch. Allein machte ich mich auf den Weg zu den Minen. Ich brauchte nur einer alten Piste zu folgen, die einst die Diamantenwäscher angelegt hatten: jetzt wurde der Pfad überwuchert von einem Dickicht aus Bäumen, Büschen und Lianen, die lichte Schnörkel über ihm errichteten, belaubte Gorgonenhäupter und Fresken aus Wurzelwerk. Endlich aber verbreiterte sich der Weg. Ich nahm meine Glock aus dem Holster, prüfte das Magazin und steckte die Waffe griffbereit in den Gürtel.

Ein Häuflein von Männern stand bis über die Knie in einem langgestreckten Sumpfgebiet. Mit bloßen Händen gruben sie im Boden und wuschen die Erde mit Hilfe eines breiten Siebs aus. Eine mühselige Arbeit, die in Feuchtigkeit und Gestank verrichtet werden mußte und unendlich viel Geduld forderte. Von Morgengrauen an waren die Diamantenwäscher bei der Arbeit, mit müdem Blick und trägen Bewegungen. In ihren dunklen Augen stand nichts als Erschöpfung und Stumpfsinn. Ein paar husteten und spien den Auswurf ins schwarze Wasser; andere zitterten und klapperten mit den Zähnen von der beständigen Nässe. Über ihnen dehnte sich das hohe Gewölbe des Blätterdachs wie eine Kathedrale und war erfüllt von den Schreien und dem Flügelflattern der Vögel. Das goldene Licht des Morgens stieg höher, wurde zusehends stärker, setzte bald die äußeren Ränder jedes Blattes in Brand und entfachte ein Feuer in den winzigen freien Räumen zwischen Ästen und Lianen.

Ein Stück weiter bachaufwärts war ein Barackenlager zu erkennen. Dichte Rauchschwaden stiegen aus den Blechkaminen. Die Zuflucht von Otto Kiefer. Dorthin wandte ich mich.

Es war wieder eine Lichtung, rot und schlammig, umringt von Hütten und Zelten aus Leinwand. In der Mitte war eine lange Planke aufgebockt, an der etwa dreißig Arbeiter Kaffee tranken und Maniok aßen. Ein paar beugten sich über ein Kofferradio und versuchten, trotz des Generatorenlärms RFI oder Radio Bangui zu hören. Horden von Fliegen belagerten ihre Gesichter.

Vor den Zelteingängen brannten Lagerfeuer, und über den Flammen brieten Affen, knisternd und unter Verbreitung eines abscheulichen Gestanks nach schlechtem Fleisch. Die Männer auf der Lichtung bebten vor Schüttelfrost. Manche trugen mehrere Schichten Kleider übereinander – Jacken, Pullover, Ölhäute, alle durchlöchert und stark zerknittert –, und ihre Schuhe fielen ihnen fast von den Füßen: An den Spitzen oder Fersen klafften die Sandalen, Stiefel, Mokassins wie Krokodilmäuler. Andere hingegen waren halb nackt. Ich sah eine lange und dünne Gestalt im türkisfarbenen Burnus, eine Art chinesischen Strohhut auf dem Kopf, der Mann hatte einem Ameisenbär die Kehle aufgeschlitzt und fing jetzt sorgfältig das Blut des Tieres auf.

Eine widersprüchliche Atmosphäre herrschte hier: eine

Mischung aus Hoffnung und Verzweiflung, aus Ungeduld und Gelassenheit, aus Erschöpfung und Aufregung. Alle diese Männer hingen demselben vergeblichen Trugbild nach. An ihre Träume geklammert, brachten sie ihr Leben damit zu, Tag für Tag mit den Händen im scharlachroten Schlamm zu wühlen. Ich blickte mich um: von einem Fahrzeug war nichts zu sehen. Kein Entkommen. Diese Männer waren die Geiseln des Waldes.

Ich trat an den Tisch. Ein paar hoben die Köpfe, sehr langsam, und einer fragte: »Was suchst du, Chef?«

»Otto Kiefer.«

Der Mann deutete mit einem Blick zu einer Wellblechhütte hinüber, an der ein Schild hing mit der Aufschrift *Direktion*. Die Tür war nur angelehnt. Ich klopfte und trat ein, die Hand am Griff der Glock. Ich war vollkommen ruhig.

Der Anblick, der sich mir bot, hatte nichts Erschreckendes an sich. Ein großer Kerl, dessen Blässe an das fahle Grau eines Skeletts erinnerte, war um die Reparatur eines Videorecorders bemüht, der auf einem alten Fernsehapparat stand, einem Modell aus Holz und Metall. Der Mann war um die Sechzig. Er trug denselben Hut wie ich – eine khakifarbene, glockenförmige Mütze mit genieteten Luftlöchern – und ein gräuliches Trikothemd; am Gürtel hing ein leeres Pistolenholster. Sein Gesicht war lang, knochig und ausgemergelt, spitz stach die Nase über dünnen Lippen hervor. Als ich eintrat, heftete er seine Augen auf mich. Wasserblau, verwaschen und leer.

»Tag. Was woll'n Se hier?«

»Sind Sie Otto Kiefer?«

»Nein. Clément mein Name. Kennen Sie sich mit Videorecordern aus?«

»Eigentlich nicht. Wo ist Otto Kiefer?«

Statt einer Antwort beugte der Mann sich wieder über das Gerät und murmelte: »Brauchte vielleicht 'nen Schraubenzieher.«

Ich fragte noch einmal: »Wissen Sie, wo Kiefer ist?«

Clément drückte auf sämtliche Tasten und prüfte die Kontrollichter. Einen Moment später verzog er sein Gesicht zu einem Grinsen, und mich packte das Grauen: Der Kerl hatte spitz zugefeilte Zähne.

»Was woll'n Se denn von ihm?« fragte er jetzt, ohne aufzusehen.

»Ich will ihm bloß ein paar Fragen stellen.«

Der Alte brummte vor sich hin: »Ich brauch 'nen Schraubenzieher, und den hab' ich nicht. Aber ich glaub', ich hab' trotzdem was Brauchbares.«

Er umrundete mich und trat hinter einen eisernen Schreibtisch, auf dem etliche leere Flaschen standen und feuchte Papiere sich stapelten. Er zog die oberste Schublade auf. Sofort stürzte ich mich auf ihn und schlug mit Gewalt die Schublade über seiner Hand zu. Mit aller Kraft drückte ich auf den ausgestreckten Arm und hörte, wie mit einem trockenen Knacken das Handgelenk brach. Clément zuckte nicht mit der Wimper. Ich stieß ihn fort, und er prallte gegen die feuchte Holzwand. Seine gebrochene Hand umklammerte eine Smith & Wesson Modell 38. Ich entriß ihm den Revolver, und der Alte nutzte die Gelegenheit, um mich mit seinen spitzen Zähnen in die Hand zu beißen, aber ich vermochte da keinen Schmerz zu empfinden. Mit dem Kolben seiner Waffe hieb ich ihm quer übers Gesicht, packte ihn am Hemd und schob ihn an der Wand hinauf bis zu einem Kalenderblatt mit einer barbusigen Schönen. Wieder grinste Clément, und ich sah, daß ihm Fetzen von meiner Haut zwischen den Zähnen hingen. Ich rammte ihm den Revolverlauf in ein Nasenloch (allmählich wurde es mir zur Gewohnheit).

»Wo ist Kiefer, du Saukerl?« fauchte ich.

Mit blutigen Lappen säuselte er: »Arschloch. Dir sag' ich gar nichts.«

Ich hieb ihm mit aller Kraft den Lauf auf den Mund. Er spuckte mehrere Zähne aus, und als ich ihn an der Gurgel packte und würgte, quoll das Blut zwischen seinen strichförmigen Lippen hervor und rann über meine verkrampfte Hand.

»Spuck's aus, Clément, dann bin ich in zwei Minuten weg. Ich überlaß dich deiner Mine und deinem Wahnsinn. Los, mach schon. Wo ist Kiefer?«

Mit seiner brauchbaren Hand wischte Clément sich über den Mund und knurrte: »Nicht da.«

Ich verstärkte den Druck um seine Kehle. »Wo ist er?!« brüllte ich ihn an.

»Weiß nicht.«

Ich schmetterte seinen Schädel gegen die hölzerne Wand und brachte die Barbusige zum Erbeben.

»Rede, Mann!«

»Er ... er ist in Bayanga. Von hier aus im Westen. Zwanzig Kilometer ...«

Bayanga. Mir dämmerte etwas: So hieß die Ebene, von der M'Konta gesprochen hatte. Jeden Herbst versammelten sich dort die Zugvögel. Also waren die Störche zurückgekehrt. Ich brüllte ihn an: »Ist er wegen der Vögel dort?«

»Vögel? Welche ... welche Vögel?«

Der Vampir stellte sich nicht absichtlich dumm, er wußte tatsächlich nichts von dem Diamantenkuriersystem.

»Seit wann ist er weg?« fragte ich.

»Zwei Monate.«

»Zwei Monate! Bist du sicher?«

»Ja.«

»Mit dem Helikopter?«

»Na sicher.«

Immer noch hielt ich den Hals des alten Reptils umklammert. Seine faltige Haut blähte sich, als er nach Luft schnappte. Ich war ein wenig aus der Fassung geraten. Mit allem anderen hätte ich eher gerechnet als mit dieser Auskunft.

»Und seither hast du nichts mehr gehört?«

»Nein ... nichts ...«

»Ist er immer noch in Bayanga?«

»Weiß ich nicht ...«

»Und der Helikopter? Er ist doch vor etwa einer Woche zurückgekommen, nicht?«

»Doch.«

»Wer saß drin?«

»Weiß ich nicht. Hab' nix gesehen.«

Wieder hieb ich seinen Kopf gegen die Wand. Das Kalenderblatt fiel zu Boden. Clément hustete und spuckte Blut, dann beteuerte er noch einmal: »Ich schwör's! Ich hab' nichts gesehen ... Man ... man hat nur den Helikopter gehört. Sonst nix. Sie sind nicht in der Mine gelandet. Ich schwör's!«

Clément wußte nichts. Er gehörte weder zu dem Diamantenring noch zu den Händlern mit gestohlenen Herzen. Seinem Chef Kiefer galt er wahrscheinlich nicht mehr als der Dreck, der ihm am Hintern klebte. Trotzdem ließ ich nicht locker. »Und Kiefer?« fragte ich noch einmal. »War er dabei?«

Der Kerl grinste breit mit seinen verbliebenen spitzen Zähnen und quietschte: »Kiefer? Der geht nirgends mehr hin.«

»Wieso?«

»Weil er krank ist.«

»Krank? Was erzählst du da für einen Quatsch?«

Aber der Kerl wiederholte, wobei er sein altes Gerippe schüttelte: »Krank. Kiefer ist krank. Und wie ...« Und fing an zu lachen, mit blutigen Blasen in den Mundwinkeln. Ich ließ ihn los; er sackte auf dem Boden zusammen.

»Was für eine Krankheit hat er, du alter Irrer? Los, mach, rede.«

Er warf mir einen schrägen Blick zu, in dem der Wahnsinn loderte, und knirschte: »Aids. Kiefer hat Aids.«

42

Wie ein Verrückter rannte ich durch den Wald zurück zu Beckes, Tina und den anderen, verarztete meine Hand und befahl zum neuerlichen Aufbruch – Richtung Bayanga. Wir machten uns also wieder auf den Weg, nach Westen diesmal und auf einer breiteren Piste. Zehn Stunden dauerte der Fußmarsch. Zehn Stunden stummer, atemloser, gehetzter Quälerei, während deren wir nur ein einziges Mal rasteten, um die kalten Überreste des Maniokbreis zu vertilgen. Der Regen hatte wieder eingesetzt; endlose Schnüre prasselten auf uns herab, aber wir schenkten ihnen keine Beachtung mehr. Schwer vom Wasser klebten uns die Kleider an der Haut uod behinderten uns beim Gehen. Dennoch behielten wir unser Tempo bei, und gegen acht Uhr abends tauchte Bayanga vor uns auf.

Nur ein paar vereinzelte, flackernde Lichter in der Ferne waren zu sehen. Ein Geruch von Maniok, gemischt mit Petroleum, wehte durch die Luft. Ich konnte mich kaum noch auf den Beinen halten. In einen Winkel meines Herzens war eine messerscharfe Angst zurückgekehrt, wie der Rückstoß eines bösen Traums.

»Wir werden in den Villen der Kosica übernachten«, sagte Beckes. »Das war eine ausländische Firma, die es jetzt nicht mehr gibt.« Wir durchquerten die schlafende Stadt und danach eine schilfbewachsene Ebene auf einem sich unaufhörlich windenden Weg. Mit einemmal aber wurde die Straße breiter und mündete in eine weite Savanne unter sternenklarem Himmel, deren gewaltiges Ausmaß man in der Finsternis nur ahnen konnte. Wir hatten den westlichen Rand des Dschungels erreicht. Bald waren die Villen zu sehen: weit auseinanderliegende Häuser, die miteinander nichts zu tun zu haben schienen. Ein Schwarzer mit Taschenlampe trat uns in den Weg. Er wechselte ein paar Worte auf Sango mit Beckes und führte uns dann zu einem geräumigen Haus mit einer kurzen Veranda. Dreihundert Meter weiter stand ein zweites, spärlich erhelltes Haus; unser Führer zeigte mit seiner Taschenlampe darauf und erklärte in gedämpftem Ton: »Seien Sie vorsichtig, in dieser Villa haust ein Ungeheuer.«

»Was für ein Ungeheuer?« fragte ich.

»Ein Weißer. Otto Kiefer. Ein furchtbarer Mensch.«

»Aber er ist krank, nicht?«

Der Schwarze leuchtete mir mit dem Strahl seiner Lampe ins Gesicht.

»Ja«, sagte er, »sehr krank. Aids. Kennen Sie das?«

»Ich hab' davon gehört.«

»Der Weiße macht uns das Leben zur Hölle, Chef. Aber er verreckt einfach nicht.«

»Ist sein Fall denn hoffnungslos?«

»Selbstverständlich«, gab der Mann zurück. »Aber das hindert ihn nicht daran, selber das Gesetz zu machen. Er ist ein Tier und gefährlich. Furchtbar gefährlich. Wir kennen ihn alle hier, er hat wer weiß wie viele Neger umgebracht. Und jetzt hat er Handgranaten und Automatikwaffen bei sich und droht, uns alle in die Luft zu sprengen. Aber so leicht geht das nicht! Ich hab' selber ein Gewehr und ...« Er verstummte. Er schien außer sich vor Wut und unfähig, weiterzusprechen.

»Lebt dieser Weiße allein im Haus?« fragte ich.

»Eine Frau kümmert sich um ihn. Eine M'Bati. Sie ist auch krank.« Der Schwarze stockte abermals, und wieder richtete er seine Lampe auf mein Gesicht. »Bist du seinetwegen gekommen, Chef?«

Die Nacht war schwer wie lauwarmer Sirup. »Ja und nein«,

sagte ich. »Ich würde ihn gern besuchen. Das ist alles. Im Namen eines Freundes.«

Der Schwarze ließ seine Lampe sinken. »Merkwürdige Freunde hast du, Chef.« Er seufzte. »Hier will uns keiner mehr Fleisch verkaufen. Und sie reden davon, alles niederzubrennen, sobald Kiefer tot ist.«

Beckes trug das Gepäck in die Villa. Tina war irgendwo in der Nacht verschwunden. Ich bezahlte den Schwarzen für die Unterkunft und stellte ihm eine letzte Frage: »Und die Störche? Landen sie weit von hier?«

Der Schwarze breitete beide Arme aus und wies auf die Ebene. »Die Störche!« rief er. »Genau hierher kommen sie. Wir sind mitten in ihrem Revier. In ein paar Tagen sind es Tausende. In der Ebene, am Flußufer, rund um die Häuser – überall. So viele, daß man kaum einen Fuß vor den anderen setzen kann!«

Meine Reise war zu Ende, ich war am letzten Bestimmungsort angelangt: dem Ziel der Störche, dem Ziel von Louis Antioche, dem Ziel von Otto Kiefer, dem letzten Glied im Ring der Diamantenhändler. Ich bedankte mich bei dem Mann, dann griff ich nach meiner Reisetasche und trat ins Haus. Es war ziemlich groß und möbliert mit niedrigen Tischen und Sesseln aus Holz. Beckes zeigte mir das Zimmer, das er mir zugewiesen hatte; es lag am Ende eines langen Gangs. Ich betrat meine Höhle. Mitten im Raum stand das Bett unter einem hohen, weiten Moskitonetz, und aus den Tüllvorhängen tönte eine Stimme: »Kommst du, Louis?«

Mir stockte der Atem. Aber trotz meines Schreckens, trotz der Finsternis erkannte ich Tina.

»Was machst du denn hier?« fragte ich entgeistert.

»Ich warte auf dich.«

Dann brach sie in ein Gelächter aus, und ihre weißen Zähne zerschnitten das Samtgewebe der Nacht. Ich erwiderte ihr Lachen und glitt unter das Moskitonetz – und war dankbar, daß mir das Schicksal noch einmal eine Gnadenfrist gewährte.

43

Mit wenigen raschen Gesten hatte ich sie aus ihrem Gewand gewickelt; wie zwei Torpedos sprangen ihre Brüste hervor. Ich stürzte mich auf ihre Scham, die herb und bitter schmeckte zwischen gekräuseltem Haar, und versenkte meine Zunge darin, auf der Suche nach wer weiß, was – Vergessen, Zärtlichkeit oder auch nur ein paar reumütigen Erinnerungen. Ein Schauder überlief ihre Haut, und ihre langen, schlanken Schenkel öffneten sich über dem Reich, das ich entweihte. Eine Stimme über mir sagte etwas auf Sango, dann zogen mich ihre schmalen Hände nach oben und ergriffen meine Hüften, um mich an die rechte Stelle zu rükken, genau über der Höhle der Dunkelheit. Sanft, ganz sanft drang ich zwischen Tinas Beinen ein.

Ihr Leib war gespannt und erregt, voller Muskeln und Anmut, und setzte seine Sanftheit ebenso ein wie seine Kraft, spielerisch und ganz nach Belieben, anscheinend ohne jede Mühe. Tina verstand es, mich gefangenzunehmen. Mit Bewegungen, die mir unbekannt waren, tief und quälend, riß sie mich mit. Ihre Hände fanden meine geheimsten Orte, die empfindlichsten Stellen meines Körpers. Ganz auf sie konzentriert, schweißüberströmt und vom Feuer verzehrt, ließ ich meine Lippen über ihre schwarzen Achseln gleiten, über ihren Mund mit den gewalttätigen Zähnen, ihre harten und bebenden Brüste, und auf einmal, viel zu rasch, brandete eine steile Woge in mir auf, und eine Explosion der Lust erfaßte mich, die gleich darauf an Schmerz grenzte. Und im selben Augenblick stürzten Bilder auf mich ein, wie um meine Seele zur Auflösung zu bringen: ich sah Gomuns wurmzerfressene Leiche, Sikoffs verbrannten Schlund, Marcels blutüberströmtes Gesicht und das Moskitonetz meiner Kindheit, das knisternd in Flammen aufging. Ein paar Sekunden später war alles wieder fort, die Lust strömte durch meine Adern und erfüllte mich – und schon mit ihrem Vorgeschmack auf das Grab.

Tina hingegen war noch nicht soweit. Sie stürzte sich auf die behaarten Stellen meines Körpers, leckte, saugte, verschlang meine Achseln und meine Scham, fuhr mit ihrer sanften, schimmernden Zunge über meine Haut, bis ihr sich bäumender Körper von einer animalischen Raserei ergriffen wurde. Ich war nicht mehr sehr auf der Hut. Aufstöhnend zerriß Tina den Verband an meiner verletzten Hand und rammte meine Finger in ihr Geschlecht, das so rosig und lebendig war, daß es in der Dunkelheit zu leuchten schien. Und während mein Blut aus der wieder aufgerissenen Wunde langsam zwischen ihren Beinen hinabtropfte, erreichte auch sie unter Verrenkungen und Wendungen ihren Höhepunkt, und in diesem Augenblick explodierte eine Wolke von Düften, herben bis köstlich süßen, wie der Geruch selbst der brennenden, verzehrenden Lust des Mädchens. Tina krümmte sich rückwärts, schwankend und erschöpft sank sie ins Laken wie eine betörende Blüte, vernichtet von ihrem eigenen Nektar.

In dieser Nacht schlief ich nicht. Während der Atempausen, die Tina mir gewährte, dachte ich unaufhörlich nach. Über die geheime Logik meines Schicksals, die immer heftigeren, immer intensiveren Gefühle und Empfindungen, die immer prächtigeren Schönheiten, die mir geboten wurden, je gewalttätiger und gefährlicher mein Dasein wurde. Ich erkannte eine merkwürdige Symmetrie: Die Gewitterhimmel, Marcels Freundschaft, die Zärtlichkeiten von Sarah und Tina fanden ihr Gegenstück in der Grausamkeit des Bahnhofs von Sofia, der Gewalt der besetzten Gebiete, dem verstümmelten Körper von Gomun. Alle diese Ereignisse und

Tatsachen waren die zwei Seiten ein und derselben Straße, die ich eingeschlagen hatte und die mich, gegen meinen Willen, bis ans Ende der Existenz führte. Dorthin, wo der Mensch nicht imstande ist, noch mehr zu ertragen, wo er bereit ist zu sterben, weil er jenseits aller Bewußtheit spürt, daß er alles weiß, was es für ihn zu wissen gibt. Ja, in dieser Nacht unter dem Moskitonetz machte ich mich mit der Möglichkeit meines eigenen Todes vertraut.

Plötzlich hörte ich ein Geräusch, und innerhalb weniger Sekunden wiederholte sich tausendfach sein Echo wie eine Myriade von Spiegelungen in der morgendlichen Luft. Es war ein Klappern, ein Rauschen, das ich gut kannte. Ich sah auf die Uhr: sechs Uhr. Schwach schimmerte das erste Morgenlicht durch die Vorhänge. Tina war eingeschlafen. Ich ging zum Fenster, öffnete die verglasten Flügel und blickte hinaus.

Sie waren gekommen. Sanft und grau standen sie aufrecht auf ihren dünnen Beinen. Mit einem Säuseln, das so leise war wie ein Hauch, ließen sie sich nieder und verteilten sich überall auf der Ebene, zwischen den Häusern, und vor allem an den Ufern des Flusses und den schlanken Schilfrohren. Und mir war klar, daß es Zeit war.

»Gehst du?« flüsterte Tina.

Statt einer Antwort kehrte ich zurück unter das Moskitonetz und küßte ihr Gesicht. Ihre geflochtenen Zöpfe lagen ausgebreitet auf dem Kopfkissen, und im Zwielicht leuchteten ihre Augen wie Glühwürmchen. Ihr Körper verschmolz mit dem Schatten. Und es war, als hätte das Verlangen endlich seinen Platz gefunden: im Herzen der Finsternis. Namenlos und geheim, aber voller Wonnen für den, der sie zu pflücken verstand. Noch nie hatte ich derart darunter gelitten, daß ich nicht mit den Händen über diesen langen Leib der Wollust streichen konnte, um dieses Fleisch zu spüren, die verzauberten Hügel und Formen, worin sich unendliche Fallen der Süße verbargen.

Ich stand auf und zog mich an und steckte das kleine Diktiergerät ein, nachdem ich mich vergewissert hatte, daß es funktionierte. Als ich mein Pistolenholster anlegte, trat Tina auf mich zu und umfing mich mit ihren langen Armen, und ich begriff, daß wir beide eine unwandelbare Szene aufführten: den Abschied des Kriegers, jahrtausendelang wiederholt, auf allen Breitengraden und in allen Sprachen der Erde.

»Geh zurück unter das Moskitonetz«, murmelte ich. »Unsere Gerüche sind noch da. Heb sie dir auf, meine kleine Gazelle, und bewahr sie für immer in deinem Herzen.«

Tina verstand nicht gleich den Sinn meiner Worte. Aber dann leuchtete ihr Gesicht auf, und sie sagte mir in ihrer eigenen Sprache Lebewohl.

Draußen brannte der Himmel in den Farben des frühen Morgens. Die hohen Gräser funkelten, und die Luft schien mir noch nie so rein gewesen zu sein. Auf der Ebene breiteten Tausende von Störchen sich aus, soweit das Auge reichte. Weiß und schwarz, schwarz und weiß. Sie waren ausgezehrt, gerupft, erschöpft, und doch schienen sie glücklich. Nach zehntausend Kilometern waren sie endlich am Ziel. Ich war allein, stand allein vor der letzten Etappe, allein vor der Konfrontation mit Kiefer, dem lebenden Toten, der die letzten noch fehlenden Teile des Alptraums kannte. Ein letztes Mal prüfte ich das Magazin der Glock 21 und machte mich auf den Weg. Sehr klar hob das Haus des Tschechen sich vom Wasser des Flusses ab.

44

Geräuschlos stieg ich die Verandastufen hinauf. Als ich das erste Zimmer betrat, sah ich die M'Bati-Frau rücklings auf einer Holzbank liegen und schnarchen. Ihr dikkes Gesicht fiel im Schlaf unschön auseinander, und über ihre Wangen zogen sich lange Narben, die im ersten Morgenlicht matt schimmerten. Rings um sie, direkt auf dem Boden, schliefen ihre Kinder unter zerlumpten Decken.

Links zweigte ein Gang ab. Ich wunderte mich über die Ähnlichkeit zwischen dieser und der Villa, in der ich die Nacht verbracht hatte; Kiefer und ich wohnten tatsächlich im gleichen Haus. Vorsichtig tastete ich mich weiter. Hunderte von Eidechsen huschten über die Wände und starrten mich aus ihren trockenen Augen an. Ein unbeschreiblicher Gestank herrschte hier, die Luft war gesättigt von den modrigen Ausdünstungen des Flusses. Ich schlich noch weiter. Eine Ahnung sagte mir, daß der Tscheche im gleichen Zimmer untergebracht war wie ich: dem letzten Raum auf der rechten Seite am Ende des Flurs. Die Tür stand offen, und ich spähte in den halbdunklen Raum. Unter einem hohen Moskitonetz stand das Bett und war anscheinend leer. Auf einem niedrigen Tisch standen durchsichtige Medizinfläschchen, daneben lagen zwei Spritzen.

Ich ging noch ein paar Schritte tiefer in dieses Grab.

»Was suchst du hier, Bursche?«

Ein eisiger Schreck durchfuhr mich. Die Stimme kam hinter dem Moskitonetz hervor. Es war aber nicht eigentlich eine Stimme, sondern eher ein Flüstern, ein speichelfeuchtes

Pfeifen voller hohler Nebengeräusche, das nur mit Mühe verständliche Worte hervorbrachte, so abstoßend, daß es jeden, der es gehört hatte, nicht mehr losließ. Diese Stimme fügte hinzu: »Gegen einen, der schon tot ist, richtet man nichts aus.«

Ich trat näher. Meine Hand auf dem Pistolengriff zitterte – wie bei einem verängstigten Kind. Endlich sah ich die Gestalt, die sich hinter den Tüllbahnen verbarg, und wurde von heftigem Abscheu ergriffen. Die Krankheit hatte Otto Kiefer regelrecht zerfressen. Sein Körper war nur noch schlaffe Haut, eine lose Hülle, die das Gerippe umgab. Er hatte weder Haare noch Brauen, noch sonst irgendeine Behaarung; statt dessen war er übersät von schwärzlichen Flecken und trockenen Krusten, auf der Stirn, dem Hals, den Unterarmen. Er trug ein weißes Nachthemd, das von dunklen Schlieren besudelt war, und saß aufrecht im Bett wie ein Wesen, das schon jenseits des Todes ist.

Seine Gesichtszüge konnte ich nicht erkennen; ich nahm nur seine Augenhöhlen wahr, finstere Löcher, in denen schwefelgelb die Augen funkelten. Das einzige, was in diesem Gesicht deutlich hervortrat, waren die Lippen, blau und trocken auf der haarlosen Haut; wenn sie sich öffneten, gaben sie ein geschwollenes, noch dunkleres Zahnfleisch frei, und diese schwärzliche Höhle war mit einem unvollständigen gelblichen Gebiß bestückt. Dieses Greuel war es, das mich ansprach.

»Haste 'ne Kippe?«

»Nein.«

»Reckskerl. Was steckste deine Fresse hier rein?«

»Ich ... ich muß Ihnen ein paar Fragen stellen.«

Kiefer stieß ein krächzendes, speicheltriefendes Gelächter aus. Ein bräunliches Rinnsal floß auf sein Hemd herab, aber er achtete nicht darauf. Mühsam fing er wieder an: »Ah, dann weiß ich, wer du bist. Der Trottel, der seit Wochen seine Scheiße in unsere Angelegenheiten streut. Eigentlich solltest du auf der anderen Seite sein, im Sudan.«

»Ich mußte meine Pläne ändern. Ich wurde zu vorhersehbar.«

»Und bist hierhergekommen, um den alten Kiefer aufzustöbern, wie?«

Ich antwortete nicht. Unauffällig schaltete ich meinen kleinen Recorder ein. Kiefers Atem pfiff hohl und röchelnd, während der Speichel brodelte – ein Klang wie der Todeslaut eines Insekts, das in einem Tümpel ertrinkt. Sekunden vergingen. Dann fing Kiefer wieder an: »Was willste wissen, Junge?«

»Alles«, antwortete ich.

»Und wie käm' ich dazu, dir das zu sagen?«

In gleichgültigem Ton antwortete ich: »Weil du ein hartgesottener Bursche bist, Kiefer. Und wie alle deiner Sorte hältst du dich an bestimmte Regeln. Die Regeln des Kampfes, des Siegers. Ich habe in Sofia einen Mann umgebracht, einen Bulgaren. Er hat für Böhm gearbeitet. Einen zweiten habe ich in Israel umgelegt, Miklos Sikoff, ebenfalls einen eurer Schergen. In M'Baiki habe ich mir M'Diaye vorgenommen und aus ihm rausgeprügelt, was du ihm vor fünfzehn Jahren in den Autopsiebericht diktiert hast. Dann habe ich Clément die Zähne eingeschlagen und dich hier aufgespürt, Kiefer. Ich habe in jeder Hinsicht gewonnen. Ich weiß Bescheid über euren Trick, euren Diamantenschmuggel mit Hilfe von Störchen. Ich weiß auch, daß ihr die Steine sucht, die seit April verschwunden sind. Ich weiß, wie euer Ring organisiert war. Ich weiß, daß ihr Ido Gabbor in Israel umgebracht habt, weil er euch auf die Schliche gekommen ist. Ich weiß ziemlich viel, Kiefer. Und jetzt habe ich dich im Visier. Mit deinem Diamantengeschäft ist's aus und vorbei. Max Böhm ist tot, und du krepierst auch bald. Ich habe gewonnen, Kiefer, und deswegen wirst du reden.«

Hinter den Tüllvorhängen pfiff es rhythmisch, und in der Dunkelheit hätte man meinen können, daß Kiefer schlief. Oder daß er im Gegenteil auf der Lauer lag wie eine zischende, übelwollende Schlange. Endlich aber flüsterte er: »Gut. Machen wir also ein Abkommen.«

Auch gelähmt und zerfressen von der Krankheit und im Angesicht meiner Waffe, spielte Kiefer immer noch das Stehaufmännchen und verkündete seine Trümpfe. Hinter seinem gallenbitteren Ton erkannte ich einen leichten slawischen Akzent.

»Wenn du schon so schlau bist, weißt du sicher auch, wie man mich hierzulande nennt, nämlich ›Granatenotto‹. Ich habe hier neben mir, unter der Bettdecke, eine Handgranate, die jederzeit explodieren kann. Such's dir aus. Entweder ich erzähl' dir, was du hören willst, und du knallst mich danach ab, als Zeichen deiner Dankbarkeit. Oder du hast nicht den Mumm dazu, dann spreng' ich uns beide in die Luft. Jetzt gleich. Du bietest mir eine prächtige Gelegenheit, Schluß zu machen, Junge. Allein ist's nur halb so gut.«

Ich schluckte. Kiefers teuflische Logik ging mir auf die Nerven. Wieso wollte er ein paar Tage vor seinem Tod mit Hilfe eines anderen Selbstmord begehen? Konnte er das nicht allein? »Ich höre, Kiefer«, sagte ich. »Und meine Hand wird nicht zittern, wenn's soweit ist.«

Der Zombie grinste. Schwärzlicher Schleim tropfte von seinen Lippen.

»Sehr gut«, sagte er. »Also halt dich fest. Geschichten wie diese wirst du nicht alle Tage hören. Angefangen hat es in den siebziger Jahren. Ich war Bokassas Handlanger. Es gab ziemlich viel zu tun damals. Von den Dieben bis zu den Ministern, alle kriegten ihr Fett ab. Ich erledigte meine miesen Jobs und bekam meinen Anteil. Kein schlechtes Leben. Aber Bokassa drehte komplett durch und wollte immer mehr, und die Sache ging schief ...

Im Frühjahr 1977 gab mir Bokassa einen neuen Auftrag: Ich sollte Max Böhm begleiten. Ich kannte Böhm schon ein bißchen als ziemlich effizienten Burschen, nur mit einer Macke – er spielte den Saubermann. Er wollte sich die Hände nicht schmutzig machen – dabei steckte er bis zum Hals in Kaffee- und Diamantenintrigen. In dem Jahr hatte Böhm eine Diamantenader jenseits von M'Baiki entdeckt.«

»Entdeckt?« fragte ich überrascht.

»Jawohl. Böhm hatte im Urwald ein paar Dörfler erwischt, die prachtvolle Diamanten aus den Sümpfen wuschen. Er holte sich einen Geologen, den er kannte, einen Südafrikaner, erstens um sicherzugehen und zweitens um den professionellen Abbau zu organisieren. Böhm war schon anständig, aber Bokassa traute ihm nicht. Er hatte sich in den Kopf gesetzt, daß der Schweizer ihn übers Ohr hauen wollte, und deswegen beauftragte er mich mit der Leitung der Expedition. Böhm und der Geologe – ein Bursche namens van Dötten –, und Böhms Sprößling war auch dabei.«

»Die Expedition PR 154.«

»Exakt.«

»Und weiter?«

»Es lief alles wie geplant. Wir gingen in den Süden, jenseits der SCAD. Zu Fuß, durch Regen und Schlamm, mit einem Dutzend Trägern. Wir kamen zu der Ader. Böhm und die Schwuchtel machten ihre Untersuchungen.«

»Die Schwuchtel?«

»Der Homosexuelle, wenn du's so besser verstehst. Der Südafrikaner war stockschwul und stand auf die schwarzen Ärsche der kleinen Arbeiter ... Soll ich's dir aufzeichnen, du Naivling?«

»Red weiter.«

»Die beiden waren ein paar Tage beschäftigt mit Orten, Auswaschen, Analysieren. Böhms erste Vermutungen wurden bestätigt. Die Ader war randvoll mit Diamanten. Und zwar Diamanten von außergewöhnlicher Qualität. Klein, aber absolut rein. Van Dötten sagte sogar einen unglaublichen Ertrag voraus. An dem Abend tranken wir auf das Wohl der Mine und auf unseren Gewinn. Da erschien aus dem Nichts ein Pygmäe und brachte eine Botschaft für Max Böhm. So ist das im Urwald. Die Aka sind die Briefträger. Jedenfalls liest der Schweizer den Brief und fällt rückwärts in den Dreck. Aufgeblasen wie ein Luftschlauch. Herzinfarkt. Er war am Abkratzen. Van Dötten stürzt sich auf ihn, reißt ihm das Hemd auf und massiert ihm die Brust. Während ich das Blatt Papier aufhob. Es war die Nachricht vom Tod seiner Gattin. Der Knabe hat gleich kapiert, was los war, und fängt an zu heulen wie ein Schloßhund – na ja, er war ja ein Kind. Er hatte hier nichts zu suchen, in den Mückenschwärmen und den Sümpfen voller Blutegel.

Wie auch immer, es hat uns eine gewisse Panik erfaßt. Du mußt dir vorstellen, Kerl, wo wir waren. Drei Tagesmärsche von der SCAD entfernt, vier von M'Baiki. Aber sowieso konnte nichts und niemand diesen Böhm retten, er war zum Tod verurteilt. Das war mir klar, und ich hatte nur noch eins im Sinn: aus diesem Scheißwald abzuhauen und freien Himmel über mir zu haben. Die Träger bastelten eine Bahre, wir packten unsere Sachen. Aber Böhm kam wieder zu sich und sah die Sache anders. Er wollte, daß wir nach Süden runtermarschieren, weil es jenseits der Grenze, im Kongo, eine Klinik gäbe. Und einen Arzt. Einen Wunderheiler, den einzigen auf der Welt, der ihm helfen könnte. Er weinte, er schrie, er wollte nicht sterben. Sein Sohn war auf seiner Seite, van Dötten beschwerte sich. Mir war das alles zu blöd, ich wollte abhauen und sie sitzenlassen, wo sie waren, aber die Träger waren schneller als ich und hatten sich schon aus dem Staub gemacht.

Kurz, ich hatte leider keine Wahl. Man mußte diese Bahre schleppen und diesen Sohn zur Vernunft bringen, der nach seiner Mama heulte. Dem Vater verpaßten wir Medikamente, und dann machten wir uns auf den Weg: ich, van Dötten und die beiden Böhms. Ein Trupp von Desperados. Aber das Verrückteste ist, daß wir nach sechs oder sieben Stunden Marsch tatsächlich eine Klinik fanden. Unglaublich! Eine Riesenanlage mitten im Urwald. Mit eigenem Labor und lauter eifrigen Negern in weißen Kitteln! Ich hatte gleich den Verdacht, daß da irgendwas faul war. Daß da irgendein Hund drin war. Und der zeigte sich bald. Ein baumlanger Kerl um die Vierzig, ziemlich gutaussehend, und du denkst, du siehst nicht richtig. Kommt da mitten im finstersten Urwald ein piekfeiner Bursche mit Krösusallüren daher und fragt beiläufig: ›Was ist los?‹«

Unter meinen Schläfen schwoll ein dumpfes Dröhnen an, ein Bohren, das mit der wachsenden Anspannung meiner Nerven zunahm. Zum erstenmal hörte ich von diesem Arzt. »Wer war das?« fragte ich.

»Weiß ich nicht. Hab' ich nie erfahren. Es war aber klar, daß er und Böhm sich seit Ewigkeiten kannten, daß der Schweizer ihn auch schon im Dschungel getroffen hatte, wahrscheinlich bei früheren Expeditionen. Er schrie Zeter und Mordio auf seiner Bahre. Er flehte den Doktor an, ihn zu retten, irgendwas zu tun, er wollte nicht sterben. Dann fing es an, nach Scheiße zu stinken, – Böhm hatte sich die Hosen vollgeschissen. Ich hatte den Kerl noch nie ausstehen können, aber ihn so zu sehen, das gab mir den Rest, das kannst du mir glauben. So eine Schweinerei. Wir waren verdammt harte Burschen. Weiße Afrikaner. Aber der Wald machte uns allmählich den Garaus. Jedenfalls beugt sich dieser Doktor über ihn und flüstert: ›Bist du zu allem bereit, Max. Wirklich zu *allem*?‹ Mit sanfter Stimme. Wie direkt irgendeinem Illustriertenbericht über die High-Society entstiegen. Böhm packt ihn am Kragen und sagt leise: ›Rette mich, Doc. Du weißt sehr genau, was bei mir nicht hinhaut. Also rette mich. Jetzt kannst du zeigen, wozu du imstande bist. Wir haben Diamanten. Ein Riesenvermögen. Dort oben, ein Stück weit im Norden, stecken sie in der Erde.‹ Es war schon verrückt. Die beiden redeten miteinander, als hätten sie sich erst am Tag vorher voneinander verabschiedet. Aber vor allem redete Böhm mit dem anderen wie mit einem Herzchirurgen. Man stelle sich das vor, ein Herzspezialist mitten im Dschungel.«

Kiefer brach ab. Langsam drang das Tageslicht ins Zimmer, und das zerrüttete Gesicht des Tschechen wurde in all seinem Schrecken sichtbar. Das schwarze Zahnfleisch glänzte feucht, und die spitzen Backenknochen traten so stark hervor, daß sie aussahen, als könnten sie jeden Moment die darüberliegende Haut durchstoßen. Auf einmal empfand ich

Mitleid mit dem Granatenmörder: Kein Mensch auf der Welt, nicht einmal ein Schwein wie Kiefer, verdiente ein derartiges Ende.

»Daraufhin wandte der Arzt sich an mich«, fing der wieder an. »Er sagt: ›Ich werde ihn operieren müssen.‹ – ›Hier?‹ frage ich. ›Sind Sie irr oder was?‹ – ›Wir haben keine andere Wahl, Herr Kiefer‹, sagt er. ›Helfen Sie mir, ihn hineinzutragen.‹ Und auf einmal fällt mir auf, daß er meinen Namen weiß. Daß er uns alle drei kennt. Sogar van Dötten. Wir tragen Böhm also ins Haus und in einen großen gekachelten Raum. Es gab dort eine Art Klimaanlage, die ziemlich laut dröhnte. Es sah zwar aus wie ein Operationssaal. Steril und alles. Aber irgendwie herrschte ein leichter Blutgeruch, ganz fern zwar, aber spürbar, und mir wurde es fast schlecht.«

Was Kiefer da beschrieb, war das Schlachthaus von Böhms Fotografien. Nach und nach paßten die Teile zusammen. Ich wankte unter dem Schock und tastete nach einem Stuhl, um mich zu setzen. Kiefer grinste. »Geht's dir schlecht, Junge?« fragte er hämisch. »Jetzt schon? Dann halt dich fest, denn wir sind erst bei der Vorspeise. Im ersten sterilen Raum mußten wir uns duschen und umziehen. Dann gingen wir in einen anderen Raum, in dem ein Operationsblock stand, abgetrennt durch eine Glasscheibe. Mit zwei Tischen aus Metall, Nickel. Auf den einen legten wir Böhm. Der Doktor war völlig gelassen und freundlich, und Böhm hatte sich anscheinend beruhigt. Nach einer Weile kehrten wir in den ersten Raum zurück, wo der Sohn auf uns wartete. Der Arzt sprach stinkfreundlich auf ihn ein: ›Ich werde dich brauchen, mein Junge. Um deinen Papa zu heilen, muß ich dir ein bißchen Blut abnehmen. Aber keine Sorge, du wirst absolut nichts spüren.‹ Dann dreht er sich zu mir um und sagt: ›Lassen Sie uns allein, Kiefer. Diese Operation ist eine heikle Sache, und ich muß die Patienten vorbereiten.‹ Ich bin gegangen. Mit rauchendem Schädel. Ich kannte mich wirklich nicht mehr aus. Draußen goß es aus Eimern. Van Dötten stand herum und zitterte an allen Gliedern, mir war auch nicht großartig zumute. Stunden vergingen. Endlich, um zwei Uhr morgens, kam der Doktor wieder raus. Von oben bis unten voll Blut. Sah ziemlich fertig aus, mit geschwollenen Adern auf der Stirn und bleich wie eine Leiche. Bei seinem Anblick dachte ich: Böhm ist tot. Aber dann fängt der Kerl widerlich zu grinsen an, und seine himmelblauen Augen glänzen, und er sagt: ›Max Böhm ist außer Gefahr.‹ Dann fügt er hinzu: ›Aber den Sohn konnte ich leider nicht retten.‹ Ich bin fürchterlich erschrocken. Van Dötten hielt sich den Kopf und sagte in einem fort: ›O mein Gott, o mein Gott ...‹ Ich schrie ihn an: ›Was soll das heißen, du gottverdammtes Arschloch, was hast du mit dem Sohn gemacht?‹ Ich bin in die Klinik gerannt, bevor er was sagen konnte. Ein Labyrinth, alles weiß gekachelt. Es dauerte eine Weile, bis ich den Operationssaal wiederfand. Ein Buschmann stand Wache mit einer AK-47. Aber ich konnte das Blutbad auch durch die Glasscheibe sehen. Die Kacheln waren rot, von den Wänden triefte es rot, die beiden Operationstische schwammen im Blut. Ich hätte nie gedacht, daß ein menschlicher Körper soviel bluten kann. Und in der Luft hing ein beschissener Aasgeruch. Ich war starr vor Entsetzen.

Hinten im Raum, im Halbdunkel, sah ich Max liegen, der friedlich unter einem weißen Laken schlief. Aber näher bei der Glasscheibe lag der Sohn Böhm. Ein einziges Gemetzel. Der ganze Körper war wie durch den Fleischwolf gedreht, verstehst du? Systematisch zerstückelt. Du kennst ja meinen Ruf, ich hab' keine Angst vor dem Tod, und ich bin ein Sadist, jawohl, ich hab' immer gern Schmerzen zugefügt, vor allem den Negern. Aber was da vor mir lag, das war sogar mir zuviel. Die Leiche war völlig zersäbelt von oben bis unten und der Rumpf vom Bauch bis zum Hals aufgeschnitten. Das Gedärm war halb rausgerissen und hing über den Bauch.

Man braucht nicht besonders schlau zu sein, um zu kapieren, was der feine Chirurg gemacht hatte. Er hatte dem Jungen das Herz rausgenommen und in den Vater eingepflanzt. Sicher eine geniale Sache, wenn man so was mitten im

Dschungel hinkriegt. Aber diese zerstückelte Leiche vor mir, das war nicht die Arbeit eines Genies. Das war das Werk eines Wahnsinnigen, eines gottverdammten Nazis oder was weiß ich. Unglaublich. Ich hab' den Anblick nie mehr vergessen. Was mich vor allem beeindruckt hat, war das Gesicht des Jungen. Sein Kopf war in einem unmöglichen Winkel verdreht, fast schon auf dem Rücken, die Augen quollen ihm aus den Höhlen, und das blanke Entsetzen stand darin. Und er war geknebelt, und deswegen war mir klar, daß der Irre seine Sauereien an dem Jungen bei vollem Bewußtsein gemacht hatte, ohne Narkose. Ich zog meinen Revolver und ging wieder hinaus, wo der Doktor mich erwartete in Begleitung von vier Buschmännern, alle bis an die Zähne bewaffnet. Sie blendeten mich mit Sturmlampen, und ich konnte nichts sehen, aber die schmierige Stimme des Doktors hörte ich. ›Seien Sie vernünftig, Kiefer. Bei der geringsten Bewegung knall' ich Sie ab wie einen Hund. Sie sind jetzt Komplize bei dem Mord an einem Kind. Darauf steht Todesstrafe, im Kongo wie in Zentralafrika. Aber wenn Sie tun, was ich Ihnen sage, dann gibt es erstens keinen Stunk und zweitens wahrscheinlich ziemlich viel Geld zu verdienen.‹ Nach den Worten dieses Doktors sollte ich also die Leiche des Böhm-Sohns nach M'Baiki schaffen und zusammen mit einem Negerarzt irgendeine offizielle Version zusammenbasteln. Ich sollte ein paar Millionen dran verdienen. Vorerst. Später noch viel mehr. Ich hatte keine Wahl. Ich band also die Leiche des Böhm-Sohns auf eine Tragbahre und marschierte mit zwei Trägern zur SCAD. Den Vater Böhm ließ ich in den Händen des Irren zurück. Van Dötten hatte sich aus dem Staub gemacht. Ich fand meinen Lieferwagen vor und fuhr mit der Leiche, die schon verweste, nach M'Baiki. Die ganze Geschichte war mir recht widerlich, und ich hoffte, daß der Urwald diesen irren Arzt verschlingen würde.«

In dieser Nacht des Schreckens hatten Böhm, Kiefer und van Dötten – die beiden letzten gegen ihren Willen – ihre Seelen dem Teufel verkauft. Ich hatte bisher nie an einen vierten Mann gedacht, der das Trio anführte, aber so war es: Seit jener Nacht im August 1977 standen die drei Männer unter Kontrolle. Das erklärte auch die Titankapsel in Max Böhms neuem Herzen: Sie war das Beweisstück – die ›Signatur‹ des Doktors und der konkrete Ausdruck seines Verbrechens, mit dem er Böhm – und indirekt auch die beiden anderen – für immer in seine Gewalt gebracht hatte.

»Die Fortsetzung kenne ich«, sagte ich. »Ich habe M'Diaye ausgefragt. Du hast ihm seinen Bericht diktiert und bist mit der Leiche nach Bangui weitergefahren. Was ist danach passiert?«

»Ich habe Bokassa irgendwas erzählt. Hab' ihm erklärt, daß ein Gorilla uns angefallen hat, daß der junge Böhm dabei ums Leben gekommen und der alte Böhm über Brazzaville nach Hause zurückgekehrt ist. Das war nicht sehr überzeugend, aber Bokassa war das egal. Für ihn zählte nur eins: die Entdeckung einer Diamantenader. Es war drei Monate vor seiner Krönung, und er suchte überall nach Edelsteinen. Für seine ›Krone‹. Unter größter Geheimhaltung ließ sich eine Schürfkolonne im Wald nieder, ich bekam die Leitung. Schon im Oktober fanden wir phantastische Diamanten, die sofort zum Schliff nach Antwerpen geschickt wurden.«

»Wann hast du Böhm wiedergesehen?«

»Anderthalb Jahre später, im Januar 1979, in Bangui. Ich traute meinen Augen nicht. Er hatte ziemlich stark abgenommen, bewegte sich langsamer und vorsichtiger, und seine Bürstenhaare waren völlig weiß geworden. Wir suchten uns eine Stelle am Fluß, wo man ungestört reden konnte. Die Stadt war anderweitig im Aufruhr, zu der Zeit hatten die Studentenunruhen angefangen.«

»Was hat Böhm zu dir gesagt?«

»Er hat mir ein total irres Geschäft vorgeschlagen. Was er sagte, war ungefähr folgendes: ›Bokassas Regime ist am Ende, und bis zu seiner Absetzung ist es bloß noch eine Frage von Wochen. Außer dir und mir weiß niemand, was wirklich in der Sicamine steckt. Wir wissen, wie das läuft im Wald, nicht wahr? Nichts hindert uns dran, die schönsten Steine für uns zu behalten. Niemand wird je nachschauen, was aus den Sümpfen wirklich zutage gefördert wird.‹ Haha. Böhm, der afrikanische Gerichtsherr und Korrektheitsfanatiker, wollte mich für den Diamantenraub gewinnen. ›Ich bin fertig mit Afrika‹, sagte er. ›Ich komm' nie mehr hierher, mein ganzes Leben nicht. Aber ich kann deine Steine in Europa in Empfang nehmen und in Antwerpen verkaufen. Was hältst du davon?‹

Ich habe nachgedacht. Diamantenschmuggel ist die stärkste Versuchung, wenn man eine Arbeit hat wie ich damals: den ganzen Tag in der Scheiße stehen und zusehen, wie einem die größten Schätze zwischen den Fingern durchrutschen. Aber ich kannte natürlich auch die Risiken. Ich fragte Böhm, wie er sich das vorstellt, wer denn die Diamanten über tausend Grenzen nach Europa bringen soll, aber er meinte: ›Keine Sorge. Ich habe die besten Kuriere, die du dir denken kannst. Kuriere, die weder mit dem Flugzeug noch mit dem Schiff oder sonst einem Beförderungsmittel reisen und die nie durch irgendeinen Zoll oder durch eine Paßkontrolle müssen.‹ Ich sah ihn an und erwartete, daß er aufhören würde, in Rätseln zu sprechen. Aber er machte es spannend und forderte mich auf, mit ihm nach Bayanga zu fahren, dort wollte er mir seine Kuriere zeigen. Auf der Ebene hatten sich Tausende von Störchen zum Rückflug nach Europa versammelt. Böhm drückte mir sein Fernglas in die Hand, zeigte auf einen beringten Storch und sagte: ›Seit zwanzig Jahren kümmere ich mich um die Störche. Wenn sie im März zurückkommen, nehme ich sie in Empfang, füttere sie und beringe ihre Jungen. Seit zwanzig Jahren studiere ich ihre Wanderung, ihre Zyklen und so weiter, alles, wofür ich mich seit meiner Kindheit begeistert habe. Heute werden uns meine Erkenntnisse auf eine Weise zugute kommen, wie du's dir nicht einmal träumen läßt! Schau dir den Vogel mit dem Ring an. Stell dir vor, du bringst einen oder mehrere Rohdiamanten in seinem Ring unter. Was passiert? In zwei

Monaten sind die Diamanten in Europa, und zwar in einem ganz bestimmten Nest. Das ist so sicher wie das Amen in der Kirche, denn die Störche kehren jedes Jahr exakt zum selben Nest zurück. Wenn man das mit allen beringten Störchen so macht, kann man Tausende von Diamanten befördern, ohne Probleme. Im Frühjahr finde ich die Vögel wieder und hole mir ihre Fracht und brauche sie nur noch in Antwerpen zu verkaufen.‹

Was meine Rolle dabei sei, fragte ich, und Böhm antwortete: ›Du zweigst die schönsten Diamanten für dich ab. Dann fährst du nach Bayanga und versteckst sie in den Ringen der Vögel. Ich besorg' dir ein Gewehr mit Betäubungspatronen. Nachdem du ein guter Schütze bist, wirst du dafür nicht länger als eine oder zwei Wochen brauchen. Und für dich springen dabei zehntausend Dollar im Jahr heraus.‹ Was armselig war, wenn man bedenkt, was sich mit dieser Masche tatsächlich verdienen läßt. Aber Böhm erklärte, er sei nicht allein in dem Geschäft. Ich begriff bald, was los war.

Die Idee stammte von jemand anderem. Nämlich von diesem Dschungelarzt, dem irren Chirurgen. Er hatte uns in der Hand und konnte uns zu dem Diamantenschmuggel zwingen. Der gleiche Ring wurde im Osten aufgezogen, in Südafrika, wo van Dötten saß. Wir steckten in der Klemme, ohne Ausweg, aber gleichzeitig mit der Aussicht auf Reichtum. Ich sagte, ich mache mit. Die Fortsetzung kennst du. Die Methode hat jahrelang perfekt funktioniert. Jedes Jahr habe ich an die tausend kleine Diamanten an den Beinen der Störche befestigt und bekam den Lohn dafür auf ein Nummernkonto in der Schweiz. Alles lief prächtig, im Osten genauso wie im Westen. Bis zum April dieses Jahres ...«

Kiefer verstummte. Seine Lippen brachten ein saugendes Geräusch hervor, und sein ausgezehrter Körper unter der Decke bäumte sich unter einem inwendigen Schmerz. Er sank zurück, dann warf er mir einen schrägen Blick aus seinen schwarzen Augenhöhlen zu und sagte spöttisch: »Zeit fürs Fläschchen.«

Er griff nach der Spritze und einem der Flakons auf dem kleinen Tisch und zog eine Dosis Morphium auf. Mit knappen Gesten bereitete er seine Injektion vor, seine Hände waren ruhig. Als er den linken Ärmel hochschob, sah ich, daß sein Arm voller dunkler Flecken war, die erhaben, wie eingetrocknetes Blut aussahen und merkwürdige Atolle in einem milchigen Meer bildeten. Mit erfahrener Hand band er sich den Arm ab, während er die Spritze im Mund festhielt. Sofort schwollen die Venen an, und Kiefer prüfte jede einzelne mit der Nadelspitze auf der Suche nach der besten Einstichstelle, dann stieß er mit einem jähen Ruck zu. Unter der Wirkung der Droge krümmte er sich vor, ganz auf sein Tun konzentriert, sein kahler Schädel geriet in einen Sonnenstrahl und leuchtete weißlich auf wie ein phosphoreszierender Stein. Unter der Haut bewegten sich seine knochigen Gelenke. Sekunden vergingen. Dann entspannte er sich. Er stieß ein heiseres Lachen aus, und sein Kopf sank zurück in den Schatten.

Ich dachte über seine letzten Worte nach. Ja, ich kannte die Fortsetzung. Im April waren die Störche aus dem Osten nicht wiedergekommen. Böhm war in Panik geraten und hatte seine Schergen ausgesandt. Die beiden Männer waren der Storchenroute gefolgt, hatten aber nichts gefunden. Sie hatten bloß Ido umgebracht, den einzigen, von dem sie wirklich etwas hätten erfahren können. Später war Böhm auf die Idee verfallen, mich auf dieselbe Fährte anzusetzen und mir die beiden Bulgaren auf die Fersen zu hetzen mit dem Auftrag, mich zu eliminieren, sofern ich zu ›neugierig‹ würde. So hatte er mich zum Abschuß freigegeben, in der einzigen Hoffnung, ich würde irgendein nebensächliches Detail über den Verbleib der Störche herausfinden. Die Hauptfrage aber war nach wie vor ungeklärt: Wieso war er ausgerechnet auf mich verfallen? Ich überlegte, ob Kiefer mir eine Antwort darauf geben konnte, und im selben Moment fragte er, als hätte er meine Gedanken gelesen: »Und du, wieso warst du den Vögeln hinterher?«

»Ich war im Auftrag von Böhm unterwegs.«

»Im Auftrag von ...«

Kiefer ließ ein schreckliches, abgehacktes Rascheln hören, das ein Gelächter war, schwarz und klebrig, und wieder troff zähflüssiger Speichel auf sein Hemd. »Im Auftrag von Böhm ... Im Auftrag von Böhm ...«, wiederholte er.

Ich unterbrach sein Geröchel. »Ich weiß nicht, warum er mich ausgesucht hat – ich hatte keine Ahnung von Vögeln, und vor allem gehörte ich nicht zu eurem System. Aber Böhm hat mich irgendwie auf euch angesetzt, wie einen Hund in einem Spiel von lauter Mördern.«

Kiefer seufzte. »Das ist jetzt alles nicht mehr so wichtig. Ohnehin waren wir aufgeschmissen.«

»Wieso das?«

»Na, Böhm ist ja mittlerweile tot. Und ohne ihn funktionierte die Sache nicht. Er war der einzige, der die Nester und die Nummern kannte. Er hat das Geschäft mit ins Grab genommen. Und uns dazu. Denn wir taugten zu nichts mehr und wußten viel zuviel.«

»Wer, wir?«

»Ich, van Dötten, die Bulgaren.«

»Hast du dich deshalb in Bayanga versteckt?«

»Ja. Aber zu spät. Was hat es mir denn genützt – ich bin schon seit Jahren krank. Ironie des Schicksals, nicht? Aids mit Sechzig – ist das nicht zum Schieflachen?«

»Und van Dötten?«

»Weiß ich nicht, wo er ist. Soll er verrecken.«

»Wer bedroht dich denn?«

»Das System, dieser Arzt, was weiß ich. Wir waren Teil von etwas Größerem, etwas Internationalem, kapierst du? Ich hocke seit zehn Jahren in meinem Loch, ich wär' nicht in der Lage, dir irgendwas dazu zu sagen. Böhm war immer mein einziger Verbindungsmann, ich kannte nicht mal diesen Sikoff persönlich.«

»Sagt dir der Name *Monde Unique* etwas?«

»Dunkel. Sie unterstützen eine Missionsstation in der

Nähe der Sicamine. Eine Nonne, die sich um die Pygmäen kümmert. Solche Sachen sind mir gleichgültig.«

Operationen ohne Narkose, Organdiebstahl, das gehörte offensichtlich nicht in Kiefers Welt. Dennoch ließ ich nicht locker. »Sikoff besaß einen Paß der Vereinten Nationen«, sagte ich. »Hat er vielleicht ohne dein Wissen für *Monde Unique* gearbeitet?«

»Kann schon sein.«

»Weißt du was über den Mord an Rajko Nikolitsch, einem Zigeuner aus Sliven in Bulgarien, der im Mai dieses Jahres begangen wurde?«

»Nein.«

»Und über den Mord an Gomun, einem Pygmäenmädchen, vor zehn Tagen in der Nähe der Sicamine?«

»Der Sicamine?« fragte Kiefer interessiert.

»Spiel nicht den Unschuldigen, Kiefer. Du weißt ganz genau, daß dein Arzt nach Zentralafrika zurückgekommen ist. Er hat sogar deinen Helikopter benutzt.«

Kiefer seufzte wieder. »Du weißt ziemlich viel, Bursche. Vor zehn Tagen hat Bonafé mich benachrichtigt. Daß der Doc wieder in Bangui sei. Wahrscheinlich sucht er die Diamanten.«

»Welche Diamanten?«

»Die diesjährige Ernte – die Steine müssen doch fortgeschafft werden auf die eine oder andere Weise, nicht wahr?« Kiefer grinste. »Aber er hat mich nicht gefunden.«

Ich versuchte zu bluffen. »Weil er dich nicht gesucht hat«, gab ich zurück.

Der Tscheche richtete sich auf. »Was redest du für einen Quatsch?« fragte er verblüfft.

»Er ist nicht wegen der Diamanten gekommen. Für ihn ist das Geld bloß ein Mittel zum Zweck. Ein Element zweiter Klasse.«

»Warum sollte er sonst in dieses Negerloch kommen?«

»Wegen Gomun. Um dem Pygmäenmädchen das Herz herauszuschneiden.«

»Teufel, das glaub' ich nicht!« spie der Kranke.

»Ich habe ihre Leiche gesehen, Kiefer.«

Der Tscheche schien nachzudenken. »Er ist nicht meinetwegen gekommen«, sagte er schließlich. »Sakrament ... Dann kann ich ja beruhigt sterben.«

»Du bist aber noch nicht tot, Kiefer. Hast du diesen Arzt je wiedergesehen?«

»Nein.«

»Weißt du nicht seinen Namen?«

»Nein, sag' ich dir.«

»Ist er Franzose?«

»Er spricht französisch, mehr weiß ich nicht.«

»Akzentfrei?«

»Jawohl.«

»Wie sieht er aus?«

»Großer Kerl. Mager, kahle Stirn, graue Haare. Eine Fresse aus Stein.«

»Ist das alles?«

»Laß mich in Frieden.«

»Wo versteckt sich dieser Doktor, Kiefer?«

»Irgendwo auf der Welt.«

»Wußte Böhm, wo er sich aufhält?«

»Ich glaube ja.«

Mir versagte fast die Stimme. »Wo, verdammt?!« rief ich.

»Wenn ich's doch nicht weiß.«

Ich stand auf. Ins Zimmer war die Hitze eingedrungen, eine Hitze, die Eisenstangen zum Schmelzen bringen konnte.

»Und unsere Abmachung, Saukerl?« krächzte Kiefer.

»Keine Angst«, sagte ich und starrte ihn an. Ich hob den Arm mit der Waffe und lud durch.

»Schieß schon, du Arschloch!« pfiff Kiefer.

Ich zögerte noch. Auf einmal aber sah ich die Form der Handgranate unter dem Laken und den Finger des Tschechen auf dem Abzug. Ich packte die Pistole mit beiden Händen und feuerte einen einzigen Schuß ab. Das Moskitonetz erbebte. Kiefer explodierte mit einem dumpfen Geräusch und besprengte das Netz mit schwärzlichem Blut und Gehirn. Draußen flogen die Störche mit rauschenden Schwingen auf.

Nach einigen Sekunden trat ich näher und schlug die Tüllbahnen zur Seite. Kiefer war nur noch ein eingefallenes Gerippe, auf dem Kopfkissen ausgebreitet in einem Meer von Blut, Fleischfetzen und Knochensplittern. Die Granate lag unangetastet zwischen den Falten des Lakens. Neben den menschlichen Überresten fand ich winzige Diamanten und eiserne Ringe – die ›Ernte‹ des Jahres. Ich ließ das Vermögen liegen und nahm lediglich einen Ring mit.

Ich trat auf den Gang hinaus. Die M'Bati-Frau war erwacht und eilte gestikulierend herbei, ihre Kinder auf den Fersen. Sie lachte unter Tränen: Das Ungeheuer war vernichtet. Ich drängte sie beiseite. Über die Wände liefen immer noch die Eidechsen wie ein lebendes grünes Gesims. Ich rannte ins Freie, aber die Sonne stoppte meinen Lauf. Geblendet stieg ich die Stufen hinunter, schwankend, und ließ meine Pistole auf die scharlachrote Erde fallen.

Alles war vorbei – alles fing an.

Weit in der Ferne erblickte ich Tina, die mir zwischen hohen Gräsern entgegenlief.

5. TEIL

Ein Herbst in der Hölle

41

Vier Tage später, [illegible] war ich wieder in Paris. Wir hatten den 30. Dezember. Meine jetzige Wohnung am Boulevard Raspail erschien mir klein und beengt; [illegible] Räume [illegible]. Ich [illegible] Post der letzten Tage [illegible] mein Arbeitszimmer, um [illegible] zu beantworten [illegible]. Ich erkannte [illegible] [illegible] Ihren [illegible].

Es war [illegible] Uhr [illegible]. Ich wanderte durch meine Wohnung [illegible] mitgebracht [illegible], das [illegible] Schlafzimmer [illegible] hatte [illegible] hatte sich mit der [illegible] einem [illegible]

45

Vier Tage später, im Morgengrauen, war ich wieder in Paris. Wir hatten den 30. September. Meine riesige Wohnung am Boulevard Raspail erschien mir klein und beengt; geschlossene Räume war ich nicht mehr gewohnt. Ich hob die Post der letzten beiden Wochen auf und ging in mein Arbeitszimmer, um den Anrufbeantworter abzuhören. Ich erkannte die Stimmen einiger Freunde und Bekannter, die sich über meine monatelange Abwesenheit wunderten. Von Dumaz keine Nachricht, und dieses Schweigen kam mir merkwürdig vor. Befremdlich war auch ein neuerlicher Anruf von Nelly Braesler – in den fünfundzwanzig Jahren ihrer Fernerziehung hatte sie sich nicht so häufig für mich interessiert. Woher dieses plötzliche Interesse?

Es war sechs Uhr morgens. Ich wanderte durch meine Wohnung und empfand eine Art Schwindelgefühl. Nach meinen letzten Erlebnissen kam es mir unwirklich vor, wieder hierzusein, am Leben, umgeben von allem Komfort. Im Geist ließ ich die Bilder der letzten Tage in Afrika vorüberziehen. Beckes und ich, wie wir die Leiche von Otto Kiefer in der Ebene begruben, eingewickelt in das blutige Moskitonetz, mitsamt seinen Diamanten. Die Schikanen der Polizisten von Bayanga, denen ich erklärt hatte, Otto Kiefer habe sich mit der Selbstladepistole erschossen, die er unter seinem Kopfkissen verwahrte. Der Abschied von Tina, die ich ein letztes Mal am Ufer des Flusses umarmt hatte. Meine Reise nach Afrika hatte genausoviel Licht in die Sache gebracht, wie sie neue Rätsel aufgeworfen hatte. Mit Otto Kiefers Aussage war die Diamantenaffäre geklärt. Zwei der Schlüsselfiguren waren tot. Van Dötten versteckte sich höchstwahrscheinlich irgendwo in Südafrika. Sarah Gabbor war noch nicht wieder aufgetaucht, wahrscheinlich hatte sie ihre Diamanten bereits verkauft. Die junge Frau war jetzt reich, aber sie war auch in Gefahr. In diesem Moment waren ihr die Killer sicherlich schon auf den Fersen: In diese letzte, einzige Frage mündete der Diamantenring – aber mit dem geflügelten Kuriersystem war es ein für allemal vorbei.

Es blieb der ›Doktor‹ aus Afrika, der Drahtzieher der ganzen Affäre. Seit mindestens fünfzehn Jahren suchte sich ein Mann überall auf der Welt unschuldige Opfer aus, operierte sie bei vollem Bewußtsein und stahl ihnen das Herz. Die Annahme eines Organschmuggels lag nahe, aber mehrere Details deuteten darauf hin, daß eine komplexere Wahrheit dahintersteckte. Wieso ging dieser Chirurg mit derartigem Sadismus zu Werk? Wieso betrieb er eine derart sorgfältige Auswahl seiner Opfer und unterhielt zu dem Zweck ein weltweites Datennetz, während ein Organhandel sich schon in einem einzigen Land hätte organisieren lassen? War er auf der Suche nach einem ganz speziellen Gewebetyp? Im Augenblick standen mir nur zwei Spuren offen, denen ich nachgehen konnte.

Erstens: Der ›Doktor‹ und Max Böhm hatten sich zwischen 1972 und 1977 im äquatorialen Regenwald bei einer der Expeditionen des Schweizers kennengelernt. Der Chirurg hatte sich folglich im Kongo oder in Zentralafrika aufgehalten – und sicher nicht immer mitten im Dschungel. Mit Hilfe der Zollbehörden und Krankenhäuser beider Länder konnte ich seinen Weg nachzeichnen – aber wie sollte ich ohne offizielle Befugnis an die notwendigen Informationen herankommen? Ich konnte auch die Spezialisten für Herzchirurgie in Europa befragen, denn ein Arzt, der in der Lage war, eine Herztransplantation wie bei Max Böhm durchzuführen, und das mitten im Urwald, im Jahr 1977, war außergewöhnlich, wenn nicht einmalig, und es mußte doch möglich sein, die Fährte eines solchen Virtuosen zu verfolgen, der französischsprachig war und in der Mitte Afrikas lebte. Ich dachte an Catherine Warel, die Ärztin, die an Max Böhm die Autopsie durchgeführt und Dumaz bei seinen Ermittlungen unterstützt hatte.

Die zweite Spur war *Monde Unique*. Der Mörder bediente sich ohne Wissen ihrer Leiter dieser gewaltigen Maschinerie, ihrer Kapazitäten zur Analyse und Datensammlung, um seine Opfer überall auf der ganzen Welt ausfindig zu machen. Vor Ort benutzte er Helikopter, sterile Operationszelte und anderes logistisches Material der *Monde-Unique*-Zentren. Ein Mann, der so vorgehen konnte, hatte zweifellos einen wichtigen Posten innerhalb der Organisation. Deshalb sollte man sich Zugang zum Organigramm von *Monde Unique* verschaffen. Wenn man dessen Informationen den Auskünften aus Afrika gegenüberstellte, würde vielleicht ein Name zum Vorschein kommen, bei dem alle Daten zusammenliefen. Aber auch hier scheiterte ich an meiner mangelnden offiziellen Position. Ich hatte keinerlei Amt, keinen speziellen Auftrag. Dumaz hatte mich gewarnt: Man greift nicht einfach eine weltweit anerkannte humanitäre Organisation an.

Und auf einer tieferen Ebene trat meine persönliche Ermittlung auf der Stelle. Ich war am Ende, erschöpft, gelähmt von Reue und gefangen in einer Einsamkeit, die mir noch nie so bedrückend erschienen war. Mein Überleben war nichts als ein Wunder gewesen. Jetzt mußte ich mich dringend polizeilicher Unterstützung versichern, um mich dem letzten blutigen Kreis zu stellen.

Sieben Uhr morgens. Ich rief Hervé Dumaz zu Hause an. Keine Antwort. Ich kochte Tee, dann setzte ich mich ins Wohnzimmer und grübelte über meinen finsteren Gedanken. Auf dem Couchtisch sah ich den Poststapel durch – Einladungen, Briefe von Universitätskollegen, Intellektuellenmagazine und Tageszeitungen ... Ich nahm mir die *Le-Monde*-Ausgaben der letzten Tage vor und überflog sie zerstreut.

Plötzlich stutzte ich und las, erst ungläubig, dann fassungslos, folgenden Artikel:

MORD AN DER DIAMANTENBÖRSE

Am 27. September 1991 wurde in den Räumen der berühmten Beurs van Diamanthandel *in Antwerpen ein Mord verübt. Im oberen Stockwerk schoß die junge Israelin Sarah Gabbor, bewaffnet mit einer Selbstladepistole der österreichischen Marke Glock, einen Inspektor der Schweizer Polizei namens Hervé Dumaz nieder. Die Motive der jungen Frau sind unbekannt, ebenso die Herkunft der außergewöhnlichen Diamanten, die sie an dem Tag verkaufen wollte.*

Um neun Uhr am Morgen des 27. September 1991 ist an der *Beurs van Diamanthandel* alles wie immer. Die Geschäftsräume werden aufgeschlossen, die üblichen Sicherheitsmaßnahmen getroffen, und die ersten ›Verkäufer‹ treffen ein. Hier und an den anderen Börsen von Antwerpen werden zwanzig Prozent der Diamantenproduktion verkauft, die nicht über den traditionellen Handelsweg unter der Kontrolle des südafrikanischen Imperiums De Beers laufen.
Gegen 10.30 Uhr erscheint eine große blonde Frau im ersten Stock und betritt den Hauptraum; sie trägt eine lederne Handtasche bei sich. Sie geht zum Schreibtisch eines Händlers und legt ihm einen weißen Umschlag vor, in dem mehrere Dutzend Diamanten enthalten sind, ziemlich klein, aber von außergewöhnlicher Reinheit. Der Käufer, der ebenfalls israelischer Herkunft ist (sein Name ist der Redaktion bekannt), kennt die junge Frau bereits. Seit einer Woche kommt sie alle zwei Tage, um jedesmal dieselbe Anzahl von Diamanten zu verkaufen, die immer von hoher Qualität sind.
Doch heute tritt eine andere Person dazwischen. Ein etwa dreißigjähriger Mann nähert sich der Frau und flüstert ihr

etwas ins Ohr. Sofort nimmt sie eine Automatikpistole aus ihrer Handtasche, dreht sich um und schießt, ohne zu zögern, dem Mann in die Stirn. Er bricht tot zusammen.
Die junge Frau versucht zu flüchten, wobei sie die herbeigeeilten Wächter mit der Waffe bedroht. Rückwärts gehend, in aller Ruhe, entweicht sie, aber sie kennt nicht das raffinierte Räderwerk der Sicherheit an der Börse. Als sie in die Halle im ersten Stock kommt, in der sich die Aufzüge befinden, heben sich Panzerglasscheiben aus dem Boden und versperren sämtliche Ausgänge. Die Frau sitzt in der Falle. Wie in solchen Fällen üblich, wird sie aufgefordert, ihre Waffe fallen zu lassen und sich zu ergeben. Sie gehorcht dem Befehl. Belgische Polizisten, die über die Aufzüge eingedrungen sind, überwältigen sie sofort.
Der Sicherheitsdienst der *Beurs van Diamanthandel* und die belgische Polizei, darunter mehrere Spezialisten für Diamantenschmuggel, sehen sich das Videoband der Mordszene an, aber niemand begreift den Grund dieses erschütternden Vorfalls. Die Identitäten der beteiligten Personen stürzen die Polizei in zusätzliche Verwirrung. Das Opfer ist Schweizer und Inspektor der Eidgenössischen Polizei mit Namen Hervé Dumaz, zweiunddreißig Jahre alt und am Kommissariat von Montreux tätig. Er hatte einen zweiwöchigen Urlaub eingereicht. Was tat er in Antwerpen? Und warum hatte er nicht den Sicherheitsdienst der Börse benachrichtigt, wenn er vorhatte, die junge Frau aus irgendeinem Grund zu verhaften? Lauter Rätsel, die noch verstärkt werden durch die Persönlichkeit der Mörderin. Sarah Gabbor, achtundzwanzig, lebte in einem Kibbuz in der Gegend von Bet She'an in Galiläa, nahe der jordanischen Grenze. Derzeit weiß man noch nicht, wie die Frau, die in einer Fischzucht arbeitete, zu einem derartigen Vermögen in Diamanten gekommen ist.

Mit einer wütenden Geste zerknüllte ich die Zeitung. Schon wieder war Gewalt im Spiel. Schon wieder floß Blut. Trotz meiner Empfehlungen hatte Dumaz seine Rolle nach seiner Weise spielen wollen. Er hatte Sarah bedroht wie ein ungeschickter Anfänger, so daß sie nicht einen Augenblick gezögert und den Inspektor niedergeschossen hatte. Dumaz war tot, Sarah hinter Schloß und Riegel. Der einzige Trost in diesem blutigen Nachspiel war mir die Gewißheit, daß meine israelische Geliebte fortan in Sicherheit war.

Ich stand auf und ging wieder in mein Arbeitszimmer. Mechanisch stellte ich mich ans Fenster und zog die Vorhänge auf. Der Garten des amerikanischen Zentrums, der direkt an mein Wohnhaus angrenzte, war dem Erdboden gleichgemacht worden. Die Büsche und Sträucher hatten den schwärzlichen Furchen der Bulldozer weichen müssen, nur ein paar Bäume waren noch verschont geblieben. Ich dachte, daß ich als allererstes Sarah Gabbor wiedersehen mußte. Das würde meine erste wirkliche Gelegenheit sein, mit der internationalen Polizei in Kontakt zu treten.

46

Der Vormittag raste dahin wie ein Buschfeuer. Ich führte mehrere Telefonate – mit der internationalen Auskunft, mit Botschaften und Gerichten –, dann verschickte ich mehrere Faxe, um eine Genehmigung zu bekommen, an der mir sehr gelegen war: die Besuchserlaubnis für das Frauengefängnis von Ganshoren am Stadtrand von Brüssel, wo Sarah in Untersuchungshaft saß. Am späten Vormittag hatte ich alle Schritte unternommen, die mir möglich waren. Mehrmals hatte ich durchblicken lassen, daß ich im Besitz wichtiger Informationen sei, die den Fall in ein neues Licht rückten. Ich setzte alles auf eine Karte: Entweder man nahm mich ernst, dann hatte ich keinen Einfluß mehr auf die Folgen meines Entschlusses; oder man hielt mich für verrückt, und jedes Ansuchen war sinnlos.

Um elf Uhr rief ich noch einmal die internationale Auskunft an und erhielt die zwölfstellige Nummer des Krankenhauses von Montreux, wo am 20. August die Leiche von Max Böhm obduziert worden war. Ich sprach mit der Zentrale und fragte nach Frau Dr. Catherine Warel. Nach einer Minute ertönte ein energisches »Hallo?«.

»Frau Dr. Warel, ich bin Louis Antioche. Vielleicht erinnern Sie sich noch an mich?«

»Nein«, erwiderte sie.

»Wir haben uns vor etwa sechs Wochen bei Ihnen in der Klinik kennengelernt. Ich bin derjenige, der die Leiche von Max Böhm gefunden hat.«

»Ach ja. Der Ornithologe?«

Ich wußte nicht, ob sie mich oder Böhm damit meinte.

»Genau. Frau Dr. Warel, ich brauche ein paar wichtige Informationen im Zusammenhang mit diesem Todesfall.«

Ich hörte ein metallisches Klicken und schloß auf den Deckel eines Benzinfeuerzeugs.

»Aha«, sagte sie dann. »Na, wenn ich Ihnen helfen kann ... Worum geht es?«

Ich wollte schon anheben, als mir klar wurde, daß meine Worte völlig absurd für sie klingen mußten.

»Am Telefon kann ich nicht reden. Ich muß Sie sehen, so bald wie möglich.«

Catherine Warel war eine Frau, die sich nicht so leicht aus der Fassung bringen ließ. Ohne zu zögern, antwortete sie: »Na ja, gut, dann kommen Sie heute nachmittag her, wenn Sie können. Gegen eins geht eine Maschine von Orly nach Lausanne. Ich erwarte Sie um fünfzehn Uhr in der Klinik.«

»Ich werde dasein. Vielen Dank.«

Bevor ich aufbrach, rief ich noch bei Dr. Djuric in Sofia an. Nach einer Viertelstunde vergeblicher Bemühungen hörte ich endlich den Rufton am anderen Ende, und nach siebzehnmaligem Läuten meldete sich jemand auf bulgarisch.

»Hallo?«

Ich erkannte die sonore Stimme von Milan Djuric, den ich vermutlich aus seiner Siesta gerissen hatte.

»Dr. Djuric, hier ist Louis Antioche, der Mann mit den Störchen.«

Ein paar Sekunden blieb es still, dann antwortete die tiefe Stimme: »Antioche. Ich habe viel an Sie gedacht seit unserer Begegnung. Ermitteln Sie immer noch im Todesfall Rajko?«

»Mehr denn je. Und ich glaube, ich habe seinen Mörder gefunden.«

»Was?!«

»Ja. Zumindest seine Spur. Der Mord an Rajko ist Teil eines perfekt organisierten Systems, dessen tiefere Gründe mir allerdings noch nicht klar sind. Mit Sicherheit weiß ich nur eins: Das Netz umfaßt den gesamten Planeten. In anderen Ländern haben weitere Verbrechen derselben Art stattgefunden. Und ich brauche Ihre Hilfe, um dem Massaker ein Ende zu machen.«

»Was kann ich für Sie tun?«

»Ich muß Rajkos HLA-Typ wissen.«

»Nichts einfacher als das. Ich habe den Autopsiebericht hier. Bleiben Sie dran.«

Ich hörte, wie Djuric Schubladen öffnete und mit Papieren raschelte, dann kam er wieder an den Apparat.

»Hier hab' ich's«, sagte er. »Er hatte den HLA-Typ $Aw_{19,3}$ – $B_{37,5}$.«

Es traf mich wie ein Faustschlag in den Magen. Obwohl ich damit gerechnet hatte. Derselbe Typ wie Gomun. Eine so exakte Übereinstimmung konnte kein Zufall sein.

»Ist das ein besonders seltener Typ, oder hat er vielleicht bestimmte Eigenheiten?«

»Keine Ahnung. Das ist nicht mein Fachgebiet. Außerdem gibt es unendlich viele verschiedene HLA-Phänotypen, und ich sehe nicht ...«

»Haben Sie Zugang zu einem Faxgerät?«

»Ja. Ich kenne den Direktor eines Zentrums, der ...«

»Könnten Sie mir Ihren Autopsiebericht heute noch per Fax zuschicken?«

»Ja, sicher. Was ist denn los?«

»Gleich, schreiben Sie sich nur zuerst meine Nummer auf, bitte.«

Ich gab ihm meine Telefon- und Faxnummer durch, dann fuhr ich fort: »Also, Doktor Djuric. Ich hab' herausgefunden, daß irgendwo, quer durch die ganze Welt, ein Chirurg unterwegs ist, der Herzen stiehlt. In Afrika war ich selbst bei der Obduzierung eines kleinen Mädchens dabei, und ich kann Ihnen versichern, daß ihre Leiche dem Körper von Rajko in nichts nachstand. Dieser Mann, dieser Arzt, ist ein perverses Monster, ein Untier, ein Wahnsinniger, aber ich bin überzeugt, daß er nach irgendeiner geheimen Logik vorgeht, verstehen Sie?«

»Wissen Sie, wer er ist?« tönte Djurics tiefe Stimme durch die Leitung.

»Nein. Aber Sie hatten recht: Er ist ein ganz außergewöhnlicher Chirurg.«

»Welcher Nationalität?«

»Weiß ich nicht, vielleicht ist er Franzose. Jedenfalls spricht er französisch.«

Djuric schien nachzudenken. Nach einer Weile sagte er: »Was haben Sie vor?«

»Weitersuchen. Ich rechne jeden Moment mit entscheidenden Neuigkeiten.«

»Die Polizei haben Sie nicht verständigt?«

»Nein, noch nicht.«

»Antioche, ich will Sie etwas fragen.«

»Nämlich?«

In der Leitung rauschte und krachte es, und Djuric hob die Stimme. »Als Sie mich in Sofia besucht haben, sagte ich Ihnen, daß mich Ihr Gesicht an jemanden erinnert.«

Ich antwortete nicht. Djuric fuhr fort: »Ich habe über diese Ähnlichkeit lange nachgegrübelt, und ich glaube, Sie erinnern mich an einen Arzt, den ich in Paris kannte. Ist ein Mitglied Ihrer Familie Mediziner?«

»Mein Vater war Arzt.«

»Heißt er ebenfalls Antioche?«

»Natürlich. Djuric, ich hab' nicht mehr viel Zeit ...«

Djuric fuhr unbeirrt fort: »Hat er in den sechziger Jahren in Paris praktiziert?«

Mir schlug das Herz bis zum Hals. Wie immer rief die Erwähnung meines Vaters eine dumpfe Beklemmung in mir wach.

»Nein. Mein Vater hat immer in Afrika gearbeitet.«

Djurics Stimme klang jetzt sehr fern: »Lebt er noch? Sagen Sie, lebt Ihr Vater noch?«

Wieder krachte es in der Leitung, und ich antwortete nur

noch abgehackt: »Er ist umgekommen am 31. Dezember 1965. Bei einem Feuer. Mit meiner Mutter, meinem Bruder. Tot. Alle drei.«

»Sind bei diesem Feuer auch Ihre Hände verbrannt?«

Reflexartig schlug ich mit der flachen Hand auf das Telefon und brach die Verbindung ab. Jedesmal, wenn von meinen Eltern die Rede war, überkam mich eine unkontrollierbare Angst, ein unerklärliches Schaudern. Und Djurics Fragen verstörten mich, ich verstand sie nicht. Wie hätte er meinen Vater in Paris kennenlernen können? Gewiß, er hatte in der Rue des Saints-Pères studiert, aber viel später – in den sechziger Jahren war er noch ein Kind gewesen.

Halb zwölf. Ich nahm ein Taxi und ließ mich zum Flughafen fahren. Während des Fluges durchforstete ich weitere Tageszeitungen. Den meisten war die Diamantenaffäre zwar noch einen kurzen Artikel wert, sie berichteten jedoch nichts Neues. Statt dessen ging es um die diplomatischen Schwierigkeiten bei einem solchen Fall – dem Mord an einem Schweizer Polizisten in einer belgischen Stadt, begangen durch eine Israelin –, der Schweizer und der israelische Botschafter wurden zitiert, die ihrer ›Betroffenheit‹ Ausdruck verliehen und ihrem ›Willen, die Gründe dieses Dramas so rasch wie möglich aufzuklären‹.

In Lausanne nahm ich mir einen Leihwagen und fuhr nach Montreux. Das Unbehagen, das Djurics Fragen in mir ausgelöst hatten, ließ mich nicht mehr los. Die Verworrenheit der Situation bedrückte mich, gleichzeitig aber fürchtete ich mich vor der Dringlichkeit, mit der etwas geschehen mußte: so rasch wie möglich. Und dazwischen holten mich immer wieder die sehr gemischten Erinnerungen aus Afrika ein. Die strahlende Nacht mit Tina, das grüne Dickicht auf dem Weg nach Bayanga, das Gleißen der Ebene – und Gomuns Leiche, das Gesicht von Otto Kiefer, die schrecklichen Schicksale von Max Böhm, seinem Sohn, Schwester Pascale ... und im Hintergrund immer dieser teuflische Chirurg. Ohne Namen und ohne Gesicht.

In der Klinik wartete Dr. Warel schon auf mich; ihre rotgeäderten Wangen, ihre französischen Zigaretten waren mir gleich wieder vertraut. Ich begann ohne Umschweife.

»Frau Dr. Warel«, sagte ich. »Nach dem Tod von Max Böhm haben Sie mit Inspektor Dumaz zusammengearbeitet und bestimmte Nachforschungen für ihn angestellt.«

»Richtig.«

»Ich habe ebenfalls mit dem Inspektor zusammengearbeitet. Und jetzt brauche ich Informationen.«

Sie sah mich schräg an, dann zündete sie eine Zigarette an. »Mit welchem Recht?« fragte sie. »Schließlich sind Sie nicht von der Polizei.«

»Max Böhm war ein Freund von mir«, antwortete ich schnell. »Ich stelle Nachforschungen über sein Leben an, posthum. Und manche Dinge sind von wirklich enormer Bedeutung.«

»Warum ruft Inspektor Dumaz mich nicht persönlich an?«

»Hervé Dumaz ist tot, Frau Dr. Warel. Erschossen. Und zwar im Zusammenhang mit dem Tod von Böhm.«

»Was erzählen Sie da?«

»Kaufen Sie sich die heutige Zeitung und vergewissern Sie sich, daß ich die Wahrheit sage. Er wurde am 27. September in Antwerpen erschossen.«

Catherine Warel verstummte. Nach einigen Sekunden fragte sie in leicht verunsichertem Ton: »Und was für eine Rolle spielen Sie in der ganzen Geschichte?«

»Ich bin im Alleingang unterwegs, aber früher oder später wird die Polizei den Fall übernehmen. Sind Sie bereit, mir zu helfen?«

Ein Strahl Rauch entströmte Dr. Warels Lippen und wölkte sich vor ihrem Gesicht. Schließlich sagte sie: »Was wollen Sie wissen?«

»Sie erinnern sich sicher, daß Max Böhm ein transplantiertes Herz hatte. Sie sagten, daß der chirurgische Eingriff mindestens drei Jahre zurückliege, fanden aber nie irgendeinen Hinweis auf die Operation, weder in der Schweiz noch anderswo. Sie haben auch nicht herausgefunden, wer Böhms behandelnder Arzt war.«

»Das ist richtig.«

»Ich denke, ich bin dem Chirurgen, der die Operation vorgenommen hat, auf die Spur gekommen. Eine erstaunliche Persönlichkeit. Erschreckend vielmehr.«

»Inwiefern?«

»Der Mann ist ein Spezialist für Herzchirurgie, ein Genie auf seinem Gebiet. Aber gleichzeitig ist er ein gefährlicher Verbrecher.«

»Hören Sie, Monsieur Antioche, ich weiß nicht, ob es sinnvoll ist, mir Ihre Reden anzuhören. Haben Sie denn Beweise für Ihre Behauptungen?«

»Einige. Seit unserer ersten Begegnung bin ich durch die halbe Welt gereist und habe Max Böhms Existenz rekonstruiert. So habe ich herausgefunden, unter welchen Umständen seine Herztransplantation stattfand.«

»Nämlich?«

»Es war 1977 in Zentralafrika. Man hat Böhm das Herz seines eigenen Sohnes eingesetzt – der zu dem Zweck umgebracht wurde.«

»Mein Gott ... ist das Ihr Ernst?«

»Denken Sie an die außergewöhnliche Gewebekompatibilität zwischen dem Körper des Empfängers und dem eingepflanzten Organ. Denken Sie auch an die Titankapsel: Der Chirurg hat sein Werk damit ›signiert‹, absichtlich – um Max Böhm in der Hand zu haben.«

Catherine Warel zündete sich eine neue Zigarette an. Noch behielt ihre Gelassenheit die Oberhand. Sie fragte: »Kennen Sie den Mann?«

»Nein. Aber er operiert immer noch, quer durch alle Länder der Welt. Aus Gründen, die mir unbekannt sind, hat er in allen Breitengraden Menschen bei lebendigem Leib das Herz gestohlen und tut es noch. Er verfügt über grenzenlose Möglichkeiten.«

»Ein Organhandel, meinen Sie?«

»Das weiß ich nicht. Eine Ahnung sagt mir, daß etwas anderes dahintersteckt. Der Mann ist wahnsinnig. Und unvorstellbar grausam.«

»Was wollen Sie damit sagen?«

»Er operiert seine Opfer bei vollem Bewußtsein. Und wahrscheinlich tut er noch anderes. Er experimentiert mit Kindern ...«

Die Ärztin senkte den Kopf. Ihre Zigarette wechselte von einer Hand zur anderen, dann wurde sie ausgedrückt; Catherine Warel zog einen Notizblock aus ihrem Kittel und murmelte: »Was kann ich für Sie tun?«

»Dieser Chirurg hat im August 1977 an der Grenze zwischen dem Kongo und Zentralafrika praktiziert, er hatte eine Art Klinik mitten im Regenwald. Ich denke, daß er sich schon damals versteckt hat, aber es muß irgendwelche Indizien, irgendwelche Hinweise auf seine Anwesenheit geben – schließlich brauchte er Material, Medikamente ... ich bin sicher, daß Sie es schaffen, ihn aufzuspüren. Noch einmal: Er ist ein absoluter Experte, ein Mann, dem es gelungen ist, mitten im Dschungel ein Herz zu transplantieren, erfolgreich, und das zu einer Zeit, als die Erfolge auf diesem Gebiet eher spärlich waren.«

Catherine Warel machte sich ausführliche Notizen. Dann fragte sie: »Woher kommt er ursprünglich?«

»Das weiß man nicht genau. Er ist jedenfalls französischsprachig.«

»Wissen Sie, wann er sich in Afrika niedergelassen hat?«

»Nein.«

»Glauben Sie, daß er immer noch dort ist?«

»Nein.«

»Sie haben nicht die geringste Ahnung, wo er sich derzeit aufhalten könnte?«

»Ich glaube, er arbeitet mit *Monde Unique* zusammen.«

»Der humanitären Organisation? – Ausgerechnet?«

»Ich glaube, daß er ihre Infrastruktur benutzt, um seine teuflischen Experimente durchzuführen. Frau Dr. Warel, ich schwöre Ihnen, ich sage die Wahrheit. An jedem Tag, der vergeht, kann der Alptraum wieder passieren. Der Mann macht weiter, verstehen Sie? Vielleicht quält er in diesem Augenblick irgendwo auf der Welt wieder ein unschuldiges Kind.«

In ihrem schroffen Ton sagte Warel: »Jetzt übertreiben Sie mal nicht. Ich werde ein paar Telefonate führen und hoffe, Ihnen die gewünschten Auskünfte heute abend, spätestens morgen geben zu können. Aber ich verspreche nichts.«

»Glauben Sie, daß Sie sich die Namensliste der Ärzte bei *Monde Unique* verschaffen können?«

»Schwierig. Die Organisation ist nach außen hin sehr verschlossen. Ich will sehen, was ich tun kann.«

»Wenn ich recht habe, Frau Dr. Warel – und wenn der Mörder nicht seinen Namen geändert hat –, dann decken sich die beiden Angaben. Handeln Sie so schnell wie möglich.«

Mit ihren schwarzen Augen sah mich Catherine Warel unerwartet eindringlich an. Wir standen einander gegenüber auf dem glänzenden Linoleumboden, in einer Ecke des Korridors; ich erwiderte ihren Blick – der angespannt, aber zuversichtlich war. Ich war mir sicher, daß sie die Polizei nicht benachrichtigen würde.

47

Gegen zweiundzwanzig Uhr war ich wieder in Paris. Ich hatte weder eine Antwort von den Botschaften und Gerichten erhalten noch eine Nachricht von Dr. Warel; nur Milan Djuric hatte mir den Autopsiebericht über Rajko Nikolitsch geschickt.

Ich nahm eine heiße Dusche und machte mir Rühreier mit Lachs und Kartoffeln, dann trank ich russischen Tee, dunkel und stark, und legte mich ins Bett in der Hoffnung auf Schlaf, meine Glock hatte ich in Reichweite. Kurz vor Mitternacht läutete das Telefon; es war Catherine Warel.

»Und?« fragte ich gespannt.

»Im Augenblick habe ich noch nichts. Aber morgen früh soll ich die Namen der Ärzte aus dem französischen Sprachraum bekommen, die zwischen 1960 und 1980 in Zentralafrika gearbeitet haben. Außerdem habe ich mich mit ein paar langjährigen Freunden in Verbindung gesetzt, die mir nähere Auskünfte geben können. Was *Monde Unique* betrifft, so besteht keine Chance, daß sie die Namensliste ihrer Ärzte rausrücken. Aber es ist noch nicht alles verloren. Ich kenne nämlich einen jungen Augenarzt, der vor kurzem dort eingestellt wurde, und er hat versprochen, mir zu helfen.«

Ein Mißerfolg auf der ganzen Linie. Und die Zeit lief unerbittlich weiter. Ich ließ mir meine Enttäuschung aber nicht anmerken, sondern sagte: »Sehr gut. Ich danke Ihnen für das Vertrauen, das Sie in mich setzen.«

»Keine Ursache. Ich war ziemlich viel auf Achse, wissen

Sie. Was Sie mir heute nachmittag erzählt haben, übersteigt sämtliche Vorstellungen.«

»Ich werde Ihnen alles sagen, was ich weiß – sobald ich es weiß.«

»Passen Sie auf sich auf. Ich rufe Sie morgen abend wieder an.«

Mit leerem Kopf legte ich auf. Geduld, sagte ich mir, hab Geduld.

Es war noch nicht hell, als das Telefon abermals läutete. Mühsam rappelte ich mich hoch und hob den Hörer ab, wobei ich einen Blick auf den Quarzwecker auf dem Nachttisch warf. 5 Uhr 24. »Hallo?« knurrte ich schlaftrunken.

»Louis Antioche?« dröhnte eine sehr tiefe, sehr laute Stimme mit starkem orientalischem Akzent.

»Ja. Wer ist am Apparat?«

»Itzhak Delter, der Anwalt von Sarah Gabbor.«

Ich fuhr auf, mit einemmal hellwach. »Ich höre«, sagte ich, diesmal deutlich.

»Verzeihen Sie, daß ich Sie so früh störe, es ging nicht anders. Ich bin in Brüssel. Ich glaube, Sie haben gestern hier in der Botschaft angerufen und wollen Sarah Gabbor treffen, stimmt das?«

»So ist es.«

Der Mann räusperte sich in der Stimmlage eines Kontrabasses. »Sie werden verstehen, daß das beim derzeitigen Stand der Dinge extrem schwierig ist.«

»Ich muß sie sehen!« rief ich.

»Darf ich fragen, in welcher Beziehung Sie zu Frau Gabbor stehen?«

»In einer persönlichen.«

»Sind Sie Jude?«

»Nein.«

»Wie lange kennen Sie Sarah Gabbor?«

»Etwa einen Monat.«

»Sie haben sie in Israel kennengelernt?«

»In Bet She'an.«

»Und Sie meinen, Sie haben wichtige Informationen für uns?«

»Ich glaube ja.«

Mein Gesprächspartner verstummte, er schien nachzudenken. Dann sagte er unvermittelt und rasch: »Monsieur Antioche, der Fall ist kompliziert, sehr kompliziert. Er stürzt uns alle in größte Verlegenheit. Und zwar rede ich nicht nur vom Staat Israel, sondern auch von den anderen beteiligten Regierungen. Wir sind überzeugt, daß Sarah Gabhors unbesonnene Tat nur die sichtbare Spitze eines Eisbergs ist. Dahinter steht ein ganzes System, eine Organisation von ungeahntem Ausmaß, von internationalem Format.«

Als ›unbesonnene Tat‹ bezeichnete er eine Pistolenkugel mitten in die Stirn! Der Herr neigte zur Untertreibung.

»In allen betroffenen Ländern beschäftigt sich die Polizei mit dem Fall«, fuhr der Anwalt fort. »Derzeit sind sämtliche Informationen vertraulich, und ich kann Ihnen leider auf gar keinen Fall gestatten, mit Frau Gabbor zu sprechen. Hingegen hielte ich es für nützlich, wenn Sie nach Brüssel kämen, damit wir miteinander reden können. Am Telefon ist das ja nicht gut möglich, wie Sie zugeben werden.«

Ich griff nach meinem Notizblock. »Wo finde ich Sie?« fragte ich.

»In der israelischen Botschaft. Rue Joseph II Nummer 81.«

»Wie war noch mal Ihr Name?«

»Itzhak Delter.«

»Herr Delter, eines muß klar sein: Wenn ich Ihnen helfen kann, werde ich es tun, ohne auch nur eine Sekunde zu zögern. Aber nur unter einer Bedingung, nämlich der Garantie, daß ich Sarah Gabbor sehen darf.«

»Darüber zu entscheiden ist nicht unsere Sache. Aber wir werden uns bemühen, eine Genehmigung für Sie zu erwirken. Wenn die Untersuchungsbeamten der Ansicht sind, ein Treffen zwischen Ihnen und Frau Gabbor könnte ihren Ermittlungen förderlich sein, wird es kein Problem geben.

Ich denke, das hängt ganz von Ihrer Mitarbeit ab und von den Informationen, die Sie uns geben können ...«

»Nein, das denke ich nicht. Sondern eine Hand wäscht die andere. Zuerst Sarah, dann meine Aussage. Gegen Mittag bin ich in Brüssel.«

Delter seufzte – das Dröhnen eines Düsenmotors. »Wir erwarten Sie.«

Ein paar Minuten später war ich geduscht, rasiert und angezogen: Ich trug den Hackett-Anzug, der aus besseren Tagen stammte, seidiges Grau mit Perlmutterknöpfen. Telefonisch bestellte ich einen Mietwagen, dann ließ ich mich im Taxi zu dem Autoverleiher bringen. Ich besaß noch über dreißigtausend Francs Böhmscher Herkunft, dazu kam mein monatlicher Unterhalt in Höhe von je zwanzigtausend Francs, den ich im August und September bekommen, aber nicht angerührt hatte. Alles in allem verfügte ich also über siebzigtausend Francs, mit denen ich sämtliche Reisen finanzieren konnte, die notwendig waren, um den ›Doc‹ zur Strecke zu bringen. Außerdem hatte ich noch zahlreiche unbenutzte Hotelvouchers und Flugtickets erster Klasse, die sich leicht eintauschen ließen.

Als ich die Wohnungstür hinter mir zusperrte, spürte ich den Adrenalinstoß in allen Gliedern.

48

Um neun Uhr war ich auf der Nordautobahn und fuhr in Richtung Brüssel. Am Himmel standen dunkle Schlieren, die vom Horizont aufstiegen wie Drähte aus einem unheilverkündenden Generator. Das Aussehen des Landes veränderte sich mit jedem Kilometer. Gebäude aus roten Ziegeln tauchten auf und sahen aus wie Blutkrusten, die sich unerwartet in die Landschaft gestohlen hatten. Ich hatte das Gefühl, in die inneren Schichten einer graubraunen Trostlosigkeit vorzudringen, aus der es keine Wiederkehr gab. Hier schien die Verzweiflung zu wachsen, zwischen Unkraut und Bahngleisen.

Zu Mittag passierte ich die Grenze, und eine Stunde später war ich in Brüssel. Die belgische Hauptstadt wirkte trübe auf mich, eine Stadt ohne Glanz. Ein Abklatsch von Paris, entworfen von einem lustlosen Architekten. Die Botschaft fand ich mühelos. Sie war in einem großen Gebäude moderner Bauweise untergebracht – grauer Beton und rechtwinklige Balkone. Itzhak Delter erwartete mich in der Halle.

Sein Aussehen entsprach seiner Stimme. Er war ein Koloß von einem Meter neunzig, gekleidet in einen makellosen Anzug, der ihm anscheinend leises Unbehagen verursachte. Mit seinen massigen Gesichtszügen, der angriffslustigen Kinnlade und der blonden Bürstenfrisur erinnerte der Mann eher an einen Soldaten in Zivil denn an einen schlauen und gerissenen Anwalt, kampferprobt durch zahlreiche diplomatische Affären. Nun, um so besser. Mir war es lieber, mit einem

Mann der Tat zu verhandeln. Wir würden keine Zeit mit unnötigen Reden verlieren.

Nach vorschriftsmäßiger Durchsuchung führte Delter mich in ein kleines, anonym eingerichtetes Büro. Er bot mir einen Stuhl an, den ich ablehnte. So sprachen wir ein paar Minuten im Stehen miteinander: Der Anwalt überragte mich um einen halben Kopf, aber ich war meiner sehr sicher und gestärkt durch meinen Zorn und meine Entdeckungen. Delter verkündete, er habe eine Besuchsgenehmigung für mich erwirkt. Ich erklärte ihm meinerseits, daß ich einiges wüßte, was die Diamantenaffäre aufkläre und Sarah Gabbor von dem Verdacht befreien könne, direkte Komplizin der Schmuggler zu sein.

Delter war skeptisch und wollte mich noch vor der Fahrt zum Gefängnis ausfragen, aber ich weigerte mich, woraufhin er die Fäuste ballte und die Kaumuskeln spielen ließ. Aber nach ein paar Sekunden entspannte er sich, lächelte und sagte mit seiner dröhnenden Baßstimme: »Sie sind eine harte Nuß, Antioche. Also gehen wir. Mein Wagen steht unten. Um zwei Uhr werden wir im Gefängnis Ganshoren erwartet.«

Unterwegs fragte mich Delter unumwunden, ob ich Sarahs Liebhaber sei. Ich wich der Frage aus. Noch einmal wollte er wissen, ob ich Jude sei. Ich schüttelte verwundert den Kopf: Das schien eine fixe Idee von ihm zu sein. Damit aber stellte er seine Fragerei ein. Er erklärte mir, Sarah Gabbor sei eine sehr heikle Mandantin. Sie weigere sich, mit irgend jemandem zu sprechen, selbst mit ihm, ihrem Anwalt. Aber bei der Nachricht, daß ich nach Brüssel käme, habe sie den Wunsch geäußert, mich zu sehen. Ich lächelte. Das Seil der Liebe zwischen uns war also trotz allem noch nicht gerissen.

Die Vororte im Westen von Brüssel hätten ›De profundis‹ heißen können: Es war eine Reise ins Herz der Trostlosigkeit und Ödnis. Die dunklen Häuser wirkten wie eine merkwürdige Ansammlung dunkler und glänzender Organe, erstarrt in gestocktem Blut.

»Da sind wir«, sagte Delter, als er vor einem riesigen Gebäude mit Granitsäulen rechts und links des Portals anhielt. Zwei Frauen, bewaffnet mit Maschinengewehren, hielten davor Wache. Über ihnen stand, in den Stein gehauen, die Inschrift: *Frauengefängnis*.

Wir meldeten uns an. Kurz darauf erschien eine Frau um die Fünfzig mit argwöhnisch verkniffener Miene, um uns abzuholen. Sie stellte sich als Odette Willemsen, Gefängnisdirektorin, vor. Mit starkem flämischem Akzent bestätigte auch sie, wobei sie mich mit Krähenaugen anstarrte: »Sarah Gabbor hat den Wunsch geäußert, Sie zu sehen. Sie ist zwar in Einzelhaft, und bis auf weiteres sind ihr keine Besuche gestattet, aber Herr Delter sowie der Untersuchungsrichter sind der Meinung, daß eine Begegnung mit Ihnen sich positiv auswirken könnte. Sie ist eine äußerst schwierige Gefangene, Monsieur Antioche, und ich will keine zusätzlichen Komplikationen. Also benehmen Sie sich, wie es der Situation angemessen ist.«

Wir gingen ein Stück den Gang entlang, dann kamen wir zu einem kleinen Garten. »Warten Sie hier auf mich«, befahl Odette Willemsen und verschwand. Wir warteten geduldig neben einem steinernen Brunnen. Die stille, gesetzte Atmosphäre ließ mich an ein Kloster denken. Ohnehin deutete nichts darauf hin, daß wir uns in einer Strafvollzugsanstalt befanden. Wir waren umgeben von klassizistischen Gebäuden, kein einziges Fenster war vergittert. In Begleitung zweier blaugekleideter Wärterinnen, die sie beide um gut zwanzig Zentimeter überragten, kehrte die Direktorin zurück. Sie bat uns, ihr zu folgen. Durch eine kleine Allee gingen wir bis zu einer Tür, die bei unserem Näherkommen geöffnet wurde.

Dahinter lag ein langer Flur, und am Ende des Flurs versperrte ein großes verglastes Tor den Weg innerhalb des Gebäudes selbst. Die dicke, schmutzige Glasscheibe war mit flachen, himmelblau gestrichenen Stäben vergittert, und ich begriff, weshalb ich von einem Gefängnis bisher nichts bemerkt hatte: Es war ein Bau im Bau. Ein Block aus einzementierten Eisenstäben und Riegeln. Wir kamen näher. Auf ein Zeichen der Direktorin machte sich auf der anderen Seite eine Wärterin am Schloß zu schaffen, es rasselte leise, und die Tür öffnete sich. Dahinter war es eng und rauchig, und es brannten grellweiße Neonlampen.

Hinter dem Tor setzte der Korridor sich fort. Die himmelblaue Farbe hatte für alles herhalten müssen: die Gitterstäbe vor den schmalen Fenstern, die Wände bis auf halbe Höhe, die Schlösser, die Metallschilder ... Das Tageslicht drang hier nur mühsam ein, und so brannte das bleiche Neonlicht das ganze Jahr hindurch, Tag und Nacht. Wir folgten den Wärterinnen. Eine vollkommene Stille herrschte hier, schwer und drückend wie in großer Tiefe.

Am Ende des Flurs mußte man nach rechts abbiegen und ein weiteres Schloß aufsperren. Ich trat durch eine Tür, deren obere Hälfte verglast war. Die Gesichter von Frauen tauchten vor mir auf: Sie arbeiteten an kleinen Nähmaschinen, und als ich eintrat, hefteten sich alle Augen auf mich. Auch ich sah sie eine Weile an, bevor ich den Blick senkte und weiterging. Ohne mir dessen bewußt zu sein, war ich stehengeblieben, um die Gefangenen zu mustern, ihnen ihre Vergehen vom Gesicht abzulesen, als wären sie gebrandmarkt mit einem besonderen Zeichen wie einem Geburtsmal. Ich durchquerte noch mehrere Räume, in denen die Frauen jeweils anderen Beschäftigungen nachgingen – Informatik, Töpferei, Lederarbeiten ...

Wir gingen weiter. Durch die flachen Gitterstäbe, von denen die Farbe abblätterte, sah ich einen Flecken Himmel, trüb und grau. Schwärzliche Wände umgaben einen offenen Hof mit rissigem Asphaltboden, durch den ein Volleyballnetz gespannt war, und der bleierne Himmel darüber wirkte wie eine zusätzliche Mauer. Frauen spazierten dort auf und ab, sie gingen Arm in Arm, rauchend. Und wieder hüllten ihre Blicke mich ein. Die Augen von wunden, erniedrigten, gequälten Wesen. Tiefe, dunkle Augen, in denen die Schärfe einer Sehnsucht brannte, gemischt mit Haß. »Gehen wir weiter«, sagte eine der Wärterinnen. Itzhak Delter zog mich am

Arm. Wieder wurden mit rasselnden Schlüsselbunden Schlösser aufgesperrt.

Endlich erreichten wir das Besucherzimmer. Es war ein großer Raum, der noch düsterer und noch schmutziger war als die bisherigen, der Länge nach in zwei Hälften geteilt durch eine Wand aus einzelnen Abteilen mit Fensterscheiben, deren hölzerne Rahmen und Gesimse in derselben Babyfarbe gestrichen waren wie alles andere. Der Architekt des Gefängnisses hatte diese zarte Note auf der fabrikhallenartigen Verarbeitung sicherlich sehr subtil gefunden.

Odette Willemsen wandte sich zu mir um. »Dieser Besuch ist eine Ausnahme, die wir Ihnen gewähren, Monsieur Antioche, ich sage es Ihnen noch einmal«, schärfte sie mir ein. »Sarah Gabbor ist eine gefährliche Frau. Seien Sie ja vorsichtig.«

Mit einer Bewegung des Kinns deutete sie mir die Richtung an. Allein ging ich an den Abteilen entlang, vorbei an lauter leeren Boxen. Mein Herz schlug heftiger, je weiter ich kam. Plötzlich passierte ich einen Schatten. Ich machte kehrt und hatte das Gefühl, daß meine Beine unter mir nachgäben. Ich ließ mich auf den Stuhl vor der Glasscheibe fallen. Auf der anderen Seite saß Sarah, reglos, und starrte mich mit verschlossener Miene an.

49

Meine Kibbuznik trug ihr Haar jetzt kurz: Die blonde Mähne hatte sich in einen hübschen Pagenkopf verwandelt, glatt und adrett. Ihre Haut hatte an Bräune verloren und das Licht der Neonlampen ließ sie noch bleicher erscheinen. Aber ihre Wangenknochen waren markant wie zuvor und waren wie je ein trotziger Widerpart zur sanften Schönheit ihrer Augen. Das war ganz sie, meine kleine Wilde, großartig und zäh, wie ich sie kennengelernt hatte damals, inmitten der Störche.

Sie ergriff den Hörer der Gegensprechanlage. »Du siehst verdammt mies aus, Louis«, sagte sie.

»Und du wunderschön, Sarah.«

»Woher hast du die Narbe im Gesicht?«

»Ein Andenken aus Israel.«

Sarah zuckte die Achseln. »Das hast du davon, daß du deine Nase überall reinstecken mußt.«

Sie trug ein weites blaues Hemd mit offenen Ärmeln. Ich hätte sie küssen wollen, mit den Lippen den Umrissen ihres Körpers folgen, diesen herben und süßen Linien, und sie verschlingen. Eine Zeitlang schwiegen wir beide. Dann fragte ich: »Wie geht's dir, Sarah?«

»Geht schon.«

»Ich freu' mich sehr, dich zu sehen.«

»Mich sehen nennst du das! Na ja – besonders wirklichkeitsnah warst du noch nie ...«

Ich fuhr mit der Hand unter dem Gesims entlang, um mich zu vergewissern, daß es keine versteckten Mikrofone gab.

»Erzähl mir, was passiert ist, seitdem du aus Bet She'an verschwunden bist, Sarah.«

»Bist du gekommen, um mich auszuhorchen?«

»Nein, Sarah. Im Gegenteil. Man hat mir erlaubt, dich zu besuchen, weil ich versprochen habe, ihnen Informationen zu liefern, die zu deinen Gunsten sprechen.«

»Was wirst du ihnen sagen?«

»Alles, was beweist, daß du an dem Schmugglerring nicht beteiligt warst.«

Gleichgültig zuckte sie die Achseln.

»Sarah, ich bin gekommen, um dich zu sehen. Aber auch um etwas zu erfahren. Du schuldest mir die Wahrheit. Sie kann uns retten, dich und mich.«

Sie brach in ein Hohngelächter aus und warf mir einen eisigen Blick zu. Sehr gemächlich zog sie ein Päckchen Zigaretten aus der Tasche, zündete sich eine an und begann zu sprechen.

»An allem, was passiert ist, bist du schuld, Louis. Das kannst du dir hinter die Ohren schreiben. An allem, hörst du? Am letzten Abend in Bet She'an hast du von den Ringen der Störche gesprochen und mich an etwas erinnert, worauf ich erst nicht weiter geachtet hatte. Nach Idos Tod habe ich seine Sachen aufgeräumt. Sein Zimmer, aber auch sein Labor, wie er dieses Loch genannt hat, in dem er seine Störche versorgte. Dabei habe ich in einem Sack Hunderte von Metallringen gefunden, die blutverschmiert waren. Zuerst war mir das Zeug nur widerlich, aber um seines Andenkens willen und aus Respekt vor seiner Vogelbegeisterung ließ ich den Sack, wo er war, in seinem Verschlag. Und vergaß ihn dann.

Viel später, als du mir deine Theorie von irgendwelchen Botschaften in den Ringen erklärt hast, fiel es mir wie Schuppen von den Augen. Idos Sack kam mir wieder in den Sinn, und auf einmal war mir klar, daß er genau das, was du gesucht hast, entdeckt hatte. Deswegen hat er sein Waffenarsenal derart aufgerüstet und war tagelang verschwunden.

Offensichtlich hat er die Störche erschossen und die Ringe an sich genommen.

An dem Abend hab' ich beschlossen, dir nichts zu sagen. Ich habe geduldig bis zum Morgen gewartet, um dich nicht argwöhnisch zu machen. Als du dann unterwegs zum Ben-Gurion warst, bin ich in die Hütte gegangen und habe die Dinger ausgegraben. Ich habe einen Ring mit der Zange aufgebogen und meinen Augen nicht getraut – denn tatsächlich fiel mir ein Diamant in die Hand. Im nächsten Ring waren gleich mehrere kleinere Steine. Zehn oder mehr Ringe habe ich geöffnet, und jedesmal fand ich Diamanten. Ein Wunder, das sich endlos wiederholte. In dem Sack waren mindestens tausend Ringe – ich schwör dir, ich hab' vor Freude gebrüllt!«

»Und dann?«

»Na, jetzt war ich reich! Jetzt hatte ich die Möglichkeit und die Mittel, um abzuhauen, die Fische zu vergessen, den Dreck und den Kibbuz. Aber erst wollte ich sicher sein. Ich packte also eine Reisetasche und ein paar Waffen und fuhr mit dem Bus nach Netanya; das ist die Hauptstadt der Diamantenschleifer.«

»Ich weiß, bis dorthin bin ich deiner Spur gefolgt.«

»Wie du siehst, hat es nicht viel geholfen.«

Ich antwortete nicht, und Sarah fuhr fort: »Ich habe dort einen Edelsteinschleifer gefunden, der mir einen Diamanten abgekauft hat. Der Mann hat mich natürlich übers Ohr gehauen, trotzdem ist es ihm nicht gelungen, mir die außergewöhnliche Qualität des Steins zu verheimlichen. Der Ärmste! Seine Aufregung war ihm vom Gesicht abzulesen. Spätestens da war mir klar, daß ich ein Vermögen besaß. Im ersten Moment war ich so euphorisch, daß mir alles gleichgültig war, ich dachte nicht mehr an die Situation, auch nicht an die Irren, die mit Hilfe von Störchen Edelsteine schmuggeln. Ich wußte nur eins: Die Kerle hatten meinen Bruder umgebracht und suchten immer noch nach den Diamanten. Mit einem Leihwagen bin ich zum Ben-Gurion gefahren und mit der ersten Maschine nach Europa geflogen. Ich bin noch weiter gereist und habe die Diamanten an einem sicheren Ort untergebracht.«

»Und dann?«

»Eine Woche habe ich auf die Weise verbracht. Inzwischen wußte ich, daß die unabhängigen Diamantenproduzenten in der Regel ihre Ausbeute in Antwerpen verkaufen. Dorthin mußte ich also, und ich mußte überlegt vorgehen. Diskret und schnell.«

»Und du ... du warst immer bewaffnet?«

Über Sarahs Gesicht huschte ein Lächeln. Mit ausgestrecktem Zeigefinger zielte sie auf mich und spannte mit dem Daumen eine imaginäre Pistole. »Meine treue Glock ist mir überallhin gefolgt«, sagte sie.

Einen kurzen Augenblick lang dachte ich: Sarah ist verrückt.

»Ich beschloß, alles in Antwerpen zu verschachern«, fuhr sie fort, »in kleinen Tüten mit je zehn bis fünfzehn Steinen, alle zwei Tage. Am ersten Tag habe ich einen alten Juden ausfindig gemacht, der vom Typ her dem Diamantenschleifer von Netanya ähnlich war. Innerhalb von ein paar Minuten hatte ich fünfzigtausend Dollar. Am übernächsten Tag bin ich wiedergekommen, hab' mir einen anderen Geschäftspartner gesucht und weitere dreißigtausend gemacht. Aber beim dritten Mal, als ich gerade meinen Umschlag öffnen wollte, legte sich eine Hand auf meine Schulter, und ich hörte eine Stimme, die sagte: ›Keine Bewegung, Sie sind verhaftet.‹ Und ich spürte einen Revolverlauf im Rücken. Da hab' ich den Kopf verloren, Louis. Im Handumdrehen waren meine ganzen Hoffnungen zunichte, ich sah mein Geld, mein Glück, meine Freiheit zerrinnen. Ich hab' mich umgedreht, die Pistole in der Hand, ich wollte nicht schießen, nur den kleinen Scheißbullen einschüchtern, der glaubte, mich aufhalten zu können. Aber der Trottel richtete eine Neun-Millimeter-Beretta auf mich, und zwar entsichert. Ich hatte keine andere Wahl: Ich schoß nur ein einziges Mal auf ihn, direkt in die

Stirn. Der Kerl hat sich auf den Boden gelegt – der halbe Schädel war weg«, sagte Sarah mit bösem Auflachen. »Seinen Abzug hat er nicht mal berührt. Ich packte meine Diamanten wieder ein, während ich gleichzeitig mit der Pistole die Händler in Schach hielt. Sie waren in Panik, sie dachten sicher, ich wollte sie ausrauben. Rückwärts verließ ich den Raum und glaubte einen Augenblick lang, daß ich davonkommen würde. Aber dann gingen die Scheiben hoch, und ich saß in der Falle wie in einem Aquarium.«

»Das alles habe ich in den Zeitungen gelesen.«

»Die Geschichte geht aber noch weiter.« Souveräner denn je drückte Sarah ihre Zigarette aus. »Daß der Mann, der versucht hat, mich zu verhaften, ein Schweizer Bundesbulle war, ein gewisser Hervé Dumaz, das weißt du ja. Für die belgischen Behörden hat das den Fall verkompliziert. Ein eidgenössischer Bulle, der in Belgien von einer Israelin umgelegt wird. Und ein Vermögen in Form von Diamanten, deren Herkunft nach wie vor rätselhaft ist. Die Belgier fingen an, mich zu verhören. Dann übernahm mein Anwalt, Itzhak Delter. Schließlich tauchte eine Delegation aus der Schweiz auf. Natürlich hab' ich nichts gesagt. Zu niemandem. Aber ich habe nachgedacht. Ich hab' mich gefragt, wieso ein kleiner Inspektor aus Montreux mir bis nach Antwerpen folgt, wo doch kein Mensch weiß, daß ich hier bin. Dann hab' ich mich an den ›komischen Bullen‹ erinnert, von dem du gesprochen hattest, und mir war klar, daß du Dumaz auf mich angesetzt hast, während du weiter deinen Störchen und deinen Schmugglern nachgerannt bist. Mir war klar, daß du Hurensohn mir diesen Bullen auf den Hals gehetzt hast.«

Ich erbleichte und stotterte: »Du warst in Gefahr! Dumaz sollte dich bis zu meiner Rückkehr beschützen ...«

»Mich beschützen!« Sarah brach in ein so lautes Gelächter aus, daß eine Wärterin herbeieilte, die Waffe in der Hand. Ich winkte sie wieder fort. »Mich beschützen!« wiederholte Sarah, als sie sich gefaßt hatte. »Hast du nicht kapiert, wer dieser Dumaz war? Daß er mit den Schmugglern zusammengearbeitet hat, hinter denen du her warst?«

Ihre letzten Worte trafen mich wie eine Faust in den Magen, und mir blieb fast das Herz stehen.

Ehe ich etwas sagen konnte, fuhr Sarah fort: »Ich habe eine Menge über diese Diamanten erfahren, seitdem man mich verhört. Viel mehr, als ich ihnen je darüber erzählen könnte. Delter kam einmal mit einem Beamten von der Interpol, einem Österreicher namens Simon Rickiel. Um mich zur Kooperation zu überreden, erzählten sie mir ein paar äußerst lehrreiche Geschichten. Besonders die von Hervé Dumaz, einem korrupten Bullen, der sein Gehalt aufbesserte, indem er irgendwelche mehr oder weniger obskuren Leibwächterjobs bei noch obskureren Firmen übernahm. Bei dem Spektakel in der Börse haben viele Zeugen Dumaz erkannt und ausgesagt, daß er jedes Frühjahr mit Max Böhm nach Antwerpen kam, der dort seine Diamanten verkaufte – dieselbe Sorte wie die meinen: kleine Steine, aber von einzigartiger Qualität. Nimmt die Geschichte allmählich Konturen für dich an?« Wieder lachte Sarah auf, dann zündete sie sich eine neue Zigarette an. »Bei Gott, ich hab' schon einige Einfaltspinsel kennengelernt, aber noch nie einen Trottel wie dich.«

Mein Herz schlug zum Zerreißen. Gleichzeitig wurde mir alles klar: die Geschwindigkeit, mit der Dumaz die Informationen über den alten Max aufgetrieben hatte, seine feste Überzeugung von Anfang an, daß ein Diamantenschmuggel hinter dem Fall steckte, die Hartnäckigkeit, mit der er darauf bestand, daß ich nach Zentralafrika reiste. Hervé Dumaz kannte zwar Max Böhm und seine Geschäfte, aber er wußte nicht, wie der Schmugglerring funktionierte. Er hatte mich also ohne mein Wissen dazu benutzt, die verschwundenen Diamanten wiederzufinden und die Mechanismen des Systems aufzudecken. Ein heftiger Brechreiz würgte mich in der Kehle.

»Sarah, ich möchte dir helfen.«

»Ich brauch' deine Hilfe nicht. Mein Anwalt wird mich schon rausholen.«

Sie lachte. »Ich hab' keine Angst vor den Belgiern, auch nicht vor den Schweizern. Wir sind die Stärkeren, Louis. Vergiß das nie.«

Wieder trat Schweigen ein. Nach mehreren Sekunden sagte Sarah leise: »Louis, über eins haben wir nie gesprochen ...«

»Worüber?«

Ihre Stimme war ein wenig heiser. »Die Störche ... Wie ist das bei dir zu Hause – bringen die Störche kleine Kinder?«

Zunächst begriff ich die Frage nicht. Dann antwortete ich: »Ja ... Sarah.«

»Weißt du, woher dieses Märchen kommt?«

Ich rutschte auf meinem Stuhl hin und her und räusperte mich. Zwei Monate zuvor hatte ich mich im Zuge meiner Reisevorbereitungen auch mit dieser besonderen Frage befaßt. Ich erzählte Sarah die germanische Legende von der Göttin Holda, die sich den Storch zum Boten erkoren hatte. An feuchten Orten, in Seen oder Brunnen, bewahrte sie die Seelen der Verstorbenen auf, die mit dem Regenwasser vom Himmel herabfielen. In den Körpern kleiner Kinder ließ die Göttin sie wieder zu Fleisch und Blut werden und vom Storch zu den Eltern bringen.

Ich erklärte auch, daß der Kinderglauben von dieser besonderen Fähigkeit des Storchs überall in Europa und im Nahen Osten verbreitet sei, selbst im Sudan stünden die orangeschnäbeligen Vögel in dem Ruf, kleine Kinder zu bringen. Aber dort verehre man den schwarzen Storch, der schwarze Babys auf den Hausdächern ablege ... Ich erzählte ihr noch andere Geschichten, fügte weitere Einzelheiten hinzu, gemischt mit Magie und Zärtlichkeit. Es war ein Augenblick reiner Liebe, ebenso kurz wie unvergänglich.

Als ich mit meinen Geschichten am Ende war, murmelte Sarah: »Uns haben die Störche nur Gewalt und Tod gebracht. Schade, ich hätte nichts dagegen gehabt.«

»Gegen was?«

»Kinder. Mit dir.«

Ein Feuersturm von Gefühlen brach über mich herein und über mein Herz, und ich sprang auf und preßte meine verbrannten Hände an die gläserne Wand und schrie: »Sarah!« Aber meine wilde Frau schlug die Augen nieder und schnaubte kurz, dann stand sie jäh auf und flüsterte: »Hau ab, Louis. Schnell, hau ab.«

Aber sie war es, die flüchtete, ohne sich noch einmal umzudrehen. Wie eine moderne Eurydike lief sie davon – in eine Hölle aus himmelblauem Holz.

50

»Ich möchte mit Simon Rickiel sprechen.«

Itzhak Delter runzelte die Stirn, und seine amboßartige Kinnlade tat einen Ruck nach vorn. »Mit dem von der Interpol?«

»Ja«, antwortete ich. »Mit ihm will ich mich unterhalten.«

Delter ließ seine Schultern rollen, und ich hörte den Stoff seines Jacketts knistern. Wir waren im Garten des Gefängnisses von Ganshoren.

»So war das nicht geplant«, protestierte er. »Mit mir sollen Sie reden, Antioche. Was Sie zu sagen haben, geht zuallererst mich an, ich muß beurteilen, inwieweit es für die Verteidigung meiner Mandantin von Interesse ist.«

»Sie verstehen mich falsch, Delter. Ich habe nicht die geringste Absicht, Sie auszubooten. Mir geht es nur um eins: Sarah die Höchststrafe zu ersparen. Aber dieser Fall spielt sich auf internationaler Ebene ab, und deshalb muß meine Aussage auch von einem Mann der Interpol gehört werden, der die Situation kennt.«

Meine letzten Worte unterstrich ich mit einem Lächeln. Delter verzog das Gesicht. In Wahrheit zielte meine Forderung darauf ab, jede Manipulation seinerseits zu unterbinden. Von Sarah wußte ich, daß Rickiel ziemlich gut informiert war. Störche oder nicht – die internationale Polizei hatte Max Böhm schon eine ganze Weile im Visier. In Anwesenheit des Interpol-Beamten bewegte ich mich auf bekanntem Gelände.

Mit seiner tiefen Stimme dröhnte Delter: »Sie verarschen

mich doch, Antioche! Aber das sag' ich Ihnen: Über einen Anwalt von meinem Format macht sich keiner lustig!«

»Regen Sie sich bitte nicht auf und drohen Sie mir nicht, sondern setzen Sie sich mit Rickiel in Verbindung. Sie sollen ja dabeisein. Ich werde Ihnen alles sagen, Ihnen beiden.«

Delter ging mir voraus bis zu dem steinernen Gefängnisportal. Wir stiegen in seinen Wagen und fuhren unter feinem Sprühregen durch die Brüsseler Vororte bis in die Innenstadt. Während der ganzen Fahrt sprach der Anwalt kein Wort. Endlich hielten wir vor einem riesigen schwarzen Gebäude aus dem letzten Jahrhundert, das zwischen zwei Turmuhren eingezwängt war. Hinter den hohen Fenstern brannte bereits Licht. Vor dem Tor standen bewaffnete Wachen mit kugelsicheren Westen und trotzten beherzt dem Regen.

Wir stiegen eine breite Treppe hinauf. Im zweiten Stock bog Delter in eine Reihe endloser Gänge ein, die zwischen knarzendem Parkett und abgetretenem Teppichboden wechselten. Er bewegte sich so zielsicher, als sei er hier zu Hause. Endlich betraten wir ein kleines Zimmer, das Standardmodell eines Polizeibüros, mit schmutzigen Wänden, einer fahlen Lampe und Möbeln aus Blech, ausgestattet mit Schreibmaschinen aus der Vorkriegszeit. Delter sprach ein paar Minuten mit zwei Männern, die beinahe ebensolche Kolosse waren wie er; sie waren in Hemdsärmeln und trugen beide eine .38er Magnum unter der Achsel. Ich fragte mich, was für eine Weste einer tragen mußte, um eine derart gewaltige Kanone zu tarnen.

Die Männer warfen mir griesgrämige Blicke zu. Einer kam hinter seinem Schreibtisch hervor und stellte die üblichen Fragen: Name, Vorname, Geburtsdatum, Familienstand ... Danach wollte er mir die Fingerabdrücke abnehmen. Aus reiner Provokationslust hielt ich ihm meine rosigen, blanken und anonymen Handflächen vor die Nase. Der Anblick erschütterte ihn. Er stammelte eine Entschuldigung und entschwand in ein anderes Büro. Unterdessen war auch Itzhak

Delter verschwunden. Endlos lang saß ich herum. Niemand geruhte mir zu erklären, worauf ich eigentlich wartete, und so blieb ich sitzen und hatte Zeit, über meine Versäumnisse nachzugrübeln und mir Vorwürfe zu machen. Die Begegnung mit Sarah hatte mich aufgewühlt.

Meine Fehler – und ihre Konsequenzen – gingen mir im Kopf herum, ohne daß ich irgendein Argument zu meiner Verteidigung vorbringen konnte. Verbrechen, ob man sie begeht oder dagegen ankämpft, sind eine Beschäftigung, die Intuition und Erfahrung voraussetzt – es reicht nicht, ein selbstmörderischer Draufgänger zu sein, um Erfolg zu haben.

Endlich kehrte Delter zurück. Er kam in Begleitung einer sonderbaren Person, eines zerknittert wirkenden kleinen Mannes, dessen obere Gesichtshälfte hinter riesigen runden und fingerdicken Brillengläsern erstarrt war. Seine schmächtige Gestalt versank in einem Fernfahrerpullover mit Reißverschluß und einer schweren, viel zu weiten Cordsamthose. Die Krönung war sein Schuhwerk: Er trug ein Paar gewaltiger Sportschuhe, wahre Kindersärge, blitzweiß, mit dicken Sohlen und hohen Laschen – das Rüstzeug eines Rappers. Am Gürtel schließlich, halb verborgen zwischen den Falten des Pullovers, hing eine Selbstladepistole: Ich erkannte eine Glock 17, Modell 9 Millimeter Parabellum – die exakte Kopie von Sarahs Waffe.

Delter beugte sich ein wenig herab und stellte uns vor: »Das ist Simon Rickiel von der Interpol. In Ihrem Fall der beste Ansprechpartner, Louis.« Dann wandte er sich an den kleinen Mann und sprach: »Simon, ich stelle Ihnen Louis Antioche vor, den Zeugen.«

Die Tatsache, daß Delter mich beim Vornamen genannt hatte, zeigte mir, daß er sich entschlossen hatte, mitzuspielen. Ich stand auf und verbeugte mich, die Hände auf dem Rücken. Rickiel bedachte mich mit einem flüchtigen Lächeln. Sein Gesicht war in der Tat zweigeteilt: Während die Lippen sich bewegten, blieb die verglaste obere Hälfte völlig starr.

Einen Beamten der Interpol hatte ich mir wahrlich anders vorgestellt.

»Folgen Sie mir«, sagte der Österreicher.

Sein Büro unterschied sich sehr von den übrigen Räumen. Die Wände waren makellos weiß, das Parkett dunkel und glänzend. In der Mitte des Raums thronte ein breiter Holzschreibtisch, bestückt mit einem Computer der neuesten Generation nebst Zubehör und mit zwei Bildschirmen: Auf dem einen erkannte ich, daß er mit der Agentur Reuter verbunden war und in Echtzeit sämtliche aktuellen Nachrichten aus aller Welt bezog; der zweite verbreitete andere Informationen, wahrscheinlich betriebsinterne Daten der Interpol.

»Setzen Sie sich«, befahl Rickiel, während er hinter seinem Schreibtisch Platz nahm.

Ich zog mir einen Stuhl heran; Delter setzte sich ein wenig abseits. Ohne weitere Umschweife faßte der Österreicher zusammen: »Also gut. Laut Herrn Rechtsanwalt Delter wünschen Sie aus freien Stücken eine Aussage zu machen. Offenbar sind Ihnen Details bekannt, die uns in dem Fall Aufklärung verschaffen und die Fräulein Sarah Gabbor zur Last gelegten Anklagepunkte möglicherweise verringern können. Ist das zutreffend?«

Rickiel sprach Französisch ohne eine Spur von Akzent.

»Absolut«, antwortete ich.

Der Polizist schwieg und sah mich an. Er hatte den Kopf zwischen die Schultern gezogen und die Arme auf der Schreibtischplatte verschränkt. In seinen Brillengläsern spiegelten sich die Bildschirme, vierfach, wie milchige Fensterluken. Nach einer Weile begann er wieder zu reden: »Ich habe mir Ihre Akte angesehen, Monsieur Antioche. Ihr ›Profil‹ ist, um es so auszudrücken, zumindest atypisch. Sie sagen, Sie seien Waise. Sie sind nicht verheiratet und leben allein. Sie sind zweiunddreißig Jahre alt, haben aber noch nie irgendeine berufliche Tätigkeit ausgeübt. Trotzdem leben Sie im Wohlstand und bewohnen ein Appartement am Boulevard Raspail in Paris. Diesen Komfort erklären Sie durch die besondere Aufmerksamkeit, die Ihre Adoptiveltern Nelly und Georges Braesler, reiche Grundbesitzer in der Auvergne, Ihnen angedeihen lassen. Sie behaupten außerdem, Sie führten ein zurückgezogenes und seßhaftes Leben. Tatsache ist, daß Sie soeben von einer Weltreise zurückkehren, die ziemlich ereignisreich gewesen zu sein scheint. Manche Ihrer Angaben habe ich überprüft. Insbesondere findet sich Ihre Spur in Israel und in Zentralafrika, und dies unter sehr ungewöhnlichen Begleitumständen. Was mir jetzt, wo ich Sie sehe, außerdem auffällt: Sie kleiden sich wie ein Stutzer, haben aber eine Narbe im Gesicht, die noch frisch ist und nach einer größeren Schlägerei aussieht. Von Ihren Händen rede ich gar nicht. Wer sind Sie eigentlich, Monsieur Antioche?«

»Ein Reisender, der sich in einen Alptraum verirrt hat.«

»Was wissen Sie über die Angelegenheit?«

»Alles. Oder fast alles.«

Rickiel schnaubte belustigt. »Klingt vielversprechend. Können Sie uns beispielsweise die Herkunft der Diamanten erklären, die sich im Besitz von Fräulein Sarah Gabbor befanden? Können Sie uns sagen, weshalb Hervé Dumaz Anstalten traf, die junge Frau zu verhaften, ohne den Sicherheitsdienst der *Beurs van Diamanthandel* zu benachrichtigen?«

»Ja.«

»Sehr gut. Wir hören Sie also an und ...«

»Warten Sie«, unterbrach ich ihn. »Ich sage hier ohne Anwalt oder sonst irgendeinen Rechtsschutz aus, außerdem in einem fremden Land. Welche Garantien können Sie mir anbieten?«

Rickiel lachte erneut. Seine Augen hinter den Monitoren blieben kalt und reglos.

»Sie sprechen wie jemand, der sich schuldig gemacht hat, Monsieur Antioche. Es hängt natürlich davon ab, wie weit Sie in die Angelegenheit verwickelt sind. Aber ich kann Ihnen versichern, daß man Sie als Zeuge nicht schikanieren oder mit bürokratischen Maßnahmen behelligen wird. Bei der Interpol sind wir daran gewöhnt, grenzüberschreitende und interkulturelle Fälle zu bearbeiten. Kompliziert wird die Lage erst später, je nachdem, welches Land betroffen ist. Also reden Sie, Antioche, wir sortieren dann schon. Vorerst hören wir Ihnen nur zu, ganz informell. Niemand macht sich Notizen oder nimmt Ihre Worte auf Tonband auf. Niemand schreibt Ihren Namen, in welchem Zusammenhang auch immer, in die Akte. Erst anschließend – und abhängig vom Gewicht Ihrer Informationen – werde ich Sie bitten, Ihre Aussage gegenüber anderen Personen unserer Organisation zu wiederholen, und Sie werden ›offizieller Zeuge‹. In jedem Fall aber garantiere ich Ihnen, daß Sie, sofern Sie niemanden umgebracht oder bestohlen haben, Belgien als freier Mann verlassen können. Reicht Ihnen das?«

Ich schluckte und zog im Geist einen Strich unter meine persönlichen Verbrechen. Dann berichtete ich in knappen Worten die wichtigsten Ereignisse der vergangenen zwei Monate. Ich erzählte alles, wobei ich nach und nach aus meiner Reisetasche sämtliche Gegenstände hervorholte, die meine Aussage belegten: Max Böhms Karteikarten, Rajkos kleines Notizheft, den Autopsiebericht von Dr. Djuric, den Diamanten, den ich von Wilm in Ben-Gurion bekommen hatte, den Totenschein von Philipp Böhm, die von Schwester Pascale unterzeichnete Bestätigung, die Kassette mit Otto Kiefers ›Geständnis‹ ... Und statt eines Nachworts legte ich die allerersten Hinweise auf den Tisch, die ich in der Schweiz gefunden hatte: Max Böhms Fotografien und die Röntgenaufnahme seines Herzens mit der kleinen Titankapsel.

Mein Bericht dauerte weit über eine Stunde. Ich bemühte mich, die zwei unterschiedlichen kriminellen Ebenen – den Diamantenraub und den Organdiebstahl – und die Verknüpfungen zwischen den beiden Netzen deutlich herauszustellen. Auch legte ich großen Wert darauf, die Rolle jedes einzelnen Beteiligten genau zu beschreiben, insbesondere die von Sarah, die sich mehr oder weniger gegen ihren Willen in das

Abenteuer hatte hineinziehen lassen, und von Hervé Dumaz, dem korrupten Bullen, der mich ausgenutzt hatte und Sarah nach Wiedererlangung der Diamanten sicher kaltblütig umgebracht hätte.

Ich verstummte und wartete auf die Reaktionen meiner beiden Zuhörer. Nach meiner langen Rede legte sich Schweigen über das Zimmer. Rickiels gläserner Blick musterte meine Beweisstücke, die auf dem Schreibtisch aufgereiht waren. Auf seinen Lippen war ein Lächeln erstarrt. Delter hingegen saß reglos, nur sein Kiefer malmte. Schließlich sagte Rickiel: »Phantastisch. Ihre Geschichte ist einfach phantastisch.«

Ich spürte, wie mir das Blut zu Kopf stieg. »Glauben Sie mir etwa nicht?« fragte ich.

»Na, sagen wir zu achtzig Prozent. Und in Ihrem Bericht gibt es natürlich vieles, was nachgeprüft, wenn nicht hieb- und stichfest bewiesen werden muß. Das, was Sie Ihre ›Beweise‹ nennen, ist durchaus relativ. Die Kritzeleien eines Zigeuners, die Schlußfolgerungen einer Missionsschwester, die keine Ärztin ist, ein einzelner Diamant – das sind eher magere Indizien als solide Beweise. Und was Ihre Kassette angeht, die werden wir uns natürlich anhören. Aber Sie wissen zweifellos, daß diese Art von Beweismaterial vor Gericht nicht zulässig ist. Bleibt noch die allfällige Zeugenaussage von Niels van Dötten, Ihrem südafrikanischen Geologen.«

Eine unwiderstehliche Lust kam mich an, diesem kleinen Bullen die Brille zu zerbrechen. Aber gleichzeitig bewunderte ich insgeheim die Kaltblütigkeit dieses Österreichers. Ein anderer Zuhörer wäre bei der Schilderung meiner Abenteuer erstarrt – aber Rickiel erwog und begutachtete nüchtern und sachlich jeden einzelnen Aspekt der Geschichte.

»Jedenfalls danke ich Ihnen, Antioche«, setzte er nach einer kurzen Pause hinzu. »Sie erhellen zahlreiche Punkte, die uns schon eine ganze Weile zu schaffen machen. Der Mord an Dumaz hat uns nicht wirklich überrascht, denn wir vermuteten seit mindestens zwei Jahren einen illegalen Diamantenhandel und hatten triftige Gründe für unsere

Annahme. Die Namen waren uns bekannt: Max Böhm, Hervé Dumaz, Otto Kiefer, Niels van Dötten. Wir kannten auch das Netz: das Dreieck Europa–Zentralafrika–Südafrika. Aber das Wesentliche hat uns gefehlt – die Kuriere, mit anderen Worten: die Beweise. Seit zwei Jahren überwachen wir die Akteure des Geschäfts und wußten, daß keiner von ihnen je persönlich der Route der Diamanten gefolgt ist. Dank Ihnen wissen wir heute, daß sie Vögel benutzt haben. Mag schon sein, daß sich das unwahrscheinlich anhört, aber glauben Sie mir, ich habe schon Verrückteres erlebt. Mein Kompliment, Antioche. Es fehlt Ihnen weder an Zähigkeit noch an Mut. Falls Ihnen die Störche eines Tages fad werden, wenden Sie sich unbedingt an mich: Ich habe Arbeit für Sie.«

Die jähe Wendung des Gesprächs machte mich sprachlos.

»Und ... ist das alles?«

»Nein, natürlich nicht. Unsere Unterredung hat erst angefangen. Morgen werden wir das alles schriftlich festhalten. Der Untersuchungsrichter muß Sie ebenfalls anhören. Vielleicht können wir aufgrund Ihrer Aussage Sarah Gabbor bis zu ihrem Prozeß nach Israel zurückschicken – Sie machen sich keine Vorstellung, wie scharf die meisten Kriminellen darauf sind, ihre Strafe in ihrer Heimat abzubüßen. Wir verbringen unser Leben damit, Häftlinge auszuliefern. Soviel zu den Diamanten. Weitaus skeptischer bin ich, was Ihren mysteriösen Doktor angeht.«

Mit brennenden Wangen sprang ich auf »Sie haben nichts begriffen, Rickiel!« rief ich erbost. »Den Schmugglerring gibt es nicht mehr – aus und vorbei, da läuft nichts mehr, und so eilig ist das jetzt nicht. Dagegen ist immer noch ein irrer Chirurg unterwegs und stiehlt Herzen auf der ganzen Welt! Und der Wahnsinnige hat irgendein Ziel, irgendein obskures, schreckliches Ziel, von dem ihn nichts abbringt. Das ist sicher. Er verfügt über alle Mittel, die er dafür braucht. Es gibt nur noch eins, was getan werden muß, und zwar absolut dringend: den Schweinehund erwischen und ihm das Handwerk legen, bevor er wieder tötet für seine abscheulichen Experimente.«

»Was dringend ist und was nicht, lassen Sie am besten mich beurteilen«, gab Rickiel zurück. »Übernachten Sie heute in Brüssel. Meine Leute haben im Hotel Wepler ein Zimmer für Sie reserviert – es ist nicht der größte Luxus, aber recht komfortabel. Wir sehen uns dann morgen.«

Ich schlug mit der Faust auf seinen Schreibtisch. Delter sprang auf, aber Rickiel zuckte nicht mit der Wimper.

»Rickiel!« brüllte ich. »Da läuft ein Monster frei herum! Es tötet und foltert Kinder. Geben Sie Suchmeldungen heraus, schalten Sie Ihre Nachrichtenagenturen ein, ziehen Sie Ihr Datennetz zu Rate – Sie können Tausende von Fakten überprüfen, sich mit der Polizei auf der ganzen Welt in Verbindung setzen! Aber tun Sie was, in Gottes Namen!«

»Morgen«, murmelte der Polizist. »Morgen. Bestehen Sie nicht drauf.«

Ich stürmte aus dem Zimmer und warf die Tür hinter mir zu.

51

Ein paar Stunden später saß ich in meinem Hotelzimmer und kaute noch immer an meiner Wut. Ich hatte mich doch tatsächlich übers Ohr hauen lassen – in mehrerlei Hinsicht. Ich hatte meine Informationen der IKPO ausgeliefert, der ›Internationalen kriminalpolizeilichen Organisation‹, wie sie sich nannte, aber im Gegenzug praktisch nichts dafür bekommen – jedenfalls nichts, was mich in meiner Ermittlung weiterbrachte. Mein einziger Trost war, daß meine Aussage sich für Sarah positiv auswirken würde.

Was im Augenblick ein schwacher Trost war. Abgesehen davon, bot der Abend nur noch Sackgassen. Auf meinem Anrufbeantworter zu Hause waren keine Nachrichten, und als ich bei Dr. Warel anrief, meldete sich niemand.

Um zwanzig Uhr dreißig läutete das Telefon. Ich riß den Hörer ans Ohr und hörte eine Stimme, mit der ich niemals gerechnet hätte.

»Antioche? Hier ist Rickiel. Ich würde gern mit Ihnen reden.«

»Wann?«

»Jetzt gleich. Ich bin unten in der Hotelbar.«

Die Bar des Wepler war mit einem Teppichboden in Altrosa ausgelegt und wirkte eher wie ein Alkoven, der als Rahmen obskurer Vergnügungen vorgesehen war. Ich entdeckte Simon Rickiel in einem Ledersessel, eingehüllt in seinen voluminösen Pullover; vor sich hatte er ein Glas Whisky. Mit Bedacht verspeiste er eine Handvoll Oliven. Ich fragte mich, ob er noch immer seine Glock mit sich herumtrug – und ob er sie ebenso schnell zückte wie ich.

»Setzen Sie sich, Antioche. Und hören Sie auf, den harten Burschen zu spielen. Sie haben sich schon zur Genüge unter Beweis gestellt.«

Ich setzte mich und bestellte chinesischen Tee. Eine Zeitlang beobachtete ich Rickiel, sein Gesicht, das zur Hälfte von den dicken, konvexen Brillengläsern verschlungen wurde, die riesigen, starren Augen.

»Ich bin gekommen, um Ihnen noch einmal zu gratulieren.«

»Das sagen Sie jetzt! Sie machen sich über mich lustig, wie?«

»Nein, keineswegs. Wissen Sie, ich habe eine gewisse Erfahrung mit der Kriminalität und weiß sehr wohl, was Ihre Ermittlungen wert sind. Sie haben gute Arbeit geleistet, Antioche. Wirklich. Mein Einstellungsangebot vorhin war kein Witz.«

»Trotzdem sind Sie aber nicht deswegen gekommen, oder?«

»Nein. Mir war klar, wie enttäuscht Sie heute nachmittag waren. Sie denken, ich nehme Ihren Bericht über einen kriminellen Chirurgen nicht ernst genug.«

»So ist es.«

»Mehr konnte ich nicht tun. Jedenfalls nicht vor Delter.«

»Was hat der damit zu tun?«

»Eben: nichts. Dieser Aspekt geht ihn nichts an.«

Der Ober brachte meinen Tee. Der schwere, herbe Duft ließ mich auf einmal an den Humus im Urwald denken.

»Sie glauben also, was ich Ihnen erzählt habe?«

»Ja.« Rickiel pickte sich mit dem Zahnstocher eine Olive aus der Schale. »Aber wie ich Ihnen schon sagte, muß diesbezüglich noch einiges an Ermittlungsarbeit geleistet werden. Außerdem müssen Sie Ihre Karten offenlegen.«

»Was meinen Sie damit?«

»Sie haben mir nicht alles gesagt. Fakten wie diese entdeckt man nicht einfach, ohne dabei einiges an Staub aufzuwirbeln.«

Ein Schluck Tee gab mir Gelegenheit, mein Unbehagen zu kaschieren. Ich spielte den Unschuldigen: »Ich kann Ihnen nicht folgen, Rickiel.«

»Na gut, ich will's Ihnen erklären. Heute nachmittag war die Rede von Max Böhm, Otto Kiefer, Niels van Dötten. Unbestreitbar Kriminelle, sicher; andererseits aber über Sechzig und vergleichsweise harmlos, wie Sie zugeben werden. Diese Männer hatten allerdings Leibwächter. Leute wie Dumaz, aber auch andere, weitaus furchterregendere. Ein paar davon kann ich Ihnen nennen. Ich zähle Ihnen die Namen auf, und Sie sagen mir, was sie für Sie bedeuten.«

Rickiel warf mir ein spöttisches Lächeln zu, schob sich eine Olive in den Mund und sagte: »Miklos Sikoff.«

Volltreffer in den Magen. Ich öffnete die Zähne einen Spalt weit und stieß hervor: »Kenn' ich nicht.«

»Milan Kaleff.«

Sicher der Genosse von Sikoff. »Wer sind die Leute?« murmelte ich.

»Reisende – um Ihren Ausdruck zu benutzen«, sagte Rikkiel spöttisch. »Ihnen durchaus ähnlich, aber weniger vom Glück begünstigt. Sie sind beide tot.«

»Wie das?«

»Kaleffs Leiche wurde am 31. August in Bulgarien, in einem Vorort von Sofia gefunden, verblutet; jemand hat ihm eine Glasscherbe in die Kehle gerammt. Sikoff ist am 6. September in Israel umgekommen. In den besetzten Gebieten. Erschossen, mit sechzehn Kugeln mitten ins Gesicht. Beide Fälle wurden unaufgeklärt zu den Akten gelegt. Der erste Mord geschah, als Sie in Sofia waren, Antioche. Der zweite, als Sie in Israel waren, und zufällig auch noch am selben Ort: Balatakamp. Das sind eher merkwürdige Zufälle, finden Sie nicht?«

»Ich kenne die Männer nicht«, wiederholte ich.

Rickiel nahm sein Olivenmanöver wieder auf. Unterdessen hatten deutsche Geschäftsleute die Bar betreten und erfüllten sie mit stürmischem Gelächter. Mit ölglänzenden Lippen fuhr der Polizist fort: »Ich hab' noch andere Namen, Antioche. Was wissen Sie von Marcel Minaus, Yeta Jakowitsch, Iwan Tornoy?«

Die Opfer des Massakers im Bahnhof von Sofia. »Wirklich, die Namen sagen mir nichts«, antwortete ich, diesmal deutlicher.

»Hm«, sagte der Österreicher und nahm einen Schluck Whisky. »Wissen Sie, was mich dazu gebracht hat, für Interpol zu arbeiten, Antioche? Nicht die Lust an der Gefahr. Noch weniger irgendein Gerechtigkeitssinn. Sondern die Lust an fremden Sprachen. Dieser Leidenschaft fröne ich seit frühester Jugend. Sie ahnen gar nicht, wie wichtig Fremdsprachen in der Welt der Kriminalistik sind – in den Staaten studieren die FBI-Agenten zur Zeit wie die Wilden die chinesischen Dialekte, weil das für sie die einzige Möglichkeit ist, um je an die Triaden heranzukommen ... Na gut. Jedenfalls spreche ich zufällig auch Bulgarisch.« Wieder lächelte er. »Den Bericht von Dr. Milan Djuric habe ich also mit großem Interesse gelesen. Ziemlich aufschlußreich. Ziemlich erschreckend. Ich habe auch einen Bericht der bulgarischen Polizei gelesen: über ein Massaker im Bahnhof von Sofia, am Abend des 30. August, das Profis veranstaltet haben. Drei Unschuldige sind bei dem Gemetzel ums Leben gekommen – die drei, die ich ihnen genannt habe: Marcel Minaus, Yeta Jakowitsch und ein Kind namens Iwan Tornoy. Die Mutter des Jungen hat eine Aussage gemacht, Antioche. Sie hat genau beobachtet. Die Killer, sagt sie, hätten es auf einen vierten Mann abgesehen, einen weißen Europäer, und von dem hat sie eine Beschreibung abgegeben, die ziemlich exakt auf Sie paßt. Ein paar Stunden später stirbt Milan Kaleff in einem Lagerhaus, abgestochen wie ein Schwein.«

Diesmal verzichtete ich auf den Tee und blieb stumm.

Rickiel schob seinerseits die Oliven von sich und sah mich starr an. In seiner Brille spiegelte sich das Whiskyglas als zweifacher rötlicher Feuerfunken.

»Kaleff und Sikoff waren uns bekannt. Kaleff war ein bulgarischer Söldner, eigentlich ein verkrachter Arzt, der die Angewohnheit hatte, seine Opfer mit einem Hochfrequenz-Operationsmesser zu foltern. Kein Blut, wenig Spuren, aber extreme, sorgfältig bemessene Schmerzen. Sikoff war militärischer Ausbilder. In den siebziger Jahren unterwies er die Truppen von Amin Dada in Uganda. Ein Spezialist für Automatikwaffen. Diese beiden Vögel waren ziemlich gefährlich.« Rickiel legte eine kurze Pause ein, dann ließ er seine Bombe platzen: »Sie arbeiteten für *Monde Unique*.«

Ich mimte Verblüffung: »Söldner im Dienst einer humanitären Organisation?«

»Tja, manchmal sind sie nützlich – um Materiallager zu schützen oder die Sicherheit des Personals zu gewährleisten.«

»Worauf wollen Sie hinaus, Rickiel?«

»Auf *Monde Unique*. Und Ihre weitgreifende Hypothese.«

»Das heißt?«

»Sie gehen davon aus, daß Max Böhm sein Überleben einem einzigen Mann verdankte, nämlich diesem außerordentlichen Chirurgen, der ihn im August 1977 mit einer Herztransplantation vor dem sicheren Tod rettete. Nicht wahr?«

»Durchaus.«

»Sie gehen weiter davon aus, daß dieser Arzt Max Böhm damit in seiner Gewalt hatte und diese Gewalt über *Monde Unique* ausübte. Deshalb hat der Schweizer auch sein gesamtes Vermögen der Organisation vermacht. Nicht wahr?«

»Ja.«

Rickiel fuhr mit der Hand unter seinen geräumigen Pullover und zog eine schmale Aktenmappe hervor, der er einen Computerausdruck auf mehreren zusammenhängenden Blättern entnahm.

»Nun, dann möchte ich Sie auf bestimmte Tatsachen aufmerksam machen, die, wie ich glaube, Ihre Vermutungen erhärten.«

Ich war so überrascht, daß es mir fast den Atem verschlug.

»Ich habe ebenfalls ein paar Nachforschungen über die Organisation angestellt. *Monde Unique* verwahrt seine Geheimnisse gut. Die Art und den Umfang der Aktivitäten herauszufinden, die Zahl der Ärzte, der Sponsoren und so weiter – das ist alles äußerst schwierig. Aber was Böhm betrifft, bin ich immerhin auf einige beunruhigende Fakten gestoßen. Max Böhm hat den größten Teil seines unlauter erworbenen Vermögens an *Monde Unique* abgeführt. Jahr für Jahr ›spendete‹ er der Organisation mehrere hunderttausend Schweizer Franken. Ich halte diese Informationen allerdings für unvollständig, denn Böhm war Kunde bei mehreren Banken und besaß natürlich Nummernkonten. Es ist also nicht leicht, sich eine genaue Vorstellung von seinen tatsächlichen Transaktionen zu machen. Eins ist freilich sicher: Er war Mitglied des Clubs der 1001. Sie kennen das System, nicht wahr? Was Sie hingegen nicht wissen, ist, daß Böhm bei der Gründung des Clubs eine Million Schweizer Franken eingezahlt hat – fast eine Million US-Dollar. Das war 1980: zwei Jahre nach dem Beginn des Diamantenschmuggels.«

Verblüffung. Dämmerung. Jähe Erleuchtung. Der alte Max hatte seine Gewinne an *Monde Unique* überwiesen, nicht direkt an den ›Dschungelarzt‹. Folglich sorgte entweder die Organisation für die Entlohnung des Monsters, oder, einfacher, sie finanzierte im eigenen Namen die ›Experimente‹ des Chirurgen.

»Sie haben mir berichtet«, fuhr Rickiel fort, »daß Dumaz nie herausgefunden hatte, wohin Böhm zu den routinemäßigen Kontrolluntersuchungen ging. In den Kliniken in der Schweiz, in Frankreich und in Deutschland findet sich keine Spur von ihm. Ich glaube zu wissen, wo Böhm sich in aller Heimlichkeit untersuchen ließ. Nämlich in der Genfer Zentrale von *Monde Unique*, die über eine leistungsfähige medizinische Ausrüstung verfügt. Und Böhm zahlte auch für die Untersuchungen so großzügig, daß die Organisation ihm diesen kleinen Dienst nicht verweigern konnte.«

Ich versuchte, einen Schluck Tee zu trinken. Meine Hand zitterte. Ohne Zweifel war Rickiel auf der richtigen Fährte.

»Und was beweist das Ihrer Meinung nach?« fragte ich.

»Daß sich hinter *Monde Unique* tatsächlich einige Krummheiten verbergen. Und daß Ihr ›Dschungelarzt‹ dort unten einen hochverantwortungsvollen Posten bekleidet, der ihm erlaubt, Leute wie Kaleff und Sikoff anzuheuern, sich seine schändlichen Experimente zu leisten und dem wertvollsten Herzkranken der Welt, dem Storchexperten, ›Gefallen‹ zu erweisen.«

Rickiel hatte seine Trümpfe gut verborgen gehalten: Schon vor unserer Unterredung am Nachmittag hatte er über *Monde Unique* mehr gewußt als über den Diamantenschmuggel. Als könnte er meine Gedanken lesen, sagte er: »Bevor wir beide, Antioche, uns kennengelernt haben, kannte ich schon die merkwürdigen Verbindungen zwischen Max Böhm und *Monde Unique*; aber von der besonderen – sagen wir: kardiologischen – Fährte wußte ich nichts. Die Morde an Rajko und Gomun gehören zu einer ganzen Serie. Nachdem Sie heute verschwunden sind, habe ich per Computer eine Suche gestartet, eine Ermittlung mittels elektronischen Datennetzes, und zwar ließ ich mir alle Morde oder extrem gewalttätigen Unfälle in den letzten zehn Jahren heraussuchen, bei denen das Herz des Opfers verschwunden war – Sie können sich nicht vorstellen, was in den Mitgliedsländern der IKPO alles ins Datennetz eingespeist wird. Glücklicherweise. Dieses ungewöhnliche Merkmal, nämlich die Heraustrennung des Herzens, hat uns die Suche erleichtert, und so war die Liste heute abend um acht Uhr fertig. Sie ist natürlich nicht vollständig, denn Ihr ›Dieb‹ operiert vor allem in Krisengebieten und in sehr armen Ländern, über die wir weitaus weniger gut informiert sind als über andere. Aber sie ist lang genug. Und verdammt furchteinflößend. Hier ist sie.«

Mir fiel die Tasse aus der Hand, der heiße Tee floß über meine gefühllosen Hände. Ich entriß Rickiel die Papiere: die – auf englisch verfaßte – schwarze Liste des Organdiebs.

21. 8. 1991. Name: Gomun. Pygmäin. Weiblich. Geboren etwa im Juni 1976. Gestorben am 21. 8. 1991 nahe Zoko, Provinz Lobaye, Zentralafrikanische Republik. Todesumstände: Unfall/Angriff durch einen Gorilla. Besonderheiten: Verstümmelungen, Verschwinden des Herzens. Blutgruppe: B-Rh+. HLA-Typ: $Aw_{19,3}$*–*$B_{37,5}$.

22. 4. 1991. Name: Raiko Nikolitsch. Zigeuner. Männlich. Geboren etwa 1963 in Iskenderun, Türkei. Gestorben am 22. 4. 1991 im sogenannten Klarwasserwald nahe Sliven, Bulgarien. Todesumstände: Mord. Fall ungeklärt. Besonderheiten: Verstümmelungen, Verschwinden des Herzens, Blutgruppe 0-Rh+. HLA-Typ: $Aw_{19,3}$*–*$B_{37,5}$.

3. 11. 1990. Name: Tasmin Johnson, Hottentotte. Männlich. Geboren am 16. Januar 1967 nahe Maseru, Südafrika. Todesumstände: Angriff durch Raubtier. Besonderheiten: Verstümmelungen, Verschwinden des Herzens. Blutgruppe: A-Rh+. HLA-TYP: $Aw_{19,3}$*–*$B_{37,5}$.

16. 3. 1990. Name: Hassan al-Begassen. Männlich. Geboren etwa 1970 nahe Djebel al-Fau, Sudan. Gestorben am 16. 3. 1990 in den bewässerten Feldern des Dorfes No 16. Todesumstände: Angriff durch wildes Tier. Besonderheiten: Verstümmelungen, Verschwinden des Herzens. Blutgruppe: AB-Rh+, HLA-Typ: $Aw_{19,3}$*–*$B_{37,5}$.

4. 9. 1988. Name: Ahmed Iskam. Männlich. Geboren am 5. Dezember 1962 in Bethlehem im israelisch besetzten Teil Jordaniens. Gestorben am 4. 9. 1988 in Bet Jallah. Todesumstände: politischer Mord. Fall ungeklärt. Besonderheiten: Verstümmelungen, Verschwinden des Herzens. Blutgruppe: 0-Rh+. HLA-Typ: $Aw_{19,3}$*–*$B_{37,5}$.

Die Liste ging endlos weiter, seitenlang, und reichte bis ins Jahr 1981 zurück – das Jahr, in dem die Datenerfassung begonnen hatte. Es war anzunehmen, daß sie in Wahrheit noch viel länger war. Dutzende von Kindern oder Jugendlichen, männlich oder weiblich, waren auf diese Weise hingerichtet worden, in allen möglichen Ländern der Welt; das einzige, was sie gemeinsam hatten, war der HLA-Typ $Aw_{19,3}$–$B_{37,5}$. Mir schwindelte, als mir die Niedertracht des Systems in all ihrem Ausmaß bewußt wurde. Was ich vermutet hatte, als mir die Übereinstimmung des Gewebetyps von Gomun und Rajko aufgefallen war, bestätigte sich nun in seinem ganzen Wahnsinn.

Rickiel sprach aus, was ich dachte: »Sie verstehen, nicht wahr? Das Monstrum, dem Sie auf die Spur gekommen sind, betreibt weder einen Organhandel, noch experimentiert es aufs Geratewohl, sondern ist auf der Suche nach etwas ganz Bestimmtem: nach Herzen von Menschen, die ein und demselben Gewebetyp angehören. Und das auf der ganzen Welt.«

»Ist das ... jetzt ... alles?«

»Nein. Ich habe Ihnen noch etwas mitgebracht.«

Wieder kramte Rickiel in seinem umfangreichen Pullover und beförderte eine schwarze Plastiktüte zutage. Allmählich begriff ich den Zweck dieses wollenen Zelts: Darunter ließ sich allerdings einiges verstecken. Er legte die Tüte auf den Tisch. Neuerliche Verblüffung: Sie enthielt mehrere Glock-Magazine, Kaliber fünfundvierzig, die mit einem silbrigen Klebeband umhüllt waren. Ich warf dem Interpol-Mann einen fragenden Blick zu.

»Ich dachte, Sie können einen Vorrat gebrauchen. Die Magazine sind in ein bleibeschichtetes Klebeband eingewickelt, das die Röntgenstrahlen bei den Sicherheitskontrollen auf den Flughäfen abhält. Ihre Waffe ist kein Geheimtip mehr, Antioche. Polymerpistolen sind die neuen Waffen der Reisenden, vor allem der Terroristen. Sarah Gabbor hat ebenfalls eine Glock benutzt, Kaliber neun Millimeter Parabellum. Und vergessen Sie nicht Sikoffs ›verunfallte‹ Leiche mit sechzehn .45er Kugeln im Schädel.«

Ich starrte die Magazine an: Es waren mindestens hundertfünfzig Projektile – hundertfünfzig Garantien für Tod und Gewalt.

Mit ausdrucksloser Stimme schloß Simon Rickiel: »Wie gesagt, die IKPO ist es gewohnt, in komplizierten Fällen zu ermitteln und muß nicht immer den orthodoxen Weg gehen. Gegebenenfalls können wir auch delegieren, um Zeit zu gewinnen. Ich bin sicher, daß Sie in der Lage sind, diesem Herzchirurgen auf die Spur zu kommen. Lange vor uns, denn wir müssen erst die Diamantenaffäre zum Abschluß bringen, Ihre Aussage überprüfen, van Dötten finden ... Ich habe Sie vorhin belogen: Ihre Aussage ist natürlich aufgezeichnet und gleich anschließend abgetippt worden. Ich habe sie hier bei mir. Unterschreiben Sie. Und verschwinden Sie. Sie sind allein, Antioche, und das ist Ihre große Stärke. Sie können sich Zutritt zu *Monde Unique* verschaffen und den Scheißkerl aufspüren. Finden Sie ihn, finden Sie den Mann, der allen diesen Opfern, diesen Kindern, derartige Qualen zugefügt hat. Finden Sie ihn. Und machen Sie mit ihm, was Sie für richtig halten.«

52

Als ich mein Zimmer betrat, sah ich die Kontrollampe am Telefon blinken. Ich riß den Hörer von der Gabel und wählte die Zentrale an.

»Louis Antioche, Zimmer 232. Haben Sie Nachrichten für mich?«

Eine Stimme mit starkem belgischem Akzent antwortete: »Monsieur Antioche ... Antioche ... Warten Sie, ich sehe nach ...«

Ich hörte den Mann auf der Computertastatur tippen und sah, wie auf meinem Unterarm die Adern unter der Haut pulsierten und zuckten, als wären sie eigenständige Wesen.

»Um neun Uhr fünfzehn hat eine Frau Catherine Warel angerufen. Sie waren nicht in Ihrem Zimmer.«

Ich sah rot vor Wut. »Ich habe eigens gebeten, alle Gespräche in die Bar zu legen!« schrie ich ihn an.

»Die Belegschaft hat um einundzwanzig Uhr gewechselt. Es tut mir sehr leid – Ihre Bitte ist dabei wohl untergegangen.«

»Hat sie eine Nummer hinterlassen, unter der man sie zurückrufen kann?«

Der Mann nannte mir Catherine Warels Privatnummer. Ich rief sie sofort an. Es läutete zweimal, dann war sie am Apparat und meldete sich mit ihrer heiseren Stimme: »Hallo?«

»Antioche. Haben Sie was rausgefunden?«

»Alles, was Sie wissen wollten. Es ist mir gelungen, die Namen der französischsprachigen Ärzte zu bekommen, die sich während der letzten dreißig Jahre in Zentralafrika oder im Kongo aufgehalten haben. Einer ist darunter, der Ihr Mann sein könnte. Aber was für ein Mann! Es ist Pierre Sénicier, der eigentliche Pionier der Herztransplantation. Ein französischer Chirurg, der 1960 die erste Transplantation an einem Menschen vorgenommen hat: Er pflanzte ihm das Herz eines Affen ein.«

Ich begann am ganzen Körper zu zittern wie im Schüttelfrost. Sénicier. Pierre Sénicier. Schattenhaft kamen mir die Textauszüge in den Sinn, die ich in Bangui gelesen hatte: »... im Januar 1960 hatte der französische Chirurg Pierre Sénicier einem achtundsechzigjährigen Patienten im letzten Stadium einer irreversiblen Herzinsuffizienz ein Schimpansenherz eingepflanzt. Die Operation gelang, aber das implantierte Herz überlebte nur wenige Stunden ...«

Catherine Warel fuhr fort: »In Medizinerkreisen ist die Geschichte dieses Genies wohlbekannt. Seine Transplantation hat enormes Aufsehen erregt, aber Sénicier verschwand ziemlich plötzlich. Es hieß damals, er habe Schwierigkeiten mit der Ärztekammer gehabt – er stand im Verdacht, heimlich perverse Experimente durchgeführt zu haben. Sénicier jedenfalls suchte mit seiner Familie in Zentralafrika Zuflucht und wurde, wie es heißt, ein Mann der guten Sache, der Arzt der Schwarzen. Eine Sorte Albert Schweitzer, wenn Sie so wollen. Also, Sénicier könnte Ihr Mann sein, aber eins paßt nicht ...«

»Was?« murmelte ich mit gebrochener Stimme.

»Sie sagten doch, Max Böhm sei im August 1977 operiert worden?«

»Ja, gewiß.«

»Sie sind ganz sicher, was den Zeitpunkt angeht?«

»Absolut.«

»Dann kann Sénicier die Operation nicht vorgenommen haben.«

»Wieso?«

»Weil er 1977 bereits tot war. Ende 1965 – genauer gesagt:

in der Silvesternacht – wurden er und seine Familie von Häftlingen angegriffen, die Bokassa noch in der Nacht seines Staatsstreichs freigelassen hatte. Alle, Pierre Sénicier, seine Frau und die beiden Kinder, sind bei dem Feuer ums Leben gekommen, das ihr Haus zerstört hat. Ich selber wußte das gar nicht, aber ... Louis, sind Sie noch da? Louis? ... Hallo?«

53

Wenn in der Arktis der Sommer beginnt, bricht das Packeis auf und öffnet sich, fast widerwillig, über den schwarzen und eisigen Wässern der Beringsee.

So ähnlich fühlte ich mich in diesem Moment. Catherine Warels niederschmetternde Offenbarung schloß mit einem Schlag den infernalischen Kreis. Nur ein einziger Mensch auf der Welt konnte mir jetzt Aufschluß geben über Dinge, die ich lieber nicht gewußt hätte: Nelly Braesler, meine Adoptivmutter.

So war ich auf dem Weg nach Mittelfrankreich, in die Auvergne. Mit durchgedrücktem Gaspedal raste ich dahin. Sechs Stunden später, kurz vor dem Ende der Nacht, hatte ich Clermont-Ferrand hinter mir und suchte den kleinen Marktflecken Villiers, ein paar Kilometer östlich. Die Uhr auf dem Armaturenbrett zeigte halb sechs. Endlich erschien im Scheinwerferlicht das Ortsschild vor mir. Ich fuhr kreuz und quer durchs Dorf, bis ich endlich das Haus der Braeslers gefunden hatte. Ich parkte an der Gartenmauer.

Der Tag brach an. Im frühen Morgenlicht wirkte die vom Herbst gerötete Landschaft wie ein brennender Wald, der in seinen Flammen erstarrt ist. Eine unsagbare Ruhe lag über allem. Zwischen hohem Gras flossen dunkle Kanäle, und die bereits spärlich belaubten Bäume griffen grau und glatt in den Himmel.

Ich betrat den Hof des Gutshauses, eines hufeisenförmigen Gebäudekomplexes. Von weitem erkannte ich Georges Braesler, der schon auf war und sich an den großen Käfigen zu schaffen machte, in denen viele aschfarbene Vögel sich reckten und schüttelten. Er wandte mir den Rücken zu und konnte mich nicht sehen. Deshalb überquerte ich lautlos den Rasen und schlich ins Haus.

Drinnen war alles aus Stein und Holz. Große Fenstertüren, in die Mauer gehauen, führten auf den Park hinaus. Eichenmöbel verströmten einen intensiven Geruch nach Wachs, schmiedeeiserne Leuchter warfen ihre Schatten über die Fußbodenkacheln. Eine mittelalterliche Strenge herrschte hier, ein Geruch nach gnadenlosem und blindem Adel. Ich war in einer Festung, einer Zuflucht vor der Zeit, der Höhle, in der die beiden sich hinter ihren Privilegien verschanzt hatten.

»Wer sind Sie? Was wollen Sie?«

Ich wandte mich um und erkannte Nellys magere Gestalt, ihre schmalen Schultern und ihr kreidebleiches, vom Alkohol schlaff gewordenes Gesicht. Nun sah auch sie, wen sie vor sich hatte, und mußte an der Wand Halt suchen. »Louis ...«, stammelte sie. »Was tun Sie hier?«

»Ich bin gekommen, um mit dir über Pierre Sénicier zu reden.«

Schwankend kam meine Adoptivmutter näher. Mir fiel auf, daß ihre bläulichweiße Perücke verrutscht war. Vermutlich hatte sie nicht geschlafen und war schon – oder noch – betrunken.

»Über Pierre ... Pierre Sénicier?« wiederholte sie.

»Ja«, antwortete ich in gleichmütigem Ton. »Ich finde, ich bin jetzt alt genug, um die Wahrheit zu erfahren. Die Wahrheit, Nelly.«

Die alte Frau schlug die Augen nieder, ich sah ihre Lider flattern, und auf einmal verzogen sich ihre Lippen zu einem unerwarteten Lächeln. »Die Wahrheit ...«, murmelte sie und ging, nun mit festerem Schritt, zur Anrichte, auf der zahlreiche Karaffen aufgereiht waren. Sie füllte zwei Gläser und reichte mir eins.

»Ich trinke nicht, Nelly. Ohnehin ist es dazu viel zu früh.«

Sie aber bestand darauf. »Trinken Sie, Louis, und setzen Sie sich. Sie werden es brauchen.«

Ich gehorchte, ohne zu widersprechen. Ich suchte mir einen Sessel in der Nähe des Kamins, denn ich fing schon wieder an zu zittern, trank einen Schluck Whisky und stellte fest, daß die Wärme des Alkohols mir tatsächlich guttat. Nelly setzte sich mir gegenüber ins Gegenlicht. Sie stellte die Whiskykaraffe neben sich auf den Boden und leerte ihr Glas in einem Zug, dann füllte sie es erneut. Unterdessen hatte sie ihre Fassung wiedergefunden und sogar ein wenig Farbe im Gesicht. Sie setzte zu ihrer Rede an – und erstaunlicherweise begann sie auf einmal, mich zu duzen.

»Es gibt Dinge, Louis, die man nicht vergißt. Dinge, die sich ins Herz einprägen wie die Inschrift auf marmornen Grabsteinen. Ich weiß nicht, woher du den Namen Pierre Sénicier hast. Ich weiß nicht, was genau du herausgefunden hast. Ich weiß nicht, wie die Migration der Störche dich dazu geführt hat, hierherzukommen, um das bestgehütete Geheimnis der Welt auszugraben. Aber das ist nicht schlimm. Jetzt ist nichts mehr schlimm. Die Stunde der Wahrheit hat geschlagen, Louis, und für mich vielleicht auch die Stunde der Befreiung.

Also. Pierre Sénicier stammte aus einer Familie des gehobenen Pariser Bürgertums. Sein Vater Paul Sénicier war ein angesehener Verwaltungsbeamter, der seinerzeit eine herausragende Persönlichkeit war und mehrere Republiken überlebt hatte, ohne je zu wanken. Er war ein strenger, schweigsamer und unbarmherziger Mann, der gefürchtet wurde, der die Welt als eine zerbrechliche Konstruktion ansah, auf die er seine mächtige Hand legen konnte. Zu Beginn des Jahrhunderts gebar ihm seine Frau innerhalb weniger Jahre drei Kinder, drei Söhne, die ihrer Geburt nach eine glanzvolle Zukunft vor sich gehabt hätten, sich aber leider als ›überzüchtet‹ erwiesen und geistig minderbemittelt waren. Der Vater tobte vor Wut, doch dank seines Vermögens konnte er das Gesicht wahren. Henri, der Älteste, bucklig und zurückgeblieben, verschwand in die Normandie, um die ›Schlösser‹ zu hüten: drei heruntergekommene Gutshäuser. Dominique, der wenigstens körperlich recht robust war, trat in die Armee ein und rückte mit Hilfe der Beziehungen seines Vaters ein paar Dienstgrade auf. Raphael schließlich, der jüngste, der weniger schwachsinnig, dafür aber heimtückischer war, trat einem Orden bei. Er bekam eine Diözese in einer gottverlassenen Gegend zugewiesen, nicht weit von Henris Ländereien, doch dann verschwand auch er in der Vergessenheit. Zu der Zeit interessierte sich Paul Sénicier schon nicht mehr für seine drei Kinder. Er hatte nur noch Augen für seinen vierten Sohn Pierre, der 1933 zur Welt gekommen war, als Paul fünfzig Jahre alt war. Seine Gattin, kaum jünger als er, hatte dieses Kind sozusagen in ihren letzten Zügen geboren und war gleich darauf verschieden, als hätte sie damit ihre letzte und höchste Pflicht erfüllt.

Pierre war in jeder Hinsicht ein Segen, ein außergewöhnliches Kind, das anscheinend alle Begabungen, alle Trümpfe dieser degenerierten Familie in sich vereinte. Der alte Vater widmete sich mit Leib und Seele der Erziehung dieses Sohnes. Er brachte ihm selber Lesen und Schreiben bei, lang vor der Einschulung, und verfolgte begierig das Erwachen seines Verstandes. Als Pierre ins Pubertätsalter kam, hoffte Paul Sénicier, daß sein Sohn dieselbe Laufbahn einschlagen würde wie er, die Beamtenkarriere. Der Sohn jedoch wollte sich der Medizin zuwenden, und der Vater fügte sich, denn er spürte, daß sich in der Persönlichkeit des Kindes eine echte Berufung anbahnte. Er hatte nicht unrecht. Mit dreiundzwanzig Jahren war Sénicier junior bereits ein angesehener Chirurg und im Begriff, sich auf Kardiologie zu spezialisieren.

Um diese Zeit lernte ich Pierre kennen. In dem engen Milieu eingebildeter und unbeschäftigter Kinder aus bestem Hause, in dem wir uns bewegten, war er eine erfrischende Ausnahme. Er war groß, gut aussehend, asketisch, und sein ganzer Körper vibrierte von einem geheimnisvollen Schweigen. Ich erinnere mich noch, daß wir ›Rallyes‹ veranstalteten, affektierte Abendgesellschaften, in denen wir uns einsperrten wie wilde Tiere. Wir waren blutleer geworden durch unsere eigene Einsamkeit. Die Mädchen trugen die Kleider ihrer Mütter, und die Jungen erschienen in gestärkten und steifen alten Smokings. Aber wir Mädchen warteten fortan nur noch auf einen Mann, Pierre Sénicier. Er gehörte bereits der Welt der Erwachsenen an, der Welt der Verantwortung. Und kaum war er da, war der Abend wie verwandelt – die Lüster, die Kleider, der Alkohol, alles drehte sich nur noch um ihn und glänzte für ihn.«

Nelly verstummte und schenkte sich nach.

»Ich war es, die Pierre Sénicier mit Marie-Anne de Montalier bekannt machte. Marie-Anne war eine sehr enge Freundin von mir. Eine blonde, magere junge Frau mit zerzaustem Haar, die immer aussah wie frisch aus dem Bett. Am auffälligsten war ihre Blässe: sie hatte eine Weißheit, eine Durchsichtigkeit, die sich mit nichts anderem vergleichen ließ. Marie-Anne stammte aus einer reichen Familie französischer Kolonialisten, die sich im letzten Jahrhundert in einer wilden Gegend in Afrika niedergelassen und Land urbar gemacht hatten. Es hieß, die Familie habe aus Angst, sich durch die schwarze Rasse zugrunde zu richten, immer nur unter Verwandten geheiratet, was die Ursache dieser Blutarmut sei.

Marie-Anne verliebte sich in Pierre in derselben Sekunde, in der sie ihn erblickte. Ich war verstört und bereute sofort, sie einander vorgestellt zu haben. Aber es war zu spät, ihr Schicksal war besiegelt. Bald aber verwandelte sich Marie-Annes Leidenschaft in Angst, in eine tiefe, verborgene Furcht, die sie der Außenwelt zunehmend entfremdete. Mit der Zeit war sie wie erfüllt von einem düsteren Glanz, der sie nur noch schöner werden ließ. Pierre und Marie-Anne heirateten im Januar 1957. Während der Hochzeitsfeier flüsterte sie mir zu: ›Ich bin verloren, Nelly. Ich weiß es, aber es ist zu spät, ich habe mich so entschieden.‹ Zu der Zeit lernte ich

Georges Braesler kennen. Er war älter als ich, schrieb Gedichte und Drehbücher und wollte als Diplomat durch die Welt reisen, ›wie Claudel und Malraux‹, sagte er. Ich war damals recht hübsch, leichtfertig und sorglos, meine früheren Bekannten verlor ich zunehmend aus den Augen und stand nur noch mit Marie-Anne in Kontakt, die mir regelmäßig schrieb. So lernte ich die wahre Natur von Pierre Sénicier kennen, ihrem Gatten, dem sie soeben einen kleinen Jungen geboren hatte.

1958 hatte Sénicier eine wichtige Stelle in der herzchirurgischen Abteilung am Krankenhaus La Pitié inne. Er war fünfundzwanzig. Er hatte eine brillante Karriere vor sich, aber er war besessen von einer unbezwingbaren Neigung zum Bösen – erklärte mir Marie-Anne in ihren Briefen. Sie hatte sich in der Vergangenheit ihres Mannes umgesehen und war dabei auf dunkle Stellen gestoßen, die sie – und mich – das Grauen lehrten. Als Student war Sénicier bei der Vivisektion kleiner Kätzchen überrascht worden. Die Augenzeugen hatten zunächst an eine Sinnestäuschung geglaubt: die grauenhaften Schreie, die durch das Universitätsgewölbe hallten, die kleinen Leiber, die sich wanden vor Schmerz. Merkwürdigerweise geschah ihm nichts; offenbar konnte er sich herausreden, denn er wurde nicht von der Universität ausgeschlossen. Später, nachdem er längst fertiger Arzt war, entdeckte man an den Insassen einer Anstalt für schwachsinnige Kinder in Villejuif, mit der er in irgendeiner Weise zu tun hatte, unerklärliche Wunden, Verbrennungen und Schnitte, und er stand im Verdacht, der Urheber dieser Verletzungen zu sein, abscheuliche Experimente an den hilflosen Wesen durchgeführt zu haben. Aber man konnte ihm nichts nachweisen.

Die Ärztekammer drohte ihm mit Berufsverbot, 1960 jedoch geschah etwas Außergewöhnliches: Sénicier gelang die erste Herztransplantation der Welt. Er pflanzte einem Menschen ein Schimpansenherz ein. Wegen der Gewebeabstoßung überlebte der Patient zwar nur ein paar Stunden, aber in chirurgischer Hinsicht war der Eingriff ein Erfolg. Die schrecklichen Verdächtigungen verblaßten, und Sénicier wurde zum nationalen Helden und gefeiert von der wissenschaftlichen Welt. Mit siebenundzwanzig Jahren wurde er durch General de Gaulle höchstpersönlich zum Mitglied der Ehrenlegion ernannt.

Im Jahr darauf starb der alte Sénicier und vermachte den größten Teil seines Vermögens Pierre, der mit dem Geld eine Privatklinik in Neuilly-sur-Seine eröffnete. Innerhalb weniger Monate war die Pasteur-Klinik ein sehr bekanntes und vielbesuchtes Krankenhaus, in das die Reichen aus ganz Europa strömten und sich behandeln ließen. Pierre Sénicier stand auf dem Gipfel seines Ruhms. Daraufhin entwickelte er humanitäre Ambitionen. Im Park der Klinik ließ er ein Waisenhaus errichten, das zur Unterbringung und zur Erziehung von elternlosen und von armen Kindern, vor allem Zigeunern, gedacht war. Dank seiner neuerworbenen Bekanntheit gelang es ihm, Gelder vom Staat lockerzumachen, außerdem Spenden von Wirtschaftsunternehmen und reichen Privatpersonen.«

Ich hörte ein leises Klingeln – die Karaffe am Glasrand –, dann das Gluckern von Flüssigkeit. Eine Weile herrschte Stille, dann schnalzte Nelly mit der Zunge. In meinem Geist nahm die Aufeinanderfolge der Ereignisse Gestalt an und erhob sich vor mir als eine pechschwarze Wand.

»In dem Moment kippte alles um. Der Tonfall von Marie-Annes Briefen änderte sich – das waren keine Briefe an eine Freundin mehr, sondern schreckliche und schrecklich unbeteiligte Berichte, und ich war überzeugt, daß sie den Verstand verloren hatte. Ich konnte nicht glauben, was sie mir schrieb. Séniciers Anstalt, sagte sie, sei eine grauenhafte Folterstätte, der Schauplatz unvorstellbarer Barbarei. Ihr Gatte hatte sich im Keller einen Operationsraum eingerichtet, in dem er die schlimmsten Eingriffe an Kindern vornahm: Amputationen bei vollem Bewußtsein, monströse Transplantationen, unzählige Folterungen ...

Gleichzeitig erstatteten immer mehr Zigeunerfamilien Anzeige gegen ihn. Eine Durchsuchung der Pasteur-Klinik wurde anberaumt. Zum letzten Mal konnte Sénicier sich durch seine Beziehungen und seinen Einfluß retten. Rechtzeitig vor dem Eintreffen der Polizei wurde er gewarnt und legte einen Großbrand in den Institutsgebäuden. Es war gerade noch Zeit, die Kinder aus den oberen Stockwerken und die Patienten der Klinik zu evakuieren. So wurde das Schlimmste verhindert. Offiziell zumindest. Denn aus dem Geheimlabor im Keller kam keiner lebend heraus. Sénicier hatte seine Schreckenskammer versiegelt und die Opfer seiner Experimente verbrannt.

Die anschließende Untersuchung ergab als Ursache des Feuers einen Unfall. Die überlebenden Kinder wurden ihren Familien zurückgegeben oder in anderen Heimen untergebracht, der Fall zu den Akten gelegt. Marie-Anne schrieb mir einen letzten Brief, in dem sie verkündete – der Gipfel der Ironie –, ihr Mann sei ›geheilt‹ und sie gingen jetzt beide nach Afrika, um die schwarze Bevölkerung zu unterstützen und medizinisch zu betreuen. Etwa zur selben Zeit erhielt Georges einen diplomatischen Posten in Südostasien und überredete mich, mitzukommen. Das war im November 1963, ich war zweiunddreißig.«

Auf einmal ging draußen in der Diele das Licht an, und ein alter Mann mit wollener Weste erschien. Georges Braesler. Er trug einen schweren, massigen Vogel mit schmutzigem Gefieder in den Armen, graue Federn breiteten sich über dem Boden aus. Der Mann machte Anstalten, das Zimmer zu betreten, aber Nelly scheuchte ihn fort. »Geh weg«, sagte sie heftig.

Er zeigte keinerlei Befremden über ihr schroffes Verhalten. Auch über meine Gegenwart war er nicht überrascht.

»Hau ab!« schrie Nelly.

Der alte Mann machte kehrt und verschwand. Nelly trank noch einen Schluck und rülpste, und im Zimmer verbreitete sich ein intensiver Whiskygeruch. Allmählich drang das

Tageslicht herein, und ich erkannte, wie verwüstet Nellys Gesicht war.

»Nach einem Jahr in Thailand wurde Georges 1964 neuerlich versetzt. Sein persönlicher Freund André Malraux war damals Minister für kulturelle Angelegenheiten, er kannte Afrika gut und schickte uns nach Zentralafrika mit den Worten: ›Das ist ein unglaubliches Land. Phantastisch.‹ Er hätte es nicht besser ausdrücken können. Ein wichtiges Detail war ihm jedoch leider entgangen: Ausgerechnet dort lebten jetzt Pierre und Marie-Anne Sénicier mit ihren beiden Kindern.

Unser Wiedersehen war recht merkwürdig. Die alten freundschaftlichen Bande wurden erneuert, das erste gemeinsame Abendessen war perfekt. Pierre war älter geworden, aber er schien ruhig, entspannt. Er verhielt sich wieder so höflich und distanziert wie früher. Er sprach vom Schicksal der afrikanischen Kinder, die gelähmt seien von schrecklichen Krankheiten; man müsse Behandlungsmethoden für sie finden. Von den einstigen Alpträumen schien er tausend Meilen entfernt, und ich zweifelte immer noch an Marie-Annes Enthüllungen.

Aber nach und nach begriff ich, daß Sénicier tatsächlich wahnsinnig war. Er war innerlich zerfressen vor Wut, weil er in Afrika sein mußte. Weil seine Karriere zu Ende war. Er ertrug es nicht. Er, dem unerhörte, einzigartige Experimente gelungen waren, er war jetzt irgendein Entwicklungsarzt, der unter unmöglichen Bedingungen zu arbeiten hatte, der den Strom für seine Operationen aus benzinbetriebenen Generatoren bezog und seine Patienten in maniokstinkenden Fluren nur äußerst notdürftig behandeln konnte. Er konnte es nicht hinnehmen, und sein Zorn verwandelte sich in eine dumpfe Rachlust, die sich gegen ihn selbst und gegen seine Familie richtete.

So betrachtete Sénicier seine beiden Söhne als Studienobjekte. An beiden hatte er umfangreiche Typisierungen vorgenommen, hatte sämtliche Blutgruppen und Gewebetypen bestimmt, Fingerabdrücke, Serumgruppen ... Er führte abscheuliche Experimente mit ihnen durch, die jedoch ausschließlich psychologischer Art waren, und dies völlig hemmungslos, auch vor vergleichsweise Fremden wie uns. Manchmal erlebte ich dramatische Szenen, die ich nie vergessen werde. Einmal waren wir zum Abendessen eingeladen. Sobald das Essen aufgetragen war, beugte Sénicier sich zu den beiden Jungen hinunter und flüsterte ihnen zu: ›Seht euch euren Teller an, Kinder. Was, glaubt ihr, eßt ihr da?‹ Es war irgendein bräunliches Fleisch in Soße. Sénicier begann mit der Gabel hineinzustechen und wiederholte immer wieder: ›Was ist das für ein Tier, das ihr heute abend eßt? Die kleine Gazelle? Das kleine Schweinchen? Den Affen? Und stach weiter in die Fleischstücke, die im Licht der schwankenden Stromversorgung glänzten, und ließ sie nicht in Ruhe, bis den entsetzten Kindern die Tränen über die Backen rannen. Sénicier aber hörte nicht auf. ›Am Ende ist es was ganz anderes. Man weiß ja nie, was die Neger hierzulande essen. Vielleicht gibt es heute abend ...‹ Die Kinder flohen in Panik, Marie-Anne war zu Stein erstarrt. Sénicier grinste. Er wollte seinen Kindern einreden, sie seien Kannibalen – sie äßen jeden Abend Menschenfleisch.

Unter Schmerzen und Elend wuchsen die Kinder heran. Mir erschienen sie völlig neurotisch. Der Ältere entwickelte eine regelrechte Paranoia. 1965, mit acht Jahren, hatte sein monströser Vater ihn endgültig besiegt; er erstarrte, verfiel in Schweigen und völlige Teilnahmslosigkeit, aber paradoxerweise wurde er damit zum Liebling seines Vaters. Pierre Sénicier kümmerte sich nur noch um dieses Kind, verehrte es mit aller Kraft und aller Grausamkeit, deren er fähig war. Diese abartige Logik bedeutete aber, daß der kleine Junge auch mehr ertragen mußte, immer mehr, bis zur vollständigen Traumatisierung. Ich habe nie begriffen, was Sénicier eigentlich wollte. Sein Sohn war stumm geworden und unfähig, sich wie ein Mensch zu verhalten. Er vegetierte.

Aber im selben Jahr kurz nach Weihnachten raffte der

Junge sich ein letztes Mal auf und schritt zur Tat. Er beging Selbstmord, so wie man in Afrika Selbstmord begeht – wie ein Kind es tut, das es nicht besser versteht: indem man Nivakin-Tabletten schluckt, die in hohen Dosen den menschlichen Körper irreversibel schädigen, insbesondere das Herz. Nur eins konnte ihm jetzt noch das Leben retten: ein neues Herz. Begreifst du die Logik, die dahintersteckt? Der allmächtige Pierre Sénicier! Nachdem er sein eigenes Kind in den Selbstmord getrieben hatte, war er, der glanzvolle Chirurg, der einzige, der es retten konnte. Sofort entschloß er sich, eine Herztransplantation vorzunehmen, wie er sie fünf Jahre zuvor an einem alten Mann von achtundsechzig Jahren durchgeführt hatte. In seinem Haus in Bangui hatte er sich einen Operationsraum eingerichtet, der vergleichsweise aseptisch war. Aber das Wichtigste fehlte ihm: ein kompatibles, funktionstüchtiges Herz. Weit brauchte er freilich nicht zu suchen: Zufällig stimmten seine beiden Söhne gewebetypologisch außergewöhnlich gut miteinander überein. In seinem Wahnsinn beschloß der Mann, den jüngeren zu opfern, um den älteren zu retten. Das war am Tag vor Neujahr, zu Silvester 1965. Sénicier bereitete alles zur Operation vor. In Bangui stieg unterdessen die Spannung, überall in der Stadt wurde getanzt und getrunken, Georges und ich gaben einen Empfang und hatten alle Europäer in die französische Botschaft eingeladen.

Während der Chirurg sich zur Operation anschickte, griff die Geschichte in sein Schicksal ein. In der Nacht unternahm Jean-Bedel Bokassa seinen Staatsstreich und füllte die Stadt mit seinen bewaffneten Truppen. Es kam zu Kämpfen, Plünderungen, Brandschatzungen; Menschen kamen ums Leben. Zur Feier seines Siegs ließ Bokassa die Häftlinge aus dem Gefängnis von Bangui frei, und aus der Silvesternacht wurde endgültig ein Alptraum.

Im allgemeinen Chaos aber geschah etwas Besonderes. Denn unter den freigelassenen Gefangenen waren auch die Verwandten der jüngsten Opfer von Sénicier, der seit einer

Weile seine grausamen Experimente wiederaufgenommen hatte; ihre Familien hatte er unter verschiedenen Vorwänden einsperren lassen, weil er ihre Vergeltungsmaßnahmen fürchtete. Aber jetzt waren sie frei und begaben sich direkt zu Séniciers Haus, um Rache zu nehmen. Um Mitternacht war Sénicier mit den letzten Vorbereitungen beschäftigt. Beide Kinder standen unter Anästhesie und waren ans EKG angeschlossen; er hatte Blutdruck und Temperatur unter Kontrolle und war bereit, die Katheter zu setzen. In dem Moment drangen die ehemaligen Häftlinge ein. Sie durchbrachen sämtliche Barrieren und verschafften sich Zutritt zum Haus, erschlugen den Verwalter Mohammed, nahmen ihm das Gewehr weg und erschossen damit seine Frau Azzora und seine Kinder.

Sénicier hörte das Geschrei und den Lärm, kehrte ins Haus zurück und holte das Mauser-Gewehr, mit dem er sonst auf die Jagd ging. Trotz ihrer zahlenmäßigen Überlegenheit hatten die Angreifer einem wie Sénicier nicht viel entgegenzusetzen. Einen nach dem anderen schoß er nieder.

Das Wichtigste aber fand anderswo statt. Marie-Anne, die gesehen hatte, wie der Vater seinen jüngsten Sohn mit sich genommen hatte, nutzte das Chaos und drang in den Operationsraum ein. Sie riß Infusionen und Schläuche aus dem Körper ihres Jüngsten, wickelte ihn in ein Leintuch und floh mit ihm durch die brennende Stadt, durch Mord und Totschlag. Sie schaffte es bis zur französischen Botschaft, wo die Panik ihren Höhepunkt erreicht hatte. Alle Weißen von Bangui drängten sich hier zusammen und begriffen nicht, was vor sich ging. Einige von uns waren durch Irrläufer verletzt worden, und die Gärten brannten. In dem Moment sah ich Marie-Anne durch die Fenster der Botschaft: Sie tauchte buchstäblich aus den Flammen empor, in einem blaugestreiften Kleid voller Flecken von der roten Erde, und schleppte ein eingewickeltes Kind in den Armen. Ich rannte hinaus, ich dachte, das Kind sei von den Soldaten verwundet worden. Ich war sehr betrunken, und Marie-Annes Gestalt verschwamm mir vor den Augen. Sie brüllte: ›Er will ihn umbringen! Er will sein Herz, verstehst du?‹ In knappen Worten berichtete sie, was geschehen war, vom Selbstmordversuch des Älteren, der Notwendigkeit einer Herztransplantation, dem Vorhaben ihres Mannes. Sie keuchte und drückte den immer noch betäubten Körper an sich. ›Er ist der einzige, der seinen Bruder retten kann‹, sagte sie. ›Er muß verschwinden. Spurlos.‹ Und bei den Worten ergriff sie die Hände des schlafenden Kindes und tauchte sie in einen brennenden Busch, und während sie die schmorenden Handflächen betrachtete, wiederholte sie: ›Keine Fingerabdrücke, keinen Namen, nichts mehr! Nimm ein Flugzeug, Nelly, verschwinde mit dem Kind. Gib ihm einen anderen Namen. Es darf nicht mehr existieren. Nie mehr, für niemanden.‹ Und ließ das kleine Bündel Schmerzen vor meinen Füßen in der roten Erde liegen. Nie werde ich den Anblick vergessen, Louis, als ihre schwankende Gestalt verschwand und ich wußte, daß ich sie nie wiedersehen würde.«

Nelly verstummte. Ich hob meine verbrannten Hände vors Gesicht und stotterte: »O Gott, nein ...«

»Doch, Louis. Dieses Kind, das warst du. Pierre Sénicier ist dein Vater. Die Hölle der Silvesternacht 1965 war deine zweite Geburt, an die du zum Glück keine Erinnerung mehr hast. In der Nacht hieß es, die Familie Sénicier sei beim Brand ihres Hauses umgekommen. Das stimmte nicht: sie flohen, ich weiß nicht, wohin. Marie-Anne konnte ihrem Mann offenbar einreden, du seist verbrannt – wer weiß, wie ihr das gelungen ist. Pierre schaffte es, seinen zweiten Sohn am Leben zu erhalten, ihm ein anderes Herz einzusetzen, vermutlich in einem Krankenhaus im Kongo. Kurze Zeit später stieß der Körper das fremde Organ ab, dennoch war dem Chirurgen die erste Herztransplantation gelungen. An seinem eigenen Nachwuchs. Es folgten weitere Operationen. Seit dem Zeitpunkt stiehlt Sénicier passende Herzen und pflanzt sie seinem Kind ein, das seit fast dreißig Jahren im Sterben liegt. Sénicier sucht immer noch. Auf der ganzen

Welt sucht er nach Herzen, und eigentlich sucht er *dein* Herz, das Organ, das mit Fredérics Körper absolut vereinbar ist.«

Mit den Händen krallte ich mir ins Gesicht, und ich stammelte, fast erstickt von den Tränen: »Nein, nein ...«

Indessen fuhr Nelly in dumpfem Ton fort: »Ich habe Marie-Annes Befehl gehorcht. Noch in derselben Nacht charterten Georges und ich ein Flugzeug und flohen. Zurück in Paris, ließ ich dich ärztlich versorgen. Ich erfand eine neue Identität für dich ...« Nelly fing an zu lachen. »Unsere nächste Station nach Zentralafrika war die Türkei, Antakya. Antiochia. Ich fand es amüsant – eigentlich war es makaber –, dich Antioche zu nennen, nach dem alten Namen der Stadt, in der wir wohnen würden. Ich hatte überhaupt keine Mühe, dir einen neuen Ausweis ausstellen zu lassen – Georges besaß einflußreiche Beziehungen innerhalb der Regierung. So bist du ›Louis Antioche‹ geworden. Fingerabdrücke hattest du keine mehr. Wir haben eine neue Person aus dir gemacht und deine Geschichte neu erfunden, Louis. Du warst der Sohn eines aufopferungsvollen Arztehepaars, das bei einem Brand in Afrika umgekommen war. Du hattest als einziger überlebt. Du wurdest unsere Schöpfung.

Später habe ich die Amme ausfindig gemacht, die mich aufgezogen hatte. Wir stellten sie an und beauftragten sie mit deiner Erziehung. Sie selbst hat die Wahrheit nie erfahren. Wir hingegen waren verschwunden – wir mußten verschwinden. Es war zu gefährlich. Du ahnst nicht, zu welcher bösartigen Intelligenz, zu welcher Zähigkeit und Heimtücke dein Vater imstande ist. Fern von uns, fern von der Vergangenheit hatte Louis Antioche nichts zu fürchten. Ich brauchte nur die distanzierte Adoptivmutter zu spielen und dir das Dasein zu erleichtern, sobald ich konnte. Seit diesem Tag habe ich nur einen einzigen Fehler begangen, und das war, als ich dich mit Max Böhm zusammenbrachte. Denn der Schweizer kannte deine Geschichte. Ich hatte sie ihm erzählt, als ich einmal in einer Krise war. Ich hielt ihn für einen Freund – wie Georges und ich war er ein alter ›Afrikaner‹. Mittlerweile weiß ich, daß Max deinen Vater ebenfalls kannte und daß er dich auf seine Spur angesetzt hat – mit dem einzigen Ziel, sich an ihm zu rächen; was für Beweggründe er persönlich hatte, weiß ich nicht.«

Die Tränen liefen mir übers Gesicht, und ich schrie sie an: »Aber wer ist dieser Sénicier heute? Wer ist er, in Gottes Namen! Sag's mir, Nelly. Ich flehe dich an: Hinter welchem Namen versteckt er sich?«

Nelly leerte ihr Glas. »Pierre Doisneau. Er ist der Begründer von *Monde Unique*.«

6. TEIL

Kalkutta, Fortsetzung und Ende

54

4. Oktober 1991, 22 Uhr 10 Ortszeit.

Daß mein Schicksal sich in Kalkutta besiegeln sollte, war logisch, perfekt, unwiderruflich. Nur die verrottende Hölle dieser indischen Millionenstadt bot eine Umgebung, die makaber genug war für die letzte Gewalt meines Abenteuers.

Als ich aus der Maschine der Air India trat, stürmten feuchte und ekelerregende Gerüche auf mich ein, wie das letzte Röcheln des Monsuns. Wieder einmal öffneten mir die Tropen ihre glühenden Türen.

Ich folgte dem Zug der anderen Reisenden, dicken Damen in grellbunten Saris und kleinen ausgemergelten Männern in dunklen Anzügen. In Dhaka, dem letzten Zwischenhalt, war ich endgültig aus dem Strom der Touristen ausgeschert, die in die Maschine nach Katmandu umstiegen, und hatte mich den bengalischen Reisenden angeschlossen. Wieder war ich allein, allein unter den Indern, die in ihre Heimat zurückkehrten, und den Missionsschwestern und Krankenpflegerinnen, die sich einer verlorenen Sache verschrieben hatten. Meine vertraute Fauna.

Wir betraten das Flughafengebäude. An der Decke drehten sich langsam die Ventilatoren, alles war grau und feuchtwarm. In einer Ecke der Halle grub sich ein kränklich aussehender Arbeiter mit der Kreuzhacke in die tieferen Schichten des Fußbodens vor. Neben ihm hockten Kinder, die ihr Gesicht verbargen und eine narbenübersäte Brust entblößten. Kalkutta, die Stadt des Elends, empfing mich ohne Beschönigungen.

Drei Tage zuvor war ich, nachdem ich meine Tränen und mein unmittelbares Entsetzen überwunden und das Haus der Braeslers verlassen hatte, quer über Land nach Paris zurückgefahren. Noch am selben Tag hatte ich das indische Konsulat aufgesucht, um ein Visum für Ostindien, Bengalen, zu beantragen. »Tourist?« hatte mich eine kleine Frau mit argwöhnischer Miene gefragt, und ich hatte genickt. »Und Sie wollen nach Kalkutta?« Wieder hatte ich genickt, stumm. Woraufhin die Frau meinen Paß an sich genommen und mich beschieden hatte: »Kommen Sie morgen um dieselbe Zeit wieder.«

Den Tag hatte ich in meinem Arbeitszimmer verbracht; kein Gedanke, keine Überlegung, keine Gefühlsregung hatte sich in mein Bewußtsein gedrängt. Ich hatte lediglich gewartet, daß die Zeit verging, auf dem Parkettboden sitzend, hatte meine notdürftig gepackte Reisetasche betrachtet und meine geladene Waffe. Am nächsten Morgen um halb neun hatte ich meinen Paß mit dem indischen Visum abgeholt und war vom Konsulat aus direkt nach Roissy zum Flughafen gefahren. Ich hatte mich auf alle Wartelisten für Flüge eintragen lassen, die mich meinem Bestimmungsort irgendwie näher brachten, und so ging ich um drei Uhr nachmittags an Bord einer Maschine nach Istanbul; von dort aus flog ich weiter nach Bahrain im Persischen Golf, und mein letzter Aufenthalt war Dhaka, die Hauptstadt von Bangladesh. Nach vierunddreißig endlosen Stunden in Flugzeugen und Wartehallen war ich endlich in Kalkutta, der kommunistischen Hauptstadt von Bengalen.

Ich nahm ein Taxi, einen Ambassador aus den fünfziger Jahren, der hier der Standardwagen war. Ich nannte dem Fahrer die Adresse eines Hotels, das man mir am Flughafen empfohlen hatte: das Park Hotel in der Sudder Street, im europäischen Viertel gelegen. Nach zehnminütiger Fahrt durch eine grasbewachsene Landschaft geriet ich mit einem Schlag in die dumpfe Hitze der bengalischen Stadt.

Selbst zu dieser späten Stunde wimmelte Kalkutta von Menschen. Im nächtlichen Staub zeichneten sich Tausende von Gestalten ab: Männer in kurzärmeligen Hemden, die Gesichter in Schatten getaucht, Frauen im bunten Sari mit nacktem Bauch. Ich konnte kein einziges Gesicht erkennen, nur die farbigen Punkte auf den Stirnen der Mädchen oder den schwarzweißen Blick des einen oder anderen Passanten. Auch die Fassaden, die Architektur der Häuser sah ich nicht, ich wurde vorwärts bewegt in einem finsteren Schlauch, dessen Wände nur aus schwarzen Köpfen und ausgemergelten Armen und Beinen zu bestehen schienen. Ein endloser Strom von Menschen, wohin immer der Blick sich wandte. Autos stießen aneinander, Hupen ertönten ununterbrochen, vergitterte Straßenbahnen bahnten sich einen Weg durch die Menge. Von Zeit zu Zeit tauchte unter ohrenbetäubendem Lärm ein Menschenumzug auf. Gehetzte Wesen, in rote, gelbe, blaue Gewänder gehüllt, schlugen auf Trommeln ein und spielten unter scharfen Weihrauchwolken einen betäubenden Singsang auf Blasinstrumenten. Ein Todesfall. Ein Fest. Dann schloß die Menge sich wieder. Leprakranke drängten sich zusammen und streiften den Wagen, klopften an die Scheibe. Mitten im Chaos der Nacht entdeckte ich auch die größte Besonderheit von Kalkutta: die Rikschawallahs, die menschlichen Zugtiere, die auf dürren Beinen galoppierend ihre Karren durch die Stadt zerrten, sich über den aufgerissenen Asphalt quälten und mit vollen Zügen die Abgase einatmeten.

Aber die Menschenmassen waren nichts, verglichen mit den Gerüchen: unerträgliche Ausdünstungen, die wie gewalttätige, grausame, wütende Wesen sich durch die Luft wälzten. Erbrochenes, Moder, Weihrauch, Gewürze ... Die Nacht in Kalkutta kam mir vor wie eine monströse faulige Frucht.

Das Taxi bog in die Sudder Street ein.

An der Rezeption des Park Hotels gab ich einen falschen Namen an und wechselte zweihundert Dollar in Rupien. Mein Zimmer lag im ersten Stock am Ende einer Treppe unter freiem Himmel. Es war klein, schmutzig und stinkend. Ich öffnete das Fenster, das auf den Innenhof mit der Küche hinausging, und sofort schlug mir ein unerträglicher Pesthauch entgegen. Auf der Stelle schloß ich es wieder und verriegelte die Tür. Seit einer Weile konnte ich nicht anders, als mich ständig zu schneuzen und zu räuspern, meine Kehle und meine Nasenwände waren voll von einer schwärzlichen Substanz, derselben ekelhaften Fäulnis, die ich auch in den Falten meines Hemdes entdeckte. Eine halbe Stunde Kalkutta, und ich war bereits von innen heraus vergiftet.

Ich nahm eine Dusche unter einem Wasserstrahl, der mir genauso schmutzig erschien wie alles andere, und zog mich um. Dann legte ich die verschiedenen Bestandteile der Glock vor mich hin und setzte sie langsam, mit wenigen, sicheren Griffen wieder zusammen. Ich füllte das Magazin mit sechzehn Kugeln und schob es in den Griff. Ich befestigte das Holster am Gürtel und zog meine Leinenweste darüber.

Dann betrachtete ich mich im Spiegel und fand mich das perfekte Abbild eines Botschaftssekretärs oder Beauftragten der Weltbank. Ich schob den Türriegel zurück und verließ das Zimmer.

Ich bog in die erstbeste Gasse ein, einen übervölkerten Schlauch ohne Gehsteig oder Fahrbahn; sie bestand lediglich aus einer verwüsteten Strecke Asphalt, an deren Rändern Bettler kauerten und mir flehentliche Blicke zuwarfen. Inder, Nepalesen, Chinesen traten auf mich zu und wollten meine Dollars wechseln. Armselige Läden, deren Eingänge nichts als Löcher in den halbzerfallenen Häuserfronten waren, führten in ekelerregende Tiefen hinab. Garküchen, in denen es Tee, Kuchen, Currygerichte gab ... Rauchschwaden zogen durch die Nacht. Endlich kam ich auf einen großen Platz, auf dem ein gedeckter Markt stand.

Zahlreiche Glutbecken leuchteten in der Dunkelheit, und ihr Widerschein warf goldene Reflexe auf die Gesichter ringsum. Hunderte von Menschen schliefen entlang dem Platz. Unter Decken aneinandergedrängte Körper, hingestreckt in bleiernem Schlaf. Hier und dort war der Asphalt feucht und glänzte wie eine Fieberbeule. Trotz dieses schrecklichen

Elends, trotz des unsäglichen Gestanks war der Anblick atemberaubend – mit einemmal offenbarte sich mir die besondere Struktur der tropischen Nacht. Dieses Schwarz, dieses Blau, dieses Grau, durchdrungen von Feuer und goldenem Licht, getränkt von Rauch und von Düften, schienen mir wie der geheime, der wahre Grund der Wirklichkeit.

Immer tiefer drang ich in die Nacht ein.

Kreuz und quer lief ich durch die Stadt, ohne mich um irgendeine Orientierung zu kümmern. Ich durchquerte den gedeckten Bazar, durch den sich schmale, schlechtgepflasterte Straßen zogen, die voller verfaulter, undefinierbarer Materie waren. Von Zeit zu Zeit öffneten sich Türen und gaben den Blick auf gewaltige Säle frei, in denen ameisengleiche Menschen unter bleichem Neonlicht riesige Lattenkisten schleppten und zerrten. Dennoch hatte die wimmelnde Umtriebigkeit hier nachgelassen. Bengalis hockten vor ihren geschlossenen Verkaufsbuden und hörten Radio, hier und dort schor ein Friseur mit müder Hand einen Kopf. Männer spielten ein fremdartiges Spiel, eine Art Tischtennis, stehend in einem Raum, der tagsüber anscheinend eine Art Schlachthaus war, denn lange Blutspuren zogen sich die Wände entlang. Und überall huschten die Ratten. Riesengroße, starke Ratten, die wie Hunde völlig unbehelligt hin und her liefen und im Unrat stöberten. Manchmal, wenn ein Inder vor seinen Füßen eine Ratte beim Verzehr eines welken Salatblattes überraschte, verscheuchte er sie mit einem Fußtritt, als wäre sie irgendein Haustier.

In dieser Nacht marschierte ich stundenlang und versuchte, mich mit der Stadt und ihren Schrecken vertraut zu machen, sie zu zähmen. Als ich den Weg zurück zum Hotel wiederfand, war es drei Uhr morgens. In der Sudder Street atmete ich zum letzten Mal den Geruch des Elends und schneuzte mich schwarz.

Ich lächelte.

Ja, ohne Frage, Kalkutta war ein idealer Ort.

Um zu töten oder um zu sterben.

55

Im Morgengrauen duschte ich noch einmal und zog mich an. Um halb sechs verließ ich mein Zimmer und weckte den Bengali, der an der Rezeption vor sich hin döste – einer Holztheke auf einem Podium vor einem spärlichen Garten. Ich fragte ihn nach *Monde Unique*, und er sagte, er kenne nur eine einzige Niederlassung in der Nähe der Howrah-Brücke; ich könne sie nicht verfehlen, denn davor warte stets eine endlose Menschenschlange. »Lauter Bettler und Unheilbare«, fügte er mit angewidertem Ausdruck hinzu. Ich dankte ihm für die Auskunft und dachte dabei, der Abscheu sei ein Luxus, den man sich in Kalkutta nicht leisten könne. Nur zögerlich wurde es hell. Die Sudder Street war eine graue Aneinanderreihung von heruntergekommenen Hotels und schmierigen Imbißbuden, die eine bunte Mischung aus *English breakfast* und *chicken tandoori* anboten. Ein paar Rikschawallahs dösten auf ihren Karren, die Hände fest um die Hupe geklammert. Ein halbnackter Mann, der sich bei näherem Hinsehen als einäugig erwies, bot mir *chai* an, einen mit Ingwer und Zimt parfümierten Tee mit Milch in einem Becher aus Steingut. Ich trank zwei davon, kochendheiß und stark, dann ging ich die Straße entlang auf der Suche nach einem Taxi.

Nach etwa fünfhundert Metern ragten zu beiden Seiten alte viktorianische Paläste auf, die Mauern farblos und voller Sprünge. Auf den Gehsteigen davor spannten sich zahllose schmutzige Zeltplanen, unter denen Hunderte von Menschen hausten. Ein paar Leprakranke ohne Finger und ohne Gesicht entdeckten mich und steuerten sofort auf mich zu; ich beschleunigte meinen Schritt. Schließlich erreichte ich die Jawaharlal Nehru Road, einen breiten Boulevard, gesäumt von zerfallenen Museen. Entlang der ganzen Straße führten Bettler ihre Attraktionen vor. Einer setzte sich im Lotussitz vor ein Loch im Asphalt und steckte den Kopf hinein, bis er völlig mit Sand bedeckt war, dann richtete er langsam seinen Körper auf, die Knie himmelwärts gerichtet. Wer die Leistung zu schätzen wußte, gab ein paar Rupien.

Ich fand endlich ein Taxi und ließ mich nach Norden zur Howrah-Brücke bringen. Über der Stadt ging die Sonne auf, zwischen grasbewachsenen Pflastersteinen glänzten die Straßenbahnschienen. Noch herrschte kein dichter Verkehr, nur einzelne Männer, die gewaltige Karren hinter sich herzogen, rannten stumm die Straße entlang. Am Rand der Gehsteige machten junge dunkelhäutige Burschen in der Gosse ihre Morgentoilette – sie spuckten Schleimklumpen aus, rieben sich die Zunge mit einem Stahldraht ab und begossen sich mit Abwasser. Ein Stück weiter stocherten ein paar Kinder mit großem Eifer in halbverbranntem Müll, dessen Asche der Wind aufwirbelte. Unter den Büschen am Straßenrand hockten alte Frauen und erleichterten sich, und allmählich begannen sich die Straßen mit Trauben von Menschen zu bevölkern, die aus den Häusern, den Zügen, den Straßenbahnen strömten; mit zunehmender Hitze schwitzte Kalkutta Menschen aus. Auf dem Weg durch Straßen und Gassen entdeckte ich nun auch die unvermeidlichen Tempel, die ausgemergelten Kühe und die Sadhus, die hinduistischen Eremiten und Asketen, deren Stirn eine farbige Träne ziert. Indien – hier vereinigten sich das Grauen und das Absolute in einer düsteren Umarmung.

Das Taxi kam zur Armenien Ghat am Ufer des Flusses. Die Niederlassung von *Monde Unique* stand im Schatten einer Autobahnbrücke. Sie bestand aus einer Zeltplane auf metallenen Streben, errichtet auf dem Gehsteig, zwischen fliegenden Händlern. Unter diesem Dach waren hellhäutige

Europäer damit beschäftigt, Kartons mit Medikamenten zu öffnen, Trinkwasserbehälter zu installieren, Lebensmittelpakete zu verteilen. Über dreißig Meter erstreckte sich das Zelt – dreißig Meter Nahrung, medizinische Versorgung und guter Wille. Es folgte eine endlose Warteschlange von Kranken, Lahmen, Ausgehungerten.

Ich setzte mich unauffällig hinter die Bude eines Ohrenheilers und wartete, während ich das Werk dieser Apostel einer besseren Welt betrachtete. Ich sah auch den Bengalis zu, die auf dem Weg zu ihrer Arbeit oder ihrem unausweichlichen Elend waren. Vielleicht kamen sie, um der Göttin Kali eine Ziege zu opfern, bevor sie den Tag in Angriff nahmen, oder um im schmutzigen Wasser des Flusses zu baden. Die Hitze und die Gerüche verursachten mir Kopfschmerzen.

Endlich, gegen neun Uhr, erschien er.

Er ging allein, in der Hand eine abgeschabte Ledertasche. Ich nahm alle Kraft zusammen, um aufzustehen und ihn näher zu betrachten. Pierre Doisneau/Sénicier war ein hochgewachsener und hagerer Mann. Er trug eine Hose aus hellem Leinen und ein kurzärmeliges Hemd. Seine Gesichtszüge waren scharf, wie aus Stein gemeißelt. Die Stirn reichte bis weit in die gekräuselten grauen Haare hinauf, und sein angriffslustiger Unterkiefer, über dem die Haut sich spannte, trug ein hartes, starres Lächeln zur Schau. Pierre Doisneau. Pierre Sénicier. Der Arzt, der Menschen folterte und Herzen stahl.

Instinktiv umklammerte ich den Griff meiner Pistole. Ich hatte keinen genauen Plan, ich wollte lediglich beobachten, was sich tat. Der Slum schwoll an, noch viel mehr Menschen strömten herbei. Hübsche blonde Mädchen in grellen Shorts, die den indischen Krankenschwestern halfen, reichten Kompressen und Medikamente mit der Miene beflissener Engel. Aussätzige und kranke Mütter zogen vorbei, holten sich ihre Ration Tabletten oder Nahrung ab und nickten mit dem Kopf zum Zeichen des Dankes.

Es war Viertel nach elf, als Pierre Doisneau/Sénicier sich wieder zum Gehen wandte.

Er verschloß seine Tasche, verschenkte ein Lächeln hier und dort, dann verschwand er in der Menge. Ich folgte ihm in einigem Abstand. Es bestand keine Gefahr, daß er mich in diesem wuselnden Brei lebender Wesen erspähte. Ich hingegen konnte seine hochgewachsene Gestalt fünfzig Meter vor mir gut erkennen. So gingen wir zwanzig Minuten lang hintereinander her. Der ›Doc‹ fühlte sich anscheinend völlig sicher, gefeit gegen Angriffe aller Art. Was hätte er auch zu fürchten gehabt? In Kalkutta war er ein Heiliger, von allen verehrt und umschmeichelt. Und die Menge, die ihn umgab, war der allerbeste Schutz für ihn.

Sénicier ging jetzt langsamer. Wir waren mittlerweile in einem Viertel angelangt, das ein wenig besser aussah – die Straßen waren breiter, die Gehsteige weniger schmutzig. Nach einer Kreuzung erkannte ich eine weitere Niederlassung von *Monde Unique*. Ich verlangsamte meinen Schritt und vergrößerte den Abstand zwischen uns auf etwa zweihundert Meter.

Um diese Zeit des Tages herrschte eine drückende Hitze. Der Schweiß rann mir übers Gesicht. Ich zog mich in den Schatten zurück, neben eine Familie, die anscheinend seit jeher auf diesem Gehsteig lebte. Ich mimte die Sorte Tourist, die es liebt, ins Elend anderer einzutauchen, setzte mich zu ihnen und bat um eine Tasse Tee.

Eine weitere Stunde verging. Ich beobachtete Sénicier bei seinen Wohltätigkeiten, jede Geste, jede Verrichtung. Der Anblick dieses Mannes, der nachweislich ein Verbrecher der übelsten Art war und hier den guten Samariter spielte, verschlug mir den Atem. Ich spürte auf einmal, wie extrem zwiespältig seine Natur war, ich begriff, daß er in jedem Augenblick seines Lebens auch aufrichtig war, gleich, ob er mit beiden Händen in Eingeweide eintauchte oder eine leprakranke Frau versorgte. Im Kampf mit ein und demselben Wahnsinn der Körper, der Krankheit, des Fleisches.

Diesmal änderte ich meine Taktik. Ich wartete, bis Sénicier wieder fort war, um näher zu treten und mit ein paar dieser Europäerinnen, die sich hier als Krankenschwestern betätigten, Bekanntschaft zu schließen. Nach einer halben Stunde hatte ich erfahren, daß die Familie Doisneau in einem riesigen Palast lebte, dem Marble Palace, den ein reicher Brahmane ihnen hinterlassen hatte. Der Doktor, hörte ich, habe vor, dort eine Klinik zu eröffnen.

Sofort rannte ich davon, so schnell es mir gelang. Mir war die Idee gekommen, im Marble Palace auf Sénicier zu warten und ihn auf eigenem Grund und Boden niederzuschießen. In seinem Operationsraum. Nach einer Weile fand ich ein Taxi und trieb den Fahrer an, der in Richtung Salumam Bazar abbog. Nach einer halben Stunde in dichtem Gewühl, engen Gassen und Dauerhupen stürzte das Taxi sich mitten hinein in einen regelrechten Suk und kam nur voran, indem es Verkaufsstände rammte und die Saris der Frauen streifte, woraufhin es Beschimpfungen hagelte. In vielen zersplitterten Strahlen barst die Sonne über der Menschenmenge. Das Viertel schien immer enger und tiefer zu werden – der Weg, auf dem wir vorwärts zu kommen versuchten, erschien mir wie der Hauptgang in einem Ameisenhaufen. Aber auf einmal tauchte ein weitläufiger Park vor uns auf, in dem zwischen Palmengruppen ein großes Herrenhaus mit weißen Säulen stand.

»Marble Palace?« schrie ich den Fahrer an.

Der Mann drehte sich um und nickte mit einem breiten Grinsen, das alle seine stählernen Zähne im Mund freigab.

Ich bezahlte ihn und sprang hinaus und weigerte mich zu glauben, was ich sah. Hinter dem hohen Gitterzaun erstreckte sich ein Park voller erlesener Schönheiten, prächtig blühten die Bäume, Pfauen und Gazellen stolzierten einher. Aber das Tor war nicht abgeschlossen, und kein Wächter stand davor, um ungebetene Gäste fernzuhalten. Im Laufschritt überquerte ich den Rasen, rannte die Stufen hinauf und betrat den Marmorpalast.

Ich geriet in einen weiten, hellen Raum in vorwiegend grauen Tönen. Alles war hier aus Marmor, der in Farbe und

Muster stets wechselte – einmal war er rötlich gemasert, einmal durchzogen von blauen Schichten, einmal in dunklen, kompakten Blöcken, die eine Mischung aus Schwere und eiskalter Schönheit boten. Vor allem aber standen hier Hunderte von Statuen, alle weiß, schimmernd, elegant, Skulpturen von Männern und Frauen im Stil der Renaissance, als stammten sie geradewegs aus einem Florentiner Palast.

Ich durchquerte diesen Wald von steinernen Körpern und hatte das Gefühl, als folgten mir ihre ruhigen, schemenhaften Blicke. Auf der gegenüberliegenden Seite führten große Flügeltüren in einen Innenhof unter einem steinernen Balkon. Ich trat in den Hof hinaus und blickte über hohe Fassaden und Fenster mit feinverzierten Rahmen hin. Die Gemäuer des Marble Palace bildeten die Einzäunung rings um diese Oase der Kühle und Heiterkeit – dieser Hof war sein Herz, sein eigentlicher Daseinsgrund. Die Fenster, die steinernen Brüstungen, die Kanneluren der Säulen hatten weder mit der indischen Tradition noch mit der viktorianischen Architektur etwas gemein. Wieder hatte ich das Gefühl, mich in einem italienischen Renaissancepalast aufzuhalten.

In der Mitte erblühte ein kleiner Garten aus tropischen Pflanzen, zu dem mehrere marmorgekachelte Stufen hinabführten; eine Wasserfontäne erzitterte in einer plötzlichen Brise. Dieser unwirkliche Ort verströmte eine Atmosphäre schattiger Frische, eine ruhige Einsamkeit, die verträumte Stimmung eines verlassenen Harems. Auch in dieser Oase standen vereinzelte Statuen und reckten ihre Formen den seltenen Sonnenstrahlen entgegen, die bis hierher vordrangen. Waren wir wirklich in Kalkutta, mitten in diesem unbeschreiblichen Chaos? Leise Vogelrufe ertönten. Ich betrat den Bogengang entlang dem Innenhof und entdeckte alsbald große Holzkäfige, die an den Wänden aufgehängt waren; weiße Vögel hüpften darin umher.

»Das sind Krähen, weiße Krähen. Sie sind einzigartig. Seit Jahren züchte ich sie hier.«

Ich fuhr herum. Marie-Anne Sénicier stand vor mir, so wie

ich sie mir immer vorgestellt hatte, die weißen Haare hoch auf dem Kopf zu einem Knoten aufgesteckt. Farblos war auch ihr Gesicht, nur der purpurne Mund stach hervor wie eine grausame, blutrote Frucht. Mein Blick trübte sich, meine Knie wurden weich. Ich wollte etwas sagen, aber statt dessen sank ich auf einer Marmorstufe zusammen, eine Woge von Übelkeit überschwemmte mich, und ich erbrach mir die Seele aus dem Leib. Es dauerte noch eine ganze Weile, bis ich unter Husten und Würgen die letzte Galle von mir gegeben hatte. Endlich richtete ich mich wieder auf und murmelte mit niedergeschlagenem Blick und rauher Kehle: »Entschuldigen Sie ... bitte ... ich ...«

Marie-Anne machte meinen unbeholfenen Bemühungen ein Ende. »Ich weiß, wer du bist, Louis«, sagte sie. »Nelly hat mich angerufen. Unser Wiedersehen ist wohl ein wenig seltsam ...« Mit sanfterer Stimme setzte sie hinzu: »Louis, mein Sohn ...«

Ich wischte mir den Mund ab und sah auf. Meine wirkliche Mutter. Ich war so aufgewühlt, daß ich kein Wort herausbrachte. Statt dessen fuhr sie in ihrem abwesenden Tonfall fort: »Dein Bruder schläft dort im Garten. Willst du ihn sehen? Wir trinken gerade Tee.«

Stumm nickte ich. Sie wollte mir helfen, aber ich wehrte ihre Hände ab und stand allein auf. In der Hofmitte stieg ich die Stufen hinab, teilte die Palmenblätter und spähte zwischen den Pflanzen hindurch. Dahinter standen Sofas mit Kissen, und auf einem Silbertablett dampfte eine kupferne Teekanne. Auf einem der Sofas schlief ein Mann, gekleidet in eine indische Tunika. Er war völlig kahl und von einer gipsernen Blässe, die aussah wie von einem winzigen Meißel gefurcht. Seine Körperhaltung war die eines Kindes, dennoch schien er älter als all der Marmor ringsum. Das Wesen sah aus wie ich: dasselbe dekadente Gesicht mit hoher Stirn und hängenden Lidern über tiefliegenden Augen. Aber mit meinem starken und breiten Körper hatte er keinerlei Ähnlichkeit – schmale Schultern und skelettartige Gliedmaßen waren unter dem Stoff seiner Tunika zu erkennen. Über dem Brustkorb trug er einen dicken Verband, dessen Baumwollfasern aus dem bestickten Halsausschnitt ragten. Frédéric Sénicier, mein Bruder, der seit fast drei Jahrzehnten mit fremden Herzen lebte.

»Er schläft«, flüsterte Marie-Anne. »Sollen wir ihn wecken? Die letzte Operation ist sehr gut verlaufen. Knapp sechs Wochen ist sie her.«

In meiner Erinnerung blitzte Gomuns totes Gesicht auf, und ein wütender Schmerz fuhr mir durch den Bauch. Aber Marie-Anne, die gegenüber der Außenwelt anscheinend vollkommen empfindungslos geworden war, fügte hinzu: »Nur er kann ihn am Leben erhalten, verstehst du?«

Leise fragte ich: »Wo ist der Operationssaal?«

Marie-Anne antwortete nicht. Ihr Gesicht war nur wenige Zentimeter von dem meinen entfernt, und ich roch ihren Altfrauenatem.

»Unten«, sagte sie schließlich. »Im Keller des Hauses. Niemand darf dort hingehen. Du hast keine Ahnung ...«

»Wann geht er hinunter?«

»Louis ...«

»Um wieviel Uhr?«

»Abends gegen elf.«

Ich starrte immer noch Frédéric an, das greise Kind, dessen Oberkörper sich in unregelmäßigen Abständen hob und senkte. Ich konnte meine Augen nicht von dem Verband wenden, der seinen Kittel blähte.

»Wie kommt man in das Labor?«

»Du bist von Sinnen!«

Ich hatte meine Ruhe wiedergefunden. In langen, rhythmischen Wellen spürte ich mein Blut durch die Adern strömen. Ich wandte mich um und sah meine Mutter starr an.

»Wie komme ich in diesen gottverdammten Operationsraum?« fragte ich leise.

Sie senkte die Augen und murmelte: »Warte auf mich.«

Sie durchquerte den Hof und kam ein paar Minuten später

mit einem Schlüsselbund in der Hand zurück. Sie hakte den Ring auf und reichte mir mit ihrem sanften, verlorenen Blick einen einzelnen Schlüssel. Ich nahm ihn und sagte nur: »Ich komme heute abend wieder. Nach elf.«

56

Marble Palace, Mitternacht. Als ich die Stufen hinabstieg, empfingen mich intensive, süßliche Schwaden. Es war der Geruch des Todes, die Essenz der Finsternis und des Bösen, so stark, daß er mir in alle Poren drang. Blut. Sturzbäche von Blut – im Geist sah ich eine unsägliche Landschaft vor mir. Ein dunkelroter Hintergrund, auf dem rosafarbene Wellenkämme trieben, wäßriges Karmesin, dunkelbraune Krusten.

Unten angelangt, stand ich vor der eisernen Tür zur Kühlschleuse, die versperrt war. Mit dem Schlüssel meiner Mutter schloß ich auf. Draußen herrschte stockfinstere Nacht. Aber ich hatte mich nicht getäuscht, als ich von meinem Beobachtungsposten aus eine Gestalt die Treppe hatte hinabschleichen sehen. Das Tier war in seine Höhle zurückgekehrt. Ich schob die schwere Tür auf und betrat mit gezückter Waffe das Experimentierlabor meines Vaters.

Kälte hüllte mich ein. Sofort wurde mir klar, in welchen grauenhaften Alptraum ich geraten war: Ich ging mitten durch Max Böhms Fotografien. In einem gekachelten Raum sah ich in der weißen Neonbeleuchtung einen Wald aus Leichen vor mir. Kadaver hingen an Fleischerhaken, deren Spitzen Wangen, Gesichtsknorpel und Augenhöhlen durchbohrten und auf der anderen Seite blank wieder austraten. Alle diese Leichen stammten von indischen Kindern. Sie baumelten ein wenig und drehten sich mit leisem Quietschen am Haken, und dabei traten ihre Wunden zum Vorschein: offene Brustkörbe, gezackte Schnitte quer über den Körper, schwarze Löcher, die bis auf die Knochen hinabreichten, hervorstehende Gelenke ... Und überall Blut. Ströme von Blut, mittlerweile eingetrocknet – wie eine Lackschicht überzog es die toten Rümpfe. Erstarrte Rinnsale, die groteske Gestalten um die Hügel und Täler des Körpers zeichneten. Tintenflecken, die Gesichter, Kehlen, Leisten besudelten.

Mich schauderte, vor Kälte nicht minder als vor Entsetzen. Ich fürchtete, daß mein Finger auf dem Abzug wider meinen Willen abdrücken würde, deshalb legte ich ihn in Bereitschaftsposition an den Lauf und zwang mich weiterzugehen, die Augen weit aufgerissen.

In der Mitte des Raums stand eine Art Fleischerbank, auch sie weiß gekachelt, und darauf häuften sich Köpfe. Winzige, schmerzverzerrte Gesichter, versteinert in ihrem letzten Ausdruck, mit tiefen blauschwarzen Ringen unter den Augen. Sämtliche Köpfe waren mit einem glatten Schnitt am Halsansatz abgetrennt. Ich ging die Fleischbank entlang zum anderen Ende, wo sich Gliedmaßen türmten, ineinander verschlungene dunkelhäutige kleine Arme und magere Beine, von einer dünnen Schicht Reif bedeckt. Mein Herz schlug zum Zerspringen. Dann erkannte ich unter diesem gräßlichen Fleischhaufen auch Geschlechtsorgane. Genitalien von kleinen Mädchen, dunkelrot, aufgelegt wie Fische, und Penisse von Jungen, am Ansatz abgesägt. Ich biß mir auf die Lippen, um nicht zu schreien, und spürte, wie es mir plötzlich heiß über Kinn und Hals rann. Ich hatte meine Narbe wieder aufgerissen.

Ich lauschte, alle Sinne hellwach, und ging weiter, vorbei an neuerlichem Grauen, an einem Vorratslager unkenntlicher Bestandteile, die in kleinen Sarkophagen verwahrt wurden, an Glasgefäßen, in denen sich unbegreifliche Monstrositäten befanden – verdoppelte Organe, wilde Wucherungen, die aussahen wie siamesische Herzen, Spontanzeugungen zusätzlicher Lebern und Nieren in ein und demselben Leib. Je weiter ich kam, desto tiefer sank die Temperatur.

Endlich stand ich vor der letzten Tür. Sie war nicht verschlossen. Ich öffnete sie einen Spalt, meine Brust zersprang fast vor Herzklopfen. Hier war der Operationsraum. In der Mitte, umgeben von gläsernen Regalen, stand ein Operationstisch unter einer konvexen Lampe, die ein reinweißes Licht verströmte. Er war leer: Heute abend mußte niemand sadistische Greuel ertragen. Ich wagte es, den Kopf in den Raum zu strecken und mich umzusehen.

Ein Rascheln von Stoff ließ mich herumfahren. Gleichzeitig spürte ich einen Stich im Nacken. Ich sah Dr. Pierre Sénicier, der sich über mich beugte, ich sah die Spritze in seiner Hand; sie steckte noch in meinem Körper. Aufbrüllend sprang ich zurück und riß die Nadel heraus, aber zu spät; schon schwanden mir die Sinne. Ich hob die Hand mit der Waffe und zielte, mein Vater wedelte mit den Händen, als wäre er erschrocken, aber er kam unaufhaltsam auf mich zu, und ich hörte seine sanfte Stimme auf mich einreden: »Du wirst doch nicht auf deinen eigenen Vater schießen, nicht wahr, Louis?«

Immer näher kam er und zwang mich, zurückzuweichen. Ich versuchte, die Glock zu heben, aber aus meinem Arm war alle Kraft gewichen. Ich taumelte gegen den Operationstisch und riß die Augen auf – für den Bruchteil einer Sekunde war ich eingeschlafen. Das weiße Licht blendete mich und machte mich noch benommener. Der teuflische Chirurg vor mir machte den Mund auf und fing wieder an zu sprechen: »Auf diesen Moment habe ich nicht mehr zu hoffen gewagt, mein Sohn. Wir werden jetzt die Sache dort fortsetzen, wo wir vor so langer Zeit aufgehört haben, und Frédéric retten, nicht wahr? Deine Mutter konnte ihre Erschütterung nicht für sich behalten, Louis. Du weißt ja, wie die Frauen sind ...«

In diesem Augenblick hörte ich gedämpft die Tür der Schleuse zuschlagen, eilige Schritte kamen näher. Aus dem Eisdunst tauchte meine Mutter auf und lief mit ausgestreckten Krallen auf uns zu. Ihr Gesicht war blutüberströmt, voller Nadelstiche und Schnitte mit der Klinge. Ich schwankte. In einem letzten Aufbäumen zielte ich auf meinen Vater und drückte ab. Durch die Schreie meiner Mutter, die nur noch wenige Zentimeter entfernt war, drang das Klicken von Metall, und ich begriff, daß die Waffe sich verklemmt hatte. Wie ein Blitz tauchte das Bild von Sarah vor mir auf, die mir den Umgang mit Waffen eintrichterte. Ich zerrte am Verschlußstück und ließ das Projektil herausfallen, dann lud ich erneut, als ich ein entsetztes ›Nein!‹ hörte. Es war weder die Stimme meiner Mutter noch die meines Vaters. Es war meine eigene Stimme, die brüllte, als das Monster seiner Ehefrau mit einer blanken Metallsichel den Kopf abtrennte. Das zweite ›Nein‹ blieb mir in der Kehle stecken. Ich ließ die Glock fallen und stürzte langsam rückwärts, zwischen dem Klirren von zerbrechendem Glas. Im selben Moment aber hörte ich eine Reihe von Explosionen und sah, wie der Rumpf meines Vaters in tausend blutige Fetzen zerbarst. Ich glaubte an eine Halluzination. Aber als ich auf dem Boden aufschlug, nahm ich das auf dem Kopf stehende Bild von Dr. Milan Djuric wahr, dem zwergwüchsigen Zigeuner, der mit einer Uzi-Maschinenpistole in der Hand auf den Stufen stand. Aus dem Lauf kräuselte sich der Rauch von der erlösenden Salve.

57

Als ich erwachte, war der Blutgeruch verschwunden. Ich lag auf einem Sofa aus Weidenrohr im Innenhof des Palastes, im perlmutterfarbenen Licht des frühen Morgens, und hörte das gedämpfte Krächzen der Krähen in der Ferne. Abgesehen von diesem leisen Gemurmel herrschte völlige Stille. Ich war immer noch nicht ganz sicher, ob ich begriff, was geschehen war, als eine freundliche Hand mir Tee anbot. Milan Djuric. Er war in Hemdsärmeln, schweißüberströmt, die Uzi hing ihm über der Schulter. Er setzte sich neben mich und begann ohne weitere Vorrede, mit seiner tiefen Stimme seine Geschichte zu erzählen. Ich hörte ihm zu, während ich den ingwerduftenden Tee trank. Seine Stimme tat mir wohl. Sie war ein Echo meines eigenen Schicksals, ebenso vernehmlich wie tröstlich.

Milan Djuric war eines der Opfer meines Vaters.

In den sechziger Jahren war Djuric ein Zigeunerkind unter vielen gewesen, das auf unbebauten Geländen in der Umgebung von Paris lebte. Ein Nomade, frei und glücklich. Sein einziger Fehler war, daß er keine Eltern hatte. 1963 schickte man ihn in die Pasteur-Klinik nach Neuilly. Der kleine Milan war damals zehn Jahre alt. Sofort injizierte Pierre Sénicier ihm Staphylokokken in die Kniescheiben, um eine Infektion der unteren Gliedmaßen herbeizuführen. Zu experimentellen Zwecken. Die Maßnahme fand wenige Tage vor dem großen Feuer statt – der ›Läuterung‹ des Chirurgen, der kurz vor seiner Demaskierung stand. Trotz seiner Schwäche gelang es

Djuric, auf dem Bauch robbend den Flammen zu entkommen. Er war der einzige Überlebende des Experimentierlabors.

Wochenlang lag er in einer Pariser Klinik, wo er mit großer Sorgfalt gepflegt wurde. Endlich sagte man ihm, er sei außer Gefahr, doch wegen der Infektion der Bindegewebe sei das Wachstum seiner unteren Extremitäten für immer beendet. Djuric litt fortan unter ›erworbener Zwergwüchsigkeit‹, und bereits mit zehn Jahren begriff der Roma, daß er auf zweifache Weise anders war. Ein doppelter Außenseiter: Zigeuner und Zwerg. Der kleine Junge erhielt ein staatliches Stipendium. Er konzentrierte sich auf seine Ausbildung, las begierig, vervollkommnete sein Französisch, lernte aber auch Bulgarisch, Ungarisch, Albanisch und vertiefte selbstverständlich seine Kenntnisse seiner eigenen Sprache Romani. Er studierte die Geschichte seines Volkes, die indische Herkunft der Roma und die lange Reise, die sie nach Europa geführt hatte. Er beschloß, Arzt zu werden und dort zu praktizieren, wo die Zigeuner noch Millionen zählten: auf dem Balkan. Djuric wurde ein eifriger und brillanter Student. Mit vierundzwanzig Jahren hatte er sein Studium mit großem Erfolg beendet und trat eine Stelle als Assistenzarzt an einem Krankenhaus an, er wurde sogar Mitglied der kommunistischen Partei, um nach Abschluß der praktischen Ausbildung leichter die Genehmigung zu erhalten, sich jenseits des Eisernen Vorhangs niederzulassen, unter seinen eigenen Leuten. Niemals versuchte er, den sadistischen Arzt wiederzufinden, der ihn verstümmelt hatte. Im Gegenteil, er tat alles, um jede Erinnerung an seinen Aufenthalt in der Pasteur-Klinik aus seinem Bewußtsein zu verbannen. Sein Körper war es, der die Erinnerung in sich trug. Fünfzehn Jahre lang reiste Milan Djuric mit seinem Trabant durch die Ostblockländer und kümmerte sich mit Engagement und unermüdlicher Geduld um die Roma. Mehrmals wurde er festgenommen und wegen irgendwelcher angeblicher Verbrechen vor Gericht gestellt, setzte sich aber jedesmal durch; was bei der Voreingenommenheit seiner Richter keine geringe Leistung war. Als ›Zigeunerarzt‹ versorgte er seinesgleichen, die Menschen, die jeder andere Arzt fortschickte – sofern es sich nicht um Zwangssterilisationen und die amtliche Vermaßung des Roma-Volkes handelte.

Dann kam der Tag, an dem ich an seiner Tür läutete und in mehrerlei Hinsicht ein unliebsamer Besucher war. Nicht nur zwang ich ihn, sich abermals mit dem Fall Rajko zu befassen, sondern rief aufgrund physischer Ähnlichkeit eine dumpfe Erinnerung an vergangene, verdrängte Schrecken wach. Zunächst konnte er sich auf diesen Déjà-vu-Eindruck keinen Reim machen und wußte nicht, in welcher Richtung er eine Erklärung suchen sollte. Aber mein Gesicht ging ihm nicht mehr aus dem Sinn, und während der darauffolgenden Wochen kehrte die Erinnerung zurück. Er konnte mit meiner Physiognomie Namen und Umstände in Zusammenhang bringen und begriff, was ich noch längst nicht wußte – die Blutsverwandtschaft, die mich mit Pierre Sénicier verband.

Als ich ihn nach meiner Rückkehr aus Afrika anrief, stellte Djuric mir Fragen, auf die ich ihm keine Antwort gab, und genau damit waren die Zweifel, die er zunächst noch gehabt hatte, vollends ausgeräumt. Er erkannte auch, daß ich mich dem Ziel näherte, der Konfrontation mit dem teuflischen Wesen. Er flog nach Paris und fand mich – durch puren Zufall – just in dem Moment, als ich am Morgen des 2. Oktober von den Braeslers zurückkehrte. Ohne sich zu erkennen zu geben, folgte er mir zur indischen Botschaft, bekam mit List und Tücke heraus, wohin ich wollte, und beantragte mit seinem französischen Paß selbst ein Visum für Bengalen.

Am Morgen des 5. Oktober war Djuric mir immer noch auf den Fersen und folgte mir zu den beiden Niederlassungen von *Monde Unique*. Er erkannte Pierre Sénicier. Er ging mit mir zum Marble Palace. Er wußte, daß der Augenblick der Konfrontation gekommen war. Für mich. Für ihn. Für den anderen. Aber abends schaffte er es nicht rechtzeitig, sich in den Palast zu schleichen, ohne gesehen zu werden, und verlor deshalb meine Spur. Er ging durch den Innenhof, vorbei an den Krähenkäfigen, stieg die Treppe hinauf und durchsuchte jedes Zimmer, bis er endlich Marie-Anne Sénicier fand, gefesselt und verwundet. Ihr Gatte hatte sie gefoltert, um den Grund ihrer Aufgewühltheit zu erfahren. Djuric befreite sie. Die Frau konnte kein Wort sprechen, denn ihr Gesicht war zerschnitten und der Kiefer gebrochen, aber sie rannte hinab in den Keller. Sie wußte, daß ich in der Falle saß. Djuric folgte ihr, doch auf seinen verkrüppelten Beinen war er nicht schnell genug, und als sie ins Labor eindrang, war er noch auf der Marmortreppe.

Was danach geschehen war, wußte ich; die Ereignisse hatten sich mir so tief eingeprägt, daß ich sie mein Leben lang nicht vergessen werde: der Überfall von Pierre Sénicier, die blitzende Klinge, die den Hals meiner Mutter durchtrennte, das Versagen meiner Pistole. Als Djuric auftauchte und die Salve seiner Maschinenpistole abfeuerte, glaubte ich in meinem Narkoserausch an eine Sinnestäuschung. Aber ehe ich in die Finsternis abtauchte, begriff ich, daß mein Schutzengel mich gerettet hatte. Ein Schutzengel, der nicht größer war als ein Zwölfjähriger, aber dessen tödliche Rache das letzte Epitaph des Abenteuers in die Kacheln des Operationsraums graviert hatte.

Es war sechs Uhr morgens; nun begann ich meine Geschichte zu erzählen. Djuric gab keinerlei Kommentar dazu ab. Als ich fertig war, stand er auf und erklärte mir seinen Plan für die nächsten Stunden. Er hatte die ganze Nacht hindurch gearbeitet, um das Labor für immer zu versiegeln. Die wenigen Kinder, die noch am Leben und überlebensfähig waren, hatte er notdürftig versorgt und fortgeschickt in der Hoffnung, daß die mißgestalteten Wesen in der Stadt der Verdammten ihren Platz finden würden. Er hatte Frédéric gefunden, meinen Bruder, der, nach der Mutter rufend, in seinen Armen gestorben war. Dann war er wieder in den Bunker zurückgekehrt und hatte die Leichen im Hauptraum aufgereiht, um sie zu verbrennen. Er hatte mich aus meiner Ohnmacht geweckt, um mit mir zusammen den Scheiterhaufen anzuzünden und in Brand zu halten. »Und die Séniciers?« fragte ich nach langem Schweigen.

»Entweder wir verbrennen sie zusammen mit den anderen«, antwortete Djuric in gleichmütigem Ton, »oder wir bringen sie nach Kali Ghat, ans Flußufer, und lassen sie nach indischer Tradition einäschern.«

»Warum sie und nicht die Kinder?«

»Es sind zu viele, Louis.«

»Dann verbrennen wir Pierre Sénicier hier und bringen meine Mutter und meinen Bruder nach Kali Ghat.«

Von dem Augenblick an gab es nur noch Flammen und Hitze. In dem Glutofen, den wir entfachten, barsten die Kacheln, und der Gestank von verbranntem Fleisch stieg uns zu Kopf, während wir dieses schreckliche Krematorium mit menschlichen Leibern bestückten. Dank meiner gefühllosen Hände hatte ich keine Schwierigkeiten, ins Feuer zu greifen und brennende Körperteile, die herausfielen, in die Flammen zurückzuwerfen. Mein Geist war abwesend, ich handelte rein mechanisch. Der schwere Rauch zog durch die offenen Luken in den Innenhof. Es war uns klar, daß diese übelriechenden schwarzen Dämpfe die Dienerschaft anlocken und die Bewohner des Viertels aufwecken mußten, und wir verließen uns darauf, daß sie herbeieilen würden, um das Feuer zu löschen und die Schäden festzustellen. Vage dachte ich an den Brand der Klinik, dem der kleine Milan trotz seiner gelähmten Beine entronnen war; ich dachte an Bangui und daran, daß meine Mutter mir die Hände verbrannt hatte, um mir das Leben zu retten, und ich dachte, daß wir beide, Djuric und ich, Kinder des Feuers seien. Und hier verbrannten wir unsere letzte Verbindung mit unseren teuflischen Ursprüngen.

Gleich danach liehen wir uns in einer Garage einen Lieferwagen und luden die Leichen von Marie-Anne und Frédéric Sénicier auf. Ich setzte mich ans Steuer, Djuric lotste mich durch die Gassen von Kalkutta. Es dauerte nicht lang, bis wir in Kali Ghat waren. Eine enge, endlose Straße durchquerte das Viertel, führte über die kleinen Zuflüsse zum Ganges und vorbei an grünlichen Altwassern. Bordelle wechselten mit Steinmetzwerkstätten für Devotionalien. Alles schien zu schlafen.

Ich starrte auf den gleichmäßig grauen Himmel, der zwischen Dächern und wirren Stromkabeln hindurchschien, und fuhr wie in Trance. Auf einmal hielt Djuric mich an. »Hier ist es«, sagte er und zeigte auf eine steinerne Festung. Über der Umfassungsmauer ragten mehrere Türme auf, die aussahen wie aus Zuckerguß, geschmückt mit Ornamenten und Skulpturen. Ich ließ Djuric aussteigen und parkte den Wagen. Gemeinsam betraten wir einen weiten Innenhof, der mit kurzgeschnittenem Gras bewachsen war.

Überall brannten Holzstöße, um die skelettartige Männer saßen; sie schürten das Feuer und hielten mit einem langen Stock die Glut zusammen. Die Flammen züngelten bläulich, und dicke schwarze Rauchwolken wälzten sich durch den Hof. Verbranntes Fleisch – ich erkannte den Geruch, der mir schon so vertraut war, und ich sah eine Hand aus einem der Scheiterhaufen fallen. Ohne mit der Wimper zu zucken, stand ein Mann auf, ergriff den menschlichen Überrest und warf ihn in die Flammen zurück. Genau, wie ich selbst es getan hatte, vor nicht einmal einer Stunde. Ich blickte hinauf zum Himmel, zu den steinernen Türmen, die in den grauen Morgen ragten, und mir wurde bewußt, daß ich kein einziges Gebet kannte.

Hinten im Hof sprach Djuric mit einem alten Mann; er sprach Bengali mit ihm. Dann drückte er ihm ein dickes Bündel Rupien in die Hand und kam zu mir zurück. Ich staunte immer mehr über die Fähigkeiten und das Wissen dieses Mannes.

»Ein Brahmane wird kommen«, sagte er. »In einer Stunde findet die Zeremonie statt. Die Asche wird in den Fluß gestreut. Es geschieht alles so wie bei den Indern selbst, Louis. Besser können wir's nicht machen.«

Ich nickte stumm. Ich sah den beiden Bengalen zu, die damit

beschäftigt waren, einen großen Holzstoß zu entfachen, auf dem eine Leiche lag, in ein weißes Tuch gewickelt. Djuric folgte meinem Blick und murmelte: »Das sind Dom, eine der untersten Kasten in der indischen Hierarchie. Sie sind die einzigen, denen es erlaubt ist, mit Toten zu tun zu haben. Vor Tausenden von Jahren waren sie Sänger und Gaukler. Es sind die Ahnen der Roma. Meine Ahnen.«

Wir trugen den Kopf und den Körper von Marie-Anne Sénicier und Frédérics Leiche, beide in weiße Operationstücher gehüllt, in den Hof. Niemand hätte sagen können, daß es die Leichen von Europäern waren. Wieder wandte sich Djuric an den alten Mann – diesmal mit lauter Stimme, und er drohte ihm mit der Faust. Ich begriff nichts. Gleich danach verließen wir den Hof, aber bevor wir in den Wagen stiegen, schrie Djuric dem Greis noch etwas zu, der mit furchtsamer und haßerfüllter Miene nickte. Unterwegs erklärte Djuric sein Verhalten.

»Die Dom sparen normalerweise mit dem Holz und werfen die halbverbrannten Leichen in den Fluß als Fraß für die Geier, um das nicht verwendete Holz weiterzuverkaufen. Im Fall von Marie-Anne und Frédéric wollte ich das verhindern.«

Ich starrte immer noch stumm auf die Straße vor mir. Tränen rannen mir übers Gesicht. Später, als wir ins Flugzeug nach Dhaka stiegen, hatte ich den Geschmack von verbranntem Fleisch in der Kehle.

Epilog

Ein paar Tage später bildeten Zehntausende von Menschen in Kalkutta einen Trauerzug zu Ehren des französischen Arztes Pierre Doisneau und seiner Familie, die auf tragische Weise beim Brand des Labors in ihrem Haus ums Leben gekommen waren. In Europa hingegen schlug dieser Tod kaum Wellen. Dr. Pierre Doisneau war eine Legende, gewiß, aber fern und unwirklich, eine mythische Gestalt. Sein Werk hingegen hat seinen Tod überdauert. Die Organisation *Monde Unique* wächst und gedeiht, heute mehr denn je, und verteilt ihre Wohltaten. In den Medien war sogar die Rede davon, daß Pierre Doisneau als Kandidat für den Friedensnobelpreis des Jahres 1992 in Frage käme. Eine posthume Verleihung. Zum Nutzen seiner Organisation.

Simon Rickiel brachte die Diamantenaffäre in jeder Hinsicht meisterlich zu Ende. Am 24. Oktober 1991 machte die Polizei von Kapstadt Niels van Dötten ausfindig, einen verängstigten und verweichlichten alten Mann, der sich in der besseren Wohngegend der Stadt versteckt hielt. In der Gewißheit, daß er nach den gehäuften Todesfällen der jüngsten Zeit nicht mehr um Leib und Leben fürchten mußte, gestand der Südafrikaner bereitwillig seine Missetaten. Er beschrieb die Funktionsweise des Schmugglerrings, nannte die Namen, Orte und Daten. Dank Simon Rickiel konnte ich selbst das Geständnis lesen und stellte fest, daß van Dötten über Pierre Sénicier Bescheid wußte, seine Rolle aber und seine Erpressung der drei Diamantenschmuggler verschwiegen hatte.

Sarah Gabbor ist heute in Israel inhaftiert. Sie ist in einem Lager untergebracht, in dem die Häftlinge im Freien arbeiten, wie in einem Kibbuz – in gewisser Weise ist Sarah also zu ihrem Ausgangspunkt zurückgekehrt. Ihr Prozeß hat noch nicht stattgefunden, aber im Licht der jüngsten Ermittlungsergebnisse sieht ihr Fall gar nicht so schlecht aus.

Ich habe ihr mehrere Briefe geschrieben, die alle ohne Antwort geblieben sind. In ihrem Schweigen meine ich den Stolz und die Charakterstärke wiederzuerkennen, die mich damals in Israel so sehr faszinierten. Die Diamanten und das Geld der schönen Israelin hat bisher keiner gefunden.

Was das Rätsel der gestohlenen Herzen betrifft, so war in keinem offiziellen Dokument je davon die Rede. Nur Simon Rickiel, Milan Djuric und ich wissen Bescheid.

Milan Djuric verließ mich mit den Worten: »Wir dürfen uns nie wiedersehen, Louis, nie mehr. Eine Freundschaft zwischen uns würde nur unsere Narben aufreißen.« Er ergriff meine Hand und drückte sie fest, und dieser Händedruck eines tapferen Mannes ließ meinen Komplex für immer verschwinden.

US-Präsident Charles Bonner hat den Geheimdiensten, die ein bedrohliches Eigenleben entwickelt haben, den Kampf angesagt. Sein schärfster Gegner ist dabei Bob Hazlitt, der republikanische Herausforderer um das Präsidentenamt, Multimilliardär und Kopf des ›Heartland‹ genannten Kommunikationsimperiums, das für zivile und militärische Zwecke Satelliten baut.
Die Situation spitzt sich für den amtierenden Präsidenten zu, als sein persönlicher Anwalt tot aufgefunden wird. Er bittet daher seinen Freund aus Studientagen, Ben Driskoll, sich der Sache anzunehmen. Alle Spuren führen nach ›Heartland‹, und Driskoll stößt auf ein geheimes Rüstungsvorhaben von ungeahnten Ausmaßen.

THOMAS GIFFORD, Autor des weltweiten Bestsellers ›Assassini‹, hat mit ›Gomorrha‹ seinen zweiten Polit-Thriller um die Figur des Ex-Jesuiten Ben Driskoll geschrieben. Und die Macht der amerikanischen Geheimdienste ist nicht weniger bedrohlich als die des Vatikans ...

ISBN 3-404-13985-2

BASTEI LÜBBE